中國古典文學基本叢書

韓愈文集彙校箋注

第六册

〔唐〕韓　愈　著
劉真倫
岳　珍　校注

中　華　書　局

卷二十二

唐故司徒兼侍中中書令贈太尉許國公神道碑銘①〔一〕

（原本卷三十二）此卷以潮本爲底本，以祝本、文本、南宋蜀本、魏本對校。

韓姬姓，以國氏②〔二〕。其先有自潁川徙陽夏者③〔三〕，其地於今爲陳之太康〔四〕。太康之韓〔五〕，其稱蓋久然，自公始大著〔六〕。公諱弘，公之父曰海〔七〕，爲人魁偉沈塞〔八〕，以武勇游仕許汴之間，寡言自可，不與人校④〔九〕，衆推以爲鉅人長者⑤。官至游擊將軍〔一〇〕，贈太師〔一一〕。娶鄉邑劉氏女〔一二〕，生公〔一三〕，是爲齊國太夫人⑥〔一四〕。夫人之兄曰司徒玄佐⑦〔一五〕，有功建中貞元之間⑧，爲宣武軍帥〔一六〕，有汴宋亳潁四州之地〔一七〕，兵士十萬人。

公少依舅氏讀書，習騎射，事親孝謹，偘偘自將⑨〔一八〕，不縱爲子弟華靡遨放事⑩〔一九〕，出入敬恭，軍中皆目之。嘗一抵京師就明經試〔二〇〕，退曰：「此不足發名成業。」復去從舅氏學將兵。將數百人⑪，悉識其材，鄙怯智勇⑫，指付必堪其事〔二一〕。司徒奇之⑬，士卒屬心〔二二〕，諸老將自以爲不及⑭。司徒卒〔二三〕，去爲宋南城將⑮〔二四〕。比六七歲〔二五〕，汴軍連亂不定〔二六〕。貞元十五年劉逸淮死⑯〔二七〕，軍中皆曰⑰：「此軍司徒所樹，必擇其骨肉而爲士卒所慕賴者付之⑱。今見在人莫如韓甥〔二八〕，且其功最大，而材又俊。」即柄授之，而請命於天子。天子以爲然⑲，遂自大理評事拜工部尚書〔二九〕，代逸淮爲宣武軍節度使〔三〇〕。悉有其舅司徒之兵與地⑳，衆果大悦便之㉑。

當此時，陳許帥曲環死〔三一〕，而吴少誠反㉒〔三二〕，自將圍許，求援於逸淮㉓，啗之以陳歸汴〔三三〕。使數輩在館，公悉驅出斬之。選卒三千人，會諸軍擊少誠許下〔三四〕，少誠失勢以走，河南無事。公曰：「自吾舅殁㉔，五亂於汴者，吾苗薅而髮櫛之幾盡〔三五〕。然不揃刈㉕〔三六〕，不足令震駭。」㉖〔三七〕命劉鍔以其卒三百人待命于門，數之以「數與於亂㉗〔三八〕，自以爲功」，并斬之以徇，血流波道〔三九〕。自是訖公之朝京師二十一年㉘〔四〇〕，莫敢有讙呶叫號於城郭者〔四一〕。

李師古作言起事㉙〔四二〕，屯兵于曹〔四三〕，以嚇滑帥㉚〔四四〕，且告假道〔四五〕。公使謂曰：「汝能越吾界而爲盜邪㉛？有以相待，無爲空言。」滑帥告急㉜，公使謂曰：「吾在此，公安無恐！」㉝或告曰：「翦棘夷道〔四六〕，兵且至矣，請備之。」公曰：「兵來不除道也。」〔四七〕不爲應㉞。師古詐窮變索〔四八〕，遷延旋軍〔四九〕。少誠以牛皮鞵材遺師古㉟〔五〇〕，師古以鹽資少誠。潛過公界，覺，皆留輸之庫。曰：「此於法不得以私相餽。」㊱

田弘正之開魏博〔五一〕，李師道使來告曰〔五二〕：「我代與田氏約相保援，今弘正非其族㊲〔五三〕，又首變兩河事〔五四〕，亦公之所惡㊳。我將與成德合軍討之〔五五〕，敢告。」公謂其使曰：「我不知利害，知奉詔行事耳㊴。若兵北過河，我即東以兵取曹。」〔五六〕師道懼，不敢動，弘正以濟㊵。

誅吴元濟也〔五七〕，命公都統諸軍㊶〔五八〕。曰：「無自行，以遏北寇。」〔五九〕公請使子公武以兵萬三千人會討蔡下㊷〔六〇〕，歸財與糧〔六一〕，以濟諸軍，卒擒蔡姦。於是以公爲侍中〔六二〕，而以公武爲鄜坊丹延節度使〔六三〕。師道之誅，公以兵東下，進圍考城〔六四〕。克之，遂進迫曹，曹寇乞降〔六五〕。

鄆部既平，公曰：「吾無事於此，其朝京師。」㊸〔六六〕天子曰：「大臣不可以暑行，其秋之待。」公曰：「君爲仁，臣爲恭，可矣。」遂行。既至，獻馬三千匹，絹五十萬匹㊹，他錦紈綺纈又三萬㊺，金銀器千〔六七〕。而汴之庫廄錢以貫數者尚餘百萬，絹亦合百餘萬匹㊻，馬七千㊼，糧三百萬斛，兵械多至不可數。初，公有汴㊽，承五亂之後，掠賞之餘，且斂且給，官無宿儲㊾〔六八〕。至是，公私充塞，至於露積不垣〔六九〕。册拜司徒〔七〇〕，兼中書令〔七一〕。進見上殿，拜跪給扶〔七二〕。贊元經體㊿〔七三〕，不治細微，天子敬之〔七四〕。元和十五年，今天子即位，公爲冢宰〔七五〕。又除河中節度使〔七六〕，在鎮三年，以疾乞歸，復拜司徒中書令〔七七〕。病不能朝，以長慶二年十二月三日薨於永崇里第〔七八〕，年五十八㉛。罷朝三日㉜〔七九〕，贈太尉〔八〇〕。賜之布粟㉝〔八一〕，其葬物有司官給之，京兆尹監護〔八二〕。明年七月某日，葬於萬年縣少陵原，京城東南三十里。楚國夫人翟氏袝。子男二人，長曰肅元，某官。次曰公武，某官。肅元早死㉞。公之將薨，公武暴病先卒〔八三〕，公哀傷之，月餘，遂薨。無子，以公武子孫紹宗爲主後〔八四〕。

汴之南則蔡，北則鄆，二寇患公居間爲己不利，卑身佞辭㉟，求與公好〔八五〕，薦女請昏，使日月至。既不可得㊱，則飛謀釣謗㊲〔八六〕，以間染我㊳〔八七〕。公先事候情㊴，壞其機牙㊵〔八八〕，姦不得發。王誅以成，最功定次〔八九〕，孰與高下？公子公武與公一時俱授弓鉞，處藩爲將，疆土相望。公武以母憂去鎮，公母弟充自金吾代將渭北〔九〇〕。公以司徒中書令治蒲，于時弟充自鄭滑節度平宣武之亂㊶，以司空居汴〔九一〕。自唐以來莫與爲比㊷。

公之爲治，嚴不爲煩，止除害本，不多教條。與人必信，吏得其職。賦入無所漏，失人安樂之，在所以富。公與人有畛域㊸〔九二〕，不爲戲狎。人得一笑語，重於金帛之賜。其罪殺人，不發聲色，問法何如，不自爲輕重㊹。故無敢犯者。其銘曰：

在貞元世，汴兵五猘〔九三〕。將得其人，衆乃一愒〔九四〕。其人爲誰？韓姓許公。磔其梟狼㊺〔九五〕，養以雨風。桑穀奮張〔九六〕，厥壤大豐。貞元元孫〔九七〕，命正我宇。公爲臣宗，處得地所[66]。河流兩壖〔九八〕，盜連爲羣。雄唱雌和，首尾一身。公居其間，爲帝督姦。察其嚬呻〔九九〕，與其睨眴〔一〇〇〕。左顧失視，右顧而跽〔一〇一〕。蔡先鄆鉏〔一〇二〕，三年而墟。槁乾四呼，終莫敢濡〔一〇三〕。常山幽都〔一〇四〕，孰陪孰扶[67]〔一〇五〕？天施不留[68]〔一〇六〕，其討不逋〔一〇七〕。許公預焉，其賚何如[69]〔一〇八〕。悠悠四方，既廣既長。無有外事，朝廷之治[70]。許公來朝，車馬干戈。相乎將乎〔一〇九〕，威儀之多。將則是矣，相則三公。釋師十萬，歸居廟堂。上之宅憂〔一一〇〕，公讓太宰〔一一一〕。養安蒲坂[71]〔一一二〕，萬邦絕等。有弟有子，提兵守藩。一時三侯，人莫敢扳〔一一三〕。生莫與榮，歿莫與令〔一一四〕。刻文此碑，以鴻厥慶〔一一五〕。

【彙校】

①〔唐故司徒兼侍中中書令贈太尉許國公神道碑銘〕此篇又載《唐文粹》卷五七，據校。

魏本注：「今本止云『許公神道碑銘』。」文本、南宋蜀本無「唐故」二字。《舉正》、《考異》同。南宋蜀本無「國」字。《舉正》無「銘」字。粹本題作「唐司徒兼侍中中書令許國公贈太尉韓公神道碑銘并序」。

②〔以國氏〕文本、南宋蜀本「國」下多一「爲」字。《舉正》：「保大本作『以國爲氏』。」《考異》：「『國』下或有『爲』字。

今按：『以國氏』，《春秋傳》語。」

③〔潁川〕祝本、文本、魏本「潁」作「頴」。謹按：「頴」，「穎」之俗體，見《正字通》、《篇海類編》。「穎」通「潁」，見《急

就篇》。

④〔不與人校〕南宋蜀本注：「校，一作『交』。」魏本注同。《舉正》據蜀本訂作「交」，云：「以『自可』言之，當作『不與人交』。《文粹》作『不與人校』。」朱熹從方本，《考異》：「交，或作『校』。方云：『以上文自可言之，作『不與人交』爲是。』今以下文『長者』言之，又似作『不與人校』爲是。更詳之。」王元啓注：「作『校』是。『不校』，與上文『自可』義亦復相承，與下『衆推長者』尤爲親切。蓋嫌己有不是，故與人校，校即不能寡言。海既『寡言自可』，即人不以我爲可而亦不與之校。若云『不與人交』，不但不可以爲長者，亦無此與人相絶之理。」

⑤〔衆推以爲鉅人長者〕此句粹本作「衆推之爲長者」。《舉正》據蜀本删「以」下「爲」字，云：「《文粹》作『衆推之爲長者』。」《考異》：「方無『爲』字，或無『以鉅人』三字，而『爲』上有『之』字，或併無此四字。」

⑥〔太夫人〕粹本、魏本無「太」字。

⑦〔夫人〕南宋蜀本「夫人」作「齊國」。《舉正》：「保大本作『齊國之兄』。」《考異》：「夫人，或作『齊國』。」

⑧〔有功〕南宋蜀本「功」下多一「於」字。《舉正》：「保大本『功』下有『於』字。」《考異》：「『功』下或有『於』字。」

⑨〔偘偘〕祝本注：「偘偘，一作『侃侃』。」南宋蜀本、魏本注同。《舉正》：「保大本只作『侃侃』。偘偘，見《三輔黄圖》，與『侃』同義。」《考異》：「或作『侃侃』，字與『偘』同。」

⑩〔不縱爲〕《舉正》：「杭本作『縱』，蜀本作『從』。」《考異》：「縱，或作『從』。」

⑪〔將數百人〕潮本無「將」字，祝本、文本、南宋蜀本、魏本同。《舉正》出南宋監本「數百人」，云：「晁本上有『將』字。」朱熹從方本，《考異》：「『兵』下或有『將』字。」今從方引晁本。

⑫〔鄙怯智勇〕潮本無「智」字，祝本、文本、南宋蜀本、魏本、王本、廖本同。今從粹本。

⑬〔奇之〕潮本「奇」上多一「歎」字，祝本、文本、南宋蜀本、魏本、王本、廖本同。今從粹本。

⑭〔老將自以爲〕潮本「將」下注：「一有『皆』字。」祝本、魏本注同。《舉正》出南宋監本「諸老將自以爲不及」，云：「蜀本『自』上有『皆』字，李校同。」朱熹增「皆」字，《考異》：「方無『皆』字。」

⑮〔南城〕文本「南城」作「城南」。

⑯〔劉逸淮死〕《舉正》出南宋監本「劉逸淮死」，云：「逸淮，後賜名『全諒』。《舊史·全諒傳》曰：『本名逸準。』故温公《考異》以『準』爲正。然參考新、舊《紀》、《傳》只當作『逸淮』。」

⑰〔軍中皆曰〕南宋蜀本注：「一無『中』。」《舉正》出南宋監本「軍中皆曰」，據保大本删「中」字。

⑱〔擇其骨肉而爲士卒所慕賴者〕粹本無「而」字。《舉正》出南宋監本「而爲士卒所慕賴者」，據杭本、粹本删「而」字。朱熹從方本，《考異》：「『肉』下或有『而』字。」

⑲〔天子〕南宋蜀本無重出「天子」二字。

⑳〔其舅〕粹本「其舅」作「舅氏」。《舉正》：「《文粹》作『悉有舅氏司徒之兵』，無『其』字。」《考異》：「其舅，或作『舅氏』。」

㉑〔衆果大悦便之〕王本、廖本無此句。

㉒〔而吴少誠反〕粹本、文本、南宋蜀本無「而」字。《舉正》出南宋監本「而吴少誠反」，據杭、蜀本删「而」字。朱熹從諸本存「而」字，《考異》：「方無『而』字。」

㉓〔求援〕祝本「援」作「授」。

㉔〔吾舅殁〕祝本、文本「殁」作「没」。謹按：「殁」、「没」，古今字，見《玉篇》。

㉕〔不揃刈〕潮本「不」下注：「一有『一』字。」祝本、魏本注同。「然」下文本注：「一有『一』字。」南宋蜀本「然」下多一「一」字。《舉正》據閣本「不」下增「一」字。朱熹從方本，《考異》：「或無『一』字。」

㉖〔震駴〕潮本注：「駴，一作『駭』。」祝本注同。文本、南宋蜀本、魏本作「駭」。魏本注：「一作『駴』，音駭。」《考異》：「駴，或作『駭』。」

㉗〔數與於亂〕南宋蜀本注：「與，一作『興』。」

㉘〔二十一年〕文本「十」下注：「一有『有』字。」南宋蜀本「十」下多一「有」字。《舉正》出南宋監本「二十一年」，云：「舊本作『廿一年』。」朱熹訂作「廿有一」，《考異》：「廿，方作『二十』。又無『有』字。」

㉙〔作言〕祝本、魏本「作」作「詐」，魏本注：「詐。一作『作』。」《考異》：「作，或作『詐』。」方成珪注：「此貞元二十一年正月事。『作』當從魏本作『詐』。下文『無爲空言』，正相應也。」

㉚〔以嚇滑帥〕文本「帥」作「師」。

㉛〔汝能越吾界而爲盜邪〕《舉正》出南宋監本「汝能越吾界而爲盜邪」，據保大本删「爲」字。朱熹從諸本，《考異》：「方無『爲』字。」

㉜〔滑帥告急〕潮本「帥」作「師」，文本同。《舉正》出南宋監本「滑師告急」，云：「蜀本作『告及』。」朱熹從方本，《考異》：「師，或作『帥』。前『滑帥』字疑亦當作『師』。急，或作『及』。」方成珪注：「『滑師』當作『滑帥』。蓋義成節

度使治滑州，故稱『滑帥』，指李元素而言也。不然，下文『公無恐』之『公』究誰指耶？上『滑帥』或當作『滑帥』。」今從粹本。

㉝〔公安無恐〕粹本無「安」字。潮本注：「一無『安』字。」祝本、魏本注同。《舉正》出南宋監本「公安無恐」，據杭本刪「安」字。朱熹從方本，《考異》：「『公』下或有『安』字。」「無」字，南宋蜀本無。

㉞〔不爲應〕潮本「爲」下多一「之」字，祝本、文本、南宋蜀本、魏本同。《舉正》據杭本刪「之」字。朱熹從方本，《考異》：「『爲』下或有『之』字。」今從粹本。

㉟〔牛皮鞣材〕祝本「材」作「財」。

㊱〔私相餽〕文本「餽」作「饋」。謹按：「餽」，「饋」之假借字。《說文》：「餽，吳人謂祭曰餽。饋，餉也。」段注：「按『祭鬼』者，『餽』之本義，不同『饋』也。以『餽』爲『饋』者，古文假借也。《孟子》『餽孔子豚』、《漢・禮樂志》『齊人餽魯而孔子行』已作此字。」

㊲〔非其〕文本、南宋蜀本「非其」作「其非」。注：「一作『非其』。」《舉正》出南宋監本「今弘正非其族」，據杭、蜀本乙「非其」作「其非」。朱熹從諸本，《考異》：「方作『其非』，非是。」

㊳〔所惡〕粹本「惡」作「約」。

㊴〔知奉詔〕粹本「知」上多一「止」字。

㊵〔弘正以濟〕祝本注：「一無『濟』字。」文本、魏本注同。

㊶〔諸軍〕南宋蜀本「軍」下多一「事」字。

㊷〔萬三千人〕《舉正》：「《淮西碑》作『萬二千人』。」《考異》：「《淮西碑》『三』作『二』。」

㊸〔其朝京師〕南宋蜀本注：「一無『其』。」

㊹〔絹五十萬匹〕粹本無「絹五十萬匹」五字。潮本「五十萬」作「七千」，祝本、文本、魏本同。潮本注：「七，一作『五』。」祝本注：「一作『五千』，一作『三千』，一作『五千萬匹』。」魏本注：「一作『絹五千匹』，一作『絹三千匹』，一作『絹五十萬匹』。」南宋蜀本作「五十萬」，注：「一作『七千』。」《舉正》據蜀本訂作「五十萬」三字，作「絹五十萬匹」，云：「李校，《新史》同。」朱熹從方本，《考異》：「或作『七千』。」今從方本。文本「匹」作「疋」。謹按：「疋」，「匹」之俗體。《説文》：「匹，四丈也，从八匸。八揲一匹，八亦聲。疋，足也。上象腓腸，下从止。」《廣韻》：「匹，偶也，配也，合也，二也。俗作『疋』，譬吉切。」

㊺〔他錦紈綺纈又三萬〕粹本無「他」、「又」二字。

㊻〔絹亦合百餘萬匹〕文本「亦」作「餘」。南宋蜀本「合百餘萬匹」作「餘百萬匹」。

㊼〔七千〕粹本、南宋蜀本「千」下多一「匹」字。

㊽〔公有汴〕文本、南宋蜀本「公」下多一「之」字。《考異》：「『公』下或有『之』字。」

㊾〔官無宿儲〕潮本無「官」字，祝本、魏本同。粹本「官」作「恒」。《舉正》據杭本「無」上增一「恒」字，闕末筆。朱熹從方本，《考異》：「或無『恒』字。」陳景雲注：「祥符本無『恒』字爲是，見《舉正》。《碑》作於長慶中，應避御名。」謹按：《舉正》據祥符杭本增「恒」字而非删「恒」字，《點勘》誤。今從文本。

㊿〔贊元經體〕潮本「元」下多一「老」字，祝本、文本、南宋蜀本、魏本同。《舉正》出南宋監本「贊元老經體」，删「老」

字，云：「蜀本有『老』字，考之杭本，誤增也。《文粹》亦無之，李本删去。『贊元經體』，荆公以來諸名士集多用之，或者以俗本識其誤，非也。」《考異》：「『元』下或有『老』字，非是。」今從粹本。

51〔年五十八〕潮本「五十八」作「八十」，粹本、祝本、文本、南宋蜀本、魏本同。文本注：「《史》云『五十八』。」南宋蜀本注：「一作『五十八』。」魏引補注：「新、舊《史》皆云年『五十八』。」《舉正》據保大本訂作「五十八」，云：「晁校，新、舊《史》皆合。」朱熹從方本，《考異》：「或作『年八十』。」高步瀛注：「案《音注》、《五百家》及《文粹》並作『八十』以『給扶』、『請老』等事觀之，疑作『八十』爲是。」謹按：弘弟充長慶四年卒，年五十五，見兩《唐書·韓充傳》。據此，當依兩《唐書》定爲「五十八」。今從方本。

52〔罷朝三日〕朱熹句上增「天子爲之」四字，《考異》：「方無此四字。」

53〔布粟〕南宋蜀本注：「粟，一作『帛』。」《舉正》：「保大本作『布帛』，然《舊史》實賜米粟千碩。」《考異》：「或作『布帛』。」廖本删「之」字，注：「『賜』下或有『之』字。」

54〔肅元早死〕魏本「死」作「殁」。

55〔卑身〕潮本注：「卑，一作『畢』。」祝本、魏本注同。《舉正》出南宋監本「卑身佞辭」，云：「蜀本作『卑』，杭本作『畢』。《後漢·周舉傳》『卑身降禮致敬於緦』，字本出《莊子》。」《考異》：「卑，或作『畢』。」

56〔至既不可得〕潮本「至既」作「既至」，粹本、祝本、文本、魏本及《舉正》同。朱熹訂作「至既」，《考異》：「方作『既至』，非是。」今從南宋蜀本。「不」上粹本多一「卒」字。《舉正》：「杭本無『得』字。」《考異》：「或無『得』字。」

57〔飛謀釣謗〕潮本注：「釣，一作『鉤』。」祝本注：「釣，一作『鉤』。」文本、南宋蜀本、魏本注同。《舉正》：「蜀本

『釣』作『鉤』。」《考異》：「釣，或作『鉤』。」王元啓注：「『釣謗』無理，當從別本作『鉤』。『鉤』字與下『染我』有情，蓋飛謀以間我，鉤謗以染我也。」高步瀛注：「吴先生校韓集定作『鉤』。按：『鉤』、『句』字通，《説文》：『句，曲也。鉤，曲鉤也。』《鬼谷子・飛箝篇》曰：『引鉤箝之辭。』陸農師注曰：『謂誘致其情也。』」

㊿〔以間染我〕祝本注：「染，一作『諜』。」文本、魏本注同。南宋蜀本作「諜」。《舉正》：「蜀本『染』作『諜』。」《考異》：「染，或作『諜』。」南宋蜀本注：「一無『我』。」

㊾〔公先事候情〕粹本「候」作「後」。《舉正》：「蜀本作『後情』，《文粹》同，保大本作『先得事情』。」《考異》：「或作『先得事情』。候，或作『後』。」

㊿〔機牙〕祝本「機」作「幾」。

㊿〔鄭滑節度〕祝本「度」下注：「一有『使』字。」文本、魏本注同。南宋蜀本有「使」字。

㊿〔莫與爲比〕文本「與」下多一「之」字。

㊿〔軫域〕潮本注：「軫，一作『畛』。」祝本、魏本注同。南宋蜀本作「畛」。《舉正》訂作「畛」，云：「李校。」朱熹從方本，《考異》：「畛，或作『軫』，非是。」

㊿〔不自爲〕南宋蜀本注：「一本無『不自』。」《舉正》：「保大本無『不自』二字，然《新史》亦出。」《考異》：「自爲，或無此二字，非是。」方成珪注：「《舉正》『保大本無不自二字』，非謂無『自爲』字也，當據改。」

㊿〔梟狼〕南宋蜀本「狼」作「很」。

㊿〔處得地所〕潮本注：「一作『處處得所』。」祝本、魏本注同。

⑰〔孰陪〕潮本注：「陪，一作『信』。」南宋蜀本注：「陪，一作『悖』。」魏本注：「陪，一作『信』，一作『悖』。」《舉正》：「保大本『陪』作『倚』，蜀本作『悖』。此銘用韻最異於他文，首四章皆四語一韻，而『韓姓許公』，特衍二語，示所本也。『公居其間』以下每句用韻，而各分章。至『許公預焉，其賚何如』，上二語不用韻，所以終上文也。其後七章，二章章二句，五章章四句，以『堂』叶『公』，以『等』叶『宰』，皆從古也。」《考異》：「陪，或作『悖』，或作『倚』。」

⑱〔天施不留〕祝充注：「施，一作『地』。」魏本注同。

⑲〔其賚何如〕南宋蜀本「賚」作「賴」。《考異》：「賚，或作『賴』。」

⑳〔朝廷之治〕文讜注：「治，一作『强』。」

㉑〔養安蒲坂〕文本注：「安，一作『老』。」

【箋注】

〔一〕韓醇注：「韓弘，《新史》有傳，多本《碑》詞。《傳》間有誤處，當以碑爲正。蓋淮西之役，弘爲行營都統，公爲行軍司馬，其知弘非一日也。」

此篇作年，洪譜、方表、方譜、蔣抱玄注均繫於長慶三年（八二三）。洪譜：「三年癸卯：是年有《韓弘碑》。」碑文云：「長慶二年十二月三日薨，明年七月某日葬。」當作於長慶三年七月前後。

〔二〕魏引任淵曰：「《世本》曰：曲沃桓叔成師之子曰韓萬，萬子求伯，求伯子子輿，子輿子厥，遂以韓爲氏。故云。」嚴有翼注：「《唐韻》云：韓姓出自唐叔虞之後，曲沃桓叔之子萬食邑於韓，因以爲氏，代爲晉卿。後分晉爲國，韓爲秦滅，復以國爲氏，出潁川。後避王莽之亂，居南陽。」《元和姓纂》卷四：「韓出自唐叔虞之後，晉穆侯子成師生萬，食采於韓原，因以命氏，代爲晉卿。曾孫厥生起，起生須，須生不信。元孫景侯分晉爲諸侯，八代至王安，爲秦所滅。復以國爲氏。」

〔三〕魏仲舉注：「夏，音賈。」《元和姓纂》卷四：「漢御史大夫韓安國與稜，並潁川人。」《新唐書·宰相世系表三上》：「韓氏出自姬姓，晉穆侯濆少子曲沃桓叔成師生武子萬，食采韓原，生定伯。定伯生子輿，子輿生獻子厥，從封，遂爲韓氏。十五世孫襄王倉爲秦所滅，少子蟣虱生信，漢封韓王，生弓高侯隤當。隤當生孺，孺生案道侯説，説生長君，長君生龍頟侯增。增生河南尹騫，避王莽亂，居赭陽。九世孫河東太守術，生河東太守純。純生魏司徒南鄉恭侯暨，子孫其後徙陽夏。」

〔四〕祝充注：「秦滅韓，以其地爲潁川郡陽夏，隋改爲太康。」文讜注：「（《新唐書》）《宰相世系》曰：『韓氏出自姬姓，晉穆侯沸少子曲沃桓叔成師生武，子萬食，采韓原。至曾孫厥從封，遂爲韓氏。三十五世孫魏司空甫鄉恭侯暨，其後徙陽夏。』《通典》曰：『許州爲潁川郡，春秋許國，七國時爲韓魏二國之境，秦爲潁川郡。陳州太康縣，漢陽夏縣地。』夏，因古雅切。」《元和郡縣志》卷八河南道陳州太康縣，今屬河南省。

〔五〕魏引補注：「新、舊《史》皆言：弘，滑州匡城人。」

〔六〕《元和姓纂》卷四東郡韓氏：「檢校司空平章事汴宋節度使韓弘。」

〔七〕文讜注：「海，《宰相世系表》云名『垂』。」《新唐書·宰相世系表三上》陽夏韓氏：望生垂，垂生弘、充，弘生公武，公武生繼之、繼宗。

〔八〕文讜注：「塞，實也。《書》(《皐陶謨》)曰：剛而塞。」蔣抱玄注：「沈塞，沈實之義。塞，充實也。《書經》：温恭允塞。」高步瀛注：「塞，寒之通借字。《説文》曰：『寒，實也。』」謹按：《説文》：「塞，隔也。从土从寒。」段注：「《邶風》、《鄘風》傳曰：『塞，瘞也。塞，充實也。』皆謂『塞』爲『寒』之假借字也。」《玉篇》：「塞，蘇代切。《説文》云：『隔也。』又蘇得切，實也，滿也，蔽也。」「沈塞」一語，前人已有使用者，《三國志·蜀志·郤正傳》：「嗟道義之沈塞，愍生民之顛沛。」郤正用「隔絶」義，謂沈淪壅塞。此處「沈塞」，用「充實」義，謂穩重篤實。此義始見韓文，後人亦頗有採用者。如宋劉一止《宋故敦武郎知麟州建寧寨累贈太師秦國公楊公(震)墓碑》：「質貌魁偉，沈塞有謀。」(《苕溪集》卷四十八)元王惲《大元故真定路兵馬都總管史公(楫)神道碑銘并序》：「時侯齒雖稺，資禀剛毅沈塞。」(《秋澗先生大全文集》卷五十四)清錢謙益《顧孝廉(朗仲)請贈議》：「朗仲之道，弘而毅，篤誠而沈塞。」(《牧齋初學集》卷二十六)

〔九〕文讜注：「校，報也。《論語》：『曾子曰：犯而不校。』注：『言見侵犯不報也。』音居效切。」蔣抱玄注：「校，計較也。」

〔一〇〕《新唐書·百官志一》尚書省兵部：「從五品下曰游擊將軍、歸德郎將。」

〔一一〕《新唐書·百官志一》：「太師、太傅、太保各一人，是爲三師；太尉、司徒、司空各一人，是爲三公。皆正一品。」

〔一二〕蔣抱玄注：「鄉邑，同邑也。」

〔一三〕魏引補注：「海二子：弘、充。」

〔一四〕《新唐書·百官志一》：「凡外命婦有六：王、嗣王、郡王之母、妻爲妃，文武官一品、國公之母、妻爲國夫人，三品以上母、妻爲郡夫人，四品母、妻爲郡君，五品母、妻爲縣君，勳官四品有封者母、妻爲鄉君。」

〔一五〕劉玄佐，兩《唐書》有傳，其生平如次：劉玄佐本名洽，滑州匡城人。大曆中爲永平軍衙將，李靈曜據汴州反，洽將兵徑入宋州，十二年十月乙巳，李勉奏署宋州刺史（《舊唐書·代宗紀》）。建中二年正月丙子，加兼御史中丞、亳潁節度等使。李納叛，洽與賊接戰，大破之，十月戊申，加御史大夫，遷尚書，兼曹濮觀察使，尋加淄青兗鄆招討使，又加汴滑都統副使。李希烈攻汴州，連戰郤賊。興元元年三月丁丑，進加檢校左僕射加平章事。十一月癸卯，以宋亳節度使破希烈之衆於陳州。戊午，大破希烈之衆，擒其僞相鄭賁等五人以獻，希烈遁歸蔡州。貞元元年率軍收汴，三月戊午，以宣武帥檢校司空。四月己卯，賜名玄佐。六月辛巳，詔加汴州刺史、汴宋節度使（《舊唐書·德宗紀上》）。無幾，授本管及陳州諸軍行營都統。貞元四年正月壬申入朝，兼涇原四鎮北庭兵馬副元帥、檢校司空（《新唐書·德宗紀》）。貞元八年三月庚午薨（《資治通鑑》

卷二二三四）,年五十八,贈太傅。

〔一六〕文讜注:「建中元年析永平節度置汴宋亳潁節度使,治宋州。尋號宣武軍,興元元年徙治汴州。」《舊唐書·德宗紀上》:「建中二年二月丙午,以宋亳節度爲宣武軍。」《元和郡縣志》卷六河南道汴州(雄):「今爲汴宋節度使理所,管汴州、宋州、亳州、潁州,管縣二十八。」今河南開封。

〔一七〕孫汝聽注:「建中二年正月,以宋州刺史劉玄佐爲汴宋亳潁節度使。」

〔一八〕祝充注:「侃侃,口旱切,和樂貌。《三輔皇圖》:『侃侃誾誾。』」文讜注:「侃,與『侃』同。」《玉篇》:「侃,口旱、口汗二切,樂也,又强直也。侃,同上。」《論語·鄉黨》:「與下大夫言,侃侃如也;與上大夫言,誾誾如也。」孔安國注:「侃侃,和樂貌也。誾誾,中正貌也。」自將,自我約束,自我保護。《漢書·兒寬傳》:「寬爲人温良,有廉知自將。」顔師古注:「將,衛也,以智自衛護也。」

〔一九〕華靡,奢華麗靡。曹植《求自試表》:「位竊東藩,爵在上列,身披輕煖,口厭百味,目極華靡,耳倦絲竹。」遨放,遨遊放縱。此語始見韓文,後人亦多採用者。如宋真德秀《諭州縣官僚》:「今之居官者,或酣詠遨放爲高,以勤强勉恪爲俗。」(《西山先生真文忠公文集》卷四十)元釋圓至《蒙泉字序》:「蒙泉才智而剛,持己有幅尺。謹謹自守,不恣恃爲遨放事,其知所養者矣。」(《牧潛集》卷四)元王沂《伯姊墓誌銘》:「侍其君名宦未立,卓越不羈,賓客過從,車騎魚貫,擊鮮置醴,彈絲吹竹,歌呼遨放,窮日夜不厭。」(《伊濵集》卷二十三)全用「華靡遨放」四字者,如黄溍

《師友集序》：「雅不欲諸孫豢於貴驕，而縱爲異時華靡遨放事。」（《金華黄先生文集》卷十八）《抑菴姚君（以高）墓誌銘》：「君沈厚精敏，咨禀教飭，不縱爲子弟華靡遨放事。」（《牧齋初學集》卷六十）

〔二〇〕《唐六典》卷二尚書吏部考功郎中：「凡諸州每歲貢人，其類有六：一曰秀才，二曰明經，三曰進士，四曰明法，五曰書，六曰算。其明經各試所習業，文注精熟，辨明義理，然後爲通。正經有九：《禮記》、《左傳》爲大經，《毛詩》、《周禮》、《儀禮》爲中經，《周易》、《尚書》、《公羊》、《穀梁》爲小經。通二經者，一大一小，若兩中經；通三經者，大小中各一；通五經者，大經並通。其《孝經》、《論語》並須兼習。」

〔二一〕曾國藩《求闕齋讀書録》卷八：「指，意指也。付，委以事也。」

〔二二〕魏仲舉注：「屬，之欲切。」

〔二三〕孫汝聽注：「貞元八年二月，玄佐卒。」

〔二四〕孫汝聽注：「玄佐卒年四月，以其子士寧代爲使。九年十二月，軍亂，逐士寧。以副使李萬榮爲使，弘出爲宋州南城將。」沈欽韓注：「《方輿紀要》：唐宋州有三城，有南城，有北二城。」《册府元龜》卷八百四十八：「高承簡，貞元中爲宋州刺史。時汴州反，逐其帥，因以部將李齐行帥事。及齐兵大至，宋州凡三城，賊已陷南城，承簡保北兩城以拒。」

〔二五〕文讜注：「比，近也，毗志切。」

〔二六〕文讜注：「汴州自李希烈後，劉玄佐、佐子士寧、李萬榮、董晉、陸長源、劉全諒至弘，皆代節度，凡更五亂。」孫汝聽注：「貞元十二年七月，萬榮病，其子迺自稱兵馬使。軍亂，逐迺，以董晉爲節度使。十五年二月，晉卒，以行軍司馬陸長源爲使。軍亂，殺長源，以宋州刺史劉逸淮爲使。」

〔二七〕文讜注：「全諒始名逸淮。」孫汝聽注：「九月逸淮卒。」劉逸淮，《舊唐書》有傳，其生平如次：劉逸淮，懷州武涉人。父客奴，由征行家於幽州之昌平。少從平盧軍，開元中斬室韋首領假普恪，自白身授左驍衛將軍，充遊奕使。安禄山反，平盧節度使吕知誨受逆命。客奴與平盧諸將殺知誨，十五載四月，授柳城郡太守攝御史大夫平盧節度支度營田陸運押兩蕃渤海墨水四府經略及平盧軍使，仍賜名正臣。爲王玄志所酖而卒，大曆九年，追贈工部尚書。逸淮以父勳授別駕長史，建中初劉玄佐爲宋亳節度使，召署爲牙將。累署都知兵馬使、試太僕卿，兼御史中丞。玄佐卒，子士寧代爲節度使，以逸淮爲宋州刺史。及董晉卒，兵亂，殺陸長源。監軍俱文珍與大將密召逸淮赴汴州，令知留後。朝廷因授以檢校工部尚書汴州刺史兼宣武軍節度觀察等使，仍賜名全諒。貞元十五年九月庚戌卒（《舊唐書·德宗紀下》），年四十九。

〔二八〕文讜注：「見，形甸切。」

〔二九〕《新唐書·百官志三》大理寺：「評事八人，從八品下。」《新唐書·百官志一》尚書省：「工部尚書一人，正三品。」

〔三〇〕樊汝霖注：「弘事逸淮爲都知兵馬使。逸淮死，汴軍懷玄佐之惠，以弘長厚，共請爲留後，環監軍請表其事。朝廷許之，自試大理評事檢校工部尚書充宣武軍節度副大使知節度事。」《舊唐書・德宗紀下》：「貞元十五年九月辛酉，以大理評事宣武軍都知兵馬使韓弘檢校工部尚書，兼汴州刺史、御史大夫、宣武軍節度使。」

〔三一〕韓醇注：「貞元十五年八月，陳許節度曲環卒。」《舊唐書・德宗紀下》：「貞元十五年八月丙申，陳許節度使檢校尚書右僕射許州刺史曲環卒。」曲環，兩《唐書》有傳，其生平如次：曲環，陝州安邑人，家於隴右。少讀兵書，尤以勇敢騎射聞。天寶中從哥舒翰攻拔石堡城，收黄河九曲洪濟等城，累授果毅别將。安禄山反，從襄陽節度魯炅守鄧州，功多，超授左清道率。又從李抱玉守河陽南城，尋將兵守澤州，破賊驍將安曉，敕特拜羽林將軍。又將别部兵合諸軍同討史朝義，平河北，累轉金吾大將軍並同正員。大曆中領兵隴州，頻破吐蕃，累加特進、太常卿、太子賓客。討涇州叛將劉文喜，加開府儀同三司兼御史中丞，充邠隴兩軍都知兵馬使。建中二年十一月辛未，大破李納之衆於徐州（《舊唐書・德宗紀上》），以功最，加御史大夫。建中三年十月，加檢校左常侍充邠隴行營節度使。李希烈侵陷汴州，環與諸軍守固寧陵、陳州，興元元年十一月癸卯，大破希烈軍於陳州城下（《舊唐書・德宗紀上》），以功加檢校工部尚書兼陳州刺史。希烈平，貞元二年七月己酉，兼許州刺史陳許等州節度觀察使（《舊唐書・德宗紀上》），十二年，加檢校左僕射。貞元十五年八月丙申卒（《舊唐書・德宗紀下》），年七十四，贈司空。

〔三二〕吴少誠，兩《唐書》有傳，其生平如次：吴少誠，幽州潞縣人。父翔爲魏博節度都虞候，少誠以父勳，釋褐王府户曹。後至荆南，節度使庾凖奇之，留爲衙門將。凖入覲，從至襄漢，見梁崇義不遵憲度，知有異志。少誠密計有成擒之略，有詔慰飭不次，封通義郡王。未幾，崇義違命，希烈受制専征，以少誠爲前鋒。崇義平，賜實封五千户。後希烈叛，少誠頗爲其用。希烈死，少誠等初推陳仙奇統戎事。朝廷已命仙奇，尋爲少誠所殺，衆推少誠知留務，朝廷遂授以申光蔡等州節度觀察兵馬留後，尋正授節度。貞元十五年三月甲寅，少誠寇唐州。八月丙申陳許節度曲環卒，少誠擅出兵攻掠臨潁縣，九月，遂圍許州。丙辰，詔削奪少誠官爵，分遣十六道兵馬進討。貞元十六年十月辛未，少誠引兵退歸蔡州，戊子，下詔洗雪，復其官爵（《舊唐書·德宗紀下》）。累加檢校僕射。順宗即位，加同中書門下平章事。元和初，遷檢校司空，依前平章事。元和四年十一月己巳卒（《舊唐書·憲宗紀上》），年六十，贈司徒。

〔三三〕祝充注：「啗，侯濫切。」文讜注：「陳許節度使治許州，號忠武軍。彰義節度使吴少誠，有申光蔡三州。」

〔三四〕孫汝聽注：「貞元十五年九月，少誠圍許。初，少誠密與逸淮謀因曲環卒襲陳許，會逸淮卒，其使數輩在傳舍。弘喜獲節鉞，即斬其人以聞，立出軍三千助禁軍共討少誠，敗之。」

〔三五〕《舉正》出南宋監本「苗槈而髮櫛之」，云：「《淮南子》語。」樊汝霖注：「《淮南子》（《兵略》）：『聖人之用兵也，櫛髮槈苗，所去者少而所利者多。』舊注：『槈，除田草也。』」祝充注：「薅，音蒿。」文讜注：「薅，乎刀切。櫛，側瑟切。幾，居希切。」魏仲舉注：「槈，呼豪切。」《國語·晉語五》「糞缺薅」，韋昭注：「薅，耘也。櫛，側瑟切。《莊子》（《庚桑楚》）：『簡髮而櫛。』」《漢書·王莽傳中》：「每縣則薅」，顔師古注：「薅，耘去草也。」

〔三六〕祝充注：「揃，子淺切。」文讜注：「揃，滅也，音子淺切，或從『翦』。」魏仲舉注：「揃，滅也，與『翦』同。」

〔三七〕祝充注：「駴，侯楷切。《周禮》『鼓皆駴』，注：『疾雷擊鼓曰駴。』」謹按：「駭」、「駴」二字可通用，《周禮·夏官·大司馬》「鼓皆駴」，《釋文》：「駴，本亦作駭，胡楷反。李：一音亥。」但二者字義亦有差别。駭，驚也。《玉篇》：「駭，胡駭切，驚起也。」駴，動也，改也。《玉篇》：「駴，胡揩切，雷擊鼓也。」《莊子·外物》「聖人之所以駴天下」，郭象注：「駴，户楷反，謂改百姓之視聽也。」「震駭」，震驚。曹丕《與鍾大理書》：「捧匣跪發，五内震駭。」「震駴」，震動、震懾。此語始見韓文，後人亦有採用者。如元袁桷《廣招》：「一去而莫返兮，八靈孰能以震駴。」（《清容居士集》卷二）明羅玘《平寇録序》：「用夜半燎起礮訇，林壑震駴。」（《圭峰集》卷十）明張岳《答夏桂洲》：「假使當初不一震駴狼子野心，姑息容養，其能與之俱存至今乎？」（《小山類稿》卷九）

〔三八〕「數之」下文讜注：「數，計也。音所矩切。下『不可數』同。」「數與」下文讜注：「數，色角切。與音預。」《資治通鑑》貞元十六年：「宣武軍自劉玄佐薨，凡五作亂，士卒益驕縱，輕其主帥。韓弘視事數月，皆知其主名。有郎將劉鍔，常爲唱首。三月，弘陳兵牙門，召鍔及其黨三百人，數之以『數預於亂自以爲功』，悉斬之。」胡注：「『數之』之『數』，音所具翻。『數預』之『數』，所角翻。」

〔三九〕樊汝霖注：「汴州自士寧之後，軍益驕恣，又長源遇害，頗輕主帥。弘視事數月，皆知其人。有郎將劉鍔者，兇卒之魁也。弘欲大振威望，貞元十六年三月，弘引短兵於牙門，召鍔與其黨三百，數其罪斬之，血流道中。」童第德注：「『波』讀曰『播』，見《周禮·職方氏》『其浸波溠』鄭注。一曰《説文》：『波，水涌流也。』血流波道，猶言血流涌道，作本義解自通。」

〔四〇〕《舊唐書·韓弘傳》：「汴州自劉士寧之後，軍益驕恣，及陸長源遇害，頗輕主帥。其爲亂魁黨數十百人，弘視事數月，皆知其人。有部將劉鍔者，兇卒之魁也。弘欲大振威望，一日引短兵於衙門，召鍔與其黨三百，數其罪，盡斬之以徇，血流道中。弘對賓僚言笑自若。自是訖弘入朝，二十餘年，軍衆十萬，無敢怙亂。」《册府元龜》卷四百一：「韓弘貞元中爲宣武軍節度使。先於汴州比年繼亂，號爲難理，自劉士寧之後，有李迺、鄧惟恭、馬英幹相次擒赴，殺軍司馬陸長源及從事孟叔度輩。凡造惡者數十百人，常混然而隱於衆。弘視事未幾，搜録其黨，皆得之而族誅焉。有部將劉鍔，亦兇黨也。弘欲因此大振軍聲，一旦，列短兵於牙門，召鍔並其下三百人，數其前罪，斬之以徇，血流道中。宏宴笑自若。其後訖弘入朝，凡二十一年，兵衆五萬，不敢有謀亂者。」

〔四一〕祝充注：「讙呶，上音歡，譁也。下泥交切。《詩》『以讙惛呶』，注：『惛呶，謂讙譁也。』」文讜注：「呶，尼交切。號，乎刀切。」《詩·小雅·賓之初筵》「載號載呶」，毛傳：「號呶，號呼讙呶也。」讙，喧嘩。《史記·陳丞相世家》「諸將盡讙」，司馬貞《索隱》：「讙，譁也。」呶，喧鬧。《説文》：「呶，讙聲也。」《廣韻》：「呶，喧呶。」《詩·小雅·北山》「或不知叫號」，毛傳：「叫，呼。號，召也。」

〔四二〕蔣抱玄注：「作言，造謡之義。」童第德注：「『作』、『詐』古通用。《禮記·月令》『無或作爲』，鄭注：今《月令》『作爲』作『詐爲』，是其證。」謹按：「作言」即「詐言」，釋法琳《辨正論·九箴篇》：「寄語後世人：道士慎莫作言，虚棄功夫，浪殀年壽也。」（《廣弘明集》卷十三）李師古，兩《唐書》有傳，其生平如次：李師古，李納子。累官青州刺史。貞元八年納死，軍中以師古代其位而上請，朝廷因而授之，八月辛卯，起復右金吾大將軍同正，平盧及青淄齊節度營田觀察海運陸運押新羅渤海兩蕃使成德軍節度（《舊唐書·德宗紀下》）。貞元十年五月服闋，加檢校禮部尚書。十二年正月，檢校尚書右僕射。十一月丁母憂，起復左金吾上將軍同正。十六年六月丙午，加中書門下平章事。德宗遺詔下，告哀使未至，義成軍節度使李元素以與師古鄰道，録遺詔報師古，以示無外。貞元二十一年二月壬子，師古出兵寇滑之東鄙，以討元素爲名，冀因國喪以侵州縣。俄聞順宗即位，乃罷兵。累官至檢校司徒兼侍中，元和元年閏六月壬子卒（《舊唐書·憲宗紀上》），贈太傅。

〔四三〕《元和郡縣志》卷十一河南道曹州（上），治所濟陰縣，在今山東曹縣西北。

〔四四〕祝充注：「嚇，虚訝切。」魏仲舉注：「嚇，虚訶切。」《册府元龜》卷一七七：「二月壬子，淄青節度使李師古以師次滑州西界。初，告哀使未至鄭，滑軍裨將吏自京師得遺詔本，歸以示節度使李元素。元素以師古鄰接，欲爲不自外，使密以其本示之。師古不受曰：『京師無訃告，何故妄言？』杖其使幾死。舉兵以脅元素。元素懼，上表請自貶，朝廷兩慰解之。初，師古聞消息，遂以師自至濮州，伺候爲變。借元素爲名以動衆，及聞帝即位，即罷界上兵。」

〔四五〕文讜注：「師古，淄青李納之子。有州十二：淄、青、齊、海、登、萊、沂、密、曹、濮、兗、鄆，國號齊。」

〔四六〕蔣抱玄注：「夷，平也，謂平治道途也。」

〔四七〕《周禮·秋官·野廬氏》「凡國之大事，比修除道路者」，鄭玄注：「比校治道者名。」賈公彦疏：「大事，謂若征伐、巡守、田獵、郊祀天地，王親行所經，並須修除道路及修廬。校比民夫，使有功效，故云比校治道者名也。」

〔四八〕蔣抱玄注：「索，亦盡也。」

〔四九〕文讜注：「本傳曰：弘自此累授檢校司空同中書門下平章事。」孫汝聽注：「貞元二十一年正月，德宗崩，順宗即位。東平師李帥古發兵屯西境以脅滑州。時告哀使未至諸道，義成牙將有自長安還得遺詔者，節度李元素以師古鄰道，遣使密示之。師古欲乘國喪侵噬鄰境，乃集將士謂曰：『聖上萬福，而元素忽傳遺詔，是反也。』遂杖元素使者，發兵屯曹州，且告假道於汴。及聞順宗即位，乃罷兵。」蔣抱玄注：「遷延，卻退也。《左傳》（襄公十四年）：晉人謂之遷延之役。」

〔五〇〕祝充注：「鞵，與鞋同，屬也。《淮南子》（《齊俗》）：『不亟於爲文句疏短之鞵。』遺，以醉切。」文讜注：「鞵，與鞋同，革鞮也，音胡街切。遺，贈也，音以醉切。」魏仲舉注：「鞵，户佳切。」《玉篇》：「鞵，胡街切，革鞮也，革底麻枲。鞋，同上。」

〔五一〕文讜注：「謂以魏博六州歸朝也。」孫汝聽注：「元和七年十月，以田弘正爲魏博節度使。」《元和郡縣志》卷十六河北道魏州（魏郡大都督府）：「今爲魏博節度使理所，管魏州、相州、博州、衛州、貝州、澶州，管縣四十三。」今河北大名。田弘正，兩《唐書》有傳，其生平如次：田弘正本名興，字安道，平州盧龍人（元稹《故中書令贈太尉沂國公墓誌銘》）。祖延惲，魏博節度使承嗣之季父，位終安東都護府司馬。年十八爲魏博衙前都知兵馬使，由太子賓客沂國公累加殿中御史、侍御史、中丞、秘書監。元和七年，同節度副使（《沂國公墓誌銘》）。田季安以人情歸附，出爲臨清鎮將。季安病篤，其子懷諫召弘正署其舊職。其年八月戊戌季安卒（《舊唐書・憲宗紀下》），懷諫委家僮蔣士則，改易軍政，人情不悦。咸曰：『都知兵馬使田興可爲吾帥也。』衙兵數千詣興私第陳請，呼噪不已。興出，衆拜之，脅還府。興頓仆於地久之，度終不免，乃與諸軍約：『吾欲守天子法，以六州版籍請吏，勿犯副大使，可乎？』皆曰：『諾。』十月乙未入府視事，殺蔣士則及支黨十餘人（《舊唐書・憲宗紀下》）。翌日具事上聞。甲辰，加興銀青光禄大夫檢校工部尚書魏州大都督府長史兼御史大夫上柱國沂國公充魏博等州節度觀察處置支度營田等使。十一月乙丑，仍令中書舍人裴度使魏州宣慰，賜魏博三軍賞錢一百五十萬貫。八年二月辛卯，賜名弘正。元和十年，朝廷用兵討吴元濟。弘正遣子布率兵三千進討，屢戰有功。李師道以弘正效忠，又襲其後，不敢顯助元濟，故絶其掎角之援，王師得致討焉。俄而王承宗叛，詔弘正以全師壓境，破其衆南宫。承宗懼，遂納二子爲質，獻德、棣二州。十三年，王師加兵於鄆，詔弘正與宣武、義成、武寧、横海等五鎮之師會軍齊進。十一月，弘正自帥全師自楊劉渡河築壘，距鄆四十里。師道遣大將劉悟率精兵屯河東，戰陽谷，再遇再北。而李愬、李光顔三面進攻，賊皆挫敗，其勢將危。十四年三月九日，劉悟以河上之衆倒戈入鄆，斬師道首，詣弘正請降。淄青十二州平，論功加檢校司徒同中書門下平章事。是年八月，弘正入覲，加檢校司徒兼侍中，實封三百户。元和十五年，鎮州王承宗卒，十月乙酉，以弘正檢校司徒兼中書令鎮州大都督府長史充成德軍節度鎮冀深趙觀察等使。弘正以新與鎮人戰，有父兄怨，取魏兵二千自衛。時賜鎮州三軍賞錢一百萬貫不時至，軍有怨言，弘正親加撫喻乃安。仍請留魏兵爲紀綱，以持衆心。度支使崔倰不知大體，固阻其請，凡四上表不報。長慶元年七月歸衛卒於魏，是月二十八日夜軍亂，弘正并家屬參佐將吏等三百餘口並遇害，年五十八。穆宗聞之震悼，册贈太尉。

〔五二〕文讜注：「師道，師古之弟，後爲劉悟所殺，傳首京師。」孫汝聽注：「元和元年閏六月，東平帥李師古卒，其弟師道代之。」李師道，兩《唐書》有傳，其生平如次：李師道，師古異母弟，其母張忠志女。師古死，師道時知密州事，其奴不發喪，潛使迎師道於密而奉之。憲宗以蜀川方擾，不能加兵於師道，元和元年七月己巳，授檢校左散騎常侍兼御史大夫權知鄆州事充淄青節度留後。十月壬午，加檢校工部尚書兼鄆州大都督府長史充平盧軍及淄青節度副大使知節度事管内支度營田觀察處置陸運海運押新羅渤海兩蕃等使。五年七月丁未，檢校尚書右僕射。十年，王師討蔡，師道使賊燒河陰倉，斷建陵橋。八月丁未，遣將訾嘉珍、門察殺武元衡，傷裴度。遣嵩山僧圓淨率勇士數百人伏於東都進奏院，乘洛城無兵，欲焚燒宫殿而肆行剽掠，留守吕元膺盡擒之。及誅吴元濟，師道恐懼，上表乞聽朝旨，請割三州并遣長子入侍宿衛。詔許之，十一年十一月，加司空。師道中悔，以軍不協爲解。十三年七月乙酉，詔削奪淄青節度使李師道在身官爵，仍令宣武、魏博、義成、義寧、横海等五鎮之師分路進討（《舊唐書·憲宗紀下》）。十四年二月九日，其將劉悟擒斬師道（《舊唐書·憲宗紀下》），傳首京師。

〔五三〕文讜注：「非族，言非田氏正嫡也。」

〔五四〕高步瀛注：「謂河南、北藩鎮皆私其土，而弘正舉六州版籍請吏於朝，爲首變兩河事也。」

〔五五〕文讜注：「成德軍王承宗，有恒、冀、趙、深四州，國號趙。」

〔五六〕《舉正》出南宋監本「我即東以兵取曹師」，乙「以兵」作「兵以」，云：「李校。」朱熹從方本，《考異》：「或作『以兵』，非是。」謹按：「東以兵取曹」，即「以兵東取曹」。「東」爲動詞，謂東向，蓋曹州在汴州以東。斷爲「東以」、「兵取」，或「東」、「以兵」、「取」，均嫌生澀。

〔五七〕文讜注：「元濟，少誠之子。」吴元濟，兩《唐書》有傳，其生平如次：吴元濟，吴少陽長子。初爲試協律郎兼監察御史攝蔡州刺史，元和九年九月乙丑，父死不發喪，以病聞，因假爲少陽表，請元濟主兵務。屠舞陽，焚葉縣，攻掠魯山、襄城、汝州、許州及陽翟，關東大恐。十月壬戌，以陳州刺史李光顔爲忠武軍節度使，甲子，以嚴綬充申光蔡等州招撫使。十年正月己亥，制削奪吴元濟在身官爵，詔諸道進討。九月癸酉，以汴州節度使韓弘爲淮右行營兵馬都統。十一年春諸軍雲合，李光顔、烏重胤旦夕血戰。十二年正月，用李愬爲唐鄧帥，拔賊文城柵，擒柵將吴秀琳，又獲賊將李祐。李光顔亦拔賊郾城。元濟始懼，盡發左右及守城卒屬董重質，以抗光顔、重胤。六月壬戌，元濟上表請束身歸朝，爲羣賊所制，不能自拔。七月，詔以度爲彰義軍節度使兼申光蔡四面行營招撫使。八月，度至郾城。十月十六日壬申，愬乘夜出軍至蔡州城下，坎墻而畢登。十七日癸酉，擒元濟并其家屬以聞。十一月丙戌朔，以吴元濟徇兩市，斬於獨柳樹。

〔五八〕孫汝聽注：「元和十年二月，山南東道節度嚴綬爲賊所襲，退守唐州。汴州當兩河賊之衝要，朝廷慮弘有異志，欲以兵柄授之，而令李光顔、烏重裔實當旗鼓。九月，以弘充淮西行營都統使。」《舊唐書・憲宗紀下》：「元和十年九月癸酉，以宣武軍節度使韓弘充淮西行營兵馬都統。」

〔五九〕文讜注：「時王承宗、李師道陰爲淮蔡之援。」

〔六〇〕樊汝霖注：「弘爲都統，實不離理所，令其子公武率兵三千隸光顔軍。弘雖居統帥，陰爲逗遶之計，每聞捷至，輒不怡。」韓公武，兩《唐書》有傳，其生平如次：韓公武字從偃，起家衛尉主簿，爲宣武行營兵馬使。以討蔡功，元和十二年十一月丙戌，自宣武軍都虞候檢校左散騎常侍鄜州刺史、鄜坊丹延節度使(《舊唐書·憲宗紀下》)。弘入朝,爲右金吾將軍。弘出河中,改右驍衛大將軍。性恭遜,不以富貴自處,長慶二年十月壬戌弘罷鎮河中,居永崇里第,公武居宣陽里之北門。因省父,無疾暴卒。

〔六一〕高步瀛注:「《儀禮·聘禮》鄭注曰:『今文歸作饋。』案:『歸』,『饋』,之通借字。」謹按:《説文》:「歸,女嫁也。饋,餉也。」段注:「饋之言歸也,故『饋』多假『歸』爲之。《論語》『詠而饋』、『饋孔子豚』、『齊人饋女樂』,古文皆作『饋』,魯皆作『歸』,鄭皆從古文。《聘禮》『歸饔餼五牢』,鄭云:『今文歸或爲饋。』今本《集解·陽貨》、《微子篇》作『歸』,依《集解》引孔安國語,則當作『饋』也。」

〔六二〕《舊唐書·憲宗紀下》:「元和十二年十一月丙戌,録平淮西功,加宣武軍節度使韓弘兼侍中。」

〔六三〕文讜注:「本傳云:『元濟平,以功加侍中。』(白居易)《封許國公實封制》曰:『梁宋之交,水陸會合,人雜難理,軍暴難戢。因變肆亂,往往有焉。惟此一方,朕常憂慮。今有良帥,鎮而撫之,政立功成,宜舉賞典。某官韓弘,以長材大略,作我藩臣。本於忠力,輔以政理。自分閫寄,在浚之郊。嚴貞師律,恭守朝憲。訓兵積粟,明賞信罰。軍和食足,禮節並行。河南晏如,於兹一紀。是則有大勳於國,有大惠於人。會課議功,無出其右。夫有過人之效,則有加等之命。古之王者所以賞一人而天下勸者,用此道也。可不務乎!是用建於上公,授之真食,以示殊寵,以旌殊績。欽哉休命,子孫其保之。』李翺《卓異記》云:『韓弘汴州,公武鄜州,同時爲節度使,當代爲美。』」孫汝聽注：「元和十二年十一月録平淮西功。加弘檢校司徒兼侍中。封許國公，罷都統。公武檢校左散騎常侍充節度使。」

〔六四〕文讜注：「考城縣，屬曹州。」《元和郡縣志》卷十一河南道曹州考城縣（緊），今河南蘭考。

〔六五〕樊汝霖注：「元濟既平，弘懼。元和十三年九月，自將兵擊李師道，圍曹州。十四年正月，拔考城，殺三千餘人。」

〔六六〕《舊唐書・憲宗紀下》：「元和十四年七月戊寅，汴州韓弘来朝。」

〔六七〕樊汝霖注：「元和十四年二月，李師道誅，收復河南十二州。弘大懼，因請入朝。七月，携汴之牙校千人入覲，宴賜加等。弘獻馬三千，絹五千，雜繒三萬，金銀器千。」《舊唐書・憲宗紀下》：「元和十四年七月甲午，韓弘進絁絹二十八萬疋，銀器二百七十事。」

〔六八〕官，官府。《禮記・玉藻》「在官不俟屨」，鄭玄注：「官，謂朝廷治事處也。」此指府庫。今從文本。南宋蜀本注：「宿，一作『恒』。」蔣抱玄注：「宿儲，謂隔宿之儲蓄。」謹按：宿儲，陳糧。《後漢書・明帝紀》：「水旱不節，稼穡不成，人無宿儲。」章懷注：「儲，積也。」韋應物《觀田家》：「倉廩無宿儲，徭役猶未已。」（《韋蘇州集》卷七）陸贄《祭大禹廟文》：「沴氣鬱結，降爲凶災，邦無宿儲，野有餓殍。」（《翰苑集》卷六）均用「陳糧」義。此處則泛指錢糧積蓄，不專指「陳糧」。此義始見韓文，後人亦多有採用者。如宋蘇舜欽《先公墓志銘》：「雖家無宿儲，終不及資産事。」（《蘇學士集》卷十四）張守《再知紹興府到任謝宰執啓》：「方敵兵之入塞，當海徼之防秋，而乃帑無宿儲，吏罷月俸。」（《毘陵集》卷十一）沈與求《代提舉常平謝到任表》：「摘山煮海，適當寶藏之興；足國裕民，已見宿儲之備。」（《龜谿集》卷五）

〔六九〕蔣抱玄注：「《史記·平準書》：『太倉之粟，陳陳相因，充溢露積於外，至腐敗不可食。』按『積』讀『恣』，儲也。」童第德注：「《周禮·大司徒》『令野脩道委積』，鄭注：『少曰委，多曰積，皆所以給賓客。』《左氏》僖三十一年傳『居則具一日之積』，杜注：『積，芻米菜薪。』按：其本字當作『穦』。《說文》：『穦，積禾也。《詩》曰：穦之秩秩。』今《詩·良耜》作『積之栗栗』，是其證。《公劉》：『廼積廼倉』，『積』亦『穦』之假字。」

〔七〇〕《新唐書·百官志一》：「太尉、司徒、司空各一人，是爲三公。皆正一品。三公佐天子理陰陽，平邦國，無所不統。」

〔七一〕孫汝聽注：「弘三上章，堅辭戎務，願留京師奉朝請。八月，守司徒兼中書令。」《新唐書·百官志一》中書省：「中書令一人，正二品，佐天子總百官。」《舊唐書·憲宗紀下》：「元和十四年八月己酉制：宣武軍節度副大使知節度事汴宋亳潁等州觀察處置等使開府儀同三司守司徒兼侍中汴州刺史上柱國許國公食邑三千户韓弘，可守司徒，兼中書令。」

〔七二〕沈欽韓注：「晉、宋故事，位尊年耆者，加兵給扶。《玉海》（《宮室·唐延英殿》）：『楊綰對延英給扶。』則唐自有給扶之制。」

〔七三〕高步瀛注：「退之《河南同官記》曰『登槐贊元』，祝曰：『贊元，謂輔贊元首。』案《周禮·序官》

曰：『體國經野。』或曰：如祝説，則體猶股肱，謂羣臣也。《淮南子·原道篇》高誘注曰：『經，理也。』謂上贊元首，下理羣臣也。」謹按：贊元，輔贊元首。《國語·魯語下》「天子作師，公帥之以征不德；元侯作師，卿帥之以承天子；諸侯有卿無軍，帥教衛以贊元侯。」韋昭注：「元侯，大國之君也。贊，佐也。」「贊」、「元」二字聯用者甚多，如陳子昂「幽贊元符」（《爲喬補闕慶武成殿表》）、柳宗元「毗贊元侯」（《唐故兵部郎中楊君墓碣》），但均未成詞。連「贊」、「元」二字爲詞，始見韓文。後人採用者甚多，如宋蘇頌《乞致仕》：「執讀代言，常不離於帷幄；贊元經國，復參筦於機衡。」（《蘇魏公文集》卷四十）劉敞《與渭州知府待制啓》：「咸秉大鈞，以報盛德。佇聆贊元之命，以啓迓衡之朝。」（《公是集》卷四十四）劉攽《樂安郡君范氏墓誌銘》：「忠憲公出入内外，惇懋功業，綱紀國體，歷踐二府，謀猷贊元。」（《彭城集》卷三十九）經體，統理羣臣。宋王珪《謝賜生日表二十二道》：「合慮必精，雖勉百爲之務；揆元經體，莫裨萬化之成。」（《華陽集》卷四十四）曾鞏《祭歐陽少師文》：「斟酌損益，論思得失，經體慮萌，沃心造膝。」（《元豐類藁》卷三十八）傅察《賀梁方甫知青州啓》：「鳳池經體，藹然丙魏之聲；麟綸承流，卓爾龔黄之政。」（《忠肅集》卷中）「贊元經體」一詞，後人採用者尤多，如宋王珪《謝賜生日表二十二道》：「贊元經體，實負素餐，當軸處中，有孤羣望。」（《華陽集》卷四十四）曾鞏《開府儀同三司制》：「熙帝之載，有贊元經體之庸；提將之符，有折衝綏遠之效。」（《元豐類藁》卷二十五）王安石《觀文殿學士知江寧府謝上表》：「經體贊元，廢任莫追於既往；承流宣化，收功尚冀於方來。」（《臨川先生文集》卷

五十七)《回謝王参政啓》:「以陳善閉邪之賴,應贊元經體之求。」(《臨川文集》卷七十九)

〔七四〕文讜注:「《舊史》:元和十四年誅李師道,收復河南二州。弘大懼,其年七月,盡携汴之牙校千餘人入覲,對於便殿。拜舞之際,以其足疾,命中使掖之,宴賜加等,預册徽號大禮。進絹三十五萬匹,絁三萬匹,銀器二百七十件。三上章,堅辭戎務,願留京師奉朝請。詔曰:『宣武軍節度副大使知節度事汴宋亳潁等州觀察處置等使、開府儀同三司守司徒兼侍中、使持節汴州諸軍事汴州刺史上柱國許國公食邑三千户韓弘,可守司徒兼中書令。』仍以吏部尚書張弘靖兼平章事,代弘鎮宣武。」

〔七五〕韓醇注:「元和十五年正月,穆宗即位,以弘攝冢宰。」《論語·憲問》:「君薨,百官總己以聽於冢宰三年。」《新唐書·穆宗紀》:「元和十五年正月庚子,憲宗崩。辛丑,遺詔皇太子即皇帝位於柩前,司空兼中書令韓弘攝冢宰。」

〔七六〕韓醇注:「元和十五年六月,以本官爲河中尹、河中晉絳節度觀察等使。」《元和郡縣志》卷十二河東道河中府(赤):「今爲河中節度使理所,管河中府、絳州、晉州、慈州、隰州,管縣三十七。」治所河東縣,今山西永濟縣蒲州鎮。《舊唐書·穆宗紀》:「元和十五年六月丁丑,以司徒兼中書令韓弘爲河中尹,充河中晉絳慈隰等州節度使。」

〔七七〕韓醇注:「長慶三年,請罷戎鎮,三表從之。十月,依前守司徒兼中書令。」《舊唐書·穆宗紀》:「長慶二年十月壬戌,前河中晉絳慈隰等州節度使開府儀同三司守司徒中書令河中尹上柱國許國公韓弘可守司徒，兼中書令。」

〔七八〕方成珪注：「按是月丁亥朔，弘卒日爲己丑。《舊史》云：『庚寅請立皇太子，是夜弘卒。』初四日也。時公與弘同官京師，不應訛其卒日，當是史誤。」《舊唐書・穆宗紀》：「長慶二年十二月庚寅，宰臣李逢吉率百寮至延英門請見，上不許。中外與裴度等三上疏請立皇太子。是夜，司徒、中書令韓弘卒。」

〔七九〕方成珪注：「弘卒後二日，辛卯，穆宗即於紫宸殿見百官，則所謂罷朝三日者，亦徒有名而無其實耳。」

〔八〇〕高步瀛注：「《新唐書・弘傳》曰：『謚曰隱。』《援鶉堂筆記》曰：『《碑》不書，想以非美謚耳。』《唐會要・謚法下》：『贈太尉韓弘：隱。隱拂於成曰隱，不明誤國曰隱，懷情不盡曰隱。』」

〔八一〕韓醇注：「弘卒，賻絹二千疋，布七百端，米粟千石。」

〔八二〕陳景雲注：「時韓方尹京，監護喪事者即公也。故公《祭韓令公文》中有云『錫秘物之必周，余將命而臨視』是也。《祭文》乃門人沈亞之代作，亞之時爲櫟陽尉，京兆屬邑也。」

〔八三〕孫汝聽注：「是歲閏十月，公武卒。」

〔八四〕公武嗣子，《舊唐書・韓弘傳》作「紹宗」，《新唐書・宰相世系表三上》作「繼宗」。沈欽韓注：「《禮記》《雜記》：『喪有無後，無無主。』此『主後』二字所本。」謹按：主後，宗廟祭祀之主持人。《禮記·王制》「天子諸侯祭因國之在其地而無主後者」，鄭玄注：「謂所因之國先王先公有功德宜享世祀，今絶無後爲之祭主者。」引申爲家族祭祀之主持人，即宗祧繼承人，見權德輿《哭李晦羣崔季文二處士》：「華封昔祝堯，貴壽多男子。二賢無主後，貧賤大壯齒。」（《權載之文集》卷七）

〔八五〕文讜注：「好，呼報切。」

〔八六〕童第德注：「《説文》：『釣，魚也。』《淮南子·主術篇》『而晉獻以璧馬釣之』，高注：『釣，取也。』作『釣』自通，應兩存之。『鉤』爲『鉤』之後出字。」謹按：「釣」，以鉤取魚，引申爲鉤致、羅織。《説文》：「釣，鉤魚也。」段注：「鉤者，曲金也。以曲金取魚謂之釣。」飛謀，散佈流言。釣謗，鉤致罪名以誣陷譭謗。此語始見韓文，後人亦不乏採用者。如清沈佳《明儒言行録·曹于汴》：「二三小人飛謀釣謗，以一網盡東南西北之君子。」（《明儒言行録》續編卷二）宋楊萬里《羅元亨墓表》：「令愓不敢呵問，稍忤焉，則飛語釣謗。」（《誠齋集》卷一百二十二）周必大《左朝請大夫王公（葆）墓誌銘》：「歲歉，請厚捐民租，仇家因飛謀造謗。」（《文忠集》卷九十）

〔八七〕文讜注：「間，謂反間也，音居莧切。」謹按：間，反間、離間。染，醜化、誣陷。間染，離間誣陷。此語始見韓文，後人亦有採用者。如宋真德秀《大學衍義·物致知之要二·辨人材》：「魏徵盡忠無隱，非姦邪小人之所便也，故設爲飛謗以間染之。」（《大學衍義》卷二十三）清錢謙益《資政大夫兵部尚書贈太子少保申公神道碑銘》：「忠宣起孤生，受孝廟特達之知，獨力行一意，無所間染。」（《牧齋初學集》卷六十五）此處所謂「飛謀釣謗」、「以間染我」，有《舊唐書》可證：《韓弘傳》記其都統淮西：「弘方鎮汴州，當两河賊之衝要。朝廷慮其異志，欲以兵柄授之，而令李光顔、烏重胤實當旗鼓。乃授弘淮西諸軍行營都統。」又記淮西之戰云：「弘雖居統帥，常不欲諸軍立功，陰爲逗撓之計。每聞獻捷，輒數日不怡，其危國邀功如是。」《舊唐書·李光顔傳》具體記述其逗撓之計云：「韓弘爲汴帥，驕矜倔强，常倚賊勢索朝廷姑息。惡光顔力戰，陰圖撓屈，計無所施。遂舉大梁城求得一美婦人，教以歌舞絃管六博之藝，飾之以珠翠金玉衣服之具，計費數百萬。命使者送遺光顔，冀一見悦惑而怠於軍政也。」《韓弘傳》又記其入覲云：「十四年誅李師道，收復河南二州。弘大懼，其年七月盡携汴之牙校千餘人入覲。」又總論其鎮汴云：「弘鎮大梁二十餘載，四州征賦皆爲已有，未嘗上供。有私錢百萬貫，粟三百萬斛，馬七千匹，兵械稱是。專務聚財積粟，峻法樹威。」又記其傲視朝廷云：「詔使宣諭，弘多倨待。」傳末「史臣曰」總論其人云：「乘險蹈利，犯上無君。豺狼噬人，鵂鶹幸夜。爵禄過當，其可已乎？謂之功臣，恐多慙色。」《新唐書·韓弘傳》總評其人云：「詔使至，或鶩侮不爲禮。齊蔡平，勢屈而後請覲。然天子尊寵異等，能以名位始終，亦其天幸。」司馬光《通鑑考異》駁其説曰：「弘承宣武積亂之後，鎮定一方，居强寇之間，威望甚著。若有異志，與諸鎮連衡跋扈，如反掌耳。然觀其始末，未嘗失臣節。朝廷若疑其有異志而更用爲都統，光顔、重胤更受其節制，非所以防之也。且『數日不怡』，有何狀可尋？恐毁之過其實。」此《碑》記韓弘擊少誠許下事、斬亂兵劉鍔等事、沮李師古嚇曹事、助田弘正之開魏博事、使子公武以兵萬三千人會討蔡下事、歸財與糧以濟平淮諸軍事、師道之誅進克考城事。大是大非，見於行事，非可以口舌爭者。

〔八八〕高步瀛注：「《禮記·緇衣》鄭注：『機，弩牙也。』按：此以弩爲喻。」謹按：機牙，弩機發射部件。《尚書·太甲上》「若虞機張」，孔傳：「機，弩牙也。」東漢李尤《弩銘》：「前聖制弓，後世建弩。機牙發矢，執破醜虜。」引申爲配合、呼應，見《三國志·吳志·周魴傳》：「若因是際而騷動此民，一旦可得，便會然要恃外援，表裏機牙。不爾以往，無所成也。」引申爲樞機、關鍵，則始見韓文。後人採用者亦不少見，如杜牧《上宣州高大夫書》：「司空公始相憲宗，廢權倖之機牙，令不得張。」（《樊川集》卷九）宋鄭獬《論种諤擅入西界疏》：「逆折禍亂之機牙，使不爲異日之悔。」（《鄖溪集》卷十一）李綱《宋故左中奉大夫直秘閣張公(植)墓誌銘》：「喜亂者揭榜通衢，以摇我師。公曉譬將士，壞其機牙，姦不得發。」（《梁谿集》卷一百六十八）朱松《送日者蘇君序》：「今之諱世邀利之徒皆祖述其書，而未聞有窺其關節機牙者。」（《韋齋集》卷十）

〔八九〕文讜注：「最，課最也，音祖外切。」高步瀛注：「《史記·衛將軍驃騎列傳》索隱曰：『冣，凡計也。』步瀛案：當作『冣』。《説文》曰：『冣，積也。』段注曰：『凡云殿、冣者，皆當从冖作冣，讀才句切。』朱豐芑曰：『凡冣目、冣括、殿冣，字皆當作冣，六朝以後皆訛作最。』」

〔九〇〕孫汝聽注：「元和十二年十一月，以公武爲渭北鄜坊節度使。十四年十一月，以母憂去官。十五年正月，以弘弟充代公武鎮渭北。」韓充，兩《唐書》有傳，其生平如次：韓充，原名璀，長慶元年正月乙巳改名充（《舊唐書·穆宗紀》）。少依舅劉玄佐，歷河陽、昭義牙將，及兄弘節制宣武，召歸主親兵，奏授御史大夫。謙恭執禮，未嘗懈怠，繇是偏得士心。元和六年，因獵近郊，單騎歸於洛陽。時朝廷方姑息，弘亦憐充之無異志，擢拜右金吾衛將軍。十二月，轉大將軍。十五年正月庚子，自少府監出爲鄜坊節度使、檢校工部尚書（《舊唐書·憲宗紀下》）。長慶二年，幽鎮魏復亂，二月癸酉，代王承元爲義成軍節度使，檢校左僕射。是歲汴州節度使李愿被三軍所逐，都將李㝏爲留後。朝廷以充久在汴州，衆心悦附，七月丙午，命爲宣武節度使，兼統義成之師討㝏。汴州監軍姚文壽與兵馬使李質同謀斬李㝏及其黨，丁丑，韓充入汴州，詔加檢校司空，割潁州隸滑州。四年，例加司徒。詔未至，八月乙巳暴疾卒（《舊唐書·敬宗紀》），時年五十五，贈司徒，謚曰肅。

〔九一〕樊汝霖注：「長慶二年七月，汴州逐節度李愿，立牙將李㝏爲留後。充自義成節度徙鎮宣武。八月，汴州監軍斬㝏降，充入汴州，詔加充檢校司空。」

〔九二〕高步瀛注：「《莊子·秋水篇》『其無所畛域』，成玄英《疏》以『畛界限域』釋之。」童第德注：「『軫』、『畛』，古通用。《文選》阮嗣宗《詠懷詩》『連軫距阡陌』、謝靈運《登臨海嶠與仲弟惠連詩》『含酸赴脩畛』，『軫』皆『畛』之假字，李注皆云：『軫，當作畛。』以『軫』爲『畛』之訛，殊泥。公此文借『軫』爲『畛』也。」謹按：《説文》：「畛，井田閒陌也。从田㐱聲。軫，車後横木也。」「畛」、「軫」可通假，《淮南·要略》「以翔虛無之軫」，許慎注：「軫，道畛也。」畛域，邊界、界限。《莊子・秋水》：「泛泛乎其若四方之無窮，其無所畛域。」成玄英疏：「譬東西南北，曠遠無窮，量若虛空，豈有畛界限域也？」引申爲原則、規矩，則始見韓文。後人亦多採用者，如宋彭汝礪《深父學士示易詩四首某輒和韻》：「相期須畛域，慎勿泥蹄筌。」（《鄱陽集》卷九）元袁桷《林彥栗哀辭》：「取士之道非一，嚴畛域、析毫髮，有司者之過。」（《清容居士集》卷二）明羅玘《兵科都給事中屈君（引之）墓誌銘》：「畛域斬然，真不愧其座右所書。」（《圭峰集》卷十五）

〔九三〕祝充注：「猘，居制切，狂犬也。自劉玄佐死，汴州五亂。」文讜注：「猘，狂犬也，音制，又居例切。」謹按：猘，字本作「狾」，狂犬也。此處引申爲猖狂、猖獗。《説文》：「狾，狂犬也。从犬折聲。《春秋傳》曰：『狾犬入華臣氏之門。』」《廣韻》：「猘，狂犬。《宋書》云：『張牧嘗爲猘犬所傷，食蝦蟆膾而愈。』居例切。」《集韻》：「狾，或作『猘』、『瘈』。」

〔九四〕祝充注：「愒，與『憩』同，息也。《詩》：『不尚愒焉。』」文讜注：「愒，去例切。《召南・甘棠》詩：『召伯所愒。』」魏仲舉注：「愒，丘例切。」《義門讀書記》：「《史記》『務以秦權恐愒諸侯』，似當讀『喝』，然與上猘犬『猘』字音『季』者相叶，只當讀『器』。」童第德注：「何引《史記》語，見《蘇秦傳》。《集解》駰案：『愒，音呼曷反。』《索隱》：恐，音起拱反。愒，音許曷反，謂相恐脅也。鄒氏愒音憩，義疎。」是《史記》『愒』字與此『愒』字音義皆異。何言當讀喝，則是『喝』之借字。祝注是，義本《説文》及《詩・民勞篇》毛傳。段玉裁曰：『憩者，愒之俗體。』何後説謂『猘』音『季』，『愒』讀『器』。案《廣韻》十三祭：『猘，居例切。愒，丑例切。』六至：『季，居悸切。器，去冀切。』

與《廣韻》音讀不合。」謹按：愒，喘息、休息。《説文》：「愒，息也。从心曷聲。」徐鉉注：「今別作『憩』，非是。」段注：「此『休息』之『息』。上文『息』篆訓『喘息』，其本義。凡訓『休息』者，引申之義也。《釋詁》及《甘棠》傳皆曰：『憩，息也。』『憩』者，『愒』之俗體。《民勞》傳又曰：『愒，息也。』非有二字也。」

〔九五〕祝充注：「磔，陟格切。梟，堅堯切。」

〔九六〕文讜注：「榖，木名也，音居候切。」《尚書·咸有一德》：「亳有祥，桑穀共生于朝。」孔安國傳：「二木合生，七日大拱。」《釋文》：「桑，蘇臧反。穀，工木反，楮也。」謹按：據下文「厥壤大豐」，可以判斷此處「桑」、「穀」爲蠶桑與五穀。《説文》：「穀，楮也。从木㱿聲。穀，續也。百穀之總名。从禾㱿聲。」二字音同而義不可通。但「穀」，俗書作「榖」。《廣韻》：「榖，古禄切，五穀也。穀，俗。」則此處「桑榖」，與《書》義不同。此義始見韓文，後人亦有採用者。宋胡寅《登南紀樓》：「春風揺宇宙，慘澹心盤紆。玉花暗寒食，桑榖凍不蘇。」(《斐然集》卷一)元陸文圭《流民貪吏鹽鈔法四弊》：「山林莫供于野燒，海水終泄于尾閭。桑榖漸空，工役方急，楮輕物重，職此之由。」(《牆東類稿》卷四)明張寧《送楊太守六韻》：「誰家隴畝無桑榖，到處民居有誦絃。」(《方洲集》卷七)清陳廷敬《益詠堂歌》：「宋公昔時治兹土，摘擢姦良桑榖滋。」(《午亭文編》卷三)

〔九七〕韓醇注：「貞元皇帝之孫，憲宗。」

〔九八〕祝充注：「壖，而緣切，江河邊地。《前漢》：『坐侵廟壖爲宫。』」文讜注：「壖，音而緣切。韋昭曰：『河邊地也。』」

〔九九〕祝充注：「嚬，音頻。」文讜注：「嚬，笑也。呻，吟也。音頻伸。」

〔一〇〇〕祝充注：「睨眴，上音詣，下音荀。眩也，又目動貌。《淮南子》：『視焉無眴。』」文讜注：「睨，衺視也，音郎計切。眴，摇目也，音胡絹切。」童第德注：「《孟子·滕文公上》：『若藥不瞑眩。』孫氏《音義》曰：『瞑眩，又作「眠眴」。』《文選》揚子雲《劇秦美新》『臣嘗有顛眴病』，李注：『賈逵《國語》注曰：眩，惑也。眴與眩古字通。』爲祝氏以『眩』釋『眴』所本。」謹按：睨，斜視。眴，同『旬』，以目示意。《説文》：「睨，衺視也。旬，目摇也。从目，勻省聲。眴，旬或从旬。旬，舉目使人也。」段注：「《項羽本紀》：『梁眴籍曰：可行矣。籍遂拔劍斬首頭。』然則『眴』同『旬』也。目部曰：『旬，目摇也。』謂有目摇而不使人者。从攴目，動其目也，會意。」睨眴，以目示意，引申爲周旋。此語始見韓文，後人亦有採用者。如明錢謙益《通議大夫兵部右侍郎兼都察院右僉都御史贈副都御史梅公（國楨）神道碑銘》：「左枝右梧，前顧後視，不察睨眴，不動聲氣。」（《牧齋初學集》卷六十四）清陳廷敬《樊川東岡寫懷二首》：「睨眴公卿側，跌宕文史班。」（《午亭文編》卷五）

〔一〇一〕祝充注：「跽，巨既切。」魏仲舉注：「跽，巨几切。」高步瀛注：「二句言鄲、蔡居左右，以弘鎮汴故，左右顧之，彼皆帖服不敢逞也。」

〔一〇二〕祝充注：「鉏，牀魚切。」蔣抱玄注：「鉏，與『鋤』同。」

〔一〇三〕蔣抱玄注：「謂元濟窘急，四鄰無敢援之。」

〔一〇四〕魏引補注：「常山，成德軍。幽都，幽州也。」

〔一〇五〕文讜注：「常山幽都，魏、燕二鎮也。孰陪孰扶，言無援也。」

〔一〇六〕童第德注：「天施，爲上之恩施，作『地』無義。」謹按：天施，天之所施。《易·益》彖辭：「天施地生，其益无方。」

〔一〇七〕《左傳》僖公十五年「六年其逋」，杜注：「逋，亡也。」曾國藩《求闕齋讀書録》卷八：「天之所施不慭留，謂魏博也；天之所討不稽逋，謂蔡鄆也。」

〔一〇八〕高步瀛注：「無有外事，謂蔡、鄆既平。」

〔一〇九〕魏引補注：「言官兼將相也。」

〔一一〇〕魏引補注：「上，謂穆宗。」蔣抱玄注：「宅憂，居喪也。《書經》（《説命上》）：『王宅憂亮陰三祀。』」

〔一一一〕高步瀛注：「《周禮·天官·冢宰》曰：『大宰之職』，賈疏曰：『言冢宰者，據總攝六職，若據當職，則稱大宰也。』」

〔一一二〕文讜注：「《通典》曰：河中節度治蒲州，其河東縣即漢蒲坂縣也，唐虞所都。」孫汝聽注：「元和十五年六月出鎮河中。」《元和郡縣志》卷十二河東道河中府河東縣：「本漢蒲坂縣地也，屬河東郡。隋開皇三年罷郡，縣仍屬蒲州。十六年移蒲坂縣于城東，仍于今理別置河東縣。大業二年，省蒲坂縣入河東縣。」今山西永濟縣蒲州鎮。

〔二一三〕祝充注：「扳，引也。《春秋傳》『扳引而立之』，與『攀』同。又音『班』。」童第德注：「《説文》：『𠬧，引也。从反廾。攀，𠬧或从手从樊。』《漢書・司馬相如傳》『仰𠬧橑而捫天』、《楊雄傳》『纍既𠬧夫傳説兮』、《漢平輿令薛君碑》『命不可𠬧』、《張壽碑》『攀援待車』、《劉脩碑》『扣馬攀輪』，皆與《説文》合。或移『手』於下作『攀』，《莊子・馬蹄篇》『可攀援而窺』，《釋文》：『攀，又作扳。』『扳』爲『𠬧』、『攀』之後出字。」謹按：「扳」同「攀」，攀比。《玉篇》：「攀，普姦切，援引也。扳，同上，又布間切。」

〔二一四〕文讜注：「令，力征切。」蔣抱玄注：「莫與令，謂令名無匹。」

〔二一五〕魏引補注：「鴻，大也。」文讜注：「慶，音卿。」

此銘用韻，據《廣韻》：猘，去聲祭韻；愒，去聲祭韻。公，平聲東韻；風，平聲東韻；豐，平聲東韻。宇，上聲麌韻；所，上聲語韻。羣，平聲文韻；身，平聲真韻。間，平聲山韻；姦，平聲删韻；眴，平聲諄韻。視，去聲至韻；跽，上聲旨韻；墟，平聲魚韻。呼，平聲模韻；濡，平聲虞韻；都，平聲模韻；扶，平聲虞韻；逋，平聲模韻；如，平聲魚韻。方，平聲陽韻；長，平聲陽韻。事，去聲志韻；治，去聲志韻。戈，平聲戈韻；多，平聲歌韻。公，平聲東韻；堂，平聲唐韻。宰，上聲海韻；等，上聲海韻。藩，平聲元韻；扳，平聲删韻。令，去聲勁韻；慶，去聲映韻。

柳子厚墓誌銘①〔一〕

子厚諱宗元，七世祖慶〔二〕，爲拓跋魏侍中②〔三〕，封濟陰公〔四〕。曾伯祖奭，爲唐宰相〔五〕。與褚遂良、韓瑗俱得罪武后，死高宗時③〔六〕。皇考諱鎮〔七〕，以事母棄太常博士④〔八〕，求爲縣令江南〔九〕。其後以不能媚權貴，失御史〔一〇〕。權貴人死〔一一〕，乃復拜侍御史〔一二〕。號爲剛直，所游皆當世名人⑤〔一三〕。

子厚少精敏〔一四〕，無不通達。逮其父時，雖少年，已自成人，能取進士第〔一五〕，嶄然見頭角〔一六〕，衆謂柳氏有子矣。其後以博學宏詞授集賢殿正字⑥〔一七〕。儁傑廉悍⑦〔一八〕，議論證據今古⑧〔一九〕，出入經史百子⑨，踔厲風發〔二〇〕，率常屈其座人。名聲大振，一時皆慕與之交，諸公要人爭欲令出我門下，交口薦譽之。貞元十九年，由藍田尉拜監察御史⑩〔二一〕。順宗即位⑪，拜尚書禮部員外郎〔二二〕，且將大用⑫。遇用事者得罪⑬，例出爲刺史〔二三〕。未至，又例貶州司馬⑭〔二四〕。

居閑益自刻苦，務記覽，爲詞章汎濫停蓄⑮〔二五〕，爲深博無涯涘⑯〔二六〕，而自肆於山水間⑰。元和中嘗例召至京師⑱〔二七〕，又偕出爲刺史，而子厚得柳州〔二八〕。既至，歎曰：「是豈不足爲政耶？」⑲因其土俗，爲設教禁〔二九〕，州人順賴〔三〇〕。其俗以男女質錢，約不時贖，子本相侔〔三一〕，則没爲奴婢⑳。子厚與設方計㉑，悉令贖歸。其尤貧力不能者，令書其傭㉒。足相當，則使歸其質。觀察使下其法於他州，比一歲，免而歸者且千人。衡湘以南爲進士者皆以子厚爲師，其經承子厚口講指畫爲文詞者，悉有法度可觀〔三二〕。

其召至京師而復爲刺史也，中山劉夢得禹錫亦在遣中㉓，當詣播州〔三三〕。子厚泣曰：「播州非人所居，而夢得親在堂㉔。吾不忍夢得之窮無辭以白其大人〔三四〕，且萬無母子俱往理。」請於朝，將拜疏，願以柳易播，雖重得罪死不恨㉕〔三五〕。遇有以夢得事白上者㉖，夢得於是改刺連州㉗〔三六〕。嗚呼！士窮乃見節義。今夫平居里巷相慕悦，酒食游戲相徵逐㉘〔三七〕，詡詡强笑語〔三八〕，以相取下〔三九〕，握手出肺肝相示〔四〇〕，指天日涕泣㉙，誓生死不相背負，真若可信。一旦臨小利害，僅如毛髮比，反眼若不相識〔四一〕，落陷穽不一引手救〔四二〕，而反擠之㉚〔四三〕，又下石焉者皆是也〔四四〕。此宜禽獸夷狄所不忍爲，而其人自視以爲得計。聞子厚之風，亦可以少媿矣㉛。

子厚前時少年，勇於爲人〔四五〕，不自貴重顧藉㉜〔四六〕，謂功業可立就，故坐廢退㉝。既退，又無相知有氣力得位者推挽㉞〔四七〕，故卒死於窮裔㉟。材不爲世用，而道不行於時也㊱。使子厚在臺省時自持其身㊲，已能如司馬、刺史時，亦自不斥；斥時有人力能舉之㊳，且必復用不窮㊴。然子厚斥不久，窮不極，雖有出於人㊵，其文學辭章㊶，必不能自力以致必傳於後如今無疑也㊷〔四八〕。雖使子厚得所願，爲將相於一時。以彼易此，孰得孰失，必有能辨之者㊸〔四九〕。

子厚以元和十四年十一月八日卒㊹〔五〇〕，年四十七。以十五年秋七月十日㊺，歸葬萬年先人墓側㊻。子厚有子男二人：長曰周六，始四歲；季曰周七，子厚卒乃生〔五一〕。女子二人㊼，皆幼。其得歸葬也，費皆出觀察使河東裴君行立㊽〔五二〕。行立有節槩，重然諾㊾〔五三〕。與子厚結交㊿，子厚亦爲之盡〔五四〕。竟賴其力，葬子厚於萬年之墓者，舅弟盧遵。遵涿人(51)，性謹順(52)，學問不厭。自子厚之斥，遵從而家焉(53)，逮其死不去。既往葬子厚，又將經紀其家(54)，庶幾有始終者(55)。銘曰：

是惟子厚之室，既固既安(56)，以利其嗣人〔五五〕。

【彙校】

①〔柳子厚墓誌銘〕此篇又載《文苑英華》卷九五三、《唐文粹》卷六九，據校。苑本題作「柳州刺史柳君墓誌銘」，粹本題作「唐柳州刺史柳子厚墓誌銘」。《舉正》：「《文苑》作『柳州刺史

柳君墓誌銘』。」《義門讀書記》：「此文失當時碑額。」王元啓注：「標題不署官位，止書姓字，以子厚姓字，人所共知，故與《李元賓墓銘》一例。歐公尹師魯、梅聖俞二誌標題即仿李、柳二誌，歐囑尹氏子弟勿於碑額添書官位，可知專書姓字，正自有義。或疑此文失當時碑額，非也。」高步瀛注：「韓集各本皆然，可知退之正以不書官位見義。而《文苑》作『柳州刺史柳君墓誌銘』，《文粹》作『唐柳州刺史柳子厚墓誌銘』，《觀瀾文乙集》同，唯無『唐』字。疑各以意署，非韓集有此也。」

②〔拓跋〕苑本「跋」作「拔」。《舉正》：「宋景文、錢思公家本皆無『拓跋』二字。」《考異》：「或無此二字。」

③〔高宗時〕潮本注：「高，一作『中』。」祝本、魏本注同。苑本注：「集注作『中』，非。」苑本「時」作「朝」，注：「《文粹》作『時』。」《舉正》訂作「朝」，云：「以《文苑》校，他本一作『中宗』，非。」朱熹從方本，《考異》：「高，或作『中』。朝，或作『時』。」

④〔棄太常〕南宋蜀本「棄」作「弃」。謹按：「弃」、「棄」，古今字。《說文》：「棄，捐也。从廾推華棄之，从𠫓。𠫓，逆子也。弃，古文棄。[illegible]，籀文棄。」

⑤〔所游〕《舉正》：「沈元用本作『所與游』。」朱熹增「與」字，《考異》：「方無『與』字。」

⑥〔授集賢殿正字〕苑本注：「授集賢殿正字，集作『授校書郎藍田尉』。」潮本作「授校書郎藍田尉」，祝本、文本、南宋蜀本、魏本同。《舉正》據杭本訂「集賢殿正字」五字作「授集賢殿正字藍田尉」，云：「宋本、錢、沈本同；《文苑》無『藍田尉』三字，上亦同。以柳集考之，實嘗爲集賢正字也。」朱熹作「授集賢殿正字」，無「藍田尉」三字，《考異》：「或作『授校書郎』。方云：柳集可考，或本非是。此下方有『藍田尉』三字，今按：三字下文已見，不當重出。」今從苑、粹。

⑦〔雋傑〕粹本「雋」作「儁」。謹按：「儁」，「俊」之異體字。「雋」、「儁」之通假字。

⑧〔今古〕潮本「今古」作「古今」，祝本、文本、南宋蜀本、魏本同。《舉正》出南宋監本「證據古今」，乙「古今」作「今古」，云：「杭、蜀、苑、粹皆同。」朱熹從方本，《考異》：「或作『古今』。」今從苑、粹。

⑨〔經史百子〕粹本「史」作「旨」。苑本注：「史，《文粹》作『旨』。」

⑩〔由藍田尉〕「由藍田尉」四字，潮本無，祝本、文本、魏本同。《舉正》從苑本，《考異》從方本。今從苑本。

⑪〔順宗即位〕潮本「順宗即位」四字作「王叔文韋執誼用事」，祝本、魏本同。粹本、文本、南宋蜀本「順宗即位」四字下多「王叔文韋執誼用事」八字。《舉正》從苑本，《考異》從方本。今從苑本。

⑫〔且將大用〕苑本無「且將大用」四字，《舉正》從苑本，《考異》從方本。

⑬〔遇用事者得罪〕句下苑本注：「集、《文粹》作『十九年拜監察御史王叔文韋執誼用事拜尚書禮部員外郎且將大用遇叔文等敗』。」潮本「用事者得罪」作「叔文等敗」，粹本、祝本、文本、南宋蜀本、魏本同。《舉正》從苑本，《考異》從方本。今從苑本。

⑭〔例貶州司馬〕苑本「州」上注：「《文粹》有『永』字。」潮本「州」上多一「永」字，粹本、祝本、文本、南宋蜀本、魏本同。《舉正》據《文苑》訂「由藍田尉拜監察御史順宗即位拜禮部員外郎遇用事者得罪例出爲刺史未至又例貶」三十五字，作「貞元十九年由藍田尉拜監察御史順宗即位拜禮部員外郎遇用事者得罪例出爲刺史未至又例貶州司馬」，云：「錢、謝本同。」朱熹從方本，《考異》：「或作『貞元十九年拜監察御史王叔文韋執誼用事拜尚書禮部員外郎且將大用遇叔文等敗例出爲刺史』。今按：方本得婉微之體，它本則幾乎罵矣。疑初本直書，後乃更

定也。若從初本，則上文須補『藍田尉』三字。」謹按：既稱「例貶」，則不當有「永」字，今從苑本。

⑮〔停蓄〕苑本「停」作「佇」，粹本作「渟」。謹按：「停」通「渟」，蓄積、停聚。《説文》：「停，止也。」字通「亭」，《釋名》：「亭，停也，亦人所停集也。」又通「渟」，《漢書·西域傳》：「其水亭居，冬夏不增減。」《廣韻》：「渟，水止。」「渟」即「渟滀」，謂水之停聚蓄積。《春渚紀聞》「泖茆字異」條：「江左人目水之渟滀不湍者爲泖。」

⑯〔爲深博〕南宋蜀本「爲」下注：「一有『文』。」祝本、文本「爲」下有「文」字。

⑰〔山水間〕魏本「水」作「林」。「水」下苑本注：「《文粹》有『之』字。」潮本「水」下多一「之」字，粹本、祝本、文本、南宋蜀本、魏本同。《舉正》出南宋監本「自肆於山水之間」，據《文苑》删「之」字，云：「《新史》作『自放山澤間』，疑『之』字不當有。」朱熹從方本，《考異》：「『水』下或有『之』字。」今從苑本。

⑱〔嘗例召〕文本「嘗」作「常」。

⑲〔爲政耶〕粹本、王本、廖本「耶」作「邪」。

⑳〔則没爲〕潮本「則」下注：「一有『許』字。」祝本、魏本注同。苑本注：「則，集注作『許』。」文本「没」作「殁」。

㉑〔與設方計〕南宋蜀本「與」作「爲」。

㉒〔令書其傭〕粹本「傭」作「庸」。謹按：《説文》：「庸，用也。傭，均也，直也。」「庸」爲「傭」之假借字。《漢書·司馬相如傳》『與庸保雜作』，顔師古注：「庸，即謂賃作者。保，謂庸之可信任者也。」《漢書·欒布傳》『窮困賣庸於齊爲酒家保』，顔師古注：「謂庸作受顧也。」文讜注：「傭，雇直也。謂計其年之久近，立雇直以償之也。傭，音庸。」

㉓〔亦在遺中〕苑本「亦」下多一「以」字，注：「集無此字。」「遺」，粹本作「譴」。苑本注：「遺，《文粹》作『譴』。」

㉔〔親在堂〕文本「親」上注：「一有『老』字。」南宋蜀本有「老」字，注：「一無『老』。」

㉕〔得罪死〕苑本「罪死」作「死罪」。魏本無「死」字。

㉖〔白上〕粹本注：「『白上』或作『上白』。」《舉正》：「謝本刋作『上白』，然《文苑》與蜀本皆只同今文。」《考異》：「或作『上白』。」

㉗〔改刺〕粹本無「刺」字。「刺」下苑本注：「《文粹》無此字。」《舉正》：「杭本無『刺』字，然《文苑》與蜀本皆只同今文。」《考異》：「或無『刺』字。」

㉘〔徵逐〕苑本注：「徵，《文粹》作『追』。」今粹本「徵」作「追」。

㉙〔涕泣〕苑本「涕泣」作「泣涕」。

㉚〔而反擠之〕文本注：「一無『而』字。」「而」下苑本注：「集無此字。」潮本無「而」字，粹本、祝本、魏本同。《舉正》出南宋監本無「而」字，云：「《文苑》、蜀本、宋本『救』下皆有『而』字。」朱熹從方本，《考異》：「『反』上或有『而』字。」今從苑本。

㉛〔可以少媿〕潮本無「以」字，粹本、祝本、文本、南宋蜀本、魏本同。粹本、魏本「媿」作「愧」。謹按：「媿」、「愧」，異體字。《説文》：「媿，慙也。从女鬼聲。愧，媿或，从恥省。」《舉正》出南宋監本「亦可少媿」，云：「《文苑》『少』上有『以』字，宋本同。」朱熹增「以」字，《考異》：「方無『以』字。」今從苑本。

㉜〔顧藉〕苑本、南宋蜀本「藉」作「籍」。

㉝〔廢退〕苑本無「退」字。

㉞〔推挽〕苑本無「推挽」二字，注：「集有『推挽』字。」

㉟〔卒死〕苑本注：「死，集作『戹』。」潮本「死」作「戹」，祝本、文本、魏本同。《舉正》訂作「死」，云：「苑、粹、蜀本、宋本同；錢、沈從『戹』。」朱熹從方本，《考異》：「死，或作『戹』。」今從苑、粹。魏仲舉注：「裔，邊也，音曳。」

㊱〔而道不行〕苑本「而」下注：「集、粹無『而』字。」潮本無「而」字，粹本、祝本、文本、魏本同。潮本「道」上注：「一有『而』字。」祝本、文本、魏本注同。朱熹從諸本無「而」字，《考異》：「『道』上或有『而』字。」今從苑本。

㊲〔自持〕苑本「自」上注：「《文粹》有『亦』字。」粹本、文本、南宋蜀本「自」上多一「亦」字。文本注：「一無『亦』字。」南宋蜀本注同。

㊳〔斥時有人力能舉之〕南宋蜀本「時」作「而」。祝充注：「能，一作『解』。」文本、魏注同。苑本注：「能，《文粹》作『解』。」「能舉」，粹本作「解舉」，南宋蜀本作「能解」。《舉正》據杭本訂作「力解舉之」，云：「《文粹》同；宋本作『斥而有人力能舉之』，蜀本作『力能解舉之』。」《考異》：「時，或作『而』。『能』，方作『解』。或『能』下復出『解』字，皆非是。」

㊴〔復用〕苑本「復」作「後」。

㊵〔有出於人〕南宋蜀本無「出」字。

㊶〔辭章〕潮本注：「章，一作『意』。」文本、魏本注同。苑本作「意」，注：「集作『章』。」《舉正》出南宋監本「其文學辭章」，云：「杭本作『辭意』，諸本皆同上。」

㊷〔必不能自力以致必傳於後如今無疑也〕苑本「後」下注：「《文粹》作『不能自以力傳於後』。」潮本作「必不能自以力傳於後如今無疑也」，粹本、祝本、魏本同。「力」下潮本注：「一有『致必』字。」祝本注同。魏本注：「『力』字下一有『必致』二字，一作『致必』二字。」文本作「不能自以力致必傳於後」，注：「一作『必致』，一無此二字。」《舉正》出南宋監本「必不能自以力致必傳於後」，據蜀本乙「以力」作「力以」，云：「宋、沈本同；杭本作『不能自以力傳於後』，錢、謝本從之。」朱熹從方本，《考異》：「『力以』或作『以力』，或作『以力』而無『致必』二字，皆非是。」今從苑本。

㊸〔辨之者〕潮本「辨」作「辯」，文本同。今從苑、粹。

㊹〔十一月八日〕苑本「日」下注：「集、粹作『十月五日』。」潮本作「十月五日」，粹本、祝本、文本、南宋蜀本、魏本同。《舉正》據《文苑》增「一」字，訂「八」字，作「十一月八日」，云：「宋本同；諸本皆作『十月五日』。」朱熹從方本，《考異》：「或作『十月五日』。」謹按：子厚卒日，《舊唐書·柳宗元傳》作「十月五日」。宋文安禮《柳先生年譜》、張敦頤《柳先生歷官記》同。劉禹錫《重祭柳員外文》：「自君之没，行已八月。今以喪來，使我臨哭。」宗元葬於元和十五年七月，諸本無異文。自此上推八月，可以判定宗元卒於元和十四年十一月。今從苑本。

㊺〔秋七月十日〕苑本無「秋」字。文本「十」作「七」。粹本無「十日」二字。《舉正》出南宋監本「秋七月十日」，删「秋」字，云：「蜀本無『十日』字，宋本併『秋』字亦無；今從《文苑》。」朱熹從方本，《考異》：「『七』上或有『秋』字，或無『十日』字。」

㊻〔歸葬萬年〕苑本注：「葬，集作『于』。」文本「葬」下多一「於」字。

㊼〔女子二人〕苑本無「子」字。注：「集有『子』字。」

㊽〔費皆出〕潮本注：「費，一作『資』。」祝本、魏本注同。苑本注：「費，集作『資』。」苑本、南宋蜀本「出」下多一「於」字，苑本注：「《文粹》無此字。」《舉正》：「謝本校『費』作『資』；諸本皆同上。」《考異》：「費，或作『資』。」

㊾〔行立有節槩重然諾〕文本注：「一本無下『行立』二字。」《舉正》據杭本訂「重」作「立」，云：「宋本同。『貫高能自立然諾』，《文苑》、蜀本『立』作『重』。」朱熹從方本，《考異》：「立，或作『重』。」

㊿〔結交〕南宋蜀本無「結」字。

51〔遵涿人〕南宋蜀本注：「涿，一作『可』，一作『爲』。」苑本注：「涿，《文粹》作『可』。」按：今粹本作「涿」。《舉正》出南宋監本「遵涿人」，云：「《文苑》，錢、宋本同。子厚母盧氏，實涿人也。杭本作『可人』，蜀本作『爲人』，皆非。」《考異》：「涿，或作『可』，或作『爲』。」

52〔謹順〕廖本「順」作「慎」。

53〔從而家焉〕潮本無「焉」字，粹本、祝本、文本、南宋蜀本、魏本同。《舉正》據苑本增「焉」字，云：「宋本同，諸本皆闕。」朱熹從方本，《考異》：「或無『焉』字。」今從苑本。

54〔又將經紀其家〕粹本無「經」字。

55〔始終〕祝本「終」下注：「一有『焉』字。」魏本注同。

56〔既固既安〕南宋蜀本注：「既，一作『且』。」《舉正》：「保大本作『且安』。」《考異》：「既，或作『且』。」

【箋注】

〔一〕韓醇注：「公元和十五年九月二十二日始自袁州召還，此誌作於袁州。公之誌子厚，詳矣，其祭文推許尤厚。劉夢得《祭子厚文》曰：『退之承命，改牧宜陽，勒石垂後，屬于伊人。』其後序其集曰：『子厚之喪，昌黎韓退之誌其墓，且以書來弔曰：哀哉，若人之不淑。吾嘗評其文雄深雅健似司馬子長，崔蔡不足多也。安定皇甫湜於文章少推許，亦以退之之言爲然。凡子厚之名氏與仕與年暨行己之大方，有退之之《誌》若《祭文》在。』夢得與子厚俱以文推，及誌其墓，夢得則屬於公而不敢當，公之文在當時爲儕輩所服如此。」

此《誌》有石本。方崧卿《舉正敍録》：「洪氏《辨證》尚有京兆萬年司馬村《柳子厚銘》，皆未得之。然洪氏亦徒有其目耳。」洪氏之後，祝充本、魏仲舉本在列舉韓文石本時均著録其目，但諸家均未採用石本文字，可知此石在宋代罕得流傳。但此誌篇題，集本均作《柳子厚墓誌銘》，而《文苑英華》題作「柳州刺史柳君墓誌銘」，《唐文粹》題作「唐柳州刺史柳子厚墓誌銘」，均與石本題額相近，疑二本曾參稽石本。今檢方崧卿《舉正》出校《文苑》達十四條，其中不少文字特異，如「死高宗朝」、「授集賢殿正字」、「由藍田尉拜監察御史，順宗即位，拜禮部員外郎，遇用事者得罪，例出爲刺史，未至，又例貶州司馬」、「自肆於山水之間」、「十一月八日卒」、「遵涿人」、「遵從而家焉」等，與集本迥然不同，顯然另出一本。據其篇題接近石本考慮，或許吸收了石本文字。《寶刻叢編》卷八「萬年縣」下據《京兆金石録》著録「唐柳州刺史柳宗元墓誌」，注云：「唐韓愈撰，沈傳師正書，元和十五年。」宋代諸家均未正式出校石本文字，其存亡難以究詰。明孫克弘《古今石刻碑帖目》卷下「西安府」下著録「柳宗元碑」，注云：「沈傳師書，在鳳棲原，今碎損。」于奕正《天下金石志》卷六録作「唐柳宗元碑」，注云：「沈傳師書，在鳳棲原。」謹按：據《誌》文，柳宗元葬於「先人墓側」。柳氏先塋在京兆萬年縣棲鳳原，見柳集《先侍御府君神道表》及《先太夫人河東縣君歸祔誌》。孫、于二家所載與《誌》文相較，「棲鳳」訛作「鳳棲」，當屬筆誤。惟作「碑」不作「誌」，似有未合。但韓集中如《韋丹誌》等，一文兩刻，一碑一誌者不少，此《碑》當屬同一體例。

此篇作年，洪譜、方表、方譜、蔣抱玄注均繫於元和十五年（八二〇）。洪譜：「十五年庚子：是年有柳子厚祭文、墓誌。」方譜：「子厚以去年十一月八日卒，十一月己亥朔，八日丙午。以是年七月十日葬，七月辛丑朔，十日庚戌。」蔣抱玄注：「元和十五年九月公始自袁州召還，此文猶在袁州作。」

〔二〕孫汝聽注：「慶字更興，河東解人。」柳慶，《周書》、《北史》有傳，其生平如次：柳慶字更興，河東解人。五世祖恭，仕後趙爲河東郡守。秦趙喪亂，乃率民南徙，居於汝潁之間，故世仕江表。祖緝，宋同州別駕、宋安郡守。父僧習，齊奉朝請，魏景明中與豫州刺史裴叔業據州歸魏，歷北地、潁川二郡守，揚州大中正。慶起家奉朝請，遭父憂，服闋，除中堅將軍。魏孝武將西還，除慶散騎侍郎。及帝西遷，慶以母老不從。獨孤信之鎮洛陽，乃得入關，除相府東閤祭酒，領記室，轉户曹參軍。大統八年，遷大行臺郎中，領北華州長史。十年，除尚書都兵郎中并領記室如故。尋以本官兼雍州别駕。十二年，改三十六曹爲十二部，詔以慶爲計部郎中，别駕如故。十三年，封清河縣男，邑二百户，兼尚書右丞，攝計部。十四年，正右丞。尋進爵爲子，增邑三百户。十五年，加平南將軍。十六年太祖東討，以慶爲大行臺右丞，加撫軍將軍。還，轉尚書右丞，加通直散騎常侍。魏廢帝初，除民部尚書。二年，授車騎大將軍、儀同三司。魏恭帝初，進位驃騎大將軍、開府儀同三司、尚書右僕射，轉左僕射，領著作六官，建拜司會中大夫。孝閔帝踐祚，賜姓宇文氏，進爵平齊縣公，增邑通前一千五百户。楊寬參知政事，慶見疎忌，出爲萬州刺史。世宗尋悟，留爲雍州别駕，領京兆尹。武成二年，除宜州刺史。保定三年，又入爲司會。天和元年十二月薨，時年五十，贈鄜綏丹三州刺史，謚曰景。

〔三〕祝充注：「拓跋，上音『託』，下蒲撥切。」高步瀛注引《魏書·序紀》：「黄帝子昌意少子受封北土，國有大鮮卑山，因以爲號。黄帝以土德王，北俗謂土爲托，謂后爲跋，故以爲氏。」

〔四〕文讜注：「（《新唐書》）《宰相世系》：柳氏出自姬姓，魯孝公子夷伯展孫無駭生禽，字季爲，魯士師，謚曰惠。食采於柳下，遂姓柳氏。楚滅魯，仕楚。秦并天下，柳氏遷於河東。其後世僧習者爲後魏尚書右丞、方輿公，五子，次子慶，字更興是也。」孫汝聽注：「慶仕周爲宜州刺史，封平齊縣公。」方成珪注：「柳集《先侍御表》：『六代祖慶，後魏侍中左僕射平齊公』，於子厚爲七代祖；『五代祖旦，周中書侍郎濟陰公』，於子厚爲六代祖。此以六代祖之爵移屬七代祖，恐誤也。」高步瀛注：「《周書·柳慶傳》不言封濟陰，《北史·柳慶傳》、《新唐書·宰相世系表》、《元和姓纂》皆無封濟陰之文。退之與子厚至交，敘其先世不應有誤。或此文『侍中』下本有『封平齊公，六世祖旦爲周中書侍郎』等字，傳寫者脱去；抑或慶嘗改封濟陰而史不具，皆未可知也。」

〔五〕樊汝霖注：「慶子則。則子奭，字子燕。」文安禮《柳先生年譜》：「子厚有《先侍御史府君神道表》，云曾伯祖諱奭，字子燕。則奭於侍御史爲曾伯祖，於子厚爲高伯祖矣。而《新史》子厚傳及韓退之《子厚墓誌》皆云『曾伯祖』，恐誤。」王元啓注：「按：曾伯祖之稱未詳所出。據舊注：慶子則，則子奭，則弟旦，旦子楷，楷子子夏，子夏子從裕，從裕子察躬，宗元之祖也。據法當稱五世伯祖，或稱『奭』爲『慶孫』，皆通。若指爲曾祖之兄，則考之世系實舛。一云：『曾』下當補『祖之』二字，未知是否。」方成珪注：「《表》以奭爲侍御曾伯祖，則於子厚爲高伯祖矣，乃《誌》與《新史》子厚傳皆曰『曾伯祖』，亦恐《誌》誤，而《新史》承之也。」高步瀛注：「案奭爲子厚父之曾伯祖，與子厚之高祖子夏爲從父昆弟，此當云高伯祖，『曾』字疑傳寫之誤。然《詩·維天之命》曰：『曾孫篤之。』鄭《箋》曰：『曾猶重也，自孫之子而下，享先祖皆稱曾孫。』或祖之父以上亦可通稱曾祖歟？」柳奭，兩《唐書》有傳，其生平如次：柳奭，字子燕（《先侍御史府君神道表》），蒲州解人。貞觀中累遷中書舍人，後以外甥女爲皇太子妃，擢拜兵部侍郎。妃爲皇后，永徽二年正月乙巳，爲中書侍郎同中書門下三品。三年三月辛巳，代褚遂良爲中書令，仍監修國史。俄而后漸見疏忌，奭憂懼，頻上疏請辭樞密之任。五年六月癸亥，罷相，轉吏部尚書。十月己酉，王皇后廢。六年五月癸未，貶遂州刺史。行至扶風，復貶榮州刺史。顯慶二年八月丁卯，貶象州刺史。四年秋七月，詔使者殺柳奭於象州（《資治通鑑》卷二百）。

〔六〕孫汝聽注：「永徽二年正月，以奭同中書門下三品。五年六月，罷相貶象州刺史。爲許敬宗等所搆，就州殺之。」

〔七〕韓醇注：「則弟旦，字匡德，周中書侍郎。旦子楷，濟、房、蘭、廓四州刺史。楷子子夏，徐州長史。子夏子從裕，滄州清池令。從裕子察躬，湖州德清令。察躬子鎮。」柳宗元《先侍御史府君神道表》：「先君諱鎮，字某。六代祖諱慶，後魏侍中、平齊公。五代祖諱旦，周中書侍郎、濟陰公。高祖諱楷，隋刺齊、房、蘭、廓四州。曾伯祖諱奭，字子燕，唐中書令。曾祖諱子夏，徐州長史。祖諱從裕，滄州清池令。皇考諱察躬，湖州德清令。」柳鎮，兩《唐書》附於《柳宗元傳》。今據《先侍御史府君神道表》鈎稽其生平如次：柳鎮，蒲州解人。天寶末經術高第，遇亂，奉母隱王屋山。起家左衛率府兵曹參軍，爲郭子儀節度推官，授左金吾衛倉曹參軍，進大理評事。爲晉州録事參軍，調長安主簿。居父喪，服除，吏部命爲太常博士。以尊老孤弱，願爲宣城令，三辭而後獲。徙閿鄉令，爲鄂岳沔都團練判官，遷殿中侍御史。後數年，登朝爲真。貞元四年平反穆贊冤獄，邪黨側目。逾年，貶夔州司馬。貞元八年竇參得罪，拜侍御史。貞元九年五月十七日終於親仁里第，享年五十五。

〔八〕《新唐書·百官志三》太常寺：「博士四人，從七品上。掌辨五禮，按王公、三品以上功過善惡爲之謚，大禮則贊卿導引。」

〔九〕孫汝聽注：「鎮丁母憂，服除，吏部命爲太常博士。鎮曰：『有尊老孤弱在吴，願爲宣城令。』從之。」《元和郡縣志》卷二十八江南道宣州宣城縣（望），今屬安徽省。《元和郡縣志》卷六河南道虢州閿鄉縣（望），今屬河南省。《新唐書・百官志四下》外官：「上縣令一人，從六品上。縣令掌導風化，察冤滯，聽獄訟。凡民田收授，縣令給之。每歲季冬，行鄉飲酒禮。籍帳、傳驛、倉庫、盗賊、隄道，雖有專官，皆通知。」

〔一〇〕樊汝霖注：「肅宗平賊，鎮上書言事，擢左衛率府兵曹，佐郭子儀朔方府。三遷殿中侍御史。以事觸竇參，貶夔州司馬。」《新唐書・百官志三》御史臺：「殿中侍御史九人，從七品下。掌殿庭供奉之儀，京畿諸州兵皆隸焉。」高步瀛注引《柳集音辯》：「貞元四年，陝虢觀察使盧岳卒。岳妻分貲不及妾子，妾訴之。中丞盧佋欲重妾罪，侍御史穆贊不聽。佋與竇參共誣贊受金，捕送獄。詔殿中侍御史柳鎮與刑部員外郎李覿、大理卿楊瑀爲三司覆治，無之。」

〔一一〕權貴人，指竇參。竇參，兩《唐書》有傳，其生平如次：竇參字時中，河南洛陽人（《元和姓纂》）。少以門蔭累官萬年尉，貶江夏尉。累遷奉先尉，進大理司直。轉殿中侍御史，改金部員外郎，刑部郎中，侍御史知雜事。遷御史中丞，尋兼户部侍郎。貞元五年二月庚子，拜中書侍郎、同中書門下平章事、兼轉運使。八年四月乙未，貶郴州别駕（《舊唐書・德宗紀》）。明年三月，以受節將遺，再貶驩州司户。未達貶所，賜死於邕州，時年六十。參無學術，惟樹親党，任情好惡，恃權貪利，不知紀極，終以此敗。

〔二二〕《新唐書·百官志三》御史臺：「侍御史六人，從六品下。掌糾舉百寮及入閤承詔，知推、彈、雜事。」

〔二三〕樊汝霖注：「宗元作《先友記》，鎮所厚者六十六人。且曰：先君之所與友，凡天下之善士舉集焉。」蔣抱玄注：「所游，所與交游也。」

〔二四〕精敏，精幹敏捷。《漢書·丁寬傳》：「梁項生從田何受《易》，時寬爲項生從者，讀《易》精敏，材過項生。」

〔二五〕樊汝霖注：「貞元九年登第，年二十一。德宗問曰：『得無以朝士子冒進者乎？』有司以聞，上曰：『是故抗姦臣竇參者邪？吾知其不爲子求舉矣。』」《先侍御史府君神道表》：「貞元九年，宗元得進士第。上問有司曰：『得無以朝士子冒進者乎？』有司以聞。上曰：『是故抗姦臣竇參者耶？吾知其不爲子求舉矣。』」

〔二六〕祝充注：「嶄，士咸切。《選》『嶄絶峰殊狀』，注：『險峻貌。』又鉏銜切，《楚辭》『何山石之嶄岩』，注：『石高貌。』」文讜注：「嶄，高峻貌，士減切。」魏仲舉注：「嶄，士咸切，又士減切。」蔣抱玄注：「頭角，謂少年崢嶸之象。」謹按：「嶄」同「嶃」，見《集韻》。《廣韻》：「嶃，高峻。」嶄然，高峻貌。《釋名·釋山》：「山小高曰岑。岑，嶃也，嶃然也。」柳宗元《柳州山水近治可遊者記》「北有雙山，夾道嶄然」，仍用此義。引申爲風采超卓，始見於權德輿《祭故房州崔使君文》：「中饋仁賢，諸孤嶄然。」（《權載之文集》卷五十）。頭角，頭部與犄角。《説文》：「羊，祥也。从𦍌，象頭角足尾之形。」引申爲事端、端倪。《禮記・學記》「開而弗達」，鄭玄注：「開，爲發頭角。」孔穎達疏：「開，謂開發事端，但爲學者開發大義頭角而已，亦不事事使之通達也。」《三國志・吴志・張温傳》：「豔所進退，皆温所爲頭角，更相表裏，共爲腹背。」嶄然見頭角，「見」同「現」，謂初露稜角、初顯鋒芒。此語始見韓文，後人採用者亦多。如宋宋祁《禦戎論五》：「若迺公忠材猷，嶄然風采，士不肯衮衮雷同，欲卓爾自立，時或有之。」（《景文集》卷四十四）蔡襄《四賢一不肖詩・余安道》：「希文鯁亮素少與，失勢誰復能相扶。嶄然安道生頭角，氣虹萬丈横天衢。」（《端明集》卷一）釋契嵩《紀復古》：「今四方之士以古文進於京師，嶄然出頭角，爭與三君子相高下者不可勝數。」（《鐔津集》卷八）再發展爲「嶄嶄露頭角」、「嶄然露頭角」，宋劉子翬《蒼庭筠傳》：「諸子皆嶄嶄露頭角。」（《屏山集》卷六）明孫繼皐《郡文學養吾堵先生暨配蘇孺人合葬墓誌銘》：「於是維藩兩兄弟並嶄嶄露頭角。」（《宗伯集》卷八）陳去病《論戲劇之有益》：「駸駸乎冀以造成第一完全人格，一朝突儕於偉大軍國民之列，嶄然露頭角焉。」成語「嶄露頭角」即出於此。

〔一七〕孫汝聽注：「貞元十四年中此科，以將士郎守集賢殿正字。」高步瀛注：「子厚《與楊誨之第二書》曰：『二十四求博學宏詞，二年乃得仕。』子厚年二十四，當貞元十二年。又二年，則十四年也。」《新唐書・百官志二》中書省集賢殿書院：「正字二人，從九品上。」

〔一八〕《説文》：「雋，肥肉也。俊，材千人也。」《集韻》：「俊、儁，祖峻切，《説文》：『才千人也。』或从雋。」《左傳》宣公十五年「酆舒有三雋才」，杜注：「雋，絶異也，言有才藝勝人者三。」《漢書·禮樂志》：「武帝即位，進用英雋。」劉卲《人物志·七繆》：「張良體弱而精彊，爲衆智之雋也。」「雋傑」即「俊傑」，才能出衆。《孟子·公孫丑上》：「尊賢使能，俊傑在位。」趙岐注：「俊，美才出衆者也。萬人者稱傑。」「廉」有嚴厉、峻峭一義。《説文》：「廉，仄也。」段注：「此與廣爲對文，謂偪仄也。廉之言斂也。堂之邊曰廉。天子之堂九尺，諸侯七尺，大夫五尺，士三尺。堂邊皆如其高。賈子曰：廉遠地則堂高，廉近地則堂卑是也。堂邊有隅有棱，故曰廉。廉，隅也。又曰：廉，棱也。引伸之爲清也，儉也，嚴厉也。許以仄晐之。仄者，圻堮陖陗之謂。」「悍」有悍勇、精敏一義。《説文》：「悍，勇也。」《史記·貨殖列傳》「民雕捍少慮」，索隱：「言如雕性之捷悍也。」廉悍，峻峭精悍。此語始見韓文，後人亦多有採用。如宋鄭獬《尚書都官郎中吴君墓誌銘》：「君廉悍，於事無所顧避，齒齒有芒角。」（《鄖溪集》卷二十一）明李舜臣《送李貢卿知臨洮府序》：「宣府之政，以精明廉悍著其能稱。」（《愚谷集》卷五）清吴偉業《程崑崙文集序》：「吾聞山右風完氣密，人材之挺生者，堅良廉悍。」（《梅村家藏藁》卷二十九）全用「雋傑廉悍」四字者，如宋李之儀《偶書》：「俊傑廉悍，雅健雄深，蓋嘗見其人矣。」（《姑溪居士前集卷十七》）元夏以忠《劉詵行狀》：「其雋傑廉悍踔厲風發之狀，韞玉在櫝，氣如白虹，不可掩抑。」（《桂隱文集附録》）清錢謙益《文林郎福建道監察御史贈太中大夫資治少尹太僕寺卿周公神道碑銘》：「公少

儁傑廉悍，遇事風發。」（《牧齋初學集》卷六十二）

〔一九〕證據，引證引據，旁徵博引。《後漢書·繆肜傳》：「仕縣爲主簿，時縣令被章見考，吏皆畏懼自誣，而肜獨證據其事。」

〔二〇〕祝充注：「踔，敕角切。」文讜注：「趻踔蹈厲，行不常也，音敕教、敕角二切。《禮記》《樂記》云：『發揚蹈厲之已蚤。』」韓醇注：「《前漢》『非有踔絶之能』，注：『高遠也。』」謹按：「趻」同「踸」，見《集韻》。《説文》：「踸，踸踔，行無常貌。」《孟子·盡心下》：「萬章曰：『敢問何如斯可謂狂矣？』曰：『如琴張、曾皙、牧皮者，孔子之所謂狂矣。』」趙岐注：「琴張，子張也。子張之爲人，踸踔譎詭。」《禮記·樂記》「發揚蹈厲之已蚤」，孔穎達疏：「初舞之時，手足發揚，蹈地而猛厲。」張守節《史記正義》：「蹈，頓足蹋地。厲，顔色勃然如戰色也。」踔厲，趻踔蹈厲，謂特立獨行、志意軒昂。此語始見韓文，後人採用者甚多。如皇甫湜《唐故著作佐郎顧況集序》：「逸歌長句，駿發踔厲，往往若穿天心、出月脇。意外驚人語，非尋常所能及。」（《皇甫持正集》卷二）宋劉弇《上劉子先學士求銘文書》：「執事考古振今，下筆不休。淵源之渾深，軌轍之踔厲，視當世正所謂文章大人者，譬之粉白朱墨，膚寸萬態。」（《龍雲集》卷二十一）葛勝仲《陳去非詩集序》：「陳公諱與義，少踔厲不羣。」（《丹陽集》卷八）

〔二一〕孫汝聽注：「爲監察御史裹行。」《元和郡縣志》卷一關内道京兆府藍田縣（畿），今屬陜西省。《唐六典》卷三十京縣畿縣天下諸縣官吏：「京兆、河南、太原諸縣尉二人，正九品下。縣尉親理庶務，分判衆曹，割斷追徵，收率課調。」《新唐書・百官志三》御史臺：「監察御史十五人，正八品下。獄訟、軍戎、祭祀、營作、太府出納皆蒞焉。知朝堂左右廂及百司綱目。」

〔二二〕祝充注：「順宗即位，叔文、執誼用事，尤奇待宗元與吕温。引納禁近與計事，擢禮部員外郎。」《新唐書・百官志一》尚書省禮部：「禮部郎中（從五品上）、員外郎（從六品上），掌禮樂、學校、衣冠、符印、表疏、圖書、册命、祥瑞、鋪設，及百官、宫人喪葬贈賻之數，爲尚書、侍郎之貳。」

〔二三〕《舊唐書・憲宗紀上》：「永貞元年九月己卯，京西神策行營節度行軍司馬韓泰貶撫州刺史，司封郎中韓曄貶池州刺史，禮部員外郎柳宗元貶邵州刺史，屯田員外郎劉禹錫貶連州刺史，坐交王叔文也。」

〔二四〕樊汝霖注：「永貞元年八月，憲宗即位，貶叔文渝州司户參軍。九月，宗元與同輩七人皆坐王叔文黨同貶，宗元邵州刺史。十一月，道貶永州司馬。」《舊唐書・憲宗紀上》：「永貞元年十一月壬申，貶正議大夫中書侍郎平章事韋執誼爲崖州司馬。己卯，再貶撫州刺史韓泰爲虔州司馬，河中少尹陳諫台州司馬，邵州刺史柳宗元爲永州司馬，連州刺史劉禹錫朗州司馬，池州刺史韓曄饒州司馬，和州刺史淩準連州司馬，岳州刺史程異柳州司馬。皆坐交王叔文，初貶刺史，物議罪之，故再加貶竄。」《元和郡縣志》卷二九江南道永州（中），今湖南零陵。《唐六典》卷三十上州中州下州官吏：「中州司馬一人，正六品下。尹、少尹、別駕、長史、司馬，掌貳府州之事，以紀綱衆務，通判列曹，歲終則更入奏計。」

〔二五〕汎濫，洪水横溢貌。《孟子·滕文公上》：「當堯之時，天下猶未平，洪水横流，氾濫於天下。」引申爲廣博，劉邵《人物志·體别》：「辨博之人，論理贍給，不戒其辭之汎濫。」此處「汎濫」謂廣博，「停蓄」謂淵深，即下文「深博無涯涘」。「停蓄」即「渟滀」，動詞，義爲蓄積。用作形容詞，謂沈鬱淵深，則始見韓文。後人亦頗多採用者，如宋劉弇《上蹇司諫書》：「賢人君子，該天地萬物而睹奥，裒經史百氏而觀書。渟滀演漾，咀英掇實，時振發於文章。」（《龍雲集》卷十六）宋周紫芝《見吕右丞》：「六藝百家之書莫不博究，淵深渟滀，如海涵地負。」（《太倉稊米集》卷五十八）宋王庭珪《書李仲孫程文》：「詞鋒森然，停蓄雅健，縱横磅礴，豪邁之氣不減昔時。非胸次吞雲夢，筆頭湧若耶，奚能若是乎？」（《盧溪文集》卷四十九）袁燮《龍圖閣學士通奉大夫尚書黄公行狀》：「講貫日新，停蓄充溢，義理所在，必極精微。」（《絜齋集》卷十三）

〔二六〕祝充注：「涯涘，上宜佳切，際也；下牀史切，岸也。《莊子》（《秋水》）：『今爾出於涯涘。』宗元既罹竄逐，涉履蠻瘴，崎嶇堙厄。藴騷人之鬱悼，寫情敍事，動必以文。爲騷文十數篇，覽者爲之悽惻。」涯涘，邊際、邊界。謝朓《拜中軍記室辭隨王牋》：「榮立府庭，恩加顔色。沐髮晞陽，未測涯涘。」《文選》六臣注良曰：「言沐王之德深，故不測崖際也。」

〔二七〕文讜注：「凡言『例出』、『例貶』、『例召』者，皆譏其贅附憸人也。」魏引補注：「元和九年冬。」

〔二八〕樊汝霖注：「元和十年三月，以永州司馬柳宗元爲柳州刺史。」《舊唐書·憲宗紀下》：「元和十年三月乙酉，以虔州司馬韓泰爲章州刺史，以永州司馬柳宗元爲柳州刺史，饒州司馬韓曄爲汀州刺史，朗州司馬劉禹錫爲播州刺史，台州司馬陳諫爲封州刺史。」《元和郡縣志》卷三十七嶺南道柳州（下），今屬廣西省。《新唐書·百官志四下》外官：「下州刺史一人，正四品下，職同牧尹。掌宣德化，歲巡屬縣，觀風俗、録囚、恤鰥寡。」

〔二九〕教禁，政教禁令。《周禮》：「鄉大夫之職，各掌其鄉之政教禁令。」《宋書·蔡廓傳》：「貞一以閑其邪，教禁以檢其慢。」

〔三〇〕順賴，信賴服從。此語始見韓文，後人亦有採用者。如《新唐書·王方翼傳》：「方翼爲耦耕法，張機鍵，力省而見功多，百姓順賴。」曾肇《王學士存墓誌銘》：「知開封府，聽斷明允，都人順賴。」（宋杜大珪《名臣碑傳琬琰之集》中卷三十）宋佚名《文翁祠堂記》：「公之治蜀，開學校，以詩書教人。澡刷故俗，長長少少，尊尊親親，百姓順賴。」（宋扈仲榮《成都文類》卷三十四）

〔三一〕子本，利息與本金。元稹《估客樂》：「子本頻蕃息，貨販日兼并。」（《元氏長慶集》卷二十三）

〔三二〕文讜注：「《因話録》云：『元和中，柳柳州書，後生多師效，就中尤長草，爲時所寶。湖湘以南童稚悉學其書，頗有能者。』歐陽《集古録》云：『自唐以來，言文章者惟韓柳。柳豈韓之徒哉？真韓門之罪人也。蓋世俗不知其所學之非，第以當時輩流言之爾。今余又多録其文，懼益後人之惑也，故書以見余意。』」魏引補注：「東坡《至廣州寄二子詩》云：『莫學柳儀曹，詩書教蠻獠。』事本於此。」

〔三三〕《元和郡縣志》卷三十江南道播州（下），今貴州遵義。

〔三四〕趙翼《陔餘叢考》卷三十七「大人」條：「呼大人者，則以施於父母伯叔。《家語》（《六本第十五》）曾子曰：『參得罪大人。』《史記》（《越王勾踐世家》）范蠡之長子曰：『今弟有罪而大人不遺，是吾不肖也。』此皆以呼其父也。《漢書》（《疏廣傳》）疏受叩頭曰：『從大人議。』此以呼其叔也。（《漢書·淮陽憲王傳》）張博詐淮陽王，『欲上書爲大人乞骸骨去。』《後漢書》（《范滂傳》）范滂曰：『惟大人割不忍之恩。』此皆以稱其母也。柳宗元稱劉禹錫之母云：『無辭以白其大人。』亦謂禹錫之母。」

〔三五〕文本注：「重，直龍切。」

〔三六〕樊汝霖注：「叔文之黨坐謫官者，凡十年不量移。至是執政有憐其才者，欲漸進之，悉召至京師。諫官言不可，上與宰相武元衡亦惡之，悉以爲遠州刺史。宗元得柳州，禹錫得播州。詔下，宗元謂所親曰：『禹錫有母年高，今爲郡蠻方西南絶域，往返萬里，如何與母偕行？如母子異方，便爲永訣。吾與爲執友，胡忍見其若是？』即草奏，願以柳易播，會御史中丞裴度亦奏曰：『禹錫誠有罪，然母老，其子爲死别，良可傷。』上曰：『爲人子尤當自謹，勿貽親憂，此重可責。』度曰：『陛下方侍太后，不宜有此言。』上良久曰：『朕所責人子者耳，然不欲傷其親心。』謂左右曰：『度愛我終切。』明日，改禹錫連州。」文讜注：「《因話録》：憲宗初徵柳宗元、劉禹錫至京，俄而以柳爲柳州刺史，劉爲播州刺史。柳以劉須侍親，播州最爲惡郡，請以柳州換。上不許。宰相曰：『禹錫有老親』云云，劉遂改授連州。」《元和郡縣志》卷二九江南道連州（下）：「今廣東連縣。」

〔三七〕《説文》：「逭，逃也。从辵官聲。爟，逭或，从藿从兆。」注：「𨗨，古文『逭』。」《説文》：「徵，召也。逐，追也。」徵逐，邀約追隨。此語始見韓文，後人亦多有採用。如宋韓維《送孔先生還山》：「蠶桑事未起，農里得徵逐。」（《南陽集卷一》）劉弇《送杜然中序》：「是嘗居相與徵逐而出相爲旁午者也。」（《龍雲集》卷二十五）劉一止《贈別歸安周縣丞》：「詩文互徵逐，酒鸞及時具。」（《苕溪集》卷二）

〔三八〕粹本注：「詡，虛甫切，語也。」文讜注：「詡詡，大言也。音况羽切。《禮記·少儀》云『會同主詡』，鄭注：『詡，謂敏而有勇，若齊國佐。』强，其亮切。」《舉正》：「『雖强語笑無復氣味』，《後漢·五行志》語。」韓醇注：「詡詡，人語也，虛甫切。」蔣抱玄注：「詡詡，和集貌。《易林》：『魴鱮詡詡。』」高步瀛注：「《漢書·張敞傳》注引孟康曰：『北方人謂媚好爲詡。』」童第德注：「高説是。《漢書·張敞傳》『長安中傳張京兆眉憮』，孟康曰：『憮音詡，北方人謂媚好爲詡畜。』《説文》：『詡，大言也。憮，愛也。韓鄭曰憮。一曰不動。』『憮』正字，『詡』借字。觀孟氏《漢書》注，是曹魏時已假『詡』爲『憮』，公此文正用孟氏説也。」謹按：「詡詡」即「詡畜」，嫵媚也。「畜」通「㜅」，媚也。阮元《毛詩王欲玉女解》：「《呂覽·適成篇》『民善之則畜也』，注：『畜，好也。』《説苑》：『尹逸對成王曰：民善之則畜也。』此『畜』字即玉女『玉』字也。《説文》：『㜅，媚也。』孟康注《漢書·張敞傳》云：『北方人謂媚好爲詡畜。』『畜』與『㜅』通也。」（《揅經室一集》卷四）「詡詡」本義爲大，《廣雅·釋訓》：「詡詡、曠曠，大也。」引申爲自得、自由，《焦氏易林》離之中孚：

「魴鱮詡詡，利來無憂。」又引申爲自尊、自重，盧照隣《五悲・悲窮道》：「每兢兢於暗室，恒詡詡於明時。」（《盧昇之集》卷四）假「詡畜」爲「詡詡」，由「嫵媚」引申爲「諂媚」，則始見韓文。後人採用者甚多，如宋王珪《薦孫侔林希劄子》：「彼誠安於中而不慕於外，與夫詡詡然苟營於人者，不亦遠哉！」（《華陽集》卷八）司馬光《答劉太傅忱書》：「常病世人稱交友者，有遇則詡詡笑言，以酒食相悦；相去則長函短幅，副以苞苴。言皆諂諛，又似欺侮。習尚成俗，莫知其非。」（《傳家集》卷五十九）李彌遜《龍圖閣直學士右通奉大夫致仕葉公墓誌銘》：「平居謙恭，語若不出諸口。及其臨事，挺然直前，無所顧隱，不能詡詡相媚悦。」（《筠谿集》卷二十四）

〔三九〕取下，即「趨下」，迎合、逢迎。《禮記・曲禮上》：「禮聞取於人，不聞取人。」俞樾《羣經平議・大戴禮記二》：「『取』當讀爲『趣』。《釋名・釋言》語曰：『取，趣也。』是『取』與『趣』聲近義通。取於人者，爲人所趣向也，取人者，趣向人也。」此語始見韓文，後人採用者甚多，如宋黄庭堅《與元勛不伐書八》：「削去流俗苟相取下之意。」（《山谷別集》卷十八）劉弇《德至者色澤洽賦》：「遂使赧赧而非所知，徒懟表襮；詡詡而相取下，舉昧沉冥。」（《龍雲集》卷一）陳傅良《謝諸司列薦》：「今日爲吏，軟熟以相取下。」（《止齋集》卷三十七）

〔四〇〕握手，親手。《三國志・魏志・曹爽傳》：「爽以支屬，世蒙殊寵，親受先帝握手遺詔，託以天下。」「出肺肝相示」，猶言肝膽相照。《禮記・大學》：「人之視己，如見其肺肝。」此語始見韓文，後人亦有採用者，如元胡震《周易衍義・中孚》：「信而或失其正，則如盜賊相羣，男女相私，士夫死黨，小人出肺肝相示，而遂背之。」（《周易衍義》卷十三）明宋濂《白鹿生小傳》：「生性醇篤，無銖髮矯僞。與人語，出肺肝相示，恥爲覆藏。」（《文憲集》卷十一）明顧允成《祭李晉陽》：「從足下隸事銓曹時，時握手出肺肝相示，以爲此非塵埃中想也。」（《小辨齋偶存》卷七）

〔四一〕蔣抱玄注：「反眼，即反目之義。」謹按：「反目」，怒目相向。《易・小畜・九三》「夫妻反目」，孔穎達疏：「夫妻乖戾，故反目相視。」易「反目」爲「反眼」，始見韓文，後人採用者甚多。如宋蘇轍《乞誅竄吕惠卿狀》：「及其權位既均，勢力相軋，反眼相噬，化爲讎敵。」（《欒城集》卷三十八）李綱《佛印清禪師語録序》：「與夫今之士大夫交游之久，以信義相期，一旦臨小利害，反眼若不相識者，不可同日而語也。」（《梁谿集》卷一百三十九）李流謙《上樊運使書》：「古道不振久矣！平時號耐久朋，杯酒接慇懃，詡詡言笑相徵逐，出肺肝指天日誓不相負。一旦反眼不相識，爭小利害，甚於寇讎。」（《澹齋集》卷十）

〔四二〕「落陷穽又下石」，猶現代成語「落井下石」。此語始見韓文，後人採用者亦多。如宋楊冠卿《代邑宰求知啓》：「起敵國於同舟，落陷穽而下石。彼譖人亦已太甚。」（《客亭類稿》卷五）洪咨夔《春秋説》桓公十二年：「在同舟遇風之時，不啻左右手；及反面若不相識，落陷穽，又下石焉。」（《春秋説》卷四）元郝經《蘆臺記》：「館門忽闔，遂落陷穽，鉅姦魁猾，共爲下石。」（《陵川集》卷二十七）

〔四三〕祝充注：「擠，將西切。」

〔四四〕宋謝伯采《密齋筆記》卷三：「《子華子》：『今世之人其平居把握，附耳呫呫相爲然，約而自保，曾膠漆之不如也。及勢利之一接，未有毫髮之差，蹴然而變乎色，又從而隨之兵。甚矣，心術之善移也。』韓文用其意。」

〔四五〕陳景雲注：「『爲』當讀于偽反。鄭康成《詩箋》云：『爲，猶助也。』史言王叔文密結柳、劉諸人，定爲死交。勇於爲人，即言子厚黨助叔文而微其辭也。」王元啓注：「『爲』讀去聲。『爲人』即謂黨助叔文，公特爲之微其詞耳。」

〔四六〕陳景雲注：「『顧藉』之義與『顧惜』同。公《上留守相公啓》云『無一分顧藉心』是也。或以二字屬下，非。」《義門讀書記》：「顧籍，猶顧惜也。」王元啓注：「舊本多於『重』字絶句。李安溪云：『顧籍，猶顧惜也。公《上鄭餘慶書》『無一分顧藉心』。今從其説。」劉邵《人物志·材理》：「故善難者，徵之使還；不善難者，凌而激之，雖欲顧藉，其勢無由。」

〔四七〕祝充注：「推挽，上他回切，下音晚。」文讜注：「（《漢書》顔師古注引）蘇林曰：『輅，一木横遮車前，以人挽之，一人推之。』言薦士亦由此也。見《婁欽傳》。」謹按：推挽，即推輓，前牽後推。引申爲引薦、推薦。《左傳》襄十四：「衛君必入。夫二子者，或輓之，或推之，欲無入，得乎？」陸德明《音義》：「輓音晚。推如字，又他回反。」

〔四八〕文讜注：「劉禹錫云：『子厚之喪，退之以書來弔曰：哀哉若人之不淑！吾嘗評其文雄深雅健似司馬子長，崔蔡不足多也。』書今已亡。」

〔四九〕陳景雲注：「八司馬初貶，有永不量移之命。後八人中惟程异以大臣李巽力薦，復得進用，位登宰輔，可謂有鉅力推挽矣。然物望素輕，歿於相位，旋即身名俱滅，視子厚之以文章傳世，百世不磨者，所得孰多耶？异先子厚卒，當韓羣柳墓時，正兩人蓋棺論定之日，故羣中云云，似專爲异而發也。太史公有言『富貴而名磨滅者不可勝記，惟倜儻非常之人稱焉』，韓子之軒輊柳、程，猶斯志也。」

〔五〇〕文讜注：「《因話録》：柳宗元自永州司馬徵至京，意望録用。一日詣卜者問命，且告以夢曰：『余柳姓也，昨夢柳樹仆地，其不祥乎？』卜者曰：『無苦，但憂爲遠官耳。』徵其意，曰：『夫生則柳樹，仆則柳木。木者，牧也。君其牧柳州乎？』卒如其言。後卒於柳州。」

〔五一〕魏引任淵注：「咸通四年，右常侍蕭倣知舉，試《謙光賦》、《澄心如水詩》。中第者二十五人，柳告第三人，韓綰第八人。告，即子厚之子，字用益。綰，即退之之孫。」王元啓注：「咸通四年，歲在癸未。子厚之卒，歲在己亥。告即生於子厚卒年，至是亦年四十有五矣。然則所云柳告者，豈即周七其人耶？」柳告，兩《唐書》無傳，其生平不詳，今鈎稽所知者如次：柳告字用益（《新唐書·宰相世系表》）。咸通四年蕭倣榜進士（《唐摭言》卷十四），歷官倉部員外郎（《唐尚書省郎官石柱題名》）。

〔五二〕孫汝聽注：「元和十二年，行立爲桂管觀察使。」裴行立，《新唐書》有傳，其生平如次：裴行立，絳州稷山人。李錡甥，元和二年李錡謀叛，與兵馬使張子良、李奉仙、田少卿等密謀向順，執錡於幕（《舊唐書·李錡傳》），授沁州刺史。元和四年爲費州刺史（《册府元龜》卷六九九）。遷衛尉少卿，除河東令。元和八年八月癸未，繇蘄州刺史遷安南都護本管經略招討使（《舊唐書·憲宗紀下》）。元和十二年，徙桂管觀察使（柳宗元《桂州裴中丞作訾家洲亭記》）。黄家洞賊叛，行立討平之。元和十五年二月甲午，爲安南都護充本管經略使。鋭於立功，爲時所訾，召還。七月乙卯道卒（《舊唐書·穆宗紀》），年四十七，贈右散騎常侍。

〔五三〕蔣抱玄注：「《史記》（《陳餘傳》）：『此固趙國立名義不侵爲然諾者。』」然諾，允諾，引申爲言而有信。宋玉《神女賦》「含然諾其不分兮，喟揚音而哀歎」，《文選》李善注：「言神女之意，雖含諾，猶不當其心。」五臣注向曰：「言神雖許通，竟未結愛也。」

〔五四〕姚範《援鶉堂筆記》：「《崔評事墓銘》：『外盡賓客。』」童第德注：「《墨子·經上》：『盡，莫不然也。』此文言行立有節槩與子厚交，子厚亦莫不然。至『外盡賓客』之『盡』。爲『費』之借字，與此文義異。」

〔五五〕此銘用韻，據《廣韻》：安，平聲寒韻；人，平聲真韻。

唐故昭武校尉守左金吾衛將軍李公墓誌銘①〔一〕

公諱道古，字某，曹成王子〔二〕。其先王明以太宗子王曹，絶輒復封，五世而至成王〔三〕。成王諱皐②，有功建中貞元間，以多才能，能行賞誅爲名。至今追數當時内外文武大臣③，成王必在其間④。

公以進士舉及第〔四〕，獻《文輿》三十卷〔五〕，拜校書郎、集賢學士〔六〕，四遷至宗正丞〔七〕。憲宗即位，選擢宗室，遷尚書司門員外郎〔八〕。以選爲利、隨、唐、睦州刺史⑤〔九〕，遷少宗正⑥。元和九年，以御史中丞持節鎮黔中〔一〇〕。十一年來朝，遷鎮鄂州〔一一〕。以鄂岳道兵會平淮西〔一二〕，以功加御史大夫〔一三〕。十三年，徵拜宗正〔一四〕，轉左金吾⑦〔一五〕。上即位，以先朝時嘗信妄人柳泌能燒水銀爲不死藥薦之⑧〔一六〕，泌以故起閭閻氓爲刺史，不效，貶循州司馬〔一七〕。其年九月三日⑨，以疾卒于貶所〔一八〕，年五十三。長慶元年詔曰：「左降而死者還其官以葬。」〔一九〕遂以其年九月一日葬於東都某縣⑩〔二〇〕。

公三娶：元配韋氏諱修，修生子紘⑪〔二一〕。紘爲進士舉⑫〔二二〕。女貢，嫁崔氏。夫人隋雍州牧勛公叔裕五世孫〔二三〕，父士佺〔二四〕，蓬山令。次配崔氏諱葯〔二五〕，生綽、紹、縮，女會，嫁鄭氏；季毗。夫人父昭⑬，嘗爲京兆尹〔二六〕。今夫人韋氏，無子。父光憲，光禄卿〔二七〕。其葬用古今禮，以元配韋氏夫人祔而葬⑭。次配崔氏夫人，於其域異墓。

公宗室子，生而貴富⑮。能學問，以中科取名，善自傾下以交豪傑〔二八〕。身死，賣宅以葬。銘曰：

太支於今⑯，其上有封⑰。當公弟兄⑱，未續又亡。其遷于南，年及始衰⑲〔二九〕。雖黜不復⑳，而以喪歸。海豐瀰瀰㉑〔三〇〕，萬里于畿㉒〔三一〕。載其始終㉓，以哀表之〔三二〕。

【彙校】

①〔唐故昭武校尉守左金吾衛將軍李公墓誌銘〕文本無「唐故」二字。南宋蜀本無「衛將軍」三字。《舉正》出南宋監本無「銘」字。

②〔成王〕潮本無複出「成」字，祝本、文本、魏本同。《舉正》據蜀本「王」上增「成」字，云：「謝校。」朱熹從方本，《考異》：「或無『成』字，非是。」今從方本。

③〔至今追數〕祝本「今」作「于」。祝本注：「數，所矩切。」

④〔成王〕《舉正》據蜀本增「成王」二字，云：「謝校。」朱熹從方本，《考異》：「或無『成王』字。」

⑤〔睦州刺史〕南宋蜀本「州」下多一「四」字。

⑥〔少宗正〕潮本注：「宗，一作『室』。」文本注同。祝本注：「宗，一作『室』，非。」魏本注同。

⑦〔轉左金吾〕魏本注：「轉，一作『遷』。」文本「轉」作「遷」，注：「遷，一作『轉』。」

⑧〔以先朝時嘗信妄人柳泌能燒水銀爲不死藥薦之〕魏本無「時」字。潮本「泌」作「賁」，祝本、文本、南宋蜀本、魏本同。文本注：「賁，《唐史》作『泌』。」魏本注：「賁，一作『泌』，下同。」《舉正》訂作「泌」，云：「以新、舊《史》校，

《李干墓誌》石本亦作『泌』，則知今本果誤也。」朱熹從方本，《考異》：「泌，或作『賁』。」今從方本。南宋蜀本「薦」上多一「公」字。

⑨〔三日〕《舉正》：「蜀本作『十三日』。」《考異》：「『三』上或有『十』字。」

⑩〔其年九月一日葬〕潮本「其年九月一日」作「某年月日」，祝本、南宋蜀本同。「葬」下潮本注：「一無此七字。」文本「其」作「某」，「葬」下注：「一本無上七字。」魏本注：「一本無『其年九月一日葬』七字。」《舉正》據蜀本訂「其」字，增「某」字作「其年某月日」，云：「謝校。」朱熹從方本，《考異》：「其，或作『某』。『年』下無『某』字。」謹按：《舊唐書·穆宗紀》：「長慶元年正月辛丑，祀昊天上帝於圓丘。即日還宮，御丹鳳樓，大赦天下，改元長慶。」正月初四遇赦，九月一日營葬於東都，揆其時日，應屬正常。今從魏本。

⑪〔修生子紘〕南宋蜀本注：「修，一作『循』。」朱熹「修」作「脩」，《考異》：「脩，方並作『循』。」

⑫〔進士舉〕潮本注：「舉，一作『學』。」祝本、魏本注同。「舉」，《舉正》訂作「學」，云：「杭、蜀同，李、謝校。」朱熹從方本，《考異》：「學，或作『舉』。」

⑬〔夫人父昭〕祝本脱「父」字。

⑭〔以元配韋氏夫人祔而葬〕《考異》：「或無此（用古今禮以元配韋氏夫人祔而葬）十四字，非是。」

⑮〔生而貴富〕潮本無「生」字，祝本、文本、南宋蜀本、魏本同。《舉正》出南宋監本「公宗室子而貴富」，云：「李本作『生而貴富』。」朱熹增「生」字，《考異》：「方無『生』字，非是。」今從朱本。

⑯〔太支〕祝本注：「太支，一作『本支』，非。『太』謂『太宗』也，見《曹成王墓誌》。」魏引補注同。文本、南宋蜀本作

「本」。《舉正》據杭本訂作「太」，云：「蜀本『太』作『本』。」朱熹從方本，《考異》：「太，或作『本』，非是。」

⑰〔其上有封〕文本注：「上，一作『尚』。」潮本作「尚」，祝本、南宋蜀本、魏本同。潮本注：「尚，一作『上』。」魏本注同。《舉正》據杭本訂作「上」，云：「蜀本『上』作『尚』。」朱熹從監本作「尚」，《考異》：「尚，方作『上』。」曾國藩《求闕齋讀書録》卷八：「言太宗之支久，不當有封矣。賴成王特起，故尚有封也。」謹按：太宗十四子，其支庶十三，至玄宗前後均已絶封。惟曹王一支，賴成王有功，延至貞元。但貞元八年李皐薨後，道古兄弟無人嗣封，所以下文云：「當公弟兄，未續又亡。」則所謂「其上有封」者，謂太宗十三支庶，至道古先世猶未絶封。「於今」，謂長慶元年。至長慶元年，太宗支庶已不復有人嗣封。「尚」字不妥，今從文本。

⑱〔弟兄〕《考異》：「弟兄，或作『兄弟』。」

⑲〔及始〕文本注：「及始，一作『始及』。」

⑳〔雖黜不復〕祝本注：「雖，一作『誰』。」文本、魏本注同。《舉正》訂作「誰」，云：「杭、蜀同，李、謝校。」朱熹從方本，《考異》：「誰，或作『雖』。」童第德注：「誰，猶『何』也，見《吕覽・貴信篇》高注。『誰黜不復』，言何爲黜而不復也，應以作『誰』爲長。」謹按：此句與下句以『雖』、『而』關聯，表轉折。其意謂黜而不復，雖屬不幸；但能得歸葬，猶爲幸事。「何爲黜而不復」，則就道古「被黜不復」事件本身深致疑問，言外有不平之意。須知道古以薦進妖人得罪，導致憲宗喪命，其罪行絶無可恕。穆宗《壬子詔》固然堂堂正正，朝野公論亦絶無異議。韓愈本人一向反對佛道及金石丹葯，對道古獲罪貶謫本身絶無質疑之可能。訓作「何」不妥，不可從。

㉑〔瀰瀰〕潮本「瀰瀰」作「彌彌」，祝本、南宋蜀本、王本、廖本同。今從文本。

㉒〔萬里于畿〕南宋蜀本「畿」作「幾」。

㉓〔始終〕文本「始終」作「終始」。

【箋注】

〔一〕韓醇注：「李道古，曹成王皋之子，《新史》附皋傳後。道古巧於官，便佞傾下，遊公卿間，嘗與博奕爲不勝，厚進所償，嗜利者多得其歡心，故少盜美名。詳見於傳，而誌皆略之。《祭統》曰：『銘之義，稱美而不稱惡。』此墓誌銘也，所以有褒無貶。」《新唐書・百官志一》尚書省兵部：「武散階四十有五：正六品上曰昭武校尉。」

此篇作年，方表、方譜、蔣抱玄注均繫於長慶元年（八二一）。方譜：「金吾於去年九月三日卒，九月庚子朔，三日壬寅。長慶元年葬，《誌》不詳其月日。」謹按：魏本正文作「其年九月一日葬」。正月初四遇赦，九月一日營葬於東都，揆其時日，應屬正常。則此《誌》之作，當在長慶元年正月之後，九月之前。

〔二〕孫汝聽注：「成王三子：象古、道古、復古。公嘗銘曹成王皋碑。」曹成王李皋，兩《唐書》有傳，樊澤有《有唐山南東道節度使贈尚書右僕射嗣曹王（皋）墓銘并序》，韓愈有《曹成王碑》，其生平如次：李皋字子蘭，曹王明玄孫，嗣王戢之子。少補左司禦率府兵曹參軍，天寶十一載嗣封，授都水使者。三遷至秘書少監，皆同正。上元元年貶温州長史，攝行州事，就加少府監。改處州别駕行州事，以良政聞。徵至京，拜衡州刺史。坐小法貶潮州，楊炎爲相，復拜衡州。建中元年遷湖南觀察使。建中二年丁母艱，會梁崇義反，起復左衛大將軍，復還湖南，尋加散騎常侍。李希烈反，遷江西道節度使洪州刺史兼御史大夫。以功加銀青光禄大夫，進封五百户，加工部尚書。貞元初，拜江陵尹、荆南節度等使。三年，除襄州刺史、山南東道節度等使。貞元八年三月十一日暴卒於位（《曹王（臯）墓銘》），年六十。

〔三〕《新唐書·太宗諸子傳》：「曹王明，母本巢王妃，帝寵之，欲立爲後，魏徵諫曰：『陛下不可以辰嬴自累。』乃止。貞觀二十一年始王曹，累爲都督、刺史。高宗詔出後巢王。永隆中，坐太子賢事，降王零陵，徙黔州。都督謝祐逼殺之，帝聞，悼甚，黔官吏皆坐免。景雲中，陪葬昭陵。三子：俊、傑、備。俊嗣王，南州别駕，傑爲黎國公，垂拱時並及誅。神龍初，以傑子胤爲嗣曹王。是時諸王子孫自嶺外還，入見中宗，皆號慟，帝爲泣下。初，武后時，壯者誅死，幼皆没爲官奴，或匿人間庸保。至是，相繼出，帝隨屬遠近封拜云。後備自南還，詔停胤封而封備，歷衛尉少卿同正員，薨。開元十二年，復封胤。薨，子戢嗣，位左衛率府中郎將。子臯嗣。」

〔四〕魏引補注：「貞元五年登第。」

〔五〕《唐書·藝文志第五十·丁部集録·别集類》：「李道古《文興》三十卷。」

〔六〕《曹王（臯）墓銘》：「道古擢秀才第，又獻書金門，授秘書省校書郎，充集賢校理。」《新唐書·百官志二》秘書省：「校書郎十人，正九品上，掌讎校典籍刋正文章。」《新唐書·百官志二》集賢殿書院：「學士、直學士、侍讀學士、修撰官，掌刋緝經籍。開元十三年，改麗正修書院爲集賢殿書院。五品以上爲學士，六品以下爲直學士。宰相一人爲學士知院事，常侍一人爲副知院事，又置判院一人，押院中使一人。」

〔七〕《新唐书·百官志三》宗正寺：「卿一人，從三品。少卿二人，從四品上。丞二人，從六品上。掌天子族親屬籍，以别昭穆。」

〔八〕《新唐書·百官志一》刑部：「司門郎中（正五品上）、員外郎（從六品上），各一人，掌門關出入之籍及闌遺之物。」

〔九〕道古出刺利州，約當在元和初年。其遷睦州刺史，在元和六年六月三日，見《嚴州圖經》。元和七年猶在睦州刺史任，見《寶刻叢編》卷十四《唐大廳記》。其入爲宗正少卿的具體時間不詳，據皇甫湜《睦州録事參軍廳壁記》：「前刺史李君爲政更年，大惠一州。」則李道古領睦州，不過兩年，其離任當在元和七年。《元和郡縣志》卷二十二山南道利州（下府），今四川廣元。《新唐書·百官志四下》外官：「下都督府都督一人，從三品。都督掌督諸州兵馬、甲械、城隍、鎮戍、糧稟，總判府事。」《元和郡縣志》卷二十一山南道隨州（上），今湖北隨縣。《元和郡縣志》卷二十一山南道唐州（上），今河南泌陽。《元和郡縣志》卷二十五江南道睦州（上），今浙江建陽。《新唐書·百官志四下》外官：「上州刺史一人，從三品，職同牧尹。掌宣德化，歲巡屬縣，觀風俗、録囚、恤鰥寡。」

〔一〇〕孫汝聽注：「貞元八年十月，自宗正少卿出爲黔中觀察使。」《舊唐書·憲宗紀》云：「元和八年冬十月己巳，以宗正少卿李道古爲黔中觀察使。」《元和郡縣志》江南道黔州（黔中下都督府）：「今爲黔州觀察使理所，管黔州、涪州、夷州、思州、費州、南州、珍州、溱州、播州、辰州、錦州、敍州、溪州、施州、獎州，管縣五十二。」治所彭水縣，今屬重慶。《新唐書·百官志三》御史臺：御史中丞，正四品下。

〔一一〕樊汝霖注：「貞元十一年，鄂岳觀察使柳公綽爲飛譖上聞。會道古自黔中來朝，即以爲鄂岳沔蘄安黄團練觀察使代公綽。道古倍道入其營，公綽惶懼出，財貲皆被奪。」《舊唐書·李道古傳》：「由黔中觀察爲鄂、岳、沔、蘄、安、黄團練觀察使。」《元和郡縣志》卷二十八江南道鄂州（江夏緊）：「今爲鄂岳觀察使理所，管鄂州、沔州、安州、黄州、蘄州、岳州，管縣二十五。」治所江夏縣，今湖北武昌。

〔一二〕樊汝霖注：「貞元十二年二月，道古攻申州，破其郛，進圍中城。守卒夜驅女子登而譟，發縣以出。道古衆亂，多死於賊。李聽守安州，未嘗敗。道古誣逐之。又以度支錢饋權倖，故賜不給。其下怨怒，戰不甚力，雖再入申，不能下。」《平淮西碑》：「道古攻其東南，八戰，降萬三千，再入申，破其外城。」

〔一三〕《新唐書·百官志三》御史臺：御史大夫，正三品。《平淮西碑》：「道古進大夫。」

〔一四〕《舊唐書·李道古傳》：「元和十三年，入爲宗正卿。」

〔一五〕《新唐書·百官志四上》十六衛：「左右金吾衛，上將軍各一人（從二品），大將軍各一人（正三品)，將軍各二人(從三品)。掌宫中、京城巡警，烽候、道路、水草之宜。」

〔二六〕文讜注引《新唐書·皇甫鎛傳》：「泌者，本楊仁晝也，習方伎。道古薦於鎛，召入禁中。自云能致藥爲不死者，因言天台山靈仙所舍，多異草，願官天台求采之。起徒步拜天台刺史，賜金紫。諫臣固爭，以爲列聖亦有寵方士，未嘗使牧民。帝曰：『煩一州而致長年，於君父何愛哉！』後不敢言。泌驅吏民采藥山谷間，鞭笞苛急，歲餘無所獲。懼詐窮，舉族遁去。浙東觀察使捕得，鎛與道古營解，乃復待詔翰林。帝餌泌藥，寖躁怒不常。宦侍懼，以弑崩。大通自言百五十歲，鎛敗，與泌皆誅。初，吏責泌妄答。曰：『皆道古教我。』解衣即刑，卒無它異。」

〔二七〕樊汝霖注：「憲宗晚好神仙，詔求方士。道古在鄂岳，以貪暴聞，恐獲罪，乃求自媚。貞元十三年，因皇甫鎛薦山人柳泌。云能合長生藥。十月，詔泌居興唐觀煉藥。十一月，以泌權知台州刺史。憲宗餌其藥，不效，十五年正月帝崩。杖殺柳泌，貶鎛，斥道古爲循州司馬。」《舊唐書·穆宗紀》：「十五年正月庚子，憲宗崩。丙午，即皇帝位於太極殿東序。丁未，貶門下侍郎同平章事皇甫鎛爲崖州司户。辛亥詔曰：『山人柳泌，輕懷左道，上惑先朝。固求牧人，貴欲疑衆，自知虚誕，仍更遁逃。僧大通，醫方不精，藥術皆妄，既延禍釁，俱是姦邪。邦國固有常刑，人神所宜共棄。付京兆府決杖處死。金吾將軍李道古貶循州司馬。』憲宗末年鋭於服餌，皇甫鎛與李道古薦術人柳泌、僧大通待詔翰林。泌於台州爲上鍊神丹，上服之，日加躁渴，遽棄萬國。」《册府元龜》卷一百五十三：「穆宗元和十五年正月即位，閏月壬子詔曰：左金吾衛將軍兼御史大夫李道古，幸以宗枝，早參名級，出分專面，入踐通班。誠宜祗慎周行，恪居官次。而乃利於苟進，忘彼慎身，持左道以事君，將行險以僥倖。因緣藥術，薦達妄庸，上惑先朝，俯招物議。跡其事狀，合正刑章。朕以臨御之初，務在寬大，特緩投荒之典，俾從佐郡之名。無謂優容而忽弘貸，可守循州司馬。」《元和郡縣志》卷三十四嶺南道循州（海豐上），今廣東惠州。《唐六典》卷三十上州中州下州官吏：「上州司馬一人，從五品下。尹、少尹、別駕、長史、司馬，掌貳府州之事，以紀綱衆務，通判列曹，歲終則更入奏計。」

〔一八〕樊汝霖注：「道古終以服丹嘔血死。」《舊唐書·李道古傳》：「責授道古循州司馬，終以服丹藥，嘔血而卒。」

〔一九〕韓醇注：「長慶元年正月穆宗祀圓丘，赦天下。」《長慶元年正月南郊改元赦》：「左降官及流人先有官者，如已亡殁，各還本官。」（《唐大詔令集》卷七十）

〔二〇〕「東都某縣」，當即河南縣。《嗣曹王（戢）墓誌銘》：「葬於河南縣平樂鄉北邙山。」《嗣曹王（皋）墓銘》：「葬於河南縣平樂鄉之原。」知曹王舊塋，在洛陽北邙山。

〔二一〕李紘，兩《唐書》無傳，其生平不詳。曾任曲阿縣尉，見《嘉定鎮江志》卷十七。

〔二二〕祝充注：「紘，音宏。」

〔二三〕祝充注：「勛，音云。」叔裕字孝寬，京兆杜陵人。周大象二年十一月卒，贈雍州牧。」韋叔裕，《周書》、《北史》有傳，其生平如次：韋叔裕字孝寬，京兆杜陵人。弱冠拜統軍，隨馮翊公長孫承業西征蕭寶夤，拜國子博士，行華陰郡事。侍中楊侃爲大都督出鎮潼關，引爲司馬。永安中授宣威將軍、給事中，尋賜爵山北縣男。普泰中以都督從荆州刺史源子恭鎮襄城，以功除淅陽郡守。孝武初以都督鎮城，文帝自原州赴雍州，命孝寬随軍。及剋潼關，即授弘農郡守。從擒竇泰，兼左丞節度宜陽兵馬事，以大將軍行宜陽郡事。尋還南兖州刺史，大統五年，進爵爲侯。八年，轉晉州刺史，尋移鎮玉壁，兼攝南汾州事，進授大都督。十二年，齊神武攻玉壁，苦戰六旬遁去。授驃騎大將軍開府儀同三司，進爵建忠郡公。廢帝二年，爲雍州刺史。恭帝元年，以大將軍與燕國公于謹伐江陵，平之。以功封穰縣公，還拜尚書右僕射，賜姓宇文氏。二年，周文北巡，命孝寬還鎮玉壁。周孝閔帝踐阼，拜小司徒。明帝初，參麟趾殿學士，考校圖籍。保定初，以孝寬立勲玉壁，遂於玉壁置勲州，仍授勲州刺史。四年，進位柱國。天和五年，進爵鄖國公，拜大司空，出爲延州總管，進位上柱國。大象元年，除徐兖等十一州十五鎮諸軍事徐州總管，又爲行軍元帥，狥地淮南。二年，代尉遲迥爲相州總管。六月甲子，迥舉兵不受代，詔以孝寬爲行軍元帥率軍討之（《周書·静帝紀》）。十月凱還京師，十一月薨，時年七十二。

〔二四〕祝充注：「佺，且緣切。」

〔二五〕祝充注：「葯音渥，又音約。白芷，其葉謂之葯。」文讜注：「葯，於略切。」魏仲舉注：「葯，乙角切，又音約。」

〔二六〕孫汝聽注：「大曆三年五月，昭自左散騎常侍爲尹。」崔昭，兩《唐書》無傳，今鈎稽其生平如次：崔昭，開元中爲宋州寧陵縣令（《册府元龜》卷六百五十八）。乾元中爲壽州刺史（《太平廣記》卷一百五「三刀師」條）。大曆初爲河南尹（獨孤及《唐故大理寺少卿兼侍御史河南獨孤府君（璵）墓誌銘并序》）。大曆三年五月癸酉，自左散騎常侍爲京兆尹（《舊唐書·代宗紀》）。大曆五年爲宣州觀察使（《獨孤璵墓誌銘》），大曆十一年爲越州刺史（《會稽掇英總集》）。建中元年四月辛未，以江西觀察使爲册命迴紇可汗使（《舊唐書·德宗紀上》）。建中年間再刺壽州（《舊唐書·張建封傳》）。終台州刺史（《唐會要》卷七十九）。

〔二七〕韋光憲，兩《唐書》無傳，今鈎稽其生平如次：韋光憲，勛公叔裕之後，京兆杜陵人。貞元二年拜連州刺史（嚴綬《刺史韋公鐫外祖信安郡王詩記》），歷太子少詹事（《新唐書·宰相世系表四上》），官至光禄卿（《唐故太原王府君（脩本）夫人韋氏墓誌銘并序》）。

〔二八〕《舊唐書·李道古傳》：「便佞巧宦，早昇朝籍。常以酒肴棊博游公卿門，角賭之際，每僞爲不勝而厚償之，故當時有虚名而嗜利者悉與之狎。」

〔二九〕「始衰」，五十歲。《禮記·曲禮上》鄭玄注：「老人五十始衰也。」

〔三〇〕「彌」字有「久遠」一義。《左傳》哀公二十三年「以肥之得備彌甥也」，杜預注：「彌，遠也。」孔穎達疏：「彌者增益之義，故爲遠也。」《漢書·元后傳》「高廊閣道，連屬彌望」，顔師古注：「彌，竟也，言望之極目也。」張衡《西京賦》「彌望廣潒」，《文選》五臣注綜曰：「彌，遠也。」重言「彌彌」，本義爲稍稍、漸漸。《漢書·韋賢傳》「彌彌其失」，應劭注：「彌彌，猶稍稍也，罪過滋甚也。」引申爲遥遠，後人未見採用。「瀰」字有水深、水盛一義，《玉篇》：「瀰，莫爾、奴禮二切，深也，盛也。」重言「瀰瀰」，本義爲水勢浩大。《廣韻》：「《詩》（《邶風·新臺》）曰：『河水瀰瀰。』水盛貌也。」由水勢浩大引申爲浩瀚無邊，强調空間遼闊遥遠，始見韓文。後人多有採用者，如沈亞之《湘中怨解》：「醉融光兮渺渺瀰瀰，迷千里兮涵湮湄。」（《文苑英華》卷三百五十八）宋華鎮《神功盛德詩·德淵》：「世德之淵，慶流瀰瀰。」（《雲溪居士集》卷二）袁説友《登嘉州萬景樓》：「瀰瀰漭漭三萬頃，何止江郊供遠矚。俯觀大象欲墮地，仰摘星辰幾可捫。」（《東塘集》卷二）

〔三一〕祝充注：「言自循州歸葬京都。」文讜注：「循州爲海豐郡，在嶺南，去京畿萬里。」

〔三二〕此銘用韻，據《廣韻》：封，平聲陽韻（《康熙字典》）；兄，平聲庚韻；亡，平聲陽韻。衰，平聲脂韻；歸，平聲微韻；瀰，平聲支韻；畿，平聲微韻；之，平聲之韻。《康熙字典》：「封，又叶府良切，音方。韓愈《李道古銘》『本支于今，其尚有封』，叶下『亡』。」

唐故朝散大夫尚書庫部郎中鄭君墓誌銘①〔一〕

公諱羣②，字弘之，世爲滎陽人〔二〕。其祖於元魏時有假封襄城公者〔三〕，子孫因稱以自别③。曾祖匡時，晉州霍邑令〔四〕。祖千尋，彭州九隴丞〔五〕。父迪，鄂州唐年令④〔六〕。娶河南獨孤氏女，生二子，君其季也。

君以進士選吏部考功所⑤〔七〕，試判爲上等〔八〕，授正字〔九〕。自鄠縣尉拜監察御史〔一〇〕，佐鄂岳使〔一一〕。裴均之爲江陵⑥〔一二〕，以殿中侍御史佐其軍〔一三〕。均之徵也⑦〔一四〕，遷虞部員外郎〔一五〕。均鎮襄陽〔一六〕，復以君爲襄府左司馬、刑部員外郎，副其支度使事〔一七〕。均卒，李夷簡代之〔一八〕，因以故職留君。歲餘，拜復州刺史〔一九〕。方遷祠部郎中⑧，會衢州無刺史⑨〔二〇〕，選人願行者⑩，宰相即以君應詔〔二一〕。治衢五年，復入爲庫部郎中〔二二〕。行及楊州遇疾⑪，居月餘⑫，以長慶元年八月二十四日卒，春秋六十。即以其年十一月二十二日從葬於鄭州廣武原先人之墓次⑬〔二三〕。

君天性和樂，居家事人，與待交遊，初持一心，未嘗變節有所緩急、曲直、薄厚、疎數也〔二四〕。不爲翕翕熱⑭〔二五〕，亦不爲崖岸斬絶之行⑮〔二六〕。俸禄入門，與其所過逢吹笙、彈箏、飲酒、舞歌、詼調、醉呼⑯〔二七〕，連日夜不厭⑰，費盡不復顧問⑱。或分挈以去，一無所愛惜，不爲後日毫髮計留也。遇其空無時，客至清坐相看⑲，或竟日不能設食⑳，客主各自引退，亦不爲辭謝。與之遊者，自少及老，未嘗見其言色有若憂歎者，豈列禦寇、莊周等所謂近於道者耶〔二八〕！其治官守身又極謹慎，不挂於過差〔二九〕。去官而人民思之，身死而親故無所怨議，哭之皆哀，又可尚也。

初娶吏部侍郎京兆韋肇女〔三〇〕，生二女一男。長女嫁京兆韋詞㉑〔三一〕，次嫁蘭陵蕭儹㉒〔三二〕。後娶河南少尹趙郡李則女〔三三〕，生一女二男㉓。其餘男二人，女一人㉔，皆幼。嗣子退思，韋氏生也。銘曰：

再鳴以文進塗闢〔三四〕，佐三府治藹厥蹟〔三五〕，郎官郡守愈著白㉕〔三六〕。洞然渾樸絶瑕讁㉖〔三七〕，甲子一終反玄宅〔三八〕。

【彙校】

①〔唐故朝散大夫尚書庫部郎中鄭君墓誌銘〕文本無「唐故」二字。

②〔公諱羣〕《舉正》據蜀本訂「公」作「君」。朱熹從方本，《考異》：「君，或作『公』。」童第德注：「此文全篇皆稱『君』，不應首句獨稱『公』，應從方校依蜀本作『君』爲是。」

③〔子孫因稱以自別〕句下祝本注：「一有『君其後也』四字。」文本、南宋蜀本、魏本有此四字，文本注：「一無上四字。」魏本注同。《舉正》：「蜀本此下有『君其後也』四字，他本皆删。」朱熹從方本，《考異》：「此下或有『君其後也』四字，今按：下文有『君其季也』，此有則不應重出。」

④〔唐年〕南宋蜀本「唐」訛作「萬」。

⑤〔君以進士〕潮本無「君」字，祝本、文本、魏本同。祝本注：「一有『君』字。」魏本注同。《舉正》據蜀本增「君」字，

云：「謝校增。」朱熹從監本無「君」字，《考異》：「『以』上方有『君』字。」今從方本。

⑥〔裴均〕文本、魏本「均」下重出一「均」字，則「裴均」二字當屬上句。但裴均未曾帥鄂，文本、魏本誤。

⑦〔均之徵也〕潮本注：「之，一作『户』。」魏本注同。《舉正》：「杭本『之』作『户』，豈訛耶？」《考異》：「之，或作『户』，非是。」

⑧〔方遷〕潮本無「方」字，南宋蜀本同。潮本注：「一有『方』字。」《舉正》出南宋監本「方遷祠部郎中」删「遷」字，云：「以蜀本定。」朱熹從方本，《考異》：「『遷』上或有『方』字，非是。」謹按：唐人重内輕外，「郎官最爲清選」（《舊唐書・韋温傳》）。鄭羣「方遷祠部」，即自願出守衢州，可稱難得。此句「方」字與下句「會」字相互呼應，正自有義。《舉正》以爲「方」字爲「下文誤入」，不確。今從祝本。

⑨〔會衢州無刺史〕《舉正》出南宋監本「會衢州無刺史」删「會」字，云：「以蜀本定。」朱熹從監本，《考異》：「方無『會』字。」

⑩〔選人願行者〕南宋蜀本「選」上注：「一有『方』。」南宋蜀本無「人」字。南宋蜀本「選」下注：「一有『人君』。」《舉正》「選人」上增「方」字，「選人」下增「君」字，删「行」下「者」字，作「方選人君願行」，云：「以蜀本定。今本作『選人願行者』，則下文不當有『即』字，『方』字亦下文誤入，可以意考。」朱熹從方本，《考異》：「或無『方』字，『君願行』作『願行者』。」

⑪〔楊州〕王本、廖本「楊」作「揚」。謹按：古籍「楊州」、「揚州」混用，自《史記》以下屢見不鮮，不煩改字。

⑫〔居月餘〕潮本無「居」字，文本、魏本同。《舉正》據蜀本增「居」字。朱熹從方本，《考異》：「或無『居』字。」今從祝

本。

⑬〔原先人〕文本「原」上多一「之」字，注：「一無『之』字。」祝本訛「原」作「源」。

⑭〔翕翕熱〕潮本注：「熱，一作『然』。」祝本、魏本注同。南宋蜀本作「然」。《考異》：「熱，或作『然』。」

⑮〔斬絶〕南宋蜀本「斬」作「嶄」。《舉正》：「李本作『嶄絶』。」《考異》：「斬，或作『嶄』。」

⑯〔詼調〕南宋蜀本「詼」作「談」。祝充注：「詼，音恢。」

⑰〔不厭〕《舉正》：「謝本此下有『費盡不顧問』五字，舊本多無。」

⑱〔費盡不復顧問〕文本注：「一無上六字。」潮本無「復」字，祝本、南宋蜀本、魏本同。潮本注：「一無上五字。」祝充注：「一無上五字。一云：『費盡不復顧問』。」魏本注：「一無上五字。一云：『盡費不復顧問』。」朱熹存「費盡不復顧問」六字，《考異》：「方無此六字。」今從文本。

⑲〔相看〕潮本「相」下注：「一有『對』字。」祝本注同。魏本注：「看，一作『對』。」文本南宋蜀本「看」作「對」，文本注：「一作『看』。」《舉正》出南宋監本「清坐相看」，云：「蜀本作『對』。」《考異》：「看，或作『對』。」

⑳〔或竟日〕潮本無「或」字，文本、南宋蜀本、魏本同。《考異》：「方無『或』字。」今從祝本。

㉑〔韋詞〕潮本注：「詞，一作『嗣宗』。」祝本注同。魏本注：「詞，一作『嗣宗』，非。」文本、南宋蜀本作「嗣宗」。《考異》：「詞，或作『嗣宗』。」

㉒〔蕭儹〕潮本注：「儹，一作『讚』。」文本、魏本注同。祝本注：「儹，一作『纘』。」《考異》：「儹，或作『讚』。」

㉓〔二男〕文本、南宋蜀本「二」上多一「而」字。

㉔〔女一人〕潮本注：「一，一作『四』。」祝本、文本、魏本注同。《舉正》訂作「四」，云：「舊本皆作『女四人』，此以別於正出而言也。」朱熹從方本，《考異》：「四，或作『一』。」

㉕〔郎官〕《考異》：「官，或作『中』。」

㉖〔渾樸〕潮本注：「樸，一作『璞』。」祝本、文本、魏本注同。南宋蜀本作「撲」。「譎」，南宋蜀本作「璚」。《舉正》：「樊本『樸』與『譎』皆從『玉』，然字書無『璚』字。」《考異》：「樸，或作『璞』。」

【箋注】

〔一〕韓醇注：「公在江陵與鄭羣同官，詩有《鄭羣贈簟》，即其人，至是銘之。」《新唐書·百官志一》尚書省吏部：「吏部郎中掌文官階品。凡文散階二十九：從五品下曰朝散大夫。」

此篇作年，洪譜、方表、方譜、蔣抱玄注均繫於長慶元年（八二一）。洪譜：「長慶元年辛丑：是年有鄭羣墓誌。」方譜：「庫部以是年八月二十四日卒，八月甲子朔，二十四日丁亥。葬以十一月二十二日。十一月甲午朔，二十二日乙卯。」謹按：據誌文可以判定，此篇創作，必在長慶元年八月二十四日之後，十一月二十二日之前。

〔二〕《元和姓纂》卷九：「周厲王少子封於鄭，是爲桓公。在畿内，今華州鄭縣是也。威公生武公，與晉文公夾輔平王，東遷於洛。鄭徙溱洧之間，謂之新鄭。傳封十三代至幽公，爲韓所滅，子孫播於陳宋，以國爲氏。幽公六代孫榮號鄭君，生當時，漢大司農。當時六代孫稺，漢末自陳徙河南開封。晉置滎陽郡，開封隸焉，遂爲郡人。」
〔三〕樊汝霖注：「鄭偉，字子直，西魏大統中封襄城郡公。」高步瀛注：「襄城郡時屬東魏，故云『假封』。」元魏襄城郡治襄城縣，今屬河南。鄭偉，《周書》有傳，其生平如次：鄭偉字子直，滎陽開封人。起家通直散騎侍郎，及孝武西遷，偉亦歸鄉里，不求仕進。大統三年，與宗人榮業糾合州里，建義於陳留，拜龍驤將軍北徐州刺史，封武陽縣伯。除中軍將軍滎陽郡守，加散騎常侍大都督，進爵襄城郡公。加車騎大將軍開府儀同三司。魏恭帝二年，進位大將軍，除江陵防主，都督十五州諸軍事。以專戮副防主杞賓王，坐除名。保定元年詔復官爵，仍除宜州刺史。天和六年轉華州刺史。其年卒於州，時年五十七。
〔四〕《元和郡縣志》卷十二河東道晉州霍邑縣（上），今山西霍縣。《新唐書·百官志四下》外官：「上縣令一人，從六品上。縣令掌導風化，察冤滯，聽獄訟。凡民田收授，縣令給之。每歲季冬，行鄉飲酒禮。籍帳、傳驛、倉庫、盜賊、隄道，雖有專官，皆通知。」
〔五〕《元和郡縣志》卷三十二劍南道彭州九隴縣（望），今四川彭縣。
〔六〕《元和郡縣志》卷二十七江南道鄂州唐年縣（上），今湖北崇陽。
〔七〕樊汝霖注：「貞元四年，羣登進士第。」文讜注：「按《登科記》，大曆四年也。」謹按：據《誌》文，鄭羣卒於長慶元年，春秋六十，則其生年爲肅宗寶應元年（七六二）。大曆四年（七六九），鄭羣年方八歲，此年中第，應無可能。文讜注誤。

〔八〕魏引補注：「試判，謂試書判。」姚範《援鶉堂筆記》卷四二：「判，疑判補之判。疑以『吏部』絶句。若以『選』字絶句，『吏部』屬下，但云『考功試』可矣，不必加『吏部』字。若以考功屬吏部，則考功不主選也。若以『判』爲書判之判，但云『試判』可矣，不必加『所』字。更詳之。」高步瀛注：「鄭羣蓋以進士登科，復試書判也。《册府元龜》卷六三九曰：『宏詞拔萃平判，皆吏部主之。』又曰：『有官階出身者，吏部主之。』《唐六典》卷一曰：『吏部考功員外郎掌天下貢舉之職。』書判爲吏部所主，故曰『選』。吏部考功所選，如選舉之選，非詮選之選也。五百家補注曰：『試判，謂試書判。』《舊唐書·韋温傳》曰『以書判拔萃調補秘書省校書郎』可證。大姚疑判爲判補之判，非是。」謹按：此處之「選」爲選舉之選，非詮選之選；此處之「判」爲宏詞拔萃之判，而非吏部詮選之判。魏注、高注是，姚範所疑不確。「考功所」，即考功司所在地。謂禮部試登科之後，復試於吏部，吏部設考場於考功司，非謂「考功主選」也。《通典·選舉三》：「初，吏部選才，將親其人，覆其吏事。始取州縣案牘疑議，試其斷割，而觀其能否，此所以爲判也。後日月寖久，選人猥多，案牘淺近，不足爲難。乃採經籍古義，假設甲乙，令其判斷。既而來者益衆，而通經正籍又不足以爲問，乃徵僻書曲學隱伏之義問之，惟懼人之能知也。佳者登於科第，謂之入等，其甚拙者謂之藍縷，各有升降。選人有格限未至，而能試文三篇，謂之宏詞；試判三條，謂之拔萃，亦曰超絶。詞美者得不拘限而授職。」《通典·選舉五·舉人條例》：「一經及第人，選日請授中縣尉之類；判入第三等及蔭高，授上縣尉之類。兩經出身，授上縣尉之類；判入第三等及蔭高，授緊縣尉之類。用蔭止於此，其以上當以才進。四經出身，授緊縣尉之類；判入第三等，授望縣尉之類。五經，授望縣尉之類；判入第三等，授畿縣尉之類。明法出身與兩經同資，進士及三禮舉、春秋舉與四經同資，其茂才、秀才，請授畿尉之類；其宏才諸送詞策上中書門下，請授諫官、史官等。禮經舉人，若更通諸家禮論及漢已來禮儀沿革者，請便授太常、博士。茂才等三科爲學既優，並准五經舉人便授官。其雜色出身人，量書判授中縣尉之類，判入第三等及陰高者加一等。」鄭羣以進士登第試判爲上等得授正字，即準「宏才諸送詞策上中書門下請授諫官史官等」之例。

〔九〕《新唐書·百官志二》秘書省：正字二人，正九品下。

〔一〇〕祝充注：「鄠，胡古切。鄠縣屬京兆府。」《元和郡縣志》卷二關内道京兆府鄠縣（畿），今陝西户縣。《唐六典》卷三十京縣畿縣天下諸縣官吏：「京兆、河南、太原諸縣尉二人，正九品下。縣尉親理庶務，分判衆曹，割斷追徵，收率課調。」《新唐書·百官志三》御史臺：監察御史十五人，正八品下。

〔一一〕鄭羣佐鄂，具體時間不詳。但在貞元四年進士登第之後，貞元十九年五月裴均帥荆南之前，可以肯定。其間帥鄂者爲何士幹、鄭紳。貞元四年六月乙未，何士幹自諫議大夫爲鄂岳沔蘄黄等州都團練觀察使（《舊唐書·德宗紀下》），在任十五年（符載《祭何大夫文》）。貞元十八年三月己巳，鄭紳自蘄州刺史爲鄂州刺史鄂岳蘄沔觀察使（《舊唐書·德宗紀下》）。

〔一二〕祝充注：「均字君齊，河東聞喜人。」孫汝聽注：「貞元十九年五月，均自荆南行軍司馬爲本軍節度使。」裴均，《新唐書》有傳，其生平如次：裴均字君齊，行儉玄孫，絳州聞喜人。以明經爲諸暨尉，張建封鎮濠壽，表爲團練判官。以勞加上柱國，襲正平縣男，遷累膳部郎中。擢荆南節度行軍司馬，貞元十九年五月乙未，爲江陵尹兼御史大夫荆南節度使（《舊唐書·德宗紀下》）。元和三年四月丁丑，入爲尚書右僕射判度支。九月庚寅，檢校左僕射同平章事襄州長史，充山南東道節度使。累封郇國公。六年五月丙午卒（《舊唐書·憲宗紀上》），年六十二。

〔一三〕樊汝霖注：「公時亦爲江陵法曹，與羣同官。」《新唐書·百官志三》御史臺：殿中侍御史九人，從七品下。

〔一四〕孫汝聽注：「元和三年四月，召均爲尚書左僕射。」

〔一五〕《新唐書·百官志一》尚書省工部：「虞部郎中（從五品）、員外郎（從六品）各一人，掌京都衢閧、苑囿、山澤草木及百官蕃客時蔬薪炭供頓、畋獵之事。」

〔一六〕孫汝聽注：「九月，加均同平章事，爲山南東道節度使。」

〔一七〕魏引補注：「爲支度副使。」《元和郡縣志》卷二十一山南道襄州（襄陽大都督府）：「今爲襄陽節度使理所，管襄州、鄧州、復州、郢州、唐州、隨州、均州、房州，管縣三十八。」《唐六典》卷三十大都督府中都督下都督官吏：「大都督府司馬二人，從四品下。尹、少尹、別駕、長史、司馬：掌貳府州之事，以紀綱衆務，通判列曹，歲終則更入奏計。」《舊唐書·職官二》尚書省户部度支郎中：「凡天下邊軍有支度使，以計軍資粮仗之用。每歲所費，皆中度支會計，以長行旨爲準。」

〔一八〕孫汝聽注：「元和六年四月，以夷簡代均鎮襄陽。五月，均卒。」李夷簡，《新唐書》有傳，其生平如次：李夷簡字易之，鄭惠王元懿四世孫。以宗室子，始補鄭丞。棄官去，擢進士第，中拔萃科。調藍田尉，遷監察御史，坐小累下遷虔州司户參軍。九歲，復爲殿中侍御史。元和四年四月甲辰，自侍御史知雜爲御史中丞，五年三月乙巳，以户部侍郎判度支。六年四月庚午，出爲檢校禮部尚書襄州大都督府長史山南東道節度使（《舊唐書·憲宗紀上》）。八年正月癸未，徙檢校户部尚書成都尹，充劍南西川節度使。十三年三月庚寅，召爲御史大夫。庚子，進門下侍郎同中書門下平章事。七月辛丑，出爲檢校左僕射同平章事、揚州大都督府長史、淮南節度使（《舊唐書·憲宗紀下》）。長慶二年三月甲寅，入爲右僕射。六月戊寅，檢校左僕射兼太子少師分司東都。九月壬子卒（《舊唐書·穆宗紀》），年六十七。

〔一九〕鄭羣出守復州，在元和八年，見裴度《劉府君（太真）神道碑銘并序》。《元和郡縣志》卷二十一山南道復州（下），治所竟陵縣，今湖北天門。《新唐書·百官志四下》外官州縣：「下州刺史一人，正四品下，職同牧尹。掌宣德化，歲巡屬縣，觀風俗，録囚，恤鰥寡。」

〔二〇〕《元和郡縣志》卷二十六江南道衢州（上），今浙江衢縣。《新唐書·百官志四下》外官：「上州刺史一人，從三品。」

〔二一〕據下文「治衢五年」，鄭羣出守衢州，當在元和十二年。

儀仗。」

〔二二〕《新唐書·百官志一》尚書省兵部：「庫部郎中（從五品）員外郎（從六品）各一人，掌戎器、鹵簿儀仗。」

〔二三〕《元和郡縣志》卷九河南道鄭州滎澤縣：「廣武山，縣西二十里，一名三皇山。」沈欽韓注：「《方輿紀要》：廣武山，在鄭州河陰縣東北十里，今並入開封府滎澤縣。」《史記·項羽本紀》：「項王已定東海來，西，與漢俱臨廣武而軍。」《集解》：「孟康曰：於滎陽築兩城相對爲廣武，在敖倉西三皇山上。」《正義》：「《括地志》云：東廣武、西廣武，在鄭州滎陽縣西二十里。戴延之《西征記》云：三皇山上有二城，東曰東廣武，西曰西廣武，各在一山頭，相去百步，汴水從廣澗中東南流，今涸無水。城各有三面，在敖倉西。郭緣生《述征記》云：一澗横絶上過，名曰廣武。相對皆立城壍，遂號東西廣武。」

〔二四〕祝充注：「數，音朔。」高步瀛注：「數，煩數，音朔。」

〔二五〕魏引補注：「《詩》（《小雅·小旻》）：『翕翕訿訿。』《世説》（《排調》）：『謝安在東山，兄弟已有富貴者，集翕家門，傾動人物。』此謂權門有炙手可熱之勢，而羣不爲也。」高步瀛注：「《廣雅·釋詁三》曰：『翕，熾也。』字又作『熻』，《釋詁二》曰：『熻，爇也。』」童第德注：「《詩·小旻》『潝潝訿訿』，毛傳：『潝潝然患其上。』疏：『潝潝爲小人之勢。』《説文》『呰』下引《詩》作『翕翕呰呰』。《爾雅·釋訓》：『翕翕訿訿，莫供職也。』郝懿行曰：翕翕者，小人黨與之合。《劉向傳》作『歙歙』，《荀子·修身篇》作『噏噏』。按《爾雅》：『翕，合也。』《説文》：『翕，起也。』『潝潝訿訿』，

「滃」，其本字當作『翕』。作『滃』，作『歙』者假借字，噏爲『翕』之後出字。」謹按：「翕」字多義，《玉篇》：「翕，許及切。合也，斂也，聚也，炙也。」童氏引《説文》、《爾雅》、《詩毛傳》、《劉向傳》、《荀子》，均非其義。高注引《廣雅》，是，而未究其始。楊雄《方言》：「翕，炙也。翕，熾也。」爲此處「翕翕熱」所本，即炙手可熱也。「不爲翕翕熱」，謂絶不趨炎附勢。此語始見韓文，後人採用者甚多，如黄庭堅《江陵府承天禪院塔記》：「與人無崖岸，又不爲翕翕熱，故久而人益信之。」（《山谷別集》卷四）程俱《宋故朝議大夫新知秀州軍州事兼管内勸農使武功縣開國男食邑三百户賜紫金魚袋葉公墓誌銘》：「所與交，不爲翕翕熱。遇所厚善，或相對終日泊然，歡不足而味有餘。」（《北山集》卷三十）劉一止《張倅生辰作賀龜相鶴二詩爲壽》：「不求赫赫名，羞作翕翕熱。」（《苕溪集》卷三）

〔三六〕高步瀛注：「《廣雅·釋訓》曰：嶄嶄，高也。」蔣抱玄注：「性不和易曰崖岸。」童第德注：「《曹成王碑》『内外嶄嶄』、《柳子厚墓誌銘》『嶄然見頭角』及此文『不爲崖岸嶄絶之行』，其本字皆當作『暫』。」謹按：崖岸本義爲山崖、堤岸，《玉篇》：「崖，牛佳切，高邊也。岸，午旦切，水涯而高者也，魁岸雄桀也，高也。」酈道元《水經注·河水一》：「其道艱阻，崖岸險絶。」引申爲崖谷險峻，顔之推《顔氏家訓》：「咫尺之途，必顛蹷於崖岸；拱抱之梁，每沈溺於川谷。」再引申爲性格嚴峻，袁宏《後漢紀·獻帝紀二》：「陳侯崖岸高峻，百谷莫得而往。」「斬絶」即「嶄絶」，陡峭險峻貌。劉孝標《廣絶交論》「太行、孟門，豈云嶃絶」，《文選》五臣注劉良曰：「嶃絶，危斷貌。」引申爲峭刻孤傲，則始見韓文，後人採用者甚多，如蘇洵《上歐陽内翰第一書》：「《孟子》之文，語約而意盡，不爲巉刻斬絶之言，而其鋒不可犯。」（《嘉祐集》卷十二）王十朋《上舍試策三道·第二道》：「蓋自矯激之俗興，士始流爲崖異嶄絶之行；自廉恥之風喪，時始貴高舉遠蹈之人。」（《梅溪前集》卷十二）吴師道《香溪先生文集後序》：「諸文皆嶄絶矯健，鑿鑿明整，卓然名家。」（《香溪集》附録）全用四字者，如宋晁公遡《江原張君墓誌銘》：「嘗欲世其家爲不墜者，故務爲崖岸嶄絶不可近。」（《嵩山集》卷五十四）《宋史·綦崇禮傳》：「妙齡秀發，聰敏絶人，不爲崖岸斬絶之行。」明李賢《送夏千户序》：「其間勇略特達，爲崖岸斬絶之行，氣焰可畏於一時者，不可屈指。」（《古穰集》卷六）

〔三七〕文讜注：「詼調，譏戲也。詼，音恢。調，音徒弔切。」童第德注：「《廣雅》《釋言》：『調，啁也。』《漢書·東方朔傳》『詼啁而已』，顔師古曰：『啁，與嘲同。』」

〔三八〕文讜注：「列子名禦寇，鄭人。莊子名周，楚人。皆著寓言，號道家流。劉向曰：爲其秉要執本，清虚無爲故也。」

〔三九〕蔣抱玄注：「挂過差，官吏因事受譴也，今謂之挂誤。」童第德注：「《説文》：『挂，畫也。』段玉裁曰：『俗製掛字。』其本字當作『詿』。《説文》：『詿，誤也。』《史記·吴王濞傳》『詿亂天下』，正義：『詿，音挂。』《漢書·文帝紀》『詿誤吏民』，師古曰：『詿亦誤也。』或假『絓』爲之，《漢書·敍傳》『不絓聖人之罔』，師古曰：『絓，讀與挂同。』是其例。」

〔三〇〕韓醇注：「肇，京兆人。大曆中爲中書舍人，累上疏言得失，爲元載所惡，左遷京兆少尹。載卒，除吏部侍郎卒。」韋肇，《新唐書》有傳，其生平如次：韋肇，後周逍遥公敻七世孫（杜牧《宣州觀察使御史大夫韋公（温）墓誌銘》）。大曆中爲中書舍人，累上疏言得失，爲元載所惡，左遷京兆少尹。久之，改秘書少監。大曆九年十二月庚寅，除吏部侍郎（《舊唐書·代宗紀》）。代宗欲相之，會卒，謚曰貞。

〔三一〕孫汝聽注：「詞，字致用。」韋詞，《舊唐書》有傳，其生平如次：韋詞（《舊傳》作「辭」）字踐之，一字致用，京兆杜陵人（柳宗元《亡友故秘書省校書郎獨孤君（申叔）墓碣》）。少以兩經擢第，判入等，爲秘書省校書郎。貞元末，東都留守韋夏卿辟爲從事。元和初，佐楊於陵嶺南節度使幕（《新唐書·楊於陵傳》），任嶺南節度判官試大理司直兼殿中侍御史（李翺《薦士於中書舍人書》）。元和六年，爲宛陵廉使房武從事（《太平廣記》卷二百七十八引《續定命録》）。元和九年，自藍田令入拜侍御史。以事累出爲朗州刺史，再貶江州司馬。長慶初，擢户部員外，長慶三年轉刑部郎中，充京西北和糴使（《唐會要》卷五十九）。尋爲户部郎中兼御史中丞，充鹽鐵副使，轉吏部郎中。文宗即位，拜中書舍人。太和三年十月癸亥，出爲潭州刺史、御史中丞、湖南觀察使（《舊唐書·文宗紀上》）。四年十二月癸丑卒（《舊唐書·文宗紀下》），時年五十八。

〔三二〕文讜注：「儹，子管切。」蕭儹，兩《唐書》無傳，其生平不詳。可知者：曾任太常博士（《因話録》卷六），主客郎中（《尚書省郎官石柱題名》）。

〔三三〕《唐書・百官志四下》外官：「西都、東都、北都、鳳翔、成都、河中、江陵、興元、興德府：尹各一人，從三品。掌宣德化，歲巡屬縣，觀風俗，録囚，恤鰥寡。親王典州，則歲以上佐巡縣。少尹二人，從四品下。掌貳府州之事，歲終則更次入計。」李則，兩《唐書》無傳，其生平不詳。可知者：李則出趙郡李氏南祖房。父巖，兵部侍郎、贊皇縣伯（《新唐書・宰相世系表二上》）。曾任度支員外郎（《尚書省郎官石柱題名》），貞元初終河南少尹（《太平廣記》卷三百三十九引《獨異志》）。

〔三四〕孫汝聽注：「再鳴，謂進士及書判拔萃也。」

〔三五〕魏引補注：「三府，謂鄂岳、江陵、襄府。」祝充注：「蹟，音迹。」

〔三六〕童第德注：「《荀子・榮辱篇》『身死而名彌白』，楊注：『白，彰明也。』《漢書・馮奉世傳》『威功白著』，師古曰：『白著，謂顯明也。』」

〔三七〕洞然，洞明透徹貌。《淮南・本經》：「洞然無爲而天下自和，憺然無欲而民自樸。」馬宗霍《參證》：「《廣韻》一送云：『洞，空也。』本文『洞然』義同。」引申爲心地坦蕩無私無隱，始見韓文。後人採用者甚多，如宋徐鉉《朱業宣州節度使制》：「誠悃洞然，終始一揆。」（《騎省集》卷六）韓琦《故觀文殿學士太子少師致仕贈太子太師歐陽公（脩）墓誌銘》：「公天資剛勁，見義敢爲，襟懷洞然，無有城府。」（《安陽集》卷五十）尹洙《故朝奉郎太子中舍知漢州雉縣事騎都尉王君（汲）墓碣銘》：「爲人平易，胷中洞然無少隱。」（《河南集》卷十三）祝充注：「渾，胡本切。」文讜注：「晉王衍目山濤如渾金樸玉，人皆欽其寶，莫知名其器。」王元啓注：「此以玉質相比，故曰『絶瑕謫」，當從或本作『璞』。方本從『木』作『樸』，非也。」高步瀛注：「《世説新語·賞譽篇》：『王戎目山巨源如璞玉渾金，人皆欽其寶，莫知名其器。』」童第德注：「《爾雅·釋器》郭注：『五者皆治璞之名。』《釋文》：『璞，字又作樸。今本作治樸。』《一切經音義》卷十六引作『璞』，所據本與《釋文》同。是『璞』、『樸』古通用，王説泥。又此以渾金樸玉相比，王氏但云以玉質相比，於義未備，高説是。」謹按：此處「渾樸」，應出《老子》而非《世説》。《老子道經·顯德第十五》：「敦兮其若樸，渾兮其若濁。」河上公章句：「敦者質厚，樸者形未分。内守精神，外無文采也。渾者守舉真，濁者不昭然也。與衆合同，不自專。」「瑕謫」，過錯、污點。高步瀛注：「《老子》曰：『善行無轍迹，善言無瑕謫。』《釋文》曰：『瑕，疵過也。謫，譴責也。』」

〔三八〕韓醇注：「甲子一終，即《誌》所謂『春秋六十』是也。」此銘用韻，據《廣韻》：闢，入聲昔韻；蹟，入聲昔韻；白，入聲陌韻；謫，入聲麥韻；宅，入聲陌韻。

唐故朝散大夫越州刺史薛公墓誌銘①〔一〕

公諱戎，字元夫〔二〕。其上祖懿爲晉安西將軍②，實始居河東〔三〕。公之四世祖嗣汾陰公諱德儒③〔四〕，爲隋襄城郡書佐以卒④〔五〕。襄城有子二人，皆貴〔六〕，其後皆蕃以大。而其季尤盛，官至邠州刺史〔七〕。邠州諱賓胤〔八〕，有子九人〔九〕，皆有名位〔一〇〕。其最季諱縑⑤，爲河南令以卒⑥〔一一〕。河南有子四人，其長諱同，卒官湖州長史〔一二〕，贈刑部尚書〔一三〕。尚書娶吴郡陸景融女〔一四〕，有子五人〔一五〕，皆有名蹟，其達者四人〔一六〕。

公於倫次爲中子，仁孝慈愛，忠厚而好學，不應徵舉，沉浮閭巷間，不以事自累爲貴〔一七〕。常州刺史李衡遷江西觀察使日⑦〔一八〕，曰⑧：「州客至多，莫賢元夫。吾得與之俱，足矣！」即署公府中職，公不辭讓〔一九〕。年四十餘，始脱褐衣爲吏〔二〇〕。衡遷給事中〔二一〕，齊映自桂州以故相代衡爲江西⑨〔二二〕，公因留佐映〔二三〕。始映卒⑩〔二四〕，湖南使李巽〔二五〕、福建使柳冕交表奏公自佐〔二六〕，詔以公與冕〔二七〕。在冕府，累遷殿中侍御史⑪〔二八〕。冕使公攝泉州〔二九〕，冕文書所條下有不可者，公輒正之。冕惡其異於己，懷之未發也〔三〇〕。遇馬總以鄭滑府佐忤中貴人⑫〔三一〕，貶爲泉州別駕〔三二〕。冕意欲除總，附上意爲事，使公按置其罪⑬〔三三〕。公歎曰：「公乃以是待我！我始不願仕者，正爲此耳。」不許。冕遂大怒，囚公於浮圖寺⑭，而致總獄〔三四〕。事聞遠近。值冕亦病且死，不得已，俱釋之〔三五〕。冕死，後使至，奏公自副〔三六〕。又副使事於浙東府〔三七〕，轉侍御史〔三八〕。元和四年，徵拜尚書刑部員外郎〔三九〕。遷河南令〔四〇〕，歷衢、湖、常三州刺史〔四一〕。所至以廉貞寬大爲稱，朝廷嘉之。某年⑮〔四二〕，拜越州刺史兼御史中丞浙東觀察使⑯。至則悉除去煩弊〔四三〕，儉出薄入，以致和富。部刺史得自爲治〔四四〕，無所牽制。四境之内〔四五〕，竟歲無一事〔四六〕。

公篤於恩義，盡用其禄以周親舊之急⑰。有餘，頒施之内外親，無疎遠皆家歸之〔四七〕。疾病去官，長慶元年九月庚申至於蘇州以卒⑱〔四八〕，春秋七十五〔四九〕。奏至⑲，天子爲之罷朝，贈左散騎常侍，使臨弔祭之〔五〇〕。士大夫多相弔者⑳。以其年十一月庚申葬于河南偃師先人之兆次㉑，以韋氏夫人祔。公凡再娶，先夫人京兆韋氏，後夫人趙郡李氏，皆先卒。子男二人：曰沂，曰洽㉒。長生九歲而幼七歲矣。女四人，皆已嫁。愈既與公諸昆弟善，又嘗代公令河南〔五一〕，公之葬也，故公弟集賢殿學士尚書刑部侍郎放屬余以銘㉓〔五二〕。其文曰：

薛氏近世，莫盛公門，公倫五人，咸有顯聞。公之初志，不以事累㉔，僶俛以隨〔五三〕亦
貴於位。無怨無惡，中以自貴㉕，不能百年，曷足謂壽。公宜有後，有二稚子，其祐成之，
公食廟祀〔五四〕。

【彙校】

①〔唐故朝散大夫越州刺史薛公墓誌銘〕文本無「唐故」二字。沈欽韓注：「此題非是。《元氏長慶集》神道碑云『唐故越州刺史兼御史中丞浙江東道觀察等使贈左散騎常侍薛公』，唐採訪、觀察諸使並領所治之州爲使者，未有

單舉本州刺史者也。」

②〔上祖〕文本「祖」上多一「世」字。

③〔公之四世祖嗣汾陰公諱德儒〕祝本脱「公」字。方成珪注：「汾陰，《世系表》作『臨汾』，又《表》云『德儒，隋濟北司馬』。」

④〔爲隋襄城郡書佐以卒〕《舉正》據蜀本增「爲」字，云：「謝校。」朱熹從方本，《考異》：「或無『爲』字。」方成珪注：「此《誌》『郡』下『書』字疑衍。」謹按：「書佐」無誤。隋之「書佐」，即唐之「參軍事」。《通典·職官十五·總論郡佐》：「參軍事：後漢靈帝時，陶謙以幽州刺史參司空車騎張温軍事，晉時軍府乃置爲官員。歷代皆有，至隋爲郡官，謂之書佐。大唐改爲參軍。掌直侍督守，無常職，有事則出使。」

⑤〔諱縑〕潮本「縑」作「謙」，祝本、文本、南宋蜀本、魏本同。魏本注：「作『謙』誤，當作『縑』。」《舉正》據蜀本訂作「縑」，云：「考《世系表》當作『縑』。」朱熹從方本，《考異》：「縑，或作『謙』。」今從方本。

⑥〔爲河南令〕潮本「爲」上重出一「謙」字，祝本、南宋蜀本同。今從文本。

⑦〔遷江西觀察使日〕祝本注：「一無『日』字。」魏本注同。文本無「日」字，注：「一有『日』字。」《舉正》出南宋監本「遷江西觀察使日」，據蜀本删「日」字，云：「李、謝删。」朱熹從監本，《考異》：「或無『日』字。」謹按：李衡貞元六年爲常州刺史，至七年遷潭州，八年二月遷洪州刺史江西觀察使。此處文字有省略。元稹《薛戎神道碑》：「李衡爲刺史，能以禮下公。及衡觀察江西，求公爲幕中賓，公許衡。」表述更爲明白。「遷江西觀察使日」，指李衡貞元八年二月己亥受命爲洪州刺史、江西觀察使之時。如删去「日」字，則謂李衡自常州刺史遷江西觀察使，

與李衡行跡不合，方、朱誤。

⑧〔曰州客〕南宋蜀本無「曰」字。

⑨〔桂州〕潮本「桂」作「睦」，祝本、文本、南宋蜀本同。潮本注「睦，一作『桂』。」祝本、文本、南宋蜀本注同。魏本作「桂」，注：「一作『睦』。」《舉正》訂作「桂」，云：「考《齊映傳》當作『桂』。」朱熹從方本，《考異》：「桂，或作『睦』。」潮本注：「故，一作『宰』。」祝本、文本、魏本注同。

⑩〔始映卒〕潮本「始」作「治」，屬上句。祝本、文本、南宋蜀本、魏本同。《舉正》據杭、蜀本訂作「始」。朱熹從監本作「治」，《考異》：「治，方作『始』，屬下文，非是。」謹按：元稹《薛戎神道碑》：「映卒，湖南觀察使李巽遽辟之。未幾，福建觀察使柳冕奏署書下，詔公判冕觀察府中事，累遷殿中侍御史。」此句謂齊映方卒，李巽、柳冕即相繼奏請以薛戎爲佐。此「始」字有迫不及待意，不能省。而上句有無「治」字，均不影響文意。今從方本。

⑪〔累遷〕潮本「遷」下注：「一有『至』字。」祝本、文本、魏本注同。

⑫〔馬總〕「總」，潮本作「摠」，祝本、文本、南宋蜀本、魏本同。廖本作「摠」。謹按：馬總之名，兩《唐書》「摠」、「總」、「摠」混用。現存金石史料中，《寶刻叢編》卷十、《寶刻類編》卷七《唐平淮將佐題名》均作「總」，又《唐故衛尉卿贈左散騎常侍柏公（元封）墓誌銘》（《考古與文物》一九九二年第二期）作「總」，今從王本。

⑬〔按置〕潮本「按」作「桉」，祝本、南宋蜀本同。今從文本。

⑭〔浮圖寺〕文本、魏本「圖」作「屠」。

⑮〔某年〕潮本作「元和十二年正月二十二日」，祝本、文本、魏本同，南宋蜀本作「元和十二年正月二十日」。文本

注：「一作『某年某月日』。」《舉正》訂作「某年」，云：「舊本只作『某年』，今本皆作『元和十二年正月二十二日』，此非公銘法也。況前已云『元和四年』，則此不當復出年號。元微之嘗爲《薛戎神道碑》，疑後人以他文增校也。」朱熹從方本，《考異》：「或作『元和十二年正月二十二日』。方云：前已云『元和四年』，此不當復出年號。它銘亦無書除授月日者，或本非是。」王元啓注：「當止書『十二年』，削去『元和』及『月日』字。」今從方本。

⑯〔兼御史中丞〕文本無「兼」字。《舉正》：「『兼御史中丞』，蜀本亦無『兼』字。」《考異》：「方無『兼』字。」

⑰〔用其禄〕文本無「其」字。

⑱〔以卒〕「以」下，潮本多一「病」字，祝本、文本、南宋蜀本、魏本同。《舉正》出南宋監本「至於蘇州以病卒」，删「病」字，云：「杭、蜀同，李、謝删。」朱熹從方本，《考異》：「『卒』上或有『病』字。」

⑲〔奏至〕《考異》：「或無此（奏至）二字。」

⑳〔士大夫〕文本注：「士大夫，一作『士人』。」魏本注同。潮本作「士人」，南宋蜀本同。《考異》：「『大夫』二字或作『人』。」

㉑〔以其年十一月庚申〕潮本注：「其，一作『明』。」祝本、文本、魏本注同。《考異》：「其，或作『明』。」謹按：《薛戎神道碑》：「長慶元年，以疾自去。九月庚申，薨於蘇州之私第。十一月庚申，洎夫人韋氏葬偃師河南府君之墓左。」薛戎葬於長慶元年十一月，「其年」是，「明年」誤。「一」字，南宋蜀本無。謹按：長慶元年十月甲子朔，無庚申。十一月甲午朔，庚申爲二十七日。南宋蜀本誤。

㉒〔曰洽〕《舉正》：「《世系表》『沂』作『泝』，別本亦一作『泝』。」《考異》：「沂，或作『泝』。」《薛戎神道碑》：「子曰泝，

始九歲，洽次之。」

㉓〔故公弟集賢殿學士尚書刑部侍郎放〕潮本注：「刑，一作『兵』。」祝本、魏本注同。文本注：「一作『吏部』。」《考異》：「『故』字疑當在上文『公之』字上。刑，或作『兵』。」

㉔〔不以事累〕潮本「以事累」作「累以事」，祝本、文本、南宋蜀本、魏本同。《舉正》出南宋監本「不累以事」，據杭、蜀本乙「累以事」作「以事累」。朱熹從方本，《考異》：「或作『不累以事』。」謹按：志，去聲志韻；事，去聲志韻；累，去聲寘韻；位，去聲至韻。寘、至、志均可通押。

㉕〔中以自貴〕《舉正》訂「貴」作「實」，云：「以《文録》校。保大本作『中以自實』，杭本作『中人以自』，蜀本作『中以自貴』。此文四語一韻，古音『實』可與『壽』叶，《元和聖德詩》、《路平陽碑》皆用之，可類考也。」朱熹從方本，《考異》：「『實』，或作『貴』，或作『實』，或作『中人以自』。」

【箋注】

〔一〕韓醇注：「薛戎，元稹作神道碑，而公誌其墓。」

此篇作年，洪譜、方表、方譜均繫於長慶元年（八二一）。洪譜：「長慶元年辛丑：是年有薛戎墓誌。」方譜：「越州以是年九月庚申卒，十一月庚申葬。九月、十一月皆甲午朔，卒、葬皆二十七日庚申。」

〔二〕魏引補注：「河中寶鼎人。」元稹《唐故越州刺史兼御史中丞浙江東道觀察等使贈左散騎常侍河東薛公（戎）神道碑文銘》：「公諱戎，字元夫。」

〔三〕樊汝霖注：「懿避寇汾陰。」文讜注：「《宰相世系》曰：薛氏出自任姓，黄帝孫顓頊少子陽封於任，十二世孫奚仲爲夏車正，禹封爲薛侯，其地魯國薛縣是也。其後世有齊者，字夷甫，巴蜀二郡太守。蜀亡降魏，拜光禄大夫，徙河東汾陰，世號蜀薛。二子：懿、始。懿字元伯，一名奉，北地太守。三子：恢、雕、興。恢，河東太守，號北祖；雕號南祖；興爲西祖云。」《元和姓纂》卷十河東汾陰薛氏：「黄帝二十五子，一爲任姓，裔孫奚仲居薛。至仲虺爲湯左相，代爲侯伯，歷三代凡六十四世，周末爲楚所滅。公子登仕楚，懷王賜師邑爲大夫，以國爲氏。曾孫卬生薛公鑒，漢初獻滅黥布策，受封千户。孫廣德，御史大夫。元孫永漢，千乘太守。八代子蘭，徐州别駕，爲曹公所害。生永，遂歸於蜀先主，官至蜀郡太守。生齊，歸晉爲光禄大夫。齊生懿，晉光禄、河東太守。懿生三子：一名開，號北祖；雕，號南祖；興，號西祖。」元稹《薛戎神道碑》：「自晉安西將軍懿避寇汾陰，後世子孫遂與裴氏、柳氏爲河東三著姓。」

〔四〕樊汝霖注：「汾陰，河中縣也。開元十年獲寶鼎，改名寶鼎縣。」《新唐書・宰相世系表三下》薛氏西祖房：「德儒，隋濟北司馬。」祝充注：「德儒父道實，隋禮部尚書。」《隋書・薛道衡傳》：「從父弟道實，官至禮部侍郎、離石太守。」《新唐書・宰相世系表三下》薛氏西祖房：「道實，隋禮部侍郎，臨汾公。」《舊唐書・薛戎傳》：「薛戎，字元夫，河中寶鼎人。」

〔五〕《隋書・地理志中》：「襄城郡：東魏置北荆州，後周改曰和州，開皇初改爲伊州，大業初改曰汝州。」治所承休縣，今河南臨汝。

〔六〕樊汝霖注：「德儒，隋濟北司馬。生二子：竇積，潤州刺史。竇胤，少府少監。」孫汝聽注：「德儒二子，竇積、竇胤。竇積楊州大都督府長史，竇胤邠州刺史。」《新唐書·宰相世系表三下》薛氏西祖房：「竇積，潤州刺史。竇胤，少府少監。」

〔七〕《元和郡縣志》卷三關内道邠州（緊），今陝西彬縣。《新唐書·百官志四下》外官：「上州刺史一人，從三品，職同牧尹。掌宣德化，歲巡屬縣，觀風俗，録囚，恤鰥寡。」

〔八〕《舊唐書·薛珏傳》：「祖竇胤，邠州刺史。」

〔九〕文讜注：「西祖興，字季達，晉河東太守。曾孫辯，字元伯，後魏雍州刺史，封汾陰武侯。武侯生謹，字法慎。有五子：曰洪祚、曰洪隆、曰瑚、曰昂、曰積善，號五房薛氏。昂字破氏，後魏河東太守。四世孫德儒，隋濟北司馬。二子，竇積、竇胤。竇胤有九子云云。」

〔一〇〕樊汝霖注：「竇允子九人：續、純、絢、綰、繪、紘、縉、絳、縑。純，秦州都督。絢，好畤令。綰，濟源令。繪，祠部郎中。紘，華州刺史。縉，和州刺史。縑，金部員外郎。見《世系表》。」

〔一一〕孫汝聽注：「贈給事中。」《元和郡縣志》卷五河南道河南府河南縣（赤），今河南洛陽。《新唐書·百官志四下》外官：「京縣令各一人，正五品上。縣令掌導風化，察冤滯，聽獄訟。凡民田收授，縣令給之。每歲季冬，行鄉飲酒禮。籍帳、傳驛、倉庫、盜賊、隄道，雖有專官，皆通知。」元稹《薛戎神道碑》：「祖曰河南縣令、贈給事中縑。河南於邠州爲季子。」《新唐書·宰相世系表三下》：「鏮，金部員外郎。」

〔一二〕《元和郡縣志》卷二十五江南道湖州(上)，今浙江吴興。《唐六典》卷三十上州中州下州官吏：「上州長史一人，從五品上。掌貳府州之事，以紀綱衆務，通判列曹。歲終，則更入奏計。」

〔一三〕《新唐書·百官志一》尚書省刑部：尚書一人，正三品。

〔一四〕元稹《薛戎神道碑》：「父曰湖州長史贈刑部尚書同，母曰贈某郡太夫人陸氏，尚書景融女。」陸景融，兩《唐書》有傳，其生平如次：陸景融，蘇州吴縣人。以蔭補千牛，轉新鄭令。歷官大理正，開元二十一年張九齡入相，以兵部侍郎知兵部選事(《舊唐書·嚴挺之傳》)。天寶初，自滎陽郡太守入爲尚書右丞(孫逖《授陸景融尚書右丞等制》)，歷左丞、吏部侍郎(《孫逖《授陸景融吏部侍郎制》》)。歷襄陽郡太守、陳留郡太守，並兼採訪使。天寶三載爲工部尚書(《唐故河東郡寶鼎縣令會稽孔府君(齊參)墓誌文并序》)，四載九月，爲正議大夫檢校工部尚書上柱國襄陽縣開國男賜紫金魚袋東京留守(《石臺孝經》)。六載十二月丙辰卒於任(《舊唐書·玄宗紀下》)。

〔一五〕文讜注：「同生五子，曰乂、丹、戎、放、朗。」元稹《薛戎神道碑》：「刑部五男：乂終郎，丹終賓客，擁終御史。公實刑部府君第某子。今尚書兵部侍郎集賢殿學士放，於公爲季弟。」

〔一六〕樊汝霖注：「人，温州刺史。丹，廬州刺史。戎，浙東觀察使。放，江西觀察使。」

〔一七〕孫汝聽注：「戎少有學術，不求聞達。居於毗陵之陽羨山，年四十餘不易其操。陽羨即常州。」元稹《薛戎神道碑》：「公初不樂爲吏，徒以家世多貴富，門户當有持之者。會兩弟相繼舉進士，皆中選。公自喜，遂入陽羡山，年四十餘不出。」

〔一八〕李衡，兩《唐書》無傳，今鈎稽其生平如次：李衡，隴西人，世居開封。衡爲劉晏故吏，大曆十四年崔寧爲御史大夫平章事，奏爲御史，宰相宰相楊炎大怒，其狀遂寢（《舊唐書・崔寧傳》）。建中四年爲咸陽令（《奉天録》卷一）。貞元初，爲婺州刺史（元稹《有唐贈太子少保崔公（倰）墓誌銘》）。六年爲常州刺史（王仲舒《湖南觀察使謝上表》）。七年正月庚辰，爲潭州刺史、湖南觀察使。八年三月己亥，爲洪州刺史、江西觀察使。九年六月庚申，自給事中爲户部侍郎、諸道鹽鐵轉運使（《舊唐書・德宗紀下》）。《元和郡縣志》卷二十江南道常州（緊），今屬江蘇省。《元和郡縣志》卷二十八江南道洪州：「今爲江南西道觀察使理所，管洪州、饒州、虔州、吉州、江州、袁州、信州、撫州，管縣三十八。」

〔一九〕韓醇注：「李衡爲常州刺史，能以禮下戎。貞元八年二月，衡自湖南移鎮江西，辟爲從事。使者三返，乃應。」

〔二〇〕蔣抱玄注：「褐，毛布也，賤者衣之。故謂登仕曰釋褐。」童第德注：「《説文》：『褐，編枲韈。一曰粗衣。』《孟子・滕文公上》『許子衣褐』，趙注：『許子衣褐，以毳織之，若今馬衣也。或曰：褐，枲衣也。一曰：粗布衣也。』《國語・齊語》：『脱衣就功』韋注：『脱，解也。』或假『説』及『稅』爲之，《禮記・少儀》『脱屨於户内』《釋文》：『説，本作脱。』《文王世子》『不稅冠帶』，《釋文》：『稅，本作脱。』是其例。」《舊唐書・薛戎傳》：「少有學術，不求聞達。居於毗陵之陽羡山，年餘四十，不易其操。江西觀察使李衡辟爲從事，使者三返，方應。」

〔二一〕《新唐書·百官志二》門下省：「給事中四人，正五品上。掌侍左右，分判省事，察弘文館繕寫讎校之課。」

〔二二〕齊映，兩《唐書》有傳，其生平如次：齊映，祖籍河間（《元和姓纂》卷三），世居瀛州高陽。大曆四年進士及第（《登科記考》）。應博學宏詞，授河南府參軍。滑亳節度使令狐彰辟爲掌書記。彰卒軍亂，脱身歸東都。河陽三城使馬燧辟爲判官，奏殿中侍御史。建中初盧杞爲相，薦爲刑部員外郎。又爲鳳翔張鎰判官，尋轉行軍司馬，兼御史中丞。德宗幸奉天，赴行在。興元元年二月丁卯，以御史中丞爲沿路置頓使，擢給事中。還京，轉中書舍人。貞元元年六月，宣慰朔方、河中、同絳陝虢等州（《册府元龜》卷一百三十六）。貞元二年正月壬寅，以本官同中書門下平章事（《舊唐書·德宗紀上》），判兵部承旨及雜事（《唐會要》卷五十七）。三年正月壬子，貶夔州刺史（《舊唐書·德宗紀上》）。又轉衡州。七年五月戊子，爲桂管觀察使。八年七月甲寅，爲洪州刺史、江西觀察使。十一年七月辛卯卒（《舊唐書·德宗紀下》）。年四十八。謚恭懿，贈禮部尚書（《唐會要》卷八十）。

〔二三〕孫汝聽注：「貞元八年六月，以桂管觀察使故相齊映代衡鎮江西，召衡爲給事中。映表戎留之。」元稹《薛戎神道碑》：「衡遷，復爲觀察使齊映乞自佐。」《舊唐書·薛戎傳》：「故宰相齊映代衡，奏留之。」

〔三四〕孫汝聽注：「貞元十一年七月映卒，戎復歸陽羨。」

〔三五〕《元和郡縣志》卷二十九江南道潭州（中都督府）：「今爲湖南觀察使理所，管潭州、衡州、郴州、永州、連州、道州、邵州，管縣三十四。」今湖南長沙。李巽，兩《唐書》有傳，其生平如次：李巽字令叔，趙州贊皇人。以明經補華州參軍。拔萃登科，授鄠縣尉。入爲監察御史，殿中侍御史。由美原縣令遷刑部員外郎，由萬年縣令爲户部、左司二郎中。（權德輿《唐故銀青光禄大夫守吏部尚書兼御史大夫充諸道鹽鐵轉運等使上柱國趙郡開國公贈尚書右僕射李公（巽）墓誌銘》）貞元七年，出爲常州刺史。八年，召爲給事中。冬十二月，出爲潭州刺史，兼湖南觀察使（權德輿《大唐湖南都團練觀察處置等使都督潭州諸軍事潭州刺史御史中丞李公遺愛碑銘并序》），就加右散騎常侍。十三年九月甲辰，爲洪州刺史、江西觀察使（《舊唐書·德宗紀下》）。順宗立，入爲兵部侍郎。在塗，加度支鹽鐵副使。至止踰月，領度支鹽鐵使（《李巽墓誌銘》），時元和元年四月丁未也（《舊唐書·憲宗紀》）。二年三月癸卯，爲兵部尚書，依前判度支鹽鐵轉運使。元和二年落判度支（《舊唐書·鄭元傳》），專領鹽鐵轉運使。三年，轉吏部尚書，四年五月丁卯卒，年六十三，贈右僕射（《李巽墓誌銘》）。

〔三六〕《元和郡縣志》卷二十九江南道福州（中都督府）：「今爲福建觀察使理所，管福州、建州、泉州、漳州、汀州，管縣二十四。」柳冕：兩《唐書》有傳。其生平如次：柳冕字敬叔，蒲州河東人。歷右補闕、史館修撰，貶巴州司户參軍。貞元元年爲太常博士。二年，爲吏部員外郎（殷亮《顏魯公集行狀》），攝太常博士（《唐會要》卷三十八）。六年，爲吏部郎中攝太常博士（《舊唐書·禮儀志一》）。出爲婺州刺史。十三年三月乙巳，兼御史中丞、福州刺史、充福州都團練觀察使。二十年七月辛卯，奏置萬安監（《舊唐書·德宗紀下》）。同年代歸（《淳熙三山志》），尋卒。

〔二七〕孫汝聽注：「貞元十一年三月，以柳冕爲福建觀察使，表戎爲判官。」方成珪注：「一，當從《舊紀》作『三』。」《舊唐書·德宗紀》：「貞元十三年三月乙巳，以婺州刺史柳冕爲福建觀察使。」

〔二八〕《新唐書·百官志三》御史臺：殿中侍御史九人，從七品下。

〔二九〕《元和郡縣志》卷二十九江南道泉州（上），今福建晉江。

〔三〇〕祝充注：「戎攝泉州刺史事。時貞元中寵重方鎮，方鎮喜自用，不用朝廷法。戎在郡遵朝廷令，不從冕所自用者，冕惡之。」蔣抱玄注：「《史記·外戚世家》：景帝恚，心嗛之而未發也。」元稹《薛戎神道碑》：「冕俾公攝行泉州刺史事。時貞元中寵重方鎮，方鎮喜自用，不用朝廷法。公在郡，用朝廷法，不用冕所自用者。冕惡之。」

〔三一〕馬總，兩《唐書》有傳，其生平如次：馬總，字會元，扶風茂陵人（李宗閔《馬公家廟碑》）。貞元二年爲大理評事（戴叔倫《意林序》）。三年，李復鎮南海，辟爲從事。十年，李復移滑臺，又爲幕賓（周愿《牧守竟陵因遊西塔著三感説》）。十三年四月庚辰姚南仲鎮滑臺，仍辟爲從事。南仲與監軍使不叶，監軍誣奏南仲不法。十六年四月己丑府罷（《舊唐書·德宗紀下》），總坐貶泉州別駕。監軍入掌樞密，福建觀察使柳冕希旨欲殺總。從事穆贊鞫總，稱無罪，總方免死。後量移恩王傅，元和二年，爲泉州刺史。四年，遷虔州刺史（《馬懿公壁記》，見《輿地碑記目》卷三「泉州碑記」）。五年七月庚申，爲安南都護本管經略使（《舊唐書·憲宗紀上》）。八年七月丁丑，轉桂州刺史、桂管經略觀察使。十二月丙戌，爲廣州刺史嶺南節度使（《舊唐書·憲宗下》）。十一年，入爲刑部侍郎（柳宗元《曹溪第六祖賜謚大鑒禪師碑并序》）。十二年七月丙辰，裴度宣慰淮西，以刑部侍郎兼御史大夫，充淮西行營諸軍宣慰副使。吴元濟誅，十一月戊申，爲彰義軍節度留後。十二月壬戌，檢校工部尚書蔡州刺史、彰義軍節度使。十三年五月丙辰，轉許州刺史、忠武軍節度陳許溵等州觀察處置等使。同年朝京師，留拜禮部尚書，華州刺史、潼關防禦鎮國軍使（《馬公家廟碑》）。十四年三月戊子，遷檢校刑部尚書鄆州刺史、天平軍節度鄆曹濮等州觀察等使，就加檢校尚書左僕射（《舊唐書·憲宗下》）。長慶元年入朝（《鄆州谿堂詩序》），四月丙子，復爲天平軍節度使。二年十二月己酉，入爲檢校左僕射守户部尚書，長慶三年八月，卒於檢校尚書右僕射、户部尚書任（《舊唐書·穆宗紀》）。享年七十歲。贈右僕射，謚曰懿。《元和郡縣志》卷八河南道滑州（望）：「今爲鄭滑節度使理所，管滑州、鄭州，管縣十四。」今屬河南省。

〔三二〕《新唐書·百官志四下》：上州别駕一人，從四品下。

〔三三〕「桉」同「案」，字又通「按」，查驗、稽考。《漢書·賈誼傳》：「驗之往古，按之當今之務。」又舉劾、查辦。《史記·魏其武安侯列傳》：「灌夫家在潁川，横甚，民苦之。請案。」按置：處置、查辦。此語始見韓文，後人亦有採用者，如王安石《與楊蟠推官書六》：「邑中但痛繩之，豈有不從者乎？按置一二人，自然趨令矣。」（《臨川文集》卷七十八）程顥《程郎中（璠）墓誌》：「公亦按置於法，由是遠近悚服。」（《明道文集》卷四）《蜀中方物記·川東井》：「遣榮州資官令孔嗣宗按置，窮訪民瘼，有不便者皆除之。」（顧炎武《天下郡國利病書》卷二七九三）

〔三四〕元稹《薛戎神道碑》：「先是，宦者薛盈珍譖馬總爲泉州別駕，冕諭公陷總。總無罪，公不忍陷。冕怒，併囚之。」《資治通鑑》記其事於貞元十六年：「義成監軍薛盈珍爲上所寵信，欲奪節度使姚南仲軍政。南仲不從，由是有隙。盈珍譖其幕僚馬總，貶泉州別駕。福建觀察使柳冕謀害總以媚盈珍，遣幕僚竇鼎薛戎攝泉州事，使按致總罪。戎爲辨析其無辜。冕怒，召戎囚之，使守卒恣爲侵辱，如此彌月，徐誘之使誣總。戎終不從，總由是獲免。」

〔三五〕孫汝聽注：「馬總佐鄭滑府，監軍薛盈珍欲奪節度使姚南仲政，南仲不從，由是有隙。總以南仲道直，盈珍怒，誣奏總，貶泉州別駕。冕欲除總以附盈珍，使戎按置其罪。戎曰：『以是待我耶？我始不願仕，正謂此爾！』不肯從，還白其事。冕怒，據按引戎入。戎叱引者曰：『見賓客乃爾乎？』由東廂進。冕度未可屈，揖而去，置戎於佛寺，環兵脅辱之累月。戎終不屈。淮南節度杜佑聞之，以書責冕。會冕病，戎遂得脱，辭職自放江湖間。」元稹《薛戎神道碑》：「值冕病，俱得脱。公由總以義聞。」《舊唐書·薛戎傳》：「是時姚南仲節制鄭滑，從事馬總以其道直，爲監軍使誣奏，貶泉州別駕。冕附會權勢，欲構成總罪，使戎按問曲成之。戎以總無辜，不從冕意，別白其狀。戎還自泉州，冕盛氣據衙而見賓客。戎遂歷東廂，從容而入。冕度勢未可屈，徐起以見，一揖而退。又構其罪，以狀聞。置戎於佛寺，環以武夫，恣其侵辱。如是累月，誘令成總之罪。操心如一，竟不動揺。杜佑鎮淮南，知戎之寃，乃上其表，發書諭冕。戎難方解，遂辭職寓居於江湖間。」

〔三六〕樊汝霖注：「冕卒，閻濟美代冕使福建，備聞其事，奏戎爲團練副使。」元稹《薛戎神道碑》：「冕卒，閻濟美代冕使福建，復請公副團練事，始受五品服。」《舊唐書・薛戎傳》：「後閻濟美爲福建觀察使，備聞其事，奏充副使。」

〔三七〕樊汝霖注：「濟美使浙東，戎又副之。」《元和郡縣志》卷二十六江南道越州（會稽都督府）：「今爲浙東觀察使理所，管越州、婺州、衢州、處州、温州、台州、明州，管縣三十七。」今浙江紹興。

〔三八〕元稹《薛戎神道碑》：「濟美使浙東，公亦隨副之，轉侍御史。」《舊唐書・薛戎傳》：「又隨濟美移鎮浙東，改侍御史。」

〔三九〕樊汝霖注：「（元稹《薛戎神道碑》）給事中穆質有直氣，愛戎，稱於朝，因拜刑部員外郎。」

〔四〇〕樊汝霖注：「（元稹《薛戎神道碑》）吐突承璀討鎮州，所過吏迎迓，畏不及治道前驅。惟戎境内按故，無所治迓。留守卒犯令者縛置獄，留守怒，遣將略出之，不與。」王元啓注：「公元和五年曾同河南令韋執中尋劉道士，是冬，公又代令河南。然則戎自刑部遷官當在夏秋，在官不過半年。」

〔四一〕孫汝聽注：「（元稹《薛戎神道碑》）遷衢州刺史。初到，視前刺史所爲皆便俗，戎忻然無所改，不周月而政就。移刺湖州，其最患人者，荻塘河水瀦淤逼塞，不能負舟。戎濬之百餘里。」《嘉泰吳興志》卷十四：「薛戎，元和八年十一月三十日自衢州刺史授，遷常州刺史。」據此可知：薛戎刺衢，當在元和五年冬之後，八年十一月之前。其改刺湖州，在元和八年十一月三十日。改刺常州具體時間不詳，據《薛戎神道碑》「改刺常州不累月遽刺越州」，當在元和十一年年底。《元和郡縣志》卷二十六江南道衢州（上），今屬浙江省。

〔四二〕文讜注：「《會稽（掇英總集）·唐太守題名記》云：元和十一年正月戎自常州刺史授，長慶元年九月隨表朝覲。」元稹《薛戎神道碑》：「改刺常州，不累月遽刺越州，仍以御史中丞觀察團練浙東西。」薛戎改刺越州，在元和十二年正月，應無疑問。

〔四三〕樊汝霖注：「正月，以戎帥浙東。所部州觸酒禁者罪當死，橘未貢先鬻者死，戎弛其禁。」《薛戎神道碑》：「所部郡皆禁酒，官自爲壚，以酒禁坐死者，每歲不知數。而産生祠祀之家受酒於官，皆醨偽滓壞，不宜復進於柸棬者。公即日奏罷之。舊制：包橘之貢取於人，未三貢鬻者，罪且死。公命市貢之，鬻者無所禁。旬月之内，越俗無餘弊。」

〔四四〕魏引補注：「部刺史，謂部中刺史。」《義門讀書記》卷三十三：「此『部刺史』謂觀察所部中之州守，與漢之部刺史不同。」

〔四五〕童第德注：「《莊子·胠篋篇》：闔四竟之内。」謹按：四境，東南西北四方疆界。四境之内，國内。《管子·牧民》：「距國門以外，窮四竟之内。」《墨子·尚同下》：「未足獨治其四境之内也。」《孟子·梁惠王下》：「四境之内，不治則如之何？」

〔四六〕《薛戎神道碑》：「公始以隱者心爲吏，不尚約束，不求名譽，人人便安，尤惡苛雜。爲郡時，有善歸之所部縣；爲鎮時，有善歸之所部郡。是以在郡在鎮時，無灼灼可驚人者。」

〔四七〕《薛戎神道碑》：「性誠厚温重，然而歡愛親戚，及爲大官，遠近多歸之，衣食婚嫁之外無餘財。一旦盡所有分遺親戚，曰：『吾病矣，爾輩各爲歸去資。』親戚故舊皆哭泣，盡散去。」

〔四八〕《舊唐書·穆宗紀》：「長慶元年十月丁亥，前浙東觀察使薛戎卒。」謹按：此當爲「奏至」之日。

〔四九〕孫汝聽注：「天寶六年。」《薛戎神道碑》：「始生歲丁亥，至是七十五年矣。」蔣抱玄注：「戎生於天寶六年，是歲次丁亥。」

〔五〇〕《薛戎神道碑》：「天子廢視朝，使使者贈賵，賻祭臨，且以左散騎常侍追加焉。」

〔五一〕樊汝霖注：「公嘗令河南，與薛爲代。」

〔五二〕樊汝霖注：「放字達夫，貞元七年登第。戎死時爲尚書刑部侍郎，後終江西觀察。」薛放，兩《唐書》有傳，其生平如次：薛放，字達夫，河中寶鼎人。貞元七年進士登第。歷官試大理評事、右拾遺、補闕，水部、兵部二員外、兵部郎中。憲宗選充皇太子侍讀。穆宗嗣位，召對思政殿，賜金紫。十五年春閏正月癸丑，遷工部侍郎、集賢學士（《資治通鑑》卷二百四十一）。長慶元年三月庚戌轉刑部侍郎，職如故（白居易《韋綬從右丞授禮部尚書薛放從工部侍郎授刑部侍郎丁公著從給事中授工部侍郎三人同制》)。年底，轉兵部侍郎(《薛戎神道碑》)，二年，爲禮部尚書判院事。三年十一月，自尚書左丞出爲江西觀察使(《王仲舒神道碑》)。寶曆元年二月辛丑卒於任(《舊唐書・敬宗紀》)。

〔五三〕蔣抱玄注：「僶俛，與『黽勉』同。」黽勉：勉力、盡力。《詩・邶風・谷風》「黽勉同心」，毛傳：「言黽勉者，思與君子同心也。」鄭箋：「所以黽勉者，以爲見譴怒者非夫婦之宜。黽勉，猶勉勉也。」陸機《文賦》「在有無而僶俛」，《文選》李善注：「僶俛，由勉强也。」

〔五四〕此銘用韻，據《廣韻》：門，平聲魂韻；人，平聲真韻；聞，平聲文韻。志，去聲志韻；累，去聲寘韻；位，去聲至韻。貴，去聲未韻；壽，去聲宥韻。子，上聲止韻；祀，上聲止韻。

卷二十三

（原本卷三十三）此卷以潮本爲底本，以祝本、文本、南宋蜀本、魏本對校。

楚國夫人墓誌銘〔一〕

楚國夫人姓翟氏，故檢校御史大夫宋州刺史良佐之女〔二〕，今司徒兼中書令許國公之妻①〔三〕，前鄜坊節度使散騎常侍兼御史大夫公武之母②〔四〕。

夫人在家，以孝友聰明爲父母所偏愛。選所宜歸，以適韓氏。韓氏族大且貴，又太尉劉公之甥③〔五〕，内外尊顯。夫人入門，上下莫不贊賀④。事皇姑齊國太夫人〔六〕，肅恭誠至，奉養不怠。皇姑以夫人能盡婦道⑤，稱之六親。其事夫義以順，其教子愛以公。司徒公曰：「我之能守貴富不危溢者〔七〕，楚國有助焉耳。」大夫領梁偏師，卒就蔡功，受節居藩，爲邦家令人〔八〕，父母之教使然也⑥〔九〕。

夫人以元和十四年十一月一日薨于鄜之公府，春秋若干。大夫委節去位，奉喪以居東都。詔再起之⑦，辭以羸毁不任〔一〇〕。即命又加喻勉⑧〔一一〕，固守不變⑨。天子嗟歎之〔一二〕。長慶二年三月某日，葬夫人于洛陽北山〔一三〕。夫人生二子：長曰肅元，爲太子司議郎以卒〔一四〕，贈尚書主客郎中〔一五〕；其次大夫公武也。銘曰：

翟氏之先，蓋出宗周〔一六〕。璜顯於魏⑩，以佐文侯〔一七〕。高陵相漢〔一八〕，義以家酬〔一九〕。遷于南陽〔二〇〕，始自郎苗〔二一〕。逮魏晉宋，代不絶史。以至夫人，太守之子。司徒之妻，大夫之母〔二二〕。公居河東⑪〔二三〕，子在鄜畤〔二四〕。爲王屏翰〔二五〕，有壤千里。公曰姑止，以承我祀。子曰母兮，莫我撫已⑫。文駟雕軒，往來有煒〔二六〕。莫尊於母，莫榮於妻。從古迄今⑬，孰盛與夷〔二七〕。用昭厥裔，篆此銘詩⑭〔二八〕。

【彙校】

①〔今司徒〕潮本注：「一無『今』字。」祝本、魏本注同。《舉正》：「蜀本有『今』字，杭本闕。以義考之，當存。」《考異》：「或無『今』字。」

②〔鄜坊節度使〕潮本「坊」作「州」，祝本、文本、南宋蜀本、魏本同。《舉正》據蜀本訂作「坊」。朱熹從方本，《考異》：「坊，或作『州』，非是。」

③〔又太尉劉公之甥〕潮本「又」作「父」，祝本、魏本同。祝本注：「父，一作『又』。」魏本注同。今從文本。「公」下，潮本多一「之」字，祝本、文本、南宋蜀本、魏本同。《舉正》訂「父」作「又」，删「公」下「之」字，云：「李校，舊本皆

作『又』。太尉，劉玄佐也。」朱熹從方本，《考異》：「又，或作『父』，非是。『公』下或有『之』字。」今從方本。

④〔上下莫不贊賀〕《舉正》：「保大本『賀』作『賢』。」《考異》：「賀，或作『賢』。」

⑤〔皇姑以夫人能盡婦道〕《舉正》：「蜀本（能）上有『爲』字。」《考異》：「（能盡）上或有『爲』字。」

⑥〔父母之教使然也〕文本注：「一無『使』字。」潮本無「使」字，祝本、文本、南宋蜀本、魏本、王本、廖本同。今從文本。

⑦〔詔再起之〕《舉正》出南宋監本「詔再起之」，據蜀本删「再」字。朱熹從方本，《考異》：「『起』上或有『再』字。」

⑧〔喻勉〕南宋蜀本「喻」作「諭」。

⑨〔固守不變〕《舉正》出南宋監本「固守不變」，據杭本删「守」字，云：「李删。」朱熹從方本，《考異》：「『固』下或有『守』字。」

⑩〔璜顯於魏〕南宋蜀本「璜」作「黄」，注：「一作『璜』。」謹按：翟璜之名，《韓非子》、《吕氏春秋》、《淮南子》、《史記》、《急就篇》作「璜」，《新序》、《韓詩外傳》作「黄」，《説苑》作「觵」。

⑪〔公居河東〕魏本注：「公，一作『父』。」《舉正》：「謂韓弘也，舊本皆作『公』。」《考異》：「公，或作『父』，非是。」

⑫〔莫我撫已〕南宋蜀本注：「撫，一作『慰』。」《舉正》：「保大本『我』作『慰』。」《考異》：「我，或作『慰』。」

⑬〔從古迄今〕文本「迄」作「訖」。謹按：「訖」，「迄」之通假字。《説文》：「迄，至也。」《爾雅·釋詁》：「訖，止也。」

⑭〔篆此銘詩〕祝本「銘」作「名」。

【箋注】

〔一〕韓醇注：「夫人，許國公韓弘妻也。夫人之葬，公武尚執喪不變。許國亦以是年十二月薨，則公武已先死矣，許國之誌詳焉。」《新唐書·百官志一》：「凡外命婦有六：王、嗣王、郡王之母、妻爲妃，文武官一品、國公之母、妻爲國夫人，三品以上母、妻爲郡夫人，四品母、妻爲郡君，五品母、妻爲縣君，勳官四品有封者母、妻爲鄉君。」

此篇作年，洪譜、方表、方譜、蔣抱玄注均繫於長慶二年（八二二）。洪譜：「二年壬寅：是年有楚國夫人墓誌。」方譜：「楚國以元和十四年十一月丙午朔葬，以長慶二年三月某日葬。三月壬辰朔。」

〔二〕《元和郡縣志》卷七河南道宋州（望），治所宋城縣，今河南商丘。《新唐書·百官志四下》外官：「上州刺史一人，從三品，職同牧尹。掌宣德化，歲巡屬縣，觀風俗、録囚、恤鰥寡。」翟良佐，兩《唐書》無傳，其生平不詳。《舊唐書·劉全諒傳》：「玄佐卒，子士寧代爲節度使，疑宋州刺史翟良佐不附己，陽言出巡，至宋州，遽以逸準代良佐爲刺史。」其事在貞元八年四月，見《資治通鑑》卷二百三十四。

〔三〕樊汝霖注：「許國公，韓弘也。」《新唐書·百官志一》三師三公：「太尉、司徒、司空各一人，是爲三公，皆正一品。三公佐天子理陰陽，平邦國，無所不統。」《新唐書·百官志二》中書省：「中書令二人，正二品。掌佐天子執大政，而總判省事。」韓弘，兩《唐書》有傳，其生平如次：韓弘，潁川人，世居滑之匡城。舉明經不中，事其舅劉玄佐爲州掾，累奏試大理評事。玄佐卒，子士寧被逐。弘出汴州，爲宋州南城將，劉全諒署爲都知兵馬使。貞元十五年全諒卒，汴軍懷玄佐之惠，又以弘長厚，共請爲留後。九月辛酉，爲檢校工部尚書汴州刺史，兼御史大夫宣武軍節度副大使知節度事、宋亳汴潁觀察等使（《舊唐書·德宗紀下》）。累授檢校左右僕射、司空。元和三年九月庚寅，加同平章事。十年春正月乙酉，授司徒。九月癸酉，充淮西行營兵馬都統，令其子公武率師三千隸李光顔軍。十一月丙戌朔録平淮西功，加檢校司徒兼侍中，封許國公，罷行營都統。十四年七月戊寅，盡携汴之牙校千餘人入覲。八月己酉，詔守司徒，兼中書令（《舊唐書·憲宗紀下》）。憲宗崩，攝冢宰。十五年六月丁丑，以本官兼河中尹、河中晉絳節度觀察等使。長慶二年請老，乞罷戎鎮，十月壬戌，依前守司徒、中書令。其年十二月庚寅病卒（《舊唐書·穆宗紀》），時年五十八，贈太尉。

〔四〕祝充注：「鄜，音孚。」《元和郡縣志》卷三關内道鄜州（上）：「今爲鄜坊觀察使理所，管鄜州、坊州、丹州、延州，管縣二十三。」《新唐書·百官志二》門下省：左散騎常侍二人，正三品下。《新唐書·百官志三》御史臺：御史大夫一人，正三品。韓公武，兩《唐書》有傳，其生平如次：韓公武字從偃，起家衛尉主簿，爲宣武行營兵馬使。以討蔡功，元和十二年十一月丙戌，自宣武軍都虞候檢校左散騎常侍鄜州刺史、鄜坊丹延節度使（《舊唐書·憲宗紀下》）。弘入朝，爲右金吾將軍。弘出河中，改右驍衛大將軍。性恭遜，不以富貴自處，長慶二年十月壬戌弘罷鎮河中，居永崇里第，公武居宣陽里之北門。因省父，無疾暴卒。

〔五〕孫汝聽注：「劉玄佐之甥。」劉玄佐，兩《唐書》有傳，其生平如次：劉玄佐本名洽，滑州匡城人。大曆中爲永平軍衙將，李靈曜據汴州反，洽將兵徑入宋州，十二年十月乙巳，李勉奏署宋州刺史（《舊唐書·代宗紀》）。建中二年正月丙子，加兼御史中丞、亳潁節度等使。李納叛，洽與賊接戰，大破之，十月戊申，加御史大夫，遷尚書，兼曹濮觀察使，尋加淄青兖鄆招討使，又加汴滑都統副使。李希烈攻汴州，連戰卻賊。興元元年三月丁丑，進加檢校左僕射加平章事。十一月癸卯，以宋亳節度使破希烈之衆於陳州。戊午，大破希烈之衆，擒其僞相鄭賁等五人以獻，希烈遁歸蔡州。貞元元年率軍收汴，三月戊午，以宣武帥檢校司空。四月己卯，賜名玄佐。六月辛巳，詔加汴州刺史、汴宋節度使（《舊唐書·德宗紀上》）。無幾，授本管及陳州諸軍行營都統。貞元四年正月壬申入朝，兼涇原四鎮北庭兵馬副元帥、檢校司空（《新唐書·德宗紀》）。貞元八年三月庚午薨（《資治通鑑》卷二三四），年五十八，贈太傅。

〔六〕祝充注：「太夫人，弘母劉氏也，玄佐之妹。」蔣抱玄注：「稱夫之母曰皇姑。」謹按：皇姑，已故婆母。《儀禮·士昏禮》：「某氏來婦，敢告于皇姑某氏。」

〔七〕《孝經·諸侯章》：「在上不驕，高而不危；制節謹度，滿而不溢。高而不危，所以長守貴也；滿而不溢，所以長守富也。」《宋書·武帝紀中》：「孤以寡薄，負荷殊重，守位奉藩，危溢是懼。」

〔八〕《詩·邶風·凱風》「母氏聖善，我無令人」，鄭箋：「令，善也。」

〔九〕孫汝聽注：「元和十年九月，以宣武軍節度使韓弘爲淮西行營都統，弘遣其子公武領宣武兵萬三千人會李光顔討蔡。十二年冬，蔡州平。十一月，以公武爲鄜坊丹延節度使。」

〔一〇〕祝充注：「羸，倫爲切。」

〔一一〕即，當日。《左傳》僖二十四：「君命一宿，女即至。」杜注：「即日至。」即命，當日再下詔命。

〔一二〕孫汝聽注：「公武執喪不變，元和十五年正月，以弘弟充代公武爲節度使。」

〔一三〕《唐故司徒兼侍中中書令贈太尉許國公神道碑銘》記韓弘長慶三年七月「葬於萬年縣少陵原京城東南三十里，楚國夫人翟氏祔。」

〔一四〕《新唐書·百官志四上》東宫官左春坊：「司議郎二人，正六品上。掌侍從規諫，駁正啓奏。」

〔一五〕《新唐書·百官志一》尚書省禮部主客郎中，從五品上。

〔一六〕韓醇注：「《元和姓纂》云：翟，黄帝之後，代居翟地，後爲晉所滅。」

〔一七〕文讜注：「翟璜相魏文侯，事見《史記》。」韓醇注引《史記·魏世家》：「魏文侯謂李克曰：『先生嘗教寡人曰：家貧則思良妻，國亂則思良相。今所置，非成則璜。二子何如？』李克對曰：『臣聞之：卑不謀尊，疏不謀戚。臣在闕門之外，不敢當命。』文侯曰：『先生臨事勿讓。』李克曰：『君不察故也。居視其所親，富視其所與，達視其所舉，窮視其所不爲，貧視其所不取。五者足以定之矣，何待克哉！』文侯曰：『先生就舍，寡人之相定矣。』李克趨而出，過翟璜之家。

翟璜曰：『今者聞君召先生而卜相，果誰爲之？』李克曰：『魏成子爲相矣。』翟璜忿然作色曰：『以耳目之所覩記，臣何負於魏成子？　西河之守，臣之所進也；君内以鄴爲憂，臣進西門豹；君謀欲伐中山，臣進樂羊；中山已拔，無使守之臣，進先生；君之子無傅，臣進屈侯鮒。臣何以負於魏成子？』《新序·雜事》：「魏文侯與士大夫坐，問曰：『寡人何如君也？』羣臣皆曰：『君仁君也。』次至翟黄，曰：『君非仁君也。』曰：『子何以言之？』對曰：『君伐中山，不以封君之弟而以封君之長子，臣以此知君之非仁君。』文侯大怒，而逐翟黄。黄起而出。次至任座，文侯問：『寡人何如君也？』任座對曰：『君仁君也。』曰：『子何以言之？』對曰：『臣聞之：其君仁者其臣直。向翟黄之言直，臣是以知君仁君也。』文侯曰：『善。』復召翟黄入，拜爲上卿。」

〔一八〕樊汝霖注：「成帝永始二年十一月，以翟方進爲丞相，封高陵侯。綏和二年二月罷。」文讜注：「翟方進相漢成帝，封高陵侯。以星變賜册自殺。」翟方進，《漢書》有傳，其生平如次：翟方進字子威，汝南上蔡人。年十二三失父孤學，給事太守府爲小史。西至京師受《春秋》，積十餘年，經學明習，以射策甲科爲郎。二三歲舉明經，遷議郎。河平中轉爲博士，數年遷朔方刺史。遷丞相司直，徙京兆尹。居官三歲，永始二年遷御史大夫。數月，左遷執金吾。二十餘日，擢爲丞相，封高陵侯，食邑千户。爲相九歲，綏和二年春二月乙丑（《漢書·天文志》），熒惑守心。郎賁麗善爲星，言大臣宜當之。上迺召見方進，還歸，未及引决。上遂賜册，方進即日自殺。天子親臨弔者數至，謚曰恭侯。

〔一九〕韓醇注：「王莽居攝元年九月，方進子東郡太守義舉兵誅莽。凡二月，兵敗死。莽發方進及先祖冢在汝南者，焚棺，夷三族，誅及種嗣。」義字文仲，少以父任爲郎，稍遷諸曹。年二十，出爲南陽都尉，後坐法免。起家而爲弘農太守，遷河内太守、青州牧，徙東郡太守。數歲平帝崩，王莽居攝。義心惡之，以九月都試日斬觀令，勒其車騎材官士，募郡中勇敢，部署將帥。舉兵并東平，自號大司馬柱天大將軍，立東平王雲子嚴鄉侯劉信爲天子。移檄郡國，言莽鴆殺孝平皇帝，矯攝尊號。比至山陽，衆十餘萬。兵敗，尸磔陳都市。

〔二〇〕南陽郡始置於秦，治所宛，今河南南陽，見《漢書·地理志上》。隋移治穰，今河南鄧縣。見《隋書·地理志中》。

〔二一〕沈欽韓注：「《世説》注：『《晉陽秋》曰：翟湯字道淵，南陽人，漢方進之後。』郎苗，猶苗裔。」謹按：「郎苗」釋爲「苗裔」，未知所據，存疑。《世説新語·棲逸》：「南陽翟道淵與汝南周子南少相友，共隱於尋陽。庾太尉説周以當世之務，周遂仕，翟秉志彌固。其後周詣翟，翟不與語。」劉孝標注：「《晉陽秋》曰：翟湯字道淵，南陽人，漢方進之後也。篤行任素，義讓廉潔，饋贈一無所受。值亂多寇，聞湯名德，皆不敢犯。《尋陽記》曰：初，庾亮臨江州，聞翟湯之風，束帶躡屐而詣焉。亮禮甚恭，湯曰：使君直敬其枯木朽株耳。亮稱其能言，表薦之。徵國子博士，不赴。主簿張玄曰：此君卧龍，不可動也。終於家。」明陳第《毛詩古音考》卷一：「苗，音毛。本證：《碩鼠》：『碩鼠碩鼠，無食我苗。三歲貫女，莫我肯勞。』《車攻》：『之子于苗，選徒嚻嚻。』旁證：

韓愈《楚國夫人銘》：『高陵相漢，義以家酬。遷于南陽，始自郎苗。』」

〔二二〕沈欽韓注：「《韻會》：母，紙韻叶，音美。蔡邕《崔夫人誄》亦母、紀並韻。」

〔二三〕孫汝聽注：「河東，言汴河也。弘在宣武凡二十一年。元和十四年秋自宣武入朝，願留京師。八月，拜司徒兼中書令。其冬，妻翟氏卒於鄜州。」謹按：元和十五年六月丁丑，韓弘以本官兼河中尹、河中晉絳節度觀察等使。此「河東」指河東郡即河中府。《元和郡縣志》卷十二河東道河中府（河東、赤）：「今爲河中節度使理所，管河中府、絳州、晉州、慈州、隰州，管縣三十七。」今山西永濟縣蒲州鎮。

〔二四〕文讜注：「《史記》：秦文公作西畤，祠白帝。一號曰鄜畤。畤音止，《説文》曰：天地五帝所基址祭地。」孫汝聽注：「鄜坊丹延節度治鄜州。《史記》：『秦文公夢黄蛇自天下屬地，其口止於鄜衍。文公問史敦，敦曰：此上帝之徵，君其祠之。於是作鄜畤，祭白帝。』今之鄜州蓋取名於此。」

〔二五〕蔣抱玄注：「《詩·小雅·桑扈》『之屏之翰，百辟爲憲』，言爲國家屏藩楨幹也。」《宋書·謝晦傳》：「庶惟宋之屏翰，甫逾歷其三稔。」

〔二六〕文讜注：「煒，光也，于鬼切。」

〔二七〕祝充注：「夷，等也。」文讜注：「夷，平也。」

〔二八〕此銘用韻，據《廣韻》：周，平聲尤韻；侯，平聲侯韻；酬，平聲尤韻；苗，平聲宵韻（毛，平聲豪韻）。史，上聲止韻；子，上聲止韻；母，上聲厚韻（美，上聲旨韻）；時，上聲止韻；里，上聲止韻；祀，上聲止韻；已，上聲止韻；煒，上聲尾韻。妻，平聲齊韻；夷，平聲脂韻；詩，平聲之韻。

唐故國子司業竇公墓誌銘〔一〕

國子司業竇公諱牟，字某①〔二〕。六代祖敬遠，嘗封西河公〔三〕。至公之大父同昌司馬②，比四世仍襲爵名③〔四〕。同昌諱胤，生皇考諱叔向，官至左拾遺、溧水令〔五〕，贈工部尚書〔六〕。

尚書於大曆初名能爲詩文〔七〕，及公爲文，亦最長於詩〔八〕。孝謹厚重④。舉進士登第⑤〔九〕，佐六府五公〔一〇〕，八遷至檢校虞部郎中⑥。元和五年，真拜尚書虞部郎中〔一一〕。轉洛陽令〔一二〕、都官郎中〔一三〕、澤州刺史〔一四〕，以至司業〔一五〕。年七十四〔一六〕，長慶二年二月丙寅以疾卒。其年八月某日葬河南偃師先公尚書之兆次〔一七〕。

初，公善事繼母〔一八〕，家居未出，學問於江東，尚幼也。名聲詞章行于京師，人遲其至〔一九〕。及公就進士，且試，其輩皆曰：「莫先竇生。」⑦于時公舅袁高爲給事中〔二〇〕，方有重名〔二一〕，愛且賢公，然實未嘗有以干有司⑧。公一舉成名，而東遇其黨必曰：「非我之才，維吾舅之私。」其佐昭義軍也〔二二〕，遇其將死〔二三〕，公權代領，以定其危。後將盧從史重公不遣〔二四〕，奏進官職〔二五〕。公視從史益驕不遜，僞疾經年，輦歸東都〔二六〕。從史卒敗死〔二七〕，公不以覺微避去爲賢告人。公始佐崔大夫縱留守東都〔二八〕，後佐留守司徒餘慶〔二九〕，歷六府五公〔三〇〕。文武細麤不同，自始及終，於公無所悔望〔三一〕，有彼此言者⑨〔三二〕。六府從事幾且百人，有愿姦易險賢不肖不同。公一接以和與信⑩，卒莫與公有怨嫌者。其爲郎官令守⑪，慎法，寬惠不刻。教誨於國學也，嚴以有禮，扶善遏過⑫，益明上下之分⑬。以躬先之，恂恂愷悌〔三三〕，得師之道。

公一兄三弟，常、羣、庠、鞏〔三四〕。常進士〔三五〕，水部員外郎〔三六〕，朗、夔、江、撫四州刺史〔三七〕。羣以處士徵〔三八〕，自吏部郎中拜御史中丞〔三九〕，出帥黔、容以卒〔四〇〕。庠三佐大府〔四一〕，自奉先令爲登州刺史⑭〔四二〕。鞏亦進士〔四三〕，以御史佐淄青府〔四四〕。皆有材名。公子三人：長曰周餘〔四五〕，好善學文⑮，能謹謹致孝。述父之志，曲而不黷〔四六〕。次曰某，少曰某⑯，皆以進士貢。女子三人。

愈少公十九歲⑰，以童子得見，於今四十年。始以師視公⑱，而終以兄事焉⑲。公待我一以朋友，不以幼壯先後致異，公可謂篤厚文行君子矣。其銘曰：

后緡竇逃閔腹子〔四七〕，夏以再家竇爲氏〔四八〕。聖愕旋河犢引比⑳〔四九〕，相嬰撥漢納孔軌㉑〔五〇〕。後去觀津〔五一〕，而家平陵㉒〔五二〕。遥遥厥緒〔五三〕，夫子是承。我敬其人，我懷其德。作詩孔哀，質于幽刻㉓〔五四〕。

【彙校】

①〔字某〕文本「某」作「貽周」。《考異》：「字某，或作『字貽周』。」

②〔至公之大父〕潮本無「至公之」三字，祝本、文本、南宋蜀本、魏本、王本、廖本同。潮本注：「一有『至公之』三字。」祝本、魏本注同。王元啓補此三字，注云：「建本注云：『一本大父上有至公之三字。』愚按：此句非專敍大父，乃承西河封爵言之，言自五世祖及高曾祖四代皆襲爵西河公也。諸本脱去三字，賴建本注兼存他本，今爲補正。」方成珪注：「『大父』上當從魏本注有『至公之』三字。」今從潮引或本。

③〔四世〕潮本注：「世，一作『代』。」祝本、魏本注同。南宋蜀本作「代」。《舉正》據杭、蜀本訂作「代」。朱熹從方本，《考異》：「代，或作『世』。」謹按：唐人避「世」字，或改字，或闕筆。韓集中「世」字屢見，不必改字。

④〔孝謹厚重〕潮本「孝謹厚重」作「孝愛謹厚」，祝本、文本、南宋蜀本、魏本同。潮本注：「一云『孝謹厚重』。」祝本、魏本注同。南宋蜀本注：「厚，一作『童』。」《舉正》訂作「孝謹厚重」，云：「蜀本、保大本同，李、謝校。」朱熹從方本，《考異》：「或作『孝愛謹厚』。」今從方本。

⑤〔進士登第〕文本無「登」字。

⑥〔虞部郎中〕潮本無「虞部」二字，祝本、文本、魏本同。祝本注：「一有『虞部』字。」魏本注同。《舉正》增「虞部」二字，云：「蜀本、保大本同，李、謝校。」朱熹從方本，朱熹從方本，《考異》：「或無『虞部』字。」今從方本。

⑦〔莫先竇生〕文本「生」作「公」，注：「一作『生』。」

⑧〔然實未嘗有以干有司〕南宋蜀本無上「有」字。《舉正》出南宋監本「實未嘗有以干有司」，據杭本删上「有」字，云：「李删。」朱熹從方本，《考異》：「『嘗』下或有『有』字。」

⑨〔彼此言者〕潮本無「者」字，祝本、文本、魏本同。潮本注：「一有『者』字。」祝本、文本、魏本注同。《舉正》據蜀本增「者」字，云：「李校增。」朱熹從方本，《考異》：「或無『者』字。」今從方本。

⑩〔公一接〕南宋蜀本無「公」字。

⑪〔其爲郎官令守〕《考異》：「令守，疑當作『守令』，謂守法令也。」陳景雲注：「郎官，虞部、都官郎也；令守，洛陽令、澤州守也。『守』字句絶。又前《鄭羣墓誌》已有『郎官郡守』語，正與此同。《考異》欲乙『令守』二字，則當屬下『慎法』爲句，恐非。」

⑫〔扶善遏過〕潮本注：「遏，一作『蓋』。」祝本、魏本注同。《舉正》：「《漢·路温舒傳》：『遏過者謂之妖言。』蜀本作『遏惡』，謝本作『蓋過』，皆非。」《考異》：「遏，或作『蓋』。過，或作『惡』。」童第德注：「《易·大有》：『君子以遏惡揚善』《公羊》莊三十二年傳：『季子之遏惡也』《史記·曹相國世家》：『參見人之有細過，專掩匿覆蓋之。』是『遏惡』、『蓋過』字皆有所本，宜並存之。」

⑬〔益明上下〕《考異》：「或無『益』字。」

⑭〔奉先令〕文本「令」作「次」，注：「一作『令』。」

⑮〔好善學文〕潮本注：「好善學文，一云『好學善文』。」祝本、文本、魏本注同。《考異》：「或作『好學善文』，或作『好古善文』。」

⑯〔少曰某〕南宋蜀本注：「一無『少』。」《舉正》出南宋監本「次曰某少曰某」，據蜀本删「少」字，云：「李删。」朱熹從方本，《考異》：「上『某』下或有『少』字。」

⑰〔愈少公十九歲〕魏引補注：「公大曆三年生，至是年五十五，故云『少公十九歲』。『少』或作『以』，非。」

⑱〔以師視公〕潮本注：「視，一作『事』。」祝本、魏本注同。「公」下，文本多一「面」字。

⑲〔而終以〕文本注：「一無『而』字。」

⑳〔聖愕旋河犢引比〕魏本注：「『犢』作『牘』，非。」文本、南宋蜀本「犢」作「牘」。文本注：「『牘』當作『犢』，事見《琴操》。」

㉑〔相嬰撥漢納孔軌〕祝本注：「撥，一作『發』。」魏本注同。《考異》：「撥，或作『發』。」

㉒〔而家平陵〕南宋蜀本注：「而，一作『西』。」《舉正》：「保大本作『西家平陵』。觀，音『貫』。竇嬰，觀津人也。『納民軌物』，本《左氏》語，而《漢·序傳》『伏周孔之軌躅』復原於此。」《考異》：「而，或作『西』。」

㉓〔質于幽刻〕潮本注：「刻，一作『石』。」祝本、魏本注同。《考異》：「刻，或作『石』。」

【箋注】

〔一〕韓醇注：「公嘗有《送竇平從事序》云：『其族人殿中侍御史牟合東都之交遊能文者賦詩以贈之。』必此司業公也。惟《序》稱『殿中侍御史』，而《誌》不載，若可疑焉。然《誌》言『兩佐東都留守』，則《序》所謂『合東都之交遊』，即謂司業明矣。」陳景雲注：「按《送竇平從事序》中稱『殿中侍御史』者，蓋先是司業佐留府之官也。《誌》中明言『佐六府五公，八遷至檢校虞部郎中』，則前此使府所歷官具在其中矣。注何以不載爲疑耶？」

此篇作年，洪譜、方表、方譜、蔣抱玄注均繫於長慶二年（八二二）。洪譜：「二年壬寅：是年有竇司業祭文、墓誌。」方譜：「司業以是年丙寅卒，二月癸亥朔，丙寅四日也。葬以八月某日，八月己未朔。」

〔二〕魏引程曰：「字貽周，京兆金城人。」《竇氏聯珠集》卷二：「府君諱牟，字貽周。」

〔三〕《新唐書·宰相世系表一下》：「竇武之後又有敬遠，封西河公，居扶風平陵。孫善衡。」謹按：敬遠至牟六代，《元和姓纂》、《世系表》均有脱訛，今據岑仲勉《元和姓纂四校記》梳理於次：敬遠子善衡，唐左衛將軍。善衡子元□，兗州任城令（羊士諤《左拾遺竇叔向碑》）。元□子懷亶，洪州都督。懷亶子胤，同昌郡司馬。胤子叔向，左拾遺。叔向五子：常、牟、羣、庠、鞏。

〔四〕樊汝霖注：「敬遠孫善衡，左衛將軍；善衡子懷亶，洪州都督；懷亶子胤，同昌郡司馬；皆襲封西河公。同昌郡，扶州。」謹按：《竇叔向碑》：「居平陵，代纘勛□，□于漢册，號多元侯上將，亦爲後宫賢家。西河郡公□代祖紹，左武衛大將軍，改封茌平公。高祖善衡，承慶□郡守。曾祖元□，兖州任城令，□茌平。烈考胤，同昌郡司馬。」又千唐墓誌齋藏《唐故茂州刺史扶風竇君(季餘)墓誌銘并序》：「曾祖懷亶，皇朝洪州刺史，茌平縣公。」兩相對照，知此《碑》之「西河郡公紹」，即《新表》之「西河公敬遠」。或其人名紹字敬遠，「紹」與「敬遠」，義亦相應。則竇氏封爵，始西河郡公，改茌平縣公。按舊制，勝國封爵，易代之後例降一階。疑竇紹隋末封西河郡公，入唐，改茌平縣公。揆其時代，亦約略相近。《姓纂》稱「善衡」爲「唐左衛將軍」，《新表》自「善衡」以下録其世系，均可印證。隋西河郡治隰城，見《隋書·地理志中》。今山西汾陽。唐茌平縣，武德四年分聊城置，貞觀元年省入聊城，見《舊唐書·地理志二》河北道博州。今屬山東省。

(五)樊汝霖注：「叔向字遺直，以詩自名，與常衮善。大曆十二年四月，衮平章事，用叔向爲左拾遺内供奉。十四年閏五月，衮貶河南少尹，叔向出爲溧水令。」祝充注：「溧，音栗。」《舊唐書·地理志三》江南東道潤州上元縣：「乾元元年於江寧置昇州，割潤州之句容、江寧，宣州之當塗、溧水四縣置浙西節度使。上元二年復爲上元縣，還潤州、當塗等三縣各依舊屬。」《元和郡縣志》卷二十八江南道宣州溧水縣(上)，今屬江蘇省。《新唐書·百官志四下》外官：「上縣令一人，從六品上。縣令掌導風化，察冤滯，聽獄訟。凡民田收授，縣令給之。每歲季冬，行鄉飲酒禮。籍帳、傳驛、倉庫、盜賊、隄道，雖有專官，皆通知。」竇叔向，兩《唐書》無傳，今鈎稽其生平如次：竇叔向字遺直，扶風平陵人。登第於大曆初，至德初佐洪州刺史皇甫侁幕府，以某縣尉充租庸從事。又佐代州刺史辛雲京幕府。寶應元年建卯月癸丑，河東軍亂，雲京移鎮太原（《新唐書·代宗紀》），辟都防禦判官（《竇叔向碑》）。累授太子通事舍人、國子博士（《酬張二十員外》）。大曆間爲江陰縣令（皇甫曾《酬竇拾遺秋日見贈》）。少與常衮同燈火，大曆十二年四月常衮入相（《舊唐書·代宗紀》），引擢左拾遺内供奉。大曆十四年閏五月甲戌衮罷相（《舊唐書·德宗紀》），出爲溧水令。歿於京口（《竇叔向碑》）。贈工部尚書。《新唐書·藝文志》載《竇叔向集》七卷，元代猶存。參見傅璇琮等《唐才子傳校箋》。

〔六〕《新唐書·百官志一》尚書省工部：尚書一人，正三品。

〔七〕《竇氏聯珠集》：「皇考叔向，仕至左拾遺，贈尚書右僕射。當代宗皇帝朝，善五言詩，名冠流輩。時屬貞懿皇后山陵，上注意哀挽，即時進三章，内考首出。傳諸人口者，有『禮遜生前貴，恩追歿後榮』；又『命婦羞蘋葉，都人插柰花』；又『禁兵環素旆，宫女哭寒雲』。備在文集。故刑部侍郎包佶製序。」

〔八〕樊汝霖注：「叔向五子：常、牟、羣、庠、鞏，皆工詞章，爲《聯珠集》行於時。義取昆弟若五星然。羣，《新史》有傳，牟等附焉。」

〔九〕孫汝聽注：「貞元二年進士。」《竇氏聯珠集》卷二：「府君貞元二年舉進士，與從父弟故相贈司徒易直、故相贈少師李公夷簡、故兵部侍郎張公賈、故工部侍郎張公正甫同年上第。」

〔一〇〕《竇氏聯珠集》：「府君初授秘校、東都留守巡官。歷河陽、昭義從事，累轉協律郎、評事、監察御史裏行。府罷，復爲留守判官，轉殿中侍御史。尋爲昭義節度判官，累遷檢校水部員外，轉本司郎中兼御史，賜緋魚袋。後爲留守判官，檢校尚書都官郎中。」《舊唐書·竇牟傳》：「貞元二年登進士第，試秘書省校書郎、東都留守巡官。歷河陽、昭義從事，檢校水部郎中賜緋，再爲留守判官。」

〔一一〕《新唐書·百官志一》工部：「虞部郎中（從五品上）、員外郎（從六品上）各一人，掌京都衢衕、苑囿、山澤草木及百官蕃客時蔬薪炭供頓、畋獵之事。」

〔一二〕竇牟轉洛陽令事，《竇氏聯珠集》、《舊唐書·竇牟傳》失載。其具體年月，《誌》亦未詳。韓愈《祭竇司業文》：「分宰河洛，媿立並躬。」則牟令洛陽與愈令河南同時，當在元和五年。《元和姓纂》載牟見官爲洛陽令，《姓纂》成書於元和七年，知元和七年，牟猶在洛陽令任。《元和郡縣志》卷五河南道河南府洛陽縣（赤），今河南洛陽。《新唐書·百官志四下》外官州縣：「京縣，令各一人，正五品上。」

〔一三〕《舊唐書·竇牟傳》：「入爲都官郎中。」《祭竇司業文》：「乃令洛陽，歲且四終。」知牟令洛陽，長達四年。則入爲都官郎，當在元和八年之後。《新唐書·百官志一》刑部：「都官郎中（從五品上）員外郎（從六品上）各一人，掌俘隸簿録，給衣糧醫藥，而理其訴免。」

〔一四〕《元和郡縣志》卷十五河東道澤州（上），今山西晉城。《新唐書·百官志四下》外官：「上州刺史一人，從三品。職同牧尹，掌宣德化，歲巡屬縣，觀風俗、録囚、恤鰥寡。」

〔一五〕《祭竇司業文》：「俱官於學，以纖臨洪。」知牟任司業當與愈任祭酒同時。韓愈除國子祭酒，在元和十五年九月辛酉二十二日，其到闕在長慶元年春，見洪譜。則牟任司業，不得晚於長慶元年。《新唐書・百官志三》國子監：「祭酒一人，從三品。司業二人，從四品下。掌儒學訓導之政，總國子、太學、廣文、四門、律、書、算凡七學。」

〔一六〕魏引補注：「牟生於天寶八年。」《竇氏聯珠集》：「長慶二年春寢疾，告終於宣平里之私第，享年七十四。」

〔一七〕魏引任曰：「《周禮》：『冢人掌公墓之地，辨其兆域。』兆，塋域也。」

〔一八〕《竇叔向碑》：「夫人汝南袁氏，繼室贈臨汝太君。」

〔一九〕祝充注：「遲，音『穉』。」文讜注：「遲，待也，直利切。」

〔二〇〕魏引李曰：「高字公頤，滄州東光人。曾祖恕己，南陽郡王。恕己子建康，淮陽太守。建康子高，貞元初爲給事中。」《新唐書・百官志二》門下省：「給事中四人，正五品上。掌侍左右，分判省事，察弘文館繕寫讎校之課。」袁高，兩《唐書》有傳，其生平如次：袁高字公頤，滄州東光人，恕己之孫。登進士第，大曆中爲丹陽令（《金石録》卷二十八李吉甫《茶山詩述碑陰記》）。七年，爲殿中侍御史、浙江觀察判官（顏真卿《湖州烏程縣杼山妙喜寺碑》）。代宗登極，徵入朝。德宗嗣位，累遷尚書金部員外郎、右司郎中、擢御史中丞（《茶山詩述碑陰記》）。建中二年二月丁未十八日，充京畿觀察使（《唐會要》卷七十八），四月丁巳，以論事失旨貶韶州長史，同年，爲湖州刺史(《南部新書》卷五)。興元元年八月己未,拜給事中(《舊唐書·德宗紀上》)。貞元元年抗論盧杞爲饒州刺史事,貞元二年上疏請給貧人牛以濟農事。旋卒,年六十。

〔二一〕文讜注:「(柳宗元)《先友記》云:袁高,河南人。以給事中敢諫爭,貞直忠蹇,舉與無比,能使所居官大。再贈至禮部尚書。」

〔二二〕《元和郡縣志》卷十九河東道潞州(上黨大都督府):「今爲澤潞節度使理所,管潞州、澤州、邢州、洛州、磁州。磁、邢、洛本河北道,今隸澤潞節度使管内,管縣三十七。」治所上黨縣,今山西長治。《舊唐書·德宗紀下》:「貞元十五年三月戊辰,以河陽三城節度使李元淳爲潞州長史、昭義軍節度、澤潞磁邢洺觀察使。」竇牟爲李元淳昭義從事,當在貞元十五年三月戊辰至貞元二十年七月底之間。又:竇牟佐昭義軍之前曾佐河陽,其府主當即元淳。《舊唐書·德宗紀下》:「貞元四年十月丙戌,以右神策將軍李長榮爲河陽三城懷州團練使,仍賜名元淳。」但崔縱罷東都留守,在貞元五年十二月辛未。則竇牟從事河陽,當在貞元五年十二月辛未之後。

〔二三〕文讜注:「李長榮。」孫汝聽注:「貞元二十年六月,昭義軍節度使李長榮卒。」潘孟陽《祁連郡王李公(元淳)墓誌》:「以貞元二十年七月二十九日遇疾,一夕而薨。」(乾隆《孟縣志》)

〔二四〕孫汝聽注:「貞元二十年八月,以昭義兵馬使盧從史爲節度使。」盧從史,兩《唐書》有傳,其生平如次:盧從史,其先在元魏時爲盛族。父虔好學,由進士第歷御史、秘書監。從史少矜力,習騎射,遊澤潞間,節度使李長榮用爲大將。貞元二十年長榮卒,八月己未,自昭義兵馬使授檢校工部尚書兼潞州長史、昭義軍節度、澤潞磁邢洛觀察使（《舊唐書·德宗紀下》）。元和四年丁父喪去官，請發本軍討王承宗。五月壬辰，起復左金吾大將軍，餘如故（《資治通鑑》卷二百三十七）。而勒兵逗留，陰與承宗交。五年四月甲申，護軍中尉吐突承璀伺其過其營博戲，縛之納車中，馳以赴闕。戊戌，貶驩州司馬（《舊唐書·憲宗紀上》），賜死。

〔二五〕據《竇氏聯珠集》：竇牟曾兩佐昭義：前爲昭義從事，後爲昭義節度判官。綜合考量，前者爲李元淳幕僚，後者則爲盧從史所奏進官職。孫汝聽《祭竇司業文》注明載竇牟「佐昭義軍節度使李長榮、盧從史」，必有據依。惟《竇氏聯珠集》稱：「（元淳）府罷，復爲留守判官，轉殿中侍御史。尋爲昭義節度判官。」從「府罷」、「復爲」到「尋」，爲時當極短暫。則元淳府罷之後，盧從史奏進官職之前，竇牟已被東都留守奏爲判官。「盧從史重公不遺」，即不遺赴東都，而留以自佐。貞元十九年冬十月乙未至二十一年十二月庚子，東都留守爲韋夏卿，見《舊唐書·德宗紀下》。

〔二六〕祝充注：「轝，音預，舁車也。《呂氏春秋》（《慎大》）：『下轝，命封夏后之後於杞。』《前漢》（《外戚列傳》）：『皇后轝駕。』」童第德注：「《易·大畜》『輿脱輻』，《釋文》：『輿本作轝。』《集韻》：『輿或作轝。』」謹按：轝，通「輿」，車也。《易·剥》「君子得輿」，孔疏：「是君子居之則得車輿也。」盧從史領昭義，在貞元二十年八月己未。則竇牟「僞疾經年轝歸東都」，當在貞元二十一年八月之後。竇牟歸洛之後曾閑居數年，有《秋夕閑居對雨贈别盧七侍御坦》、《洛下閑居夜晴觀雪寄四遠諸兄弟》等詩。至鄭餘慶留守東都之後始再出。

〔二七〕孫汝聽注：「元和五年六月，從史爲其都知兵馬使烏重胤所縛。送京師，貶驩州司馬卒。」

〔二八〕樊汝霖注：「貞元二年九月，以吏部侍郎崔縱爲東都留守。奏牟爲府巡官。」謹按：崔縱留守東都，在貞元二年九月戊戌，至五年十二月辛未，爲杜亞所代，見《舊唐書·德宗紀上》。竇牟佐崔縱東都幕府，當在其間。其職務爲爲留守巡官，見《舊傳》。崔縱，兩《唐書》有傳，其生平如次：崔縱，玄暐曾孫。初以蔭補協律郎，三遷爲監察御史。詔擇令長於臺省，除藍田令。轉京兆府司録，累遷金部員外郎。以父貶道州刺史，弃官就養。丁父憂，終制，六遷大理少卿。建中三年八月甲戌，爲汴西水陸運鹽鐵租庸使（《唐會要》卷八十七）。建中四年八月壬戌，以汴西運使兼魏州四節度都糧料使（《資治通鑑》卷二百二十八）。德宗幸奉天，加右庶子充使。十二月庚午，拜京兆尹兼御史大夫。德宗幸梁州，拜御史大夫。貞元元年親祠南郊，爲大禮使。二年春正月癸丑，除吏部侍郎。九月戊戌，檢校禮部尚書東都留守、東都畿唐鄧汝防禦觀察使（《舊唐書·德宗紀上》）。六年，入爲太常卿（《通典》卷三十四），七年六月乙巳卒官，年六十二。

〔二九〕樊汝霖注：「元和五年六月，以河南尹鄭餘慶爲東都留守。奏牟爲府判官。」謹按：鄭餘慶留守東都，在元和三年六月甲戌至六年十月戊辰之間，見《舊唐書·憲宗紀上》。《舊唐書·竇牟傳》謂牟「再爲留守判官」，則竇牟佐鄭餘慶東都使府，其職務應爲留守判官。鄭餘慶，兩《唐書》有傳，其生平如次：鄭餘慶字居業，滎陽人。大曆中舉進士。建中末，山南節度使嚴震辟爲從事，累官殿中侍御史，丁父憂罷。貞元初入朝，歷左司、兵部員外郎、庫部郎中，八年，選爲翰林學士。十三年五月壬子，遷工部侍郎知吏部選事。十四年七月壬申，拜中書侍郎平章事。十六年九月庚戌，貶郴州司馬（《舊唐書・德宗紀下》）。順宗登極，五月癸未，徵拜尚書左丞（《舊唐書・順宗紀》）。憲宗嗣位，八月癸亥，擢守本官平章事。元和元年五月庚辰，罷相爲太子賓客。九月丙午，改國子祭酒。十一月庚戌，拜河南尹。三年六月甲戌，兼東都留守。六年十月戊辰，入爲吏部尚書（《舊唐書・憲宗紀上》）。七年十二月丙戌，改太子少傅，兼判太常卿事。九年三月辛酉，拜檢校右僕射兼興元尹、充山南西道節度觀察使。十二年，除太子少師。十三年三月丁未，拜尚書左僕射。七月庚戌，改鳳翔尹、鳳翔隴節度使。十四年九月甲午，爲太子少師、檢校司空，封滎陽郡公，兼判國子祭酒事（《舊唐書・憲宗紀下》）。及穆宗登極，進位檢校司徒。元和十五年十一月癸亥卒（《舊唐書・穆宗紀》），時年七十五。贈太保，謚曰貞。

〔三〇〕韓醇注：「牟初爲東都留守巡官，歷河陽、昭義從事，再爲留守判官。」孫汝聽注：「佐昭義軍節度使李長榮、盧從史、東都留守崔縱、鄭餘慶等凡六府。」謹按：據《竇氏聯珠集》，竇牟所佐六府，依次爲東都、河陽、昭義、東都、昭義、東都。據上文所考：竇牟貞元二年九月戊戌後佐崔縱東都留守府，貞元五年十二月辛未之後佐李長榮河陽使府。貞元二十年七月之前佐李元淳昭義使府。貞元二十年七月之後，東都留守韋夏卿奏爲東都留守判官，尋爲昭義節度使盧從史奏爲昭義節度判官。元和三年六月甲戌後佐鄭餘慶東都留守府。此爲「六府」。李長榮即李元淳，是爲「五公」。

〔三一〕童第德注：「《詩·雲漢》『宜無悔怒』，毛傳：『悔，恨也。』《史記·外戚世家》『景帝以故望之』，《索隱》：『望猶責望，謂恨之也。』按：『責望』字其本字作『謉』，《説文》：謉，責望也。《太玄·逃》『寇謉其户』，范注：『謉，責也。』」謹按：悔望，怨恨。此語始見韓文，後人未見有採用者。

〔三二〕「彼此言」，爭議、歧見。《三國志·吴志·魯肅傳》：「今（劉）表新亡，二子素不輯睦，軍中諸將各有彼此。」《博物志》卷六：「夏侯玄、李勝、曹羲、丁謐建私議，各有彼此。」

〔三三〕《論語·鄉黨》「孔子於鄉黨，恂恂如也」，何晏《集解》引王肅曰：「恂恂，温恭之貌也。」《詩·小雅·青蠅》「豈弟君子，無信讒言」，鄭箋：「豈弟，樂易也。」

〔三四〕祝充注：「鞏，音拱。」

〔三五〕魏引補注：「常字中行，大曆十四年進士。」

〔三六〕《新唐書·百官志一》尚書省工部：「水部郎中（從五品上）、員外郎（從六品上）各一人，掌津濟、舩艫、渠梁、堤堰、溝洫、漁捕、運漕、碾磑之事。」

〔三七〕《舊唐書·地理三》江南西道朗州（下），今湖南常德。《舊唐書·地理二》山南東道夔州（下），今重慶奉節。《元和郡縣志》卷二十八江南道江州（上），今江西九江。《元和郡縣志》卷二十八江南道撫州（上），今屬江西省。《新唐書·百官志四下》外官州縣：「下州刺史一人，正四品下。」竇常，兩《唐書》有傳，其生平如次：竇常字中行，扶風平陵人。大曆十四年登進士第，隱居廣陵二十年。貞元十四年鎮州節度使王武俊聞其賢，遣人致聘辟爲掌書記，不就。其年杜佑鎮淮南，奏授校書郎，爲節度參謀。十九年三月壬子府罷（《舊唐書·德宗紀下》），去爲泉府從事，由協律郎遷監察御史裏行（《竇氏聯珠集》）。元和初，爲殿中侍御史賜緋魚袋湖南都團練判官（《竇叔向碑》）、湖南都團練副使（吕温《湖南都團練副使廳壁記》）。元和六年，入爲侍御史，轉水部員外郎。元和七年冬，出爲朗州刺史（劉禹錫《武陵北亭記》）。元和十二年爲夔州刺史（劉禹錫《夔州竇員外使君見示悼妓詩顧余嘗識之因命同作》），元和末爲江州刺史，長慶初爲撫州刺史（《竇牟誌》）。既罷秩，東歸舊業，因除國子祭酒致仕。寶曆元年秋寢疾，告終於廣陵之白沙别業，享年七十七（《竇氏聯珠集》）。參見傅璇琮等《唐才子傳校箋》。

〔三八〕孫汝聽注：「羣字丹列，以處士隱居毗陵。貞元十六年十月，吏部侍郎韋夏卿爲京兆尹，薦羣，徵拜左拾遺。」

〔三九〕樊汝霖注：「元和二年正月以武元衡同平章事舉羣代己爲御史中丞。」《新唐書·百官志一》尚書省吏部：「郎中二人，正五品上。掌文官階品、朝集、禄賜，給其告身、假使。一人掌選補流外官。」《新唐書·百官志三》御史臺：「大夫一人，正三品。中丞二人，正四品下。大夫掌以刑法典章糾正百官之罪惡，中丞爲之貳。」

〔四〇〕孫汝聽注：「元和三年十月，貶黔中觀察使。八年四月，遷容管經略使。九年召還，至衡州卒。」《元和郡縣志》卷三十江南道黔州（黔中下都督府）：「今爲黔州觀察使理所，管黔州、涪州、夷州、思州、費州、南州、珍州、溱州、播州、辰州、錦州、敍州、溪州、施州、奬州，管縣五十二。」治所彭水縣，今屬重慶。《舊唐書·地理志四》嶺南道容州（下都督府）：「開元中升爲都督府，天寶元年改爲普寧郡，乾元元年復爲容州都督府，仍舊置防禦經略招討等使，以刺史領之，刺史充經略軍使。容管十州：容州、辯州、白州、牢州、欽州、禺州、湯州、瀼州、嚴州、古州。」治所普寧縣，今廣西容縣。竇羣，兩《唐書》有傳，其生平如次：竇羣字丹列，扶風平陵人。不樂進士之科，隱居毗陵，從盧庇傳啖助《春秋》學，著書數十篇。貞元十年蘇州刺史韋夏卿以丘園茂異薦，兼獻其書，不報。貞元十八年夏卿入爲吏部侍郎，改京兆尹，復薦羣，五月癸亥，徵拜左拾遺（《舊唐書·德宗紀下》），二十年五月乙亥，遷侍御史，充入蕃使判官。德宗留之，復爲侍御史。王叔文之黨柳宗元、劉禹錫皆慢羣，羣不附之。其黨議欲貶羣官，韋執誼止之。憲宗即位，轉膳部員外兼侍御史知雜。出爲唐州刺史，節度使于頔留充山南東道節度副使、檢校兵部郎中兼御史中丞，賜紫金魚袋。宰相武元衡、李吉甫皆愛重之，元和二年召入爲吏部郎中（吕温《代竇中丞與襄陽于相公書》）。三年夏，遷御史中丞（竇羣《貞元末東院嘗接事今西川武相公于兹三周謬領中憲徘徊廳宇多獲文篇夏日即事因繼四韻》）。因僞構吉甫陰事，十月甲子，出爲湖南觀察使。數日，改黔州刺史、黔州觀察使。六年九月戊戌，貶開州刺史。八年四月乙酉，改容州刺史、容管經略觀察使。九年詔還朝，中路遘疾，終於衡州旅館，享年五十五。參見傅璇琮等《唐才子傳校箋》。

〔四一〕樊汝霖注：「庠字胄卿，貞元二十一年五月，韓皋出鎮武昌，奏庠爲推官。元和三年二月，皋移鎮浙西，以庠爲副使。又爲宣歙副使。」《竇氏聯珠集》：「吏部侍郎韓公出鎮武昌，美公之才，辟爲節度推官以監察御史。俄而昌黎移鎮京口，用爲度支副使，改殿中侍御史。昌黎卻入，公至輦下，遷漳州刺史。秩滿，時光禄卿范公由吴郡領宛陵，奏公試太子中允兼侍御史，爲團練副使，加章服。」

〔四二〕《元和郡縣志》卷一關内道京兆府奉先縣（次赤），今陝西蒲城。《元和郡縣志》卷十一河南道登州（中），今山東蓬萊。《新唐書·百官志四下》外官：「中州刺史一人，正四品下。」竇庠，兩《唐書》有傳，其生平如次：竇庠字胄卿，扶風平陵人。貞元十五年前後入京應進士舉，感於知己一言，遂從事於商洛（韋渠牟《竇五判官罷舉赴商州辟書袖文相訪書懷話舊因抒鄙辭》），授國子主簿（《竇氏聯珠集》）。二十一年五月己酉韓皋出鎮鄂岳（《順宗實録》），辟爲節度推官、監察御史。旋以大理司直權知岳陽（韓愈《岳陽樓別竇司直》）。元和三年二月己丑皋移鎮浙西（《舊唐書·憲宗紀上》），奏庠爲節度副使、殿中侍御史。元和五年八月府罷，除漳州刺史（《竇氏聯珠集》）。七年八月丙午范傳正觀察宣歙（《舊唐書·憲宗紀下》），奏庠試太子中允兼侍御史，爲團練副使，加章服（《竇氏聯珠集》）。元和十一年十一月庚午府罷（《舊唐書·憲宗紀下》），除奉天縣令（《竇氏聯珠集》）。元和末遷登州刺史。長慶二年八月戊辰韓皋留守東都（《舊唐書·穆宗紀》），又奏庠爲汝州防禦判官，改檢校户部員外郎兼侍御史《竇氏聯珠集》。寶曆元年，遷信州刺史。大和二年，轉婺州。亦既二載，遘疾告終於東陽之官舍，享年六十有二（《竇氏聯珠集》）。參見傅璇琮等《唐才子傳校箋》。

〔四三〕韓醇注：「鞏字友封，元和二年登第。」

〔四四〕孫汝聽注：「元和十四年三月，以薛平爲平盧淄青節度使。表鞏自副。」《元和郡縣志》卷十河南道鄆州（東平大都督府）：「今爲淄青節度使理所，管鄆州、兖州、青州、齊州、曹州、濮州、密州、海州、沂州、萊州、淄州、登州，管縣七十三。」治所在今山東東平縣西北。竇鞏，兩《唐書》有傳，其生平如次：竇鞏字友封，扶風平陵人。元和二年登進士第。元和五年（元稹《酬竇校書二十韻》），義成軍節度使袁滋辟爲從事，釋褐授秘校（《竇氏聯珠集》）。八年正月癸未，袁滋改襄州刺史充山南東道節度使，九年九月丙戌，袁滋改襄州刺史充山南東道節度使（《舊唐書·憲宗下》），二府專掌奏記，改協律郎（《竇氏聯珠集》）。十四年三月己丑薛平鎮青州（《舊唐書·憲宗下》），辟爲掌書記，改節度判官、副使，累遷至大理評事、監察御史裏行、殿中侍御史、檢校祠部員外郎，章服（《竇氏聯珠集》）。寶曆元年五月甲辰薛平入爲檢校左僕射兼户部尚書（《舊唐書·敬宗紀》），鞏除侍御史，轉司勳員外郎，遷刑部郎中（《竇氏聯珠集》）。大和四年正月元稹爲武昌軍節度使（《舊唐書·文宗紀下》），除鞏秘書少監兼中丞加金紫。大和五年七月元稹卒，鞏亦北歸，道途遘疾，迨至輦下，告終於崇德里之私第，享年六十三（《竇氏聯珠集》）。參見傅璇琮等《唐才子傳校箋》。

〔四五〕《竇氏聯珠集》：「嗣子周餘，任秘書丞。」《舊唐書·竇牟傳》：「子周餘，大中年秘書監。」《新唐書·宰相世系表一下》：「（牟子）周餘，秘書監。」

〔四六〕蔣抱玄注：「黷，媟褻也。」《公羊傳》桓八年：「亟則黷，黷則不敬。」何休注：「黷，渫黷也。」

〔四七〕祝充注：「緡，音旻。哀元年《左氏》：昔有過澆滅夏后相，后緡方孕，逃出自竇，歸于有仍，生少康。」

〔四八〕祝充注：「后緡生少康，克復舊物。少康二子：曰杼，曰龍。龍留居有仍，遂爲竇氏。」文讜注：「《左傳·哀公元年》：『伍員曰：昔有過澆殺斟灌，以伐斟尋。夏后緡方娠，逃出自竇，歸于有仍。生少康焉，爲仍牧正。遂滅過戈，復禹之績，祀夏配天，不失舊物。』后緡者，夏后相之妻，有仍氏之女。閔，憂也。」《元和姓纂》卷九：「竇，姒姓，夏少康之後。帝相遭有窮之難，其妃后緡方娠，逃出自竇，而生少康，支孫以竇爲氏。」《新唐書·宰相世系表一下》：「竇氏出自姒姓，夏后氏帝相失國，其妃有仍氏女方娠，逃出自竇，奔歸有仍氏，生子曰少康。少康二子：曰杼，曰龍，留居有仍，遂爲竇氏。」

〔四九〕樊汝霖注：「龍六十九世孫爲鳴犢。《史記》云：孔子不得用於衛，將西見趙簡子。至於河，聞竇鳴犢、舜華之死。臨河而歎曰：美哉，水洋洋乎！丘之不濟此，命也夫！鳴犢、舜華，晉國之賢大夫也。簡子未得志之時，須此兩人而後從政。及其已得志，殺之。丘聞之也：刳胎殺夭，則麒麟不至；竭澤而漁，則蛟龍不游。鳥獸之於不義尚知辟之，而況丘哉！旋河，謂至河而旋也。引比，引以爲比。」文讜注：「旋，還也。言趙簡子殺鳴犢，孔子愕然，臨河而歎，自此還車不復濟去。蓋惡傷其類，是引以自比也。」

〔五〇〕樊汝霖注：「鳴犢七世孫世。世子嬰，字王孫，家觀津。漢武帝建元六年六月，爲丞相。軌，法也。言撥去亂政，納之於法。」文讜注：「《前漢》：竇嬰，觀津人，竇太后從兄子也。武帝時爲丞相，太后好黃老，而嬰務推儒術，貶道家言，故曰『撥漢納孔軌』，蓋納之孔子之道。《左傳》所謂『納之軌物』也。」韓醇注：「竇太后從兄子嬰相武帝。太后好黃老，而嬰務隆推儒術，貶道家言。此云『撥漢納孔軌』，蓋謂嬰撥漢家黃老之習而納之孔子之道。《左氏》所謂『納軌物』，《前漢・敍傳》所謂『伏周孔之軌躅』也。」

〔五一〕文讜注：「觀，音貫。」《史記・魏世家》「二年，齊敗我觀津」，《正義》引《括地志》：「觀津城，在冀州棗陽縣東南二十五里，本趙邑，今屬魏也。」《元和郡縣志》卷二十一河北道冀州武邑縣：「觀津城在縣東南二十五里，本趙邑也。趙孝成王封樂毅於觀津，號望諸君。又漢景帝母竇太后，觀津人也。」武邑縣，今屬河北省。

〔五二〕韓醇注：「世弟扈，扈子充，徙居清河。充子廣國，字少君，孝文皇后之弟。廣國子誼，誼子賞，宣帝時以吏二千石徙扶風平陵。」《新唐書・宰相世系表一下》：「龍六十九世孫鳴犢爲晉大夫，葬常山。及六卿分晉，竇氏遂居平陽。鳴犢生仲，仲生臨，臨生亶，亶生陽，陽生庚，庚生誦。二子：世、扈。世生嬰，漢丞相魏其侯也。扈二子：經、充。經，秦大將軍。生甫，漢孝文皇后之兄也。充避秦之難，徙居清河。漢贈安成侯，葬觀津。二子：長君、廣國。廣國字少君，章武景侯。二子：定、誼。誼生賞，襲章武侯，宣帝時以吏二千石徙扶風平陵。」《漢書·地理志志上》：右扶風二十一縣有平陵縣：「昭帝置，莽曰廣利。」《元和郡縣志》卷二關内道京兆府興平縣（畿，東至府九十里）：「本漢平陵縣，屬右扶風。魏文帝改爲始平，晉武改置始平國，領槐里縣。歷晉至西魏，數有移易。景龍二年金城公主出降吐蕃，中宗送至此縣，改始平縣爲金城縣。至德二年改名興平。」興平縣，今屬陝西省。

〔五三〕樊汝霖注：「（《南史·何昌寓傳》）何昌寓爲吏部，有姓閔者求官，自曰子騫後。昌？笑曰：遥遥華胄。『遥遥』字出此。」文讜注：「《左氏傳》（昭二十五年）曰：鸜鵒之巢，遠哉遥遥。」

〔五四〕此銘用韻，據《廣韻》：子，上聲止韻；氏，上聲紙韻；比，上聲旨韻；軌，上聲旨韻。津，平聲真韻；陵，平聲蒸韻；承，平聲蒸韻；人，平聲真韻。德，入聲德韻；刻，入聲德韻。

唐故正議大夫尚書左丞孔公墓誌銘①〔一〕

孔子之後三十八世有孫曰戣〔二〕，字君嚴，事唐爲尚書左丞〔三〕。年七十三，三上書去官②〔四〕。天子以爲禮部尚書〔五〕，禄之終身，而不敢煩以政〔六〕。吏部侍郎韓愈常賢其能③，謂曰：「公尚壯，上三留，奚去之果？」④曰：「吾敢要吾君〔七〕？年至⑤〔八〕，一宜去⑥；吾爲左丞，不能進退郎官⑦〔九〕，唯相之爲〔一〇〕，二宜去。」愈又曰：「古之老於鄉者，將自佚，非自苦。閭井田宅具在，親戚之不仕與倦而歸者⑧，不在東阡在北陌〔一一〕，可杖屨來往也。今異於是，公誰與居？且公雖貴而無留資，何恃而歸？」曰：「吾負二宜去，尚奚顧子言？」愈面歎曰：「公於是乎賢遠於人！」⑨明日奏疏曰：「臣與孔戣同在南省〔一二〕，數與相見⑩。戣爲人守節清苦，議論正平⑪。年纔七十，筋力耳目未覺衰老。憂國忘家，用意至到。如戣輩，在朝不過三數人，陛下不宜苟順其求，不留自助也。」不報。明年長慶四年正月己未〔一三〕，公年七十四⑫〔一四〕，告薨於家〔一五〕。贈兵部尚書〔一六〕。

公始以進士佐三府〔一七〕，官至殿中侍御史〔一八〕。元和元年以大理正徵⑬〔一九〕，累遷江州刺史〔二〇〕、諫議大夫〔二一〕。事有害於正者，無所不言〔二二〕。加皇太子侍讀〔二三〕，改給事中〔二四〕。言京兆尹阿縱罪人，詔奪京兆尹三月之俸⑭〔二五〕。權知尚書右丞，明年拜右丞⑮〔二六〕，改華州刺史⑯〔二七〕。明州歲貢海蟲淡菜、蛤、蚶可食之屬⑰〔二八〕，自海抵京師，道路水陸遞夫，積功歲爲四十三萬六千人。奏疏罷之。下邽令笞外按小兒⑱〔二九〕，繫御史獄，公上疏理之，詔釋下邽令〔三〇〕。行自華州刺史爲大理卿⑲〔三一〕。十二年，自國子祭酒拜御史大夫、嶺南節度等使〔三二〕。約以取足〔三三〕，境内諸州負錢至二百萬，悉放不收〔三四〕。蕃舶之至，泊步有下碇之税〔三五〕；始至有閲貨之燕〔三六〕。犀珠磊落〔三七〕，賄及僕隸⑳，公皆罷之。絶海之商有死于吾地者〔三八〕，官藏其貨，滿三月，無妻子之請者，盡没有之㉑。公曰：「海道以年計往復，何日月之拘！苟有驗者〔三九〕，悉推與之，無筭遠近。」厚守宰俸，而嚴其法〔四〇〕。嶺南以口爲貨〔四一〕，其荒阻處，父子相縛爲奴㉒，公一禁之㉓〔四二〕。有隨公之吏得無名兒㉔，蓄不言官，有訟者㉕，公召殺之。山谷諸黄世自聚爲豪〔四三〕，觀吏厚薄緩急㉖，或叛或從〔四四〕。容、桂二管利其虜掠〔四五〕，請合兵討之〔四六〕。冀一有功，有所指取。當是時㉗，天子以武定淮西、河南北㉘，用事者以破諸黄爲類㉙〔四七〕，向意助之〔四八〕。公屢言：「遠人急之則惜性命，相屯聚爲寇；緩之則自相怨恨而散㉚，比禽獸耳㉛〔四九〕。但可自計利害〔五〇〕，不足與論是非。」天子入先言〔五一〕，遂歛兵江西、岳鄂、湖南、嶺南，會容桂之吏以討之。被霧露毒，相枕藉死㉜〔五二〕，百無一還。安南乘勢殺都護李象古〔五三〕，桂將裴行立〔五四〕、容將陽旻皆無功㉝〔五五〕，數月自死㉞，嶺南囂然〔五六〕。祠部歲下廣州祭南海廟。廟入海口，爲州者皆憚之，不自奉事，常稱疾命從事自代。惟公歲常自行㉟，官吏刻石爲詞美之㊱〔五七〕。十五年，遷尚書吏部侍郎〔五八〕。公之北歸，不載南物，奴婢之籍不增一人。長慶元年，改右散騎常侍〔五九〕，二年而爲尚書左丞㊲〔六〇〕。

曾祖諱務本，滄州東光令〔六一〕。祖諱如珪，海州司户參軍〔六二〕，贈尚書工部郎中〔六三〕。

皇考諱岑父，秘書省著作佐郎〔六四〕，贈尚書左僕射〔六五〕。公夫人京兆韋氏，父种，大理評事〔六六〕。有四子：長曰温質，四門博士〔六七〕。遵孺〔六八〕、遵憲〔六九〕、温裕㊳〔七〇〕，皆明經〔七一〕。女子長嫁中書舍人平陽路隋㊴〔七二〕，其季者幼。公之昆弟五人：載〔七三〕、戡〔七四〕、戢〔七五〕、戳〔七六〕。公於次爲第二。公之薨，戢自湖南入爲少府監〔七七〕。其年八月甲申，戢與公子葬公於河南河陰廣武原先公僕射墓之左〔七八〕。銘曰：

孔世卅八㊵，吾見其孫。白而長身㊶，寡笑與言㊷。其尚類也㊸〔七九〕，莫與之倫㊹。德則多有㊺，請考於文〔八〇〕。

【彙校】

①〔唐故正議大夫尚書左丞孔公墓誌銘〕文本無「唐故」二字，南宋蜀本、王本、廖本無「故」字。

②〔七十三三上書〕文本注：「一無下『三』字。」南宋蜀本無複出「三」字。《舉正》：「杭本無複『三』字。」《考異》：「或無『三』字。」謹按：觀下文「上三留」，則此處宜有「三」字。

③〔侍郎韓愈〕《舉正》出南宋監本「吏部侍郎韓愈」，據蜀本删「韓」字。《考異》：「方無『韓』字。」

④〔上三留〕祝本、南宋蜀本「留」下多一「公」字。《舉正》：「蜀本『留』下有『公』字。」《考異》：「『留』下或有『公』字。」

⑤〔年至〕南宋蜀本「年」上多一「吾」字。祝本注：「一無『至』字。」魏本注同。潮本無「至」字，文本同。潮本注：「一有『至』字。」文本注同。《舉正》據蜀本乙「吾君」作「君吾」，作「吾敢要君吾年一宜去」，云：「杭本作『吾敢要吾君年一宜去』，皆無『至』字，李、謝並從杭本。洪本作『年至』，引龔勝《答詔》『大夫年至矣』，恐未必然。」朱熹從諸本，《考異》：「方從杭本無『至』字。今按：洪所引《漢書》，文理甚明，方以欲從杭本之故，遂以爲未必然而不取，殊不可曉。今正之。一本乙『君吾』二字，語尤健。但如此則『君』下卻少一『吾』字，不敢輒補耳。」今從祝本。

⑥〔一宜去〕魏本注：「或作『宜去』，無『一』字。」

⑦〔進退郎官〕魏本注：「官，一作『中』。」潮本作「中」，祝本同。祝本注：「中，一作『官』。」《舉正》據蜀本訂作「官」，云：「李校。《新史》曰：『吾豈要君者？吾年一宜去；吾爲左丞，不能進退郎官，二宜去。』是蜀本爲得其正。」朱熹從方本，《考異》：「官，或作『中』。」陳景雲注：「按唐制：郎官有缺，左右丞舉之。亦有已在郎署而爲丞所汰，且甫除而丞不放入省者。是郎官進退，丞皆得主之，故戣自以不能舉職爲嗛也。」今從文本。

⑧〔親戚之不仕〕文本無「之」字，注：「一有『之』字。」

⑨〔公於是乎賢遠於人〕文本「於是」作「是於」，注：「於乎，音嗚呼。」南宋蜀本注：「一無『賢』。」《舉正》出南宋監本「公於是乎賢遠於人」，云：「保大本無『賢』字，李本乙『是於』字，音『於』作『烏』。」《考異》：「於是，或作『是於』，『於』音『烏』，或無『賢』字，皆非是。」

⑩〔數與相見〕潮本「與」下注：「一有『孔戣』字。」祝本、魏本注同。文本「與」下多「孔戣」二字。魏本注：「數音朔。

「數與」下本有「孔戣」二字。」《舉正》出南宋監本「數與孔戣相見」，云：「李本刪『孔戣』二字。」朱熹刪「孔戣」二字，《考異》：「『與』下方有『孔戣』字。今按上下文，『孔戣』字已多，此不宜有。」

⑪〔議論正平〕南宋蜀本注：「平，一作『直』。」《舉正》：「保大本作『正直』，然杭、蜀、《新史》皆同上。」朱熹從方本，《考異》：「或作『平正』。平，或作『直』。」

⑫〔公年七十四〕方成珪注：「七十四，新、舊《史》作『七十三』，非是。」

⑬〔元和元年〕文本「年」上注：「元，一作『三』。」

⑭〔詔奪京兆尹三月之俸〕祝本注：「一無『尹』字。」魏本注同。文本、南宋蜀本無「尹」字。南宋蜀本無「之」字。《舉正》據蜀本增「尹」字，云：「李校增。」朱熹從方本，《考異》：「或無『尹』字。」

⑮〔拜右丞〕潮本「右」作「左」，祝本、文本、南宋蜀本、魏本同。「丞」下祝本注：「一無上三字。」魏本注同。《舉正》訂作「右」，云：「蜀本兩皆作『左丞』，蓋字誤。考《南海廟碑》石本，戣在元和中年未爲左丞也，蓋踰年而正除右丞耳。《舊史》戣此傳特誤，故《新史》因之，而校者惟史是據，不復致疑。且戣未嘗事敬宗也，而《舊史》有『敬宗即位，戣七十四而薨』，《舊史》作『七十三』，類皆爾也。考《六典》，左丞在右丞之上，左丞總吏禮户三部，右丞則兵刑工焉。故戣於元和九年嘗糾正信州刺史李位之獄，蓋爲右丞日也。及其休致，則曰『吾爲左丞不能進退郎官』，是前後異除，皆可事考。山谷本於誌末『爲尚書左丞』刊從蜀本作『復爲』，蓋疑戣自南還日再除也。而陳齊之本又去『拜右丞』三字，蓋皆不考核前後，故爲詳之。」朱熹從方本，《考異》：「或作『拜左丞』，或兩皆作『左』。」今從方本。

⑯〔改華州刺史〕《舉正》：「陳齊之刊此五字於『下邽令』之上，謂奏罷明州海蟲之屬非華州時事。按：華州乃輸貢

之途，此疏專爲遞夫言，必不在右丞日，陳誤矣。《新史》亦可考。」朱熹從方本，《考異》：「此五字或在罷貢海物之下。」

⑰〔明州歲貢海蟲淡菜蛤蚶可食之屬〕魏本「州」訛作「年」。祝本注：「一無『可食』二字。」魏本注同。《考異》：「或無此〈可食〉二字。」

⑱〔笞外按小兒〕潮本注：「外按，一作『按外』。」祝本、文本、魏本注同。南宋蜀本作「按外」。《舉正》出南宋監本「笞按外小兒」，據蜀本乙「按外」作「外按」，云：「李、謝校。」朱熹從方本，《考異》：「外按，或作『按外』。」今按《唐會要》：『每歲冬以鷹犬出近畿習狩，謂之外按。使領徒數百，恃恩恣横，郡邑懼擾，皆厚禮迎犒，百姓畏之如寇盜。元和九年，裴寰爲下邽令，疾其擾人，但據文供饋使者。歸乃譖寰有慢言，上大怒，將以不敬論。宰相武元衡、中丞裴度懇救甚切，乃釋之。』即此事也。言小兒者，蓋以田獵應奉者謂之。五坊小兒事見《順宗實録》。《會要》亦有小使之名，疑即此輩也。」

⑲〔行自華州刺史〕潮本「行自」作「而以」，祝本、文本、南宋蜀本、魏本、王本、廖本同。潮本注：「以，一作『自』。」祝本注：「而以，一作『而自』，又作『行自』。」魏本注同。今從祝引或本。潮本注：「一無『刺史』字。」祝本、魏本注同。

⑳〔賄及僕隸〕潮本注：「賄，一作『財』。」祝本、文本、魏本注同。南宋蜀本作「財」，注：「財，一作『賄』。」《舉正》據杭、蜀本訂作「財」。朱熹從監本，《考異》：「賄，方作『財』。」

㉑〔盡没有之〕潮本注：「一無『有』字。」祝本、魏本注同。《考異》：「或無『有』字。」

㉒〔相縛爲奴〕潮本注：「縛，一作『傳』。」祝本、魏本作「傳」，祝本注：「傳，一作『縛』。」魏本注同。《舉正》出南宋監

本作「縛」，云：「蜀本『縛』作『傳』。」朱熹從方本，《考異》：「縛，或作『傳』。」童第德注：「作『縛』是。柳子厚《童區寄傳》：『越人少恩，生男女必貨視之。自毀齒以上，父兄鬻賣，以覬其利。不足，則盜取他室，束縛鉗梏之。至有鬚鬣者，力不勝，皆屈爲僮，當道相賊殺以爲俗。幸得壯大，則縛取幺弱者。漢官因爲己利，苟得僮，恣所爲不問。以是越中户口滋耗。』可與公此文互證。」

㉓〔公一禁之〕《舉正》出南宋監本「公一禁之」，云：「蜀本無下四字。」《考異》：「或無此（公一禁之）四字。」

㉔〔隨公之吏〕《舉正》出南宋監本「有隨公之吏」，刪「之」字，云：「杭、蜀同，晁、李刪。」朱熹從方本，《考異》：「『吏』上或有『之』字。」

㉕〔有訟者〕潮本注：「訟，一作『告』。」祝本、文本、魏本注同。

㉖〔觀吏〕文「觀」下本注：「一有『察』字。」《舉正》：「蜀本『觀』下有『察』字，杭本無之。」《考異》：「『觀』下或有『察』字，非是。」

㉗〔當是時〕魏本無「是」字。

㉘〔天子以武定淮西河南北〕南宋蜀本「武定」作「定武」。《舉正》出南宋監本作「武定」，云：「杭、蜀本皆作『定武』。」《考異》：「或作『定武』，非是。」

㉙〔破諸黄爲類〕潮本注：「類，一作『願』。」祝本、文本、魏本注同。南宋蜀本作「願」。《舉正》出南宋監本「爲類」，云：「杭、蜀同上。」《考異》：「類，或作『願』，非是。」

㉚〔怨恨而散〕潮本無「而散」二字，「恨」下多一「焉」字，祝本、魏本同。潮本注：「一有『而散』字。」祝本注同。魏本

注：「一作『自相怨恨而散』，一作『自相怨恨而散焉』。」南宋蜀本無「恨」字。《舉正》訂「而散」二字，作「綏之則自相怨恨而散」，云：「杭、蜀本『散』下有『焉』字。」朱熹從方本，《考異》：「『恨』下或有『焉』字，無『而散』字。或『焉』字在『散』字下。」今從方本。

㉛〔比禽獸耳〕潮本「比」作「況此」，祝本、南宋蜀本、魏本同。文本作「此」。潮本注：「一無『況』字。」祝本注：「一無『況』字。此，一作『比』。」魏本注：「一作『此禽獸耳』，一作『比禽獸耳』。」《舉正》删「獸」下「耳」字，作「此禽獸」，云：「杭、蜀本亦無『耳』字，李删『耳』。」朱熹作「此禽獸耳」字，《考異》：「『此』上或有『況』字，方無『耳』字。」今從祝引或本。

㉜〔相枕藉死〕潮本「藉」作「籍」，南宋蜀本同。謹按：枕，枕頭，藉，草席。《説文》：「藉，祭藉也。一曰艸不編，狼藉。」引申爲相枕相籍，形容縱横疊壓。班固《西都賦》「禽相鎮壓，獸相枕藉」，《文選》五臣注銑曰：「禽獸相枕而死。」「籍」爲「藉」之通假字。桓寬《鹽鐵論》卷六：「重懷古道，枕籍《詩》《書》。」今從祝本。

㉝〔陽旻〕潮本「陽」作「楊」，文本、南宋蜀本、魏本、王本、廖本同，祝本作「揚」。今據《新傳》改。

㉞〔數月自死〕潮本注：「月，一作『日』。」祝本、魏本注同。孫汝聽注：「十五年七月，行立、旻相繼卒。」《舉正》：「蜀本『月』作『日』。」《考異》：「月，或作『日』，非是。」

㉟〔歲常自行〕潮本「常自」作「自常」，祝本、文本、魏本同。《舉正》出南宋監本「惟公歲自常行」，云：「李本乙作『歲常自行』，然杭、蜀本皆同上。」朱熹從李本，《考異》：「方作『自常』，非是。」今從朱本。

㊱〔刻石爲詞〕潮本注：「詞，一作『詩』。」祝本、文本、南宋蜀本、魏本注同。《舉正》訂作「詩」，云：「古本作『詩』，

杭、蜀本作「詞」，《舊史》與《南海碑》自可考。」朱熹從方本，《考異》：「詩，或作『詞』。」

㊲〔二年而爲〕「而」，南宋蜀本作「復」。

㊳〔温裕〕潮本「温裕」作「遵裕」，祝本、文本、南宋蜀本、魏本同。潮本注：「遵，一作『温』。」文本注：「唐史『遵』皆作『温』。」魏本注：「史作『温裕』。」《舉正》訂「裕」上「温」字，作「遵孺遵憲温裕」，云：「蜀本作『温裕』，考之《傳》合。《唐·世系表》四子皆從『温』則非也。遵孺之子緯，《舊史》自有傳，曰：『遵孺終華陰縣丞。』然遵孺亦蚤卒。及温裕顯宦，猶子温業登進士第，豈晚日皆從温耶？」朱熹從方本，《考異》：「温，或作『遵』。方云：作『温』與《傳》合，蓋晚年皆從『温』。《世系表》云四子皆從『温』，非也。今按：上文長子已名温質，則非晚年從温也。豈以嫡庶爲異邪？然非要切，不必强解。」今從方本。

㊴〔路隋〕文本、南宋蜀本「隋」作「隨」。謹按：《唐郎官石柱題名》「司勳員外郎」、「司勳郎中」均作「隋」。

㊵〔孔世卅八〕潮本「孔」下注：「一有『子』字。」祝本、南宋蜀本注同。「卅」，潮本作「三十」，祝本、文本、南宋蜀本、魏本同。祝本注：「『三十』作『卅』，蘇合切。《説文》作『卅』，俗作『卅』。《廣韻》：先闔反。」韓醇注：「一本云『孔世三十八』。三十，蘇合切。《説文》作『卅』，俗作『卅』。又一本云：『孔子世三十八』。前之説則省字，後之説則加字，皆非文意。『孔世三十八』，於理自暢，拘字之偶，非古也。」《舉正》訂作「卅」，云：「此銘皆以四言爲句，法秦泰山刻石文也。古本皆同上，蜀本始作『孔子世三十八』，吕本亦曰：恐當從『卅』。詳已見前。」朱熹從方本，《考異》：「卅，或作『三十』。方云：此銘皆以四言爲句，作『三十』者非。今按：卅，依字當作『卅』。」謹按：「卅」，本作「卅」，隸定爲「卅」。《説文》：「卅，三十并也。古文省。」《玉篇》：「卅，先闔切，三十也。」《廣韻》：「《説文》云：卅，三十也。今作『卅』，直爲『三十』字。」《集韻》：「卅，《説文》：『三十』并也。」《六書正

謌》：「卄，象數之形，隸作『卅』。」《正字通》：「卄，『卅』本字。」今從方本。

㊶〔白而長身〕潮本注：「白，一作『自』。」魏本注同。祝本作「自」，注：「自，一作『白』。」文本「白」作「皕」。《舉正》出南宋監本「白而長身」，云：「蜀本『白』作『自』。」《考異》：「白，或作『自』，非是。」

㊷〔寡笑與言〕祝本「與」下多一「有」字。

㊸〔其尚類也〕潮本注：「也，一作『耶』。」祝本、魏本注同。《考異》：「也，或作『邪』。」

㊹〔莫與之倫〕祝充注：「倫，比也。一本作『莫之與倫』。《左傳》所謂『莫之與京』也。」南宋蜀本作「莫之與倫」。《舉正》：「校本一以《左氏》『莫之與京』語刊正此語，然舊本多同上。」

㊺〔德則多有〕南宋蜀本「有」作「矣」。

【箋注】

〔一〕魏引補注：「孔戣，新、舊《史》皆有傳。」《新唐書·百官志一》尚書省吏部：「吏部郎中掌文官階品。凡文散階二十九：正四品上曰正議大夫。」

此篇作年，洪譜、方表、方譜、蔣抱玄注均繫於長慶四年（八二四）。洪譜：「長慶四年甲辰：八月，有《孔戣墓誌》。」方譜：「左丞於是年正月己未卒。正月辛亥朔，己未，九日也。葬以八月甲申。八月丁丑朔，甲申，八日也。」

〔二〕祝充注：「戣，音逵。」文讜注：「《宰相世系》：孔氏出自子姓。商帝乙長子微子啟封於宋，弟微仲衍曾孫湣公捷生弗父何，何生宋父周，周生世父勝，勝生正考父，父生嘉，字孔父。孔父生木金父，金父生睾夷父，以王父字爲氏。生防叔，避華父督之難，奔魯爲大夫。生伯夏，夏生鄒大夫叔梁紇。紇二子：孟皮、仲尼。戣，音渠龜切。」孫汝聽注：「孔子後三十五世曰務本，爲東光令。務本子如珪，海州司户。如珪子岑父，著作佐郎；巢父，給事中。岑父五子：戴、戡、戣、戢、戳。」《新唐書・宰相世系表五下》：「下博孔氏出自關内侯福七世孫郁，後漢冀州刺史。生揚，下博亭侯，子孫因居焉。七世孫靈龜，後魏國子博士。生碩，後魏治書侍御史。生安，北齊青州法曹參軍。生穎達，字冲遠，國子祭酒、曲阜憲公。曲阜憲公穎達族孫務本，自孔子至是三十五世。務本，東光令。生如珪，海州司户。如珪二子：岑父，著作佐郎；巢父，給事中。岑父五子：戴、戡、戣、戢、戳。」

〔三〕孫汝聽注：「長慶二年，以戣爲尚書左丞。」《唐書・百官志一》尚書省：「左丞一人，正四品上。右丞一人，正四品下。掌辨六官之儀，糾正省内，劾御史舉不當者。吏部、户部、禮部，左丞總焉。兵部、刑部、工部，右丞總焉。郎中各一人，從五品上。員外郎各一人，從六品上。掌付諸司之務，舉稽違，署符目，知宿直，爲丞之貳。」

〔四〕孫汝聽注：「長慶三年，戣累表請老。」

〔五〕《新唐書・百官志一》尚書省禮部：「尚書一人，正三品。侍郎一人，正四品下。掌禮儀、祭享、貢舉之政。」

〔六〕樊汝霖注：「（《新唐書·孔戣傳》）詔戣以禮部尚書致仕，優詔褒美，仍令所司歲致羊酒，如漢禮徵士故事。」《唐會要》卷六十七録長慶三年四月敕：「尚書左丞孔戣，可守禮部尚書致仕。仍委所在長吏，歲時親自存問，兼致羊酒，如至都，其芻米什器之類，委河南尹量事供送，務從優禮。筋力未衰，堅請休退，故示優禮。」

〔七〕文讜注：「敢要，言豈敢也。」

〔八〕洪興祖注：「蓋取（《漢書·王貢兩龔鮑傳》）龔勝、邴漢俱乞骸骨，詔曰：古者有司年至則致事，今大夫年至矣。」魏引補注：「《禮》：大夫七十而致仕。」

〔九〕《通典·職官四·尚書省》：「隋左右丞，掌分尚書諸司糾駁。大唐因隋制，左丞掌管轄諸司，糾正省内，勾吏部、户部、禮部等十二司，通判都省事。右丞掌管兵部、刑部、工部等十二司，餘與左丞同。左右司郎中，掌副左右丞所管諸司事，省署抄目，勘稽失，知省内宿直，判都省事。」

〔一〇〕時宰相爲杜元穎、李逢吉、牛僧孺：杜元穎，長慶元年二月壬申自朝散大夫尚書户部侍郎知制誥翰林學士守本官同中書門下平章事，三年十月罷知政事，除成都尹劍南西川節度使；李逢吉長慶二年六月甲子自正議大夫守兵部尚書爲門下侍郎同中書門下平章事；牛僧孺，長慶三年三月丁巳自御史中丞爲户部侍郎同中書門下平章事。見《舊唐書·穆宗紀》。

〔一一〕文讜注：「南北曰阡，東西曰陌。」

〔一二〕《通典·職官三·中書省》：「時謂尚書省爲南省，門下、中書爲北省。亦謂門下省爲左省，中書爲右省，或通謂之兩省。」

〔一三〕正月辛亥朔，己未，初八日。

〔一四〕《舊唐書·孔戣傳》：「長慶四年正月卒，時年七十三。」《新傳》同。

〔一五〕《舊唐書·穆宗紀》：「長慶四年正月，禮部尚書致仕孔戣卒。」

〔一六〕《新唐書·百官志一》尚書省兵部：尚書一人，正三品。

〔一七〕魏引補注：「建中元年，戣第進士。」孫汝聽注：「貞元十六年四月，以鄭滑節度行軍司馬盧羣爲本軍節度使，表戣爲判官。九月羣卒，總攝留務。監軍楊志謙雅自肆，衆皆恐。戣邀志謙至府，與對榻臥起，示不疑。志謙嚴憚，不敢動。」（《新唐書·孔戣傳》）《舊唐書·孔戣傳》：「鄭滑節度使盧羣辟爲從事。羣卒，命戣權掌留務。監軍使以氣凌之，戣無所屈降。」

〔一八〕《新唐書·百官志三》御史臺：殿中侍御史九人，從七品下。

〔一九〕《新唐書·百官志三》大理寺：「正二人，從五品下。掌議獄，正科條。」

〔二〇〕《元和郡縣志》卷二十九江南道江州（上），今江西九江。《新唐書·百官志四下》外官：「上州刺史一人，從三品，職同牧尹。掌宣德化，歲巡屬縣，觀風俗、録囚、恤鰥寡。」謹按：孔戣任江州刺史具體時間不詳，但元和五年，孔戣已入爲尚書兵部員外郎，見《孔戡墓誌銘》。則出刺江州，應在此前。

〔二一〕《新唐書・百官志二》：「門下省：左諫議大夫四人，正四品下。掌諫諭得失，侍從贊相。中書省：右諫議大夫四人，掌如門下省。」

〔二二〕樊汝霖注：「戣爲諫議時，中人劉希光受賕二十萬緡，抵死。吐突承璀坐厚善，逐爲淮南監軍。太子舍人李涉知憲宗意，投匭上言承璀有功，不可棄。戣劾奏涉結近幸營罔上聽，有詔斥涉峽州司馬。」《舊唐書・孔戣傳》：「元和初，改諫議大夫。侃然忠讜，有諫臣體。上疏論時政四條，帝意嘉納。六年十月，内官劉希光受將軍孫璹賂二十萬貫，以求方鎮。事敗，賜希光死。時吐突承璀以出軍無功，諫官論列，坐希光事，出爲淮南監軍使。太子通事舍人李涉知上待承璀意未衰，欲投匭上疏，論承璀有功，希光無事，久委心腹，不宜遽棄。戣爲匭使，得涉副章，不受，面詰責之。涉乃進疏於光順門。戣極論其與中官交結，言甚激切。詔貶涉爲陝州司倉，倖臣聞之側目，人爲危之。」《册府元龜》卷四百六十：「孔戣爲諫議大夫知匭使。元和六年，内官吐突承璀出爲淮南監軍。太子通事舍人李涉知帝待承璀意未衰，投匭上疏，論承璀有功，久委腹心，不宜遽棄。戣鑒涉副章，不受，面詰責之。涉乃進疏光順門。戣極論其與中官交結，言甚激切。詔貶涉陝州司倉。倖臣聞之側目，人皆爲危之。戣高步公卿間，以方嚴見憚。及爲尚書左丞，信州刺史李位爲州將韋岳讒譖於本使監軍高重昌，言位結聚術士，以圖不軌。追位至京師，鞫於禁中。戣奏曰：刺史得罪，合歸法司按問，不合劾於内仗。乃出付御史臺。戣與三司訊鞫，得其狀。位好黄老道，時修齋籙，與山人王仁恭合鍊藥物，别無逆狀。以岳誣告，决殺，貶位建州司馬。時非戣論諫，罪在不測，人士稱之。」《新唐書·孔戣傳》：「累擢諫議大夫。條上四事：一、多冗官；二、吏不奉法；三、百姓田不盡墾；四、山澤榷酤爲州縣弊。憲宗異其言。」

〔二三〕孫汝聽注：「元和六年十月，以戣爲皇太子諸王侍讀。」《舊唐書·憲宗上》：「元和六年十月丙戌，以諫議大夫孔戣爲皇太子諸王侍讀。」《新唐書·百官志四上》東宫官：「侍讀無常員，掌講導經學。」

〔二四〕《新唐書·百官志二》門下省：「給事中四人，正五品上。掌侍左右，分判省事，察弘文館繕寫讎校之課。」白居易《除孔戣等官制》，孔戣自諫議大夫改給事中，與王涯自吏部員外郎改兵部員外郎知制誥同制。據《舊唐書·憲宗紀下》，涯改兵部員外郎知制誥，在元和七年秋七月乙丑。則孔戣改除給事中，當在元和七年七月。

〔二五〕韓醇注：「戣爲給事中，江西觀察使李少和坐贓，獄寢不下。博陵崔易簡殺從父兄，鞫狀具。京兆尹左右，三翻其情。戣慷慨論正，貶少和，殺易簡，奪尹三月俸。」謹按：此京兆尹爲李銛。銛元和七年正月辛未自司農卿爲京兆尹，八年十二月庚辰出爲鄜坊觀察使，見《舊唐書·憲宗紀下》。《册府元龜》卷六百九十九：「李銛爲京兆尹，坐縱獄，罰一月俸。初，鄠縣人崔易簡與堂兄立數以財競。他日，陰使奴殺立而埋之。有發其事者，易簡博陵右族，且多姻戚之援。銛因其殺立而不使窮究，罰推官而杖其典。及縣尉陳中師移攝法曹，重按之。帝命御史臺覆得其情，且言奴殺立而易簡酬以錢帛，具獄上奏，故罰之。」

〔二六〕《舊唐書·孔戣傳》：「元和九年，信州刺史李位爲州將韋岳讒譖於本使監軍高重謙，言位結聚術士，以圖不軌。追位至京師，鞫於禁中。戣奏曰：『刺史得罪，合歸法司按問，不合劾於內仗。』乃出付御史臺，戣與三司訊鞫，得其狀：位好黄老道，時修齋籙，與山人王恭合鍊藥物，別無逆狀。以岳誣告，決殺。貶位建州司馬。時非戣論諫，罪在不測，人士稱之。」

〔二七〕孫汝聽注：「元和九年六月，以戣爲刺史、潼關防禦鎮國軍使。」《舊唐書·憲宗下》：「元和九年六月丙申，以左丞孔戣爲華州刺史、潼關防禦鎮國軍等使。」《元和郡縣志》卷二關內道京兆府華州（四輔），今陝西華縣。

〔二八〕《元和郡縣志》卷二十六江南道明州（上），治所鄮縣，在今浙江鄞縣東。祝充注：「蛤，蚌蛤也。《說文》蜃屬。有三，皆生於海。千歲化爲蛤，謂之牡厲。一曰：百歲燕所化。魁蛤，一名復累，老服翼所化。蚶，蚌屬，《爾雅》曰魁陸。《本草》云：狀如海蛤，員而厚，外橫從其理，五味自充庖作羞。」文讜注：「蛤，蝦屬，胡合切。蚶，蜯屬，音火甘切。《嶺表録異》曰：盧鈞鎮南海，改坩子爲瓦屋子。土人重之，呼爲天臠炙。」魏仲舉注：「蛤音閤。蚶，呼甘切。」《資治通鑑》卷二百四十胡注：「蚶，呼甘翻，魁陸也。横從其理，五味自充，殼如瓦壠者謂之瓦壠蚶。蛤，葛合翻。蛤小於蚶。蚶殼厚，其理如瓦壠；蛤殼薄，其文如貝。《月令》云『雀入大水化爲蛤』，《說文》云『百歲燕所化』，又云『老伏翼所化』，皆非也。蚶蛤皆生於海瀕潮汐往來舄鹵之地。淡菜狀如蜌而小黑，殼唇有鬚如茸，肉甘脆。蜌，蒲幸翻。」謹按：淡菜，貽貝肉乾。《爾雅·釋魚》郭注：

「貽貝，黑色貝也。」明屠本畯《閩中海錯疏》卷下：「殼菜，一名淡菜，一名海夫人。生海石上，以苔爲根。殼長而堅硬，紫色，味最珍。」蛤，蛤蜊、牡蠣。《國語・晉語九》：「雀入于海爲蛤，雉入于淮爲蜃。」韋昭注：「小曰蛤，大曰蜃，皆介物蚌類也。」字又作「盒」，《説文》：「盒，蜃屬。有三，皆生於海。千歲化爲盒，秦謂之牡厲。又云百歲燕所化。魁盒，一名復累，老服翼所化。」《玉篇》：「蛤，古合切，雀入水爲蛤，亦作盒。」《廣韻》：「蛤，蚌蛤。」蚶，貝類動物，俗稱瓦楞子，又名魁陸、魁蛤。《爾雅・釋魚》「魁陸」郭注：「《本草》云：魁狀如海蛤，圓而厚，外有理縱横，即今之蚶也。」

〔二九〕祝充注：「下邽，音圭。縣名，在華州。《前漢》（《鄭當時傳》）：『先是，下邽翟公爲廷尉。』」《唐會要》卷五十二：「九年十二月，釋下邽令裴寰之罪。初，每歲冬以鷹犬出近畿習狩，謂之外按使。領徒數百輩，恃恩恣横，郡邑懼擾，皆厚禮迎犒，恣其所便，止舍留邸，百姓畏之如寇盜。每留旬日，方更其所至，是行恣下邽寰爲令，嫉其强暴擾人，但據文供饋。使者歸，乃譖寰有慢言。上大怒，將以不敬論。宰相武元衡等於延英救理之，上怒不改。及出，逢御史中丞裴度入。元衡等謂曰：『裴寰事，上意不開，恐不可論。』度唯唯而入，抗陳其事，謂寰無罪。上愈怒曰：『如卿言，罪則當决坊小使；如小使無罪，則當决寰。』度曰：『誠如聖旨。但以裴寰爲令長，憂惜陛下百姓，如此豈可罪之？』上怒稍解，初令書罰，翌日釋。」

〔三〇〕《元和郡縣志》卷二關内道京兆府下邽縣（望），治所在今陝西渭南縣東北五十里。《新唐書・

百官志四下》外官：「畿縣令各一人，正六品上。縣令掌導風化，察冤滯，聽獄訟。凡民田收授，縣令給之。每歲季冬，行鄉飲酒禮。籍帳、傳驛、倉庫、盜賊、隄道，雖有專官，皆通知。」

〔三一〕祝充注：「邽音圭，縣名。」孫汝聽注：「元和十年二月，以李絳代戣爲華州，以戣爲大理卿。」

〔三二〕樊汝霖注：「元和十二年七月，嶺南節度使崔詠卒。帝謂裴度曰：『嘗論罷蚶菜者誰歟？今安在？是可爲朕求之。』度以戣對。庚戌，以戣爲節度使。」《舊唐書・憲宗下》：「元和十二年七月庚戌，以國子祭酒孔戣爲廣州刺史嶺南節度使。」《舊唐書・孔戣傳》：「十二年，嶺南節度使崔詠卒，三軍請帥。宰相奏擬，皆不稱旨。因入對，上謂裴度曰：『嘗有上疏論南海進蚶菜者，詞甚忠正。此人何在？卿第求之。』度退訪之，或曰：祭酒孔戣嘗論此事。度徵疏進之，即日授廣州刺史兼御史大夫嶺南節度使。」《新唐書・百官志三》國子監：「祭酒一人，從三品。司業二人，從四品下。掌儒學訓導之政，總國子、太學、廣文、四門、律、書、算凡七學。」《新唐書・百官志三》御史臺：御史大夫，正三品。《元和郡縣志》卷三十四嶺南道廣州（南海中都督府）：「今爲嶺南節度使理所，管廣州、循州、潮州、端州、康州、封州、韶州、春州、新州、雷州、羅州、高州、恩州、潘州、辯州、瀧州、勤州、崖州、瓊州、振州、儋州、萬安州。」《新唐書・百官志四下》外官：「節度使，掌總軍旅，顓誅殺。」

〔三三〕魏引任曰：「（《舊唐書・孔戣傳》）戣剛正清儉，請刺史俸料之外，絶其取索。」蔣抱玄注：「約以取足，謂儉自奉以足國用也。」童第德注：「《論語・里仁篇》『以約失之者鮮矣』，孔安國曰：

『儉約無憂患。』」《南海神廟碑》：「盡除他名之税，罷衣食於官之可去者。四方之使，不以資交，以身爲帥。燕享有時，賞與以節。公藏私畜，上下與足。」
〔三四〕韓醇注：「戣既至，免屬州逋負十八萬緡，米八萬斛，黄金税歲八百兩。」《南海神廟碑》：「免屬州負逋之緡錢廿有四萬，米三萬二千斛。賦金之州，耗金一歲八百，困不能償，皆以丐之。」
〔三五〕祝充注：「碇，丁定切，與矴同，錘舟石。《三國志》《吴志》《董襲傳》：『以栟閭大紲繫石爲矴。』」文讜注：「蠻夷泛海舟曰舶，謂賈人舟也，音薄陌切。泊，止也，音白各切。步，水際也，嶺南人謂水際曰步。碇，錘舟石也，音丁定切。下碇、閲貸，皆横斂之名。」
〔三六〕蔣抱玄注：「燕，宴會也。」
〔三七〕祝充注：「磊，魯罪切。」蔣抱玄注：「磊落，雜多之貌。《後漢書》《蔡邕傳》：『連衡者六印磊落。』」潘岳《閑情賦》「石榴蒲陶之珍，磊落蔓衍乎其側」，《文選》五臣注吕延濟曰：「磊落、蔓衍，衆多貌。」
〔三八〕蔣抱玄注：「絶海，遠海也。」
〔三九〕蔣抱玄注：「驗，憑證也。」
〔四〇〕韓醇注：「先是，屬刺史俸率三萬，又不時給，皆取部中自衣食。戣至，倍其俸，約不得爲貪暴，稍以法繩之。」

〔四一〕口，人口，特指婦女及未成年男子。《漢書·昭帝紀》：「毋收四年、五年口賦。」如淳曰引《漢儀注》：「民年七歲至十四，出口賦錢人二十三。」《清史稿·食貨志一》：「凡民，男曰丁，女曰口。男年十六爲成丁，未成丁亦曰口。」貨，貨物、商品。《易·繫辭下》：「聚天下之貨，交易而退。」柳宗元《童區寄傳》：「越人少恩，生男女必貨視之。」

〔四二〕《舊唐書·孔戣傳》：「先是，帥南海者，京師權要多託買南人爲奴婢，戣不受託。至郡，禁絶賣女口。」

〔四三〕文讜注：「諸黄，谿洞蠻也。千人之長曰豪。」

〔四四〕魏引張曰：「自貞元中黄洞諸蠻叛，久不平。」

〔四五〕《舊唐書·地理志四》嶺南道容州（下都督府）：「開元中升爲都督府，天寶元年改爲普寧郡，乾元元年復爲容州都督府，仍舊置防禦經略招討等使，以刺史領之，刺史充經略軍使。容管十州：容州、辯州、白州、牢州、欽州、禺州、湯州、瀼州、嚴州、古州。」治所普寧縣，今廣西容縣。《元和郡縣志》卷三十七嶺南道桂州（始安中都督府）：「今爲桂管經略使理所，管桂州、梧州、賀州、昭州、象州、柳州、嚴州、融州、龔州、富州、蒙州、思唐州，管縣四十七。」治所臨桂縣，今廣西桂林。

〔四六〕孫汝聽注：「元和十四年容管經略使楊旻、桂管觀察使裴行立欲徼幸立功，爭請討，上從之。」

〔四七〕童第德注：「《史記·屈原列傳》『吾將以爲類兮』，《正義》：『類，例也。』朱子説是。」

〔四八〕蔣抱玄注：「向意，蓄意也。」謹按：向意，傾意、執意。此語始見韓文，後人亦多採用者。如宋孫覿《宋故左中奉大夫直龍圖閣趙公墓誌銘》：「上方向意用公。」（《鴻慶居士集》卷三十八）葉適《張令人墓誌銘》：「凡其夫所欲，向意行，不曲折。」（《水心集》卷十四）元柳貫《邁珠謚文簡議》：「時天子方向意文學。」（《待制集》卷八）

〔四九〕童第德注：「《漢書·賈捐之傳》：駱越之人與禽獸無異。」

〔五〇〕自計，自度、自忖。《孔叢子·巡狩》：「今子自計，必不能行。」

〔五一〕文讜注：「謂入用事者之言，不聽用戣也。」《舊唐書·孔戣傳》：「時桂管經略使楊旻、桂仲武、裴行立等騷動生蠻，以求功伐，遂至嶺表累歲用兵。唯戣以清儉爲理，不務邀功，交廣大理。」

〔五二〕童第德注：「《史記·淮南衡山列傳》：『臣恐卒逢霧露病死。』」

〔五三〕孫汝聽注：「元和十四年十月，安南軍亂，殺都護李象古，并家屬部曲皆遇害。」李象古，兩《唐書》附於曹王皐傳後，其生平如次：李象古，元和中自衡州刺史擢安南都護。元和十四年，邕管黄家賊叛，詔象古發兵數道共討之。象古命牙將楊清領兵三千赴焉。清與其子志烈及所親杜士交潛謀迴戈夜襲安南，數日城陷，十月壬戌，爲楊清所殺（《舊唐書·憲宗紀下》）。

〔五四〕裴行立，《新唐書》有傳，其生平如次：裴行立，絳州稷山人。李錡甥。元和二年李錡謀叛，與兵馬使張子良、李奉仙、田少卿等密謀向順，執錡於幕（《舊唐書·李錡傳》），授沁州刺史。元和四年爲費州刺史（《册府元龜》卷六九九）。遷衛尉少卿，除河東令，元和八年八月癸未，繇蘄州刺史遷安南都護本管經略招討使（《舊唐書・憲宗紀下》）。元和十二年徙桂管觀察使（柳宗元《桂州裴中丞作訾家洲亭記》），黄家洞賊叛，行立討平之。元和十五年二月甲午，爲安南都護充本管經略使。鋭於立功，爲時所訾，召還。七月乙卯道卒（《舊唐書・穆宗紀》），年四十七，贈右散騎常侍。

〔五五〕陽旻，《新唐書》有傳，其生平如次：陽旻字公素，平州人，惠元之子。元和五年爲邢州刺史。盧從史既縛，潞軍潰。有驍卒五千，從史嘗以子視者奔於旻，旻閉城不内。憲宗嘉之，遷易州刺史。王師討吴元濟，元和十一年七月戊寅，自隨州刺史爲唐州刺史，充淮西行營都知兵馬使（《舊唐書・憲宗紀下》），以功加御史中丞。十二年容州西原蠻反，授本州經略招討使，擊定之（《新唐書・憲宗紀》）。進御史大夫，合邕容兩管爲一道。十五年七月乙卯卒（《舊唐書・穆宗紀》），贈左散騎常侍。

〔五六〕祝充注：「囂，虚驕切。《選》（劉越石《勸進表》）：『天下囂然』」《漢書・王莽傳贊》「四海之内囂然喪其樂生之心」，顔師古注：「囂然，衆口愁貌也。」

〔五七〕嚴有翼注：「事見本集《南海神廟碑》，云：『元和十二年，詔用魯國孔公爲廣州刺史。』又云『至州之明年』，即十三年。又云『明年祀歸』，即十四年。又云『明年其時，公又固往』，即十五年也。按退之以十四年貶潮州，冬至袁州，十五年已移袁州矣。《舊史》云：『戣每受詔，自犯風波而往。愈在潮州作詩美之。』其説蓋誤。」

〔五八〕魏引補注：「十五年九月遷拜。」《舊唐書・穆宗紀》：「元和十五年九月戊辰，以前嶺南節度使孔戣爲吏部侍郎。」《新唐書・百官志一》尚書省吏部：「尚書一人，正三品。侍郎二人，正四品上。掌文選、勳封、考課之政。」

〔五九〕《新唐書・百官志二》中書省：「右散騎常侍二人，正三品下。掌規諷過失，侍從顧問。」白居易《孔戣可散騎常侍制》：「敕：昔齊桓公心體懈怠，則隰朋侍；漢成帝親重儒術，則劉向從。今之常侍是其選矣。稱其任者，唯正人乎！吏部侍郎孔戣，言行謹直，風操端莊，肅然禮容，清廟之器。始自筮仕，迄於天官，虚舟爲心，利刃在手。全才具美，時論多之。可使珥貂，立吾左右，從容侍從，以備顧問。隰朋、劉向，豈遠乎哉！可右散騎常侍。」

〔六〇〕《舊唐書・孔戣傳》：「長慶中，或告戣在南海時家人受賂。上不之責，改右散騎常侍。二年，轉尚書左丞。」白居易《孔戣授尚書左丞制》：「敕：漢詔丞相歲舉質直忠厚遜讓者，蓋所以急賢俊，扶政教，厚風俗也。然則退藏疎賤之士，苟有一善，尚搜而揚之，況任久位崇，才全望重，而不致於急官要職者，安可以紀綱庶政而羽儀朝廷焉？正議大夫守右散騎常侍上柱國賜紫金魚袋孔戣：自十年来，歷中臺、左曹、國庠、卿寺，洎藩守、近侍之職，各於其任，皆有可稱。矧又貞白端莊，淡然自立。進無矜滿之色，居無墮替之容。求之周行，不可多得。若戣者，宜尚扶政教厚風俗之選也。尚書丞掌決百事，樞轄六曹，晉魏已還，右卑於左。惟有立者可以糾吏，惟無瑕者可以律人。無以易戕，往恭乃位。可尚書左丞，散官勳賜如故。」

〔六一〕《新唐書・地理志》河北道景州：「貞元三年析滄州之弓高、東光、臨津置。長慶元年州廢，縣還滄州。二年，復以弓高、東光、臨津、南皮、景城置，太和四年州又廢，縣還滄州。景福元年復置。縣四。」東光縣（上），今屬河北省。

〔六二〕《元和郡縣志》卷十一河南道海州（上），今江蘇東海。《唐六典》卷三十上州中州下州官吏：「上州司户參軍事二人，從七品下。户曹司户參軍，掌户籍、計帳、道路、逆旅、田疇、六畜，過所蠲符之事，而剖斷人之訴競。」

〔六三〕《新唐書・百官志一》尚書省工部：郎中一人，從五品上。

〔六四〕《新唐書・百官志二》秘書省著作局：「郎二人，從五品上。著作佐郎，二人從六品上。著作郎掌撰碑誌、祝文、祭文，與佐郎分判局事。」《唐故左拾遺魯國孔府君（紓）墓誌銘并序》：「曾祖岑父，皇任秘書省著作佐郎。」

〔六五〕《新唐書・百官志一》尚書省：左右僕射各一人，從二品。

〔六六〕《新唐書・百官志三》大理寺：「司直六人，從六品上。評事八人，從八品下。掌出使推按。凡承制推訊長吏，當停務禁錮者，請魚書以往。」

〔六七〕《新唐書・百官志三》國子監四門館：「博士六人，正七品上。掌教七品以上侯伯子男子爲生及庶人子爲俊士生者。」

〔六八〕孔遵孺，《新表》作「温孺」。兩《唐書》附於《孔戣傳》後，其生平不詳。今録可知者如次：孔遵孺，曲阜人。進士登第（《舊唐書·孔戣傳》），終華陰縣丞（《舊唐書·孔緯傳》）。

〔六九〕孔遵憲，《新表》作「温憲」。兩《唐書》無傳，其生平不詳。

〔七〇〕孔温裕，兩《唐書》附於《孔戣傳》後，其生平如次：孔温裕，曲阜人。大中四年九月，以上疏諫討党項，自右補闕貶柳州司馬（《資治通鑑》卷二百四十九）。久之，復除補闕（《因話録》卷六）。九年二月二十九日，自禮部員外郎、集賢院直學士充翰林學士。其年三月三日，加司封員外郎知制誥。十二年正月十八日，遷中書舍人（丁居晦《重修承旨學士壁記》）。三月，守尚書司勳郎中，充中書舍人（《舊唐書·宣宗紀》）。其年八月三十日，除河南尹（《重修承旨學士壁記》）。大中、咸通之間，爲京兆尹。咸通中自朝散大夫守尚書户部侍郎上柱國賜紫金魚袋出爲檢校禮部尚書兼許州刺史御史大夫充忠武軍節度陳許蔡州觀察處置等使（《文苑英華》卷四百五十三《授孔温裕忠武軍節度使制》）。咸通八年，自東都留守爲鄆州刺史天平軍節度鄆曹棣觀察處置等使（《唐故華州衙前兵馬使魏公（虔威）誌銘》）。十三年三月爲尚書右丞（《舊唐書·懿宗紀》）。十五年，爲檢校右僕射兼太常卿、充翰林侍講學士。三月，以疾辭内署職，旬日卒（《孔紓墓誌銘》）。

〔七一〕《唐六典》卷二尚書吏部考功郎中：「凡諸州每歲貢人，其類有六：一曰秀才，二曰明經，三曰進士，四曰明法，五曰書，六曰算。其明經各試所習業，文注精熟，辨明義理，然後爲通。正經有九：《禮記》、《左傳》爲大經，《毛詩》、《周禮》、《儀禮》爲中經，《周易》、《尚書》、《公羊》、《穀梁》爲小經。通二經者，一大一小，若兩中經；通三經者，大小中各一；通五經者，大經並通。其《孝經》、《論語》並須兼習。」

〔七二〕祝充注：「隋後官至宰相，《唐史》有傳。」《新唐書·百官志二》中書省：「舍人六人，正五品上。掌侍進奏，參議表章。凡詔旨制敕、璽書册命，皆起草進畫。既下，則署行。」路隋，兩《唐書》有傳，其生平如次：路隋字南式，其先陽平人。以通經調授潤州參軍，韋夏卿爲東都留守，聞而辟之。元和五年居喪，服闋，擢拜左補闕。俄遷起居郎，轉司勳員外郎，自補闕至司勳員外，皆充史館修撰。穆宗即位，元和十五年二月二十四日，自司勳員外郎、史館修撰充侍讀學士，三月十日賜緋，二十二日轉本司郎中。長慶二年五月四日遷諫議大夫，閏十月八日加史館修撰。敬宗登極，四年四月十四日改充學士，五月二十四日賜紫，二十七日拜中書舍人。寶曆二年正月八日遷兵部侍郎知制誥（丁居晦《重修承旨學士壁記》）。太和二年十二月戊寅，拜中書侍郎同平章事，加監脩國史。四年，轉門下侍郎加崇文館大學士。七年，兼太子太師。八年九月甲子，册拜太子太師。九年四月辛卯，拜檢校尚書右僕射同中書門下平章事兼潤州刺史鎮海軍節度浙江西道觀察等使（《舊唐書·文宗下》）。遘疾於路，七月壬戌薨，年六十。

〔七三〕樊汝霖注：「以《世系表》考之，巢父生載、戣、戡、戢、戳、威。戣，給事中。生温質、温孺、温憲、温裕。戡，昭義節度判官。戢，庫部員外郎。以《傳》考之，温裕仕爲天平節度使，戢京兆尹，與《表》不同。誌謂戣兄弟五人，而《表》又有『威』。《誌》云：遵孺、遵憲、遵裕。《傳》云遵孺、温裕。《表》又悉以『遵』爲『温』，當考。」方成珪注：「《墓誌》無『威』名，當係《表》誤。」謹按：樊注「巢父」當爲「岑父」之訛。孔載，兩《唐書》無傳，其生平不詳。歐陽修《集古録》卷九「唐孔府君神道碑」（咸通十二年）條：「右孔岑父碑，鄭絪撰，柳知微書。其碑云：有子五人：載、戣、戡、戢、戳。按《新唐書·宰相世系表》岑父六子：戳之下又有威。《表》據《孔氏譜》，譜其家所藏。《碑文》鄭絪撰，絪自言與孔氏有世舊，作碑文時戣等尚在。然則《譜》與《碑》文皆不應有失，而不同者，何也？余所集録與史傳不同者多，其功過難以碑碣爲正者。銘誌所稱有褒有諱，疑其不實。至於世系、子孫、官封、名字，無情增損，故每據碑以正史。惟岑父《碑》文及其家《譜》二者皆爲可據，故並存之，以俟來者。」《金石録》卷三十：「韓退之爲戣《墓誌》云：『公之昆弟五人，載、戡、戢、戳，公於次爲第二。』與絪所撰《碑》正合。然則安得復有威乎？蓋絪與退之皆當時人，所書宜不謬；而家譜乃其後裔追書，容有差誤。不足怪也。」

〔七四〕孔戡，兩《唐書》有傳，其生平如次：孔戡字君勝，曲阜人。舉進士第，興元元年季父巢父死難，詔與一子正員官，授戡修武尉。貞元中佐李長榮昭義節度使府爲節度判官（《新唐書·宰相世系表五下》），自金吾衛録事爲大理評事。二十年長榮死，盧從史留署掌書記。從史寖驕，與王承宗、田緒陰相連結，欲效河朔事以固其位。戡極諫以爲不可，始陰爭不從，則於會肆言以折之。從史怒，謝病歸洛陽。元和三年九月李吉甫鎮揚州，召爲賓佐。從史知之，即誣以事，奏三上，請行貶逐。憲宗不得已，四年三月，授衛尉丞分司洛陽（《唐會要》卷五十四）。元和五年正月壬子卒（《孔戡墓誌銘》），年五十七。

〔七五〕孔戣，兩《唐書》有傳，其生平如次：孔戣字方舉，曲阜人。舉明經登第，判入高等，授秘書省校書郎、陽翟尉，入拜監察御史，元和五年，爲殿中侍御史分司東都（《孔戡墓誌銘》）。轉侍御史、庫部員外郎。遷京兆少尹，出爲汝州刺史、大理卿，元和十五年七月甲辰，自大理卿出爲潭州刺史、湖南觀察使（《舊唐書·穆宗紀》）。長慶四年，入爲少府監（《孔戣墓誌銘》），轉右散騎常侍。太和二年春正月壬申，拜京兆尹，詔兼御史大夫。太和三年正月丁亥卒（《舊唐書·文宗紀上》）。

〔七六〕祝充注：「戳音衢。」文讜注：「戳，權倶切。」孔戳，兩《唐書》無傳，其生平不詳。可知者：官至監察御史、著作佐郎（《唐前汴州尉氏縣尉劉搏妻孔氏墓銘并序》）。

〔七七〕孫汝聽注：「長慶元年正月，戣自湖南觀察又爲少府監。」《新唐書·百官志三》少府：「監一人，從三品。掌百工技巧之政。」

〔七八〕祝充注：「河陰，縣名，屬河南。」《元和郡縣志》卷五河南道河南府河陰縣（畿），在今河南滎陽東北汴河、黄河交匯處。沈欽韓注：「《方輿紀要》：廣武山，在鄭州河陰縣東北十里，今並入開封府滎澤縣。」《史記·項羽本紀》：「項王已定東海來，西，與漢倶臨廣武而軍。」《集解》：「孟康曰：於滎陽築兩城相對爲廣武，在敖倉西三皇山上。」《正義》：「《括地志》云：東廣武、西廣武，在鄭州滎陽縣西二十里。戴延之《西征記》云：三皇山上有二城，東曰東廣武，西曰西廣武，各在一山頭，相去百步，汴水從廣澗中東南流，今涸無水。城各有三面，在敖倉西。郭緣生《述征記》云：一澗横絶上過，名曰廣武。相對皆立城塹，遂號東西廣武。」

〔七九〕童第德注：「《吕覽·先識篇》『其尚終吾子之身乎』，高注：『其尚，尚也。』」

〔八〇〕此銘用韻，據《廣韻》：孫，平聲魂韻；言，平聲元韻；倫，平聲諄韻；文，平聲文韻。

唐故江南西道觀察使中大夫洪州刺史兼御史中丞贈左散騎常侍太原王公墓誌銘①〔一〕

公諱仲舒，字弘中②〔二〕。少孤，奉其母居江南，游學有名〔三〕。貞元十年〔四〕，以賢良方正拜左拾遺〔五〕，改右補闕〔六〕，禮部、考功、吏部三員外郎〔七〕。貶連州司户參軍〔八〕，改夔州司馬〔九〕，佐江陵使③〔一〇〕，改祠部員外郎〔一一〕。復除吏部員外④，遷職方郎中知詔誥〔一二〕。出爲峽州刺史⑤〔一三〕，遷廬州〔一四〕，未至，丁母憂。服闋⑥，改婺州、蘇州刺史⑦〔一五〕。徵拜中書舍人〔一六〕，既至，謂人曰：「吾老，不樂與少年治文書⑧。得一道，有地六七郡，爲之三年，貧可富，亂可治，身安功立，無愧於國家可也。」日日語人。丞相聞問⑨，語驗，即除江南西道觀察使兼御史中丞〔一七〕。至則奏罷榷酒錢九千萬⑩〔一八〕，以其利與民⑪。又罷軍吏官債五千萬，悉焚簿書⑫。又出庫錢二千萬⑬〔一九〕，以丐貧民遭旱不能供稅者。學浮屠及老子⑭，爲僧、道士，不得於吾界内因山野立浮屠老子象⑮。以其誑丐漁利⑯，奪編人之産⑰〔二〇〕。在官四年，數其蓄積，錢餘於庫，米餘於廩。朝廷選公卿於外，將徵以爲左丞⑱，吏部已用薛尚書代之矣〔二一〕。長慶三年十一月十七日，未命而薨，年六十二⑲。天子爲之罷朝，贈左散騎常侍〔二二〕。遠近相弔。以四年二月某日⑳，葬于河南某縣先塋之側。

公之爲拾遺，朝退，天子謂宰相曰：「第幾人非王某耶？」是時公方與陽城更疏論裴延齡詐妄，士大夫重之。爲考功、吏部郎也，下莫敢有欺犯之者。非其人，雖與同列，未嘗比數收拾〔二三〕，故遭讒而貶。及知制誥㉑，盡力直友人之屈㉒〔二四〕，不以權臣爲意，又被讒而出。元和初，婺州大旱，人餓死，户口亡十七八㉓。公居五年㉔，完富如初。桉劾羣吏㉕，奏其贓罪，州部清整㉖，加賜金紫〔二五〕。其在蘇州，治稱第一㉗。公所至，輒先求人利害㉘。廢置所宜，閉閤草奏㉙。又具爲科條，與人吏約㉚〔二六〕。事備㉛，一旦張下〔二七〕，民莫不抃叫喜悦〔二八〕。或初若小煩，旬歲皆稱其便〔二九〕。公所爲文章無世俗氣，其所樹立，殆不可學。

曾祖諱玄暕㉜〔三〇〕，比部員外郎〔三一〕。祖諱景肅，丹陽太守〔三二〕。考諱政㉝，襄鄧等州防禦使，鄂州採訪使〔三三〕，贈吏部尚書㉞。公先妣渤海李氏，贈渤海郡君㉟。公娶其舅女，有子男七人初、哲、貞、弘、泰、復、洄。初，進士及第〔三四〕。哲，文學俱善〔三五〕。其餘幼也。長女壻劉仁師，高陵令〔三六〕。次女壻李行脩㊱，尚書刑部員外郎㊲〔三七〕。銘曰：

氣鋭而堅㊳，乂剛以嚴㊴，哲人之常㊵。愛人盡己，不倦以止㊶，乃吏之方。與其友處，順若婦女，何德之光。墓之有石㊷，我最其迹㊸，萬世之藏〔三八〕。

【彙校】

①〔唐故江南西道觀察使中大夫洪州刺史兼御史中丞贈左散騎常侍太原王公墓誌銘〕文本無「唐故」、「中大夫洪州刺史兼御史中丞贈左散騎常侍」二十字。南宋蜀本無「唐」、「中大夫洪州刺史兼御史中丞」十三字。魏本注：「一本無『中大夫洪州刺史兼御史中丞』。」《舉正》删「故」上「唐」字，於「觀察使」下側注「删十二字」字，作「故江南西道觀察使贈左散騎常侍太原王公墓誌銘」，云：「三本同。」朱熹同方本，《考異》：「或有『中大夫洪州刺史兼御史中丞』十二字。」

②〔公諱仲舒字弘中〕《舉正》：「蜀本〈《神道碑》〉併《墓誌》皆作『諱弘中』，誤也。」《考異》：「蜀〈《神道碑》〉作『諱弘中字某』，後《墓誌》同。」陳景雲注：「《法言·修身篇》：『或問：士如何斯可以禔身？曰：其爲中也弘深。』王

公字本此。」謹按：仲舒名字，宋人異説甚多。《福先塔寺題名》署作「吏部員外王仲舒弘中」，當以此爲準。

③〔佐江陵使〕文本「使」上多一「軍」字。

④〔復除吏部員外〕文本注：「一無『復』字。一有『郎』字。」南宋蜀本「外」下有「郎」字。《舉正》「外」下增「郎」字作「復除吏部員外郎」，云：「蜀本只作『除吏部員外郎』，無『復』字。」朱熹同方本，《考異》：「方無『復』字。或無『郎』字。」

⑤〔出爲峽州刺史〕潮本「峽」作「硤」，祝本、文本、南宋蜀本、魏本同。《舉正》訂作「峽」，云：「當作『峽』，已見《碑》。」朱熹從方本。謹按：「硤」、「峽」音義俱通，《廣韻》、《集韻》均通用。《廣韻》：「硤石，縣，亦州名。秦將白起攻楚，燒夷陵，即其地。魏武於此置臨江郡，後魏爲拓州，取開拓之義。周以居三峽之口，因爲峽州也。」《隋志》、《舊唐志》作「硤」，《元和郡縣志》、《新唐志》作「峽」。今從方本。

⑥〔服闋〕潮本「闋」作「缺」，祝本、文本、魏本同。朱熹訂作「闋」，《考異》：「闋，方作『缺』。」童第德注：「《説文》：『闋，事已閉門也。缺，器破也。』服闋，字應作『闋』。《左氏》莊元年傳『秋築王姬之館于外爲外禮也』，杜注：『然喪制未闋』正作『闋』。作『缺』者假借字，《莊子·人間世》『瞻彼闋者』，《釋文》：『闋，司馬云：空也。』假『闋』爲『缺』。此本及《舉正》則假『缺』爲『闋』也。」今從南宋蜀本。

⑦〔改婺州蘇州刺史〕潮本注：「改，一作『除』。」祝本、魏本注同。南宋蜀本作「除」。《舉正》出南宋監本「改婺州蘇州刺史」，云：「杭、蜀。」《考異》：「改，或作『除』。」

⑧〔不樂與少年治文書〕潮本注：「樂，一作『宜』。」祝本、魏本注同。「書」下，祝本多一「事」字。《考異》：「樂，或作

「宜」。『書』下或有『事』字。」

⑨〔丞相聞問〕魏本「聞」作「間」。

⑩〔至則奏罷榷酒錢九千萬〕「榷」，祝本、南宋蜀本、魏本作「搉」，文本作「擢」。謹按：「搉」、「榷」之通假字；「擢」，「搉」之異體字；字又作「醀」。《説文》：「搉，敲擊也。從手隺聲。榷，水上横木，所以渡者也。從木隺聲。」段注：「《釋宮》曰：『石杠謂之徛。』《孟子》：『歲十月徒杠成。』（古本如是）趙岐釋爲『步度』。郭釋云：『步渡彴。』然則石杠者，謂兩頭聚石，以木横架之可行，非石橋也。凡直者曰杠，横者亦曰杠。杠與榷雙聲。《孝武紀》曰：『榷酒酤。』韋曰：『以木渡水曰榷。謂禁民酤釀，獨官開置。如道路設木爲榷，獨取利也。』凡言大榷、揚榷、辜榷，當作此字，不當從手。從木隺聲。江岳切。」《説文通訓定聲》：「榷，字亦作『擢』。〔假借〕《後漢・靈帝紀》注：『搉，專也。』《史記・汲鄭傳》索隱：『搉者，獨也。』《漢書・武帝紀》『榷酒酤』，韋昭注：『謂禁民酤釀，獨官開置，如道路設木爲榷，獨取利也。』以『榷』爲之。」「千」，潮本作「十」，祝本、魏本同。祝本注：「十，或作『千』。」魏本注同。《舉正》訂作「千」，云：「李氏以古本校。《新史》：『江西榷酒，利多他州十八。民私釀，歲抵死不絶，仲舒罷榷錢九千萬。』」朱熹從方本，《考異》：「千，或作『十』。」今從文本。

⑪〔以其利與民〕文本注：「與，一作『丐』。」潮本「與」作「丐」，祝本、南宋蜀本、魏本同。潮本注：「丐，一作『與』。」祝本、魏本注同。潮本多「民」上一「貧」字，祝本、文本、魏本同。《舉正》訂「與」字作「以其利與民」，云：「李氏以古本校。今本皆以後『丐貧民』語誤入，釀户非盡貧民也，此語亦不當重出，杭、蜀本皆訛。」朱熹從方本，《考異》：「或作『丐貧民』。今按：『丐貧民』一語下文已有，不應再出，方本是也，但其説非是。除酒榷，蓋與民共之，使得自釀，非直以錢九千萬與釀户也。」今從方本。

⑫〔悉焚簿書〕潮本「簿」下多一「文」字，祝本、文本、魏本同。潮本注：「一無『文』字。」祝本、魏本注同。《舉正》出南宋監本「悉焚簿文書」，云：「舊本皆有『文』字。」朱熹從方本，《考異》：「或無『文』字。」謹按：簿書，賬簿。《周禮·天官·小宰》「聽出入以要會」，鄭玄注：「要會，謂計最之簿書。」今從南宋蜀本。

⑬〔又出庫錢二千萬〕南宋蜀本「二」作「三」。

⑭〔學浮屠及老子〕潮本「學」作「禁」，祝本、文本、魏本同。潮本注：「禁，一作『學』。」《舉正》據蜀本訂作「學」。朱熹從諸本，《考異》：「禁，方作『學』。今按：作『學』非是。但下文自有『浮屠』、『老子』字，此不應重出，且其文理亦不明白。疑此自『浮』至『爲』六字亦是衍文，去之則文理通暢矣。但無本可證，不敢删耳。」謹按：「立浮屠老子象」者不僅爲正式出家的「僧、道士」，還包括大量在家居士，「學浮屠及老子」者即指此。今從方本。

⑮〔不得於吾界内因山野立浮屠老子象〕南宋蜀本無「内」字。潮本「山」作「出」，祝本、文本、魏本同。潮本注：「出，一作『山』。」祝本、魏本注同。潮本「立」作「去」，祝本、文本、魏本同。潮本注：「去，一作『立』。」祝本、魏本注同。《舉正》據蜀本訂「山」、「立」二字，作「不得於吾界内因山野立浮屠老子象」，云：「李本『内』字亦刋去，杭本『山』作『出』，餘同蜀本。」朱熹從方本，《考異》：「或無『内』字。『山』或作『出』，『立』或作『去』，皆非是。」今從方本。

⑯〔以其誑丐漁利〕《考異》：「『其』字疑衍。」謹按：「以」，因也。「其」，指代上文「學浮屠老子」者及「爲僧道士」者。此句解釋「禁立浮屠老子象」之原因，「其」字無誤。

⑰〔奪編人之産〕潮本「編」作「經」，祝本、文本、魏本同。潮本注：「經，一作『編』。」祝本、魏本注同。《舉正》據蜀本

訂作「編」。朱熹從方本，《考異》：「編，或作『經』。今按：以『民』爲『人』，蓋避諱，當作『民』乃是。下『求人利害』、『與人吏約』倣此。」編民，在籍平民，即農民。今從方本。

⑱〔將徵以爲左丞〕《考異》：「或無『以』字。」

⑲〔年六十二〕祝本「年」下多一「至」字。

⑳〔以四年二月某日〕文本「二月某日」作「某月」，注：「一作『二月某日』。」

㉑〔及知制誥〕祝本注：「知，一作『在』。」魏本注同。南宋蜀本作「在」。《舉正》訂作「在」，云：「李以古本校。」朱熹本無「及」字，「知」從方本作「在」，《考異》：「在，或作『及知』二字。」

㉒〔盡力直友人之屈〕魏本注：「屈，一作『冤』。」

㉓〔户口亡十七八〕潮本注：「一無『口』字。」文本、魏本注同。《舉正》出南宋監本「户口亡十七八」，據蜀本删「口」字，云：「李删。」朱熹從諸本，《考異》：「方無『口』字。」

㉔〔公居五年〕祝本注：「一無『公』字。」魏本注同。

㉕〔桉劾羣吏〕祝本、文本、魏本、王本、廖本「桉」作「按」。謹按：桉，同「案」，亦作「按」。《字彙》：「桉，同『案』。」案劾，稽核、審理。《漢書·丙顯傳》：「顯爲太僕十餘年，與官屬大爲姦利，臧千餘萬。司隸校尉昌案劾，罪至不道，奏請逮捕。」劉勰《文心雕龍·奏啓》：「若乃按劾之奏，所以明憲清國。」作「桉」自有義，不煩改字。

㉖〔州部清整〕南宋蜀本「整」作「肅」。

㉗〔治稱第一〕祝本「第」作「弟」。

㉘〔輒先求人利害〕《舉正》：「李本云：古本無『利』字。《神道碑》『周知俗之利病』，亦無『利』字。」《考異》：「利，或作『之』。今按：下文云『廢置所宜』，則此句合有『利』字。古本偶皆脱漏，不足爲據。」

㉙〔閉閤草奏〕祝本「閤」作「閣」。謹按：「閤」、「閣」，古今字。

㉚〔與人吏約〕南宋蜀本「約」下多一「事」字。

㉛〔事備〕潮本「備」下多一「悉」字，祝本、文本、南宋蜀本、魏本同。《舉正》出南宋監本「事備悉」，據蜀本删「悉」字，云：「李校。」朱熹從方本，《考異》：「『備』下或有『悉』字，或有複出『事』字。今按文勢，疑當有『悉』字在『備』字上。」今從方本。

㉜〔曾祖諱玄暕〕潮本無「諱」字，祝本、文本、魏本同。祝本「祖」下注：「一有『諱』字。」魏本注同。《舉正》據蜀本增「諱」字，云：「李校。」朱熹從方本，《考異》：「或無『諱』字，下同。」今從方本。

㉝〔考諱政〕潮本注：「政，一作『某』。」祝本、魏本作「某」。祝本注：「一作『政』。」魏本注同。《舉正》出南宋監本「考諱政」，云：「杭本作『政』，蜀本只作『某』。」朱熹從方本，《考異》：「政，或作『某』。」

㉞〔贈吏部尚書〕潮本注：「吏，一作『工』。」祝本、文本、南宋蜀本、魏本作「工」，祝本注：「一作『吏』。」魏本注同。朱熹從諸本作「工」，《考異》：「工，或作『吏』。」謹按：《王仲舒神道碑》亦作「吏部尚書」。

㉟〔贈渤海郡君〕潮本「君」上多一「太」字，祝本、文本、魏本及朱熹本同。《考異》：「或無『太』字。」《新唐書·百官志一》：「凡外命婦有六：王、嗣王、郡王之母、妻爲妃，文武官一品、國公之母、妻爲國夫人，三品以上母、妻爲郡夫人，四品母、妻爲郡君，五品母、妻爲縣君，勳官四品有封者母、妻爲鄉君。」今從南宋蜀本。

㊱〔次女壻李行脩〕潮本「脩」作「修」，祝本、文本、南宋蜀本、魏本同。祝本注：「修，一作『循』。」魏本注同。《舉正》出南宋監本「李行脩」，云：「蜀本作『行循』。」朱熹從方本，《考異》：「脩，或作『循』。」謹按：《尚書省郎官石柱題名》「左司員外郎」下有「李行脩」，《隋唐墓誌彙編》洛陽卷第十三册《唐故歸州刺史盧公（璠）墓誌銘并序》亦作「脩」。今從方本。

㊲〔尚書刑部員外郎〕《舉正》：「李刪『郎』字。」《考異》：「或無『郎』字。」

㊳〔氣鋭而堅〕祝本注：「堅，一作『大』。」魏本注同。

㊴〔乂剛以嚴〕潮本「乂」作「又」，祝本、文本、南宋蜀本、魏本同。潮本注：「又，一作『久』。」祝本注：「又，一作『乂』。」南宋蜀本、魏本注同。文本注：「又，一作『文』。」《舉正》訂作「乂」，云：「李校，下語蜀本同。氣，存諸我也；乂，見於治也。」朱熹從諸本，《考異》：「又，方作『乂』，非是。」謹按：「氣」可言「鋭」，可言「堅」，可言「剛」，而不可言「嚴」，「又」字不通。「乂」，字本作「𨐓」，治也。《爾雅》：「乂，治也。」《釋文》：「乂，字又作『𨐓』，亦作『刈』，同魚廢反。」《説文》：「乂，芟艸也。从丿从乀，相交。刈，乂或从刀。」段注：「引申之，乂訓治也。見諸經傳，許辟部云：『𨐓，治也。』引《唐書》『有能俾𨐓』，則『𨐓』爲正字。」此謂仲舒内秉正氣，爲治剛嚴，方説是。今從方本。

㊵〔哲人之常〕潮本注：「哲，一作『若』。」祝本、文本、南宋蜀本、魏本注同。《舉正》訂作「若」，云：「李校，下語蜀本同。」朱熹從諸本，《考異》：「哲，方作『若』，非是。」

㊶〔不倦以止〕祝本注：「止，一作『正』。」魏本注同。

㊷〔墓之有石〕南宋蜀本「之」作「中」。《考異》：「之有，或作『中之』。」

㊸〔我最其迹〕潮本注：「最，一作『撮』。」祝本、文本、魏本注同。南宋蜀本作「載」。《舉正》訂作「最」，云：「杭、蜀同。《集韻》：『最，撮之省文。』」朱熹從方本，《考異》：「最，或作『撮』，或作『載』。方云《集韻》：『最，撮之省文。』今按：方説非也。《史》、《漢》功臣傳末總計其功，皆以『最』字起之。」童第德注：「《漢書·藝文志》『撮其旨意』，《司馬遷傳》『撮名法之要』，顏師古皆云：『撮，總取也。』是作『撮』亦有所本。《説文》：『冣，積也。从冂从取，取亦聲。最，犯而取也。从冃从取。（小徐本作：犯而取也，一曰會，从曰，取聲。）』段玉裁曰：『冣與聚音義皆同。與冃部之最音義皆别。《公羊傳》曰：會猶冣也。何云：㝡之爲言聚。《周禮·太宰》注曰：凡簿書之冣目。劉歆與楊雄書索《方言》曰：欲得其冣目。又曰：頗願與其冣目，得使入籙。按：凡言『冣目』者，猶今言總目也。《史記·殷本紀》：大冣樂戲於沙丘。冣，一作聚。《張釋之馮唐列傳》：誅李牧，令顔聚代之。《漢書》聚作冣。《爾雅》灌木，叢木也，毛傳叢木作冣木。《説文》凡字下曰冣栝也，儹字下曰冣也。《史記·周本紀》周冣，《文選·過秦論》周冣，今各書此等冣字皆譌作最，讀祖會反，音義俱非。蓋《字林》固有冣字，音才句反，見李善選注。至乎南北朝，冣、最不分，是以周續之、劉昌宗、陸德明輩皆不能知毛傳之本作冣木。顧野王《玉篇》冖部無冣，而冃部有最，云：齊也，聚也。《廣韻》本《唐韻》，而《廣韻》十遇、才句一切無冣字，然則《唐韻》蓋亦本無冣字。學者知有最字不知有冣字久矣。《玉篇》云：最者，齊也，聚也。子會切。是以冣之義爲最之義。而《廣韻》十四泰云：冣，極也。祖外切。亦是冣之義誤以爲最之義也。何以言之：古凡云殿、冣者，皆當作从冖字。項岱曰：殿，負也。冣，善也。韋昭曰：第上爲冣，極下爲殿。孫檢曰：上功曰冣，下功曰殿。《漢書·周勃》傳曰冣從高帝云云，師古云：冣，凡也。總言其攻戰克獲之數。又《衛青霍去病傳》曰冣大將軍青凡七出云云，文法正同。此皆與冣目之冣同。又《周勃傳》曰：攻槐里好畤，冣。又曰：擊趙賁內史保於咸

陽，冣。又曰：攻上邽，東守嶢關，擊項籍，攻曲遇，冣。《樊噲傳》曰：攻趙賁，下郿槐里栁中咸陽，灌廢丘，冣。此皆殿冣之冣。張晏曰：冣，功第一也。如淳曰：於將帥之中功爲冣也。此正如《葬書》所言：凡山顛可葬者名上聚之穴。漢《蔡湛碑》：三載勳冣。其字正作冣。以許君訓積求之，積則必有其高處。今人最美、最惡之云。讀祖會切，蓋於形、於音皆失之。古必作冣，讀才句切。」按：段氏謂「冣」、「最」音義皆别，其言甚辨。然「冣聚」、「冣目」、「殿冣」，古籍相承以「最」字爲之，周、劉、陸輩皆沿其誤。蓋二字皆從取得聲（小徐本），而從「冂」從「曰」，義亦相同。「最」下小徐本注又有「曰會」一解，義亦與「冣」同，自可假借，非譌字也。「撮」訓總取者，乃「最」之假借，其本字自當作「冣」。」

【箋注】

〔一〕魏引補注：「《邵氏聞見録》曰：孔子作經，使後世讀《易》者如無《春秋》，讀《書》者如無《詩》，其法固不知也。獨韓退之作《王仲舒碑》，又作《誌》；蘇子瞻作《司馬君實行狀》，又作《碑》。其事同，其詞各異，庶幾知之矣。」

此篇作年，洪譜、方表、方譜、蔣抱玄注均繫於長慶四年（八二四）。洪譜：「四年甲辰：二月，有《王仲舒碑》。」謹按：誌文云「長慶三年十一月十七日未命而薨，四年二月某日葬」，則此篇作年，應在長慶三年年底至長慶四年二月之間。

〔二〕孫汝聽注：「并州祈人。」

〔三〕孫汝聽注：「仲舒少客江南，與梁肅、楊憑游，有文稱。」

〔四〕洪譜：「《碑》云『貞元初策拜左拾遺』，《墓誌》云『貞元十年』。按陸贄之貶在十一年春，而《陽城傳》云：『裴延齡讒毁陸贄等，坐貶黜，城率拾遺王仲舒數人守延英上疏。』則《墓誌》云『十年』是矣。」

〔五〕權德輿《吏部員外郎南曹廳壁記》：「太原王仲舒宏中，温毅廉直，淸方敏實，風槩資材，邁乎羣倫。貞元十年冬，繇諸侯部從事賢良對策，歷左右諫列。」《舊唐書・王仲舒傳》：「貞元十年策試賢良方正能直言極諫等科，仲舒登乙第，超拜右拾遺。」《新唐書・百官志二》門下省：「左拾遺六人，從八品上。掌供奉諷諫，大事廷議，小則上封事。」

〔六〕《新唐書・百官志一》中書省：「右補闕六人，從七品上。掌供奉諷諫，大事廷議，小則上封事。」

〔七〕權德輿《吏部員外郎南曹廳壁記》：「歷左右諫列、儀曹、考功郎，（貞元）十八年，實受斯命。」《新唐書・百官志一》尚書省禮部：「郎中（從五品上）、員外郎（從六品上），掌禮樂、學校、衣冠、符印、表疏、圖書、册命、祥瑞、鋪設，及百官宫人喪葬贈賻之數，爲尚書侍郎之貳。」《新唐書・百官志一》尚書省吏部：「吏部郎中，掌文官階品、朝集、禄賜，給其告身、假使，一人掌選補流外官。員外郎二人，從六品上，一人判南曹。皆爲尚書侍郎之貳。考功郎中（從五品上）、員外郎（從六品上）各一人，掌文武百官功過善惡之考法及其行狀。」

〔八〕《舊唐書・韋執誼傳》：「貞元十九年，補闕張正一因上書言事，得召見。王仲舒、韋成季、劉伯芻、裴茝、常仲孺、吕洞等以嘗同官相善，以正一得召見，偕往賀之。或告執誼曰：『正一等上疏論君與王叔文朋黨事。』執誼信然之，因召對，奏曰：『韋成季等朋聚覬望。』德宗令金吾伺之，得其相過從飲食數度，於是盡逐成季等六七人，當時莫測其由。」《元和郡縣志》卷二十九江南道連州（下），今廣東連縣。《新唐書・百官志四下》外官州縣：「下州司户參軍事一人，從九品下。」

〔九〕《舊唐書・地理二》山南東道夔州（下），今重慶奉節。《唐六典》卷三十上州中州下州官吏：「下州司馬一人，從六品上。尹、少尹、别駕、長史、司馬，掌貳府州之事，以紀綱衆務，通判列曹，歲終則更入奏計。」

〔一〇〕《舊唐書・地理二》山南東道荆州江陵府，今湖北江陵。

〔一一〕《新唐書・百官志一》尚書省禮部：「祠部郎中（從五品上）、員外郎（從六品上）各一人，掌祠祀、享祭、天文、漏刻、國忌、廟諱、卜筮、醫藥、僧尼之事。」《王仲舒神道碑》敍仲舒仕履，無「祠部員外郎」一職，唐尚書省郎官石柱題名「祠部員外郎」下亦無「王仲舒」其人。此當爲檢校虚銜，非實職。

〔一二〕《舊唐書・王仲舒傳》：「元和五年，自職方郎中知制誥。仲舒文思温雅，制誥所出，人皆傳寫。」《新唐書・百官志一》尚書省兵部：「職方郎中（從五品上）、員外郎（從六品上）各一人，掌地圖、城隍、鎮戍、烽候、防人道路之遠近及四夷歸化之事。」《新唐書・百官志二》中書舍人：「開元初，以它官掌詔敕策命，謂之『兼知制誥』。」

〔一三〕《廣韻》：「硤石，縣，亦州名。秦將白起攻楚，燒夷陵，即其地。魏武於此置臨江郡，後魏爲拓州，取開拓之義。周以居三峽之口，因爲峽州也。」《舊唐書·地理志二》山南東道硤州（下），今湖北宜昌。《新唐書·百官志四下》外官州縣：「下州刺史一人，正四品下，職同牧尹。掌宣德化，歲巡屬縣，觀風俗，録囚，恤鰥寡。」

〔一四〕仲舒自峽州遷廬州，其具體時日不詳。據其丁母憂服除爲婺州，當在元和六年。《舊唐書·地理志三》淮南道廬州（上），今安徽合肥。

〔一五〕仲舒爲婺州刺史，具體時日不詳。宋釋贊寧《唐婺州金華山神暄傳》：「元和八年范歟中丞知仰，遣使賫乳香、氈罽、器皿施暄，並迴施現前大衆，次中書舍人王仲舒，請於大雲寺爲衆受菩薩戒。」（《宋高僧傳》卷二十）則仲舒莅婺，不得晚於元和八年。《新唐書·王仲舒傳》：「爲婺州刺史，州疫旱，人徙死幾空。居五年，里閭增完，就加金紫服，徙蘇州。」刺婺五年徙蘇州，亦與此相合。《元和郡縣志》卷二十六江南道婺州（上），今浙江金華。《新唐書·百官志四下》外官州縣：「上州刺史一人，從三品，職同牧尹。」仲舒爲蘇州刺史，具體時日不詳。仲舒《祭權少監文》署作「使持節蘇州諸軍事守蘇州刺史賜紫金魚袋」。權德輿卒於元和十三年八月戊寅，見《舊唐書·憲宗紀》。則仲舒轉蘇州，不得晚於元和十三年。《元和郡縣志》卷二十五江南道蘇州（緊），今屬江蘇省。

〔一六〕《舊唐書·王仲舒傳》：「穆宗即位，復召爲中書舍人。其年，出爲洪州刺史御史中丞江南西道觀察使。」《新唐書·百官志二》中書省：「舍人六人，正五品上。掌侍進奏，參議表章。凡詔旨制敕、璽書册命，皆起草進畫。既下，則署行。」

〔一七〕《舊唐書·穆宗紀》：「元和十五年六月戊寅，以中書舍人王仲舒爲洪州刺史御史中丞充江西觀察使。」《元和郡縣志》卷二十江南道：「洪州（中都督府），今爲江南西道觀察使理所，管州八：洪州、饒州、虔州、吉州、江州、袁州、信州、撫州。管縣三十八。」《新唐書·百官志四下》外官：「觀察處置使，掌察所部善惡，舉大綱。凡奏請，皆屬於州。」

〔一八〕祝充注：「搉，音角。」

〔一九〕《舊唐書·王仲舒傳》：「又出官錢二萬貫代貧户輸税。」

〔二〇〕文讜注：「言以左道乞丐於人而漁取厚利，奪常人之産也。」

〔二一〕孫汝聽注：「長慶三年十一月，以尚書左丞薛放代仲舒鎮江西。」薛放，兩《唐書》有傳，其生平如次：薛放，河中寶鼎人。貞元七年登進士第（《薛戎墓誌銘》樊注），累佐藩府，官至試大理評事。擢拜右拾遺，轉補闕，歷水部、兵部二員外，遷兵部郎中，憲宗選充皇太子侍讀。穆宗即位，召對於思政殿，賜金紫（《舊唐書·穆宗紀》）。元和十五年閏正月癸丑，轉工部侍郎、集賢學士（《資治通鑑》卷二百四十一），轉刑部侍郎、兵部侍郎，禮部尚書判院事。長慶三年十一月爲江西觀察使，寶曆元年春正月辛丑卒（《舊唐書·敬宗紀》）。

〔二二〕《新唐書·百官志二》門下省：「左散騎常侍二人，正三品下。」

〔二三〕比數，相提並論。《漢書・司馬遷傳》：「刑餘之人，無所比數。」收拾，收録、收容。劉禹錫《蘇州謝上表》：「收拾耆舊，塵忝班行。」比數收拾，平等相待，視爲同道。此語始見韓文，後人亦有採用者，如明王直《王處士墓誌銘》：「尤以門第自重，鄙夫宴人，一旦勃然起者，未嘗比數收拾。」（《抑菴文後集》卷二十九）

〔二四〕樊汝霖注：「友人，蓋楊憑。憑尹京兆日，御史中丞李夷簡劾憑江西姦贓，貶臨賀尉云。」

〔二五〕《唐會要・内外官章服附》：「大中三年五月，中書門下奏：『增秩賜金紫，雖有故事，如觀察使奏刺史善狀，並須指事而言，不得虚爲文飾。其諸道副使、判官，如事績尤異，然後許奏論。惟副使、行軍先著緑便許賜緋。其餘不在此限者，諸使奏請，或資品尚淺，即請章服；或賜緋未幾，又請賜紫。準令：入仕十六考，職事官、散官皆至五品，始許著緋；三十考，職事官四品，散官三品，然後許衣紫。除臺省清要牧守常典，自今已後，請約官品爲例。判官上檢校五品者，雖欠階，考量許奏緋；副使、行軍判官至侍御史已上者，縱階考未至，亦許奏緋。如已檢校四品官兼中丞，先賜緋，經三周年已上者兼許奏紫。其有職事尤異，關錢穀者，須指事上言。監察已下量與減年限進改，殿中已上然後可許賜章服。公事尋常者不在奏限。』依奏。」

〔二六〕蔣抱玄注：「科條，法令也。《戰國策》：『科條既備。』」

〔二七〕蔣抱玄注：「張下，宣佈之意。」謹按：「張」有「施」義，《楚辭・招魂》：「蒻阿拂壁，羅幬張些。」王逸注：「張，施也。」《廣雅》：「張，施也。」下，頒佈；發佈。《戰國策・齊策一》：「令初下，羣臣進諫，門庭若市。」張下，措置發佈。此語始見韓文，後人亦有採用者。如宋李昭玘《吴彦律墓誌銘》：「舊令玩弛，積弊頽委，具條目戒告。凡警偷束姦直冤郵隱，先後張下，人畏之如神。」（《樂静集》卷二十九）吴泳《潘知縣墓誌銘》：「榜一張下，四州復爲盜區。」（《鶴林集》卷三十五）《蔣知縣墓誌銘》：「邦條吏約，每張下，民咸有愜志。」（《鶴林集》卷三十五）

〔二八〕《吕氏春秋·仲夏紀·古樂》「帝嚳乃令人抃」，高誘注：「兩手相擊曰抃。」《楚辭·天問》「鼇戴山抃」，王逸注：「擊手曰抃。」字亦作「拚」，《玉篇》：「拚，皮援切。《説文》云：『拊手也。』抃同上。」《集韻》：「拚，《説文》：『拊手也。』抃，或从卞。」

〔二九〕童第德注：「《漢書·韓延壽傳》：『其始若煩，後吏皆便安之。』《循吏·黄霸傳》：『初若煩碎，然霸精力能推行之。』」《漢書·翟方進傳》：「方進旬歲閒免兩司隸，朝廷由是憚之。」師古注：「旬，徧也，滿也。旬歲，猶言滿歲也，若十日之一周。」

〔三〇〕祝充注：「睞，音東。」魏仲舉注：「睞，音簡。」

〔三一〕《新唐書·百官志一》尚書省刑部：「比部郎中（從五品上）、員外郎（從六品上）各一人，掌句會内外賦斂、經費、俸禄、公廨、勲賜、贓贖、徒役課程、逋欠之物，及軍資、械器、和糴、屯收所入。」

〔三二〕《元和郡縣志》卷二十五江南道潤州（上），今江蘇鎮江。王景肅，兩《唐書》無傳，其生平可知者：《王仲舒墓誌銘》稱之爲「丹陽太守」，權德輿《唐故尚書工部員外郎贈禮部尚書王公（端）神道碑銘并序》稱之爲「澧州刺史」。

〔三三〕王政，兩《唐書》無傳，其生平可知者如次：乾元二年爲襄州刺史，八月乙亥，爲偏將康楚元所逐（《舊唐書·肅宗紀》），奔荆州，戊午，貶饒州長史（《資治通鑑》卷二百二十一）。歷鄧州、同州刺史（賈至《送于兵曹往江夏序》），終鄂州刺史。

〔三四〕沈欽韓注：「《廣記·獨異志》：唐長慶、太和中，王初、王哲俱中科名。其父仲舒顯於時，二子初宦不爲秘書省官，以家諱故也。」

〔三五〕沈欽韓注：「《武宗紀》：帝幸三殿，於九天壇親受法籙。右遺拾王哲上疏，言王業之初，不宜崇過當。」

〔三六〕孫汝聽注：「仁師字行輿，彭城人。武德名臣刑部尚書德威之五世孫，大曆中詩人商之猶子。劉禹錫嘗爲仁師撰《高陵遺愛碑》。」《元和郡縣志》卷二關内道京兆下高陵縣（畿），今屬陝西省。《新唐書·百官志四下》外官：「畿縣令各一人，正六品上。縣令掌導風化，察冤滯，聽獄訟。凡民田收授，縣令給之。每歲季冬，行鄉飲酒禮。籍帳、傳驛、倉庫、盜賊、隄道，雖有專官，皆通知。」劉仁師，兩《唐書》無傳，今據劉禹錫《高陵令劉君遺愛碑》，鈎稽其生平如次：劉仁師，字行輿，彭城人。武德名臣刑部尚書德威之五代孫，大曆中詩人商之猶子。長慶三年爲高陵令，寶曆元年開白渠新堰，渠曰劉公，堰曰彭城。寶曆二年二月轉昭應令、兼檢校水曹外郎充渠堰副使（《唐會要》卷八九）。計相愛其能，表爲檢校屯田郎中兼侍御史，斡池鹽於蒲，錫紫衣金章。歲餘，就加司勳正郎，中執法。終司勳郎中（《新唐書·宰相世系表》）。

〔三七〕文讜注：「《續定命録》云：故諫議大夫李行脩，娶江西廉使王仲舒女。貞懿賢淑，行脩敬之如賓。」孫汝聽注：「元和四年行脩登第。」《新唐書·百官志一》尚書省刑部：「刑部郎中（從五品上）、員外郎（從六品上），掌律法，按覆大理及天下奏讞，爲尚書、侍郎之貳。」李行脩，兩《唐書》無傳，其生平如次：李行脩，元和四年進士登第。元和中爲宣州從事（《續定命録》），元和十四年爲荆南觀察判官試大理評事（《唐故歸州刺史盧公（璠）墓誌銘并序》），長慶中爲殿中侍御史（《唐摭言》卷八），長慶三年充江南宣歙等道安撫使（《唐大詔令集》卷一百十七《遣使宣撫諸道詔》）。歷刑部員外郎、左司員外郎（《尚書省郎官石柱題名》），敬宗寶曆元年九月爲刑部郎中（《册府元龜》卷一百五十三），官至諫議大夫（《續定命録》）。

〔三八〕此銘用韻，據《廣韻》：堅，平聲先韻；嚴，平聲嚴韻；常，平聲陽韻。己，上聲止韻；止，上聲止韻。方，平聲陽韻；處，上聲語韻；女，上聲語韻。光，平聲唐韻。石，入聲昔韻；迹，入聲昔韻。藏，平聲唐韻。

唐故殿中少監馬君墓誌①〔一〕

君諱繼祖〔二〕，司徒贈太師北平莊武王之孫〔三〕，少府監贈太子少傅諱暢之子〔四〕。生四歲，以門功拜太子舍人〔五〕，積三十四年，五轉而至殿中少監〔六〕。年三十七以卒〔七〕，有男八人女二人。

始余初冠〔八〕，應進士貢在京師②〔九〕，窮不能自存③，以故人稚弟拜北平王於馬前〔一〇〕。王問而憐之，因得見於安邑里第〔一一〕。王軫其寒飢〔一二〕，賜食與衣④〔一三〕，召二子使爲之主〔一四〕。其季遇我特厚，少府監贈太子少傅者也。姆抱幼子立側〔一五〕，眉眼如畫〔一六〕，髮漆黑⑤，肌肉玉雪可念⑥〔一七〕，殿中君也。當是時，見王於北亭，猶高山深林鉅谷⑦，龍虎變化不測，傑魁人也〔一八〕。退見少傅〔一九〕，翠竹碧梧⑧，鸞鵠停峙〔二〇〕，能守其業者也⑨〔二一〕。幼子娟好靜秀〔二二〕，瑶環瑜珥〔二三〕，蘭茁其牙〔二四〕，稱其家兒也⑩〔二五〕。

後四五年⑪，吾成進士⑫〔二六〕，去而東游，哭北平王於客舍〔二七〕。後十五六年，吾爲尚書都官郎分司東都〔二八〕，而分府少傅卒⑬〔二九〕，哭之。又十餘年至今，哭少監焉〔三〇〕。嗚呼！吾未耄老，自始至今未四十年，而哭其祖、子、孫三世，于人世何如也⑭？人欲久不死而觀居此世者⑮〔三一〕，何也⑯〔三二〕！

【彙校】

①〔唐故殿中少監馬君墓誌〕文本、南宋蜀本、王本、廖本無「唐故」二字。《舉正》增「銘」字，作「殿中少監馬君墓誌

銘」，云：「杭、蜀本皆有『銘』字。」朱熹從南宋監本無「銘」字，《考異》：「方有『銘』字。」

②〔應進士貢〕廖本注：「貢，一作『舉』。」魏本「貢」作「舉」。

③〔窮不能自存〕文本無「自」字。注：「一有『自』。」《舉正》出南宋監本「窮不能自存」，删「能」字，云：「杭、蜀同，李删。『貧乏不能自存』，亦《戰國策》書馮諼語。」朱熹從方本，《考異》：「『不』下或有『能』字。」

④〔賜食與衣〕潮本無「賜」字，文本同。潮本注：「一有『賜』字。」文本注同。《舉正》出南宋監本「王軫其寒飢賜食與衣」，據杭本删「賜」字，云：「《表記》『君子問人之寒則衣之，問人之飢則食之』，『食』與『衣』皆去聲讀。樊、李皆删『賜』字，蜀本有。」朱熹從監本，《考異》：「方無『賜』字。今按：無『賜』字即不成文。『食』、『衣』並讀如字，方説非是。」今從祝本。

⑤〔髮漆黑〕《舉正》：「蜀本『髮』下又有『如』字，誤也。」《考異》：「『髮』下或有『如』字，非是。」

⑥〔玉雪可念〕潮本「念」作「憐」。祝本、文本、南宋蜀本、魏本同。洪興祖注：「可憐，舊作『可念』。按《妬記》云：『王丞相於青疎臺中觀有兩三兒騎羊，皆端正可念。』黃魯直亦嘗用『玉雪可念』語。」文本注：「《辨證》云：『舊本作可念。』當從舊本。」南宋蜀本注：「憐，一作『念』。」《舉正》訂作「念」，云：「杭本作『可念』，蜀本作『可憐』。洪云：舊作『可念』。指杭本也。《妒記》云：『王丞相於青疎臺中觀有兩三兒騎羊，皆端正可念。』山谷亦嘗用『玉雪可念』語。是知杭本最爲可信。」朱熹從方本，《考異》：「念，或作『憐』。」今從方本。

⑦〔深林鉅谷〕潮本無「鉅谷」二字，祝本、文本、魏本同。潮本注：「一有『鉅谷』字。」祝本、魏本注同。《舉正》增「鉅谷」二字，云：「杭、蜀同，李校增。王仲信云：晏公《集選》亦出二字。」朱熹從方本，《考異》：「或無此（鉅谷）二

字。」今從方本。

⑧〔翠竹碧梧〕《舉正》據蜀本訂作「碧」。朱熹從方本，《考異》：「碧，或作『蒼』。」

⑨〔守其業〕南宋蜀本注：「業，一作『恭』。」《舉正》：「保大本『業』作『恭』。」《考異》：「業，或作『恭』，非是。」

⑩〔其家兒〕文本「兒」下多一「者」字。

⑪〔後四五年〕魏本無「五」字。

⑫〔進士〕南宋蜀本脱「進」字。

⑬〔分府少傅〕南宋蜀本注：「分，一作『少』。」潮本無「分府」二字，祝本、文本、魏本同。潮本注：「一有『分府』字。」祝本、文本、魏本注同。《舉正》據杭本增「分府」二字，云：「李校，蜀本闕。」朱熹從方本，《考異》：「此見當時分司官之稱號，或無（分府）二字，非是。」

⑭〔于人世何如也〕《考異》：「此（于人世何如也）六字疑衍。」

⑮〔而觀居此世〕《舉正》：「李本云：以道乙『居』字。」

⑯〔何也〕祝本注：「也，一作『耶』。」魏本注：「一作『即』。」《考異》：「此篇末兩三句不可曉。疑『而』字當作『亦』，而『何』下當有『如』字。蓋誤寫著上文也。然無别本可證，姑闕以俟知者。」

【箋注】

〔一〕魏本注：「此篇後闕。」謹按：此《誌》不載墓主卒葬年月，亦不載葬地，不合墓誌常例。魏本以爲「此篇後闕」，疑是。

此篇作年，方崧卿繫於長慶初，方成珪繫於長慶元年（八二一），蔣抱玄繫於長慶三年（八二三）。《舉正》：「公元和五年誌暢墓，此云又十餘年，蓋長慶初作此銘也。」方譜：「孫注：『長慶初，繼祖卒。』而年月不可考，今姑附之於此。」蔣抱玄注：「將死之嗚哀。證以少監及公哭三世年數，假定爲長慶三年作。」謹按：誌文載貞元三年（七八七）韓愈「拜北平王於馬前」，已見「姆抱幼子立側」，則繼祖生年不得晚於此年。元和五年馬暢卒，「哭之。又十餘年至今，哭少監焉。」則繼祖卒年，不得早於長慶元年（八二一）。繼祖享年不過三十七，貞元三年至長慶元年已歷三十五年。則繼祖生年，當在貞元二年前後，其卒年當在長慶二年前後，誤差不超過一年。此篇作年，必在長慶元年至長慶三年之間。

〔二〕樊汝霖注：「繼祖始生，德宗賜名。退而笑曰：是有二義。謂之索繫組。事見《國史補》。」李肇《國史補》卷上：「馬司徒孫始生，德宗命之曰繼祖。退而笑曰：『此有二義。』意謂以索繫組也。」

〔三〕魏引補注：「王名燧，字間美。」《新唐書·百官志一》三師三公：「太師、太傅、太保各一人，是爲三師；太尉、司徒、司空各一人，是爲三公。皆正一品。三師，天子所師法，無所總職，非其人則闕。三公，佐天子理陰陽、平邦國，無所不統。」馬燧，兩《唐書》有傳，其生平如次：馬燧字洵美（權德輿《司徒兼侍中上柱國北平郡王馬公（燧）行狀》），祖籍右扶風，世居汝州郟城。安禄山反，俾光禄卿賈循守范陽。燧説循誅其逆將，拔其根柢。事洩，脱身走西山。寶應中，澤潞節度使李抱玉署奏晉州趙城尉。懷恩遣薛嵩自相衛餽糧以絶河津，燧説薛嵩從順，署奏左武衛兵曹。歷太子通事舍人、著作郎，以至秘書少監兼殿中侍御史，轉營田、節度二判官。永泰元年遷鄭州刺史（《馬燧行狀》）。大曆四年改懷州刺史，六年，改隴州刺史，兼御史中丞。十年二月甲中，拜商州刺史兼御史中丞防禦水陸運使。冬十月癸亥，檢校左散騎常侍御史大夫河陽三城使（《舊唐書·代宗紀》）。十四年閏五月辛卯，檢校工部尚書太原尹北都留守河東節度留後，尋爲節度使（《舊唐書·德宗紀上》）。建中二年六月朝於京師，加檢校兵部尚書，封豳國公（《馬燧行狀》）。十二月庚寅檢校左僕射，令還太原。三年五月丁酉，同中書門下平章事，封北平郡王（《馬燧行狀》）。七月，加魏州大都督府長史兼魏博貝四州節度觀察招討等使討田悦（《馬燧行狀》）。興元元年正月，加檢校司徒。八月癸卯，加奉誠軍晉絳慈隰節度行營兵馬副元帥，以靈鹽節度使侍中兼靈州大都督。貞元元年八月甲戌平河中李懷光，遷光禄大夫兼侍中。二年冬，吐蕃陷鹽夏二州，以燧爲綏銀麟勝招討使進討。三年閏五月十五日，渾瑊與吐蕃會盟於平涼，爲蕃軍所劫。六月丙戌，燧以請許其盟，罷兵柄爲司徒兼侍中。十一年八月辛亥薨，時年七十。明日，詔贈太傅（《馬燧行狀》），謚曰莊武。

〔四〕樊汝霖注：「燧二子：彙、暢。暢娶盧氏，生二子：長敖，次繼祖。」集注：「按《傳》：燧贈太傅，此云『贈太師』。暢贈工部尚書，公元和九年爲其夫人作墓誌，亦云『贈工部尚書』，此云『贈太子太傅』。豈其後累贈至此耶？」王元啓注：「按唐制：諸部尚書正三品，太子三少從二品。」《新唐書·百官志三》少府：「監一人，從三品；少監二人，從四品下。掌百工技巧之政。」《百官志四上》東宫官：太子少師、少傅、少保各一人，從二品。馬暢，兩《唐書》有傳，其生平如次：馬暢，祖籍右扶風，世居汝州郟城，馬燧次子。以父蔭歷官監察御史（《御史臺精舍題名考》），累遷至鴻臚少卿，終少府監，贈工部尚書。建中三年燧討田悦於山東，時歲旱，京師括率商户，人心甚摇，鳳翔留鎮幽州兵多離散入南山爲盗。暢乃遣家人與父書，具陳利害，可班師還鎮。燧怒，令兄炫執暢請罪。德宗以燧方討賊，不竟其事，敕炫就第杖暢三十，然亦罷括率商人令。燧貲貨甲天下，燧既卒，暢承舊業，屢爲豪幸邀取。貞元末，中尉楊志廉諷暢令獻田園第宅，順宗復賜。暢初爲梟妻所訴析其産，中貴又逼取，仍指使施於佛寺，暢不敢吝，晚年財産並盡。身殁之後，諸子無室可居，以至凍餒。

〔五〕《新唐書·百官志四上》東宫官右春坊：「太子舍人四人，正六品上，掌行令書、表啓。」

〔六〕《新唐書·百官志二》殿中省：「監一人，從三品；少監二人，從四品上；丞二人，從五品上。監掌天子服禦之事，少監爲之貳。」

〔七〕此《誌》未載繼祖準確卒年及月日。諸注推測爲「長慶初」，方譜繫於長慶元年（八二一）。據長慶元年上推三十七年，則繼祖生年，當在貞元元年（七八五）。蔣抱玄繫繼祖卒年於長慶三年，則繼祖生年，當在貞元三年（七八七）。

〔八〕孫汝聽注：「貞元三年，公年二十。」

〔九〕洪興祖《韓子年譜》：「貞元二年丙寅：《祭老成》云『吾年十九，始來京城』，即此年也。《歐陽哀詞》云『貞元三年，余始至京師舉進士』，《答崔立之書》云『年二十，時苦家貧，及來京師，見有舉進士者，人多貴之，因詣州縣求舉』，公舉進士在此年後也。」

〔一〇〕樊汝霖注：「貞元三年平涼之盟，馬燧預議。韓弇時以殿中侍御史爲判官，死焉。其年罷兵，燧奉朝請京師。弇，公之兄也。」文讜注：「燧與韓弇爲故人。稚，幼也。」

〔一一〕文讜注：「貞元三年，燧盟平涼，弇時以殿中侍御史爲判官，死焉。燧罷太原兵，奉朝請於京師。公其年二十，始冠。故云。」《長安志》卷八朱雀街東第四街即皇城之東第二街街東從北次南第五安邑坊奉誠園：「司徒兼侍中馬燧宅，在安邑里。燧子少府監暢以貲甲天下，暢亦善殖財。貞元末，神策中尉楊志廉諷使納田産，遂獻舊第爲奉誠園。」

〔一二〕魏引補注：「軫，悼閔也。」蔣抱玄注：「軫，憐念也。」童第德注：「《楚辭・哀郢》『出國門而軫懷兮』，王注：『軫，痛也。』《惜誦》『心鬱結而紆軫』、《懷沙》『鬱結紆軫兮』，王氏皆云：『軫，隱也。』朱駿聲氏以『軫』爲『紾』之借字。《説文》：『紾，轉也。』案：此文『軫其寒飢』，其本字當爲『診』。《説文》：『診，問也。』與《表記》『問人之飢』、『問人之寒』問字義合。」謹按：「診」與「軫」雖音理可通，但典籍中未見通假實證，童説無據。且上句云「王問而憐之」，此句云「王問其寒飢」，亦嫌冗贅。朱駿聲《説文通訓定聲》：「軫，車後横木也，从車㐱聲。假借爲紾。《方言三》：『軫，戾也。』《廣雅・釋訓》：『軫轉，轉戾也。』《楚辭・哀郢》『出國門而軫懷兮』，注：『痛也。』《惜誦》『心鬱結紆軫』，注：『隱也。』」「軫」有「轉戾」一義，由此與「紾轉」相通，再引申爲「隱」、「痛」。魏注、蔣注、朱駿聲説均可，童説不妥。

〔一三〕祝充注：「《表記》：君子問人之寒則衣之，問人之飢則食之。」文讜注：「『食』、『衣』，字並去聲讀。」魏仲舉注：「食，音嗣。衣，去聲。」

〔一四〕文讜注：「燧二子：彙，太僕卿。暢，少府監。」

〔一五〕祝充注：「姆，莫捕切，又莫豆切，女師也。《儀禮》『姆纚笄宵衣在其右』，注：『姆，婦人年五十，無子，出而不復嫁，能以婦道教人者。』若今時乳母矣。」文讜注：「姆，女師也，音莫後切。」

〔一六〕文讜注：「（《後漢書·馬援傳》）漢馬援爲人明須，眉目如畫。」《舉正》：「畫，胡麥切。左思《嬌女詩》『吾家有嬌女，皎皎頗白皙，小字爲紈素，口齒自清歷，有姊字惠芳，眉目璨如畫』是也。」《考異》：「畫，當音胡卦切。左詩叶韻故爾。」

〔一七〕蔣抱玄注：「玉雪，喻白也。」高步瀛注：「可念，猶可愛。」

〔一八〕魏引補注：「謂莊武王燧，燧身長六尺二寸。」

〔一九〕魏引補注：「少傅暢。」

〔二〇〕孫汝聽注：「謂猶鸞鵠停於竹梧之上。」蔣抱玄注：「停峙，峙立也。」

〔二一〕高步瀛注：「《唐會要》卷八十載太常博士林寶謚議曰敬，工部郎中崔備、博士翟韶改謚曰縱。

議曰：『馬暢承藉故業，歷居通顯，家富於財，以奢縱自處，不能撫安娣姪，使之離析。其干進也，趨利如轉圜；其居家也，揉下如束溼。故時論鄙之。謹按《國史》：宇文士及居家侈縱，禮謚爲縱。暢之行己同於士及，請以縱爲謚可也。』觀此，則暢之爲人殊不足取。退之僅謂『能守其業』，亦非深許之也。」

〔二二〕祝充注：「娟，於緣切，好貌。《前漢》（《司馬相如傳》）：長眉連娟。」

〔二三〕祝充注：「珥，仍吏切。」文讜注：「瑤、瑜，皆美玉。環、珥，飾也。環，音仍吏切。」謹按：《玉篇》：「瑤，余招切。《詩》（《衛風·木瓜》）云：『報之以瓊瑤。』《說文》云：『玉之美者也。』」《說文》：「環，璧也。肉好若一謂之環，户關切。珥，瑱也。从玉耳，耳亦聲，仍吏切。瑜，瑾瑜，美玉也。从玉俞聲，羊朱切。」「瑤環瑜珥」，玉手鐲、玉耳飾，泛指珠玉佩飾。此處特指幼童佩飾。此語始見韓文，後人採用者甚多，如范祖禹《坤成節教坊致語·勾小兒隊》：「霓裳羽衣，方聽妙音之舉；瑤環瑜珥，忽逢稚子之遊。」（《范太史集》卷三十三）李之儀《送曾端伯之官濟北》：「虎步龍驤推贊册，瑤環瑜珥見旁孫。」（《姑溪居士前集》卷四）楊萬里《太孺人劉氏墓誌銘》：「自瑤環瑜珥衣文褓時，已嬰陟岵之戚。」（《誠齋集》卷一百三十一）又引申爲珠璣琳琅，如張耒《梅花十首》：「瑤環瑜珥誰將去，嘖嘖幽禽啄蕊黃。」（《柯山集》卷二十二）李綱《雪中過分水嶺六首》：「璧月珠星爭璀璨，瑤環瑜珥鬬嬋娟。」（《梁谿集卷六》）于石《美人一章寄徐秉國》：「瑤環瑜珥鏘琳琅，修竹蕭蕭翠袖長。」（《紫巖詩選》卷二）

〔二四〕祝充注：「茁，鄒滑切，又側劣切。草初生貌。《詩》(《召南·騶虞》)：彼茁者葭。」文讜注：「茁，初生貌，音側滑切。」《説文》：「茁，艸初生出地貌，从艸出聲。《詩》曰：『彼茁者葭。』鄒滑切。」謹按：「蘭茁」，蘭葉初生貌，形容稚嫩而美好。「蘭茁其牙」，以初生蘭葉芽尖並列形容幼童門齒初齊。以上二語均始見韓文，後人採用者甚多。前者如劉攽《次韻晁單州詩六首》：「愛子桂枝新上第，弄孫蘭茁始書名。」(《彭城集》卷十四)梅堯臣《送馬仲途司諫使北》：「冰膾芥虀非楚味，玉茗蘭茁説燕顔。」(《宛陵先生集》卷五十)鄭獬《皇長女封延禧公主制》：「皇長女瑜華初秀，蘭茁浸芳。」(《鄖溪集卷七》)汪藻《蜂兒行》：「分房戢戢蓮綻子，擁户娟娟蘭茁芽。」(《浮溪集》卷三十)後者如黄庭堅《次韻張仲謀過酺池寺齋》：「是時應門兒，紫蘭茁其牙。只今將弟妹，嬉戲挽羊車。」(《豫章黄先生文集》卷三)李綱《哭惠女文》：「云胡不淑兮朝菌同榮，蘭茁其芽兮霜霰已零。」(《梁谿集》卷一百六十四)胡宏《祭表兄范伯達文》：「孩幼聰慧，蘭茁其芽。」(《五峰集》卷三)

〔二五〕文讜注：「稱，昌孕切。」

〔二六〕樊汝霖注：「公貞元八年登第。」

〔二七〕樊汝霖注：「十一年五月，公東歸河陽。八月，燧卒。」

〔二八〕洪譜：「元和四年乙丑，改都官員外郎守東都省。」方崧卿增考：「公除都官，八月十日也，時實以員外郎分司東都。」

〔二九〕樊汝霖注：「元和五年，暢卒。自貞元十一年至是，凡十六年。」沈欽韓注：「《隋書·長孫平傳》：周宣帝即位，置東京官屬，以平爲小司寇，與小宗伯趙芬分掌六府。」高步瀛注：「案：少府監故曰分府，朱誤屬上，以爲當時分司分官之名，非是。沈文起引《隋書·長孫平傳》，蓋誤以東宮官爲東京官，以分掌六府證分府，尤爲傅會。」謹按：按唐制，太府寺與少府監分掌府庫，其名稱或作「外府寺」、「内府監」，其建制亦時分時合。《新唐書·百官志三》少府監：「武德初廢監，以諸署隸太府寺，貞觀元年復置。」則此處「分府」，相對于「太府」而云然。高説是，朱説誤。

〔三〇〕孫汝聽注：「長慶初年，繼祖卒。」

〔三一〕王元啓注：「死生常理耳！俯仰前後，公猶感慨淋漓。若見其後燧第改爲奉誠園，諸孫至有丐於路者，見吴融《敷水道遇丐者》一詩。使公後死若干年，親見其事，其感慨當更何如也！」

〔三二〕王儔注：「暢善殖財，晚爲豪傑侵牟，中官逼取，暢畏不敢吝，以至困窮，身後諸子無室廬自託。奉誠園亭觀，即其安邑里第。故當世以暢厚蓄爲戒，白樂天詩（《秦中吟·傷宅》）所謂『不見馬家宅，今作奉誠園』是也。」

卷二十四

（原本卷三十四）此卷以潮本爲底本，以祝本、文本、南宋蜀本、魏本對校。

南陽樊紹述墓誌銘〔一〕

樊紹述既卒，且葬〔二〕，愈將銘之，從其家求書①。得書號《魁紀公》者三十卷，曰《樊子》者又三十卷②〔三〕，《春秋集傳》十五卷〔四〕，表牋、狀策、書序、傳記③、紀誌④、説論、今文讃銘凡二百九十一篇⑤，道路所遇及器物門里雜銘二百二十，賦十，詩七百又十九⑥〔五〕。曰：多矣哉！古未嘗有也。然而必出於己，不襲蹈前人一言一句⑦〔六〕，又何其難也〔七〕！必出入仁義，其富若生蓄，萬物必具，海含地負〔八〕，放恣横從⑧〔九〕，無所統紀〔一〇〕，然而不煩於繩削而自合也⑨〔一一〕。嗚呼！紹述於斯術，其可謂至於斯極者矣。

生而其家貴富，長而不有其藏一錢⑩〔一二〕。妻子告不足，顧且笑曰：「我道蓋是也。」〔一三〕皆應曰：「然。」無不意滿。嘗以金部郎中告哀南方⑪〔一四〕，還，言某帥不治⑫，罷之。以此出爲綿州刺史⑬〔一五〕。一年，徵拜左司郎中〔一六〕。又出刺絳州⑭〔一七〕，綿、絳之人至今皆曰：「於我有德。」以爲諫議大夫〔一八〕，命且下⑮，遂病以卒⑯〔一九〕，年若干〔二〇〕。

紹述諱宗師，父諱澤〔二一〕，嘗帥襄陽、江陵，官至右僕射〔二二〕，贈某官〔二三〕。祖某官，諱泳〔二四〕。自祖及紹述，三世皆以軍謀堪將帥策上第以進〔二五〕。

紹述無所不學，於辭於聲⑰〔二六〕，天得也⑱。在衆若無能者。嘗與觀樂，問曰：「何如？」曰：「後當然。」⑲，已而果然。銘曰：

惟古於詞必己出，降而不能乃剽賊⑳〔二七〕，後皆指前公相襲〔二八〕。從漢迄今用一律㉑〔二九〕，寥寥久哉莫覺屬㉒〔三〇〕，神徂聖伏道絶塞〔三一〕。既極乃通發紹述，文從字順各識職㉓，有欲求之此其躅〔三二〕。

【彙校】

①〔從其家〕潮本注：「從，一作『促』。」祝本、魏本注同。

②〔曰樊子者〕潮本注：「一無『者』字。」祝本、魏本注同。

③〔傳記〕文本無「記」字，注：「一有『記』字。」

④〔紀誌〕祝本注：「一無『紀』字。」魏本注同。《舉正》出南宋監本「紀誌説論」，删「紀」字，云：「李云：古本無『紀』字，當去。」朱熹從監本，《考異》：「方無『紀』字。」

⑤〔説論今文讃銘凡二百九十一篇〕樊汝霖注："今以《藝文志》考之，皆有其目。獨銘、賦、詩亡焉。所謂表牋狀策等文凡二百九十一篇，曰『樊宗師集二百九十一卷』，數同而以『卷』爲『篇』，疑《誌》之字誤也。"文本注："篇，《藝文志》作『卷』，疑《史》之誤。"沈欽韓注："今僅傳《絳守居園池記》、《綿州越王樓詩并序》。《宋史·藝文志》『樊宗師集』僅存一卷。案《舊唐書·經籍志》闕開元以後別集，恐《新唐書·藝文志》據此碑而誤也。"高步瀛注："漢人所著之文皆曰若干篇，不曰若干卷，蓋退之之意亦然。《新唐書·藝文志》誤以篇爲卷耳，沈説是也。"童第德注："此文言紹述所著書，《魁紀公》三十卷、《樊子》三十卷、《春秋集傳》十五卷，以上皆言卷；自表牋等文凡二百九十一篇，一下道路所遇及器物門里雜銘二百二十、賦十、詩七百又十九，皆言篇。不著『篇』字者，蒙上文言之，文義明白。《志》誤『篇』爲『卷』，非公文有誤也。"

⑥〔七百又十九〕祝本注："又，一作『一』。"魏本注同。文本"又"作"五"，南宋蜀本無"又"字。《舉正》據蜀本訂"又"作"一"。朱熹從方本，《考異》："一，或作『又』。"

⑦〔不襲蹈〕文本、魏本"襲蹈"作"蹈襲"。

⑧〔放恣横從〕魏本"横從"作"縱横"。

⑨〔然而不煩於繩削而自合也〕魏本無"也"字。

⑩〔長而不有〕《舉正》出南宋監本"長而不有其藏一錢"，乙"長而"作"而長"字，云："李、謝皆校從古本。"朱熹從監本，《考異》："長而，方作『而長』。"

⑪〔嘗以金部〕《舉正》："李本删『嘗』字。"

⑫〔言某帥不治〕潮本「帥」作「師」，祝本、南宋蜀本同。《舉正》出南宋監本「某師」，云：「李校作『其帥』，然古本、杭、蜀皆同上。」朱熹從方本，《考異》：「師，或作『帥』。」方成珪注：「按下云『罷之』，謂當罷其帥，非罷其師也。作『師』非是。」今從文本。

⑬〔出爲綿州〕祝本注：「一無『出』字。」魏本注同。潮本無「出」字，文本同。潮本注：「一有『出』字。」文本注同。《舉正》出南宋監本「出爲綿州」，據杭、蜀本删「出」字。朱熹從監本，《考異》：「方無『出』字，以下文『又出』觀之，宜有。」今從祝本。

⑭〔出刺絳州〕文本注：「一無『刺』字。」《舉正》：「蜀無『刺』字。」《考異》：「或無『刺』字。」

⑮〔命且下〕潮本「且」下注：「一有『日』字。」祝本、魏本注同。

⑯〔遂病以卒〕潮本注：「病以，一作『以病』。」祝本、魏本注同。《考異》：「病以，或作『以病』。」

⑰〔於辭於聲〕潮本「聲」上注：「於，舊作『放』。」祝本注：「於，一作『放』。」

⑱〔天得也〕祝本「得」下注：「一有『地』字。」魏本注同。《舉正》出南宋監本「於辭於聲天得也」，云：「蜀本作『天得地也』，晁、李本皆作『天得地出也』。」《考異》：「『得』下或有『地』字，或有『地出』字，皆非是。」

⑲〔後當然〕潮本「後」上注：「一有『某』字。」祝本、魏本注同。文本「後」上多一「某」字，南宋蜀本「後」上多一「其」字，《舉正》「後」上增「某」字，云：「李從古本校增。」朱熹從監本，《考異》：「『曰』下方有『某』字，非是。」

⑳〔降而不能乃剽賊〕潮本注：「賊，一作『脱』。」祝本、魏本注同。《舉正》出南宋監本「剽脱」，云：「保大本與此本同，他本多作『剽賊』。」朱熹從諸本，《考異》：「賊，方作『脱』。」

㉑〔從漢迄今〕魏本「從」作「後」。

㉒〔莫覺屬〕南宋蜀本注：「覺，一作『學』。」《舉正》據保大本訂作「學」。朱熹從監本，《考異》：「覺，方作『學』，非是。」

㉓〔文從字順各識職〕南宋蜀本「從字」作「字從」。

【箋注】

〔一〕魏引補注：「《後山詩話》：歐陽謂退之爲樊宗師墓誌便似樊文，其始出於司馬子長爲長卿傳如其文，惟其過之，故兼之也。」高步瀛注：「紹述名宗師，《新唐書》附其父澤傳。澤，河中人。此云南陽者，蓋其族望也。《元和姓纂》卷四（南陽湖陽縣樊氏）云：『周太王子虞仲支孫爲周卿士，食采於樊，因命氏，今河内陽樊是也。周有樊穆仲字山甫，樊仲皮、樊齊並其後。樊齊之後，漢有舞陽侯樊噲，曾孫嘉爲南陽太守，因家焉。』」

此篇作年，樊汝霖、方成珪疑在長慶三、四年間，方崧卿《舉正》、《年表》、王曦、王元啓、蔣抱玄繫於長慶四年（八二四）。樊汝霖注：「紹述卒且葬，《誌》皆無年月，或法不必載也。按紹述作《絳守居園池記》，乃長慶三年五月十七日。而公卒以四年十二月，則疑在長慶三、四年間。」《舉正》：「紹述《絳守居園池記》，長慶三年五月也。公銘於次年，紹述蓋未罷絳州而卒。此銘無歲月，當以此考。」謹按：「公」下「銘」字，原本漫漶大半，僅餘右側一綫。瞿鈔、韓鈔空格，四庫珍本定爲「作」，就現存殘文判斷，此字決非「作」。據正文，當作「銘」，殘文亦近似。今訂作「銘」。王疇注：「其葬無年月，《園池記》乃長慶三年五月十七，而公卒以四年十二月。則公此銘疑四年所作也。」王元啓注：「紹述卒官絳州，《誌》言絳人至今感其德，則此《誌》必在卒後之年，當屬長慶四年。」方譜：「此當是長慶三、四年作，姑附於此。」蔣抱玄注：「無年月可考。述作《絳守居園池記》乃長慶三年五月，假定爲長慶四年作。」

〔二〕孫汝聽注：「紹述，河中人。」

〔三〕《新唐書·藝文志·丙部子録·雜家類》：「樊宗師《魁紀公》三十卷。又《樊子》三十卷。」

〔四〕《新唐書·藝文志·甲部經録·春秋類》：「樊宗師《春秋集傳》十五卷。」

〔五〕《新唐書·藝文志·丁部集録·別集類》：「《樊宗師集》二百九十一卷。」《通志·藝文略·別集四》：「《樊宗師集》二百九十一卷。」《直齋書録解題》卷十六：「《樊宗師集》一卷、《絳守園池記注》一卷，唐諫議大夫南陽樊宗師紹述撰。韓文公爲墓誌，稱《魁紀公》三十卷、《樊子》三十卷、詩文千餘篇。今所存纔數篇耳，讀之殆不可句。有王晟者，天聖中爲絳倅，取其《園池記》章解而句釋之，猶有不盡通者。孔子曰：『辭達而已矣。』爲文而晦澁若此，其湮没弗傳也宜哉！書以《魁紀公》名，異甚。文之不可句，當亦類是。」

〔六〕襲蹈，因襲、亦步亦趨。《韓詩外傳》卷五：「知惡往古之所以危亡，而不襲蹈其所以安存者，則無以異乎卻行而求逮於前人。」後人倒作「蹈襲」，義同，如《二程遺書》卷十八：「似此言語，非是蹈襲前人。」

〔七〕洪興祖注：「《國史補》云：元和之後，文筆則學奇於韓愈，學澁於樊宗師。退之作樊《墓誌》，稱其爲文不剽襲。觀《絳守居園池記》，誠然，亦太奇澁矣。本朝王晟、劉忱皆爲之注解，如『瑶翻碧潋』、『鬼眼瀕耳』等語，皆前人所未道也。」魏引補注：「歐陽公跋《絳守居園池記》云：『元和文章之盛極矣！其奇怪至於如此。』又詩曰：『嘗聞紹述絳守居，偶來登覽周四隅。異哉樊子怪可吁，心欲獨去無古初。窮荒探幽入無有，一語詰曲百盤紆。孰云已出不剽襲，句斷欲學盤庚書』云云。」

〔八〕魏仲舉注：「負，載也。」童第德注：「《漢書・敍傳》『函之如海』，師古曰：『函，容也，讀與含同。』《後漢書・光武紀》：『地者任物至重，静而不動者也。』」謹按：海含地負，如大海包容萬物，如大地負載萬類，形容博大豐厚。此語始見韓文，後人採用者不少。如謝逸《陳府君墓誌銘》：「其治生櫛髮薅苗，以至海含地負。」（《溪堂集》卷八）楊時《貧而無諂章》：「凡海含地負之珍，畢陳於前。」（《龜山集》卷五）又改爲「海涵地負」，如范祖禹《秘書丞劉君墓碣》：「博學强識，海涵地負。」（《范太史集》卷三十八）黄庭堅《上蘇子瞻書二首》：「閣下所謂海涵地負。」（《山谷集》卷十九）宋孝宗《贈蘇文忠公太師勑》：「博觀載籍之傳，幾海涵而地負。」（《東坡全集》卷首）

〔九〕文讜注：「從，將容切。東西曰横，南北曰從。」魏仲舉注：「縱，子容切。」謹按：「從」通「縱」，《詩・齊風・南山》「藝麻如之何，衡從其畝」，毛傳：「衡獵之，從獵之，種之然後得麻。」鄭箋：

「衡音横，注同。亦作『横』字，又一音如字。衡即訓爲横。韓詩云：『東西耕曰横。』從，足容反，注同。韓詩作『由』，云：『南北耕曰由。』」《集韻》：「縱，將容切。東西曰衡，南北曰從。或从糸。」放恣横從、放恣縱横，縱横恣肆貌。此語始見韓文，後人亦有採用者。如司空圖《詩賦》：「河渾沇清，放恣縱横，濤怒霆蹴，掀鰲倒鯨。」（《司空表聖文集》卷八）元戴良《余豳公手帖後題》：「爲文章操紙筆立書，未嘗起草。然放恣横從，無不如意。」（《九靈山房集》卷二十二）

〔一〇〕統紀，綱紀。《説文》：「統，紀也。」段玉裁注：「《淮南·泰族訓》曰：『繭之性爲絲，然非得女工煑以熱湯而抽其統紀，則不能成絲。』按：此其本義也，引申爲凡綱紀之稱。」《史記·太史公自序》：「爲天下制儀法，垂六藝之統紀於後世。」此處由「綱紀」引申爲羈束、規範。此義始見韓文，後人採用者甚多。如劉摯《論取士并乞復賢良科疏》：「至于蹈襲他人，剽竊舊作，主司猝然亦莫可辨。蓋其無所統紀，無所檃括，非若詩賦之有聲律法度。」（《忠肅集》卷四）蘇洵《權書下·孫武》：「吴起之言兵也，輕法制草略，無所統紀。不若武之書詞約而意盡。」（《嘉祐集》卷三）蘇軾《復改科賦》：「彼文辭汎濫也，無所統紀；此聲律切當也，有所指歸。」（《東坡全集》卷三十三）

〔一一〕高步瀛注：「繩以正曲，削以去繁。」謹按：繩，修正。《書·冏命》「繩愆糾謬」，孔穎達疏：「木不正者，以繩正之，繩謂彈正。」削，删削。《漢書·禮樂志》：「削則削，筆則筆。」顔師古注：「削者，謂有所删去，以刀削簡牘也。筆者，謂有所增益，以筆就而書也。」繩削，修正、修改。杜牧

《上周相公啓》：「當考室構厦之時，膺督繩削墨之任。」（《樊川集》卷十三）鄭獬《漢諸侯王論》：「吴楚既滅，創艾繩削。」（《鄖溪集》卷十七）汪藻《鮑吏部集序》：「古之作者無意於文也，理至而文則隨之。如印印泥，如風行水上，縱横錯綜，燦然而成者，夫豈待繩削而後合哉？」（《浮溪集》卷十七）

〔一二〕文讜注：「本傳云：始宗師家饒於財，悉散施姻舊賓客。」

〔一三〕孫汝聽注：「言蓋如是也。」《考異》：「『蓋』下疑有『如』字。」韓愈《與袁相公書》：「竊見朝議郎前太子舍人樊宗師，孝友聰明，家故饒財，身居長嫡，悉推與諸弟，諸弟皆優贍有餘，而宗師妻子常寒露饑餒。宗師怡然處之，無有難色。」

〔一四〕樊汝霖注：「元和十五年正月，憲宗崩，宗師以金部郎中告哀南方。」《考異》：「或無『嘗』字。」《新唐書·百官志一》尚書省户部：「金部郎中、員外郎各一人，掌天下庫藏出納、權衡度量之數，兩京市、互市、和市、宫市交易之事，百官、軍鎮、蕃客之賜，及給宫人、王妃、官奴婢衣服。」

〔一五〕宗師以元和十五年正月爲告哀使。使還，出刺綿州，均當在十五年之内。《舊唐書·地理志四》劍南道綿州（上），今四川綿陽。《新唐書·百官志四下》外官：「上州刺史一人，從三品。職同牧尹，掌宣德化，歲巡屬縣，觀風俗、録囚、恤鰥寡。」

〔一六〕宗師出刺綿州又一年拜左司郎中，事當在長慶元年。《新唐書·百官志一》尚書省：「左丞一人，正四品上。右丞一人，正四品下。掌辨六官之儀，糾正省内，劾御史舉不當者。吏部、户部、禮部，左丞總焉；兵部、刑部、工部，右丞總焉。郎中各一人，從五品上。員外郎各一人，從六品上。掌付諸司之務，舉稽違，署符目，知宿直，爲丞之貳。」

〔一七〕宗師爲絳州刺史，具體時間不詳。其《絳守居園池記》署作「長慶三年五月十七日」，則出刺絳州，當在此前。《元和郡縣志》卷十二河東道絳州（雄），今山西新絳。

〔一八〕《新唐書・百官志二》：「門下省：左諫議大夫四人，正四品下。掌諫諭得失，侍從贊相。中書省：右諫議大夫四人，掌如門下省。」

〔一九〕此《誌》失載墓主卒、葬年月日。但宗師長慶三年五月十七日作《絳守居園池記》，韓愈長慶四年十二月二日卒。宗師病卒，當在長慶三年底或長慶四年初。

〔二〇〕此《誌》失載墓主享年。韓愈《與袁滋相公書》謂宗師「年近五十」，《書》作於元和九年，見方崧卿《韓文年表》。元和九年至長慶三年爲九年，則宗師享年，將近六十。樊宗師，《新唐書》有傳，其生平如次：樊宗師字紹述，南陽湖陽人（《元和姓纂》）。始爲國子主簿，元和三年擢軍謀宏遠科，授著作佐郎。歷朝議郎、太子舍人（韓愈《與袁滋相公書》）。九年，持服居東都（韓愈《與鄭相公書》）。十年，佐鄭餘慶山南西道節度使府（韓愈《山南鄭相公與樊員外酬答爲詩》）。繼佐後使權德輿，元和十二年，官至攝節度副使檢校尚書水部員外郎兼殿中侍御史（權德輿《應緣還奉狀制書手詔等》）。元和十五年正月以金部郎中告哀南方，使還，出刺綿州。長慶元年，拜左司郎中（韓愈《樊紹述墓誌銘》）。長慶三年爲絳州刺史（《絳守居園池記》）。進諫議大夫，未拜卒。

〔二一〕文讜注：「澤字安時，河中人。有武功，喜兵法。」樊澤，兩《唐書》有傳，其生平如次：樊澤字安時，河中人。長於河朔，相衛節度薛嵩奏爲磁州司倉、堯山縣令。建中元年舉賢良對策，楊炎薦爲補闕。歷都官員外郎，三年十月兼御史中丞，充吐蕃計會使（《唐會要》卷九十七）。尋從鳳翔節度張鎰與吐蕃會盟於清水，遷金部郎中、御史中丞、山南節度行軍司馬。時李希烈叛，詔以普王爲行軍元帥，徵澤爲諫議大夫、元帥行軍右司馬。屬駕幸奉天，普王不行，澤改右庶子兼中丞，復爲山南東道行軍司馬。興元元年正月丙申，爲襄州刺史兼御史大夫山南東道節度觀察使。希烈既平，澤丁母憂，起復右衛大將軍同正，餘如故。貞元三年閏五月癸亥，爲荆南節度觀察等使江陵尹兼御史大夫（《舊唐書·德宗紀上》）。三歲，加檢校禮部尚書。八年三月丙子，復爲襄州刺史山南東道節度使。十二年，加檢校右僕射，十四年九月己酉卒（《舊唐書·德宗紀下》），年五十。贈司空。

〔二二〕《新唐書·百官志一》尚書省：左右僕射各一人，從二品。

〔二三〕孫汝聽注：「興元元年正月，樊澤爲山南東道節度使。貞元二年閏五月徙鎮荆南，八年二月自荆南復爲山南東道節度使。十二年加檢校右僕射。十四年九月卒於鎮，贈司空。」《新唐書·樊澤傳》：「贈司空，謚曰成。」

〔二四〕樊汝霖注：「泳試大理評事，累贈兵部尚書。」方成珪注：「泳，《史》作『詠』。」謹按：樊泳名諱，

《舊唐書·樊澤傳》、《元和姓纂》作「詠」，此《誌》及《樊泳墓誌》均作「泳」。「泳」有弟名「涚」（《大唐故朝散大夫太子左贊善南陽樊府君（涚）墓誌銘并序》），是其名當從水。樊泳，《舊唐書》附於《樊澤傳》，《隋唐五代墓誌匯編》洛陽卷第十二册有《大唐故太原府祁縣尉黔中道採訪判官贈尚書兵部侍郎南陽樊公（泳）墓誌銘并序》，其生平如次：樊泳，南陽湖陽人（《元和姓纂》）。祖弘，太中大夫、金州刺史。父元珍，太中大夫、攝左金吾將軍、光州别駕。開元十五年舉高才沉淪草澤自舉科及第（《登科記考》），授試大理評事、濮州鄄城縣尉。歷深州饒陽、太原祁縣尉，天寶六年前後蕭克濟爲黔中採訪使（《元和郡縣志》卷三十），洛爲採訪判官。十一年七月卒於任，年四十七（《樊泳墓誌銘》）。

〔二五〕孫汝聽注：「開元中，泳舉草澤科。建中元年，澤舉賢良方正直言極諫科。元和三年四月，宗師舉軍謀宏遠堪任將帥科。」

〔二六〕魏引補注：「聲，樂也。下言觀樂是已。」

〔二七〕祝充注：「剽，匹妙切。」童第德注：「脱、奪古通用。《史記·陳涉世家》索隱『脱即奪也』，是其證。其本字應作『敓』，《説文》：『敓，彊取也。《周書》曰：「敓攘矯虔。」』今《書·呂刑》正作『奪』。奪，《説文》：『手持隹失之也，从又从奞。』段玉裁曰：『凡手中遺落物當作此字，今乃用脱爲之，而用奪爲争敓字，相承久矣。脱，消肉臞也。』按：剽脱即剽奪、剽敓。」謹按：剽賊，即剽奪、剽竊。此語始見韓文，後人採用者甚多。如晁公武《郡齋讀書志》卷一上：「學者徒剽賊六藝之文，飾其辭章，以譁世取寵。」李彭《題洪駒父徐師川詩後》：「洪語自奇嶮，餘子傷剽賊。」

（《日涉園集》卷三）王偁《東都事略》卷八十九：「經義之弊，蹈襲剽賊。」

〔二八〕孫汝聽注：「公然相襲。」

〔二九〕文讜注：「陸士衡《文賦》：普辭條與文律。」童第德注：「公《進學解》：『太史所録，子雲相如，同工異曲。』《答崔立之書》：『古之豪傑之士若司馬遷、相如、揚雄之徒。』《與馮宿論文書》：『昔揚子雲著《太玄》，人皆笑之。子雲死近千載，竟未有揚子雲，可歎也。』《答劉正夫書》：『漢朝人莫不能爲文，獨司馬相如、太史公、劉向、揚雄爲之最。』《送孟東野序》：『漢之時，司馬遷、相如、揚雄最其善鳴者也。』公論文，於前漢如司馬長卿、太史公、劉子政、揚子雲，皆極口稱讚，後漢則略不之及。又云：『崔、蔡不足多。』故曰『後漢迄今用一律』。若作『從漢』，則兩司馬、揚、劉皆爲剽賊相襲之徒，與公平昔論文牴牾矣。」謹按：韓公論文，於兩漢並無軒輊，《答李翊書》「非三代兩漢之書不敢觀，非聖人之志不敢存」，是其證。《聞見後録》卷十四：「『從漢迄今用一律』，蓋斥班固而下相襲者。」蓋兩司馬、揚、劉爲始發，自然「不襲蹈前人一言一句」，班固而下，延及崔、蔡，軌範已成，難免因襲。魏晉之後，千篇一律。「從漢迄今用一律」，所「用」即兩司馬、揚、劉之「律」。文章道弊，緣於因襲，先賢不當任其責。「從漢迄今用一律」，對事不對人，於兩司馬、揚、劉並無不敬。

〔三〇〕文讜注：「屬，連也，音朱欲切。」

〔三一〕祝充注：「徂，往也。」

〔三二〕祝充注：「躅，廚玉切，軌範也。《前漢》（《敍傳》）：『伏周孔之軌躅。』」文讜注「躅，迹也。」

此銘用韻，據《廣韻》：出，入術聲韻；賊，入聲德韻；襲，入聲緝韻；律，入聲術韻；屬，入聲燭韻；塞，入聲德韻；述，入聲術韻；職，入聲職韻；躅，入聲燭韻。

唐故中大夫陝府左司馬李公墓誌銘①〔一〕

公諱邪②〔二〕，字某，雍王繪之後③〔三〕。王孫道明，唐初以屬封淮陽王〔四〕。又追王其祖、父曰雍王〔五〕、長平王〔六〕。淮陽生景融④〔七〕，景融親益疎〔八〕，不王，生務該。務該生思一⑤，思一生岌〔九〕。比四世⑥〔一〇〕，官不過縣令、州佐。然益讀書爲行，爲士大夫家。岌爲蜀州晉原尉⑦〔一一〕，生公〔一二〕，未晬以卒〔一三〕。無家，母抱置之姑氏以去〔一四〕，姑憐而食之〔一五〕。至五六歲〔一六〕，自問知本末，因不復與羣兒戲。常默默獨處⑧。曰：「吾獨無父母，不力學問自立，不名爲人。」年十四五⑨，能闇記《論語》、《尚書》、《毛詩》、《左氏》、《文選》凡百餘萬言，凜然殊異。姑氏子弟莫敢爲敵⑩。浸傳之聞諸父⑪〔一七〕，諸父泣曰：「吾兄弟尚有子邪？」迎歸而坐問之，應對横從無難⑫〔一八〕。諸父悲喜，顧語羣子弟曰⑬：「爲汝得師。」⑭於是縱學無不觀⑮。

以朝邑員外尉選〔一九〕，魯公真卿第其所試文爲上等⑯〔二〇〕，擢爲同官正尉〔二一〕。曰：「文如李尉，乃可望此。」其後比以書判拔萃選爲萬年尉⑰〔二二〕，爲華州録事參軍〔二三〕。爭事於刺史，去官。爲陸渾令〔二四〕，河南尹鄭餘慶薦之朝〔二五〕，拜南鄭令〔二六〕。尹家奴以書抵縣請事〔二七〕。公走府，出其書投之尹前。尹慙其庭中人〔二八〕，曰：「令辱我！令辱我！」⑱且曰：「令退。」遂怨之⑲，拾掇三年⑳〔二九〕，無所得㉑。拜宗正丞〔三〇〕，宰相以文理白爲資州刺史〔三一〕，公喜曰：「吾將有爲也。」讒宰相者言之上曰㉒：「是與其故，故得用。」〔三二〕改拜陝州左司馬〔三三〕。公又喜曰㉓：「是官無所職，吾其不以吏事受責死矣。」長慶元年正月丙辰以疾卒㉔，春秋七十三〔三四〕。

公內外行完，潔白奮厲㉕，再成有家，士大夫談之。夫人博陵崔氏，朝邑令友之之女。其曾伯父玄暐㉖〔三五〕，有功中宗時〔三六〕。夫人高明，遇子婦有節法，進見侍側，肅如也。七男三女：郃爲澄城主簿〔三七〕。其嫡激，鄜城令〔三八〕。放，芮城尉〔三九〕。漢，監察御史〔四〇〕。滻、洸、潘〔四一〕，皆進士〔四二〕。及公之存，內外孫十有五人。五月庚申葬華陰縣東若干里〔四三〕。漢，韓氏壻也〔四四〕，故予與爲銘。其詞曰：

愈下而微，既極復飛，其自公始。公多孫子㉗，將復廟祀㉘〔四五〕。

【彙校】

①〔唐故中大夫陝府左司馬李公墓誌銘〕魏本無「唐」字。文本、南宋蜀本、《舉正》、《考異》無「唐故」二字。

②〔公諱邢〕方成珪注：「新、舊《史》『邢』作『荆』。」謹按：《舊唐書・李漢傳》、《新唐書・宗室世系表上》作「荆」。

③〔雍王繪之後〕潮本「繪」作「會」，祝本、文本、南宋蜀本、魏本同。文本注：「會，《唐史》作『繪』。」孫汝聽注：「會，當作『繪』。」《舉正》訂作「繪」，云：「考新、舊《史》當作『繪』。」朱熹從方本，《考異》：「繪，或作『會』。」今從方本。

④〔長平王淮陽生景融〕祝本注：「一作『長平生淮陽王淮陽王生景融』。」魏本注同。南宋蜀本作「長平王淮陽淮陽王景融」。《舉正》云：「蜀本語上有『長平生淮陽』一語，舊本皆無之。」《考異》：「此（長平王）下或有『長平生淮陽』五字。」

⑤〔務該生思一〕《舊唐書・李漢傳》「思一」作「思」。

⑥〔比四世〕文本注：「比，一作『此』。」南宋蜀本作「此」。

⑦〔岌爲蜀州晉原尉〕南宋蜀本注：「原，一作『平』。」《舉正》：「蜀本作『晉康』，誤也。」《考異》：「原，或作『康』。」

⑧〔常默默獨處〕文本注：「一本不疊『默』字。」

⑨〔年十四五〕祝本注：「一無『年』字。」魏本注同。

⑩〔莫敢爲敵〕潮本「敵」作「嫡」，文本、魏本同。潮本注：「嫡，一作『敵』。」文本、魏本注同。《舉正》據杭、三館本訂作「嫡」，云：「謝校，蜀本作『敵』。」朱熹從監本，《考異》：「敵，方作『嫡』，非是。」今從祝本。

⑪〔浸傳之聞諸父〕祝本注：「一作『聞之』。」魏本注同。《舉正》出南宋監本「浸傳聞之諸父」，據蜀本乙「聞之」作「之聞」。朱熹從方本，《考異》：「之聞，或作『聞之』。」

⑫〔應對横從無難〕文本「横從」作「縱横」。

⑬〔顧語羣子弟曰〕祝本注：「語，一作『謂』。」魏本注同。《舉正》據蜀本訂作「語」，云：「(以上二條)潮本同，謝本同上，仍去『曰』字。」朱熹從方本，《考異》：「語，或作『謂』。或無『曰』字。」

⑭〔爲汝得師〕祝本「爲」上注：「一有『吾』字。」魏本注同。朱熹本「爲」上有「吾」字，《考異》：「或無『吾』字。」

⑮〔於是縱學無不觀〕南宋蜀本「觀」下多一「覽」字。

⑯〔魯公真卿第其所試文爲上等〕南宋蜀本「真」作「直」，「等」作「第」。《舉正》出南宋監本「第其所試文爲上等」，删「爲」字，云：「李、謝本皆删。」朱熹從方本，《考異》：「『文』下或有『爲』字。」

⑰〔後比以書判〕南宋蜀本「比」訛作「胃」。《舉正》：「李删『比』字。」《考異》：「或無『比』字。」

⑱〔令辱我令辱我〕魏本注：「一無上三字。」祝本無複出「令辱我」三字，注：「一再有三字。」《舉正》出南宋監本「尹慚其廷中人曰令辱我令辱我」，云：「舊本皆複出三字。《漢·張耳傳》『李良素貴，起，慚其從官』，又《袁盎》『還愧其吏』，公此文與《劉昌裔誌》皆用此。」朱熹從方本，《考異》：「或無複出三字。」

⑲〔遂怨之〕文本無「之」字，注：「一有『之』字。」

⑳〔拾掇三年〕南宋蜀本「掇」下多一「之」字。

㉑〔無所得〕《舉正》出南宋監本「無所得」，删「所」字，云：「李、謝本皆删。」朱熹從監本，《考異》：「方無『所』字。」

㉒〔讒宰相者言之上曰〕《舉正》出南宋監本「讒宰相者言之」，據杭本删「者」字。朱熹從監本，《考異》：「方無『者』字，非是。」

㉓〔公又喜曰〕文本無「又」字。

㉔〔正月丙辰〕潮本無「正月」二字，祝本、文本同。魏本作「某月」，注：「俗本無『某月』字。」《舉正》出南宋監本「長慶元年丙辰」，云：「諸本皆闕月，李本作『正月』，蓋月十八日也。」朱熹作「元年正月丙辰」，《考異》：「方無『正月』字。而云：『李本作正月，蓋正月十八日也。』今按：是年辛丑歲。『丙辰』非歲名則爲日名，而在『月』下爲是。方知日辰所直，而不以李本補『正月』字，不可曉也。」謹按：長慶元年正月戊戌朔，丙辰十九日。今從南宋蜀本。

㉕〔潔白奮厲〕南宋蜀本「潔」作「絜」。

㉖〔其曾伯父玄暐〕王元啓注：「按：『曾伯父』未詳，當作『曾伯祖』，《禮》所謂『族曾祖父』是也。若其爲父之從父兄，則當稱從祖父。」

㉗〔公多孫子〕王元啓注：「徽本（明朱崇沐刊王伯大本）『孫子』作『子孫』，與上下文『始』字『祀』字不韻。」

㉘〔將復廟祀〕潮本「廟」作「其」，祝本、文本、魏本同。文本注：「其，一作『廟』。」魏本注同。《舉正》：「李本作『廟祀』。」朱熹作「廟祀」，《考異》：「廟，方作『其』。今按：《唐會要》：『禮官議户部尚書韋損四代祖所立私廟，子孫官卑，其祠久廢。今損官三品，準令合立三廟。』此以邾之先嘗有王封，而後世官卑，不得立廟，故云『將復廟祀』也。然唐制亦非古，而本朝立法尤爲疎略，唯蘇魏公嘗議立廟與襲爵之法相爲表裏。其説爲善，惜乎當時

不施行也。」謹按：李氏此前並未絶祀，「復其祀」不通。今從南宋蜀本。

【箋注】

〔一〕此篇作年，洪譜、方表、方譜、蔣抱玄注均繫於長慶元年（八二一）。洪譜：「長慶元年辛丑：是年有李郱祭文、墓誌。」方譜：「是年正月丙辰，李郱卒。正月己亥朔，丙辰十八日也。葬以五月庚申。五月丙申朔，庚申二十五日也。」

〔二〕祝充注：「郱，薄經反。」文讜注：「郱，蒲丁切。」

〔三〕文讜注：「繪，太祖之子也，爲隋夏州總管。生常平王贇，贇生淮陽王道玄，道玄生淮陽王道明。」孫汝聽注：「繪，太祖景皇帝之第五子也，爲隋夏州總管。」魏仲舉注：「雍，於衆反。」《新唐書·宗室列傳》：「雍王繪，爲隋夏州總管。子贇，追爵河南王。生道玄。」

〔四〕王元啓注：「淮陽本道明兄道玄封國，道玄討劉黑闥戰歿，無子，以弟道明嗣王。舊注但云道玄封淮陽王，不言道明嗣王之由，是謂纂言不得其要。」蔣抱玄注：「以屬，以親屬也。」《舊唐書·宗室列傳》：「淮陽王道玄，高祖從父兄子也。祖繪，隋夏州總管，武德初追封雍王。父贇，追封河南王。道玄武德元年封淮陽王，授右千牛。東都平，拜洛州總管。及府廢，改授洛州刺史。五年，劉黑闥引突厥寇河北，復授山東道行軍總管。遇害，年十九。詔封其弟武都郡公道明爲淮陽王，累遷左驍衛將軍。送弘化公主還蕃，坐洩主非太宗女，奪爵國除。後卒於鄆州刺史。」

〔五〕魏仲舉注：「『追王』之『王』字音旺。」蔣抱玄注：「追王，追尊也，『王』讀去聲。」《册府元龜》卷二百九十六：「雍王繪，高祖從父，武德初追封。」

〔六〕孫汝聽注：「繪子贄，贄子道玄。武德元年六月封道玄淮陽王，追封繪曰雍，贄爲河南王。」王元啓注：「按《宗室傳》，繪子贄追爵河南王，不言王長平，長平係繪弟郇王禕長子叔良封國。《誌》、《傳》互異，未知孰是。」《舊唐書·宗室列傳》：「長平王叔良，高祖從父弟也。父禕，隋上儀同三司，武德初追封郇王。叔良義寧中授左光禄大夫，封長平郡公。武德元年拜刑部侍郎，進爵爲王。四年，突厥入寇，命叔良率五軍擊之，中流矢而薨。」《册府元龜》卷二百九十六：「河南王贄，繪子，武德初追封。東平王韶，贄弟，武德初追封。」謹按：道明父贄封爵，兩《唐書·宗室傳》、《册府元龜》作「河南王」，《新唐書·宗室世系表上》作「長平王」。

〔七〕孫汝聽注：「五年十月，道玄與黑闥戰於下博。道玄戰没，無嗣，以其弟道明嗣爲淮陽王。終鄆州刺史，生景融。」

〔八〕蔣抱玄注：「親益疎，謂宗親之誼益遠也。」

〔九〕魏仲舉注：「岦，魚及切。」

〔一〇〕蔣抱玄注：「比，合也，共之義。《禮記》（《射義》）：『其容體比於禮，其節比於樂。』」陸德明《音義》：「比，毗志反，親合也。」

〔一一〕《元和郡縣志》卷三十一劍南道蜀州晉原縣（望），今四川崇慶。《新唐書·百官志四下》外官：

「上縣：尉二人，從九品上。分判衆曹，收率課調。」《舊唐書·李漢傳》：「道明生景融，景融生務該，務該生思，思生岌。岌以上無名位，至岌，爲蜀州晉原尉。」

〔一二〕《舊唐書·李漢傳》：「岌生荆，荆爲陝州司馬。荆生漢。」《新唐書·宗室世系表上》雍王房：雍王、隋江夏總管繪。二子：長平王贄，東平王韶。贄二子：淮陽王道玄、淮陽王道明。道明子景融，景融子務該，務該子思一，思一子晉原尉岌，岌子陝府左司馬荆。

〔一三〕祝充注：「晬，祖對切，子生一歲曰晬，《説文》：『周年也。』」文讜注：「子生一歲曰晬。一曰：晬，周時也。」《集韻》：「晬，祖對切，子生一歲也。一曰：晬時者，周時也。」

〔一四〕蔣抱玄注：「以去，棄之而再醮也。」

〔一五〕文讜注：「食，音嗣。」

〔一六〕孫汝聽注：「邢，天寶八年生。」

〔一七〕文讜注：「諸父，伯父、叔父也。」

〔一八〕魏仲舉注：「從，音蹤。」

〔一九〕文讜注：「朝邑縣，屬同州。《通典》（《職官一》）曰：『員外官，俸禄減正員之半。』」孫汝聽注：「選，謂選於吏部。」《元和郡縣志》卷二關内道同州朝邑縣（望），治所在今陝西大荔縣東。

〔二〇〕樊汝霖注：「魯郡顔真卿爲吏部侍郎。」孫汝聽注：「試書判拔萃爲上等。」《登科記考》：「魯公於寶應二年三月改吏部侍郎，八月除江陵尹、充荆南節度觀察處置使。則李邴拔萃在是年。」顏真卿，兩《唐書》有傳。其生平如次：顏真卿字清臣，小名羨門子，别號應方，京兆長安人。開元二十二年進士及第。二十四年舉拔萃科，授朝散郎秘書省著作局校書郎。天寶元年舉文詞秀逸科，授醴泉尉。轉長安尉。六載，遷監察御史。尋充河東朔方軍試覆屯交兵使；七載，還使河西隴右；八載，再轉河東朔方。八月，遷殿中侍御史、東畿採訪判官。九載十二月，轉侍御史，百餘日，遷武部員外郎判南曹。楊國忠惡之。十二載，出爲平原太守（殷亮《顏魯公行狀》）。安禄山反，真卿以平原拒之。十五載正月乙巳，詔加户部侍郎，三月乙酉，加河北採訪處置使（《舊唐書・玄宗紀下》）。肅宗幸靈武，以真卿爲工部尚書兼御史大夫、依前河北詔討採訪處置使。至德元載十月，朝肅宗於鳳翔。詔授憲部尚書。二年正月，除御史大夫。未幾，貶馮翊太守。乾元元年三月，改蒲州刺史，十月戊申，再貶饒州刺史（顏真卿《華嶽題名》）。二年六月乙未，拜昇州刺史、充浙西節度使（《舊唐書・肅宗紀》）。入爲刑部侍郎。上元元年，貶蓬州長史。寶應元年，除利州刺史，不拜，遷吏部侍郎。廣德元年，除荆南節度使，未行，改尚書右丞。二年春正月癸卯，檢校刑部尚書、御史大夫、充朔方行營宣慰使。未行，留知省事，封魯郡公。永泰三年二月乙未，貶峽州别駕，改吉州。大曆三年，遷撫州刺史，七年九月，轉湖州。十二年八月甲辰，徵拜刑部尚書（《舊唐書・代宗紀》）。代宗崩，以吏部尚書充禮儀使。建中元年八月戊午，改太子少師。三年八月丁丑，遷太子太師。建中四年李希烈叛。正月甲午，詔真卿爲宣慰使。興元元年八月三日被害（令狐峘《顔魯公神道碑銘》），年七十七。貞元元年正月癸丑追贈司徒，謚曰文忠（《舊唐書·德宗紀上》）。

〔二一〕文讜注：「同官縣屬京兆，本名銅官，隨改今名。」《元和郡縣志》卷二關内道京兆府同官縣（畿），今陝西銅川。《新唐書·百官志四下》外官：「畿縣：尉二人，正九品下。」

〔二二〕蔣抱玄注：「比以，並以也。」謹按：比，考校。「後比」，再比、再試。《周禮·小司徒》「及三年則大比」，鄭氏注：「大比，謂使天下更簡閲民數及其財物也。」《元和郡縣志》卷一關内道京兆府萬年縣（赤），今陝西西安。《新唐書·百官志四下》外官：「京縣：尉六人，從八品下。」

〔二三〕祝充注：「華，胡化切。」《元和郡縣志》卷二關内道華州（四輔），今陝西華縣。《唐六典》卷三十上州中州下州官吏：「上州録事參軍事一人，從七品上。司録録事參軍，掌付事、勾稽、省署抄目，糾正非違，監守符印。若列曹事有異同，得以聞奏。」

〔二四〕祝充注：「渾，音魂。」文讜注：「陸渾縣，屬河南。」《元和郡縣志》卷五河南道河南府陸渾縣（畿），治所在今河南嵩縣東北。《新唐書·百官志四下》外官：「畿縣令各一人，正六品上。縣令掌導風化，察冤滯，聽獄訟。凡民田收授，縣令給之。每歲季冬，行鄉飲酒禮。籍帳、傳驛、倉庫、盗賊、隄道，雖有專官，皆通知。」

〔二五〕孫汝聽注：「元和十年十月，鄭餘慶爲河南尹。」謹按：鄭餘慶爲河南尹，在元和元年十一月至六年十月之間，見《舊唐書·憲宗紀上》。鄭餘慶，兩《唐書》有傳，其生平如次：鄭餘慶字居業，滎陽人。大曆中舉進士。建中末，山南節度使嚴震辟爲從事，累官殿中侍御史，丁父憂罷。貞元初入朝，歷左司、兵部員外郎、庫部郎中，八年，選爲翰林學士。十三年五月壬子，遷工部侍郎知吏部選事。十四年七月壬申，拜中書侍郎平章事。十六年九月庚戌，貶郴州司馬（《舊唐書・德宗紀下》）。順宗登極，五月癸未，徵拜尚書左丞（《舊唐書・順宗紀》）。憲宗嗣位，八月癸亥，擢守本官平章事。元和元年五月庚辰，罷相爲太子賓客。九月丙午，改國子祭酒。十一月庚戌，拜河南尹。三年六月甲戌，兼東都留守。六年十月戊辰，入爲吏部尚書（《舊唐書・憲宗紀上》）。七年十二月丙戌，改太子少傅，兼判太常卿事。九年三月辛酉，拜檢校右僕射兼興元尹、充山南西道節度觀察使。十二年，除太子少師。十三年三月丁未，拜尚書左僕射。七月庚戌，改鳳翔尹、鳳翔隴節度使。十四年九月甲午，爲太子少師、檢校司空，封滎陽郡公，兼判國子祭酒事（《舊唐書・憲宗紀下》）。及穆宗登極，進位檢校司徒。元和十五年十一月癸亥卒（《舊唐書・穆宗紀》），時年七十五。贈太保，謚曰貞。

〔二六〕文讜注：「南鄭縣，屬梁州。」魏引補注：「南鄭，興元屬縣。疑此處有脱誤。」《元和郡縣志》卷二十二山南道興元府南鄭縣（次赤），今陝西漢中。《新唐書・百官志四下》外官：「京縣：令一人，正五品上。」李邦拜南鄭令具體時問不詳，但上文稱「河南尹鄭餘慶薦之」，則當在元和元年五月至三年六月之間。

〔二七〕王元啓注：「『尹』字指興元尹。」謹按：此興元尹爲柳晟。柳晟尹興元在元和元年九月戊戌，三年二月癸丑爲裴玢取代，見《舊唐書·憲宗紀上》。柳晟，兩《唐書·外戚傳》有傳，其生平如次：柳晟，河中解人，母肅宗第三女和政公主。乾元初除尚舍奉御，廣德中加檢校太常卿。涇師之亂，從幸奉天，受詔入京城遊説羣賊，冀其攜貳。事洩，爲朱泚所擒。乃於獄中穿垣破械而遁，落髪爲僧。間道歸行在。德宗還京，擢原王府長史。貞元六年，改嘉王府長史。歲餘，改澧州别駕。十一年，入爲將作少監。永貞初遷大將作，加朝請大夫。起崇陵功，以檢校左散騎常侍居使内作，封河東縣開國子，食邑五百户。又加銀青光禄大夫，起豐陵功，贈上柱國。元和元年九月戊戌，檢校工部尚書興元尹、山南西道節度使（《舊唐書·憲宗紀上》）。元和三年二月，入爲將作監。三月，以違詔進奉爲御史中丞盧坦所劾，詔宥之（《唐會要》卷四十）。五月，以檢校工部尚書兼將作監充入迴鶻册立使（《册府元龜》卷九百六十五）。歸拜金吾右將軍，始得居公爵。加爲大金吾，九年，加户部尚書，以大金吾爲左將軍。元和十三年三月九日歿，年六十九，贈太子少保（沈亞之《銀青光禄大夫檢校户部尚書左金吾大將軍兼御史大夫上柱國河南縣開國公食邑二户贈紫金魚袋太子少保柳公（晟）行狀》）。

〔三八〕洪興祖注：「《劉昌裔碑》云『少誠慚其軍』，《李鄘誌》云『尹慚其庭中人』，皆取（《漢書》）《袁盎傳》『盎還慚其吏』也。」文讜注：「慚視其庭中人也。」

〔三九〕曾國藩《求闕齋讀書録》卷八：「拾掇三年無所得，言摭拾其罪過不得。」謹按：拾掇，本義爲「拾」、「拾取」。《説文》：「掇，拾取也。」《爾雅·釋言》：「筑，拾也。」郭璞注：「筑，謂拾掇。」陸德明《音義》：「筑，音竹。掇，丁活反。《説文》云拾取。」宋邢昺《疏》：「拾，謂拾掇。」郭璞《抱朴子·外篇·審舉》：「有黨有力者紛然鱗萃，人乏官曠，致者又美，亦安得不拾掇而用之乎？」此處引申爲搜集罪證、羅織罪名。此義始見韓文，後人亦有採用者。如司馬光《言爲治所先上殿劄子》：「有不逞之人，於兩宫之間刺探動静，拾掇語言。外如效忠，内實求媚，以相與搆間。」《上皇太后疏》：「宫省之内，必有讒邪之人，造飾語言互相間搆。一則欲詐效小忠以結殿下之知，僥求禄利；二則自知過失素多，畏嗣君之嚴，有所不容；三則欲竊弄權柄，惡長君聰明，使己不得自恣。是以日夜闚覘拾掇，絲毫之失，無不納於殿下之耳。」（《傳家集》卷三十一）趙善括《嚴賞罰奏議》：「一命而仕州縣，以知效官。惟其位卑，其勢遠，故建議立言也，大吏輒以爲强聒。拾掇細微，文致以罪者有之矣。」（《應齋雜著》卷一）

〔三〇〕《新唐書·百官志三》宗正寺：「卿一人，從三品；少卿二人，從四品上；丞二人，從六品上。掌天子族親屬籍，以别昭穆。」

〔三一〕《元和郡縣志》卷三十一劍南道資州（上），今四川資中。《新唐書·百官志四下》外官州縣：「上州：刺史一人，從三品。掌宣德化，歲巡屬縣，觀風俗，録囚，恤鰥寡。」

〔三二〕文讜注：「言讒者謂宰相用其故舊，非公也。」

〔三三〕孫汝聽注：「陝虢節度使衛中行辟佐其府。」《元和郡縣志》卷六河南道陝州（陝郡大都督府）：「今爲陝虢觀察使理所，管陝州、虢州、汝州，管縣二十一。」今河南陝縣。《唐六典》卷三十大都督府中都督下都督官史：「大都督府司馬二人，從四品下。尹、少尹、别駕、長史、司馬：掌貳府州之事，以紀綱衆務，通判列曹，歲終則更入奏計。」

〔三四〕李邦，《舊唐書》附於《李漢傳》，今據《李邦墓誌銘》鈎稽其生平如次：李邦，一作「荆」，淮陽王道明五世孫。初爲朝邑縣員外尉，寶應二年試書判拔萃爲上等，擢爲同官正尉。其後比以書判拔萃選爲萬年尉。歷華州録事參軍、陸渾令，元和初拜南鄭令。歷三年，拜宗正丞。出爲資州刺史，未行，改陜州左司馬。長慶元年正月丙辰卒，年七十三。

〔三五〕崔玄暐，兩《唐書》有傳，其生平如次：崔玄暐，博陵安平人。龍朔中舉明經，累補庫部員外郎。尋授天官郎中，遷鳳閣舍人。長安元年超拜天官侍郎。轉文昌左丞，除天官侍郎。三年，拜鸞臺侍郎同鳳閣鸞臺平章事兼太子左庶子。四年六月乙丑，遷鳳閣侍郎加銀青光禄大夫，仍依舊知政事。神龍元年正月預誅張易之，擢拜中書令，封博陵郡公。四月甲戌，檢校益州大都督府長史兼知都督事。五月戊子，封博陵郡王，加授特進，罷知政事。二年六月戊寅，貶授白州司馬，在道病卒，年六十九。

〔三六〕樊汝霖注：「長慶四年六月，玄暐爲鳳閣侍郎同平章事。神龍元年正月，率羽林兵誅張易之、昌宗，迎太子監國，是爲中宗。」方成珪注：「『長慶』當作『長安』。」

〔三七〕《元和郡縣志》卷二關内道同州澄城縣（望），今屬山西省。《新唐書·百官志四下》外官州縣：「上縣：主簿一人，正九品下。」

〔三八〕《元和郡縣志》卷三關内道坊州鄜城縣（上），今山西富縣。《新唐書·百官志四下》外官州縣：「上縣：令一人，從六品上。」

〔三九〕《元和郡縣志》卷六河南道陜州芮城縣（望），今屬陜西省。

〔四〇〕樊汝霖注：「漢字南紀，元和七年進士。時爲監察御史，終於宗正少卿。」《新唐書·百官志三》御史臺：「監察御史十五人，正八品下。獄訟、軍戎、祭祀、營作、太府出納皆蒞焉。知朝堂左右廂及百司綱目。」李漢，兩《唐書》有傳，其生平如次：李漢字南紀，淮陽王道明六世孫。元和七年登進士第，累辟使府。長慶末爲左拾遺。寶歷中坐言忤旨，出爲興元從事。文宗即位，召爲屯田員外郎、史館修撰。太和四年轉兵部員外郎，李宗閔作相，用爲知制誥，尋遷駕部郎中。六年八月辛酉，爲御史中丞。七年六月壬申，轉禮部侍郎。八年，改户部侍郎。十一癸丑，出爲華州刺史、鎮國軍潼關防禦使。九年四月，轉吏部侍郎。六月李宗閔得罪罷相，七月癸丑，出爲邠州刺史（《舊唐書·文宗紀下》）。宗閔再貶，漢亦改汾州司馬。開成二年爲絳州長史（李漢《黄公記》）。大中時召拜宗正少卿卒。

〔四一〕魏引集注：「漨字經野，洸字正武，潘字子及。」祝充注：「漨、洸：上音産，下音光。」《舊唐書·李漢傳》：「漢弟漨、洸、潘，皆登進士第。潘，大中初爲禮部侍郎。」李潘，《舊唐書》記其事於《李漢傳》，其生平如次：李潘字子及，淮陽王道明六世孫。歷司勳、金部員外郎，司勳郎中（《尚書省郎官石柱題名》），遷駕部郎中、知制誥（《東觀奏記》）。大中十一年爲禮部侍郎，十一年十月，以中書舍人權知禮部貢院（沈佐黄《唐故承奉郎守大理司直沈府君（中黄）墓誌銘》、《册府元龜》卷六百四十一作「李潘」，《舊唐書・宣宗紀》訛作「李藩」。）十二年二月，遷户部侍郎（《舊唐書・宣宗紀》）。

〔四二〕樊汝霖注：「《舊史》：漢弟滻、洸、潘，皆登進士第。潘，大中初爲禮部侍郎。」《新唐書・宗室世系表上》荆六子：澄城主簿郊、鄜城令澈、芮城尉放、宗正少卿漢字南紀、滻字經野、洸字正武、潘字子及。

〔四三〕《元和郡縣志》卷二關内道華州華陰縣（望），今屬陝西省。

〔四四〕文讜注：「娶愈之女，字南紀。《唐史》有傳。」

〔四五〕魏引補注：「漢即公壻。」

此銘用韻，據《廣韻》：微，平聲微韻；飛，平聲微韻。始，上聲止韻；子，上聲止韻；祀，上聲止韻。

唐故幽州節度判官贈給事中清河張君墓誌銘①〔一〕

張君名徹②，字某，以進士累官至范陽府監察御史〔二〕。長慶元年③，今牛宰相爲御史中丞④〔三〕，奏君名迹中御史選〔四〕，詔即以爲御史〔五〕。其府惜不敢留〔六〕，遣之。而密奏：「幽州將父子繼續，不廷選且久〔七〕。今新收⑤，臣又始至孤怯〔八〕，須强佐乃濟。」〔九〕發半道，有詔以君還之，乃遷殿中侍御史⑥，加賜朱衣銀魚⑦〔一〇〕。至數日，軍亂〔一一〕，怨其府從事，盡殺之〔一二〕，而囚其帥〔一三〕。且相約：「張御史長者，毋侮辱轢蹙我事⑧〔一四〕，無罪⑨，無庸殺。」置之帥所⑩〔一五〕。

居月餘〔一六〕，聞有中貴人自京師至〔一七〕。君謂其帥〔一八〕：「公無負此土人。上使至，可因請見自辯⑪，幸得脱免歸。」⑫即推門求出〔一九〕。守者以告其魁，魁與其徒皆駭曰：「必張御史。御史忠義⑬，必爲其帥告此餘人⑭〔二〇〕，不如遷之别館。」即與衆出君⑮。君出門罵衆曰：「汝何敢反！前日吴元濟斬東市〔二一〕，昨日李師道斬軍中⑯〔二二〕，同惡者父母妻子皆屠死，肉餧狗鼠鴟鴉〔二三〕。汝何敢反！汝何敢反！」行且罵。衆畏惡其言⑰，不忍聞，且虞生變，即擊君以死〔二四〕。君抵死口不絶罵。衆皆曰：「義士！義士！」或收瘞之以俟⑱〔二五〕。

事聞，天子壯之，贈給事中〔二六〕。其友侯雲長佐鄆使〔二七〕，請於其帥馬僕射〔二八〕，爲之選於軍中⑲，得故與君相知張恭、李元實者⑳〔二九〕，使以幣請之范陽㉑。范陽人義而歸之。以聞，詔所在給船轝傳歸其家㉒〔三〇〕，賜錢物以葬。長慶三年四月某日㉓，其妻子以君之喪葬於某州某所。

君弟復，亦進士〔三一〕，佐汴宋。得疾變易喪心，驚惑不常。君得聞，即自視衣褥薄厚㉔，節時其飲食㉕〔三二〕，而匕筯進養之㉖。禁其家，無敢高語出聲㉗。醫餌之藥㉘，其物多空青、雄黄諸奇怪物〔三三〕，劑錢至十數萬〔三四〕。營治勤劇皆自君手，不假之人㉙。家貧，妻子常有飢色。

祖踐㉚，某官。父休㉛，某官。妻韓氏，禮部郎中某之孫〔三五〕，汴州開封尉某之女〔三六〕，於余爲叔父孫女。君常從余學㉜，選於諸生而嫁與之。孝順祗修，羣女效其所爲。男若干人，曰某。女子曰某㉝。銘曰：

嗚呼徹也！世慕顧以行〔三七〕，子揭揭也〔三八〕。噎喑以爲生〔三九〕，子獨割也〔四〇〕。爲彼不清，作玉雪也〔四一〕。仁義以爲兵，用不折缺也㉞。知死不失名，得猛厲也〔四二〕。自申於闇明㉟〔四三〕，莫之奪也。我銘以貞之〔四四〕，不肖者之呾也㊱。

【彙校】

①〔唐故幽州節度判官贈給事中清河張君墓誌銘〕文本無「唐故」、「清河」四字，《舉正》出南宋監本、南宋蜀本、魏本、王本、廖本無「唐」字。

②〔張君名徹〕高步瀛注：「《新唐書》『徹』作『澈』。」

③〔長慶元年〕潮本「元」作「二」，祝本、文本、南宋蜀本、魏本同。文本注：「按新、舊《史》，當作元年。」《舉正》訂作「元」，云：「樊校，考之《史》，當作元年。」朱熹從方本，《考異》：「元，或作『二』。」謹按：牛僧孺爲御史中丞，在元和十五年十二月己丑，見《舊唐書·穆宗紀》。長慶二年正月拜户部侍郎，見《舊唐書·牛僧孺傳》。今從方本。

④〔今牛宰相〕南宋蜀本「牛宰相」作「宰相牛公」。《舉正》出南宋監本「今牛宰相」，云：「『牛宰相』，别本一作『今宰相牛公』。陳齊之云：『嘗疑牛僧孺非李衛公之流，得公此語，則知公已不喜其人矣。』」《義門讀書記》卷三十三云：「『牛宰相』三字豈成文理耶？好惡予奪，固不在此，作『今宰相牛公』爲是。」王元啓注：「據法當從或本。褒貶法當於敍事處見之，不係乎稱謂。」童第德注：「《史》、《漢》稱『蕭相國』、『曹相國』、『陳丞相』、『張廷尉』、『倪大夫』，以官職與姓氏相聯爲尊稱，非貶詞。《東方朔傳》『今公孫丞相』，爲公語所本。陳謂公不喜牛之爲人，不免求之過深。何謂『牛宰相三字豈成文理』，不悟《史》、《漢》已有此稱，公此文亦有『張御史』、『馬僕射』可證。『牛宰相』與『宰相牛公』義同。」

⑤〔今新收〕南宋蜀本「收」作「牧」。

⑥〔乃遷殿中〕《舉正》據保大本訂「乃」作「仍」。朱熹從方本，《考異》：「仍，或作『乃』。」謹按：「乃」、「仍」字通，不煩改字。《周禮·春官·司几筵》：「凡吉事變几，凶事仍几。」鄭玄注：「故書『仍』爲『乃』。鄭司農云：『乃讀爲仍。仍，因也。』」朱駿聲《説文通訓定聲》：「乃，假借爲『仍』。」《新唐書·百官志三》御史臺：殿中侍御史九人，從七品下。

⑦〔加賜朱衣〕南宋蜀本注：「加，一作『仍』。」

⑧〔毋侮辱〕《考異》：「毋，或作『無』。」

⑨〔無罪〕《舉正》增「無罪」二字，云：「諸本皆有『無罪』二字。」朱熹從監本無此二字，《考異》：「此下方有『無罪』二字。」

⑩〔置之帥所〕南宋蜀本「帥」作「師」。

⑪〔可因請見自辯〕南宋蜀本「因」作「囙」。王本、廖本「辯」作「辨」。

⑫〔幸得脱免歸〕《舉正》：「李本删『免』字。」《考異》：「或無『免』字。」

⑬〔御史忠義〕《舉正》出南宋監本「御史忠義」，云：「李本『御史』上有『張』字。」朱熹「御史」上增「張」字，《考異》：「方無『張』字。」

⑭〔必爲其帥告此餘人〕潮本「必」作「心」。文本注：「必，一作『以』。」南宋蜀本作「以」。今從祝本。《舉正》：「杭本無『告此』二字。」朱熹從方本，《考異》：「或無此（告此）二字。告，疑當作『言』。今按：此（餘人）二字疑衍，而下文『不如還之别館』自爲一句。蓋述其言如此。下文又云『即與衆出君』，乃記其事也。但無所考，不敢輒删耳。或云：『餘人』字不必去，其曰『還之别館』，蓋言今當如此耳，亦通。」

⑮〔即與衆出君〕祝本注：「與，一作『以』。」南宋蜀本、魏本注同。《舉正》：「李本『與』作『以』。」《考異》：「與，或作『以』。」

⑯〔李師道斬軍中〕潮本「斬」下多一「於」字，傳世諸本並同。今據《新唐書·張弘靖傳》校删。

⑰〔衆畏惡其言〕《考異》：「『畏』下或有『皆』字，非是。或在『畏』上，則或有之。」

⑱〔或收瘞之以俟〕南宋蜀本無「俟」字。

⑲〔爲之選於軍中〕文本無「之」字。

⑳〔張恭李元實〕《年譜增考》作「張孝恭、元實」。南宋蜀本注：「恭，一作『泰』。」《舉正》出南宋監本「張恭」，云：「保大本作『泰』。」《考異》：「恭，或作『泰』。」

㉑〔使以幣請之范陽〕「范陽」二字，南宋蜀本無。

㉒〔詔所在給船轝傳歸其家〕南宋蜀本「船」作「舡」。

㉓〔長慶三年四月某日〕潮本「三」作「四」，祝本、文本、南宋蜀本、魏本同。魏本注：「四年，一作『三年』。」《舉正》出南宋監本「長慶四年四月某日」，云：「蜀本作『二年』，舊本一作『三年』。按：鄆帥，馬總也。總以長慶二年秋遷右僕射，逾年夏召還。徹葬或只在三年也。」朱熹從方本，《考異》：「方説雖如此，而其所定之本卻作『四年』，今姑從之。蓋或喪歸踰年，馬既召還，乃克葬也。」謹按：馬總帥鄆，在長慶二年十二月己酉之前。則「范陽人義而歸之」，不得晚於長慶三年。方崧卿《年譜增考》定此《誌》作於長慶三年，是。今從方引或本。

㉔〔即自視衣褥薄厚〕南宋蜀本「褥」作「蓐」，注：「蓐，一作『褥』，又作『衾』。」《舉正》出南宋監本「衣褥」，云：「保大本作『衣衾』。」《考異》：「褥，或作『衾』。」

㉕〔節時其飲食〕祝本、南宋蜀本、魏本無「時」字。

㉖〔而匕筯進養之〕魏本注：「一無『養』字。」潮本無「養」字，祝本、南宋蜀本同。潮本注：「一有『養』字。」祝本注

同。《舉正》據杭、蜀本增「養」字。朱熹從方本，《考異》：「或無『養』字。今按：『養』字去聲。《禮》曰：『以其飲食忠養之。』」今從文本。

㉗〔高語出聲〕文本「高語出聲」作「高聲出語」，注：「一作『高語出聲』。」

㉘〔醫餌之藥〕文本「醫餌之藥」作「醫藥之餌」，注：「一作『醫餌之藥』。」

㉙〔不假之人〕文本無「之」字，注：「一作『不假人手』。」

㉚〔祖餞〕「餞」字，《舉正》訂作「某」，云：「今本作『祖餞』，舊本只作『某』。」朱熹從方本，《考異》：「或作『祖餞』。」

㉛〔父休〕《舉正》訂「休」作「某」，云：「今本作『父休』，舊本只作『某』。」朱熹從方本，《考異》：「或作『父休』。」

㉜〔君常從余學〕王元啓注：「常，當作『嘗』。」童第德注：「『常』、『嘗』古通用。當云：常，讀曰嘗。」

㉝〔女子曰某〕南宋蜀本「子」作「至」。

㉞〔用不折缺也〕南宋蜀本注：「折缺，一作『缺折』。」《舉正》出南宋監本「用不折缺也」，據保大本乙「折缺」作「缺折」。朱熹從方本，《考異》：「或作『折缺』。」

㉟〔自申於闇明〕《考異》：「當作『明闇』，說見下條。」

㊱〔不肖者之咀也〕南宋蜀本注：「咀，一作『怚』。」《舉正》出南宋監本「不肖者之咀也」，據杭本刪「者」字，云：「李刪，蜀本無『之』字。此銘以『徹』爲韻，而『行』、『生』復自爲韻。厲，音『烈』，嚴也。闇，當讀如『諒闇』之『闇』，《集韻》亦收。」朱熹從監本，《考異》：「方無『者』字，或無『之』字。方云：『此銘以徹、揭、割、雪、折、厲、奪、咀爲韻，而行、生、清、兵、名、闇、貞，復自爲韻。厲音烈。闇當讀如諒闇之闇。』今按：方說多得之，此銘蓋法《兔

罝》、《魚麗》等詩隔句用韻耳。詩隔句用韻，先儒所未知，觀公此銘，則既識之矣。但『闇』、『明』二字乙之則韻自叶，而義亦勝。若如方説，則雖讀『闇』作教韻，終不叶，而義亦不通也。」高步瀛注：「『闇』不得與『行』、『生』、『清』等爲韻，朱説是也。然欲乙『闇明』字，蓋以『明』句絶，『闇』字屬下句耳，不知『闇明』二字連讀也。如云『行』、『生』、『清』、『兵』、『名』、『明』、『貞』復自爲韻，則合矣。」祝充注：「呾，當割切。《廣韻》：『呾，相呵也。』」文讜注：「呾，相呵也，音乙轄切。」魏仲舉注：「呾，音怛。」蔣抱玄注：「相呵曰呾。謂令不肖者聞之，以貪生相呵責也。」高步瀛注：「玄應《一切經音義》卷一引《韻集》曰：『呾嗟，語不正也。』《廣韻》十二曷：『呾，相呵，當割切。』徐行可曰：顔延年《庭誥》『妲語以敵要』，『呾』乃『誕』之後出字，『妲』爲『誕』之通借字。『誕』，俗體作『譠』，聲形皆相通轉。則《銘》中『呾』字或亦本之顔《誥》也。賈子（賈誼《新書·道術》）『反必爲呾』，亦『誕』之借字。」謹按：「呾」有三義，《廣韻》：「呾，相呵。呾，相呼聲，又當粹切。」《集韻》：「呾，瞠軋切，音獺。呾嗟，語不正也。」章炳麟《新方言·釋言》：「呾嗟者，嚽之長言，今亦謂多言無節爲呾達。」此處用「呵責」義，祝注、文注、蔣注是，高注、徐注不確。

【箋注】

〔一〕樊汝霖注：「張徹爲范陽府監察御史，其帥張弘靖也。《誌》不出弘靖姓名，但書曰『帥』，諱之焉耳。」《新唐書·百官志四下》外官：「節度使、副大使知節度事，行軍司馬、副使、判官、支使、掌書記、推官、巡官、衙推各一人，同節度副使十人，館驛巡官四人，府院法直官、要籍、逐要親事各一人，隨軍四人。節度使封郡王，則有奏記一人；節度使兼觀察使，又有判官、支使、推官、巡官、衙推各一人；又兼安撫使，則有副使、判官各一人；兼支度、營田、招討、經略使，則有副使、判官各一人；支度使復有遺運判官、巡官各一人。」《通典》卷三十二都督：「判官二人，分判倉兵騎胄四曹事。副使及行軍司馬通署。」

此篇作年，洪譜繫於長慶四年四月，方崧卿《年表》、《增考》繫於長慶三年，蔣抱玄注繫於長慶四年。洪譜：「四年甲辰：四月有《張徹墓誌》。《誌》云：『其妻子以君之喪葬於某州某所。』而祭文云『無所掩葬，輿魂東歸』者，徹初被殺，招魂而歸。其後故人以幣請之范陽，始得歸葬也。」《增考》：「按洪載《張徹墓誌》於今年，載祭文於去年。質之舊本，《墓誌》實長慶三年，《祭文》則在元年也，洪兩皆失之。《徹墓誌》云：『其友侯雲長佐鄆使，請於其帥馬僕射，爲之選於軍中，得故與君相知張孝恭、元實者，使以幣請之范陽，范陽人義而歸之。』馬僕射，馬總也。總以長慶二年秋還右僕射。踰年之夏，則召還矣。徹死於長慶元年秋，朱克融之變，踰年則定，固不應四年而後歸葬也。舊本爲是。」謹按：馬總自鄆帥入爲檢校左僕射守户部尚書，在長慶二年十二月己酉。則遣張恭、李元實「請之范陽」，不得晚於長慶二年。「范陽人義而歸之」，不得晚於長慶三年。《增考》定此《誌》作於長慶三年（八二三），是。

〔二〕祝充注：「徹中進士第在元和四年。」《舊唐書·地理志二》河北道：「幽州大都督府，隋爲涿郡。武德元年改爲幽州總管府，管幽易平檀燕北燕營遼等八州。六年改總管爲大總管，管三十九州。七年改爲大都督府，九年改大都督爲都督，幽易景瀛東鹽滄蒲蠡北義燕營遼平檀玄北燕等十七州。開元十三年昇爲大都督府。」

〔三〕祝充注：「元和十五年十二月，牛僧孺爲御史中丞。」文讜注：「牛宰相，牛僧孺。」王皥注：「牛三年三月自御史中丞拜相。初舉進士京師，攜所業謁公，公披卷，首見《説樂》，即掩卷問曰：『且以拍板爲何等物？』僧孺曰：『樂句。』公大奇之，遂命僦居客坊，闞亡訪之，因大書其門曰：『韓愈、皇甫湜同訪牛二先輩不遇。』翌日，觀者如堵。由是僧孺名震輦下。公集未嘗及之，其所書姓，僅見於此。」牛僧孺，兩《唐書》有傳，其生平如次：牛僧孺字思黯，隴西狄道人（李珏《唐丞相太子少師贈太尉牛公（僧孺）神道碑銘并序》），世居長安南下杜樊鄉東文安（杜牧《唐丞相故太子少師奇章郡開國公贈太尉牛公（僧孺）墓誌銘并序》）。永貞中擢進士第（《北夢瑣言》卷一），元和四年應賢良直諫制，詔下第一，授伊闕尉。除河南尉，拜監察御史。丁母夫人憂，制終，復拜監察御史，轉殿中侍御史（《牛僧孺墓誌銘》）。歷禮部員外郎，改都官知臺雜。尋換考功員外郎，充集賢直學士。元和十五年穆宗即位，以庫部郎中知制誥，十二月己丑，改御史中丞。長慶二年正月拜户部侍郎。三年三月丁巳，以本官同平章事（《舊唐書·穆宗紀》）。長慶四年敬宗即位，四月丙午，加中書侍郎銀青光禄大夫，封奇章縣子。十二月丁酉，加金紫階，進封郡公、集賢殿大學士監修國史（《舊唐書·敬宗紀》）。寶歷元年正月乙卯，出爲檢校禮部尚書同中書門下平章事鄂州刺史武昌軍節度鄂岳蘄黄觀察等使。文宗即位，就加檢校吏部尚書，太和四年正月召還，辛卯，守兵部尚書同平章事。尋加門下侍郎弘文館大學士。六年十二月乙丑，檢校左僕射兼平章事揚州大都督府長史淮南節度副大使知節度事。開成二年五月辛未，加檢校司空判東都尚書省事東都留守東畿汝都防禦使。三年九月戊寅，徵拜左僕射。四年八月癸亥，復檢校司空兼平章事襄州刺史山南東道節度使（《舊唐書・文宗紀下》）。會昌元年秋七月，罷爲太子少師。未幾，檢校司徒兼太子少保。明年，以檢校官兼太子太傅留守東都。四年八月，貶太子少保分司，九月戊子，再貶汀州刺史，十一月，復貶循州員外長史（《資治通鑑》卷二百四十八）。宣宗即位，移衡州汝州長史，遷太子少保、少師（《牛僧孺墓誌銘》），復分司東洛（《牛僧孺神道碑銘》）。大中二年十月二十七日薨於東都城南别墅，年六十九（《牛僧孺墓誌銘》）。贈太子太師，謚曰文貞。

〔四〕蔣抱玄注：「名迹，聲名事跡也。《後漢書》《衛颯傳》：『颯除襄城令，政有名跡。』」白居易《張徹宋申錫可並監察御史制》：「勅：舊制，副丞相缺，中執憲得出入。御史缺，則於内外史中考覈其實，封奏其名以補之。今御史中丞僧孺奏：某官張徹，某官宋申錫，皆方直强毅，可監察御史。章下丞相府，丞相亦曰可。朕其從之，並可監察御史。」（《白氏長慶集》卷四十八）

〔五〕《新唐書・百官志三》御史臺：「監察御史十五人，正八品下。獄訟、軍戎、祭祀、營作、太府出納皆蒞焉。知朝堂左右廂及百司綱目。」

〔六〕王元啓注：「其府，時張弘靖自宣武移鎮幽州。」高步瀛注：「姚姬傳曰：昌黎蓋鄙張弘靖，故没其名。『噎喑以爲生』者，蓋即謂之耶？」謹按：張籍有《奉和舍人叔直省時思琴》，稱舍人爲

「叔」。同題有權德輿《奉和張舍人閣老閣中直夜思聞雅琴因以書事通簡僚友》、吕温《奉和張舍人閣中直夜思聞雅琴因書事通簡僚友交朋》、鮑溶《竊覽都官李郎中和李舍人益酬張舍人弘靜夏夜寓直思聞雅琴見寄》。「舍人叔」即張弘靖。張籍爲張徹從兄，則張徹於弘靖爲族侄。張弘靖，兩《唐書》有傳，其生平如次：張弘靖字元理，張延賞子，張嘉貞孫，蒲州猗氏人。少以門蔭授河南府參軍，調補藍田尉。東都留守杜亞辟爲從事，奏改監察御史裏行，轉殿中侍御史内供奉。擢授監察御史，轉殿中侍御史、禮部員外郎，遷兵部郎中知制誥。元和元年，以中書舍人知東都選事（《册府元龜》卷六百五十一）。拜工部侍郎，轉户部侍郎。四年二月壬申，出爲陝州觀察河中節度使。六年二月癸巳，檢校禮部尚書河中尹晉絳慈等州節度使（《舊唐書・憲宗紀上》）。九年六月壬寅，拜刑部尚書同中書門下平章事。尋加中書侍郎平章事。十一年春正月己巳，檢校吏部尚書同中書門下平章事充太原節度使。十四年五月丙戌，徵拜吏部尚書。八月癸丑，遷檢校右僕射宣武軍節度使（《舊唐書・憲宗紀下》）。長慶元年三月癸丑，制加檢校司空平章事，充幽州盧龍等軍節度使（《舊唐書・穆宗紀》）。七月十日軍亂，二十三日丁巳，貶太子賓客分司，二十五日己未，再貶吉州刺史。拘留半歲始得還，二年二月甲子，貶撫州刺史。未幾，遷太子賓客、太子少保，四年三月庚申，以太子少師分司東都（《舊唐書・敬宗紀》），其年六月卒，年六十五。

〔七〕蔣抱玄注：「不廷選，謂非朝廷詔命也。」

〔八〕孫汝聽注：「長慶元年二月，幽州節度使劉總請去位。三月，以總爲太平軍節度使，以宣武軍節度使張弘靖爲幽州節度使代總。」

〔九〕文讜注：「謂府帥張弘靖之奏也。幽州事，見《鄆州溪堂詩》。」

〔一〇〕朱衣銀魚，唐四品、五品官員章服。《唐會要·章服品第》：「上元元年八月二十一日勅：一品已下文武並帶手巾、算袋、刀子、磨石，其武官欲帶手巾算袋者亦聽。文武三品已上服紫，金玉帶，十三銙；四品服深緋，金帶，十一銙；五品服淺緋，金帶，十銙；六品服深緑，七品服淺緑，並銀帶，九銙；八品服緑，九品服深青，並鍮石帶，八銙。」

〔一一〕王元啓注：「是年，幽州盧龍軍都知兵馬使朱克融囚其節度使張弘靖以反。」

〔一二〕《資治通鑑》卷二百四十二：「長慶元年秋七月甲辰，韋雍出，逢小將策馬衝其前導。雍命曳下，欲於街中杖之。河朔軍士不貫受杖，不服。雍以白弘靖，弘靖命軍虞侯繫治之。是夕士卒連營呼譟作亂，將校不能制，遂入府舍，掠弘靖貨財婦女，囚弘靖於薊門館。殺幕僚韋雍、張宗元、崔仲卿、鄭塤，都虞侯劉操、押牙張抱元。明日，軍士稍稍自悔，悉詣館謝弘靖，請改心事之。凡三請，弘靖不應。軍士乃相謂曰：『相公無言，是不赦吾曹。軍中豈可一日無帥？』乃相與迎舊將朱洄，奉以爲留後。」

〔一三〕《資治通鑑》卷二百四十一：「初，劉總奏分所屬爲三道，以幽涿營爲一道，請除張弘靖爲節度使；平薊嬀檀爲一道，請除平盧節度使薛平爲節度使；瀛莫爲一道，請除權知京兆尹盧士玫爲觀察使。又盡擇麾下伉健難制者都知兵馬使朱克融等送之京師，乞加奬拔，使燕人有慕羨朝廷禄位之志。是時上方酣宴，不留意天下之務。崔植、杜元穎無遠略，不知安危大體。苟欲崇重弘靖，惟割瀛莫二州，以士玫領之，自餘皆統於弘靖。朱克融等久羈旅京師，至假匄衣食，日詣中書求官。植、元穎不之省。及除弘靖幽州，勒克融輩歸本軍驅使，克融輩皆憤怨。先是，河北節度使皆親冒寒暑，與士卒均勞逸。及弘靖至，雍容驕貴，肩輿於萬衆之中，燕人訝之。弘靖莊默自尊，涉旬乃一出坐決事，賓客將吏罕得聞其言。情意不接，政事多委之幕僚。而所辟判官韋雍輩多年少輕薄之士，嗜酒豪縱，出入傳呼甚盛，或夜歸，燭火滿街，皆燕人所不習也。詔以錢百萬緡賜將士，弘靖留其二十萬緡充軍府雜用。雍輩復裁刻軍士糧賜，繩之以法，數以反虜詬責吏卒。謂軍士曰：『今天下太平，汝曹能挽兩石弓，不若識一丁字。』由是軍中人人怨怒。」

〔一四〕文讜「侮辱」下注：「絶句。」祝充注：「轢，音歷。」文讜注：「毋，音『無』。」蔣抱玄注：「轢音歷，踐踏之義。」

〔一五〕蔣抱玄注：「置之帥所，與弘靖同囚一處。」樊汝霖注：「長慶元年七月，幽州軍亂，囚節度使張弘靖於薊門館，殺判官韋雍、張宗元、崔仲卿、鄭塤、都虞侯劉操、押牙張抱元等，取朱滔子洄爲留後。以徹長者，不殺，置之於薊門館。」文讜注：「《唐史・張弘靖傳》：『長慶初，燕帥劉總舉所部内屬，請宏靖爲代，進檢校司空充盧龍節度使。宏靖懲亂，欲變其俗，專以法治之，而委成於參佐韋雍、張宗厚。會雍欲鞭小將，薊人未嘗更笞辱，不伏，宏靖繫之。是夕軍亂，囚宏靖薊門館，掠其家貲婢妾，執雍等殺之。判官張澈始就職，得不殺。』按《舊史・穆宗紀》：『長慶元年七月甲寅幽州監軍使奏：今月十日軍亂，囚節度使張弘靖。』《新史》亦云『七月甲辰軍亂』也。」

〔二六〕蔣抱玄注：「居，停也。」高步瀛注：「《舊唐書・弘靖傳》曰：『續有張徹者自遠使迴。軍人以其無過，不欲加害，將引置館中。徹不知其心，遂索弘靖所在，大罵軍人，亦爲亂兵所殺。』與《墓誌》不合。《通鑑考異》卷二十引《實録》曰：『徹到職纔數日，軍人不之殺，與弘靖同館處之。後數日，軍人恐徹與弘靖爲謀，將移之他所。徹自疑就戮，因抗聲大罵，復遇害。』又引《舊唐書》及《墓誌》而斷之曰：『據《舊傳》，徹以弘靖囚時被殺。《實録》云：後數日。《墓誌》云：居月餘。三書各不同。按此月丁巳，弘靖已貶官，月餘則離幽州。今從《實録》，參以《墓誌》。』步瀛案：《新唐書・弘靖傳》依《墓誌》而删『居月餘』字，且敍於軍中以朱克融主留後之前。是宋子京之意殆與司馬温公同。而《通鑑》敍於衆奉克融之後，似爲得之。然温公謂月餘則離幽州亦誤。《舊唐書・穆宗紀》曰：『長慶元年七月丁巳，貶張弘靖爲太子賓客分司。己未，再貶弘靖爲吉州刺史。二年二月甲子，以前吉州刺史張弘靖爲撫州刺史。』弘靖初貶官，尚在幽州。拘留半歲，克融授節始得還，故有是命。』《新唐書・弘靖傳》亦曰：『明年出幽州。』皆可證。當以《墓誌》爲正。」

〔二七〕《史記・李將軍列傳》：「匈奴大入上郡，天子使中貴人從廣勒習兵擊匈奴。」《集解》引《漢書音義》：「内官之幸貴者。」《索隱》：「案董巴《輿服志》云：『黄門丞主密近，使聽察天下，天下謂之中貴人使者。』崔浩云：『在中而貴幸。非德望，故云中貴也。』」

〔一八〕蔣抱玄注：「其帥，指弘靖。」

〔一九〕蔣抱玄注：「求出，代張弘靖求出。」謹按：觀下文「必爲其帥告此餘人」，則求出者爲張徹，非代張弘靖求出。

〔二〇〕文讜注：「爲，于僞切。」高步瀛注引姚曰：「餘人，非畔者黨也，恐以其言動之。」蔣抱玄注：「餘人，指不與亂之軍士。」謹按：「餘人」，刑餘之人，即上文「中貴人」。司馬遷《報任安書》：「刑餘之人，無所比數。」

〔二一〕吴元濟，兩《唐書》有傳，其生平如次：吴元濟，吴少陽長子。初爲試協律郎兼監察御史攝蔡州刺史。元和九年九月乙丑，父死不發喪，以病聞。因假爲少陽表，請元濟主兵務。屠舞陽，焚葉縣，攻掠魯山、襄城、汝州、許州及陽翟，關東大恐。十月壬戌，以陳州刺史李光顔爲忠武軍節度使。甲子，以嚴綬充申光蔡等州招撫使。十年正月己亥，制削奪吴元濟在身官爵，詔諸道進討。九月癸酉，以汴州節度使韓弘爲淮右行營兵馬都統。十一年春諸軍雲合，李光顔、烏重胤旦夕血戰。十二年正月，用李愬爲唐鄧帥，拔賊文城柵，擒柵將吴秀琳，又獲賊將李祐。李光顔亦拔賊郾城。元濟始懼，盡發左右及守城卒屬董重質，以抗光顔、重胤。六月壬戌，元濟上表請束身歸朝，爲羣賊所制，不能自拔。七月，詔以度爲彰義軍節度使兼申光蔡四面行營招撫使。八月，度至郾城。十月十六日壬申，愬乘夜出軍至蔡州城下，坎墻而畢登。十七日癸酉，擒元濟并其家屬以聞。十一月丙戌朔，以吴元濟徇兩市，斬於獨柳樹。十四年二月，師道爲其兵馬使劉悟所殺。」

〔二二〕孫汝聽注：「元和十二年十一月，元濟斬於獨柳樹。十四年二月，師道爲其兵馬使劉悟所殺。」李師道，兩《唐書》有傳，其生平如次：李師道，師古異母弟，其母張忠志女。師古死，師道時知密州事，其奴不發喪，潛使迎師道於密而奉之。憲宗以蜀川方擾，不能加兵於師道，元和元年七月己巳，授檢校左散騎常侍兼御史大夫權知鄆州事充淄青節度留後。十月壬午，加檢校工部尚書兼鄆州大都督府長史充平盧軍及淄青節度副大使知節度事管内支度營田觀察處置陸運海運押新羅渤海兩蕃等使。五年七月丁未，檢校尚書右僕射。十年，王師討蔡，師道使賊燒河陰倉，斷建陵橋。遣將訾嘉珍、門察殺武元衡，傷裴度。八月丁未，遣嵩山僧圓淨率勇士數百人伏於東都進奏院，乘洛城無兵，欲焚燒宫殿而肆行剽掠，留守吕元膺盡擒之。及誅吴元濟，師道恐懼，上表乞聽朝旨，請割三州并遣長子入侍宿衛。詔許之，十一年十一月，加司空。師道中悔，以軍不協爲解。十三年七月乙酉，詔削奪淄青節度使李師道在身官爵，仍令宣武、魏博、義成、義寧、横海等五鎮之師分路進討（《舊唐書・憲宗紀下》）。十四年二月九日，其將劉悟擒斬師道（《舊唐書・憲宗紀下》），傳首京師。

〔二三〕樊汝霖注：「《新史》書徹事大抵出公此《誌》，其所書罵賊語凡削六字，改一字。筆削固史氏事，然而改『餧』爲『飽』，則不若公語且有來處。此《前漢・陳餘》所謂『以肉餧虎』也。」蔣抱玄注：「『餧』，與『餵』同。」高步瀛注：「《新唐書》削『昨日』字、『於』字、『皆屠死』字，共六字。」祝充

注：「鴟，處脂切，與『鵄』同。」謹按：「鵄」，當作「鴟」。《玉篇》：「鴟，充尸切，鳶屬。鴟，同上。」《廣韻》：「鴟，處脂切，一名鳶也。鴟，亦上同。」

〔二四〕張徹，兩《唐書》無傳，其生平仕履《誌》亦不詳。今據唐人詩文稽考於下：張籍有《送從弟徹東歸》，則張徹籍貫，當爲吴郡。白居易有《醉後走筆酬劉五主簿長句之贈兼簡張大賈二十四先輩昆季》，詩云：「二張得雋名居甲。」詩作於元和四年張徹登第之後，朱金城《白居易集箋校》繫於元和四年，無誤。詩云：「十五年前名翕習，是時相遇在符離。張賈弟兄同里巷，乘閑數數來相訪。」則貞元十年（七九四）張徹兄弟寓居符離，與白居易過從甚密。韓愈《答張徹》：「首敍始識面，次言後分形。浚郊避兵亂，睢岸連門庭。」知張徹貞元十五年始識韓愈於徐州，並與韓愈比鄰而居。詩又云：「從賦始分手，朝京忽同舲。省選逮投足，卿賓尚摧翎。」知貞元十六年韓愈朝正京師時，張徹同行入京應試，次年落第。據韓愈《喜侯喜至贈張籍張徹》，知韓愈元和元年六月召爲國子博士後，復與張徹會於京師。又李賀有《酒罷張大徹索贈詩時張初效潞幕》，錢仲聯《李賀年譜》繫於元和九年。可知元和九年前後，張徹曾入昭義幕府。據韓愈《祭張給事文》「亦佐梁師」，知張徹曾參佐張弘靖宣武軍幕府。弘靖帥汴，在元和十四年八月癸丑，見《舊唐書·憲宗紀下》，張徹入幕當在此後。至長慶元年（八二一）張弘靖移鎮幽州，張徹從行，終至遇害。李賀《酒罷張大徹索贈詩時張初效潞幕》：「長鬛張郎三十八。」據此推張徹生年，當在大曆十二年（七七七），卒年四十五歲。今鈎稽張徹生平如次：張徹，吴郡人。貞元十年寓居符離，十五年寓居徐州，始識韓愈。十六年入京應試，次年落第。元和元年寓居京師。四年，進士及第（《張徹墓誌銘》祝充注）。九年前後佐昭義幕府，十四年參佐張弘靖宣武軍幕府，長慶元年張弘靖移鎮幽州，張徹爲節度判官（《張徹墓誌銘》），兵亂遇害，享年四十五歲。參見陳冠明《張徹行年稽實》、阮堂明《張徹生年小考》。

〔二五〕祝充注：「瘞，猗厲切。」《玉篇》：「瘞，猗厲切。幽也，藏也，薶也。《爾雅》曰：『祭地曰瘞薶。』」

〔二六〕《新唐書·百官志二》門下省：給事中四人，正五品上。

〔二七〕祝充注：「鄆，音運。」侯雲長，兩《唐書》無傳，今鈎稽其生平可知者如次：侯雲長，祖籍上谷，世居河東絳郡。祖璥節，著作郎。父劉，監察御史（《元和姓纂》卷五）。雲長爲人淳重方實，可任以事，其文與侯喜相上下（韓愈《與祠部陸員外書》）。韓愈薦之於陸參，登貞元十八年進士第（《容齋四筆》卷五引《登科記》）。長慶初佐馬總天平軍節度使府（《張徹墓誌銘》）。

〔二八〕魏引補注：「鄆曹濮節度使馬總也。」馬總，兩《唐書》有傳，其生平如次：馬總，字會元，扶風茂陵人（李宗閔《馬公家廟碑》）。貞元二年爲大理評事（戴叔倫《意林序》）。三年，李復鎮南海，辟爲從事。十年，李復移滑臺，又爲幕賓（周愿《牧守竟陵因遊西塔著三感説》）。十三年四月庚辰姚南仲鎮滑臺，仍辟爲從事。南仲與監軍使不叶，監軍誣奏南仲不法。十六年四月己丑府罷（《舊唐書·德宗紀下》），總坐貶泉州别駕。監軍入掌樞密，福建觀察使柳冕希旨欲殺總。從事穆贊鞫總，稱無罪，總方免死。後量移恩王傅，元和二年，爲泉州刺史。四年，遷虔州刺史（《馬懿公壁記》，見《輿地碑記目》卷三「泉州碑記」）。五年七月庚申，爲安南都護本管經略使（《舊唐書·憲宗紀上》）。八年七月丁丑，轉桂州刺史、桂管經略觀察使。十二月丙戌，爲廣州刺史嶺南節度使（《舊唐書·憲宗下》）。十一年，入爲刑部侍郎（柳宗元《曹溪第六祖賜謚大鑒禪師碑并序》）。十二年七月丙辰，裴度宣慰淮西，以刑部侍郎兼御史大夫，充淮西行營諸軍宣慰副使。吴元濟誅，十一月戊申，爲彰義軍節度留後。十二月壬戌，檢校工部尚書蔡州刺史、彰義軍節度使。十三年五月丙辰，轉許州刺史、忠武軍節度陳許溵等州觀察處置等使。同年朝京師，留拜禮部尚書，華州刺史、潼關防禦鎮國軍使（《馬公家廟碑》）。十四年三月戊子，遷檢校刑部尚書鄆州刺史、天平軍節度鄆曹濮等州觀察等使，就加檢校尚書左僕射（《舊唐書·憲宗下》）。長慶元年入朝（《鄆州谿堂詩序》），四月丙子，復爲天平軍節度使。二年十二月己酉，入爲檢校左僕射守户部尚書，長慶三年八月，卒於檢校尚書右僕射、户部尚書任（《舊唐書·穆宗紀》）。享年七十歲。贈右僕射，謚曰懿。

〔二九〕張恭、李元實，生平不詳。《册府元龜》卷四百十三：「李勉歷嶺南、滑亳、汴宋節度使，禮賢下士，終始盡心。以名士李巡、張恭爲判官，卒於幕。三歲之内，每遇宴飲，必設虚位於筵次，陳膳執酹，辭色悽愴。論者美之。」此「張恭」是否爲彼「張恭」，待考。

〔三〇〕祝充注：「轝，音預。」高步瀛注：「轝、輿字同。《左》成四年杜注曰：『傳，驛也。』《史記·衛將軍傳》索隱曰：『傳，猶轉也。』」謹按：《集韻》：「輿，舁車也。或作『轝』。」《左傳》成公五年「晉侯以傳召伯宗」，杜預注：「傳，驛。」陸德明《音義》：「傳，中戀反。」

〔三一〕孫汝聽注：「元和元年，復中進士。」張復，生平不詳。據孫注，知爲元和元年進士。《文苑英華》卷一百八十二録有陸暢、張復、李紳、張勝之唱和之《山出雲》一首，其時代與之相合，或即其人。

〔三二〕高步瀛注：「《莊子・人間世篇》：時其飢飽。」謹按：「時」亦有節制義，《孟子・萬章下》：「孔子，聖之時者也。」趙岐注：「孔子時行則行，時止則止。」《漢書・鼂錯傳》：「日月光，風雨時。」

〔三三〕文讜注：「空青、雄黄，藥名，皆療心疾。事見《本草》。」嚴有翼注：「空青，山出銅處，銅精薫則生空青。腹中空如楊梅者勝。雄黄出武都山，塊方數寸，明徹如雞冠者佳。」

〔三四〕蔣抱玄注：「物之配合而成者曰劑，故謂藥一料曰一劑。」

〔三五〕祝充注：「雲卿之孫。」韓雲卿，兩《唐書》無傳，其生平不詳。今鈎稽其可知者如次：韓雲卿，陳留韓氏（《元和姓纂》卷四），韓愈叔父（韓愈《科斗書後記》），世居河陽。至德年間李白作《武昌宰韓君去思頌碑》，稱爲監察御史。大曆十二年所撰《唐平蠻頌》，署作「尚書禮部郎中上柱國」（《八瓊室金石補正》卷六四）。《元和姓纂》記其終官，作禮部郎中。錢起有《鑾駕避狄歲別韓雲卿》，則其人建中、興元間猶存。李《碑》稱其「文章冠世」，韓愈稱其「當大曆世文辭獨行中朝」（《科斗書後記》），趙明誠稱其「詞頗簡古」（《金石録》卷二十八）。《全唐文》存其文六篇。

〔三六〕祝充注：「俞之女。」韓俞，雲卿子，生平不詳。此《誌》及《四門博士周況妻韓氏墓誌銘》作「開封尉」，《新唐書·宰相世系表三上》作「開封令」。二女：長嫁周況，次嫁張徹。三男：無競，河南參軍；啓餘，潤州司功參軍；州來，唐興令（《新唐書·宰相世系表三上》）。

〔三七〕文讜注：「慕顧，蘇黄門作《孟德傳》云『世之君子皆有所顧，故有所慕，有所畏』是也。」蔣抱玄注：「慕顧，謂慕名利而顧性命。」謹按：慕顧，貪慕顧惜。此語始見韓文，後人亦有採用者。如皇甫湜《華陽集序》：「不能慕顧，爲衆排，爲江南郡丞。」楊萬里《右司王僑卿墓表》：「遇事直前，無慕顧意。」（《誠齋集》卷一百二十二）劉克莊《回李宫教啓》：「紫氣出函谷之關，了無慕顧。」（《後村先生大全集》卷之一百二十二）

〔三八〕祝充注：「揭，音羯。又桀、竭二音。」文讜注：「言衆人貪禄，子獨重義也。《毛詩》傳曰：『揭揭，武壯貌。』」沈欽韓云：「《説文》：『揭，高舉也。』言世人皆顧望趨舍，子獨高舉其義。」謹按：《詩·衛風·碩人》「葭菼揭揭，庶姜孽孽，庶士有朅」，毛傳：「揭揭，長也。朅，武壯貌。」文讜注引毛傳不確。劉向《九歎·思古》「貌揭揭目巍巍」，王逸注：「揭揭，高貌也。巍巍，大貌也。」揭揭，高大貌，引申爲志意高遠、氣宇軒昂。此義始見韓文，後人亦有採用者。如石介《讀韓文》：「揭揭韓先生，雄雄周孔姿。」（《徂徠集》卷三）沈括《故天章閣待制沈興宗墓誌銘》：「不寧其居，揭揭自勵。」（《長興集》卷十八）鄒浩《策問》：「盛德尊行，揭揭乎覆載之中。」（《道鄉集》卷三十）楊萬里《宋故資政殿學士朝議大夫致仕廬陵郡開國侯食邑一千五百户食實封一百户賜紫金魚

袋贈通議大夫胡公(銓)行狀》：「大節揭揭，細行斬斬。」(《誠齋集》卷一百十八)

〔三九〕祝充注：「噎，一結切。喑，於金切。」文讜注：「《說文》曰：宋、齊之間謂泣不止曰喑。」《説文》：「噎，飯窒也。」《詩・王風・黍離》「中心如噎」，毛傳：「噎，憂不能息也。」《正義》：「噎者，咽喉蔽塞之名。」噎喑，啞口無言、忍氣吞聲。此語始見韓文，後人亦有採用者。如裴延翰《樊川集序》：「若大呂勁鳴，洪鐘橫撞，撐裂噎喑，戛切韶濩。」元郝經《祭成玉文》：「汝如一鶚，軒然當關，羣鳧噎喑。」(《陵川集》卷二十一)《宋史・張述傳論》：「人臣之職，當奮不顧身。而庸人怯夫於國事則噎喑而不言，若胡越肥瘠之不相干。」《張公路詩集序》：「其危苦激切，撐列噎喑，發作於筆墨之間。」(《牧齋有學集》卷十九)

〔四〇〕文讜注：「言衆人苟生，子獨殺身以成仁也。」蔣抱玄注：「獨割，謂獨能割絶性命名利之念。」

〔四一〕文讜注：「藩國既强，自擅署吏。徹義不污染，有堅白之德，故喻之以玉雪。爲，音於僞切。」蔣抱玄注：「玉雪，喻其節操也。」

〔四二〕祝充注：「厲，協韻音烈。《廣韻》：『厲，嚴也，烈也。』」文讜注：「(司馬遷《報任安書》)人固有一死，或重於太山，或輕於鴻毛，用之所趣異耳。今以義死爲得其所，故曰『不失』。《論語》(《述而》)曰：『子温而厲，威而不猛。』厲，音列。《蜀都賦》云『若乃大火流涼風厲』是也。」蔣抱玄注：「猛厲，勇之謂。」

〔四三〕陳景雲注：「張平子《靈憲》中論日之明云『由明瞻闇闇還自奪』，韓子語似本此。」蔣抱玄注：

「闇明，即幽明。謂無負於幽明也。」

〔四四〕高步瀛注：「《周易集解·乾文言》引何妥曰：貞，信也。」

此銘用韻，據《廣韻》：徹，入聲薛韻；揭，入聲月韻；割，入聲曷韻；雪，入聲薛韻；缺，入聲薛韻；厲，去聲祭韻；奪，入聲末韻；呾，入聲曷韻。行，平聲庚韻；生，平聲庚韻；清，平聲清韻；兵，平聲庚韻；名，平聲清韻；明，平聲庚韻；貞，平聲清韻。

唐故河南府法曹參軍盧府君夫人苗氏墓誌銘①〔一〕

夫人姓苗氏，諱某，字某，上黨人〔二〕。曾大父襲夔，贈禮部尚書〔三〕。大父殆庶，贈太子太師〔四〕。父如蘭，仕至太子司議郎〔五〕、汝州別駕②〔六〕。夫人年若干，嫁河南法曹范陽盧府君③〔七〕。府君諱貽④〔八〕，有文章德行〔九〕，其族世所謂甲乙者⑤〔一〇〕，卒先夫人⑥〔一一〕。夫人生能配其賢⑦，殁能守其法⑧。男二人：曰於陵⑨〔一二〕，曰渾⑩〔一三〕。女三人，皆嫁爲士妻〔一四〕。貞元十九年四月四日，卒於東都敦化里，年六十有九。其年七月某日⑪，祔於法曹府君墓，在洛陽龍門山〔一五〕。其季女壻昌黎韓愈爲其誌銘⑫。其詞曰：

赫赫苗宗，族茂位尊。或毗于王〔一六〕，或貳于藩〔一七〕。是生夫人⑬，載穆令聞〔一八〕。爰初在家，孝友惠純。乃及于行⑭〔一九〕，克媲德門⑮〔二〇〕。肅其爲禮⑯，裕其爲仁。法曹之終，諸子實幼。煢煢其哀⑰〔二一〕，介介其守〔二二〕。循道不違，厥聲彌劭⑱〔二三〕。三女有從〔二四〕，二男知教。閭里歎息，母婦思效⑲〔二五〕。歲時之嘉，嫁者來寧。纍纍外孫⑳〔二六〕，有攜有嬰〔二七〕。扶牀坐膝，嬉戲讙爭。既壽而康，既備而成。不歉于約，不矜于盈。伊昔淑哲〔二八〕，或圖或書。嗟咨夫人，孰與爲儔。刻銘寘墓㉑，以賛碩休〔二九〕。

【彙校】

①〔唐故河南府法曹參軍盧府君夫人苗氏墓誌銘〕魏本無「唐」字。文本、南宋蜀本無「唐故」二字。潮本無「盧」下「府」字，文本、南宋蜀本、魏本同。潮本無「苗氏」二字，文本、魏本同。南宋蜀本「夫人苗氏」作「苗氏夫人」。《舉正》「盧」下增「府」字，又增「苗氏」二字，作「河南府法曹參軍盧府君夫人苗氏墓誌銘」，云：「題校杭本；蜀本只作『盧君夫人』，無『苗氏』二字；李本作『范陽盧君夫人苗氏』。」朱熹從方本，《考異》：「或無『府』、『苗氏』三字，或作『范陽盧君夫人苗氏』。」今從祝本。

②〔汝州別駕〕樊汝霖注：「此云『別駕』而表云『永王府諮議參軍』，當以此爲正。」《舉正》訂「別駕」作「司馬」，云：「杭本作『司馬』，蜀本作『別駕』，《世系表》作『永王府諮議參軍』。」朱熹從方本，《考異》：「司馬，或作『別駕』。」

③〔嫁河南法曹范陽盧府君〕潮本無「河南」、「范陽」四字，祝本、文本、魏本同。潮本注：「法曹，一作『范陽』。」祝本注同。南宋蜀本無「府」字。魏本注：「一作『嫁范陽盧府君』。」《舉正》據蜀本增「河南」二字，作「嫁河南法曹盧

府君」。朱熹從方本，《考異》：「『河南法曹』四字或作『范陽』二字。」今從南宋蜀本增「河南」、「范陽」四字。

④〔府君諱貽〕潮本無複出「府君」二字，祝本、文本、魏本同。潮本注：「一再有『府君』字。」祝本、魏本注同。《舉正》出南宋監本無複出「府君」二字，朱熹從方本，《考異》：「諱上或有複出『府君』字。」王元啓注：「原本無複出『府君』字。按：上『府君』應句首一『嫁』字，下云『有文章德行』，卻非『嫁』字所能貫。當從或本別增『府君』二字。」今從或本增「府君」二字。

⑤〔其族世所謂甲乙者〕南宋蜀本「甲」作「田」。

⑥〔卒先夫人〕《舉正》出南宋監本「卒先夫人」，據蜀本乙作「先夫人卒」，朱熹從方本，《考異》：「或作『卒先夫人』。」

⑦〔夫人生能配其賢〕文本脱「生」字。

⑧〔歿能守其法〕文本「歿」作「没」。

⑨〔曰於陵〕潮本無「曰」字，祝本、文本、魏本、王本、廖本同。今據南宋蜀本補。

⑩〔曰渾〕潮本無「曰」字，祝本、文本、魏本、王本、廖本同。今據南宋蜀本補。

⑪〔其年七月某日〕祝本注：「七，一作『八』。」魏本注同。文本注：「一本『某年七月某日』。」《舉正》出南宋監本「其年七月」，云：「蜀本作『其明年七月』。」《考異》：「『其』下或有『明』字，『七』或作『八』。」

⑫〔其季女壻昌黎韓愈爲其誌銘〕祝本注：「其，一作『之』。」魏本注同。南宋蜀本作「之」。《舉正》出南宋監本「爲之誌銘其詞曰」，據蜀本删「銘」字。朱熹從方本，《考異》：「『之』下或有『銘』字，或有『其』字而無『之』字。」

⑬〔是生夫人〕潮本注：「是，一作『厥』。」祝本、魏本注同。《考異》：「是，或作『厥』。」

⑭〔乃及于行〕潮本「乃及」作「享乃」，祝本、文本、魏本同。潮本注：「一作『乃及』。」祝本、文本、魏本注同。《舉正》出南宋監本「乃及于行」，云：「蜀本作『享乃于行』。」朱熹從方本，《考異》：「乃及，或作『享乃』。」今從方本。

⑮〔克娩德門〕潮本注：「克，一作『光』。」祝本、文本、魏本注同。《考異》：「克，或作『光』。」

⑯〔肅其爲禮〕潮本「爲禮」作「禮容」，祝本、文本、南宋蜀本、魏本同。潮本注：「禮容，一作『爲禮』。」文本、南宋蜀本注同。祝本注：「一作『爲禮』，一作『禮瞿』。」魏本注同。《舉正》出南宋監本「肅其禮容裕其爲仁」，云：「蜀本作『肅其爲禮』。」朱熹從蜀本作「爲禮」，《考異》：「爲禮，方作『禮容』。今以下句『爲仁』偶之，方説非是。」今從朱本。

⑰〔煢煢其哀〕文本、南宋蜀本、魏本「煢」作「烡」。

⑱〔循道不違厥聲彌劭〕祝本、魏本「劭」作「邵」。潮本注：「一作『既克其家厥問愈劭』。」南宋蜀本注同。祝本注：「一作『既克其家厥問愈邵』。」文本注：「一作『既克其家厥問愈劭』。劭，當作『邵』。」魏本注：「一作『既克其家厥聞愈邵』。」《舉正》出南宋監本「循道不違厥聲彌劭」，云：「保大本作『既克其家厥問愈劭』。」《考異》：「或作『既克其家厥問愈劭』。」

⑲〔母婦思效〕魏本「效」作「傚」。

⑳〔纍纍外孫〕祝本、魏本「纍纍」作「累累」。祝本注：「一作『纍纍』。」魏本注同。朱熹作「累累」，《考異》：「或作『纍纍』。」

㉑〔刻銘寘墓〕南宋蜀本注：「銘，一作『石』。」潮本注：「寘，一作『誌』。」祝本、魏本注同。文本注：「寘，一本

『冥』。」《舉正》出南宋監本「刻銘寘墓」，云：「杭本同上，蜀本作『刻石誌墓』。」《考異》：「銘，或作『石』。寘，或作『誌』。」

【箋注】

〔一〕魏引補注：「公室盧氏之母夫人苗氏也。」

此篇作年，洪興祖、方崧卿《年表》、方成珪、蔣抱玄注均繫於貞元十九年（八〇三）。洪譜：「十九年癸未，公年三十六，自博士拜監察御史。時有《苗氏墓志》。」方譜：「夫人卒於是年四月四日，葬於七月某日。」

〔二〕孫汝聽注：「上黨長子縣人。」《新唐書·宰相世系表五上》：「苗氏出自芈姓，楚若敖生鬭伯比，伯比生子良，子良生越椒，字伯棼，以罪誅。其子賁皇奔晉，晉侯與之苗邑，因以爲氏。其地河内軹縣南有苗亭，即其地也。上黨長子縣有苗襲夔。」《舊唐書·苗晉卿傳》：「苗晉卿，上黨壺關人。」李華《唐丞相故太保贈太師韓國公苗公（晉卿）墓誌銘并序》：「公諱晉卿，字元輔，上黨壺關人。」《元和郡縣志》卷十五河東道潞州（上黨郡）長子縣（緊），今屬山西省。

〔三〕《舊唐書·苗晉卿傳》：「祖夔，高道不仕，追贈禮部尚書。」《故河南府法曹參軍上黨郡開國男苗含液墓誌銘》：「曾祖猷，洛陽縣令。祖襲，洪雅縣令。」《苗晉卿墓誌銘》：「祖襲夔，贈太子太師。父殆庶，贈禮部尚書。」《新唐書·百官志一》尚書省：禮部尚書一人，正三品。

〔四〕樊汝霖注：「以《宰相世系》考之，襲夔生殆庶、延嗣，殆庶生如蘭、晉卿。襲夔、殆庶所贈官，疑晉卿仕至宰相而贈也。」《舊唐書·苗晉卿傳》：「父殆庶，官至絳州龍門縣丞，早卒，以晉卿贈太子少保。」《上黨苗府君（縝）墓誌銘并序》：「大王父諱殆庶，皇贈太子太師。」《唐故朝議郎守殿中少監兼通事舍人知館事上柱國賜紫金魚袋苗公（弘本）墓誌銘》：「曾祖殆庶，汝陰郡太守贈太師。」《新唐書·百官志四上》東宮官：太子太師一人，從一品。

〔五〕文讜注：「《世系表》云『永王府諮議參軍』。」《新唐書·百官志四上》東宮官左春坊：「司議郎二人，正六品上。掌侍從規諫，駁正啓奏。」

〔六〕《元和郡縣志》卷六河南道汝州（望），今屬河南省。《唐六典》卷三十上州中州下州官吏：「上州別駕一人，從四品下。掌貳府州之事，以紀綱衆務，通判列曹。歲終則更入奏計。」

〔七〕韓愈《處士盧君（於陵）墓誌銘》：「其先范陽人。」《唐六典》卷三十京兆河南太原三府官吏：「法曹參軍事二人，正七品下。法曹司法參軍，掌律令格式，鞫獄定刑，督捕盜賊，糾逖姦非之事。以究其情僞，而制其文法。赦從重而罰從輕，使人知所避而遷善遠罪。」

〔八〕《新唐書·宰相世系表三上》四房盧氏：盧敏字仲通，後魏議郎，謚曰靖，號第二房。敏生義惇，義惇生景柔，蘭陵太守、南州刺史。景柔生元幹。元幹四世孫貽，河南府法曹參軍。

〔九〕《文苑英華》卷五百十四有盧貽《舉賢任選判》一首。

〔一〇〕魏仲舉注：「言盧氏之族。」曾國藩《求闕齋讀書録》卷八：「崔、盧，唐世所稱巨族。甲乙，猶云第一、第二也。」《新唐書·宰相世系表三上》：「盧氏出自姜姓。齊文公子高，高孫傒爲齊正卿，謚曰敬仲。食采於盧，濟北盧縣是也，其後因以爲氏。田和篡齊，盧氏散居燕秦之間。秦有博士敖，子孫家於涿水之上，遂爲范陽涿人。裔孫植，字子幹，漢北中郎將。生毓，字子象，魏司空容城成侯。三子：欽、簡、班。欽，晉尚書僕射。班字子笏，晉侍中尚書、廣燕穆子。三子：浮、皓、志。志字子道，晉中書監、衛尉卿。三子：諶、謐、詵。諶字子諒，晉侍中、中書監。五子：勗、凝、融、偃、徵。勗居巷南，號『南祖』。偃居北，號『北祖』。偃仕慕容氏，營丘太守。二子：邈、闡。邈范陽太守，生玄，字子真，後魏中書侍郎、固安宣侯。二子：巡、度世。度世字子遷，青州刺史、固安惠侯。四子：陽、烏、敏、昶，尚之號『四房盧氏』。」

〔二〕《處士盧君（於陵）墓誌銘》：「父貽，爲河南法曹參軍。河南尹與人有仇，誣仇與賊通，收掠取服。法曹曰：『我，官司也。我在，不可以爲是。』廷爭之以死。河南怒，命牽捽之。法曹爭尤强，遂并收法曹，竟奏殺仇，籍其家而釋法曹。法曹出，徑歸卧家。念河南勢弗可敗，氣憤弗食，嘔血卒。」謹按：盧貽卒年不詳。《河南緱氏主簿唐充妻盧氏墓誌銘》：「法曹卒，苗夫人嫁之唐氏充。」可知盧貽卒年在長女出嫁之前。《誌》又云：「年四十二，元和四年正月二十二日卒。」其生年爲大曆三年（七六八）。按及笄之年出嫁考慮，盧貽卒年當在興元元年（七八四）前後。《盧於陵墓誌銘》：「處士少而孤。」《誌》又云：「年三十有六，元和二年五月壬辰以疾卒。」其生年在大曆七年（七七二）。按十歲爲少考慮，盧貽卒年當在建中三年（七八二）前後。綜合考校，盧貽卒年，約當在建中、興元之間。

〔一二〕《盧於陵墓誌銘》：「處士少而孤，母夫人既終，育幼弟與歸宗之妹，經營勤甚，未暇進仕也。年三十有六，元和二年五月壬辰以疾卒。」

〔一三〕韓愈有《盧渾墓誌銘》，未載其生平。《盧於陵墓誌銘》：「其弟渾以家有無，葬以車一乘於龍門山先人兆。」可知其卒年在於陵之後。

〔一四〕韓醇注：「夫人長女壻，河南緱氏主簿唐充。次亡，公其季女壻也。」謹按：此云「女三人皆嫁爲士妻」，下文云「三女有從」，則韓醇所謂「次亡」之説不確。《盧於陵墓誌銘》：「母夫人既終，育幼弟與歸宗之妹。」此「歸宗之妹」，當即次妹，其「歸宗」在母夫人既終之後。

〔一五〕文讜注：「《通典》曰：河南縣闕塞山，俗曰龍門山。」

〔一六〕蔣抱玄注：「毗，輔也。《詩經》『天子是毗』，指苗晉卿爲宰相。」謹按：《詩・小雅・節南山》「天子是毗」，鄭玄箋：「毗，輔也。」

〔一七〕蔣抱玄注：「貳，佐也。指苗如蘭爲司馬。」

〔一八〕文讜注：「穆，美也。令，善也。」王元啓注：「以『載穆』二字冠『令聞』之上，其義未詳。」蔣抱玄注：「載，助詞。穆，著也。《孟子》（《告子上》）：『令聞廣譽施於身。』」童第德注：「《詩・大雅・文王》『亹亹文王，令聞不已』，毛傳：『亹亹勉也。』鄭箋：『勉勉乎不倦。文王之勤，用明德也。其善聲聞日見稱歌，無止時也。』此文『載穆令聞』，載，始也。穆，敬也。令，猶恭勤也，見《史·五帝本紀》『敬順昊天』《正義》。謂始勤修其德以致令聞也。義本諸《詩》。」

〔一九〕文讜注：「行，嫁也。《衛風·泉水》詩曰：女子有行。」

〔二〇〕祝充注：「媲，匹詣切。」文讜注：「媲，配也。」陸機《爲陸思遠婦作》：「潔己入德門，終遠母與兄。」

〔二一〕祝充注：「煢音瓊，獨也。《楚辭》（《離騷》）：『夫何煢獨而不予聽』」文讜注：「煢煢，獨也，音瓊。《詩》曰：『憂心惸惸』，注云：『憂而無助曰惸，惸與煢同。』」蔣抱玄注：「《左傳》（哀十六年）：煢煢予在疚。」謹按：煢、煢、惸，異體字。《詩·小雅·正月》毛傳：「惸惸，憂意也。」《音義》：「惸，本又作『煢』，其營反。一云：獨也。」《玉篇》：「煢，具營切，單也，無兄弟也，無所依也，憂思也，或作惸嬛。煢，瞿營切，單獨也，與煢同。惸，葵營切，獨也，單也，或作煢。」

〔二二〕蔣抱玄注：「介介，耿耿也。《後漢書》：介介獨惡是耳。」謹按：《後漢書·馬援傳》章懷注：「介介，猶耿耿也。」引申爲耿介。陶淵明《讀史述九章·魯二儒》：「介介若人，特爲貞夫。」逯欽立注：「介介，耿介孤高。」

〔二三〕文讜注：「《説文》：『邵，高也。』」蔣抱玄注：「劭音邵，美也。《法言》：『董仲舒之才之劭也』」童第德注：「《説文》：『邵，高也。邵，晉邑也，从邑召聲。劭，勉也，讀若舜樂《韶》，从力召聲。』」此文『厥聲彌邵』，其字當作『卲』。一曰：『邵』爲『卲』之借字，亦通。《舉正》、《考異》皆假『劭』

作『卲』。《漢書・成帝紀》『先帝劭農』，蘇林曰：『劭音翹，精異之意也。』晉灼曰：『劭，勸勉也。』師古曰：『晉説是也，其字從力，音時召反。』按：《漢書》『劭農』字，蘇本作『卲』，故音『翹』，而以『精異』釋之。晉本、顔本作『劭』，是假『卲』爲『劭』也。《法言・脩身篇》『公儀子董仲舒之才之卲也』，李注：『卲，高也。』《重黎篇》『賢皆不足卲也』，李注：『卲，美也。』《後漢書》何休字卲公，是假『卲』爲『卲』也。《後漢書》許劭字子將，應劭字仲遠，其本字皆當作『卲』，此假『劭』爲『卲』也。『厥聲』句承上『載穆令聞』來，謂令名遠揚，益著聞也。『聞』、『問』古通用。」謹按：「劭」字有「美好」一義。陸機《豪士賦序》「身逾逸而名逾劭」，《文選》李善注：「《爾雅》注曰：劭，美也。」潘岳《河陽縣作》「誰謂邑宰輕，令名患不劭」，《文選》李善注：「《小雅》曰：劭，美也。」《説文通訓定聲》：「《説文》：『卲，高也，从卩召聲。』漢應仲遠名卲，故字遠。今以『劭』爲之。《小爾雅・廣詁》『卲，美也。』《廣雅・釋詁四》：『卲，高也。』《法言・脩身》『公儀子董仲舒之才之卲也』，注：『高也。』『重黎賢皆不足卲也』，注：『美也。』皆以『卲』爲之。」

〔二四〕文讜注：「《禮記・郊特牲》曰：『婦人，從人者也。幼從父兄，嫁從夫，夫死從子。』注：『從，謂順其教令。』」

〔二五〕童第德注：「《説文》：『效，象也。』『傚』爲『效』之後出字。」

〔二六〕祝充注：「累，力危切。」魏仲舉注：「累，力追切。」童第德注：「《説文》：『纍，綴得理也。一曰：大索也。絫，增也，十黍之重也。』此文『累累外孫』，其本字當作『絫』，作『纍』者假借字，

『累』爲『纍』之隸省。《公羊》桓二年傳：『及者何，累也。』何注：『累累從君而死，齊人語也。』」

謹按：篆文「纍」，隸定爲「纍」，「累」爲「纍」之楷省。纍纍，衆多貌。《漢書·石顯傳》：「印何纍纍，綬若若邪！」顔師古注：「纍纍，重積也。」《玉篇》：「纍，力佳切。繫也，綸也，得理也，黑索也。又力偽切，延及也。又力捶切，十黍也，亦作『絫』。累，同上。」

〔二七〕祝充注：「攜，户圭切。」文讜注：「攜、嬰，皆小兒也。《書》（《召誥》）曰：『夫知保抱攜持厥婦子。』《蒼頡篇》曰：『女曰嬰，男曰兒。』」曾國藩《求闕齋讀書録》卷八：「攜，牽以行也。嬰，在抱也。」

〔二八〕蔣抱玄注：「《後漢書·皇后傳論》：明慎聘納，詳求淑哲。」

〔二九〕《考異》：「書、儔、休，古韻叶。已見《溪堂詩》。」蔣抱玄注：「碩，大也。休，美德也。」

此銘用韻，據《廣韻》：尊，平聲魂韻；藩，平聲元韻；人，平聲真韻；聞，平聲文韻；純，平聲諄韻；門，平聲魂韻；仁，平聲真韻。幼，去聲幼韻；守，上聲有韻。劭，去聲笑韻；教，去聲效韻；效，去聲效韻。寧，平聲青韻；嬰，平聲清韻；爭，平聲耕韻；成，平聲清韻；盈，平聲清韻。書，平聲魚韻；儔，平聲尤韻；休，平聲尤韻。

唐故貝州司法參軍李君墓誌銘（并序）①〔一〕

貞元十七年九月丁卯②，隴西李翺合葬其皇祖考貝州司法參軍楚金③〔二〕、皇祖妣清河崔氏夫人于汴州陳留縣安豐里④〔三〕。昌黎韓愈紀其世，著其德行⑤，以識其葬⑥。

其世曰⑦：由涼武昭王四世至司空⑧〔四〕。司空之後，二世爲刺史清淵侯〔五〕。由侯至于貝州，凡六世⑨。

其德行曰⑩：事其兄如事其父〔六〕，其行不敢有出焉〔七〕；其夫人事其姒如事其姑⑪〔八〕，其於家不敢有專焉⑫。其在貝州，其刺史不悦於民⑬〔九〕。將去官，民相率讙譁〔一〇〕，手瓦石⑭，胥其出擊之⑮〔一一〕。刺史匿不敢出，州縣吏由別駕已下不敢禁〔一二〕。司法君奮曰：「是何敢爾！」⑯屬小吏百餘人持兵杖以出⑰〔一三〕，立木而署之曰：「刺史出，民有敢觀者，殺之木下。」民聞皆驚，相告散去〔一四〕。後刺史至，加禮擢任⑱，貝州由是大理〔一五〕。

其葬曰⑲：翺既遷貝州君之喪于貝州⑳，殯于開封㉑〔一六〕。遂遷夫人之喪于楚州〔一七〕，八月辛亥至于開封〔一八〕。壙于丁巳〔一九〕，墳于九月辛酉〔二〇〕，窆于丁卯㉒。

人謂李氏世家也，侯之後㉓，五世仕不遂㉔〔二一〕。蘊必發，其起而大乎？四十年〔二二〕，而其兄之子衡始至户部侍郎〔二三〕。君之子四人，官又卑。翺其孫也〔二四〕，有道而甚文，固於是乎在㉕〔二五〕。

【彙校】

①〔唐故貝州司法參軍李君墓誌銘并序〕文本、南宋蜀本、魏本、王本、廖本無「唐」字。祝本、文本、南宋蜀本、魏本、王本、廖本無「并序」二字。《舉正》出南宋監本「故貝州司法參軍李君墓誌銘」，删「銘」字，云：「杭本無下『銘』字，蜀有。」

②〔貞元十七年九月丁卯〕《考異》：「七，或作『八』。『月』下或有『一日』字。」謹按：貞元十七年九月庚申朔，丁卯爲八日。

③〔隴西李翺合葬其皇祖考貝州司法參軍楚金〕南宋蜀本無「皇」字。

④〔皇祖妣清河崔氏夫人于汴州陳留縣安豐里〕潮本「陳留縣安豐里」作「開封縣某里」，祝本、文本、魏本同。《舉正》出南宋監本「汴州開封縣某里」，云：「李本作『陳留縣安豐里』，下同。」朱熹從方本，《考異》：「或作『陳留縣安豐里』，後『開封』字同。」謹按：李翺《大唐故朔方節度掌書記殿中侍御史昌黎韓君（弇）夫人京兆韋氏墓誌銘》：「貞元十六年，以其女子歸于隴西李翺。夫人從其女子，依于李氏焉。降年短命，三十有二，貞元十八年八月甲辰卒于汴州開封新里鄉之魚村。其明年正月辛酉，隴西李氏以其喪葬之於陳留縣安豐鄉岡原。殿中君之先葬于河陽，惟君之殁，不得其喪，夫人是以不克葬于河陽，而獨墳于陳留，弗克祔于殿中君之族，而依于女子氏之黨，以從女子之懷，權道也。」據此《誌》，李氏鄉貫爲汴州開封縣，其祖塋則在汴州陳留縣安豐里。今從南宋蜀本。

⑤〔著其德行〕文本無「德」字，注：「一有『德』字。」

⑥〔以識其葬〕潮本「識」作「誌」，注：「誌，一作『識』。」南宋蜀本「葬」作「墓」。《舉正》出南宋監本「紀其世著其德行以識其葬」，云：「潮本『識』作『誌』。」朱熹從方本，《考異》：「識，或作『誌』。」謹按：「誌」、「識」字通。《説文》：「誌，記誌也。」《集韻》：「誌，或作『識』。」今從祝本。

⑦〔其世曰〕潮本「世」作「詞」，祝本、文本、南宋蜀本、魏本同。《舉正》訂作「世」，云：「今本『世』皆作『詞』，考之古本非也，山谷本、謝本皆校從古本。張無垢曰：文義自有考也。」朱熹從方本，《考異》：「世，或作『詞』。」今從方本。

⑧〔由涼武昭王四世至司空〕魏本注：「『涼』一作『梁』者非是。」潮本「涼」作「梁」，祝本、文本同。祝本注：「梁，一作『涼』。」文本注：「『梁』當作『涼』。」南宋蜀本注：「至，一作『有』。」《舉正》訂「涼」字，作「由涼武昭王六世至司空」，云：「考之史當作『涼』，李、謝從『涼』。李本『至』作『有』。」朱熹從方本，《考異》：「至，或作『有』。」童第德注：「正文、注文『涼』，其字應從水作『涼』。」今從方本。「四」，潮本作「六」，傳世諸本並同。孫汝聽注：「涼武昭王名暠，字玄感，晉安帝時自稱西涼公，在位十七年。子翻字士舉，位車騎將軍祁連酒泉晉昌太守。翻子寶字懷素，鎮北將軍。寶子冲字思順，後魏後文時封清淵縣侯，卒贈司空。冲，暠曾孫也，今云『六世』，誤矣。」今據《北史·序傳》校改爲「四」。

⑨〔凡六世〕魏本注：「六，一作『五世』。」潮本「六」作「五」，祝本、文本、南宋蜀本、王本、廖本同。祝本注：「五，一作『六』。」孫汝聽注：「桃枝玄孫詔，諮議參軍。詔子楚金。」謹按：玄孫，五代孫。《爾雅·釋親》：「孫之子爲曾孫，曾孫之子爲玄孫。」下文云：「五世仕不遂。」桃杖既已襲爵，不得謂「仕不遂」。則所謂「五世仕不遂」云云，當就桃杖以下諸世而云然，合桃杖則爲六世。今從魏本。

⑩〔其德行曰〕文本無「曰」字，注：「一有『曰』字。」《考異》：「或無『曰』字。」

⑪〔事其姒〕文本注：「（其姒）一無『其』字。又『姒』作『姊』，非。」魏本注：「一作『姊』，非。」潮本「姒」作「姊」，祝本、南宋蜀本同。潮本注：「姊，一作『姒』。」祝本、南宋蜀本注同。《舉正》據蜀本訂作「姒」，云：「謝校。」朱熹從方本，《考異》：「姒，或作『姊』。」今從文本。

⑫〔不敢有專〕魏本「有」作「自」。

⑬〔其刺史不悦〕南宋蜀本無「其」字。潮本注：「悦，一作『慈』。」祝本、魏本注同。《舉正》：「蜀本無『其』字。刺史，嚴正晦也。」《考異》：「或無『其』字。方云：據李翺集，刺史嚴正晦也。」

⑭〔手瓦石〕潮本「石」下注：「一有『而』字。」祝本、魏本注同。

⑮〔胥其出擊〕潮本注：「胥，一作『需』。一無『其』字。」祝本、魏本注同。文本注：「胥，一作『而需』。」南宋蜀本「胥」作「需」。《舉正》出南宋監本「胥其出」，云：「館作『須』，李作『需』，非也。《史記・趙世家》『太后盛氣而胥之入』，又《廉頗傳》『胥後令』，注：『胥，猶須也。』引《穀梁》『子須其出也』，然今《穀梁》無此語。」《考異》：「胥，或作『須』，或作『需』，或無『其』字。」

⑯〔是何敢爾〕南宋蜀本注：「一無『爾』。」《舉正》出南宋監本「是何敢爾」，刪「爾」字，云：「謝刪；蜀本作『是敢爾』，無『何』字。」《考異》：「或無『何』字，方無『爾』字。」

⑰〔小吏百餘人持兵杖〕文本「百」上多一「數」字，注：「一無『數』字。」「杖」，祝本、南宋蜀本作「仗」。朱熹作「仗」，《考異》：「仗，或作『杖』。」

⑱〔加禮擢任〕《舉正》出南宋監本「加禮擢任」，删「禮」字，云：「李、謝皆删。」《考異》：「『加』下或有『禮』字。」

⑲〔其葬曰〕潮本「曰」作「日」，祝本、文本、南宋蜀本、魏本同。《舉正》訂作「曰」，云：「今本『其葬曰』皆作『其葬日』，考之古本非也，山谷本、謝本皆校從古本。張無垢曰：文義自有考也。李本亦『葬日』校從『葬曰』。」朱熹從方本，《考異》：「曰，或作『日』。方云：山谷、李、謝以古本定，與上文『其世曰』、『其德行曰』爲一例。」

⑳〔翺既遷貝州君之喪于貝州〕魏本注：「于貝州：一本無『貝』字，一本無『州』字。」祝本無「貝」字，注：「一有『貝』字。」

㉑〔殯于開封〕南宋蜀本「于開封」作「乎陳留」。

㉒〔窆于丁卯〕《舉正》據杭、蜀本訂「窆」作「穸」。朱熹從諸本，《考異》：「窆，方作『穸』。」謹按：「窆」本義爲下棺。《周禮・地官・鄉師》：「及窆，執斧以涖匠師。」鄭玄注引鄭司農曰：「窆，謂葬下棺也。」賈公彦疏：「窆，是下棺也。至壙下棺之時，鄉師執斧以涖匠師。」「穸」本義爲墓穴。颜延之《宋文皇帝元皇后哀策文》：「戒涼在殡，杪秋即穸。」但二者均有葬埋一義。南朝梁張纘《丁貴嬪哀策文》：「玄池早扃，湘沅已穸。」南齊武帝《加恩京師二縣詔》：「窆枯掩骼，義重前誥。」此處訓作葬埋，即上文「九月丁卯李翺合葬其皇祖考祖妣」。作「窆」作「穸」均可。

㉓〔侯之後〕魏本無「後」字。

㉔〔五世仕不遂〕潮本無「五」字，「不」下注：「一有『遷』字。」祝本注：「一無『五』字。（『不』下）一有『遷』字。」魏本注同。今從祝本。

㉕〔固於是乎在〕潮本注：「一無『固』字。」文本、魏本注同。祝本無「固」字，注：「一有『固』字。」《舉正》據蜀本增「固」字，云：「李、謝皆校增。《左傳》『光又甚文』，『甚文』語原此。」朱熹從方本，《考異》：「或無『固』字。」

【箋注】

〔一〕韓醇注：「參軍，李翺習之之祖。習之嘗自爲其《皇祖實録》，其行治皆如《誌》所書。翺之《實録》終曰：『先祖有美而不知，不明也；知而不傳，不仁也。翺欲傳，懼文章不足以稱頌道德，光耀來世，是以頓首欲假辭於執事者，亦惟不斥其愚而爲之傳焉。』意翺乞公銘之辭也。」

此篇作年，洪譜、方譜、蔣抱玄注繫於貞元十七年。洪譜：「十七年辛巳：是年有李楚金墓誌。」方譜：「是年九月作。」

〔二〕《元和郡縣志》卷十六河北道貝州（上），今河北清河。《唐六典》卷三十上州中州下州官吏：「上州司法參軍事二人，從七品下。法曹司法參軍，掌律令格式，鞫獄定刑，督捕盜賊，糾逖姦非之事。以究其情僞，而制其文法。赦從重而罰從輕，使人知所避而遷善遠罪。」

〔三〕《元和郡縣志》卷七河南道汴州管六縣：開封縣附郭，今河南開封。陳留縣「西至州五十里」，今屬河南省。今從南宋蜀本。文讜注：「按李翺集《皇祖實録》云：『公諱楚金，明經出身，初授衛州參軍，又授貝州。』末云：『先祖有善而不知，不明也；知而不傳，不仁也。翺欲傳，懼文章不足以稱頌道德光耀。是以頓首，願假辭於執事。』按此，知翺以此《實録》乞銘於文公也。」孫汝聽

注：「夫人父球，兖鄆懷三州刺史。」《皇祖實録》：「夫人清河崔氏，父球，兖鄆懷三州刺史。」

〔四〕文讜注：「按《晉書》，李暠字玄盛，乘晉之亂據酒泉，自稱武昭王，國號西涼。」《北史・序傳》：「涼武昭王暠，字玄盛。吕光之末，段業自稱涼州牧，以昭王爲效穀令。燉煌護軍馮翊郭謙、沙州中從事燉煌索仙等推爲寧朔將軍燉煌太守。尋進號冠軍將軍，稱蕃於業，稱涼王。晉昌太守唐瑶移檄六郡，推昭王爲大都督大將軍涼公，領秦涼二州牧護羌校尉，建元號庚子。五年，改元爲建初。武昭王十子：譚歆讓愔恂飜豫宏眺亮。飜字士舉，小字武疆，位車騎將軍祈連酒泉晉昌郡太守。寶字懷素，小字衍孫，晉昌太守飜之子也。太武授使持節侍中都督西垂諸軍事、鎮西大將軍、開府儀同三司，領護西戎校尉沙州牧燉煌公。真君五年因入朝，遂留京師，拜外都大官，轉鎮南將軍并州刺史。還除内都大官。文成初，代司馬文鎮懷荒，改授鎮北將軍。太安五年薨，年五十三。冲字思順，獻文末爲中書學生，孝文初以例遷秘書中散，典禁中文字。遷内秘書令、南部給事中，遷中書令，加散騎常侍，給事中如故。尋轉南部尚書，賜爵順陽侯。進爵隴西公，封滎陽侯，拜廷尉卿，遷侍中、吏部尚書、咸陽王師。東宫建，拜太子少傅，領將作大匠，加輔國大將軍。及定都洛陽，爲鎮南將軍，侍中、少傅如故，委以營構之任，改封陽平郡侯。孝文南征，以冲兼左僕射，留守洛陽，遷尚書左僕射，仍領少傅，改封清淵縣侯。卒時年四十九，贈司空公，謚曰文穆。」

〔五〕孫汝聽注：「冲子延實字禧，都督青州刺史。延實子彬字子儒，襲祖爵清淵縣侯，卒贈齊州刺史。子桃枝襲封。」《北史·序傳》：「冲子延實，字禧。少爲太子舍人，宣城初襲父爵清淵縣侯。莊帝即位，以母舅之尊超授侍中、太保，封濮陽郡王。延實以太保犯祖諱，又以王爵非庶姓所宜，抗表固辭。徙封濮陽郡公，改授太傅。尋轉司徒公，出爲使持節侍中太傅録尚書事東道大行臺都督青州刺史。爾朱兆入京，以外戚見害於州館。子彬，字子儒。其父延實既別封，彬襲祖爵清淵縣侯，位中書侍郎。卒於左光禄大夫，贈驃騎大將軍、光禄勳、齊州刺史，謚曰獻。子桃杖襲。」

〔六〕《皇祖實録》：「公伯兄惟慎，太原府壽陽縣丞。性曠達樂酒，不理家産。每日齎錢一千出遊，求飲酒者必盡所齎然後歸。其飲酒徒善草隸書，張旭其人也。」

〔七〕文讜注：「行，如字讀。」孫汝聽注：「楚金伯兄惟慎，楚金事之如父在。每事必請。惟慎曰：汝年亦長矣，每事必擾我，何爲？楚金曰：『不請，非不能爲此也，不滿乎人心。』其請如初。見《實録》。」

〔八〕孫汝聽注：「姒，惟慎之妻鄭也。」《爾雅·釋親》：「長婦謂稚婦爲娣婦，娣婦謂長婦爲姒婦。」郭璞注：「今相呼先後，或云妯娌。」《玉篇》：「姒，徐里切。娣姒：長婦曰姒，幼婦曰娣。」

〔九〕嚴有翼注：「李習之《皇祖實録》云：刺史嚴正晦。」

〔一〇〕祝充注：「譁，胡瓜切，又音花。」

〔一一〕童第德注：「《管子·大匡篇》『將胥有所定也』，又『姑少胥其自及也』，注皆曰：『胥，待也。』先於《史記・趙世家》及《趙奢傳》。作『須』作『需』皆通。《易・歸妹》『歸妹以須』，《釋文》：『須，待也。』《彖上傳》：『需，須也。』方氏以作『需』爲非，未諦。其本字應作『䇓』。《説文》：『䇓，待也。』《漢書・翟方進傳》『䇓過，乃就車』，師古曰：『䇓，待也。』是其例。」《説文》段注：：「䇓，立而待也。今字多作『需』，作『須』，而『䇓』廢矣。雨部曰：『需，䇓也。遇雨不進，止䇓也。』引《易》『雲上於天，需。』需與䇓音義皆同。樊遲名須。須者，䇓之假借。䇓字僅見《漢書・翟方進傳》。从立須聲，相俞切。」

〔一二〕《唐六典》卷三十上州中州下州官吏：「上州別駕一人，從四品下。掌貳府州之事，以紀綱衆務，通判列曹。歲終則更入奏計。」

〔一三〕「兵杖」，兵器。《漢書・劉揖傳》：「盡出馬置外苑，收兵杖藏私府。」俗作「兵仗」。《説文》：「杖，持也。从木丈聲。」徐鉉注：「今俗別作『仗』，非是。」段玉裁注：「『杖』、『持』疊韵。凡可持及人持之皆曰杖，『喪杖』、『齒杖』、『兵杖』皆是也。『兵杖』字俗作『仗』，非。」此處「兵杖」，指兵器與木棒。《皇祖實録》：「集州縣小吏得百餘人，皆持兵，無兵者持樸。」此「杖」即「樸」，指木棒。《家語・六本》：「小棰則待過，大杖則逃走。」

〔一四〕樊汝霖注：「《實録》：貝州刺史嚴正晦黜官，百姓舊不樂其政，將俟其出，斃之以瓦石。録事參軍謂楚金曰：『若之何？』楚金請攝録事參軍，乃如之。楚金於是集小吏百餘人，皆持兵，無兵者皆持樸，埋長木道中。令曰：『使君出，百姓敢有出觀，杖殺大木下。』及正晦出，百姓莫敢動。」《皇祖實録》：「及在貝州，刺史嚴正晦禁官吏於其界市易所無。公至官之日，養生之具皆自衛州車以来，又以二千萬錢入曰：『吾食貝州水而已。』及正晦黜官，百姓舊不樂其政，將俟其出也，羣聚號呼，斃之以瓦石，揚言無所畏忌。録事參軍不敢禁，懼謂公曰：『若之何？』公曰：『録事必不能當，請假歸攝録事參軍，斯可矣。』乃如之。公告正晦曰：『若以威强不便於百姓，百姓俟使君行加害於使君。使君更期出，某爲使君任其患。』於是集州縣小吏得百餘人，皆持兵，無兵者持樸。埋長木於道中，令曰：『使君出，百姓敢有出觀者，杖殺大木下。』及正晦出，百姓莫敢動。或曰：刺史出，可作矣，如李司法何？貝州震恐。」

〔一五〕樊汝霖注引《皇祖實録》：「後刺史至，委政於公，奸吏皆務以情告，貝州於是大理。」

〔一六〕殯，停棺待葬。《説文》：「殯，死在棺，將遷葬柩，賓遇之。从歺从賓，賓亦聲。夏后殯於阼階，殷人殯於兩楹之間，周人殯於賓階。」

〔一七〕《舊唐書·地理志》淮南道楚州（中），今江蘇淮安。

〔一八〕貞元十七年八月辛卯朔，辛亥爲二十一日。

〔一九〕魏引補注：「《説文》云：壙，塹穴。」《説文》段注：「謂塹地爲穴也，墓穴也。」八月丁巳，十四日。

〔二〇〕墳，墓上封土。《禮記·檀弓上》：「古者墓而不墳。」鄭玄注：「墓，謂兆域，今之封塋也。古，謂殷時也。土之高者曰墳。」此處作動詞用，謂修築墳墓。貞元十七年九月庚申朔，辛酉爲二日。

〔二一〕上文云：「由侯至於貝州凡六世」。「侯」，謂桃杖。桃杖襲清淵縣侯，不可謂「仕不遂」。其下至貝州，五世仕不遂。

〔二二〕王元啓注：「四十年，謂君卒後之四十年。蓋上文『五世不遂』，是就君卒之年計之，故此句直云『四十年』。或疑『四十年』字上無所承，非也。然據今法，句首當添『君卒』二字，其義尤顯。又按：楚金卒年無考。今試以葬年辛巳上推辛丑爲四十年，其卒當在上元二年左右。」謹按：此謂四十年後「兄之子衡始至户部侍郎」，非謂四十年後始得「合葬」，自「葬年辛巳上推」不妥。李衡領户部侍郎在貞元九年（七九三），上推四十年，爲天寶十二載（七五三），此當爲楚金卒年。

〔二三〕文讜注：「按《實録》，壽陽丞之第二子爲户部侍郎。」孫汝聽注：「惟慎子五人，衡其第二子也。貞元七年自常州刺史鎮湖南。八年，徙鎮江西，召爲給事中。」李衡，兩《唐書》無傳，今鉤稽其生平如次：李衡，隴西人，世居開封。衡爲劉晏故吏，大曆十四年崔寧爲御史大夫平章事，奏爲御史，宰相楊炎大怒，其狀遂寢（《舊唐書・崔寧傳》）。建中四年爲咸陽令（《奉天録》卷一）。貞元元年，爲度支郎中（《唐絳州聞喜縣令楊君故夫人裴氏墓誌銘并序》）。出爲婺州刺史（元稹《有唐贈太子少保崔公（倰）墓誌銘》）。六年，爲常州刺史（王仲舒《代湖南觀察使謝上表》）。七年正月庚辰，爲潭州刺史、湖南觀察使。八年二月己亥，爲洪州刺史、江西觀察使。七月甲寅，爲齊映所代。九年六月庚申，自給事中爲户部侍郎、諸道鹽鐵轉運使（《舊唐書・德宗紀下》）。貞元十年，爲王緯所代（《册府元龜》卷四八三）。《新唐書・百官志一》尚書省户部：「尚書一人，正三品。侍郎二人，正四品下。掌天下土地、人民、錢穀之政，貢賦之差。」

〔二四〕李翱，兩《唐書》有傳，其生平如次：李翱字習之，祖籍隴西，世居開封，涼武昭王十四代孫。貞元十四年登進士第。十六年，爲鄭滑節度使李元素觀察判官（李翱《論故度支李尚書事狀》）。貞元末，東都留守韋夏卿辟署幕府（《唐語林》卷三）。元和元年，爲京兆府司録參軍（白居易《權攝昭應早秋書事寄元拾遺兼呈李司録》）。轉國子博士、史館修撰，分司東都，尋權知職方員外郎。三年十月，出爲嶺南節度使楊於陵掌書記（李翱《來南録》）。四年十一月，權攝循州（李翱《解惑》）。五年三月府罷，宣歙觀察使盧坦辟爲從事（李翱《祭故東川盧大夫文》）。十二月府罷，浙東觀察使李遜辟爲觀察判官（李翱《叔氏墓誌銘》）。九年九月府罷，十年，爲河南户曹參軍（李翱《勸河南尹復故事書》）。十四年，爲國子博士、史館修撰（李翱《陵廟日時朔祭議》）。十五年六月，授考功員外郎，並兼史職。庚辰，出爲朗州刺史（《舊唐書・穆宗紀》）。十二月二十八日，改舒州刺史（李翱《於湖州別女足墓文》）。長慶三年十二月，入爲禮部郎中（《別潛山神文》）。寶曆元年二月辛卯，出爲廬州刺史（《舊唐書・敬宗紀》）。大和元年九月，爲諫議大夫知制誥（李翱《祭故福建獨孤中丞文》）。三年二月，拜中書舍人。六月，左授少府少監分司東都（《册府元龜》卷九百二十九）。四年，爲鄭州刺史。五年十二月癸巳，出爲桂州刺史、御史中丞，充桂管都防禦使（《舊唐書・文宗紀下》）。七年六月，改授潭州刺史、湖南觀察使。八年十二月己亥，徵爲刑部侍郎。九年，轉户部侍郎。八月甲戌，檢校户部尚書襄州刺史，充山南東道節度使。開成元年七月前卒於鎮。謚曰文。參見劉真倫《李翺行年考》。

〔二五〕樊汝霖注：「『甚文』字出《左傳》：『楚子西曰：光又甚文。』觀翺《實録》，亦可見其甚文矣。魯直詩云：『習之實録葬皇祖，斯文如女有正色』云云。」

處士盧君墓誌銘①〔一〕

處士諱於陵②，其先范陽人〔二〕。父貽，爲河南法曹參軍〔三〕。河南尹與人有仇，誣仇與賊通〔四〕，收掠取服〔五〕。法曹曰：「我官司也〔六〕。我在，不可以爲是。」廷爭之以死。河南怒，命牽捽之③〔七〕。法曹爭尤彊，遂并收法曹。竟奏殺仇，籍其家而釋法曹〔八〕。法曹出，徑歸卧家〔九〕。念河南勢弗可敗〔一〇〕。氣憤弗食，歐血卒〔一一〕。東都人至今猶道之。

處士少而孤，母夫人憐之〔一二〕。讀書學文，皆不待彊教，卒以自立。在母夫人側，油油翼翼〔一三〕，不忍去時歲〔一四〕。母夫人既終〔一五〕，育幼弟與歸宗之妹〔一六〕，經營勤甚〔一七〕，未暇進仕也。年三十有六，元和二年五月壬辰以疾卒〔一八〕。有男十歲，曰義。女九歲，曰孟。又有女生處士卒後④，未名。其年九月乙酉⑤〔一九〕，其弟渾以家有無〔二〇〕，葬以車一乘於龍門山先人兆⑥〔二一〕。愈於處士，妹壻也。爲其誌，且銘其後曰：

貴兮富兮，如其材得何數兮？名兮壽兮，如其人豈無有兮？彼皆逢其臧，子獨迎其凶。兹命也耶？兹命也耶〔二二〕。

【彙校】

①〔處士盧君墓誌銘〕南宋蜀本無「銘」字。

②〔處士諱於陵〕文本「諱」作「盧」，注：「一有『諱』字。」「處士」下魏本注：「一本有『盧君』字。」蔣抱玄注：「讀書未仕者曰處士。《孟子·滕文公下》：『處士横議。』」

③〔命牽捽之〕南宋蜀本注：「牽，一作『卒』。」《舉正》訂「牽」作「夲」，云：「夲，古『卒』字，校保大本。」朱熹訂作「卒」，《考異》：「卒，或作『牽』。」

④〔又有女生處士卒後〕潮本無「又」字，祝本、文本、魏本同。《舉正》據蜀本增「又」字，云：「李校增。」朱熹從方本，《考異》：「或無『又』字。」今從方本。

⑤〔其年九月乙酉〕潮本「其」上多一「於」字，祝本、南宋蜀本、魏本、王本、廖本同。今從文本刪。

⑥〔葬以車一乘於龍門山先人兆〕文本「兆」下多一「次」字。魏本注：「一，或作『十』。」祝本作「十」，注：「十，一作『一』。」

【箋注】

〔一〕文讜注：「公之妻兄。」王疇注：「公時爲國博分教東都生。」韓醇注：「公前銘盧君夫人，此又銘其子於陵。」

此篇作年，洪譜、方表、方譜、蔣抱玄注均繫於元和二年（八〇七）。洪譜：「二年丁亥：是年有盧於陵墓誌。」方譜：「處士卒於五月壬辰，葬於九月乙酉。」

〔二〕文讜注：「《南部新書》云：『范陽盧氏，自興元元年癸亥至乾符二年乙未，凡九十二年，登進士者一百十六人，而字皆連於字。然世稱盧家不出座主。』世系見《襄陽盧丞誌》。」

〔三〕《唐六典》卷三十京兆河南太原三府官吏：「法曹參軍事二人，正七品下。法曹司法參軍，掌律令格式，鞫獄定刑，督捕盜賊，糾逖姦非之事。以究其情僞，而制其文法。赦從重而罰從輕，使人知所避而遷善遠罪。」

〔四〕蔣抱玄注：「誣仇，疑即杜亞誣令狐運事，其文大同小異耳。」謹按：杜亞爲東都留守，在貞元五年十二月辛未至十四年五月甲午之間，見《舊唐書·德宗紀下》。而盧貽卒於建中、興元之際，蔣說不確。建中、興元間，東都留守兼河南尹爲哥舒曜。見《新唐書·哥舒曜傳》。

〔五〕收，拘捕。《詩·大雅·瞻卬》：「此宜無罪，汝反收之。」毛傳：「收，拘收也。」掠，拷打。《禮記·月令》仲春之月：「命有司省囹圄，去桎梏，毋肆掠，止獄訟。」鄭玄注：「掠，謂捶治人。」《後漢書·黨錮列傳》：「豈有罪名不章而致收掠者乎？」服，招供。《後漢書·班超傳》：「侍胡惶恐，具服其狀。」

〔六〕蔣抱玄注：「官司，官之職守也。《左傳》（隱公五年）：『皁隸之事，官司之守，非君所及也。』」孔穎達疏：「言取此雜猥之物以資器備，是小臣有司之職，非諸侯之所親也。」

〔七〕祝充注：「捽，昨莫切，繫也。」文讜注：「捽，《説文》曰：牽其頭髮也。」牽捽，捽髮使前。《説文》：「牽，引前也。从牛，象引牛之縻也。玄聲。捽，持頭髮也。从手卒聲。」《晉書·熊遠傳》：「時尚書刁協用事，衆皆憚之。尚書郎盧綝將入直，遇協於大司馬門外。協醉，使綝避之，綝不迴。協令威儀牽捽綝墮馬。」

〔八〕籍，抄没。顔之推《顔氏家訓·治家》：「後坐事伏法，籍其家産：麻鞋一屋，弊衣數庫，其餘財寶不可勝言。」

〔九〕蔣抱玄注：「徑，直也，與『逕』同。謂立時歸家。」

〔一〇〕河南，指河南尹哥舒曜。哥舒曜，《新唐書》有傳，其生平如次：哥舒曜字子明，哥舒翰子，其先蓋突騎施酋長。曜八歲，玄宗召見華清宫，擢尚輦奉御，累遷光禄卿。李光弼討河北，曜請行，拜鴻臚卿爲光弼副。降安太清救宋州有功，改殿中監，襲封，爲東都鎮守兵馬使。德宗立，召爲左龍武大將軍。建中四年春正月戊戌，詔拜東都汝州行營節度使，將鳳翔邠寧涇原奉天好畤兵萬人討希烈。二月乙卯，收汝州。四月丙子，進軍至潁橋，大震雷，人死者十之三四，乃退保襄城。八月，希烈自帥衆三萬圍襄城。十月丙午，詔涇原節度使姚令言率涇原之師救哥舒曜。丁未，涇原軍出京城，至滻水，倒戈謀叛，帝幸奉天。癸丑，襄城陷，曜走洛陽。會母喪，奪爲東都畿汝節度使，遷河南尹。貞元元年部將叛，曜挺身免。帝以汴州刺史薛珏代之，入爲鴻臚卿，終右驍衛上將軍，贈幽州大都督。

〔二一〕蔣抱玄注：「歐，嘔本字。《漢書》《嚴助傳》：『夏月暑時，歐泄霍亂之病相隨屬也。』」盧貽卒年不詳。《河南緱氏主簿唐充妻盧氏墓誌銘》：「法曹卒，苗夫人嫁之唐氏充。」可知盧貽卒年在長女出嫁之前。《誌》又云：「年四十二，元和四年正月二十二日卒。」其生年爲大曆三年（七六八）。按及笄之年出嫁考慮，盧貽卒年當在興元元年（七八四）前後。《盧於陵墓誌銘》：「處士少而孤。」《誌》又云：「年三十有六，元和二年五月壬辰以疾卒。」其生年在大曆七年（七七二）。按十歲爲少考慮，盧貽卒年當在建中三年（七八二）前後。綜合考校，盧貽卒年，約當在建中、興元之間。

〔二二〕孫汝聽注：「貽娶苗氏太師晉卿兄如蘭之女，有子二人：於陵、渾。女三人，長嫁唐充，幼適公。」

〔二三〕蔣抱玄注：「油油，和謹貌。《禮記》：『三爵而油油以退。』翼翼，恭慎貌。《詩經》：『小心翼翼。』」謹按：《禮記·玉藻》鄭注：「油油，説敬貌。」《詩·大雅·大明》鄭箋：「小心翼翼，恭慎貌。」油油翼翼，和悦恭敬貌。此語始見韓文，後人亦多有採用者。如宋鄒浩《至明弟墓誌銘》：「予與諸弟去親側，久至四五年，近猶一二年，而君獨未嘗離左右。油油翼翼，聲柔色怡，惟恐絲毫忤親意。」（《道鄉集》卷三十六）葛勝仲《左朝議大夫致仕祝公墓誌銘》：「進侍親，油油翼翼，寢食不敢先輟。」（《丹陽集》卷十三）胡宏《彪君墓志銘》：「居親則油油翼翼，不忍暫出，無毫髪忤。」（《五峰集》卷三）

〔一四〕去，離開。《尚書・胤征》：「伊尹去亳適夏。」時，一季三月。《書・康誥》：「要囚，服念五六日，至于旬時。」孔傳：「至于十日，至于三月。」時歲，一年半載。《後漢書・桓帝紀》：「比起陵塋，彌歷時歲。」

〔一五〕孫汝聽注：「貞元十九年四月四日苗氏卒，年六十九。」

〔一六〕古代婦女夫死子亡，乃歸娘家，稱爲大歸、歸宗。《詩・邶風・燕燕》毛詩序：「燕燕，衛莊姜送歸妾也。」鄭箋：「莊姜無子，陳女戴嬀生子名完，莊姜以爲己子。莊公薨，完立，而州吁殺之。戴嬀於是大歸。」詩云：「之子于歸，遠送于野。」毛傳：「歸，歸宗也。」幼弟即盧渾，韓愈有《盧渾墓誌銘》，未載其生平。《唐故河南府法曹參軍盧府君夫人苗氏墓誌銘》：「女三人，皆嫁爲士妻。」其長女嫁唐充，季女嫁韓愈，則「歸宗之妹」，當爲次女。

〔一七〕蔣抱玄注：「經營，料理也。《詩經》（《大雅・靈臺》）：『經之營之。』」

〔一八〕元和二年五月戊子朔，壬辰爲五日。

〔一九〕元和二年九月乙酉朔，乙酉初一日。

〔二〇〕蔣抱玄注：「《禮・檀弓》：喪具稱家之有無。」童第德注：「《禮記・檀弓上》：子游問喪具。

夫子曰：『稱家之有亡。』」謹按：有無，家計厚薄。孔穎達疏：「亡，無也。言各隨其家計豐薄有無也。」

〔二〕童第德注：「《左傳》成公十八年：『晉欒書、中行偃使程滑弒厲公，葬之于翼東門之外，以車一乘。』杜注：『言不以君禮葬，諸侯葬車七乘。』《正義》：『《周禮·大行人》：上公貳車九乘，侯伯七乘，子男五乘。謂生時副貳之車也。其送葬亦當如之。』案：《禮記·檀弓下》：『有若曰：晏子一狐裘三十年，遣車一乘，及墓而反。國君七个，遣車七乘；大夫五个，遣車五乘。晏子焉知禮。』謂晏子之父桓子爲大國卿大夫，送葬當視子男。其用車一乘，儉不中禮也。此文自當作『一乘』，若作『十乘』，且過於上公，奢而僭矣。與上文『以家有無』語亦不合。」《左傳》哀公二年：「素車樸馬，無入於兆。」杜注：「兆，葬域。」

〔三〕此銘用韻，據《廣韻》：富，去宥；數，去遇；壽，去宥；有，上有。臧，平唐；凶，平鍾；耶，平麻。

唐故太學博士李君墓誌銘①〔一〕

太學博士頓丘李干②〔二〕，字子漸③，余兄孫壻也④〔三〕。年四十八，長慶三年正月五日卒〔四〕。其月二十六日，穿其妻墓而合葬之，在某縣某地。子三人，皆幼。

初，干以進士爲鄂岳從事〔五〕，遇方士柳泌⑤〔六〕，從受藥法，服之往往下血。比四年，病益急，乃死⑥。其法以鉛滿一鼎〔七〕，以物按中爲空⑦，實以水銀⑧，蓋封四際，燒爲丹砂云⑨〔八〕。余不知服食説自何世起〔九〕，殺人不可計，而世慕尚之益至此⑩，其惑耶⑪？在文書所記及耳相聞傳者不説⑫，今直取目見親與之游而以藥敗者六七公，以爲世誡〔一〇〕。

工部尚書歸登〔一一〕、殿中御史李虚中〔一二〕、刑部尚書李遜〔一三〕、遜弟刑部侍郎建⑬〔一四〕、襄陽節度使工部尚書孟簡〔一五〕、東川節度使御史大夫盧坦⑭〔一六〕、金吾將軍李道古〔一七〕。此其人皆有名位，世所共識。工部既食水銀得病，自説若有燒鐵杖自顛貫其下者⑮，摧而爲火，射竅節以出，狂痛號呼乞絶。其裀席嘗得水銀⑯，發且止，唾血十數年以斃⑰〔一八〕。殿中疽發其背死〔一九〕。刑部且死，謂余曰：「我爲藥誤。」〔二〇〕其季建一旦無病死〔二一〕。襄陽黜爲吉州司馬⑱〔二二〕，余自袁州還京師〔二三〕，襄陽乘舸邀我於蕭洲〔二四〕。屏人曰：「我得秘藥，不可獨不死。今遺子一器，可用棗肉爲丸服之。」⑲别一年而病。有家人至⑳，訊之㉑。曰：「前所服藥誤㉒，方且下之，下則平矣。」病二歲，竟卒〔二五〕。盧大夫死時溺出血，肉痛不可忍㉓，乞死乃絶㉔。金吾以柳泌得罪，食泌藥，五十死海上〔二六〕。此可以爲誡者也〔二七〕。

蘄不死〔二八〕，乃速得死，謂之智，可不可也㉕？五穀三牲〔二九〕，鹽醯果蔬〔三〇〕，人所常御〔三一〕。人相厚勉，必曰：「彊食。」〔三二〕今惑者皆曰：「五穀令人夭，不能無食，當務減節。」鹽醯以濟百味㉖〔三三〕，豚魚雞三者，古以養老。反曰：「是皆殺人，不可食。」一筵之饌，禁忌十常不食二三。不信常道而務鬼怪，臨死乃悔。後之好者又曰：「彼死者皆不得其道也，我則不然。」始病，曰：「藥動故病，病去藥行，乃不死矣。」及且死，又悔。嗚呼，可哀也已！可哀也已㉗〔三四〕！

【彙校】

①〔唐故太學博士李君墓誌銘〕文本無「唐故」二字。南宋蜀本、魏本無「唐」字。祝本、文本、魏本無「銘」字。《舉正》出南宋監本無「唐」字，云：「董氏《書跋》有石本。」朱熹從方本，《考異》：「學，或作『常』。」

②〔頓丘李干〕祝本注：「干，一作『于』，下同。」魏本注同。南宋蜀本、王本、廖本作「于」，下同。陳景雲注：「子漸之字，當取（《易·漸》）『鴻漸於干』義，其名從『干』爲是。」謹按：董逌《廣川書跋》卷九「李干墓誌」條：「唐太學博士李干誌，河南李仲微得其碑以傳。然其文自見昌黎集中，惟碑少見，故仲微貴之。其書李翺，亦可臧也。《誌》曰『字子漸』，集無此。」據石本，作「干」是，作「于」誤。

③〔字子漸〕潮本無「字子漸」三字，傳世諸本並同。今據石本補。

④〔孫壻〕《舉正》據蜀本增「女」字作「余兄孫女婿也」，云：「言孫女之婿。」朱熹從方本，《考異》：「或無『女』字。」

⑤〔遇方士柳泌〕潮本「泌」作「賁」，祝本、文本、南宋蜀本、魏本同。魏本注：「一作『泌』。」《舉正》據石本訂作「泌」，云：「考之《紀》、《傳》皆合。」朱熹從方本。董逌《廣川書跋》卷九「李干墓誌」條：「（石本）又以柳賁爲『泌』，與集本異者。唐《憲宗紀》自作『柳泌』，知《李道古誌》與此皆誤。」今從方本，下同。

⑥〔乃死〕《舉正》據蜀本訂「乃」作「及」。朱熹從監本，《考異》：「『乃』，方作『及』，非是。」

⑦〔以物按中〕潮本注：「一無『以物』字。」祝本注同。南宋蜀本注：「一無『物』。」文本、魏本無「以物」二字。魏本注：「『按』字上一有『以物』二字。」《舉正》據蜀本增「以物」二字，云：「李校。」朱熹从監本，《考異》：「『鼎』下方有『以物』字。」

⑧〔實以水銀〕南宋蜀本「實以」作「以實」。《舉正》據蜀本乙「實以」作「以實」，云：「李校。」朱熹從監本，《考異》：「方作『以實』。」

⑨〔丹砂〕文本、南宋蜀本、魏本「砂」作「沙」。

⑩〔慕尚〕魏本「尚」作「向」。

⑪〔其惑耶〕潮本「耶」作「也」，祝本、文本、魏本、王本、廖本同。今從南宋蜀本。

⑫〔所記及耳相聞〕南宋蜀本「記」作「説」。潮本無「相」字，祝本、文本、魏本同。祝本「耳」下注：「一有『相』字。」魏本注同。《舉正》出南宋監本「及耳聞傳者不説」，云：「蜀本『聞』上有『相』字。」朱熹本增「相」字，《考異》：「方無『相』字。」今從南宋蜀本。

⑬〔侍郎建〕文本「建」上多一「李」字。

⑭〔東川節度使〕潮本無「使」字，祝本、南宋蜀本、魏本、王本、廖本同。今從文本。

⑮〔自顛貫〕《考異》：「顛，或作『巔』。」

⑯〔裀席嘗得〕潮本無「嘗」字，祝本、文本、魏本同。潮本注：「裀，一作『茵』。一有『嘗』字。」魏本注同。文本注：「一有『常』字。」祝本「裀」作「茵」，注：「茵，一作『裀』。一有『嘗』字。」《舉正》訂「茵」字，作「其茵席得水銀」，云：「茵，重席也。杭、蜀本同。蜀本作『常得』。」朱熹從方本訂「茵」字，從蜀本增「嘗」字，《考異》：「茵，或作『裀』。方無『常』字。」今從南宋蜀本。

⑰〔唾血〕南宋蜀本「唾」下多一「下」字。

⑱〔襄陽黜爲吉州司馬〕文本「黜」作「出」。

⑲〔可用棗肉爲丸服之〕文本「丸」作「元」。

⑳〔有家人至〕潮本注：「有，一作『其』。」祝本、南宋蜀本注同。「人」字，魏本無，注：「一作『有其家人至。』」《舉正》出南宋監本「有家人至」，云：「蜀本『有』作『其』。」《考異》：「其，方作『有』。」

㉑〔訊之〕《舉正》：「保大本『訊』作『詐』。」

㉒〔前所服藥誤〕潮本「服」下多一「之」字，祝本、文本、魏本同。《舉正》出南宋監本「前所服之藥誤」，云：「李本刪『之』字。」朱熹刪「之」字，《考異》：「『服』下方有『之』字。」今從南宋蜀本。

㉓〔肉痛〕《舉正》據杭、蜀本訂「肉」作「害」。朱熹從監本，《考異》：「肉，方作『害』。」今按：古書『肉』或作『宍』，今

《淮南子》及《内經靈樞》尚存此體。疑此別本『害』字乃『宍』之訛，而方考之不詳也。」謹按：「肉」，篆文「[illegible]」，隸作「[illegible]」，古文作「宍」，「宍」爲俗體。《廣韻》：「肉，骨肉，如六切。俗作宍。」

㉔〔乞死乃絶〕潮本「乃絶」作「及」，屬下句。祝本、魏本同。文本作「乃絶及」。《舉正》訂「乃死」二字作「乞死乃死」，云：「李、謝校同。」朱熹從方本，《考異》：「乃，或作『及』，或無『死』字，皆非是。」今從南宋蜀本。

㉕〔可不可也〕文本「也」作「乎」，注：「一作『也』。」

㉖〔以濟百味〕《舉正》：「晁本『濟』校『齊』。」《考異》：「濟，或作『齊』。」

㉗〔可哀也已〕南宋蜀本無複出「可哀也已」四字。

【箋注】

〔一〕《新唐書・百官志三》國子監：「太學博士六人，正六品上。助教六人，從七品上，掌教五品以上及郡縣公子孫，從三品曾孫爲生者，五分其經以爲業，每經百人。」

此篇作年，洪譜、方表、方譜、蔣抱玄注均繫於長慶三年（八二三）。洪譜：「三年癸卯：是年有李干墓誌。」王元啓注：「按後文孫汝聽注，謂李遜以長慶四年正月卒，孟簡三年十二月卒，皆在干葬之後，而此《誌》已先及之。意干葬在三年正月，又一年，公乃追爲之《誌》耶？」謹按：李遜卒於長慶二年正月二十七日己未，孟簡卒於長慶二年十二月癸丑，均見《舊唐書・穆宗紀》。孫注據《舊傳》，誤。王氏所疑無據。方譜：「博士卒於是年正月五日，二十六日葬。正月丁巳朔，五日辛酉，二十六日壬午。」

〔二〕文讜注：「《世系》云：李廣之孫忠爲頓丘房始祖。」《元和郡縣志》卷十六河北道澶州頓丘縣（望），治所在今河北清豐西南二十五里。

〔三〕蔣抱玄注：「兄孫女壻，疑爲老成之壻，以《祭李氏二十九娘子》有『我哀汝母，孰慰窮嫠』二語也。」謹按：韓愈有《祭李氏二十九娘子文》，樊汝霖注以爲即干之妻。韓愈二兄：會、介。介二子：百川、老成。會無子，以老成爲嗣。見洪興祖《韓子年譜》。百川亦早死，無嗣，以老成子滂爲嗣，見《韓滂墓誌銘》。又《祭十二郎文》稱其「就食江南」時：「承先人後者，在孫惟汝，在子惟吾。」則其未成年時，百川已先卒。《祭十二郎文》又云：「教吾子與汝子幸其成，長吾女與汝女待其嫁。」老成二子：湘、滂。老成之女，當即二十九娘子。

〔四〕孫汝聽注：「干，大曆元年生。」陳景雲注：「長慶三年，歲在癸卯。干以癸卯卒，年四十八，則其生當在大曆十一年丙辰，非元年也。」又《誌》既載卒之歲月及得年若干，則始生之年自見，此注尤贅。」李干，兩《唐書》無傳，其生平不詳。《文苑英華》卷二百五十五有馬異《暮春酒中贈李干秀才》一首，知李干爲鄉貢進士。姚合《寄李干》云：「見説與君同一格。」知李干能詩，且詩風與姚合相近。今鈎稽其生平可知者如次：李干，澶州頓丘人。元和十年登進士第。十一年，爲李道古鄂岳觀察使府從事（韓愈《唐故太學博士李君墓誌銘》樊汝霖注）。官至太學博士，長慶三年卒，年四十八（《唐故太學博士李君墓誌銘》）。

〔五〕樊汝霖注：「元和十年，干中進士第，年四十。十一年，李道古爲鄂岳觀察使，辟干爲從事。」《元和郡縣志》卷二十八江南道鄂州（緊）：「今爲鄂岳觀察使理所，管鄂州、沔州、安州、黄州、蘄州、岳州，管縣二十五。」今湖北武昌。

〔六〕柳泌，兩《唐書》記其事於《皇甫鎛傳》，其生平如次：柳泌，本名楊仁力，或作楊仁晝。少習醫術，言多誕妄。李道古言之於皇甫鎛，因徵入禁中。自言天台山多靈草，願爲天台長吏，因以求之。元和十三年十一月丁亥，起徒步爲台州刺史，仍賜金紫。泌到天台，驅役吏民於山谷間，聲言採藥，鞭笞躁急，歲餘一無所得，懼詐發獲罪，舉家入山谷。浙東觀察使追捕，送於京師。鎛與李道古懇保證之，必能可致靈藥，乃待詔翰林院。十四年十一月丁酉，憲宗服柳泌金丹藥，日益煩躁，喜怒不常。十五年春正月甲戌朔，上以餌金丹小不豫，罷元會。内官懼非罪見戮，遂爲弑逆。庚子，憲宗崩於大明宫之中和殿（《舊唐書·憲宗紀下》）。穆宗即位，閏月壬子（《資治通鑑》卷二百四十一），詔付京兆府决重杖一頓，處死。

〔七〕孫汝聽注：「《説文》：鈆，青金也。一曰：錫之類。」謹按：鈆、鉛，異體字。《尚書·禹貢》：「岱畎絲、枲、鈆、松、怪石。」孔穎達疏：「鈆，錫也。」《漢書·地理志上》：「岱畎絲、枲、鈆、松、怪石。」顔師古注：「鈆，青金也。」《本草綱目·金石一·鉛》：「鉛稟北方癸水之氣，陰極之精。」

〔八〕文讜注：「《本草》：『水銀味辛寒，殺金銀銅錫毒。出於丹砂，鎔化還復爲丹，久服神仙不死。』陶（弘景）云：『還復爲丹，事出《仙經》。酒和日暴，服之長生。燒時飛著釜上灰名汞粉，俗呼爲水銀粉。』（《本草》）：『鈆味甘無毒，鎮心安神。』本注云：『臨賀出者名鈆，一曰白鑞。』」蔣抱玄注：「水銀，一名汞，爲金屬原質之一。道家用以製煉丹藥，故謂煉丹爲鉛汞之術。」葛洪《抱朴子·金丹》：「凡草木燒之即燼，而丹砂燒之成水銀，積變又還成丹砂。」

〔九〕服食，服用丹藥。《古詩十九首·驅車上東門》：「服食求神仙，多爲藥所誤。」嵇康《養生論》：「呼吸吐納，服食養身。」

〔一〇〕王疇注：「憲宗入皇甫鏄語，餌柳泌金丹。起居舍人裴潾上表諫，上怒，貶潾江陵令，十四年十月。明年正月憲宗崩。」《義門讀書記》卷三十三：「時主好方士，服金丹。公之爲世誡者，微詞也。故非臚列故人之失，以訐爲直也。」

〔一一〕孫汝聽注：「登字冲之，元和十四年六月爲工部尚書。」《新唐書·百官志一》尚書省：「工部尚書一人，正三品。侍郎一人，正四品下。掌山澤、屯田、工匠諸司公廨紙筆墨之事。」歸登，兩《唐書》有傳。其生平如次：歸登字冲之，蘇州吴郡人。大曆七年舉孝廉高第，補四門助教。貞元元年登賢良方正直言極諫科（《唐會要》卷七十六），自美原尉拜右拾遺。轉右補闕，起居舍人。遷兵部員外郎充皇子侍讀，尋加史館修撰。順宗初，超拜給事中。元和四年十月癸巳，以工部侍郎爲皇太子諸王侍讀（《舊唐書·憲宗上》），改左常侍，轉兵部侍郎，兼判國子祭酒事。十四年六月庚申，自户部侍郎遷工部尚書（《舊唐書·憲宗下》）。累封長洲縣男，元和十五年六月己丑卒（《舊唐書·穆宗紀》），年六十七，贈太子太保。

〔一二〕魏引補注：「虚中字常容。」《新唐書·百官志三》御史臺：「殿中侍御史九人，從七品下。掌殿庭供奉之儀，京畿諸州兵皆隸焉。」李虚中，兩《唐書》無傳，今據《唐故殿中侍御史李君（虚中）墓誌銘并序》鈎稽其生平如次：李虚中，字常容，隴西人，後魏李冲八世孫。貞元十年進士，試書判入等，補秘書正字。母喪去官，卒喪，選補太子校書。貞元十六年，河南尹水陸轉運使張式奏爲伊闕尉、佐水陸運事。元和元年十一月鄭餘慶代式，虚中爲運佐如初。二年十月武元衡爲西川節度使，辟爲觀察推官、監察御史裏行。未幾，詔爲真御史。半歲，分部東都臺，遷殿中侍御史。六年三月王播以刑部侍郎充諸道鹽鐵轉運使，以虚中爲副使（《太平廣記》卷二百六十五引《閩川文士傳》「陳通方」條）。元和八年四月徵爲起居舍人。六月乙酉卒，年五十二。

〔一三〕孫汝聽注：「遜字友道，長慶三年正月拜刑部尚書。」《新唐書·百官志一》尚書省：「刑部尚書一人，正三品。侍郎一人，正四品下。掌律令、刑法、徒隸、按覆讞禁之政。」李遜，兩《唐書》有傳，其生平如次：李遜字友道，祖籍趙郡，世寓於荆州之石首。貞元五年登進士第（《登科記考》），辟襄陽掌書記。復從事於湖南，主其留務。累拜池濠二州刺史。入拜虞部郎中。元和初，出爲衢州刺史。五年八月乙巳，自常州刺史遷越州刺史兼御史大夫浙東都團練觀察使（《舊唐書·憲宗上》）。九年入爲給事中，俄遷户部侍郎。十年十月庚子，出爲襄州刺史充山南東道節度觀察等使。左授太子賓客分司，又降爲恩王傅。十三年，李師道效順，遜爲左散騎常侍馳赴東平諭之。還未幾，除京兆尹，改國子祭酒。十四年九月癸未，拜檢校禮部尚書許州刺史充忠武節度陳許溵蔡等州觀察處置等使（《舊唐書·憲宗下》）。長慶元年十二月戊寅，改鳳翔節度使。行至京師，以疾陳乞，二年正月二十三日乙卯，改刑部尚書。二十七日己未卒（《舊唐書·穆宗紀》），年六十三。贈尚書右僕射，謚曰貞。

〔一四〕魏引補注：「建字杓直。」李建，兩《唐書》有傳，元稹有《唐故中大夫尚書刑部侍郎上柱國隴西縣開國男贈工部尚書李公（建）墓誌銘》，白居易有《有唐善人墓碑》，其生平如次：李建字杓直，祖籍趙郡，世寓於荆州之石首。貞元十四年舉進士（《登科記考》），以第二人試校秘書郎、容州招討判官，復調爲本官。貞元二十年十二月二十二日充翰林學士，二十一年三月十七日遷左拾遺，仍充翰林學士。順宗立，李師古以兵侵曹州，建作詔諭還之，詞不假借。王叔文欲更之，建不可。出爲詹事府司直（《丁居晦《重修承旨學士壁記》》）。元和三年二月丙子路恕爲鄜坊節度使，詔賜五品服供奉殿中，爲鄜州防禦副使、轉運判官。會恕復取不宜爲賓者，公罷去，歸爲殿中侍御史。尋爲比部員外郎，轉兵部、吏部，遷本曹郎，换兵部郎中知制誥。改京兆少尹。十一年冬，出爲澧州刺史（白居易《東南行一百韻》「次第出京都」注）。徵拜太常少卿，尋以本官知禮部貢舉。明年，除禮部侍郎，改爲刑部。階中大夫，勳上柱國，爵隴西縣開國男（《有唐善人墓碑》）。長慶元年之二月二十三日卒，年五十八（《李建墓誌銘》）。贈工部尚書，謚曰元（《唐會要》卷七十九）。

〔一五〕孫汝聽注：「簡字幾道，元和十三年五月爲山南東道節度使，加工部尚書。」《元和郡縣》卷二十三山南道襄州（襄陽大都督府）：「今爲襄陽節度使理所，管襄州、鄧州、復州、郢州、唐州、隨州、均州、房州，管縣三十八。」孟簡，兩《唐書》有傳，其生平如次：孟簡字幾道，德州平昌人。擢進士第，登宏辭科，永貞間爲倉部員外郎，王叔文忌之，换刑部員外郎（《册府元龜》卷四百五十九）。歷户部侍郎、司封郎中，元和四年正月使山南東道荆南湖南賑恤災旱，賜緋袍銀魚（《唐會要》卷七十七）。超拜諫議大夫知匭事，韓泰、韓曄之復刺史，吐突承璀爲招討使，簡皆固爭。七年，出爲常州刺史（李紳《毗陵東山詩序》）。八年，就加金紫光禄大夫，是歲徵拜爲給事中。九年九月戊戌，出爲越州刺史兼御史中丞浙東觀察使。十二年八月戊午，入爲户部侍郎。十三年，代崔元略爲御史中丞，仍兼户部侍郎。五月丙午，檢校工部尚書襄州刺史山南東道節度使（《舊唐書·憲宗下》）。十四年，左授太子賓客分司東都。十五年三月丁卯，貶吉州司馬員外置同正員。長慶元年四月辛卯，量移睦州刺史。二年，移常州刺史。入爲太子賓客分司東都。其年十二月癸丑卒（《舊唐書·穆宗紀》）。

〔一六〕孫汝聽注：「坦字保衡，元和八年五月除東川節度使兼御史大夫。」《元和郡縣志》卷三十四劍南道梓州（下）：「今爲東川節度使理所，管梓州、劍州、緜州、遂州、渝州、合州、曹州、榮州、陵州、瀘州、龍州、昌州，管縣六十九。」今四川三台。盧坦，兩《唐書》有傳，其生平如次：盧坦字保衡，河南洛陽人。始爲同州韓城、宣州宣城、鞏縣尉，貞元五年爲河南縣尉（權德輿《盧公（坦）神道碑銘》)。十年三月乙亥李復爲義成軍節度使,表爲判官。貞元十三年四月庚午李復卒,坦護喪歸東都。歷壽安令,王緯觀察浙西,兼鹽鐵使,請坦爲轉運判官。及李錡代,請如初,轉殿中侍御史。錡行多不循法,坦每爭之(李翺《故東川節度使盧公傳》)。十七年六月,以屢諫不悛去之(《資治通鑑》卷二百三十六)。順宗皇帝寢疾,説宰相韋執誼速白立皇太子以樹國本。執誼將以爲殿中侍御史,王叔文將以爲員外郎知楊子留後。坦不受,叔文不悦,故事皆不行。及王叔文貶,坦遂爲殿中侍御史。權德輿爲户部侍郎,請爲本司員外郎,尋轉庫部兼侍御史知雜事(李翺《故東川節度使盧公傳》)。元和二年四月,自刑部郎中兼侍御史知雜事爲御史中丞分司東都(《唐會要》卷六十),未幾歸臺。尋罷爲右庶子。四年,出爲宣歙池觀察使(韋瓘《宣州南陵縣大農陂記》)。五年十二月丁卯,爲刑部侍郎充諸道鹽鐵轉運使。六年四月庚午,改户部侍郎判度支(《舊唐書·憲宗紀上》)。八年八月辛丑,出爲梓州刺史劍南東川節度使。十二年九月戊戌卒(《舊唐書·憲宗紀下》),年六十九,贈禮部尚書。

〔一七〕《新唐書·百官志四上》十六衛:「左右金吾衛:上將軍各一人(從二品),大將軍各一人(正三品),將軍各二人(從三品)。掌宫中、京城巡警,烽候、道路、水草之宜。」李道古,兩《唐書》有傳,其生平如次:李道古,曹王明裔孫,成王皐子。貞元五年登進士第,拜校書郎、集賢學士、宗正丞,憲宗即位,遷司門員外郎。元和初,歷刺利、隋、唐三州。元和六年六月三日拜睦州刺史(《嚴州圖經》)。七年(《皇甫湜《睦州録事參軍廳壁記》》),入爲宗正少卿。元和八年十月己巳,自宗正卿出爲黔中觀察使(《舊唐書·憲宗紀》)。元和十一年,爲鄂岳沔蘄安黄團練觀察使。十二年,道古攻申州,克其羅城。元和十三年入爲宗正卿。後爲左金吾衛將軍,薦山人柳泌以媚於上,憲宗服餌過當,暴成狂躁之疾,以至棄代。穆宗即位,責授循州司馬。元和十五年九月三日,以服丹藥嘔血而卒,年五十三。

〔一八〕孫汝聽注:「元和十五年六月,登卒。」《舊唐書·歸登傳》:「晚年頗好服食,有饋金石之藥者,且云:『先嘗之矣。』登服之不疑,藥發毒幾死。」

〔一九〕孫汝聽注:「元和八年六月,虚中卒。」《李虚中墓誌銘》:「疽發背,六月乙酉卒。君亦好道士説,於蜀得秘方,能以水銀爲黄金,服之冀果不死。將疾,謂其友衛中行大受、韓愈退之曰:『吾夢大山裂,流出赤黄物如金。左人曰:是所謂大還者。今三矣。』君既殁,愈追占其夢曰:山者艮,艮爲背。裂而流赤黄,疽象也。大還者,大歸也。」

〔二〇〕孫汝聽注:「長慶六年正月遜卒。」

〔二一〕孫汝聽注:「長慶元年二月建卒。」

〔二二〕孫汝聽注:「元和十五年三月,簡貶吉州司馬。」

〔二三〕樊汝霖注:「是歲九月,公自袁召還爲國子祭酒。」

〔二四〕祝充注:「音舸,舟名。楚謂大船曰舸。(《三國志》)《吴志》(《甘寧傳》):『勑船人更增舸纜。』」文讜注：「舸，大舡也，音賈我切。《方言》曰：『南楚江湖之間謂之舸。』」蕭洲，在今江西清江縣西四里。《方輿勝覽》卷二十一臨江軍：「蕭洲，舊志名蕭灘鎮。」《江西通志》卷九臨江府：「蕭灘在府城西蕭水中，亦名蕭洲，梁武帝南幸曾駐此。」

〔二五〕孫汝聽注：「長慶三年十二月，簡卒。」

〔二六〕樊汝霖注：「道古因皇甫鎛薦柳泌於憲宗。泌治丹劑，憲宗服之，遽棄萬國。穆宗即位，以泌付京兆府決死，道古貶循州司馬。元和十年九月，亦以藥死貶所。」

〔二七〕嚴有翼注：「《後山詩話》云：退之爲《李干誌》，敍當世名貴服金石藥欲生而死者數輩，著之石，藏之地下，此特爲一世誡耶？而竟藥死。故白傅云『退之服硫黄，一病竟不痊』是也。」

〔二八〕蔣抱玄注：「蘄音祈，求也。」

〔二九〕五穀，穀物通稱，所指不一。《周禮·天官·疾醫》「以五味五穀五藥養其病」，鄭玄注：「五穀，麻、黍、稷、麥、豆也。」《孟子·滕文公上》「樹藝五穀」，赵歧注：「五穀，謂稻、黍、稷、麥、菽也。」《楚辭·大招》「五穀六仞」，王逸注：「五穀，稻、稷、麥、豆、麻也。」《素問·藏氣法時論》「五穀爲養」，王冰注：「謂粳米、小豆、麥、大豆、黄黍也。」《蘇悉地羯囉經》卷中：「五穀，謂大麥、小麥、稻穀、大豆、胡麻。」三牲：俗以牛、羊、豚爲大三牲，豚魚雞爲小三牲。《孝經·紀孝行》「日用三牲之養」，邢昺疏：「三牲，牛、羊、豕也。」魏引補注：「三牲，下文云豚魚雞是也。」

〔三〇〕《論語·公冶長》「或乞醯焉」，邢昺疏：「醯，醋也。」

〔三一〕《舊唐書·裴潾傳》：「憲宗季年鋭於服餌，詔天下搜訪奇士。宰相皇甫鎛與金吾將軍李道古挾邪固寵，薦山人柳泌及僧大通、鳳翔人田佐元，皆待詔翰林。憲宗服泌藥，日增躁渴，流聞於外。潾上疏諫曰：『《禮》曰：「夫人食味别聲被色而生者也。」《春秋左氏傳》曰：「味以行氣，氣以實志。」又曰：「水火醯醢鹽梅，以烹魚肉，宰夫和之，齊之以味，君子食之，以平其心。」夫三牲五穀，禀自五行，發爲五味，蓋天地生之所以奉人也。是以聖人節而食之，以致康强逢吉之福。』」

〔三二〕童第德注：「《周禮·考工記·梓人》：强飲强食，詒女曾孫，諸侯百福。」

〔三三〕童第德注：「《左氏》昭二十年傳：『先王之濟五味。』注：『濟，成也。』」

〔三四〕《考異》：「江隣幾云：此誌略不敍干世代行事，不知何也。」魏引補注：「《孔毅夫雜説》云：『張籍哭退之詩云：爲出二侍女，合彈琵琶箏。白樂天《思舊詩》云：退之服硫黄，一病竟不痊。退之嘗譏人不解文字飲，而自敗於女妓耶？作李博士墓誌，戒人服金石藥，而自餌硫黄耶？』又後山《嗟哉行》亦云：『韓子作誌還自屠，白笑未竟人復吁。』正謂此耳。」

卷二十五

（原本卷三十五）此卷以潮本爲底本，以祝本、文本、南宋蜀本、魏本對校。

盧渾墓誌銘〔一〕

前汝父母右汝兄①，汝從之居〔二〕，視汝如生。汝遷于居兮②，日月之良。汝居孔固兮，後無有殃。如不信兮，視此銘章③〔三〕。

【彙校】

①〔右汝兄〕潮本「兄」上多一「弟」字，祝本、文本、南宋蜀本、魏本同。魏本注：「一作『後有弟兄』。」《舉正》出南宋監本「前汝父母右汝弟兄」，據閣本删「弟」字，云：「李、謝校。渾，於陵弟也。公有《於陵墓誌》，只兄弟二人，《世系表》亦可考。晁本作『後有汝兄』，亦非。」朱熹從方本，《考異》：「『兄』上或有『弟』字，或作『後有汝兄』。」今從方本。

②〔汝遷于居兮〕《舉正》據閣本訂「汝遷于」作「遷汝」。朱熹從方本，《考異》：「或作『汝遷于』三字。」

③〔視此銘章〕《舉正》據閣本訂「此」作「於」。朱熹從監本，《考異》：「此，方作『於』。」

【箋注】

〔一〕文讜注：「處士於陵之弟，貽之子，公之妻弟也。」韓醇注：「渾，河南法曹參軍第二子，而公妻弟也。然有銘無誌焉。」

此篇作年不詳，方譜附入「無年可考」之下。蔣抱玄注：「於陵卒於元和二年，渾卒葬未詳，譜不載。」據《處士盧君（於陵）墓誌銘》，元和二年於陵卒時，盧渾猶在。則盧渾卒年，應在此後。

〔二〕《唐故河南府法曹參軍盧府君夫人苗氏墓誌銘》：「祔於法曹府君墓，在洛陽龍門山。」《盧於陵墓誌銘》：「其弟渾以家有無，葬以車一乘於龍門山先人兆。」

〔三〕蔣抱玄注：「銘章，銘文也。《詩經》《小雅·裳裳者華》：『維其有章兮。』按：章即文也。」此銘用韻，據《廣韻》：兄，平聲庚韻；生，平聲庚韻。良，平聲陽韻；殃，平聲陽韻；章，平聲陽韻。

唐故虢州司户韓府君墓誌銘①〔一〕

安定桓王五世孫叡素②〔二〕，爲桂州長史③〔三〕，化行南方〔四〕。有子四人，最季曰紳卿〔五〕，文而能官。嘗爲楊州録事參軍④〔六〕，事故宰相崔圓⑤〔七〕。圓狎愛州民丁某，至顧省其家〔八〕。後大衙會日〔九〕，司録君趨以前，大言曰：「請舉公過⑥：公與小民狎，至其家⑦，害於政。」圓驚謝曰：「録事言是，圓實過。」乃自署罰五十萬錢。由是遷涇陽令〔一〇〕，破豪家水碾〔一一〕，利民田頃凡百萬。

君諱岌〔一二〕，桂州君之孫，司録君之子〔一三〕，亦以能官名。少而奇，壯而彊，老而通⑧。以元和元年六月十四日卒⑨，年五十七。娶京兆田氏女⑩。男曰家，女曰門⑪，曰都，皆幼。初，君樂虢之土田山水，求掾其州，去官猶家之。既卒，因以其年九月某日，葬州北十里崔長史墓西⑫。銘曰：

凡兆于兹⑬〔一四〕，唯其家之材⑭，蓋歸有時〔一五〕。

【彙校】

①〔唐故虢州司户韓府君墓誌銘〕文本、南宋蜀本、魏本無「唐故」二字。

②〔叡素〕南宋蜀本「叡」作「睿」。謹按：「睿」、「叡」，古今字。《説文》：「叡，深明也。通也。从𣦼从目，从谷省。睿，古文叡。」

③〔爲桂州長史〕潮本「長」作「刺」，祝本、文本、南宋蜀本、魏本同。樊汝霖注：「《唐史·世系表》及李太白《武昌宰

韓君去思碑》並云：『叡素，桂州長史。』皇甫持正誌公墓及神道碑俱同。而此云『刺史』，其字誤矣。」《舉正》訂作「長」，云：「考《世系表》、李太白《去思碑》、公《墓誌》、《行狀》並同。」朱熹從方本，《考異》：「長，或作『刺』。」今從方本。

④〔楊州録事參軍〕王本、廖本「楊」作「揚」。謹按：古籍「楊州」、「揚州」混用，自《史記》以下屢見不鮮，不煩改字。《舉正》：「杭本無『參軍』二字。」《考異》：「或無此（參軍）二字。」

⑤〔事故宰相崔圓〕文本注：「一無『事』字。」

⑥〔請舉公過〕潮本「請」作「謀」。今從祝本。

⑦〔至其家〕《舉正》增複出「至」字，作「公與小民狎至至其家」，云：「三本皆複『至』字。」朱熹從方本，《考異》：「或無複出『至』字。」

⑧〔壯而彊老而通〕《舉正》：「閣本脱『而强老』三字。」《考異》：「閣本無『而强老』三字，方以爲脱。」

⑨〔元和元年〕《舉正》：「蜀本作『三年』。」《考異》：「元，或作『三』。」

⑩〔田氏女〕潮本無「女」字，祝本、文本、南宋蜀本、魏本同。《舉正》據閣本增「女」字，云：「李、謝校。」《考異》：「或無『女』字。」今從方本。

⑪〔女曰門〕潮本無「曰門」二字，祝本、文本、魏本同。《舉正》據閣本增「曰門」二字，云：「李、謝校。」《考異》：「或無此（曰門）二字。」今從方本。

⑫〔葬州北〕潮本「葬」下多一「于」字，祝本、文本、南宋蜀本、魏本同。《舉正》删「于」字，云：「三本同。」朱熹從方

本，《考異》：「『葬』下或有『于』字。」今從方本。

⑬〔凡兆于兹〕文本注：「兆，一作『葬』。」南宋蜀本作「葬」。

⑭〔唯其家之材〕文本「唯」作「惟」。《舉正》：「閣本作『財』。」《考異》：「材，或作『財』。今按此句未詳，當有脱誤。」王元啓作「財」，注：「財，原作『材』。」方成珪注：「『材』字疑衍。『家之』，即《誌》文所謂『去官猶家之』也。」

【箋注】

〔一〕王疇注：「公仲卿之子，岌紳卿之子。」

此篇作年，洪譜、方表、方譜、蔣抱玄注均繫於元和元年（八〇六）。洪譜：「元和元年丙戌：其春夏猶在江陵，六月自江陵召拜國子博士。還朝後有祭十二兄岌文並墓誌。」方譜：「司户是年六月十四日卒，九月某日葬。六月癸巳朔，十四日丙午。九月辛卯朔。」

〔二〕文讜注：「（《新唐書》）《宰相世系》曰：韓氏自弓高侯穨當裔孫名尋，後漢隴西太守，世居潁川。生子司空稜，字伯師，後居徙安定武安。後魏有常山太守武安成侯耆，字黄耉，徙居九門。生子茂，字元興，爲尚書令征南大將軍，封安定桓王。生二子：備、均。均字天德，定州刺史。生晙，雅州都督。晙生仁泰，曹州司馬。司馬生叡素。」北魏安定桓王韓茂，《魏書》、《北史》有傳，其生平如次：韓茂字元興，安定安武人。太宗明元帝親征丁零翟猛，茂年十七，爲中軍執幢，拜虎賁中郎將。後從世祖太武帝討赫連昌，以軍功賜爵蒲陰子，加彊弩將軍，遷侍輦郎。拜内侍長，進爵九門侯，加冠軍將軍，遷司衛監。拜散騎常侍殿中尚書，進爵安定公加平南將軍，轉都官尚書。太平真君六年（四四五）十一月己未，率騎屯相州之陽平郡討蓋吴（《魏書·世祖紀下》）。太武帝南征，拜徐州刺史。還爲侍中、尚書左僕射，加征南將軍。正平二年（四五二）七月敗劉義隆將檀和之、魯安生（《魏書·世祖紀下》）。高宗文成帝踐祚，拜尚書令，加侍中、征南大將軍。太安二年（四五六）夏領太子少師，冬卒。贈涇州刺史、安定王，謚曰桓王。謹按：據《魏書·太宗紀》，太宗曾兩次親征：永興二年（四一〇）五月壬申帝北伐，七月乙丑還宫；神瑞元年（四一四）十二月丙申帝北伐，二年正月丙辰還宫。又《周幾傳》、《張蒲傳》記斬叛胡翟猛雀於泰常初。據永興二年、神瑞元年上推十七年，韓茂生年，當在道武帝登國九年（三九四）或天興元年（三九八）。享年五十九歲或六十三歲。韓愈家族出自北魏安定桓王韓茂，其説始見李白《武昌宰韓君（仲卿）去思頌碑并序》：「七代祖茂，後魏尚書令安定王。五代祖鈞，金部尚書。曾祖晙，銀青光禄大夫雅州刺史。祖泰，曹州司馬。考睿素，朝散大夫、桂州都督府長史。」皇甫湜《韓文公神道碑》：「拓跋後魏之帝，其臣有韓茂者以武功顯，爲尚書令，實爲安定桓王。次子鈞襲爵，官至金部尚書，亦能以功名終。尚書曾孫叡素爲唐桂州長史，善化行於江嶺之間，於先生爲王父。生贈尚書左僕射諱仲卿，僕射生先生。」《韓文公墓誌銘并序》：「先生諱愈，字退之，後魏安定桓王茂六代孫。祖朝散大夫桂州長史諱叡素，父秘書郎贈尚書左僕射諱仲卿。」李翺《故朔方節度掌書記殿中侍御史昌黎韓君夫人京兆韋氏墓誌銘》：「府君諱弇，自後魏尚書令安定桓王六世生禮部郎中雲卿，禮部實生府君。」以上諸説定韓茂至韓愈或爲六代，或爲七代乃至八代，自相矛盾。但韓茂至韓愈歷時約四百年，無論六代、七代或八代，均屬臆説。韓愈家族與安定桓王了無關聯，詳見劉真倫《韓愈家世辨疑》。

〔三〕《元和郡縣志卷》三十七嶺南道桂州（中都督府）：「今爲桂管經略使理所，管桂州、梧州、賀州、昭州、象州、柳州、嚴州、融州、龔州、富州、蒙州、思唐州，管縣四十七。」治所臨桂縣，今廣西桂林。《唐六典》卷三十大都督府中都督下都督官吏：「中都督府官吏長史一人，正五品上。掌貳府州之事，以紀綱衆務，通判列曹。歲終，則更入奏計。」

〔四〕韓叡素生平不詳，可知者：官至朝散大夫、桂州都督府長史，見李《碑》。皇甫湜《神道碑》、《墓誌銘》同。

〔五〕文讜注：「子卿、仲卿、雲卿、紳卿。」魏引集注：「桂州四子：仲卿、少卿、雲卿、紳卿也。李太白《碑》亦言桂州君四子，名諱長少皆與此《誌》合。獨《世系表》云桂州君七子，無少卿而有晉卿、季卿、子卿、升卿。《表》以晉卿爲長，而《碑》以仲卿爲元子。《表》作升卿最季，而《誌》作紳卿。《誌》又云：嘗爲楊州録事參軍，而《表》云京兆府司録參軍。公仲卿之子而紳卿姪也，寧有敍其家世而故誤耶？當以《誌》爲正。」李白《武昌宰韓君去思頌碑》：「君名仲卿，南陽人，乃長史之元子也。妣有吳錢氏，及長史即世，夫人早孀，弘聖善之規，成名四子，文伯孟軻二母之儔歟！少卿當塗縣丞，感槩重諾，死節於義。雲卿文章冠世，拜監察御史，朝廷呼爲子房。紳卿尉高郵，才名振耀，幼負美譽。君自潞州銅鞮尉調補武昌令，本道採訪大使皇甫公侁聞而賢之，擢佐輶軒，多所弘益。尚書右丞崔公禹稱之於朝，相國崔公涣特奏授鄱陽令，兼攝數縣。」

〔六〕《舊唐書·地理志》淮南道揚州大都督府：「武德三年，於潤州江寧縣置揚州。九年，省江寧縣之揚州，改邗州爲揚州，置大都督，督越、揚、和、滁、楚、舒、廬、壽七州。貞觀十年，改大都督爲都督，督揚、滁、常、潤、和、宣、歙七州。龍朔二年昇爲大都督府，天寶元年改爲廣陵郡，依舊大都督府。乾元元年復爲揚州。自後置淮南節度使，親王爲都督領使，長史爲節度副大使知節度事。」《唐六典》卷三十大都督府中都督下都督官吏：「大都督府録事參軍事二人，正七品上。司録録事參軍，掌付事、勾稽，省署抄目，糾正非違，監守符印。若列曹事有異同，得以聞奏。」

〔七〕文讜注：「圓字有裕，貝州武城人。」孫汝聽注：「上元元年二月，以崔圓爲楊州大都督府長史淮南節度使。」崔圓，兩《唐書》有傳，其生平如次：崔圓，字有裕，清河東武城人。開元二十三年以智謀將帥科及第（《唐會要》卷七十六），授執戟，歷京兆倉曹參軍（李華《淮南節度使尚書左僕射崔公頌德碑銘》）。天寶初蕭炅爲京兆尹，薦爲會昌丞，累遷司勳員外郎。天寶十載十一月楊國忠遥領劍南節度（《唐會要》卷七十八），拜刑部員外兼侍御史蜀郡大都督府左司馬，知劍南節度留後。玄宗幸蜀，天寶十五載六月庚子，自司勳郎中劍南節度留後爲蜀郡長史劍南節度副大使。丙午，拜中書侍郎同中書門下平章事（《舊唐書·玄宗紀下》）。肅宗即位，同房琯、韋見素並赴肅宗行在所。從肅宗還京，至德二載十二月戊午，拜中書令，封趙國公。三載五月己未還太子少師、刑部尚書同平章事(《舊唐書·肅宗紀》)。乾元元年五月乙未罷知政事(《新唐書·肅宗紀》)。二年正月庚子,以太子少師充東京留守判尚書省事。官軍剽掠洛陽,圓棄城南奔襄陽,詔削除階封。尋起爲濟王傅,李光弼用爲懷州刺史,除太子詹事,改汾州刺史。上元二年二月癸亥,拜揚州大都督府長史、淮南節度觀察使。加檢校右僕射兼御史大夫。轉檢校左僕射知省事。大曆三年六月庚子薨(《舊唐書·肅宗紀》),年六十四。贈太子太師,謚曰昭襄。

〔八〕蔣抱玄注:「《史記·司馬相如傳》:舜在假典,顧省闕遺。」謹按:「顧」有兩義:迴首還視曰顧,前瞻亦曰顧。《説文》:「顧,還視也。」《玉篇》:「顧,古布切,瞻也。迴首曰顧。」是「顧省」亦有兩義:反躬自省、探望省問。《尚書·康誥》:「用康乃心,顧乃德。」孔傳:「用是誠道安汝心,顧省汝德,無令有非。」司馬相如《封禪文》「舜在假典,顧省闕遺」,《文選》五臣注呂延濟曰:「言舜居重位,常自顧省察。」此「顧省」用「反躬自省」一義。韓文「顧省」用「探望省問」一義。《國語·晉語八》:「吾朝夕顧焉,以相晉國」,韋昭注:「顧,問也。」此義始見韓文,後人多有採用者,如蘇軾《萬石君羅文傳》:「左右聞之,以爲上意不悦,因不復顧省。」(《東坡全集》卷三十九)黄庭堅《次韻答黄與迪》:「流俗不顧省,古人可前追。」(《山谷集》卷七)《北京通判廳賢樂堂記》:「雖親戚慶吊,人情所不能休者,有不暇顧省。」(《山谷集》卷十七)

〔九〕蔣抱玄注:「大衙會,署中大宴會也。」

〔一〇〕祝充注:「涇,音經。《詩》(《小雅·六月》):『至於涇陽。』」文讜注:「涇陽縣,屬京兆府。」《元和郡縣志》卷二關内道京兆府涇陽縣（畿），今屬陝西省。《新唐書·百官志四下》外官：「畿縣令各一人，正六品上。縣令掌導風化，察寃滯，聽獄訟。凡民田收授，縣令給之。每歲季冬，行鄉飲酒禮。籍帳、傳驛、倉庫、盜賊、隄道，雖有專官，皆通知。」

〔一一〕祝充注：「碾，女箭切，《廣韻》：『水碾。』」魏仲舉注：「碾，奴箭切。」蔣抱玄注：「水碾，水磨也。水勢湍急之處藉水力以運磨，比用驢磨尤便。然阻抑水流殆甚。」六朝以下，官家豪門霸佔水利侵害百姓日益嚴重，唐代尤甚。見於史籍者如《册府元龜》卷四百七十四：「李栖筠爲工部侍郎，代宗廣德二年三月癸丑，奏京畿諸縣百渠下王公寺觀碾磑凡七十餘所，有妨農利，並請毁廢。」《册府元龜》卷四百九十七：「大曆十三年正月壞京畿白渠磑八十餘所，以妨奪農業也。」

〔一二〕文讜注：「岌，逆及切。」

〔一三〕韓紳卿生平不詳，所可知者：李白至德年間作《武昌宰韓君去思頌碑》稱之爲「高郵尉」。《元和姓纂》稱之爲「京兆司録」。《韓岌墓誌銘》稱之爲「楊州録事參軍」，其履職當在上元二年至大曆三年之間。

〔一四〕《左傳》哀公二年：「素車樸馬，無入於兆。」杜注：「兆，葬域。」

〔一五〕洪興祖注：「疑有闕文。」王元啓注：「韓氏先墓在河陽，今所葬乃係僑墓。公祭岌文有『反骨本原』之語，意在反葬河陽，故曰『蓋歸有時』。上句『唯其家之材』，即『以家有無』之意，作『材』非是。」童第德注：「王氏釋『唯其家之材』即『稱家有無』之意，是也。而謂『作材非是』，則非。

『材』、『財』古通用。漢《史辰後碑》『還所斂民材』，『材』即『財』之假字。《文選》左太冲《魏都賦》『財以工化』，李注：『財與材古字通。』是其證。公此銘蓋謂今之葬於此者，度其家之財力而然，至遷歸先人之兆，尚有待於異時耳。辭意明白，並無脱誤。《祭十二郎文》云：『吾力能改葬，終葬汝於先人之兆。』義與此同。方氏删『材』字，則何以復云『蓋歸有時』乎？」謹按：《處士盧君（於陵）墓誌銘》：「其弟渾以家有無，葬以車一乘於龍門山先人兆。」蔣抱玄注：「《禮・檀弓》：喪具稱家之有無。」此句與「以家有無」同義，謂韓岌葬於虢州而不歸葬河陽祖墓，唯財力不足，故量力而行。所以下文云：「蓋歸有時。」《祭十二兄文》云：「歸女教男，反骨本原。其不有年，以補我愆。」期以他日也。銘文雖僅三句，但意義完整。洪、朱以爲「闕文」、「脱誤」，方成珪以爲衍，不確。

此銘用韻，據《廣韻》：兹，平聲之韻；材，平聲咍韻；時，平聲之韻。

四門博士周況妻韓氏墓誌銘①〔一〕

四門博士周況妻韓氏〔二〕，諱好好②。尚書禮部郎中諱雲卿之孫〔三〕，開封尉諱俞之女③〔四〕。開封娶趙氏④，生二女三男〔五〕。開封卓越豪縱〔六〕，不治資業⑤，喜酒色狗馬〔七〕。趙氏卒十一年⑥，而開封亦卒〔八〕。開封從父弟愈於時爲博士乞教東都生⑦〔九〕，以收其孥於開封界中教畜之〔一〇〕，而歸其長女于周氏況〔一一〕。況進士⑧，家世儒者。曾祖諱延，潭州長沙令〔一二〕。祖諱晦，常州參軍〔一三〕。父諱良甫，左驍衛兵曹參軍〔一四〕。況立名行，人士譽之。韓氏嫁九年，生一男一女。年二十七，以疾卒⑨〔一五〕，葬長安城南鳳栖原〔一六〕。其從父愈於時爲中書舍人⑩〔一七〕，爲銘曰：

夫喪少婦⑪，子失壯母，歸咎無處〔一八〕。

【彙校】

①〔韓氏墓誌銘〕南宋蜀本無「銘」字。

②〔諱好好〕《舉正》出南宋監本「諱好好」，據閣、杭本删複出「好」字。朱熹從方本，《考異》：「或有複出『好』字。」

③〔開封尉諱俞之女〕文本「諱」作「韓」。潮本「之」下注：「一有『之』字。」南宋蜀本「之」下多一「之」字。

④〔開封娶趙氏〕潮本「開封」作「俞」，祝本、魏本同。潮本「俞」下注：「一有『之』字。」文本、南宋蜀本作「俞之」。《舉正》據閣、蜀本訂作「開封」。朱熹從方本，《考異》：「開封，或作『俞』。」今從方本。

⑤〔不治資業〕文本「資」作「貲」。謹按：「貲」，「資」之通假字。《説文》：「小罰以財自贖也。从貝此聲。漢律：民不繇，貲錢二十二。」《説文通訓定聲》：「貲，假借爲資。《廣雅·釋詁四》：『貨也。』《蒼頡篇》：『財也。』《通俗文》：『平財賄曰貲。』《史記·張釋之馮唐傳》『以貲爲騎郎』，《索隱》：『積財也。』《管子·山權數》『立貲曰無

貲』，注：『立龜爲竇，號曰無貲。無貲，無價也。』」《玉篇》：「貲，子离切，小罰以財自贖也。財也，貨也。」

⑥〔趙氏卒十一年〕文本無「一」字。

⑦〔開封從父弟愈〕魏本注：「一本無『弟』字。」潮本無「弟」字，祝本、文本、南宋蜀本同。潮本注：「一有『弟』字。」祝本、文本注同。《舉正》增「弟」字，云：「舊本皆有。」朱熹從方本，《考異》：「或無『弟』字。今按：公父仲卿與開封之父雲卿爲兄弟，則公與開封固從父兄弟也。」今從方本。

⑧〔況進士〕《舉正》：「閣本無複出『況』字。」《考異》：「或無複出『況』字。」

⑨〔以疾卒〕《舉正》：「蜀本『疾』作『病』。」《考異》：「疾，或作『病』。」

⑩〔其從父愈〕潮本「父」下注：「一有『弟』字。」祝本、魏本注同。《考異》：「『父』下方有『弟』字。今按：方本非是。《儀禮·喪服篇》有族曾祖父者，曾祖之兄弟也。其子爲族祖父，其孫爲族父，其曾孫爲族兄弟。有從祖祖父者，祖父之兄弟也。其子爲從祖父，其孫爲從祖兄弟。有世父叔父者，父之兄弟也。其子爲從父兄弟。今韓公於開封及虢州皆爲從父弟矣，於開封之女則公當爲從祖父也。此但云『從父』爲脱一『祖』字。方作『從父弟』，尤誤。今無别本，不敢輒增『祖』字，且從諸本去『弟』字。」謹按：韓愈、韓俞爲從兄弟，況妻韓氏爲韓俞之女，則韓愈爲韓氏之從父。作「從父弟」誤，作「從祖父」亦誤。

⑪〔夫喪少婦〕《舉正》據閣本訂「喪」作「失」。朱熹從方本，《考異》：「失，或作『喪』。」

【箋注】

〔一〕此篇作年，洪譜、方表、方譜繫於元和十一年，蔣抱玄注作元和十年。洪譜：「十一年丙申：是年有《周況妻韓氏墓誌》。《實録》云：『十一年正月丙戌，考功郎中知制誥韓愈中書舍人。丙申，賜服緋魚。』《周況妻韓氏墓誌》云：『開封卒，愈時爲博士，乞分教東都生，以收其孥於開封界中教畜之。而歸其長女於周氏況。韓氏嫁九年而死。其從父愈於時爲中書舍人。』公分教東都生在二年，至今十年。云『嫁九年而死』，則二年分教東都生，三年嫁韓氏於周況也。公有詩《寄周郎博士》，即況也。」王元啓注：「蓋在元和十一年五月以前未降庶子時作。」方譜：「貞元六年庚午好好生，元和三年戊子嫁周氏。十一年丙申卒，年二十七。《誌》不具卒葬月日，以公時爲中舍，知爲是年春夏間作。」謹按：《誌》云：「其從父愈於時爲中書舍人。」韓愈拜中書舍人，在元和十一年正月丙戌，至五月癸未降爲太子右庶子，見洪譜引《憲宗實録》。則此篇作於元和十一年（八一六）正月至五月間，應無疑問。

〔二〕《新唐書·百官志三》國子監四門館：「博士六人，正七品上。掌教七品以上侯伯子男子爲生，及庶人子爲俊士生者。」

〔三〕韓雲卿，韓愈叔父，其生平不詳。可知者：至德年間李白作《武昌宰韓君去思頌碑》，稱爲監察御史。大曆十二年所撰《唐平蠻頌》，署作「尚書禮部郎中上柱國」（《八瓊室金石補正》卷六四）。《元和姓纂》記其終官，作禮部郎中。錢起有《鑾駕避狄歲别韓雲卿》，則其人建中、興元間猶存。李《碑》稱其「文章冠世」，韓愈稱其「當大曆世文辭獨行中朝」（《科斗書後記》），趙明誠稱其「詞頗簡古」（《金石録》卷二十八）。《全唐文》存其文六篇。

〔四〕王疇注：「《宰相世系表》云『俞，開封令。』此及《張徹誌》並云『開封尉』，當以二誌爲正。」韓醇注：「此《誌》及《張徹誌》皆以韓俞爲『開封尉』，《唐宰相表》以爲『令』，《史》誤也。」韓俞，雲卿子，生平不詳。可知者：此《誌》及《唐故幽州節度判官贈給事中清河張君（徹）墓誌銘》作「開封尉」。

〔五〕樊汝霖注：「二女：長即況妻，次嫁張徹。三男：無競、啓餘、州來，並《世系表》。」王疇注引《新唐書・宰相世系表三上》：「無競，河南參軍。啓餘，潤州司功參軍。州來，唐興令。」

〔六〕蔣抱玄注：「卓越，超脱也。《晉書》（《華譚傳》）：『州郡有貢薦之舉，猶未獲出羣卓越之倫。』」豪縱，縱放不羈。《南史・王思遠傳》：「明帝從祖弟季敞性甚豪宗，使詣思遠，令見禮度。」

〔七〕《隋書・齊王暕傳》：「暕頗驕恣，昵近小人，所行多不法。遣喬令則、劉虔安、裴該、皇甫諶、厙狄仲錡、陳智偉等求聲色狗馬。」

〔八〕韓俞卒時，「愈於時爲博士乞教東都生」。則韓俞卒年，當在元和二年。

〔九〕孫汝聽注：「公父仲卿，即雲卿之兄也。」

〔一〇〕《玉篇》：「孥，怒乎切，子也。亦作『帑』。」

〔一一〕樊汝霖注：「元和元年，況中進士第。是歲公以好好適況。」方成珪注：「公元和二年分司東都。若元年，則方自江陵召拜博士，洪譜可考。注『是歲』當改『明年』。」謹按：據洪譜，韓氏嫁周況，當在元和三年。

〔一二〕《元和郡縣志》卷二十九江南道潭州長沙縣（緊），今屬湖南省。《新唐書·百官志四下》外官：「上縣令一人，從六品上。縣令掌導風化，察冤滯，聽獄訟。凡民田收授，縣令給之。每歲季冬，行鄉飲酒禮。籍帳、傳驛、倉庫、盜賊、隄道，雖有專官，皆通知。」

〔一三〕《元和郡縣志》卷二十江南道常州（緊），今屬江蘇省。《新唐書·百官志四下》外官：「上州録事參軍事一人，從七品上。司功參軍事一人，司倉參軍事一人，司户參軍事二人，司田參軍事一人，司兵參軍事一人，司法參軍事二人，司士參軍事一人，皆從七品下。」

〔一四〕《新唐書·百官志四上》十六衛左右驍衛：「兵曹參軍事各二人（正八品下），掌五府武官宿衛番第，受其名數，而大將軍配焉。」

〔一五〕孫汝聽注：「貞元六年，好好生。至是元和十一年卒，年二十七。」

〔一六〕宋程大昌《雍録》卷七引吕大防《長安圖記》：「少陵原、鳳棲原横據城南。」宋張禮《遊城南記》引宋敏求《長安志》：「少陵原南接終南山，北直滻水，本爲鳳棲原。漢許后葬少陵，在司馬村之東，因即其地呼少陵原。杜牧之自志云：『葬少陵司馬村。』柳宗元志伯姒墓曰：『葬萬年之少陵原。』實鳳棲原也。原脉起自南山，屈曲西北，岡阜相連，纍纍不斷，凡五十里。然則鳳棲、少陵，其實一本，因地異名耳。」

〔一七〕孫汝聽注：「是歲正月，公爲中書舍人。五月，降爲右庶子。」《新唐書·百官志二》中書省：

「舍人六人，正五品上。掌侍進奏，參議表章。凡詔旨制敕、璽書册命，皆起草進畫。既下，則署行。」

〔一八〕蔣抱玄注：「《左傳》（桓公十八年）：禮成而不反，無所歸咎。」

此銘用韻，據《廣韻》：婦，上聲有韻；母，上聲厚韻；處，上聲語韻。

韓滂墓誌銘〔一〕

滂，韓氏子。其先仕魏，號安定桓王〔二〕。滂父老成〔三〕，厚謹以文〔四〕，爲韓氏良子弟，未仕而死。有二子〔五〕，滂其季也。其祖諱介，爲人孝友，一命率府軍佐以卒〔六〕。二子：百川、老成〔七〕。老成爲伯父起居舍人某後①〔八〕。起居有德行，言詞爲世軌式②〔九〕。滂既兄弟二人，而率府長子百川早死③，無嗣，其叔祖愈命滂歸後其祖〔一〇〕。

滂清明〔一一〕，遜悌以敏〔一二〕。讀書倍文④，功力兼人。爲文詞一旦奇偉驟長，不類舊常〔一三〕。吾曰：「爾得無假之人耶？」⑤退大喜，謂其兄湘曰：「某違翁且踰年⑥〔一四〕，懼無以爲見。今翁言乃然，可以爲賀。」⑦羣輩來見，皆曰：「滂之大進，不唯於文詞⑧，於爲人亦然。」⑨既數月⑩，得疾以卒⑪，年十九矣〔一五〕。三日而斂，既斂七日⑫，權葬宜春郭南一里⑬〔一七〕。嗚呼！其可惜也已。銘曰：天固生耶⑭〔一八〕？偶自生耶⑮？天殺之耶⑯〔一九〕？其偶自死也耶⑰？莫不歸於死⑱，壽何少多？銘以送汝，其悲奈何〔二〇〕！

【彙校】

①〔老成爲伯父起居舍人某後〕潮本無「某」字，祝本、文本、南宋蜀本、魏本同。《舉正》增「老成」、「某」三字，云：「三本同，李、謝校。」朱熹從方本，《考異》：「或無複出『老成』字。或無『某』字。」沈欽韓訂「某」作「會」，注：「會，原作『某』。据別本校改。或無『某』字。」今從方本。

②〔爲世軌式〕祝本注：「軌，一作『範』。」魏本注同。

③〔百川早死〕潮本無「早」字，祝本、文本、南宋蜀本、魏本同。《舉正》據蜀本增「早」字，云：「謝校增。」朱熹從方本，《考異》：「或無『早』字。」今從方本。

④〔讀書倍文〕文本、南宋蜀本、魏本「倍」作「作」。魏本注：「作，一作『倍』。」《考異》：「『倍』與『背』同。『倍文』，謂背本暗記也。《周禮》注：『倍文曰諷。』韓語蓋本此。洪譜以爲『作文』，蓋不考此而誤改。兼下文復有『爲文辭』字，亦不應重複如此也。」童第德注：「朱子説是也。《周禮·大司樂》『興道諷誦言語』，鄭注：『倍文曰諷，以聲節之曰誦。』《正義》：『倍文曰諷者，謂不開讀之。云以聲節之曰誦者，此亦皆背文。但諷是直言之無吟詠，誦則非直背文，又爲吟詠以聲節之爲異。』《瞽矇》諷誦詩，鄭注謂闇讀之不依詠也。《論語·述而篇》『默而

識之」，爲夫子自謙之一。《荀子·勸學篇》「其數始乎誦經終乎讀禮」，楊注：「經謂詩書，禮謂典禮。」《大略篇》「少不諷」，楊注：「諷謂就學諷詩書也。」《漢書·藝文志》：「太史試學童，能諷書九千字以上乃得爲史。」段玉裁曰：諷謂能背誦尉律之文，籀書謂能取尉律之義。推演發揮，而繕寫至九千字之多。《漢書·東方朔傳》：「凡臣朔固已誦四十四萬言。」蓋古人爲學期於精熟，故以默讀闇誦爲貴。公《陝府左司馬李公墓誌銘》云：「年十四五，能闇記《論語》、《尚書》、《毛詩》、《左氏》、《文選》凡百餘萬言。」可與此文「倍文」互證。「倍」借字，「背」本字。《瞽矇》正義引鄭注「倍文」作「背文」，亦其一證。」

⑤〔爾得無假之人耶〕魏本無「之」字。《舉正》：「閣本無『人』字，謝本無『得』字。」《考異》：「或無『得』字。或無『人』字。」

⑥〔違翁且踰年〕文本「踰」作「逾」。

⑦〔可以爲賀〕南宋蜀本無「爲」字。

⑧〔不唯於文詞〕南宋蜀本無「文」字。文本「詞」上多一「於」字。《舉正》出南宋監本「不唯於文詞」，據閣本删「文」字，云：「謝、李校。」朱熹從諸本存「文」字，《考異》：「方無『文』字。」

⑨〔於爲人亦然〕文本無「於」字。《舉正》出南宋監本「於爲人亦然」，據閣本删「於」字，云：「謝、李校。」朱熹從方本，《考異》：「『詞』下或有『於』字。」

⑩〔既數月〕魏本注：「月，一作『日』。」祝本作「日」，注：「日，一作『月』。」

⑪〔得疾以卒〕《舉正》據閣本訂「卒」作「死」，云：「謝、李校。」朱熹從方本，《考異》：「死，或作『卒』。」

⑫〔既歛七日〕文本注：「一無『既歛』字。」南宋蜀本無「既歛」二字。

⑬〔郭南一里〕潮本無「一」字，祝本、魏本同。南宋蜀本作「十餘」。潮本注：「一有『一』字。」祝本、魏本注同。《舉正》增「一」字，云：「蜀本無『一』字，李、謝皆出。」朱熹從方本，《考異》：「或無『一』字。」今從方本。

⑭〔天固生耶〕潮本注：「一作『天生之耶』。」祝本注：「一作『天固生之耶』，一作『天生之耶』。」文本、南宋蜀本、魏本「生」下多一「之」字。文本注：「一無『之』字。」魏本注：「一作『天固生耶』，一作『天生之耶』。」《舉正》據閣本增「之」字作「天固生之邪」，云：「李、謝校。」朱熹從方本，《考異》：「或無『之』字。」

⑮〔偶自生耶〕文本「生」下注：「一有『死』字。」

⑯〔天殺之耶〕南宋蜀本「天」作「夭」。王本、廖本「之」作「也」。

⑰〔自死也邪〕潮本無「也」字，祝本、文本、南宋蜀本、魏本、王本、廖本同。《舉正》據閣本增「也」字，云：「李、謝校。」朱熹從方本，《考異》：「或無『也』字。」

⑱〔歸於死〕《舉正》：「杭本『歸』作『悲』。」《考異》：「歸，或作『悲』。」

【箋注】

〔一〕樊汝霖注：「《世系表》老成二子：湘，大理丞；滂，寶雞丞。按此《誌》云：滂年十九死，蓋未嘗仕也，表復誤矣。」廖注：「公爲袁州日，二姪湘、滂皆從之。滂死於袁州，故云『權葬宜春郭南一里』。宜春，袁州也。」

此篇作年，洪譜、方表、方譜、蔣抱玄注均繫於元和十五年（八二〇）。洪譜：「十五年庚子：是年有姪孫滂祭文、墓誌。」方譜：「滂生於貞元十八年壬午，卒於是年庚子公刺袁州時，年十九。其卒葬之月日不可得而詳矣。」謹按：洪譜云：「十五年庚子閏正月，穆宗即位。公以今年春到袁，九月召拜國子祭酒。而《滕王閣記》乃云『十月袁州刺史』者，蓋命下在九月，受命在十月也。以冬暮至京師。」滂卒「葬宜春郭南一里」，其卒葬月日，當在夏秋之間。

〔二〕孫汝聽注：「王名茂，滂九世祖也。」

〔三〕孫汝聽注：「老成，公兄介之子。」蔣抱玄注：「老成，即十二郎。」韓愈有《河之水二首寄子姪老成》、《祭十二郎文》。

〔四〕厚謹，忠厚謹慎。《晉書·潘尼傳》：「定交而不求益，故交立而益厚謹。」

〔五〕祝充注：「二子：湘、滂。」文讜注：「長曰湘，次曰滂。」

〔六〕《新唐書·宰相世系三上》：「介，率府參軍。」謹按：唐東宮有十率府。《唐六典·太子左右衛及諸率府》：「太子左右衛率府：左右衛率掌東宮兵仗羽衛之政令，以總諸曹之事。凡親勳翊府及廣濟等五府屬焉，副率爲之貳。録事參軍事各一人，從八品上。掌監印發付勾稽。倉曹參軍事各一人，從八品下。倉曹掌親勳翊三府廣濟等五府文官之簿書。兵曹參軍事各一人，從八品上。兵曹掌親勳翊三府廣濟等五府武官親勳翊衛士之名簿及其番上差遣之法式。胄曹參軍事各一人，從八品下。胄曹掌親勳翊三府廣濟等五府器械諸公廨繕造之物事。太子左右司禦率府：郊城等三府之旅賁應番上者，各配於所職。録事參軍事各一人，從八品下。倉曹參軍事各一人，從八品下。兵曹參軍事各一人，從八品下。冑曹參軍事各一人，從八品下。太子左右清道率府：掌東宫内外晝夜巡警之法，以戒不虞，凡絳邑等三府皆屬焉。録事參軍事各一人，從八品上。倉曹參軍事各一人，從八品下。兵曹參軍事各一人，從八品下。冑曹參軍事各一人，從八品下。太子左右監門率府：掌東宫諸門禁衛之法。録事參軍事各一人，正九品上。兵曹參軍事各一人，正九品下。冑曹參軍事各一人，正九品下。太子左右内率府：掌東宫千牛備身侍奉之事，而主其兵仗，總其府事。録事參軍事各一人，正九品上。兵曹參軍事各一人，正九品下。冑曹參軍事各一人，正九品下。」

〔七〕《祭十二郎文》稱其「就食江南」時：「承先人後者，在孫惟汝，在子惟吾。」則其未成年時，百川已先卒。

〔八〕祝充注：「舍人名會。」文讜注：「按韓氏《世系》，仲卿之子三人：曰會，曰介，曰愈。會爲起居舍人，無子，以老成後。」蔣抱玄注：「伯父，謂韓會。」《新唐書·百官志二》中書省：「起居舍人二人，從六品上，掌修記言之史，録製誥德音，如記事之制，季終以授國史。」韓會，兩《唐書》無傳，今鈎稽其生平如次：韓會，河陽人。永泰中與崔造、盧東美、張正則爲友，皆僑居上元，好談經濟之略。嘗以王佐自許，時人號爲四夔（《舊唐書·崔造傳》）。會爲夔頭，而善歌妙絶（《唐國史補》卷下）。善清言，有文章，名最高。然以故多謗（柳宗元《先君石表陰先友記》）。

浙西觀察使李栖筠薦之(王銍《韓會傳》),累官起居舍人。大曆十二年四月癸未,坐元載黨貶韶州刺史(《舊唐書·代宗紀》)。十四年卒於韶州(《復志賦》),年四十二(李翱《韓公行狀》)。

〔九〕軌式,本義指儀範典制。《宋書·禮志一》引李遼《表》:「路經闕里,過覲孔廟。庭宇傾頓,軌式頹弛。萬世宗匠,忽焉淪廢。」《魏書·世宗紀》:「先朝制立軌式,庶事惟允。」此處引申爲楷模軌範。此義始見韓文,後人採用者,如宋葛勝仲《故顯謨閣直學士魏公墓誌銘》:「文傳四方,學者推爲軌式。」(《丹陽集》卷十二)《朝散大夫致仕柱國賜紫金魚袋侍其公墓誌銘》:「論議本忠厚,專以表善賙急爲心,江左衣冠仰爲軌式。」(《丹陽集》卷十三)《朝奉郎累贈少師特謚清孝葛公行狀》:「學者誦其文辭,以爲軌式。」(《丹陽集》卷十五)

〔一〇〕王元啓注:「老成以介子後伯父會,滂又以老成子後伯父百川。敍滂世系糾錯處機緒了然,昔人評《史記》,謂如大塘上打繂,千船來往不相妨礙者是也。」沈欽韓注:「會固有孫湘,老成先以支子承會後。假令老成只有一子,亦當歸後,不宜絶人之親,以續其疏。」

〔一一〕清明,清察明審,謂神志清朗,目光敏鋭。《禮記·玉藻》「視容清明」,鄭注:「視容清明,察於事也。」《正義》:「視容清明者,謂瞻視之容,須清察明審。」

〔一二〕遜,謙虚。悌,恭順。遜悌,亦作「遜弟」,謙恭貌。《禮記·祭義》「朝廷同爵則尚齒」,鄭注:「同爵尚齒,老者在上也。」《正義》:「官爵同者,則貴尚於齒,四代皆然。七十杖於朝君問則席者，以其尚齒故，七十者許之據杖於朝。若君有問，則布席令坐也。八十不俟朝君問則就之者，年已八十，不但杖於朝而已，見君揖則退，不待朝事畢也。若君有事問之，則就其室。是遜弟敬老之道通達於朝廷矣。」

〔一三〕蔣抱玄注：「《國語・楚語下》：使復舊常，無相侵瀆。」

〔一四〕蔣抱玄注：「違，離也。」

〔一五〕孫汝聽注：「滂，貞元十八年生。」

〔一六〕孫汝聽注：「公妻高平君盧氏。」

〔一七〕孫汝聽注：「宜春，袁州。滂從公量移袁州刺史，元和十五年卒。」，《元和郡縣志》卷二十八江南道袁州（上），今江西宜春。

〔一八〕固，必也。「天固生」與「偶自生」相對。《公羊傳》襄二十七：「女能固納公乎」，何休注：「固，猶必也。」《漢書・周昌傳》：「吾固欲煩公」，顔師古注：「固，必也。」

〔一九〕沈欽韓注：「《莊子・人間世》：『有人於此，其德天殺。』《音義》：『謂如天殺物也。』」

〔二〇〕此文用韻，據《廣韻》：生，平聲庚韻；生，平聲庚韻。之，平聲之韻；死，上聲旨韻；多，平聲歌韻；何，平聲歌韻。

女挐壙銘①〔一〕

女挐〔二〕，韓愈退之第四女也，惠而早死。愈之爲少秋官②〔三〕，言佛夷鬼〔四〕，其法亂治。梁武事之③〔五〕，卒有侯景之敗〔六〕。可一掃刮絶去④〔七〕，不宜使爛漫〔八〕。天子謂其言不祥，斥之潮州漢南海揭陽之地⑤〔九〕。愈既行，有司以罪人家不可留京師⑥，迫遣之。女挐年十二，病在席⑦。既驚痛與其父訣〔一〇〕，又輿致走道⑧〔一一〕，撼頓失食飲節〔一二〕，死于商南層峰驛⑨〔一三〕，即瘞道南山下〔一四〕。

五年，愈爲京兆⑩〔一五〕，始令子弟與其姆易棺衾⑪〔一六〕，歸女挐之骨於河南之河陽韓氏墓而葬之⑫〔一七〕。女挐死當元和之十四年二月二日⑬，其發而歸，在長慶三年十月之四日。其葬在十一月之十一日⑭。銘曰：

汝宗葬于是〔一八〕，汝安歸之，惟永寧〔一九〕。

【彙校】

①〔女挐壙銘〕潮本注：「挐，一作『拏』，後同。」祝本、魏本「挐」作「拏」，下同。《舉正》出南宋監本作「挐」，云：「杭、

蜀舊本皆作『挐』。」朱熹從方本。

②〔愈之爲少秋官〕潮本「爲少」作「少爲」，祝本、文本、南宋蜀本、魏本同。文本注：「少，當作『老』。刑部，古秋官之職。」《舉正》出南宋監本「愈之少爲秋官」，據閣、蜀本乙「少爲」作「爲少」。朱熹從方本，《考異》：「或作『少爲』，非是。」童第德注：「公以元和十三年十二月上《佛骨表》，次年正月貶潮州刺史。時年五十二，非少時也。方氏依閣、蜀本以『少爲』互乙，是。」

③〔梁武事之〕《舉正》出南宋監本「梁武事之」，據閣本删「武」字，云：「李、謝校。」朱熹從監本，《考異》：「方無『武』字。」

④〔一掃刮絶去〕《舉正》據閣本訂「刮」作「削」，云：「李、謝校。」朱熹從監本，《考異》：「刮，方作『削』。」

⑤〔漢南海〕《舉正》據閣本增「漢」字，云：「李、謝校。」朱熹從方本，《考異》：「或無『漢』字。」

⑥〔不可留〕《舉正》：「閣本無『可』字。李删，謝本存之。」《考異》：「或無『可』字。」

⑦〔病在席〕潮本「病在席」作「在病」，祝本、文本、魏本同。潮本注：「一作『病在席』。」祝本、魏本注同。《舉正》出南宋監本「在病」，云：「杭本同，謝校。閣本作『疾在席』，蜀本作『病在席』。」朱熹訂作「病在席」，《考異》：「病，或作『疾』，方作『在病』，無『席』字。」今從南宋蜀本。

⑧〔又輿致走道〕魏本注：「又，一作『父』。」祝本、文本作「父」祝本注：「父，一作『又』。」

⑨〔商南層峰驛〕《舉正》：「杭本作『商南密驛』。」《考異》：「『層峰』二字或作『密』。」

⑩〔愈爲京兆〕文本、南宋蜀本「京兆」下多一「尹」字《考異》：「『京兆』下或有『尹』字。」

⑪〔令子弟與其姆〕文本、南宋蜀本「姆」作「母」。

⑫〔韓氏墓而葬之〕《舉正》出南宋監本「而葬之」，據杭、蜀本删「而」字。朱熹從方本，《考異》：「『葬之』上或有『而』字。」

⑬〔當元和之十四年〕《舉正》出南宋監本「當元和之十四年」，據閣本删「之」字。朱熹從方本，《考異》：「『和』下或有『之』字。」

⑭〔十一日〕潮本「一」作「四」。今從祝本。

【箋注】

〔一〕韓醇注：「公貶潮州，挐道死商南層峰驛，瘞之山下。至是尹京兆，乃發其喪歸葬於河陽世墓之次。」

此篇作年，洪譜、方表、方譜、蔣抱玄注均繫於長慶三年（八二三）。洪譜：「三年癸卯：是年有《祭女挐文》並《女挐墓誌》。」方譜：「女挐卒於元和十四年二月二日，其發而歸在是年十月之四日，其葬在十一月之十一日。」

〔二〕文讜注：「名挐，女加切。字亦作『拏』。」魏本注：「拏音如，又女加切。」《舉正》：「古本《祭文》與《壙銘》皆作『女挐』。董彦遠曰：『拏』字傳寫之誤，蓋古文如『紛挐』等字，無從奴者。公最好古，且名其女不應用俗字也。」《考異》：「『挐』或從『奴』。」今按：『挐』、『拏』通，説已見第五卷《李花詩》。」方成珪注：「『挐』『拏』並見《説文》，「拏」字非俗，方説誤。此二字亦不通用，《考異》亦非。」姚範《援鶉堂筆記》卷四二：「《女拏壙銘》注女加、女書二切。按《小雅・常棣》毛傳：『帑，子也。』陸氏《釋文》：『帑，依字吐蕩反。經典通爲妻帑字。今讀音奴，子也。』鄭注《中庸》：『古者謂子孫爲帑。』」童第德注：「姚氏以『拏』爲『帑』，於古無徵。如其説，則『女拏』其義爲女子，非以『拏』爲名。『拏』爲人名，古已有之。《左氏》僖元年『獲莒拏』，《公》、《穀》作『莒挐』。《釋文》皆以女居、女加二反音之。蓋二字古通用，故公以名其女。分别之則從如者爲女居反，從加者爲女加反。《公羊》釋文又云：『挐，一本作茹，音同。』似以從如者爲長。」謹按：挐、拏並音「拿」。挐爲牽引，拏爲手持。但《説文》二篆互譌，後人遂多混用。《説文》：「挐，持也。从手如聲，女加切。拏，牽引也。从手奴聲，女加切。」段注：「挐，牽引也，从手如聲。按各本篆作『拏』，解作奴聲。別有『挐』篆，解云：『持也，从手如聲，女加切。』二篆形體互譌，今正。『挐』字見於經者，僖元年『獲莒挐』，三傳之經所同也。其義則宋玉《九辯》曰：『枝煩挐而交横。』王注：『柯條糾錯而崱嶷。』《招魂》：『稻粢穱麥，挐黄粱些。』王注：『挐，糅也。』王逸《九思》『殽亂兮紛挐』，注：『君任佞巧，競疾忠信，交亂紛挐也。』左思《吴都賦》『攢柯挐莖』，李注曰：『許慎注《淮南子》云：挐，亂也。』凡若此等皆於牽引義爲近。而《漢・霍去病傳》『昏漢匈奴相紛挐』，此與《九思》『紛挐』同，謂漢與虜相亂也。而師古注乃云：『紛挐，亂相持搏也。』以『亂』釋『紛』，以『相持搏』釋『挐』，大非語意。竊意其時《説文》已同今本，故顏從而傅會耳。蓋其字本如聲，讀女居切，其義爲牽引。《廣韻》九魚『挐』注『牽引』，未嘗作『拏』。《説文》『拏』訓『持』，即今所用『攫拏』字也。其字奴聲，讀女加切。廣韻麻韵拏、挐兩收，淆亂其義。《玉篇》有『挐』無『拏』，訓爲持也，乃同今本《説文》，孫强輩所改耳。」

〔三〕孫汝聽注：「元和十二年十二月，公爲刑部侍郎。」蔣抱玄注：「刑部古爲秋官，公時拜刑部侍郎，故稱少秋官，猶言少司寇也。」《新唐書·百官志一》尚書省：「刑部尚書一人，正三品。侍郎一人，正四品下。掌律令、刑法、徒隸、按覆讞禁之政。」

〔四〕蔣抱玄注：「夷鬼，蠻夷之鬼也。」

〔五〕蕭衍，字叔達，小字練兒，南蘭陵中都里人，宋孝武大明八年甲辰歲生。起家巴陵王南中郎法曹行參軍，遷衛將軍。累遷隨王鎮西諮議參軍，隆昌初爲寧朔將軍鎮壽春。除太子庶子、給事黄門侍郎，入直殿省，封建陽縣男。建武二年爲冠軍將軍軍主，軍罷，爲右軍晉安王司馬淮陵太守。還爲太子中庶子，領羽林監。五年七月，授持節都督雍梁南北秦四州郢州之竟陵司州之隨郡諸軍事輔國將軍雍州刺史。永元三年二月爲征東將軍，和帝即位，以高祖爲尚書左僕射加征東大將軍都督征討諸軍事假黄鉞西臺。十二月丙寅斬東昏，授中書監都督揚南徐二州諸軍事大司馬録尚書驃騎大將軍揚州刺史，封建安郡公。天監元年（五〇二）夏四月丙寅稱帝，國號爲梁。侯景之亂，被困臺城，太清三年五月丙辰崩於浄居殿，時年八十六。追尊爲武皇帝，廟曰高祖。《梁書·武帝紀下》：「少而篤學，洞達儒玄。兼篤信正法，尤長釋典。製《涅盤》、《大品》、

《浄名》、《三慧》諸經義記復數百卷。聽覽餘閑，即於重雲殿及同泰寺講説。名僧碩學，四部聽衆常萬餘人。」

〔六〕侯景字萬景，朔方人，或云雁門人。以選爲北鎮戍兵。爾朱榮討葛賊，景爲先驅，生擒葛榮，以功擢爲定州刺史大行臺，封濮陽郡公。齊神武帝誅爾朱氏，景復以衆降之，爲司徒南道行臺。太清元年降梁，封河南大將軍使持節董督河南南北諸軍事。十二月北伐，軍潰奔壽春，詔以爲豫州牧，本官如故。二年八月發兵反，三年三月陷臺城。自爲大都督督中外諸軍事録尚書侍中使持節大丞相。大寶三年三月被誅（《梁書·文帝紀》）。

〔七〕蔣抱玄注：「一掃刮絶去，謂一起掃除淨盡也。」

〔八〕蔣抱玄注：「爛漫，流播之義。王延壽（《魯靈光殿》）《賦》：『流離爛漫。』」謹按：爛漫，本義爲散亂。《莊子·在宥》：「大德不同，而性命爛漫矣。」成玄英疏：「爛漫，散亂也。」引申爲汎濫，司馬相如《子虛賦》：「麗靡爛漫於前，靡曼美色於後。」李翺《去佛齋》：「佛法之流染於中國也六百餘年矣，始於漢，浸淫於魏晉宋之間，而瀾漫於梁蕭氏。」

〔九〕祝充注：「揭，其所切，又音竭。」文讜注：「揭音竭，又其逝切。潮州即漢之南海郡揭陽縣地也。」孫汝聽注：「十四年正月，公上《佛骨表》，坐貶潮州。其地在漢南海之揭陽。」《漢書·地理志第八下》南海郡揭陽縣，故治在今廣東揭陽西。《元和郡縣志》卷三十四嶺南道潮州（下），治所海陽縣，今廣東潮安。

〔一〇〕祝充注：「訣，音決。」文讜注：「訣，死别也，古穴切。」

〔一一〕蔣抱玄注：「輿致，謂載之於輿也。」

〔一二〕撼頓，本義爲撼動、摇蕩。庾信《枯樹賦》：「低垂於霜露，撼頓於風煙。」此處引申爲顛沛困頓。此義始見韓文，後人採用者，如曾鞏《撫州顔魯公祠堂記》：「歷忤大奸，顛跌撼頓。」（《元豐類藁》卷十八）曾肇《陳州謝上表》：「内省尫羸之質，豈堪撼頓之勞。」（《曲阜集》卷一）汪應辰《陳忠肅公文集序》：「摧沮撼頓，流離傾沛，無所不至。」（《文定集》卷九）蔣抱玄注：「失食飲節，謂失飲食之節也。」失食飲節，即食飲失節。失節，失於調護。

〔一三〕文讜注：「商南，商州之南。」

〔一四〕祝充注：「瘞，倚厲切。」

〔一五〕孫汝聽注：「長慶三年六月，公爲京兆尹。」《新唐書·百官志四下》外官：「西都、東都、北都、鳳翔、成都、河中、江陵、興元、興德府：尹各一人，從三品。掌宣德化，歲巡屬縣，觀風俗，録囚、恤鰥寡。」

〔一六〕祝充注：「姆，莫浦切，又莫豆切。」姆，乳母。《儀禮·士昏禮》「姆纚笄宵衣在其右」，鄭玄注：「婦人五十無子，出而不復嫁，能以婦道教人者，若今時乳母矣。」

〔一七〕《元和郡縣志》卷五河南道河南府河陽縣（望），今河南孟州。

〔一八〕孫汝聽注：「韓氏之先皆葬河陽。」

〔一九〕此銘用韻，據《廣韻》：是，上聲紙韻；之，平聲之韻。

河南緱氏主簿唐充妻盧氏墓誌銘〔一〕

夫人盧氏，諱某，蘭陵太守景柔八世孫①〔二〕。父貽，卒河南法曹〔三〕。法曹娶上黨苗氏②〔四〕，太師晉卿兄女〔五〕，生三女三男③，夫人最長。法曹卒④，苗夫人嫁之唐氏充。充明經⑤〔六〕，宰相休璟曾姪孫⑥〔七〕，出郄氏〔八〕。外王父昂〔九〕，中書舍人〔一〇〕。

夫人年若干嫁唐氏，凡生男與女九人⑦。年四十二，元和四年正月二十二日卒。其年四月十五日，葬河南府河南縣之大石山下〔一一〕。銘曰：

夫人本宗，世族之後。率其先猷〔一二〕，令德是茂。爰歸其家⑧，九子一母。婉婉有儀，柔靜以和。命不侔身，兹其奈何！刻銘墓石，以告觀者⑨〔一三〕。

【彙校】

①〔景柔八世孫〕文本注：「《宰相世系》四房盧氏敏者，字仲通，後魏議郎，號第二房。其子義惇生景柔，自景柔至

夫人六世。今言『八世』，傳寫之誤。」

②〔法曹娶上黨苗氏〕祝本無複出「法曹」二字。

③〔生三女三男〕文本注：「按《苗夫人誌》云：『男二人：於陵、渾。女三人，皆嫁爲士妻。』而此云『三女三男』，誤矣，當云『三女二男』也。充即苗夫人長女婿，公其季云。」《舉正》：「考《苗夫人誌》只當作『二男』。」

④〔法曹卒〕南宋蜀本脱「法」字。

⑤〔充明經〕《舉正》：「杭、蜀本無複出『充』字。」《考異》：「或無複出『充』字。」

⑥〔宰相休璟〕潮本「璟」作「憬」，祝本、魏本、王本、廖本同。今從文本。

⑦〔生男與女九人〕文本注：「一無『九』字。」

⑧〔爰歸其家〕潮本注：「爰，一作『奚』。其，一作『得』。」祝本「爰」作「奚」，「其」作「得」，南宋蜀本同。祝本注：「奚，一作『爰』。得，一作『其』。」文本「歸其」作「得歸」，注：「一本『歸得』，一作『爰歸其家』。」魏本「其」作「得」，注：「爰，一作『奚』。歸，一作『其』。」朱熹作「爰歸得家」，《考異》：「得，或作『其』。」

⑨〔以告觀者〕《舉正》：「晁本作『親者』，然閣本、舊本同上。『者』與『何』叶，吴才老讀。」《考異》：「觀，或作『親』。方云：『者』音之戈切，與『何』叶。吴才老讀如此。」

【箋注】

〔一〕《元和郡縣志》卷五河南道河南府緱氏縣（次赤），今河南偃師東南緱氏鎮。《唐六典》卷三十京縣畿縣天下諸縣官吏：「京兆河南太原諸縣主簿一人，正九品上。主簿掌付事、句稽、省署抄目，糾正非違，監印，給紙筆雜用之事。」

此篇作年，方表、方譜、蔣抱玄注繫於元和四年（八〇九）。方譜：「盧氏卒於元和四年正月二十二日，以四月十五日葬。四月丙子朔，十五日庚寅。」

〔二〕孫汝聽注：「景柔爲蘭陵太守、南州刺史。景柔子元幹。」《新唐書・宰相世系表三上》四房盧氏：盧敏字仲通，後魏議郎，謚曰靖，號第二房。敏生義惇，義惇生景柔，蘭陵太守、南州刺史。景柔生元幹。元幹四世孫貽，河南府法曹參軍。蘭陵郡，西晉置。治所丞縣，在今棗莊嶧城鎮南。

〔三〕《唐六典》卷三十京兆河南太原三府官吏：「法曹參軍事二人，正七品下。法曹司法參軍，掌律令格式，鞫獄定刑，督捕盜賊，糾逖姦非之事。以究其情僞，而制其文法。赦從重而罰從輕，使人知所避而遷善遠罪。」

〔四〕《新唐書・宰相世系表五上》：「苗氏出自芈姓，楚若敖生鬭伯比，伯比生子良，子良生越椒，字伯棼，以罪誅。其子賁皇奔晉，晉侯與之苗邑，因以爲氏。其地河内軹縣南有苗亭，即其地也。上黨長子縣有苗襲夔。」

〔五〕文讜注：「苗氏已見《苗蕃墓誌》。入唐有苗襲夔者生殆庶，殆庶生二子：曰如蘭，爲永王府諮議參軍。曰晉卿，字元輔，相肅宗、代宗。《唐書》有傳。」孫汝聽注：「晉卿兄如蘭之女，詳見《苗夫人誌》。」苗晉卿，兩《唐書》有傳，其生平如次：苗晉卿字元輔，上黨壺關人。進士擢第，初授懷州修武縣尉，歷奉先縣尉，坐累貶徐州司户參軍。秩滿隨調，開元七年應文辭雅麗科判入高等（《唐會要》卷七十六），授萬年縣尉。遷侍御史，歷度支、兵、吏部三員外郎，開元二十三年遷吏部郎中，二十四年拜中書舍人。李林甫兼河南節度使，以晉卿爲判官（《册府元龜》卷七百二十八）。二十七年以本官權知吏部選事。二十九年拜吏部侍郎。天寶二載正月貶安康郡太守（《唐會要》卷七十四），天寶三載閏二月轉魏郡太守充河北採訪處置使。尋改河東太守河東採訪使。入爲尚書東京留守，徵爲憲部尚書。屬禄山叛逆，出爲陜州刺史陜虢兩州防禦使。及入對，固辭老病，由是忤旨，改憲部尚書致仕。及朝廷失守，南投金州。肅宗至鳳翔，手詔追晉卿赴行在。至德二載三月辛酉，拜左相。既收兩京，以功封韓國公。十一月甲寅，爲中書侍郎同中書門下平章事。十二月戊午朔，改侍中。乾元二年三月乙未，罷知政事爲太子太傅。三年五月丙午，復拜爲侍中（《舊唐書·肅宗紀》）。廣德元年十二月乙未，册爲太保，罷知政事。又詔以太保致仕。永泰元年四月戊子薨（《舊唐書·代宗紀》），享年七十有七（李華《唐丞相故太保贈太師韓國公苗公（晉卿）墓誌銘并序》），贈太師。太常議謚懿獻，改謚文貞。

〔六〕《唐六典》卷二尚書吏部考功郎中：「凡諸州每歲貢人，其類有六：一曰秀才，二曰明經，三曰進士，四曰明法，五曰書，六曰算。其明經各試所習業，文注精熟，辨明義理，然後爲通。正經有九：《禮記》、《左傳》爲大經，《毛詩》、《周禮》、《儀禮》爲中經，《周易》、《尚書》、《公羊》、《穀梁》爲小經。通二經者，一大一小，若兩中經；通三經者，大小中各一；通五經者，大經並通。其《孝經》、《論語》並須兼習。」

〔七〕文讜注：「唐璿字休璟，京兆始平人。相中宗，唐史有傳。」孫汝聽注：「長慶三年七月，以休憬同平章事。四年八月罷。神龍元年四月復相，二年三月罷。景龍三年十二月復相，景雲元年七月復罷。」唐璿，兩《唐書》有傳，其生平如次：唐璿字休璟，以字行，京兆始平人。少以明經擢第。永徽中解褐吴王府典籤，調授營州户曹。調露中超拜豐州司馬，垂拱中遷安西副都護，遷西州都督。聖曆中爲司衛卿，兼涼州都督右肅政御史大夫持節隴右諸軍州大使。擢拜右武威、右金吾二衛大將軍。長安三年七月庚戌，遷夏官尚書同鳳閣鸞臺三品，尋轉太子右庶子依舊知政事。四年八月庚申，復拜夏官尚書兼檢校幽營等州都督兼安東都護（《新唐書·則天紀》）。中宗即位，神龍元年四月甲戌，自右庶子拜輔國大將軍同中書門下三品，封酒泉郡公。五月甲辰，加特進，拜尚書右僕射。遷中書令，充京師留守，俄加檢校吏部尚書，累封宋國公。景龍二年三月乙巳致仕，三年十二月壬戌，起爲太子少師同中書門下三品監修國史，仍封宋國公（《舊唐書·中宗紀》），唐隆元年七月丁卯致仕（《舊唐書·睿宗紀》）。景雲元年九月辛未，拜特進充朔方道行軍大總管（《新唐書·睿宗紀》）。二年致仕，延和元年七月薨，年八十六。贈荆州大都督，謚曰忠。

〔八〕文讜注：「郄，音刺黎切。母氏爲出。」《考異》：「今按：郄，綺戟反，俗『郤』字，與『郄』字相亂。

今流俗『郗超』字多作『郄』，誤也。」謹按：郄，「郤」之俗體。《説文》：「郤，晉大夫叔虎邑也。从邑谷聲，綺戟切。」《玉篇》去戟切，《集韻》乞逆切，音隙。《説文》：「郗，周邑也。在河內。从邑希聲，丑脂切。」《玉篇》敕梨切，《廣韻》丑饑切，《集韻》抽遲切，音絺。二者音義俱不相同，但後人多混用。《正字通》：「郗與郄別。黄長睿曰：郄詵，晉大夫郤縠之後。郗鑒，漢御史大夫郗慮之後。姓源既異，音讀各殊，後世因俗書相混，不復分郄、郗爲二。陸龜蒙詩：『一段清光染郗郎。』亦誤讀也。」

〔九〕郗昂，兩《唐書》附於其子郗士美傳，其生平如次：郗昂字高卿，高平金鄉人。寶應二年舉進士第（《唐語林》卷五），繼以書判制策三中高第。登朝歷拾遺、補闕、員外、郎中、諫議大夫、中書舍人。大曆三年兩街功德使李琮暴横於銀臺門，毁辱京兆尹崔昭。純詣元載抗論，以爲國恥，請速論奏。載不從，遂以疾辭。退歸東洛凡十年，自號伊川田父。德宗即位，召拜左庶子、集賢學士。到京，以年老乞身，表三上，除太子詹事致仕，賜以金紫。有文集六十卷行於世。

〔一〇〕《新唐書・百官志二》中書省：「舍人六人，正五品上。掌侍進奏，參議表章。凡詔旨制敕、璽書册命，皆起草進畫。既下，則署行。」

〔一一〕《元和郡縣志》卷五河南道河南府河南縣（赤），今河南洛陽。《元和郡縣志》卷五河南道河南府潁陽縣：「大石山，一名萬安山，在縣西北四十五里。」

〔一二〕文讜注：「率，循也。」

〔一三〕此銘用韻，據《廣韻》：後，上聲厚韻；茂，去聲候韻；母，上聲厚韻。和，平聲戈韻；何，平聲歌韻；者，上聲馬韻。

乳母墓銘①〔一〕

乳母李氏②，徐州人〔二〕，號正真。入韓氏，乳其兒愈③。愈生未再周月④，孤失怙恃〔三〕。李氏憐不忍棄去⑤，視保益謹〔四〕。遂老韓氏，及見所乳兒愈舉進士第⑥〔五〕，歷佐汴徐軍⑦〔六〕，入朝爲御史〔七〕、國子博士〔八〕、尚書都官員外郎〔九〕、河南令〔一〇〕，娶婦生二男五女⑧〔一一〕。時節受慶賀〔一二〕，愈輒率婦孫列拜進壽⑨〔一三〕。年六十四，元和六年三月十八日病卒⑩。卒三日⑪，葬河南縣北十五里〔一四〕。愈率婦孫視窆封〔一五〕，且刻其語于石⑫，納諸墓爲銘⑬。

【彙校】

①〔乳母墓銘〕南宋蜀本注「一作『河南令韓愈乳母李氏墓誌』。」，《舉正》：「舊本一作『河南縣令韓愈乳母李氏墓誌銘』。」《考異》：「舊本作『河南縣令韓愈乳母李氏』。」

②〔乳母李氏〕《舉正》出南宋監本「乳母李氏」，據閣、杭本删「氏」字。朱熹從方本，《考異》：「下或有『氏』字。」

③〔入韓氏乳其兒愈〕潮本「入」作「爲」，祝本、文本、魏本同。潮本「氏」下多一「家」字，祝本、文本、南宋蜀本、魏本同。文本注：「爲，一作『入』。一無『家』字。」《舉正》據閣本訂「入」字，删「氏」下「家」字，云：「李、謝校，杭本亦無『家』字。蜀本同作『入』。」朱熹從方本，《考異》：「『入』或作『爲』，下或有『家』字。」今從方本。

④〔未再周月〕南宋蜀本無「月」字。

⑤〔李氏憐不忍棄去〕南宋蜀本無「氏」字。文本「去」作「氏」，注：「氏，一作『去』。」

⑥〔及見所乳兒〕潮本「見」下多一「其」字，祝本、文本、南宋蜀本、魏本同。《舉正》出南宋監本「及見其所乳兒」，據閣本删「其」字。朱熹從方本，《考異》：「『見』下或有『其』字。」今從方本。

⑦〔佐徐汴軍〕南宋蜀本「軍」作「二州」。《舉正》：「蜀本作『徐汴二州』，謝校同。」《考異》：「『徐』下或有『二州』字。」

⑧〔生二男五女〕文本、南宋蜀本「二」作「三」。《舉正》：「閣本作『三男』。」《考異》：「二，或作『三』。」

⑨〔時節受慶賀愈輒率婦孫列拜〕《舉正》出南宋監本「時節受慶賀愈輒率婦孫列拜」，據閣本删「受」、「愈」二字，云：「李、謝校。」朱熹從方本，《考異》：「『節』下或有『受』字，『輒』上或有『愈』字。」謹按：上文「及見」及「受慶賀」主語爲「李氏」，是「慶賀」上宜有「受」字；下句「率」字主語爲「韓愈」，「愈」字不可删。

⑩〔三月十八日病卒〕「病」，南宋蜀本作「以疾」。《舉正》據閣本訂「疾」字作「三月十八日疾卒」，云：「蜀本作『以疾卒』，杭本只云『十八日卒』。」朱熹從方本，《考異》：「疾，或作『病』，或無『疾』字，或作『以疾卒』。」

⑪〔卒三日〕魏本無複出「卒」字。

⑫〔刻其語于石〕潮本注：「語，一作『誌』。」魏本注同。祝本「語」作「誌」，注：「誌，一作『辭』。《舉正》據蜀本訂作「誌」，云：「謝校同。」朱熹從監本，《考異》：「語，方作『誌』。」

⑬〔納諸墓爲銘〕句末魏本注：「一有『矣』字。」潮本「命」下多一「矣」字，南宋蜀本同。今從祝本。

【箋注】

〔一〕樊汝霖注：「《唐志》義服有爲乳母報者，其服緦麻。」韓醇注：「葬乳母且爲之銘，自公始。」何焯卷《義門讀書記》三十三：「按：王獻之已有《保母誌》。」

此篇作年，洪譜、方表、方譜、蔣抱玄注均繫於元和六年（八一一）。洪譜：「六年辛卯：是年春，公尚在河南，有《乳母誌》。《誌》云：『見所乳兒愈舉進士第，歷佐汴徐二州，入朝爲御史、國子博士、尚書都官員外郎、河南令，元和六年二月卒。』」方譜：「李氏卒於是年三月十八日。卒三日葬，則二十日也。三月乙未朔，十八日壬子，二十日甲寅。公時爲河南令。」謹按：銘文云：「元和六年三月十八日病卒，卒三日葬。」此篇作於元和六年三月，應無疑問。

〔二〕《元和郡縣志》卷九河南道徐州（上），今屬江蘇省。

〔三〕孫汝聽注：「大曆三年公生，五年而公父仲卿卒。此云『未再周月孤失怙恃』，未詳。」嚴有翼注：「退之《祭嫂鄭夫人》云：『我生不辰，三歲而孤。』此言『未再周月孤失怙恃』，是雖入三歲，而未及兩周也。」蔣抱玄注：「《詩》《小雅・蓼莪》：『無父何怙，無母何恃。』」謹按：周月，十二個月。再周月，二十四個月。未再周月，未滿二十四個月。

〔四〕蔣抱玄注：「視保，猶俗言看護。」謹按：視保，看顧、照顧。此語始見韓文，後人亦有採用者。如《西廂百詠·小桃紅·四十五》「妾背母来相視保。」（《雍熙樂府》卷十九）錢謙益《旌表節婦從祖母徐氏墓誌銘》「長而有見，視保告誡，如未免于水火也。」（《牧齋有學集》卷三十三）《外庶王母陳氏夫人壙銘》「謙益生託於乳媪，夫人視保益謹。」（《牧齋初學集》卷七十四）

〔五〕洪興祖《韓子年譜》：「貞元八年壬申，春，登進士第。《唐科名記》云：『貞元八年，陸贄主司，試《明水賦》、《御溝新柳詩》，其人賈稜、陳羽、歐陽詹、李博、李觀、馮宿、王涯、張季友、齊孝若、劉遵古、許季同、侯繼、穆贄、韓愈、李絳、温商、庾承宣、員結、胡諒、崔羣、邢册、裴光輔、萬瓃。』是年一牓多天下孤雋偉傑之士，號龍虎榜。」

〔六〕洪興祖《韓子年譜》：「貞元十一年丙子，秋，爲汴州觀察推官。十五年己卯，秋，爲徐州節度推官。」

〔七〕韓愈拜監察御史，在貞元十九年。冬貶連州陽山令。見《韓子年譜》。《新唐書·百官志三》御史臺：「監察御史十五人，正八品下。獄訟、軍戎、祭祀、營作、太府出納皆莅焉。知朝堂左右廂及百司綱目。」

〔八〕韓愈召爲國子博士，在憲宗元和元年夏，見《韓子年譜》。《新唐書·百官志三》國子監：「國子學博士五人，正五品上。掌教三品以上及國公子孫從二品以上曾孫爲生者。」

〔九〕韓愈改都官員外郎守東都省，在元和四年六月十日，見《韓子年譜》。《新唐書·百官志一》尚書省刑部：「都官郎中（從五品上）、員外郎（從六品上）各一人，掌俘隸簿録，給衣糧醫藥，而理其訴免。」

〔一〇〕韓愈爲河南縣令，在元和五年，見《韓子年譜》。《新唐書・百官志四下》外官：「京縣令各一人，正五品上。縣令掌導風化，察冤滯，聽獄訟。凡民田收授，縣令給之。每歲季冬，行鄉飲酒禮。籍帳、傳驛、倉庫、盜賊、隄道，雖有專官，皆通知。」

〔一一〕皇甫湜《韓文公墓誌銘》：「孤前進士昶，壻左拾遺李漢、集賢校理樊宗懿，次女許嫁陳氏，三女未笄。」《新唐書・宰相世系表三上》載韓愈二子：昶；州仇，富平令。韓愈有《符讀書城南》，符即昶小字，見《唐故朝議郎檢校尚書户部郎中兼襄州別駕上柱國韓昶自爲墓誌銘并序》。又《祭主簿侯喜文》：「謹遣男殿中省進馬佶，致祭于亡友故國子主簿侯君之靈。」佶當即州仇。

〔一二〕時節，四季節日。《呂氏春秋・尊師》：「敬祭之術，時節爲務。」高誘注：「時節，四時之節。」

〔一三〕蔣抱玄注：「列拜，羅拜也。進壽，以酒爲祝曰壽。」

〔一四〕《元和郡縣志》卷五河南道河南府河南縣（赤），今河南洛陽。

〔一五〕祝充注：「窆，陂驗切，下棺也。」魏仲舉注：「窆，彼驗切。」蔣抱玄注：「窆封，下棺封墓也。」

卷二十六

（原本卷三十六）此卷以潮本爲底本，以祝本、文本、南宋蜀本、魏本對校。

瘞破硯銘①〔一〕

隴西李觀元賓始從進士貢在京師〔二〕，或貽之硯〔三〕。既四年〔四〕，悲歡窮泰，未嘗廢其用。凡與之試藝春官實三年②〔五〕，登上第〔六〕。行於褒谷間③〔七〕，役者劉胤誤墜之地〔八〕，毁焉〔九〕。乃匣歸〔一〇〕，埋于京師里中〔一一〕。昌黎韓愈，其友人也。贊且識云④〔一二〕：

土乎質，陶乎成器〔一三〕。復其質，非生死類〔一四〕。全斯用⑤〔一五〕，毁不忍棄。埋而識之，仁之義。硯乎硯乎，與瓦礫異⑥〔一六〕。

【彙校】

①〔瘞破硯銘〕潮本「銘」作「文」，祝本、文本、南宋蜀本、魏本同。《唐摭言》引作「瘞硯文」。《舉正》據閣本訂「銘」字，作「瘞硯銘」。《舉正敍録》作「瘞破硯銘」，云：「邵公濟云：『予客長安，城中有發地得小狹青石，刻《瘞破硯

銘》。」今本『銘』皆作『文』，惟閣本作『銘』，信不妄也。」謹按：《舉正》所引，見宋邵博《聞見後録》卷十四。朱熹從方本，《考異》：「銘，或作『文』。」今從邵博引石本。

②〔實三年〕潮本「三」作「二」，文本、南宋蜀本、魏本、王本、廖本同。謹按：《李元賓墓銘》：「年二十四舉進士，三年登上第。」今從祝本。

③〔褒谷間〕《舉正》出南宋監本「褒谷間」，據閣、杭本删「間」字。朱熹從方本，《考異》：「『谷』下或有『間』字。」

④〔贊且識〕潮本「贊」下注：「一有『而』字。」文本、魏本注同。

⑤〔全斯用〕《舉正》：「閣本『斯』作『期』。」《考異》：「斯，閣作『期』，非是。」

⑥〔與瓦礫異〕《義門讀書記》卷三十：「『硯乎硯乎與瓦礫異』，不當有『與』字。」

【箋注】

〔一〕樊汝霖注：「李元賓硯，公爲之文。公與元賓皆貞元八年進士也。」《唐摭言》卷四：「韓文公《瘞硯文》：隴西李元賓始從進士貢在京師，或貽之硯。四年，悲歡否泰，未嘗廢用。凡與之試藝春官，實二年登上第。行於褒谷間，役者誤墜之地，毁焉。乃匣歸，埋於京師里中。昌黎韓愈，其友人也，贊而識之：土乎成質，陶乎成器。復其質，非生死類；全斯用，毁不忍棄。埋而識之仁之義，硯乎硯乎瓦礫異。」

此篇作年，方成珪繫於貞元十年，蔣抱玄注繫於貞元八年。方譜：「以序文定爲是年作。」

蔣抱玄注：「觀與公同年舉進士，以貞元九年登宏詞科。文中只云『登上第』，則爲貞元八年作無疑。」謹按：李觀，貞元八年進士及第。「實三年登上第」，則始試禮部爲貞元六年。其「始從進士貢在京師」，當在貞元五年。「既四年未嘗廢其用」，當在貞元九年（七九三）。具體時間當在宏詞試之前，與蔣抱玄注並不矛盾。

〔二〕蔣抱玄注：「貢舉曰貢。唐制：進士科由州縣薦舉之禮部，故曰貢在京師。按：觀年二十四舉進士，貞元五年入京。」

〔三〕蔣抱玄注：「貽，贈也。《詩經》（《邶风·靜女》）：『貽我彤管。』」

〔四〕蔣抱玄注：「既，同『已』。猶言已過四年也。」

〔五〕蔣抱玄注：「以文藝應試曰試藝。周置六官，以宗伯爲春官。鄭玄注：『春者出生萬物之謂。』唐嘗改禮部爲春官，旋復舊。然世俗仍沿此稱。」

〔六〕蔣抱玄注：「應試中式者曰登第。上第，猶言上等也。」

〔七〕文讜注：「漢中褒城縣有褒水、褒谷，蜀人使五丁所通道也。」孫汝聽注：「褒斜，地名。」蔣抱玄注：「褒谷，山西終南山之谷也。南口曰褒，在褒城縣南。」《元和郡縣志》卷二十五山南道興元府南鄭縣：「褒谷山在縣北五里。南口爲褒，北口爲斜，長四百七十里。」其地在今陝西漢中市漢台區北。

〔八〕蔣抱玄注：「役者，供役使之人也。《晉書·宣帝紀》：『初，魏明帝好脩宮室，制度靡麗，百姓苦之。帝自遼東還，役者猶萬餘人。』」

〔九〕蔣抱玄注：「毀，壞也。《論語》（《季氏》）：『龜玉毀於櫝中。』」

〔一〇〕蔣抱玄注：「匣，音『狎』。藏物之器，大者曰箱，小者曰匣。」

〔一一〕蔣抱玄注：「藏之於土曰埋。《左傳》（昭公十三年）：『乃埋璧於太室之庭。』居所曰里，猶言巷中也。」

〔一二〕魏仲舉注：「識，音『志』。」

〔一三〕蔣抱玄注：「製爲瓦器曰陶。《孟子》（《告子下》）：『萬室之國一人陶。』」

〔一四〕蔣抱玄注：「非生死類，猶言土爲不生不死之物也。」

〔一五〕魏引補注：「全，謂其未破時。」

〔一六〕祝充注：「礫，音歷。」蔣抱玄注：「瓦礫，瓦屑也。《北史·李安世傳》：『聖朝不貴金玉，所以同於瓦礫。』」

此銘用韻，據《廣韻》：器，去聲至韻；類，去聲至韻；棄，去聲至韻；義，去聲寘韻；異，去聲志韻。

毛穎傳①〔一〕

毛穎者〔二〕，中山人也〔三〕。其先明眂〔四〕，佐禹治東方土②。養萬物有功，因封於卯地〔五〕，死爲十二神〔六〕。嘗曰：「吾子孫神明之後〔七〕，不可與物同，當吐而生。」〔八〕已而果然。明眂八世孫䨲〔九〕，世傳當殷時居中山③，得神仙之術，能匿光使物。竊桓娥④〔一〇〕，騎蟾蜍入月。其後代遂隱不仕云⑤。居東郭者曰㕙⑥〔一一〕，狡而善走。與韓盧爭能，盧不及。盧怒，與宋浞謀而殺之⑦〔一二〕，醢其肉⑧。

秦始皇時，蒙將軍恬南伐楚⑨〔一三〕，次中山〔一四〕，將大獵以懼楚。召左庶長與軍尉⑩〔一五〕，以連山筮之〔一六〕，得天與人文之兆〔一七〕。筮者賀曰⑪：「今日之獲，不角不牙。衣褐之徒，缺口而長鬚，八竅而趺居〔一八〕。獨取其髦〔一九〕，簡牘是資，天下其同書。秦其遂兼諸侯乎！」〔二〇〕遂獵圍毛氏之族，拔其毫⑫〔二一〕，載穎而歸，獻俘于章臺宮〔二二〕，聚其族而加束縛焉〔二三〕。秦皇帝使恬賜之湯沐〔二四〕，而封諸管城〔二五〕，號管城子⑬，日見親寵任事。

穎爲人彊記而便敏〔二六〕，自結繩之代以及秦事⑭，無不纂録。陰陽、卜筮、占相、醫方、族氏、山經、地志、字書、圖畫，九流百家天人之書〔二七〕，及至浮屠老子外國之説⑮，皆所詳悉。又通於當代之務，官府簿書，市井貨錢注記〔二八〕，惟上所使。自秦始皇帝及太子扶蘇、胡亥⑯，丞相李斯⑰、中車府令高〔二九〕，下及國人⑱，無不愛重。又善隨人意⑲，正直邪曲巧拙，一隨其人。雖後見廢棄⑳，終默不洩。惟不喜武士，然見請亦時往。累拜中書令㉑〔三〇〕，與上益狎，上嘗呼爲中書君。上親決事，以衡石自程〔三一〕，雖宮人不得立左右。獨穎與執燭者常侍，上休乃罷㉒。穎與絳人陳玄、弘農陶泓及會稽楮先生友善相推致〔三二〕，其出處必偕。上召穎，三人者不待詔輒俱往，上未嘗怪焉。

後因進見，上將有任使，拂拭之，因免冠謝。上見其髮禿，又所摹書不能稱上意㉓〔三三〕。上嘻笑曰㉔：「中書君老而禿，不任吾用㉕。吾嘗謂君中書，而今不中書耶？」㉖〔三四〕對曰：「臣所謂盡心者。」㉗因不復召，歸封邑，終于管城。其子孫甚多，散處中國夷狄，皆冒管城㉘，惟居中山者能繼父祖業〔三五〕。

太史公曰：毛氏有兩族，其一姬姓，文王之子封於毛，所謂魯衛毛聃者也〔三六〕，戰國時有毛公、毛遂〔三七〕。獨中山之族不知其本所出，子孫最爲蕃昌㉙。《春秋》之成，見絶於孔子，而非其罪〔三八〕。及蒙將軍拔中山之豪㉚，始皇封之管城㉛，世遂有名，而姬姓之毛無聞。穎始以俘見㉜，卒見任使㉝，秦之滅諸侯，穎與有功㉞。賞不酬勞㉟，以老見疏，秦真少恩哉㊱！

【彙校】

①〔毛穎傳〕此篇又載《文苑英華》卷七九三、《唐文粹》卷九九，據校。

②〔治東方土〕苑本「治」作「理」，注：「理，集本、文粹作『治』。土，閣本作『吐』。」南宋蜀本「土」作「士」。《舉正》據閣本訂「理」、「吐」二字，作「佐禹理東方吐養萬物」，云：「吐，上聲讀。孔安國《周書注》曰：『土能吐生百穀，故曰土。』《説文》亦曰：『土，地之吐生物者也。』義取此。」朱熹從監本「土」下斷句，《考異》：「治，方作『理』。土，方作『吐』，屬下句。云：孔氏《周書注》曰：『土能吐生百穀，義取此。』今按：東方卯位，此正爲下文封於卯地死爲十二神而言也。然兔與卯皆不屬土，與方所引孔説不合，又不見其所吐何者可養萬物。兼『治東方』爲句，語意亦似不足。唯《參同契》云：『兔者吐生光。』則兔乃有吐義，然似亦只與下文當吐而生之説相表裏，止是自吐其子，而無吐養萬物之意，未見其必可據也。若作『治東方土』而自爲一句，但以平水土而言，則於語勢無闕。而下句『養萬物有功』爲奏庶鮮食之義，意亦自明。故今且從諸本，其以十二物爲十二神相承已久，亦未見所從來，并闕之以竢知者。」

③〔居中山〕苑本無「中」字。

④〔桓娥〕苑本、粹本「桓」作「姮」。方成珪注：「桓，《淮南·覽冥訓》作『姮』，《文粹》同。按：字當作『桓』。『姮』字《玉篇》始見，《説文》無之，《廣韻》亦不收。」《玉篇》：「姮，胡登切，姮娥也。」

⑤〔不仕云〕「云」上潮本注：「一有『或』字。」祝本、魏本注同。苑本「云」上多一「或」字，注：「《文粹》無此字。」

⑥〔居東郭者曰㕙〕魏本「者」下注：「一有『號東郭』三字。」潮本「者」下多「號東郭」三字，苑本、祝本同。潮本注：

「一無上三字。」祝本注同。文本、南宋蜀本作「居東郭者曰鵔號東郭鵔」，文本注：「一本無『曰鵔』二字。」《舉正》出南宋監本「居東郭者號東郭曰鵔」，據閣本刪「號東郭」三字，云：「杭本、《文粹》同，蜀本作『號東郭鵔』，無『曰』字。《說文》：『狡兔曰鵔。』《戰國策》作『逡』，《春秋後語》作『俊』。」朱熹從方本，《考異》：「『者』下或有『號東郭』三字，或有『號東郭鵔』而無『曰』字。」今從粹本。

⑦〔宋浞〕潮本注：「浞，一作『鵲』。」南宋蜀本注同。苑本、粹本作「鵲」，苑本注：「鵲，一作『浞』。」《舉正》訂作「鵲」，云：「杭、蜀本同。《廣雅》曰：『韓盧、宋鵲，犬屬。』《字林》：『浞，音鵲，宋良犬也。』字正作『浞』。」朱熹從方本，《考異》：「鵲，或作『浞』。」

⑧〔醢其肉〕潮本「肉」作「家」，祝本、文本、南宋蜀本、魏本、王本、廖本同。今從粹本。

⑨〔蒙將軍〕苑本「蒙」上多一「使」字，注：「一本無此字。」文本、南宋蜀本「南」作「攻」。

⑩〔左庶長〕潮本「左」下注：「一有『右』字。」祝本、文本、魏本注同。《舉正》出南宋監本「左庶長」，云：「杭、蜀同上。」朱熹增「右」字，《考異》：「方無『右』字，非是。」

⑪〔筮者賀曰〕文本注：「一無『賀』。」

⑫〔拔其毫〕《考異》：「豪，方作『毫』，非是。下之『豪』同。」

⑬〔號管城子〕苑本、南宋蜀本「號」下多一「曰」字。《舉正》「號」下增一「曰」字，云：「閣本、蜀本有『曰』字，杭本無之。」朱熹從方本，《考異》：「或無『曰』字。」

⑭〔自結繩之代〕南宋蜀本「自」作「目」，「代」作「後」。

⑮〔及至〕苑本「及」作「乃」，注：「『乃』字，《文粹》作『及』。」粹本無「至」字。

⑯〔自秦始皇帝〕粹本無「始」字，苑本無「帝」字。《舉正》出南宋監本「自秦始皇帝」，據杭本刪「始」字，云：「《粹》同，謝刪，蜀本只作『始皇帝』，無『秦』字。」朱熹從方本，《考異》：「『秦』下或有『始』字。」

⑰〔丞相李斯〕《舉正》出南宋監本「丞相李斯」，刪「李」字，云：「杭、蜀同，李、謝刪。」朱熹從方本，《考異》：「『相』下或有『李』字。」

⑱〔下及國人〕文本無「下」字，注：「一本無『及』。」

⑲〔善隨人意〕苑本注：「善，集作『喜』。」

⑳〔雖後見廢棄〕《舉正》出南宋監本「雖後見廢弃」，據蜀本刪「後」字，云：「李、謝刪。」朱熹從方本，《考異》：「『雖』下或有『後』字。」

㉑〔累拜〕苑本「拜」作「遷」，注：「遷，《文粹》作『拜』。」

㉒〔乃罷〕苑本、粹本「乃」作「方」，注：「方，蜀本作『乃』。」

㉓〔摹書〕潮本注：「摹書，一作『蓦畫』。」苑本、祝本、文本、南宋蜀本、魏本作「蓦畫」，祝本注：「蓦畫，一作『蓦書』。」文本注：「蓦，一作『摹』。」南宋蜀本注：「蓦，或作『模』。」魏本注：「蓦畫，一作『摹書』。」粹本作「摹畫」。《舉正》出南宋監本「蓦畫」，云：「謝本作『摹』。」朱熹作「摹畫」，《考異》：「摹，方作『蓦』。」

㉔〔嘻笑〕潮本注：「嘻，一作『喜』。」魏本注同。《舉正》出南宋監本「上嘻笑曰」，云：「杭、蜀本『嘻』皆作『喜』。」《考異》：「嘻，或作『喜』，非是。」童第德注：「《漢書·灌夫傳》：『夫怒，因嘻笑曰。』師古曰：『嘻，强笑也。』『嘻』、

『喜』古通用。一本作『喜』，爲『嘻』之借字。」

㉕〔不任吾用〕「用」下文本注：「一有『之』字。」

㉖〔而今不中書〕「而」上苑本注：「《文粹》有『君』字。」《舉正》據杭本訂「而」作「君」，云：「《文粹》同，蜀本作『而今不中邪』。葉石林曰：退之此傳本南朝俳諧文《驢九錫》、《雞九錫》之類而小變之耳。俳諧文雖出於戲，實以譏切當世封爵之濫，退之致意亦正在『中書君老不任事』、『今不中書』數語，不徒作也。」朱熹從方本，《考異》：「君，或作『而』。」

㉗〔盡心者〕苑本「者」下多一「也」字，粹本「者」下多一「焉」字。苑本注：「也，《文粹》作『焉』。」

㉘〔管城〕粹本「城」作「氏」。

㉙〔最爲蕃昌〕粹本、南宋蜀本無「爲」字。《舉正》出南宋監本「最爲蕃昌」，據蜀本删「爲」字，云：「《粹》同，謝删。」朱熹從監本，《考異》：「方無『爲』字。」

㉚〔中山之毫〕《考異》：「豪，方作『毫』，非是。」

㉛〔封諸管城〕潮本「諸」作「之」，祝本、文本、南宋蜀本、魏本同。《舉正》據閣本訂作「諸」。朱熹從方本，《考異》：「諸，或作『之』。」今從苑本、粹本。

㉜〔以俘見〕魏本注：「一有『與』字。」潮本「見」下多一「與」字，祝本、文本同。祝本注：「一無『與』字。」文本注：「一無『與卒見』。」

㉝〔卒見任使〕祝本注：「一作『始以俘見幸任使』。」魏本注同。苑本注：「『卒』字一作『幸』。」文本作「始以俘見與

卒見幸任使」，南宋蜀本作「始以俘見幸任使」，崔本作「始以俘見幸任使」。《舉正》出南宋監本「卒見任使」，云：「《文粹》作『幸任使』。」朱熹從方本，《考異》：「見，或作『幸』。」

㉞〔穎與有功〕苑本注：「與，《文粹》作『亦』。」粹本「與」作「亦」，文本「與」作「以」。

㉟〔賞不酬勞〕苑本、文本、王本、廖本「酬」作「詶」。祝充注：「詶，音『酬』，以言答之。《後漢》(《光武帝紀》)：『其顯效未詶。』」童第德注：「『詶』爲『讎』之或體，『讎』、『酬』正字，『詶』假借字。」

㊱〔秦真少恩〕苑本「真」作「其」，注：「其，集作『真』。」

【箋注】

〔一〕洪興祖注：「退之《毛穎傳》，柳子厚以爲怪。予以爲子虚烏有之比，其流出於莊周寓言。《舊史》云：『愈作《毛穎傳》，譏戲不近人情，此文章之甚紕繆者矣。』天下識者固少，而《舊史》所見如此，可發一笑」樊汝霖注：「李肇《國史》謂公此《傳》，其文尤高，不下遷《史》。《談藪》亦謂此《傳》似太史公筆。」文讜注：「公著筆傳，皆取事於兔而寓之以人，其姓名爵里莫不假借立詞。戰國時楚有毛遂者事平原君，其言曰：『士之處世如錐之處囊，而穎鋭自見。』後之言者亦謂筆爲毛錐，其義蓋取於此。吴安中云：『退之所作《毛穎傳》，殆以文滑稽耳。』」

此篇作年，吕譜、文讜注繫於元和七年，方崧卿繫於元和初年，方成珪録入「無年可考」諸篇中。吕譜：「元和七年壬辰，時有《石鼎聯句序》、《毛穎傳》。」方崧卿《增考》：「按《摭言》云：

『韓文公著《毛穎傳》，好博簺之戲，張水部以書勸之。』以張籍二書考之，蓋貞元中在汴州日作。又柳子厚《書毛穎傳後》：『自吾居夷，不與中州人通書。有來南者，時言韓愈爲《毛穎傳》。』而《與楊誨之書》云：『足下持韓生《毛穎傳》來，僕甚奇之。』子厚遷永州，憲宗初即位也。而《與楊誨之書》云：『今日有北人來，示將籍田敕。』籍田在元和五年，則是《毛穎傳》蓋作於元和初年間。《摭言》固誤矣，而此譜以爲元和七年者，實非也。」謹按：據柳宗元《讀韓愈所著毛穎傳後題》，知柳宗元元和初年貶永州時，尚未能得見《毛穎傳》。據柳宗元《與楊誨之書》，知柳宗元得見《毛穎傳》，在元和四五年之間。此篇作年，即當在元和初年至元和四五年之間。

〔二〕蔣抱玄注：「毛穎，筆之別名。穎，尖也。筆以獸毛爲之，而其用在毫尖，故曰毛穎。」

〔三〕文讜注：「《通典》曰：中山，春秋時白狄鮮虞所都之地，今定州新樂縣是也。《中山記》曰：城中有山，故曰中山。」孫汝聽注：「中山，國名，今定州。」陳景雲注：「宋王象之《輿地紀勝》云：『中山在溧水縣，山出兔毫，爲筆最精。韓文《毛穎傳》中中山謂此。』按：中山兔毫，亦見白樂天《雞距筆賦》，白又有《紫毫筆詩》，則云『貢自宣城』。以《新史·地理志》參証，宣州貢筆與詩語合，而溧水則宣之屬縣也。則宣城之貢即出自中山明矣。但當秦始皇時，楚郡壽春在江之北，而溧水中山則江南地。秦未克楚都，其兵不得先渡江而南。朱子所謂雖寓言而不能無失者，殆謂此也。」王元啓注：「《事文類聚》載《廣志》云：『漢諸郡獻兔毫，書鴻都門題，唯趙國毫中用。』舊注以中山爲今定州地，其説本此。然考孫大雅《贈筆生張蒙序》云：『韓子傳毛穎爲中山人，中山非晉地，乃唐宣州中山也。宣州自唐以來多擅名筆。』今按：《傳》云『蒙恬南伐楚』，不言北伐趙，則中山自指宣州之中山，大雅説良是。」蔣抱玄注：「此唐宣州之中山，即今安徽宣城縣，非列國時中山國也。中山國在今直隸定縣，非楚地。」高步瀛注：「按下文『南伐楚次中山』，朱子謂『中山在秦東北，非伐楚所當次也。此固寓言，然亦不爲無失』。是朱子以中山爲定州。文既寓言，似不應過泥。然若從溧水之説，則雖寓言，於地勢亦甚合。楚自考烈王徙都壽春，在今安徽壽縣。則伐楚時次江蘇溧水之中山，於用兵亦宜，並免朱子所譏矣。」謹按：《元和郡縣志》卷十八河北道定州：「戰國時爲中山國，與六國並稱王，後爲趙武靈王所滅。」定州，今河北定縣。《元和郡縣志》卷二十八江南道宣州溧水縣：「中山在縣東南一十五里，出兔毫，爲筆精妙。」溧水縣，今屬江蘇省。

㈣祝充注：「眂，與『視』同。《禮記》（《曲禮下》）：『兔曰明視。』」謹按：「眂」、「視」，古今字。《説文》：「視，瞻也。从見示。眂，古文視。眡，亦古文視。」

㈤文讜注：「卯位，東方十二神之次也。陰陽書以卯屬兔。」孫汝聽注：「卯於十二神爲兔。」蔣抱玄注：「東方房宿在卯宫，屬兔。」高步瀛注：「《論衡·物勢篇》：寅木也，其禽虎也；戌土也，其禽犬也；丑未亦土也，丑禽牛，未禽羊也；亥水也，其禽豕也；巳火也，其禽虵也；子亦水也，其禽鼠也；午亦火也，其禽馬也；酉鷄也；卯兎也；申猴也。」《説文》：「木，冒也。冒地而生。東方之行。卯，冒也。二月，萬物冒地而出。象開門之形。辰，房星，天時也。」

〔六〕孫汝聽注：「十二神，謂子丑寅卯之類。」蔣抱玄注：「《論衡・難歲篇》：十二神，登明從魁之輩，工伎家謂之，皆天神也。常立子丑之位，俱有衝抵之氣。神雖不若太歲，宜有微敗移徙者，雖避太歲之凶，猶觸十二神之害。」

〔七〕《舉正》：「神明之後，《左傳》子產語。」高步瀛注：「朱仲覺（翌）《猗覺寮雜記》卷下曰：『神明之後四字，子產獻陳捷於晉語也。退之爲文用古人語如己出，所以爲奇。』」

〔八〕文讜注：「《本草》：兔，竅有五六穴，子從口出。今懷姙忌食其肉者，非爲缺脣，亦緣口出。」嚴有翼注：「《博物志》云：兔望月而孕，自吐其子，故謂之兔。兔，吐也。」

〔九〕祝充注：「䨲，乃侯切。《論衡》（《奇怪篇》）曰：『兔舐毫而孕，及其生子，從口而出。』名曰嬔，芳万切。郭云：『俗呼曰䨲。』」文讜注：「江東人呼兔子爲䨲，音乃俠切。」《舉正》：「䨲，蜀本音『奴鉤切』。按《爾雅》『兔子嬔』，郭注曰：『俗呼曰䨲。』䨲與鱬同。」魏引補注：「《廣雅》云：䨲，兔子。」《說文》：「娩，兔子也。娩，疾也。嬔，生子齊均也。」段注：「《釋獸》曰：『兔子娩，本或作『嬔』。』按女部曰嬔，生子齊均也。此云娩，兔子也。則二字義別矣。」《爾雅》：「兎子，嬔。」郭注：「俗呼曰䨲。」

〔一〇〕嚴有翼注：「《淮南子》云：羿請不死之藥於西王母，桓娥竊而奔月桓娥羿妻也。」

〔一一〕祝充注：「㕙，且倫切。㕙，兔。《戰國策》（《齊策三》）：『東郭㕙，海內之狡兔也。』」魏仲舉注：「㕙，音逡，又音俊。」童第德注：「《說文》無『㕙』字，徐鉉新附有之。云：『㕙，狡兔也。』《爾雅·釋獸》：『兔絶有力欣。』郝懿行曰：『欣，聲近㕙。《戰國策》説天下狡兔有東郭㕙也。』鄭珍曰：『《齊策》云：東郭逡者，海内之狡兔也。』又云：『世無東郭俊，盧氏之狗、王氏之狗已具矣。』是古只作『逡』、『俊』，『俊』係正字，以狡兔善走輕俊名之。作『逡』者假借，俗改從兔字。按：郝氏謂『欣』、『㕙』聲近，是也。『欣』、『俊』、『逡』音皆相近，故得通用。《國策》不作『㕙』，郝氏誤記。《新序·雜事五》『齊有良兔曰東郭㕙』，字作『㕙』，疑係後人追改。」《玉篇》：「㕙，子徇、且倫二切。狡兔。」

〔一二〕祝充注：「猈，音『鵲』。《説文》：『宋之良犬也。』《戰國策》（《齊策三》）曰：『韓子盧者，天下之疾犬也。東郭㕙者，海内之狡兔也。盧逐㕙，環山者三，騰山者五。兔極於前，犬廢於後。』」文讜注：「韓盧、宋鵲，皆獵狗名。」《説文》：「猈，犬猈猈不附人也。从犬舄聲。南楚謂相驚曰猈，讀若愬。」段注：「良犬宋猈，以此得名。亦作『獵』作『㕙』。《方言》曰：『猈，驚也。』」

〔一三〕嚴有翼注：「蒙恬，秦時製筆者。」

〔一四〕《考異》：「中山在秦東北，非伐楚所當次也。此固寓言，然亦不爲無失。」

〔一五〕祝充注：「軍尉，軍中尉史。」文讜注：「蒙恬，秦將，《史記》有傳。秦制爵級二十，以賞功勞。大庶長即大將也。左右庶長即左右偏裨也。以其爲庶列之長，故曰庶長。自上安下曰尉，凡武官皆以爲稱。」孫汝聽注：「秦爵，商鞅所制。十曰左庶長，十一曰右庶長。」

〔一六〕文讜注：「連山，伏羲《易》也。其卦以純艮爲首，艮爲山，山上山下是名連山。」韓醇注：「《周禮》(《太卜》):三《易》之法,夏曰連山。」

〔一七〕文讜注:「兆者,灼龜之背發於火,其形可占者。事見《周禮·太卜》。」

〔一八〕祝充注:「趺,音夫。趺,足跗。晉陽泉《蠶賦》:『伏似虎趺。』」文讜注:「跏趺,小坐也,音芳無切。」蔣抱玄注:「《莊子》(《知北遊》):『九竅者胎生,八竅者卵生。』兔非胎生,故曰八竅也。」高步瀛注:「《古今注》卷中曰:『兔口有缺,尻有九孔。』《博物志》卷二曰:『九竅者胎化八竅者卵生。』《埤雅》卷三曰:『咀嚼者九竅而胎生,獨兔雌雄八竅。』」

〔一九〕魏引張曰:「毫,長鬣也。」高步瀛注:「《廣雅·釋器》:『毫,毛也。』《爾雅·釋言·釋文》:『毛中之長毫曰毫。』」

〔二〇〕《舉正》:「筮詞用韻,法《左氏》也。《詩·祈父》『于王之爪牙,靡所止居。』《管子》:『外之有徒,禍乃始牙,衆之所忿,寡不能圖。』《漢志》『尹吾』亦作『尹牙』,古音通也。『毫』與『資』亦然。」《考異》:「今按:『毫』、『資』與『居』、『書』叶,今北人語猶謂『毛』爲『謨』。公作《董生詩》『咨』與『書』、『魚』叶,皆可證也。」高步瀛注:「獲、牙、徒、鬚、居、書,古音皆魚部。毫宵部,資脂部,亦得與魚部通轉爲韻。又案:吴才老《韻補》九魚收『毫』、『資』二字,本此。」

〔二一〕蔣抱玄注:「毫,同『豪』。《禮記》:『毫釐之差。』」

〔二二〕魏引補注:「征伐所獲者爲俘。章臺,秦宮名。」

〔二三〕文讜注:「此蒙恬製筆之意也。按《曲禮》曰:『史載筆,事載言。』此則秦之前已有筆。意蒙恬更損益之爾。《古今注》云：『昔恬作秦筆，以柘木爲管，鹿毛爲柱，羊毛爲被，所謂蒼毫，非爲兔毫竹管也。』」《舉正》：「一云：崔豹《古今注》：『蒙恬造筆，以拓木爲管，鹿毛爲柱，羊毛爲被。』非兔毫也。公豈他有所本邪？」

〔二四〕文讜注：「（《穀梁》隱公八年）諸侯有大功盛德於王室者，京師有朝宿之邑，泰山有沐浴之邑。（《公羊》隱公八年）何休云：當沐浴潔齋以致其敬也，故謂之湯沐。」

〔二五〕文讜注：「管城，縣名，屬鄭州，古之管子國也。」蔣抱玄注：「此乃諧語，非實指管城也。」

〔二六〕文讜注：「便敏，便捷也，敏疾也。便，音毗連切。」

〔二七〕文讜注：「《前漢·藝文志》：九流，謂儒道陰陽名墨縱橫雜家小説兵家。」孫汝聽注：「九流，謂儒道陰陽法墨縱橫雜農九家者流。」

〔二八〕蔣抱玄注：「注記，注亦記也。如起居注、古今注之類。」

〔二九〕文讜注：「趙姓高名。《史記》（《秦始皇本紀》集解）伏儼曰：中車府，主乘輿路車。」孫汝聽注：「趙高爲中車府令。」

〔三〇〕蔣抱玄注：「中書令，本中書省之長官，此亦諧語也。」

〔三一〕文讜注：「《史記》（《秦始皇本紀》）：『秦始皇爲人天性剛戾自用，起諸侯，并天下，意得欲從。天下之事無大小，皆決於上。上至以衡石量書，日夜有程，不中程不得休息。』注：『石，百二十斤。』」孫汝聽注：「《秦始皇紀》：天下之事無大小皆決於上。上至以衡石量書，日夜有程，不中程不得休息。石，百二十斤也。」

〔三二〕文讜注：「陳玄，墨也。陶泓，硯也。楮先生，紙也。《古今法苑》文嵩者作毛元鋭、易玄光、石虚中、楮知白傳，皆取法於此。」魏引補注：「洪駒父云：韓文公傳毛穎，以文滑稽。然與穎遊者楮先生、陳玄、陶泓，功不在穎下。文公不爲立傳，乃爲補亡云。」沈欽韓注：「《通典》（《食貨六》）：『絳郡，今絳州，歲貢墨千四百七十梃。弘農郡，今虢州，歲貢硯瓦十具。』《語林》：『王右軍爲會稽（内史），謝公乞紙，庫中惟有九萬枚，悉與之。』」蔣抱玄注：「絳，即今山西新絳縣。陳玄，墨也，假設之人名。喻其以黑體橫陳也。弘農，古郡名，故城在今河南靈寶。陶泓，硯也，亦假設人名。古有以陶器爲硯者。清水曰泓，故云。會稽，古郡名，今浙江紹興縣治。楮先生，紙也，亦假設人名。紙或以破布或舊棉爲之，故云。按：紹興縣南至今猶有造紙者。」高步瀛注：「《新唐書·地理志》云：『河東道絳州絳郡土貢墨。河南道虢州弘農郡土貢瓦硯。江南道越州會稽郡土貢紙。』」

〔三三〕文讜注：「稱，昌孕切。」

〔三四〕高步瀛注：「《史記·秦始皇本紀》：『吾前收天下書不中用者盡去之。』」

〔三五〕《舉正》：「《廣志》曰：漢諸郡獻兔毫書鴻都門題，惟趙國毫中用。」

〔三六〕文讜注：「魯衛毛聃，四國名。《左傳》僖公二十四年周大夫富辰之言。」高步瀛注：「《左》僖二十四年富辰曰：『魯衛毛聃，文之昭也。』《春秋傳説彙纂》曰：『毛，今河南河南府宜陽縣界。』」

〔三七〕樊汝霖注：「遂，趙人，平原君之客。」蔣抱玄注：「《史記·信陵君傳》：『公子聞趙有處士毛公藏於博徒，薛公藏於賣漿家。乃間步往從此兩人，游甚歡。』」

〔三八〕文讜注：「中山者，故鮮虞氏之國也。孔子之作《春秋》，書曰『晉伐鮮虞』而不曰『中山』者，所以辨夷夏也。至賈誼《過秦論》則曰：『宋衛中山之衆。』」孫汝聽注：「杜預《左傳序》云：《春秋》絶筆於獲麟之一句。」王元啓注：「其時用刀削爲筆，故曰非其罪。」蔣抱玄注：「仲尼絶筆於獲麟，見《左傳》注。謂孔子作《春秋》至魯哀公十四年西狩獲麟而止也。」

下邳侯革華傳①〔一〕

下邳侯革華者，其先隴西人也〔二〕。三十六代祖守犍爲〔三〕，黄帝時②，以力見召③，拜大司農〔四〕。以其闢土有功④，又知稼穡艱難⑤，遷輕車都尉，子孫相繼。至周武王時徙居桃林⑥〔五〕，冠冕遂絶。其後人思其濟世之才，因復其位而加任使焉⑦。華父犨〔六〕，生五年，襲先祖爵禄⑧，仕至上輕車都尉〔七〕。華母居長樂⑨，有乳哺之恩，越王勾踐時，嘗侍宴姑蘇台〔八〕，《詩》所謂「有覺德行」者也⑩〔九〕。犨因引重至太行山⑪，力不任事⑫，遂死於轘轅之下⑬〔一〇〕。上嗟悼⑭，命太宰申屠公執刀而解之⑮〔一一〕，其支派分離⑯，散在他處⑰。

華⑱，長子也，上念其父劬勞而死於王事⑲，封華爲下邳侯，詔將作大匠治之〔一二〕。華爲性堅勁屈强⑳〔一三〕，難以直禦㉑，匠以其膏潤之，然後去其豪族而加裁割焉㉒。會太原人金十奴與新鄭人斛斯生相逢㉓〔一四〕，薦華於五木大夫〔一五〕，是後稍稍得成名㉔。上嘉之，遂釋褐，賜墨綬㉕〔一六〕。華嘗曰：「吾辛勤久，今方成名，得處上左右足矣。」㉖及獻之，果然。華爲人善履道㉗，别威儀，進止趨蹌㉘〔一七〕，一隨人意〔一八〕。上將駕出遊，畋獵馳騁，擊毬射御㉙，及交賓接賢，禮神祭祀㉚，未嘗不召華俱往㉛。伏事上久之，因病或開口論議㉜，泄露密旨㉝〔一九〕，上繇是疎之㉞，詔將作大匠治之，又命其友金十奴等補過之㉟。尋獻於上㊱，上雖納之㊲，然亦不甚見重㊳，有泥塗賤處方召使之，餘並不得與焉。頃之，上見其顔色顦顇㊴，衰憊失度㊵，上咨嗟曰㊶：「下邳侯老而憊㊷，不任吾事㊸，今棄子㊹，不復召子矣㊺。」遂棄而終㊻。華無子㊼，其繼者族人焉㊽。

太史公曰㊾：華之先皮姓㊿，軒轅時，蒼頡觀鳥跡制文字〔二〇〕。以其始於皮而聲於革(51)，故從革焉。初，革自胡而來(52)，爲趙武靈王見重(53)，後子孫盛於中國(54)。《漢書·功臣表》有煮棗侯革朱者(55)〔二一〕，即其後也(56)。

【彙校】

①〔下邳侯革華傳〕此篇又載《文苑英華》卷七九三、《唐文粹》卷九十九、《名賢集選》卷三五，據校。

樊汝霖注：「今諸本《毛穎》、《革華》二傳聯載，然《毛穎傳》見於漢序、子厚集、李肇《國史補》及舊史公傳，獨《革華傳》無聞，大抵步驟《毛穎傳》而爲之，其不及遠甚。趙璘《因話録》曰：『《才命論》稱張燕公，《革華傳》稱韓文公，《老牛歌》稱白樂天，《佛骨詩》稱鄭司徒，皆後人所誣，故其辭多鄙淺。』則《革華傳》非公之作矣。」祝本注：「舊本無《革華傳》，歐陽公始録之。」魏引補注：「陳長方云：『《下邳侯革華傳》是後人擬作。退之傳《毛穎》，以文滑稽耳。正如伶人作戲，初出一諢語，滿場皆笑，此語豈再出耶？』又宋景文《筆録》云：『退之《送窮文》、《進學解》、《毛穎傳》、《原道》等詩篇，皆古人意思未到。後載《下邳革華傳》，足判其謬矣。』」《舉正》出南宋監本「下邳侯革華傳」，云：「閣本無此篇。劉龍圖燁本云：或言此篇不類退之文，及得本校，果無。按趙璘《因話録》謂《革華傳》稱韓文公，皆後人所誣。是唐人已知其僞。然祥符杭本已録入，《文粹》亦載，洪慶善謂始録於歐公者非也。」朱熹删此篇，《考異》：「此當全篇删去。」謹按：此篇見録於唐人趙德《文録》。趙德曾親從韓愈問學，所録不應有誤。趙璘以下諸家均屬臆説，不可信從。

②〔黄帝時〕祝本「黄」訛作「皇」。

③〔以力見召〕苑本「見」下注：「《文粹》無此字。」粹本無「見」字。《舉正》出南宋監本「以力見召」，據蜀、粹本删「見」字。

④〔以其闢土〕《集選》無「其」字。祝本「土」訛作「王」，今從苑本。

⑤〔稼穡艱難〕粹本「穡」下多一「之」字。《集選》「艱難」作「難艱」。

⑥〔徙居〕祝本「徙」訛作「徒」。

⑦〔而加任使〕潮本「而加」下注：「一無上二字。」祝本、文本、魏本注同。

⑧〔爵禄〕苑本無「禄」字。

⑨〔華母居〕魏本、《集選》「居」上多一「世」字。

⑩〔詩所謂〕文本無「詩」字。

⑪〔引重至〕《集選》注：「『引重』二字集作『引輕車使』。」祝本、魏本、苑本注同。

⑫〔力不任事〕《舉正》出南宋監本「力不任事」，云：「《文粹》同，蜀本『事』作『使』。」

⑬〔轘轅之下〕《集選》、苑本無「之」字。

⑭〔上嗟悼〕《集選》句上注：「蜀本有『主』字。」苑本注同。魏本句上多一「主」字。

⑮〔太宰申屠公執刀而解之〕粹本「太」作「大」。《集選》、苑本注：「而，集作『以』。」句末魏本注：「一本『而』作『以』，一本無『之』字。」

⑯〔支派〕苑本「支」作「枝」，注：「枝，集作『支』。」

⑰〔散在他處〕文本注：「在，一作『其』。」粹本「在」作「其」。

⑱〔華長子也〕苑本「華」上多一「革」字。

⑲〔死於王事〕潮本無「王」字，注：「一有『王』字。」《舉正》：「杭本無『王』字。」今從苑本、粹本。

⑳〔華爲性〕苑本無「爲」字，注：「集有『爲』字。」苑本「屈」作「崛」。

㉑〔難以直禦〕苑本、粹本「禦」作「御」。

㉒〔而加裁割〕文本注：「一無『加』字。」南宋蜀本無「加」字。

㉓〔斛斯生〕苑本「斛」作「斛」。謹按：字書無「斛」字，當爲唐宋俗體。

㉔〔稍稍得成名〕《集選》無重出「稍」字。潮本「成」下注：「一有『其』字。」祝本注同。苑本、粹本、《集選》、魏本「成」下多一「其」字。魏本注：「一無『其』字。」《舉正》出南宋監本「得成其名」，云：「蜀本無『其』字。」

㉕〔賜墨綬〕潮本「綬」下注：「一有『焉』字。」祝本注同。苑本、《集選》、魏本「綬」下多一「焉」字，魏本注：「一無『焉』字。」《舉正》出南宋監本「賜墨綬」，云：「蜀本『綬』下有『焉』字。」

㉖〔得處上左右〕潮本「處」下注：「一有『在』字。」魏本注同。苑本、《集選》、祝本多一「在」字，《集選》、苑本注：「集無『在』字。」

㉗〔善履道〕粹本「善」下多一「能」字。潮本注：「道，趙作『蹈』。」祝本、魏本注：「道，一作『蹈』。」

㉘〔進止趨蹌〕《集選》、苑本注：「止，集作『退』。」魏本「止」作「退」。

㉙〔擊毬射御〕文本注：「擊毬，一作『毬擊』。」苑本、粹本、《集選》、南宋蜀本作「毬擊」。《集選》、苑本注：「毬擊，集作『擊毬』。」《舉正》出南宋監本「擊毬射御」，據蜀本乙「擊毬」作「毬擊」，云：「《文粹》同。」

㉚〔及交賓接賢禮神祭祀〕潮本無「及」字，文本、南宋蜀本同。潮本「交」上注：「一有『及』字。」粹本「交賓接賢禮神祭祀」作「禮神祭祀交賓接賢」。《舉正》：「《文粹》作『禮神祭祀交賓接賢』，與今文異。」

㉛〔未嘗不召華俱往〕《集選》「嘗」作「曾」。潮本注：「俱，一作『偕』。」《集選》、苑本注：「俱，《文粹》作『皆』。」《舉正》：「《文粹》作『未嘗不召華偕往』，與今文異。」今粹本作「未嘗不召華偕往」。

㉜〔因病或開口論議〕《集選》注：「或，《文粹》作『忽』。」苑本無「或」字，注：「病，《文粹》作『忽』。」今粹本有「病」字，「或」作「忽」。《舉正》訂「或」作「忽」，作「因病忽開口論議」，云：「《文粹》作『忽』，蜀本作『或』。」

㉝〔泄露密旨〕潮本注：「密，一作『上』。」魏本注同。《集選》注：「密，集作『上』。」苑本注同。

㉞〔上繇是〕苑本「繇」作「由」。

㉟〔又命其友金十奴等補過之〕《集選》「友」作「交」。潮本「等」下注：「一有『令』字。」祝本注：「一本有『令』字，恐非。上既有『命』字，此不當復有『令』字。」魏本注同。《集選》、苑本「等」下多一「令」字。

㊱〔尋獻於上〕《舉正》：「蜀本此下有『上雖納然亦不甚見重』九字，《文粹》無之。」謹按：今粹本有此九字。

㊲〔上雖納之〕《集選》無「上」字。潮本無「之」字，粹本、文本、南宋蜀本同。潮本注：「一有『之』字。」今從苑本。

㊳〔然亦不〕潮本無「亦」字，注：「一有『亦』字。」今從苑本、粹本。

㊴〔上見其顏色〕魏本注：「一無『其』字。」潮本無「其」字，祝本、文本、南宋蜀本同。潮本注：「一有『其』字。」祝本、文本注同。《舉正》：「已下皆以《文粹》校。蜀本作『既而顏色顑頷衰憊失度上曰下邳侯不任吾事今弃子不復召子矣華無息繼者族人焉』，與今文亦異。」今從苑本、粹本。

㊵〔衰憊失度〕今粹本「衰」上多一「又」字。苑本「衰」作「哀」，注：「此上《文粹》有『又』字。」

㊶〔上咨嗟曰〕祝本「咨嗟」下注：「一無此二字。」魏本注同。《舉正》所引蜀本無此二字。

㊷〔下邳侯老而憊〕祝本「老而憊」下注：「一無上三字。」《舉正》所引蜀本無此三字。

㊸〔不任吾事〕文本注：「事，一作『用』。」《集選》、苑本注：「事，集作『用』。」

㊹〔今棄子〕苑本無「子」字。潮本「子」下注：「一有『於市朝』字。」祝本、文本、魏本注同。苑本、南宋蜀本多「於市朝」三字。粹本、《集選》多「於市」二字。南宋蜀本注：「一無『於市朝』。」苑本注：「『今棄於市朝』五字，袁本作『今棄子』。」

㊺〔不復召子矣〕《集選》無「子」字。

㊻〔遂棄而終〕《集選》無「遂」字。潮本「棄」下注：「一有『之』字。」魏祝本、本注同。苑本、粹本、《集選》「棄」下多一「之」字。

㊼〔華無子〕潮本注：「子，一作『息』。」祝本、魏本注同。苑本注：「子，《文粹》作『息』。」粹本「子」作「息」。

㊽〔其繼者族人焉〕苑本「焉」作「矣」。

㊾〔太史公曰〕粹本「太史公」作「贊」。《舉正》據杭本訂作「贊」。

㊿〔華之先皮姓〕「華」下祝本多一「氏」字。潮本「先」下注：「一云『革氏之先出於』。」《集選》注：「『華之先皮姓』五字，集作『革氏之先出於皮姓』。」祝本注：「一云『華氏之先出於皮姓』。」苑本注：「『華之先皮姓』五字，集作『華氏之先出於皮姓』。」粹本作「革氏之先本出皮姓」。《舉正》據杭本訂作「革氏本出皮姓」。

51〔以其始於皮而聲於革〕南宋蜀本無「其」字。《集選》「而」下多一「主」字。文本「而聲」作「成」。粹本「聲於革」作「至於華」。

⑫〔革自胡而來〕文本注：「革，一作『華』。」苑本、粹本、《集選》「革」作「華」，苑本注：「華，集作『革』。」粹本「華」下多一「本」字。《舉正》據杭本訂作「因胡服而來」。

⑬〔爲趙武靈王見重〕潮本注：「趙，一作『楚』。」苑本、粹本、《集選》「爲趙武靈王見重」作「趙武靈王時見重」。《集選》「時」下注：「趙武靈王時，集作『武靈王』。」苑本注同。

⑭〔後子孫〕苑本、粹本、《集選》「後」上多一「是」字。

⑮〔煮棗侯革朱〕孫汝聽注：「《漢書》作『革朱』，今本多作『革末』，非。」粹本「革朱」作「革末」，南宋蜀本「革朱」作「革末」。《舉正》據杭本訂作「《漢書》有賁棗侯革朱」。

⑯〔即其後也〕句末《集選》注：「《文粹》、集：『《漢書・功臣表》有煮棗侯革，即其後也。初，華本自胡而來，趙武靈王時見重，是後子孫盛於中國。』」魏本注：「一本云：『從始於皮而聲於革，故從革華焉。《漢書・功臣表》有煮棗侯革末，即其後也。初本自胡服而來，趙武靈王重之，由是子孫方盛於中國耳。』一本云：『革氏之先出於皮姓，軒轅胡服而來，方熾於中國。《漢書》有煮棗侯革末，即其後也。』」粹本次「《漢書・功臣表》有煮棗侯革末者即其後也」十六字於「故從革焉」一句之下。《舉正》據杭本訂作「贊曰：革氏本出皮姓，因胡服而來，方熾於中國。《漢書》有賁棗侯革朱，即其後也」，云：「校本一云：古本只有此數句，他本皆非。蜀本與《文粹》、今文『初華本自胡而來』下三語亦綴於『即其後也』之後，當從古本爲正。」

【箋注】

〔一〕祝充注：「邳，貧悲切。下邳，縣名。《史記》：『舜耕於下邳。』在漢屬東海郡。」謹按：《史記・

五帝本紀》：「舜耕於下邳。」無「舜耕於下邳」語。文讜注：「《説文》曰：『凡獸皮治去其毛曰革。』姓革名華，謂革履也。」

〔二〕孫汝聽注：「隴西，取田隴之義。」

〔三〕祝充注：「犍，居虔切。犍爲，郡名。《史記》《田叔列傳》：『以壯犍爲。』」

〔四〕文讜注：「大司農之職，漢武帝太初元年置，主三農九穀耕種之事，故曰司農。」

〔五〕文讜注：「《書》《牧誓》曰：武王既誅紂，放牛于桃林之野。今在虢州閿鄉縣界。」

〔六〕祝充注：「犨，赤由切，《説文》云：『犨，牛息聲。一曰：牛名。』」

〔七〕文讜注：「輕車，古之戰車也。以爲後殿。漢置都尉。張晏曰：凡武職皆號尉，主諸官，故曰都。有卒徒武事故曰尉。」

〔八〕文讜注：「越女西施姓牛氏。勾踐得之以獻吴王闔廬，卒以敗國。事見《吴越春秋》。李太白詩《口號吴王舞人半醉》云『風動荷花水殿香，姑蘇臺上宴吴王。西施醉舞嬌無力，笑倚東牕白玉牀』是也。」嚴有翼注：「臺在蘇州。《越絶書》云：吴王夫差起姑蘇之臺，三年乃成，高見三百里。此所言長樂姑蘇，但取酥酪之類，皆牛乳所成者。」

〔九〕文讜注：「覺者，角也。《大雅·抑》之詩，義本訓直。」

〔一〇〕祝充注：「轘轅，上音還，下音袁。左氏（襄公二十一年）『使侯出諸轘轅。』」文讜注：「太行，山名。《尸子》曰：『龍門魚之難也，太行牛之難也。』轘轅，關名。（《史記·高祖本紀第八》注）瓚曰：險道，在河南緱氏東南。」魏仲舉注：「轘，胡貫切。」《左傳》襄公二十一年：「使侯出諸轘轅。」楊伯峻注：「轘轅，山名，在河南登封縣西北三十里，又跨鞏縣西南。險道也。」

〔一一〕文讜注：「《姓苑》：『申屠氏其先世善屠，因以爲氏。』」

〔一二〕文讜注：「《通典》（《職官·諸卿下·將作監》）曰：『將作者，周官考工之職，秦有將作少府，漢景帝更名將作大匠，掌修作木土之功。』」

〔一三〕祝充注：「屈强，上瞿勿切，下居亮切，又巨兩切。」屈强，性格固執强硬。《鹽鐵論·論功》：「倔强倨敖，自稱老夫。」

〔一四〕文讜注：「金十奴，針也。斛斯生，綫也。姓有金氏、斛斯氏。」

〔一五〕文讜注：「五木大夫，制履之器也。《史記》（《秦始皇本紀》）：『秦始皇上泰山，立石封祠祀，下，風雨暴至，休於樹下，遂封其樹爲五大夫。』蓋五大夫者，秦官名第九爵也。」

〔一六〕文讜注：「褐，短衣。賤者之服。綬者，所以貫佩玉相承受者也。《前漢志》（《百官公卿表》）：『綏和元年，長相皆墨綬。』魏黄初中置關内侯十六級，五大夫十五級，皆銅印墨綬以賞軍功。」

〔一七〕趨蹌，步趨中節。《詩·齊風·猗嗟》「巧趨蹌兮」，孔穎達疏：「禮有徐趨疾趨，爲之有巧有拙，故美其巧趨蹌兮。」

〔一八〕文讜注：「《詩·齊風·猗嗟》『巧趨蹌兮』，傳曰：『蹌，巧趨貌。』」

〔一九〕文讜注：「旨，趾也。」

〔二〇〕文讜注：「《書義》《辯諸儒以文籍不始於伏犧難孔》云：『蒼頡，黄帝之史官。』《法苑珠林》《敬佛篇第六之三·觀佛部之餘》宣律師傳曰：『今西京城西高土臺是蒼頡造書臺也。蒼頡於臺上增土造臺以觀鳥迹。』又云：『在秦都城南二十里。』」

〔二一〕文讜注：「《前漢·功臣表》：『煑棗端侯革朱以越連敖從起薛，别以越將擊諸侯，以都尉侯九百户。』」

送窮文〔一〕

元和六年正月乙丑晦①，主人使奴星結柳作車②〔二〕，縛草爲船。載糗輿粻③〔三〕，牛繫軛下〔四〕，引帆上檣〔五〕，三揖窮鬼而告之曰：「聞子行有日矣④。鄙人不敢問所途⑤，竊具船與車⑥，備載糗粻〔六〕。日吉時良，利行四方。子飯一盂，子啜一觴。攜朋挈儔⑦，去故就新。駕塵彍風〔七〕，與電爭先⑧。子無底滯之尤⑨，我有資送之恩〔八〕。子等有意於行乎？」

屏息潛聽〔九〕，如聞音聲。若嘯若啼，砉歘嘎嚶〔一〇〕，毛髮盡竪⑩，竦肩縮頸。疑有而無，久乃可明。若有言者曰：「吾與子居，四十年餘⑪，子在孩提，吾不子愚。子學子耕，求官與名。惟子是從，不變于初。門神户靈，我叱我呵。包羞詭隨⑫〔一一〕，志不在他。子遷南荒〔一二〕，熱爍濕蒸〔一三〕。我非其鄉，百鬼欺陵⑬。太學四年⑭〔一四〕，朝虀暮鹽。惟我保汝，人皆汝嫌。自初及終，未始背汝。心無異謀，口絶行語⑮〔一五〕。於何聽聞，云我當去？是必夫子信讒，有間於予也⑯。我鬼非人，安用車船⑰？鼻嗅臭香⑱，糗粻可捐。單獨一身，誰爲朋儔？子苟備知，可數已不〔一六〕？子能盡言，可謂聖智。情狀既露，敢不迴避？」⑲

主人應之曰：「子以吾爲真不知也邪？子之儔朋⑳，非六非四㉑。在十去五，滿七除二。各有主張，私立名字。捩手覆羹〔一七〕，轉喉觸諱〔一八〕。凡所以使吾面目可憎㉒，語言無味者，皆子之志也。其一名曰智窮㉓：矯矯亢亢〔一九〕，惡圓喜方〔二〇〕，羞爲姦欺，不忍害傷〔二一〕。其次名曰學窮㉔：傲數與名，摘抉杳微〔二二〕。高挹羣言，執神之機〔二三〕。又其次曰文窮㉕：不專一能，怪怪奇奇。不可時施〔二四〕，秖以自嬉㉖。又其次曰命窮：影與形殊，面醜心妍。利居衆後，責在人先。又其次曰交窮：磨肌戛骨，吐出心肝。企足以待，寘我讎冤。凡此五鬼，爲吾五患。飢我寒我，興訛造訕㉗。能使我迷，人莫能間㉘〔二五〕。朝

悔其行，暮已復然。蠅營狗苟㉙〔二六〕，驅去復還。」〔二七〕

言未畢，五鬼相與張眼吐舌，跳踉偃仆〔二八〕。抵掌頓脚㉚，失笑相顧〔二九〕。徐謂主人曰：「子知我名，凡我所爲。驅我令去㉛，小黠大癡〔三〇〕。人生一世，其久幾何？吾立子名，百世不磨。小人君子，其心不同。惟乖於時㉜，乃與天通〔三一〕。攜持琬琰〔三二〕，易一羊皮。飫於肥甘〔三三〕，慕彼糠糜〔三四〕。天下知子，誰過於予？雖遭斥逐，不忍子疎㉝。謂予不信㉞〔三五〕，請質詩書。」〔三六〕

主人於是垂頭喪氣，上手稱謝㉟，燒車與船，延之上座㊱〔三七〕。

【彙校】

①〔乙丑晦〕文本注：「乙丑晦，一本作『乙丑朔主人』。」

②〔使奴星〕文本無「主人」二字。祝本注：「使奴星，一本云『使奴星星』。」魏本注同。《舉正》：「蜀本始複出『星』字，古本皆無之。」《考異》：「或有複出『星』字。」

③〔輿粻〕南宋蜀本「輿」作「與」。《考異》：「輿，或作『與』。」

④〔有日矣〕《舉正》出南宋監本「聞子行有日矣」，據閣本刪「矣」字，云：「行有日，《左氏》全語。」朱熹從監本，《考異》：「方無『矣』字。」

⑤〔問所途〕文本、南宋蜀本、魏本「途」作「塗」。

⑥〔躬具〕《舉正》據閣本訂「躬」作「竆」字。朱熹從方本，《考異》：「竆，或作『躬』。」

⑦〔挐儔〕祝本「儔」訛作「疇」。

⑧〔爭先〕魏本注：「先，一作『光』。」文本「先」作「光」。童第德注：「上文云『去故就新』，『先』與『新』韻，即《詩·小弁》『先』、『墐』、『忍』、『隕』爲韻，《文王》『天』、『新』爲韻之例。作『光』則非韻矣。」

⑨〔底滯〕魏本「底」作「厎」，注：「厎，止也。」童第德注：「作『底』是也。《説文》：『厎，柔石也。砥，厎或从石。』引申爲至也、致也，音職雉切。底，山居也。一曰：下也。引申爲止也、箸也，音都禮切。二字音義不同（説本段茂堂）。《左氏》昭元年『勿使有所壅閉湫底』，杜注：『底，滯也。』《國語·楚語》『夫民氣縱則底，底則滯』，韋注：『底，箸也。』《淮南子·原道訓》『非謂其底滯而不發』，高注：『底，讀曰紙。』此當讀都禮切，非『厎』字，高讀誤。《管子·法法篇》『財無砥滯』，俞樾曰：『砥，讀爲底。』」

⑩〔毛髮盡竪〕魏本「竪」作「豎」。

⑪〔四十年餘〕魏本注：「年餘，一作『餘年』。」童第德注：「上文云『吾與子居』，下文云『吾不子愚』，『餘』與『居』、『愚』爲韻。如作『年』，則不韻矣。」

⑫〔包羞〕魏本「包」作「苞」。

⑬〔欺陵〕文本、魏本「陵」作「凌」。

⑭〔太學〕祝本「太」作「大」。

⑮〔行語〕文本「行」作「言」。

⑯〔於予也〕南宋蜀本「予」作「子」。

⑰〔車船〕魏本「車船」作「船車」。童第德注：「下云『糗粻可捐』，『船』、『捐』爲韻，此誤倒。」

⑱〔鼻嗅〕祝本、王本、廖本「嗅」作「齅」。謹按：「齅」、「嗅」，古今字。《漢書·敍傳上》：「不絓聖人之罔，不齅驕君之餌。」顔師古注：「齅，古嗅字也。」

⑲〔迴避〕潮本注：「迴，一作『曲』。」魏本注同。祝本注：「迴，一作『由』。」文本「迴」作「回」。《考異》：「迴，或作『曲』。」

⑳〔儔朋〕文本、南宋蜀本、魏本、《類聚》「儔朋」作「朋儔」。魏本注：「朋儔，一作儔朋。」朱熹訂作「朋儔」，《考異》：「方作『儔朋』。」

㉑〔非六〕潮本「六」作「三」，祝本、文本、南宋蜀本、魏本同。朱熹訂作「六」，《考異》：「六，方作『三』，非是。」今從朱本。

㉒〔面目〕《舉正》據閣本訂「目」作「貌」字。朱熹從監本，《考異》：「目，方作『貌』。」

㉓〔其一名曰〕魏本注：「一作『其名曰』云云。」潮本無「一」字，文本、南宋蜀本、王本、廖本同。今從祝本。

㉔〔名曰學窮〕魏本注：「一無『名』字。」

㉕〔次曰文窮〕《舉正》出南宋監本「其次名曰文窮」，據蜀本删「名」字。《考異》：「『次』下或有『名』字。」

㉖〔秖以自嬉〕文本「秖」作「祇」。童第德注：「『秖』爲唐人通用字。『祇適』字，其字應作『祇』。段茂堂謂應作『祇』，非。『嬉』爲『娭』之後出字。《説文》：『娭，戲也。从女矣聲。一曰卑賤名也。遏在切。』段玉裁曰：『《上林賦》『娭遊往來』，善曰：『娭，許其切。』然則今之『嬉』字也。今『嬉』行而『娭』廢矣。又曰：遏在切。按此音非也。《篇》、《韻》皆許其切。』」

㉗〔造訕〕祝本「訕」訛作「詘」。

㉘〔人莫能間〕南宋蜀本「間」作「問」。

㉙〔狗苟〕南宋蜀本「狗」作「徇」。謹按：「徇」同「跼」、「跔」，南宋蜀本誤。《集韻》：「跔，《説文》：『天寒足跔。一曰：拘跔不伸。』或作『跼』、『徇』。」

㉚〔抵掌〕童第德注：「『抵』當作『抵』。《説文》：『抵，側擊也。』」《説文》段注：「《戰國策》：『抵掌而談』、《東京賦》『抵璧於谷』、《解嘲》『介涇陽，抵穰侯』。按：『抵』字今多譌作『抵』，其音義皆殊。《國策》『夏無且以藥囊提荆軻』、《史記》『薄太后以昌絮提文帝』，『提』皆『抵』之假借字也。」

㉛〔驅我令去〕魏本主：「我，一作『使』。」

㉜〔惟乖於時〕《考異》：「惟，或作『雖』，非是。」

㉝〔不忍子疎〕文本、南宋蜀本「疎」作「疏」。

㉞〔謂予不信〕祝本注：「予，一作『言』。」魏本注同。

㉟〔上手〕祝充注：「上手，舉手也。」

㊱〔延之上座〕《舉正》出南宋監本「延之上坐」，云：「閣本『之』作『入』。」《考異》：「之，或作『入』。」

【箋注】

〔一〕洪興祖注：「予嘗見《文宗備問》云：『顓頊高辛時，宫中生一子，不着完衣，宫中號爲窮子。其後正月晦死，宫人葬之，相謂曰：今日送卻窮子。自爾相承送之。』又《唐四時寶鑑》云：『高陽氏子好衣弊食糜，正月晦巷死。世作糜棄破衣，是日祝於巷，曰除貧也。』小宋云：退之《送窮文》、《進學解》、《毛穎傳》等諸篇，皆古人意思未到，可以名家矣。然《送窮文》與楊子雲《逐貧賦》大率相類，蓋古人作文皆有所祖述，如司馬相如《大人賦》全用屈原《遠遊》中語，杜云：『遞相祖述復先誰。』長卿、子美豈剽切前人者耶！」魏引補注：「張文潛曰：公《送窮文》蓋出子雲《逐貧賦》，然文彩過《逐貧》矣。大槩擬前人文章，如子雲《解嘲》擬宋玉《答客難》，退之《進學解》擬子雲《解嘲》，柳子厚《晉問》擬枚乘《七發》，皆文章之美也。晁無咎取公此文於《續楚詞》，系之曰：『愈以屢窮不遭時，若有物焉爲之故，託於鬼譴。彼窮我者，車舡飲食，謝而遠之，而窮不可去也。則燒車與舡，延之上坐，亦卒歸於正之義焉。』」

此篇作年，吕大防、洪興祖、方崧卿《舉正》、《年表》、方成珪繫於元和六年（八一一）。吕譜：「元和六年辛卯，拜職方員外郎。時有《送窮文》。」洪譜：「六年辛卯，行尚書職方員外郎。是年春，公尚在河南，有《送窮文》。正月晦作《送窮文》：『吾與子居四十年餘。』時年四十四。

『太學四年，朝齏暮鹽。』謂元年至四年也。」《舉正》：「元和六年春作，公時尚在河南。唐人無貴賤皆以正月晦日送窮，姚合詩有『萬户千門看，無人不送窮』是也。本事見《文宗備對》。」方譜：「文首明書是年。正月乙丑晦，正月丙申朔。」

〔二〕孫汝聽注：「星者，公之奴名。」

〔三〕祝充注：「糗，去久切，又丘救二切。粻，之良切。糗，熬米。《爾雅》云：『麥也。』《周禮》《天官・冢宰・籩人》：『糗餌粉餈。』粻，糧也。」文讜注：「糗粻，乾糒也。上去九、下陟良切。」

〔四〕文讜注：「軛，轅前也。」孫汝聽注：「軛，車轅之前上掛。『牛繫軛下』言車。」魏仲舉注：「軛，乙革切。」

〔五〕祝充注：「檣，音牆。帆柱也。《選》：『萬里連檣。』」孫汝聽注：「『引帆上檣』言舡也。」

〔六〕祝充注：「粻，音張，糧也。《詩》：以呼其粻。」謹按：《詩・大雅・崧高》：「以峙其粻。」鄭氏箋：「粻。糧。」陸德明《音義》：「粻，音張。」孔穎達疏：「峙具其糧食，謂自京至國，在道所須，令皆預備委積。」糗，乾糧。《左傳》哀公十一年：「國人逐之，故出，道渴，其族轅咺進稻醴粱糗腶脯焉。」杜預注：「糗，乾飯也。」

〔七〕祝充注：「彍，音霍，又廓、郭二音。」文讜注：「言今若以塵爲車，以風爲騎，其去之光疾若飛電也。彍，張弩也。音霍。又，郭、廓二音。唐有彍騎。」韓醇注：「彍，張弩也。」

〔八〕資送，出資送行。《三國志・蜀志・劉璋傳》：「璋資給先主，使討張魯，然後分别。」裴松之注引韋昭《吴書》：「璋以米二十萬斛，騎千匹，車千乘，繒絮錦帛，以資送劉備。」

〔九〕孫汝聽注：「《論語》《鄉黨》：『屏氣似不息者。』屏，藏也。」

〔一〇〕祝充注：「砉，呼覔切，皮骨相離聲。《莊子》《養生主》：『砉然嚮然。』又霍號切。欻，詳勿切。嚘，音憂。」文讜注：「砉欻嚘嚶，皆異聲也。砉，音畫。《莊子·養生篇》曰：『砉然嚮然。』注云：『皮骨相離也。』欻，音許勿切。《説文》曰：『有所吹起也。』嚘，音於求切，歎聲也。嚶，於莖切，鳥聲也。」魏仲舉注：「砉，呼號切。欻，呼骨切。」

〔一一〕蔣抱玄注：「《易經·否·六三》：『包羞。』象曰：『包羞，位不當也。』言所抱承之事皆不堪者之意也。詭隨，不顧是非而妄隨人也。《詩經》《大雅·民勞》：『無縱詭隨。』」

〔一二〕文讜注：「爲陽山令也。」孫汝聽注：「謂謫陽山令時。」

〔一三〕文讜注：「爍，灼也。音式灼切。」

〔一四〕文讜注：「謂爲國子博士也。」孫汝聽注：「謂爲太學博士時。」

〔一五〕孫汝聽注：「言我初無欲行之語。」

〔一六〕祝充注：「不，甫鳩切。」文讜注：「不，方九切。」《考異》：「已，與『以』同。以，又與『與』同。」蔣抱玄注：「『已』同『以』。不，古『否』字。已不，言可數其過失也。」

〔一七〕魏引張曰：「捩，拗捩也。」祝充注：「捩，力結切。」童第德注：「『捩』爲『戾』之後出字。《説文》：『戾，曲也。从犬出户下。戾者，身曲戾也。』段玉裁曰：『了戾、乖戾、很戾，皆其義也。』亦以『刺』爲之，公《調張籍》『刺手拔鯨牙』，義同。」

〔一八〕蔣抱玄注：「觸諱，觸犯忌諱也。《公羊傳》（宣公元年）注：『不親迎者嫌觸諱不成其文也。』」

〔一九〕祝充注：「矯亢，剛直貌。」魏仲舉注：「亢，口浪切。」

〔二〇〕《舉正》：「元次山有《惡圓文》，謂『寧方而阜，不圓爲卿』，公用此也。」

〔二一〕魏引補注：「已上爲智窮，下四窮倣此。」

〔二二〕祝充注：「擿，發也。抉，出也。」魏仲舉注：「擿，它歷切。抉，於決切。」

〔二三〕祝充注：「神，鬼神。」魏仲舉注：「挹，於立切。」

〔二四〕孫汝聽注：「謂不可施於時。」

〔二五〕孫汝聽注：「間，猶說也。」

〔二六〕文讜注：「《青蠅》詩（《詩經·小雅》）曰：營營青蠅。《婢雅》曰：狗，苟也。非田犬者不自摶食，苟食而已。《南史》（《王僧達傳》）：王僧達自負嬌貴，其言不遜。時何尚之致仕，復膺朝命，於宅設八關齋大集朝臣，自行香，次至僧達，曰：願郎且放鷹犬，勿復游獵。僧達答曰：家養一老狗，放無處去，已復還。尚之失色。還，反也。音省宣切。」孫汝聽注：「營，蠅聲。《詩》（《小雅·青蠅》）：『營營青蠅。』」童第德注：「《詩·青蠅》『營營青蠅』，毛傳：『營營，往來貌。』《釋文》：『謍，如字。《説文》謍云：小聲也。』是『謍』有二義：一言其往來；一言其聲，爲『謍』之借字。《左氏》襄十五年『鄭人奪堵狗之妻』，《釋文》：『狗，本作苟。』狗、苟以聲訓，蓋本諸《左氏》。」

〔二七〕洪興祖注：「魏王思性急，嘗執筆作書，蠅集筆端，驅去復來。思怒，逐蠅不得，還乃取筆擲地。」

〔二八〕祝充注：「張曰：跳踉，跳躍也。踉音良。」文讜注：「踉，音郎。」魏仲舉注：「跳，音條。踉，音良。」

〔二九〕《舉正》：「抵掌頓脚失笑相顧，馬永卿曰：此《莊子》所謂『髑髏之深矉蹙頞』者是也。」

〔三〇〕文讜注：「言公之所知，乃凡百平昔吾所爲耳，未聞其大者。今驅我令去，是於小事則黠而大事則癡也。下文即大者。」《舉正》：「《淮南子》：『人不小學，不大迷；不小慧，不大愚。』又《抱朴子》：『凡人多以小黠而大愚，聞延年長生之法，皆爲虚妄，而喜信妖邪。』」魏引補注：「《筆墨間録》曰：予讀《抱朴子》云：『小黠大愚。』駒父曰：非也，小黠大癡，《三國志》自有全文。」

〔三一〕文讜注：「君子小人混同於俗，惟君子之人動出於正。正則俗迕，而後真情乃見。故曰與天通。」

〔三二〕孫汝聽注：「《周禮》（《典瑞》）：『琬圭以治德，琰圭以易行。』《考工記》：『琬圭、琰圭，皆長九寸。』」

〔三三〕魏仲舉注：「飫，厭也。」

〔三四〕文讜注：「琬琰、肥甘，以喻公之學問文章。羊皮、糠糜，以喻爵禄。蓋君子之人重内而輕外，故其責之如此。下文請質詩書是也。」

〔三五〕童第德注：「《詩·大車》：『謂予不信。』作『言』亦自通。」

〔三六〕文讜注：「詩、書，公所述作也。公以詩書獲譴於朝，故云。然自江陵招還，拜國子博士，復以詩書被讒於相國，作《釋言》以解之。」

〔三七〕樊汝霖注：「公此篇終云：『延之上座。』於是段成式作《留窮詞》，近世唐子西作《留窮詩》，二者皆祖公之意而爲之。然成式後又作《送窮辭》焉。」

鱷魚文①〔一〕

維元和十四年四月二十四日②，潮州刺史韓愈使軍事衙推秦濟以羊一猪一投惡谿之潭水③〔二〕，以與鱷魚食。而告之曰：

昔先王既有天下，列山澤④〔三〕，網繩擉刃⑤〔四〕，以除蟲蛇惡物爲民害者⑥，驅而出之四海之外⑦。及後王德薄⑧，不能遠有，則江漢之間尚皆棄之以與蠻夷楚越⑨；況潮嶺海之間[10]，去京師萬里哉？鱷魚之涵淹卵育於此[11]〔五〕，亦固其所。

今天子嗣唐位[12]，神聖慈武[13]。四海之外，六合之内，皆撫而有之。況禹跡所揜，楊州之近地[14]〔六〕，刺史縣令之所治，出貢賦以供天地宗廟百神之祀之壤者哉？鱷魚其不可與刺史雜處此土也[15]。刺史受天子命[16]，守此土，治此民。而鱷魚睅然不安谿潭[17]〔七〕，據食民畜熊豕鹿麞以肥其身[18]〔八〕，以種其子孫，與刺史亢拒爭爲長雄[19]。刺史雖駑弱，亦安肯爲鱷魚低首下心[20]，伈伈睍睍[21]〔九〕，爲民吏羞[22]，以偷活於此邪[23]？且承天子命以來爲吏，固其勢不得不與鱷魚辯[24]。鱷魚有知，其聽刺史[25]。

潮之州，大海在其南〔一〇〕，鯨鵬之大，蝦蟹之細[26]，無不容歸，以生以食[27]，鱷魚朝發而夕至也。今與鱷魚約：盡三日，其率醜類〔一一〕，南徙于海[28]，以避天子之命吏。三日不能，至五日；五日不能，至七日。七日不能，是終不肯徙也[29]，是不有刺史聽從其言也。不然，則是鱷魚冥頑不靈〔一二〕，刺史雖有言，不聞不知也。夫傲天子之命吏，不聽其言，不徙以避之，與冥頑不靈[30]，爲民物害者皆可殺。刺史則選材技吏民[31]，操彊弓毒矢[32]，以與鱷魚從事，必盡殺乃止。其無悔。

【彙校】

①〔鱷魚文〕洪譜、文本、方崧卿《年表》題上多一「祭」字，洪邁《容齋五筆》卷五引作「祝鱷魚文」，方崧卿《增考》引作「逐鱷魚文」。蔣抱玄注：「此爲檄文，或加『祭』字者大非。」潮本「鱷」作「鰐」，下文同；祝本同潮本。《舉正》出南宋監本「鱷魚文」。朱熹從方本，《考異》：「鱷，或作『鰐』。」謹按：「鰐」、「鱷」均「𧊜」之俗體。《說文》：「𧊜，佀蜥易，長一丈。水潛，吞人即浮，出日南也。从虫屰聲。吾各切。」段注：「劉注《吴都賦》曰：『《異物志》云：鰐魚長二丈餘，有四足，似鼉，喙長三尺，甚利齒，虎及大鹿渡水，鰐擊之皆中斷。生子則出在沙上乳卵，卵如鴨子，亦有黄白，可食，其頭琢去齒，旬日閒更生。廣州有之。』按：據劉注，則不必日南郡乃有其物也。俗作蛶、鰐、鱷。」《玉篇》：「鱷，午各切，魚名。鰐，同上。」今從文本。

②〔元和十四年四月二十四日〕《舉正》訂「年月日」三字，作「維年月日」，云：「杭、蜀本同，謝本從上；今本皆作『維元和十四年四月二十四日』。」《增考》：「《謝表》及《祭神文》皆止云『今月』，而《逐鱷魚文》正本皆但云『年月日』。則公之到郡，實不知何月日也。況自韶至廣雖爲順流，而自廣之惠，自惠之潮，水陸相半，要非旬日可到。故公《表》亦云：『自潮至廣，來往動皆經月。』則公到郡，決非三月。而逐鱷魚亦未必在四月二十四日也。」朱熹從方本，《考異》：「或作『維元和十四年四月二十四日』。」

③〔使軍事〕祝本「軍」上多一「州」字。

④〔列山澤〕祝本注：「列，一本作『迾』。」《類聚》「列」作「烈」。《舉正》出南宋監本「列山澤」，云：「杭、蜀本同。《新史》作『迾』，力制切，遮道也；潮本作『烈』。《孟子》『益烈山澤而焚之』；校本一作『别』。」謹按：今潮本作「列」。《考異》：「列，《新書》作『迾』。」

⑤〔網繩擉刃〕潮本「擉」作「檧」。祝本注：「擉，一本作『檧』。」文本注：「《辯證》以『網』作『綱』，『擉』作『檧』，誤矣。」魏本注：「擉，初朔切。一本作『檧』。檧，木名，時燭切，非是。」《舉正》訂「罔」、「擉」二字，作「罔繩擉刃」，云：「擉從手，《莊子》『擉鱉』，言刺也。杭本從上，蜀本作『檧』，非。字書『網』只作『罔』，以《新史》校。」朱熹從方本，《考異》：「罔，或作『網』，或作『綱』。」今從祝本。

⑥〔爲民害〕南宋蜀本「民」下多一「物」字。

⑦〔四海之外〕南宋蜀本無「之」字。《舉正》出南宋監本「四海之外」，據閣、蜀本删「之」字，云：「李、謝删，《新史》有『之』字。」朱熹從監本，《考異》：「方無『之』字。」

⑧〔及後王〕文本無「及」字。潮本無「後」字，祝本同。《舉正》出南宋監本「及王德薄不能遠有」，據閣本删「王」字，云：「《新史》、李、謝並從上，蜀本作『及後王德薄』。『德薄不能遠達』，《漢·文紀》語。」《考異》：「方無此（後王）二字。」今從文本。

⑨〔以與蠻夷〕《舉正》出南宋監本「以與蠻夷」，云：「閣本無『蠻』字，《新史》及蜀本有之。」《考異》：「或無『蠻』字。」

⑩〔況潮嶺海〕潮本無「潮」字，祝本、文本、魏本同。魏本注：「嶺海，一作『海嶺』。」《舉正》據閣本訂「湖嶺」二字，作「況湖嶺之間」，云：「《新史》同。杭本作『潮嶺』，蜀本作『況潮嶺海之間』。」朱熹訂作「況潮嶺海之間」，《考異》：「潮，方作『湖』，而無『海』字。或作『嶺海』而併無『潮湖』字。今按：此言潮州乃嶺海之間，去京師遠也。但公於潮州亦有《祭太湖神文》，則只作『湖嶺』亦通，更詳之。」今從南宋蜀本。

⑪〔之涵淹卵育於此〕文本無「之」、「於此」三字，注：「一有『之』字。一有『於此』。」

⑫〔今天子〕《舉正》出南宋監本「今天子嗣唐位」，云：「杭、蜀、《新史》皆同。閣本作『天子今嗣唐位』。」《考異》：「『今』字，閣本在『子』下，非是。」

⑬〔神聖慈武〕魏本注：「慈，一作『文』。」南宋蜀本「慈」作「文」。

⑭〔楊州〕文本、王本、廖本「楊」作「揚」。

⑮〔雜處此土〕文本無「處」字，注：「一有『處』字。」

⑯〔天子命〕潮本注：「命，一作『令』。」文本、魏本注同。

⑰〔不安谿潭〕潮本注：「一無『不』字。」魏本注：「一無『不』字。『潭』下有『而』字。」《舉正》：「蜀本作『不下安溪潭』。《左氏》『睅其目』，睅，目出貌。曾本『不』作『而』。」《考異》：「『不』下或有『下』字。『不』或作『而』。今按：此恐有脱誤。疑當云『睅然不去，據溪潭，食民畜』云云，乃是更詳之。」

⑱〔據食〕潮本「據」下注：「一有『處』字。」祝本、文本、魏本注同。南宋蜀本「據」下多一「處」，注：「一無『處』字。」《舉正》增「處」字，云：「杭、蜀、《新史》並有『處』字。」朱熹從方本，《考異》：「或無『處』字。今按：此恐有脱誤。疑當云『睅然不去，據溪潭，食民畜』云云，乃是更詳之。」

⑲〔亢拒〕《舉正》出南宋監本「與刺史亢拒爭爲長雄」，云：「《新史》無『亢』字，《漢・薛宣傳》：上黨少豪俊易長雄。」《考異》：「或無『亢』字。」

⑳〔低首下心〕南宋蜀本注：「低首下心，一作『低而下哉』。」祝本、魏本「心」作「中」。洪興祖注：「舊本作『下中』。中，身也。《記》曰：『文子其中退然。』今本作『下心』，又有『哉』字。」《舉正》訂「中」字，作「低首下中」，云：「閣

本、杭本同。洪曰：中，身也。《禮》曰：『文子其中退然。』按《國語》『余左執鬼中』，注：『中，身也，言制服其身。』亦引《禮記》此文。」朱熹從方本，《考異》：「心，或作『身』，方作『中』。今按：二本皆通。然意《新史》作『心』爲近，故從之。」

㉑〔伈伈睍睍〕《舉正》出南宋監本「伈伈睍睍」，云：「伈伈，《廣雅》曰：『懼也。』睍睍，一作『覞覞』，蓋以『睍』義太不近也。一曰：『睍睍』當作『晥晥』。《莊子》『晥晥然在纆繳之中』，字書：晥晥，窮視貌。《石鼎聯句》亦見，當以『晥晥』爲正。」《考異》：「睍，目出貌。本或作『覞』。覞，息咨反，視也。今按：恐當作『晥』爲是。」方成珪注：「《集韻》上聲四十七寑：『伈，斯荏切，懼也。』又去聲五十二沁：『沁，七鴆切，恐也。』兩音皆通。睍，當從《集韻》去聲三十二霰訓目小，形甸切。若據《説文》訓『出目』或校本作『晥』訓『窮視』，皆與上文『低首下心』意不貫。朱子謂當作『晥晥』，恐不其然。本或作『睍』之『睍』，當從《舉正》作『覞』。《廣韻》七之：『覞，息兹切，覷也。』《集韻》：『新兹切。《博雅》：視也，一曰竊見。』竊見之訓亦含恐懼意，則作『覞』字通。」童第德注：「《莊子·天地篇》：『晥晥然在纆繳之中。』《釋文》：『晥晥，一曰眠目貌。』眠目，即瞑目，與『低首下中』意合。古朱子云當作『晥』。又案：《説文》：『睍，出目也。』段玉裁曰：『《邶風》『睍晥黄鳥』，毛曰：『睍晥，好貌。』《韓詩》有『簡黄鳥』。疑毛作『睍睍』，韓作『簡』。晥，《説文》無。』按：段説是。《詩》『睍晥』即『睍睍』之形訛，『晥晥』即『睍睍』也。」

㉒〔民吏〕文本、《文髓》「民吏」作「吏民」。文本注：「吏民，一作『民吏』。」

㉓〔於此邪〕潮本、文本、南宋蜀本「邪」作「也」。潮本注注：「也，一作『邪』。」文本、南宋蜀本注同。《舉正》據蜀本訂作「也」，云：「《新史》同，李、謝校。」朱熹從監本，《考異》：「邪，方作『也』。」

㉔〔與鱷魚辯〕王本、廖本「辯」作「辨」。

㉕〔其聽刺史〕潮本「史」下多一「言」字，祝本、文本、南宋蜀本、魏本同。《舉正》出南宋監本「其聽刺史言」，據閣本删「言」字，云：「《新史》、李、謝皆删。」朱熹從監本，《考異》：「方無『言』字。」今從方本。

㉖〔蝦蟹〕祝本「蟹」作「蠏」。

㉗〔以食〕《文髓》「食」作「養」。

㉘〔徙于海〕祝本「徙」訛作「徒」。

㉙〔是終〕文本「是」上注：「一有『至』字。」

㉚〔與冥頑不靈爲民物害者〕潮本「與」下注：「一有『其』字。」文本注同。祝本「靈」下注「一有『而』字。」魏本注：「一本『與』下有『其』字，『靈』下又有『而』字。」文本、南宋蜀本有「而」字，文本注：「一無『而』字。」《舉正》出南宋監本「與冥頑不靈而爲民物害者」，據杭本删「而」字，云：「謝删，《新史》無『冥』字。」朱熹從監本，《考異》：「或無『冥』字。方無『而』字。」

㉛〔材技吏民〕《舉正》出南宋監本「選材技吏民」，云：「閣本與《新史》皆無『吏』字。」《考異》：「或無『吏』字。」

㉜〔彊弓〕祝本、文本、南宋蜀本、魏本、王本、廖本「彊」作「强」。《舉正》出南宋監本「操强弓毒矢」，云：「謝本『操』作『摻』，自古本也。晉人書『操』作『摻』，今法帖中『王操之』皆作『王摻之』是也。蓋草書『喿』本與『參』同形故也。」

【箋注】

〔一〕魏引補注：「朱居靖公《秀水閑居録》云：鱷魚之狀，龍吻虎爪，蟹目鼉鱗，尾長數尺，末大如箕，芒刺成鉤，仍有膠粘，多於水濱潛伏。人畜近，以尾擊取，蓋猶象之任鼻也。」樊汝霖注：「《新》《舊》傳皆載公此文。初，公至潮，問民疾苦，皆曰：『惡谿有鱷魚，食民産且盡。』數日，公令其屬秦濟以一羊一豚投谿水而祝之。其夕，有暴風震雷起湫水中。數日水盡涸，西徙六十里，自是潮州無鱷魚患。《潮州廟記》所謂能『馴鱷魚之暴』者，此也。歐陽文忠作《陳文惠公神道碑》，書公通判潮州，惡谿鱷魚不可近，公命捕得，鳴鼓於市，告以文而戮之，其患并息。潮人歎曰：昔韓公諭鱷而聽，今公戮鱷而罹。所爲雖異，其使異物醜類革化而利人一也。吾潮間三百年而得二公，幸矣。古之爲政有虎渡河者，蝗不入境者，蓋其精神所感，若此類也耶？」

此篇作年，程俱、洪興祖、方崧卿《年表》、《增考》、方成珪、蔣抱玄均繫於元和十四年（八一九）。程譜：「十四年正月，憲宗迎佛骨於鳳翔，愈疏諫，貶潮州刺史。潮有鱷魚患，愈訓以文，鱷徙去。」洪譜：「十四年己亥：四月二十四日有《祭鱷魚文》。」

〔二〕孫汝聽注：「惡谿，谿名，在潮州城西，蓋龍湫也。」

〔三〕孫汝聽注：「《孟子》（《滕文公上》）：『舜使益掌火，益列山澤而焚之。』烈，乾也。迾，遮也。迾音旅際切，非是。」

〔四〕祝充注：「擉，謂以叉刺泥中搏取之也。《莊子》（《則陽》）『冬則擉鼈於江』是也。」文讜注：「網繩擉刃，言結繩爲網，利刃以刺也。擉，刺也，音側角切。」

〔五〕涵淹，潛藏。此語始見韓文，後人亦多採用者。如宋李覯《太平院浴室記》：「涵淹肌髓，繫絡心脊。」(《盱江集》卷二十四)王安石《和平甫舟中望九華山二首》：「草樹萋已緑，冰霜尚涵淹。」(《臨川文集》卷十二)周必大《五月南山蛟壞民田百畝胡英彦有詩次韻》：「旌陽昔屠蛟，勳塞天宇大。涵淹此遺種，千歲不悔過。」(《文忠集》卷四)

〔六〕文讜注：「《通典》曰：『潮州，古揚州之西郡，漢南海郡之東境。』」孫汝聽注：「潮州於古爲揚州之境。」

〔七〕祝充注：「睅，目出貌。《左氏》『睅其目』是也。」文讜注：「睅，出目貌。音户板切。《左傳》(宣公二年)：宋人謳曰睅其目。』」

〔八〕文讜注：「麞，麋屬。音諸良切。《古今注》卷中(《鳥獸第四》)：『麞有牙而不能囓，鹿有角而不能觸。』麞，一名麕。青州人謂麕爲麞。」

〔九〕祝充注：「伈，悉枕切。晛，下顯切。《玉篇》：『伈伈，恐貌。』晛，小目貌。」文讜注：「伈，音斯甚切。晛，音下顯切。」

〔一〇〕文讜注：「潮州南至大海八十五里。」

〔一一〕祝充注：「魄，亦類也。」

〔一二〕魏仲舉注：「冥，暗也。」

卷二十七

（原本卷三十七）此卷以潮本爲底本，以祝本、文本、南宋蜀本、魏本對校。

唐故金紫光禄大夫檢校尚書左僕射同中書門下平章事兼汴州刺史充宣武軍節度副大使知節度事管内支度營田汴宋亳潁等州觀察處置等使上柱國隴西郡開國公贈太傅董公行狀①〔一〕

曾祖仁琬皇任梁州博士②〔二〕。

祖大禮皇贈右散騎常侍③〔三〕。

父伯良皇任開州新浦縣主簿、皇贈尚書左僕射④〔四〕。

公諱晉，字混成，河中虞鄉萬歲里人⑤〔五〕。少以明經上第〔六〕。宣皇帝居原州⑥〔七〕，公在原州，宰相以公善爲文任翰林之選聞⑦。召見，拜秘書省校書郎〔八〕，入翰林爲學士〔九〕。三年，出入左右。天子以爲謹愿〔一〇〕，賜緋魚袋，累升爲衛尉寺丞⑧〔一一〕。出翰林，以疾辭，拜汾州司馬〔一二〕。崔圓爲楊州⑨〔一三〕，詔以公爲圓節度判官，攝殿中侍御史⑩〔一四〕。以軍事如京師朝⑪〔一五〕，天子識之，拜殿中侍御史內供奉〔一六〕。由殿中爲侍御史〔一七〕，入尚書省爲主客員外郎〔一八〕，由主客爲祠部郎中〔一九〕。

先皇帝時，兵部侍郎李涵如迴紇立可敦⑫〔二〇〕。詔公兼侍御史賜紫金魚袋，爲涵判官⑬〔二一〕。迴紇之人來曰⑭：「唐之復土疆⑮，取迴紇力焉⑯〔二二〕。約我爲市馬，馬既入⑰，而歸我賄不足。我於使人乎取之。」⑱涵懼，不敢對，視公。公爲之言曰⑲：「我之復土疆，爾信有力焉。吾非無馬，而與爾爲市⑳，爲爾賜不已多乎㉑？爾之馬歲五至㉒，吾數皮而歸資㉓〔二三〕。邊吏請致詰也〔二四〕，天子念爾有勞，故下詔禁侵犯㉔。諸戎畏我大國之爾與也㉕，莫敢校焉。爾之父子寧而畜馬蕃者，非我誰使之？」於是其衆皆環公拜㉖，既又相率南面序拜，皆兩舉手曰㉗：「不敢復有意於大國。」㉘自迴紇歸，拜司勳郎中〔二五〕，未嘗言迴紇之事。遷秘書少監〔二六〕，歷太府、太常二寺亞卿〔二七〕，爲左金吾衛將軍〔二八〕。

今上即位〔二九〕，以大行皇帝山陵出財賦拜太府卿㉙〔三〇〕。由太府爲左散騎常侍兼御史中丞知臺事三司使〔三一〕。選擢才俊㉚，有威風。始，公爲金吾。未盡一月㉛，拜太府。九日㉜，又爲中丞，朝夕入議事㉝。於是宰相請以公爲華州刺史，拜華州刺史潼關防禦鎮國軍使〔三二〕。朱泚之亂㉞，加御史大夫㉟〔三三〕。詔至於上所〔三四〕，又拜國子祭酒兼御史大夫㊱〔三五〕，宣慰恒州〔三六〕。於是朱滔自范陽以回紇之師助亂，人心大恐㊲。公既至恒州㊳，恒州即日奉詔㊴，出兵與滔戰，大破走之。還至河中〔三七〕，李懷光反，上如梁州〔三八〕。懷光所率皆朔方兵，公知其謀與朱泚合也，患之。造懷光言曰：「公之功天下無與敵㊵，公之過未有聞於人。某至上所，言公之情。上寬明，將無不赦宥焉。乃能爲朱泚臣乎㊶？彼爲臣而背其君，苟得志㊷，於公何有？且公既爲太尉矣，彼雖寵公，何以加此？彼不能事君，能以臣事公乎？公能事彼而有不能事君乎？彼知天下之怒，朝夕戮死者也，故求其同罪而與之比㊸，公何所利焉？公之敵彼有餘力，不如明告之絶，而起兵襲取之，清宫而迎天子〔三九〕，庶人服而請罪有司㊹。雖有大過猶將揜焉㊺，如公則誰敢議？」㊻語已，懷光拜曰：「天賜公活懷光之命！」喜且泣，公亦泣。則又語其將卒如語懷光者㊼，將卒呼曰：「天賜公活吾三軍之命！」拜且泣，公亦泣。故懷光卒不與朱泚。當是時，懷光幾不反。公氣仁，語若不能出口。及當事，乃更疎亮捷給。其詞忠，其容貌温然。故有言於人，無不信㊽。

明年，上復京師〔四〇〕，拜左金吾衛大將軍。由大金吾爲尚書左丞〔四一〕，又爲太常卿〔四二〕。由太常拜門下侍郎平章事〔四三〕。在宰相位凡五年，所奏於上前者，皆二帝三王之道，由秦漢已降未嘗言㊾。退歸，未嘗言所言於上者於人㊿。子弟有私問者，公曰：「宰相所職繫天下(51)。天下安危(52)，宰相之能與否可見。欲知宰相之能與否，如此視之其可。

凡所謀議於上前者，不足道也。」故其事卒不聞〔四四〕。以疾病辭於上前者不已[53]，退以表辭者八[54]，方許之。拜禮部尚書〔四五〕。制曰：「事上盡大臣之節。」又曰：「一心奉公。」於是天下知公之有言於上也。

初，公爲宰相，時五月朔會朝，天子在位，公卿百執事在廷[55]，侍中贊，百僚賀[56]。中書侍郎平章事竇參攝中書令〔四六〕，當傳詔[57]，疾作不能事。凡將大朝會[58]，當事者既受命，皆先日習儀。于時未有詔，公卿相顧。公逡巡進，北面言曰「攝中書令臣某病不能事，臣請代某事。」於是南面宣致詔詞，事已復位[59]，進退甚詳〔四七〕。爲禮部四年，拜兵部尚書〔四八〕。入謝[60]，上語問日晏[61]。復有入謝者，上喜曰：「董某入[62]，疾且損矣。」出語人曰：「董公且復相。」既二日，拜東都留守判東都尚書省事，充東都畿汝州防禦使兼御史大夫[63]〔四九〕，仍爲兵部尚書。由留守未盡五月[64]，拜檢校尚書左僕射同中書門下平章事汴州刺史宣武軍節度副大使知節度事管内支度營田汴宋亳潁等州觀察處置等使[65]〔五〇〕。

汴自大曆來多兵事[66]，劉玄佐益其師至十萬[67]〔五一〕。玄佐死，子士寧代之[68]〔五二〕，畋遊無度[69]。其將李萬榮乘其畋也逐之〔五三〕。萬榮爲節度一年[70]，其將韓惟清、張彦林作亂，求殺萬榮不剋[71]〔五四〕。三年，萬榮病風，昏不知事。其子廼復欲爲士寧之故[72]〔五五〕，監軍使俱文珍與其將鄧惟恭執之歸京師〔五六〕。而萬榮死〔五七〕，詔未至，惟恭權軍事。公既受命，遂行。劉宗經、韋弘景、韓愈實從，不以兵衛。及鄭州，逆者不至。鄭州人爲公懼，或勸公止以待。有自汴州出者言於公曰：「不可入。」公不對，遂行。宿圃田〔五八〕，明日食中牟[73]〔五九〕。逆者至，宿八角[74]〔六〇〕。明日，惟恭及諸將至[75]，遂逆以入。及郛[76]，三軍緣道讙聲，庶人壯者呼，老者泣，婦人啼。遂入以居[77]〔六一〕。

初，玄佐死[78]，吴湊代之〔六二〕。及鞏，聞亂歸〔六三〕。士寧[79]、萬榮皆自爲而後命[80]，軍士將以爲常，故惟恭亦有志。以公之速也，不及謀，遂出逆。既而私其人，觀公之所爲。以告曰：「公無爲。」惟恭喜，知公之無害己也，委心焉〔六四〕。進見公者，退皆曰：「公，仁人也。」聞公言者皆曰：「公，仁人也。」環以相告，故大和[81]〔六五〕。

初[82]，玄佐遇軍士厚；士寧懼，復加厚焉[83]；至萬榮，如士寧志；及韓、張亂，又加厚以懷之；至于惟恭，每加厚焉。故士卒驕不能禦[84]〔六六〕，則置腹心之士幕于公庭廡下[85]，挾弓執劍以須〔六七〕。日出而入，前者去；日入而出，後者至。寒暑時至，則加勞賜酒肉。公至之明日[86]〔六八〕，皆罷之，貞元十二年七月也。八月，上命汝州刺史陸長源爲御史大夫行軍司馬〔六九〕，楊凝自左司郎中爲檢校吏部郎中觀察判官[87]〔七〇〕，杜倫自前殿中侍御史爲檢校工部員外郎節度判官[88]〔七一〕，孟叔度自殿中侍御史爲檢校金部員外郎支度營田判官〔七二〕。職事修[89]，人俗化[90]，嘉禾生[91]，白鵲集，蒼烏來巢[92]，嘉瓜同蔕聯實[93]。四方至者歸以告其帥，小大咸懷[94]。有所疑，輒使來問。有交惡者，公與平之。累請朝[95]，不許。及有疾，又請之。且曰：「人心易動，軍旅多虞。及臣之生計不先定，至于他日[96]，事或難期。」猶不許。十五年二月三日薨于位[97]。上三日罷朝，贈太傅。使吏部員外郎楊於陵來祭弔其子〔七三〕，贈布帛米有加。公之將薨也，命其子三日斂，既斂而行[98]。於行之四日，汴州亂〔七四〕，故君子以公爲知人[99]〔七五〕。

公之薨也，汴人歌之曰[100]：「濁流洋洋，有闞其郛。闐道讙呼，公來之初。今公之歸，公在喪車。」又歌曰：「公既來止[101]，東人以完[102]。今公殁矣，人誰與安？」[103]始，公爲華州[104]，亦有惠愛，人思之。公居處恭〔七六〕，無妾媵，不飲酒，不諂笑，好惡無所偏。與人交，泊如也〔七七〕，未嘗言兵[105]。有問者，曰：「吾志於教化。」享年七十六，階累升爲金紫光禄大夫，勳累升爲上柱國，爵累升爲隴西郡開國公。

娶南陽張氏夫人[106]，後娶京兆韋氏夫人，皆先公終。四子全道、溪[107]、全素、澥[108]。全道、全素皆上所賜名[109]。全道爲秘書省著作郎[110]〔七八〕，溪爲秘書省秘書郎〔七九〕，全素爲大理評事[111]〔八〇〕，澥爲太常寺太祝[112]〔八一〕。皆善士，有學行。謹具歷官行事狀，伏請牒考功[113]，并牒太常，議所謚；牒史館，請垂編録[114]。謹狀[115]。

貞元十五年五月十八日，故吏前汴宋亳潁等州觀察推官將仕郎試秘書省校書郎韓愈狀。

【彙校】

①〔唐故金紫光禄大夫檢校尚書左僕射同中書門下平章事兼汴州刺史充宣武軍節度副大使知節度事管内支度營田汴宋亳潁等州觀察處置等使上柱國隴西郡開國公贈太傅董公行狀〕此篇又載《文苑英華》卷九百七十六，據校。

潮本無「唐」字，南宋蜀本、魏本、王本、廖本同。苑本無「唐故」二字，朱熹本同。潮本無「支度」二字，南宋蜀本同；苑本「支度」作「度支」。苑本、祝本、魏本「潁」作「穎」。南宋蜀本無「州」字。苑本「公」下多一「晉」字。文本僅存「贈太傅董公行狀」七字。《舉正》出南宋監本「贈太傅董公行狀」，云：「蜀本題内無『度支』字，謝本同。」《考異》：「題中或無『支度』二字。」今從祝本。

②〔梁州博士〕《舉正》據蜀本增「州」字，作「梁州博士」，云：「謝校，《世系表》亦作『梁州博士』。」

③〔右散騎常侍〕祝本、文本、魏本「右」作「左」。《舉正》據蜀本訂作「右」，云：「謝校。」朱熹從方本。

④〔父伯良皇任開州新浦縣主簿皇贈〕潮本無「皇任開州新浦縣主簿」九字，苑本、祝本、文本、南宋蜀本、魏本、王本、廖本同。謹按：《新唐書·宰相世系表五下》載：「伯良，新浦主簿。」今從魏本。

⑤〔萬歲里〕廖本無「歲」字。方成珪注：「『萬』下脱『歲』字。」高步瀛注：「世綵堂本『里』上脱『歲』字。東雅堂本承其誤。他本皆有，《文苑》同。」

⑥〔宣皇帝〕魏本注：「宣，一作『先』。」文本「宣」作「先」，注：「先，一作『宣』。」《舉正》出南宋監本「宣皇帝」，云：「肅宗也。先帝，代宗也。今上，德宗也。」

⑦〔翰林之選聞〕苑本「選」下注：「集有『既以』二字。」潮本「選」下多「既以」二字，祝本、文本、南宋蜀本、魏本同。《舉正》出南宋監本「既以聞召見拜秘書省校書郎」，據閣本删「既以」二字，云：「杭同，李、謝删。」朱熹從方本，《考異》：「『選』下或有『既以』字。」今從苑本。

⑧〔累升爲〕苑本「升」作「昇」。

⑨〔爲楊州〕王本、廖本「楊」作「揚」。

⑩〔侍御史〕南宋蜀本無「史」字。

⑪〔如京師朝〕苑本無「朝」字。

⑫〔如迴紇〕文本、王本、廖本「迴」作「回」。

⑬〔詔公兼〕苑本無「公」字。

⑭〔迴紇之人〕王本、廖本「迴」作「回」，下同。

⑮〔復土疆〕王本、廖本「疆」作「壃」。高步瀛注：「『壃』與『疆』字同。《説文》曰：『畺，界也。』重文作『疆』。」

⑯〔取迴紇力〕苑本、文本、南宋蜀本、魏本「取」作「假」。文本注：「假，一作『取』。」魏本注同。苑本注：「假，集作『取』。」

⑰〔約我爲市馬馬既入〕朱熹删複出「馬」字，《考異》：「『市』字絶句。方以『馬』字屬上句，而複出『馬』字，連下文爲句，非是。」謹按：《舊唐書·蕭昕傳》紀其事，作「唐國奈何市馬而失信，不時歸價」。《舊唐書·回紇傳》記唐與回紇互市事：「乾元之後，屢遣使以馬和市繒帛。」可見安史亂後唐作爲酬謝回紇所開放的互市，僅限於馬市。「約我爲市馬」，準確界定了這一交易的性質。而「約我爲市」，則泛指互市，即廣義的邊境貿易，不確。朱熹誤。無本改字，尤爲不妥。

⑱〔於使人乎取之〕潮本注：「乎，一作『卒』。」祝本、文本、南宋蜀本注同。魏本「乎」作「卒」，注：「卒，一作『乎』。」

⑲〔公爲之言〕《舉正》據蜀本訂「爲」作「與」，云：「謝校。」朱熹從方本，《考異》：「與，或作『爲』。」

⑳〔而與爾爲市〕魏本注：「一無『而』字。」潮本無「而」字，祝本、文本、南宋蜀本同。潮本「馬」下注：「一有『而』字。」祝本注同。《舉正》出南宋監本「與爾爲市」，云：「李本語上校增『而』字。」朱熹增「而」字，《考異》：「方無『而』字。」今從苑本。

㉑〔爾賜不已〕王本、廖本無「爾」字。文本注：「已，一作『既』。」潮本「已」作「既」，苑本、祝本、南宋蜀本、魏本、王本、廖本同。今從文本。

㉒〔歲五至〕潮本注：「一無『五』字。」祝本、魏本注同。《舉正》南宋監本「爾之馬歲五至」，云：「舊本皆同上。」朱熹删「五」字。

㉓〔吾數皮〕文本注：「一無『吾』字。」魏本注同。潮本無「吾」字，苑本、祝本同。潮本注：「一有『吾』字。」祝本注同。苑本注：「集有『吾』字。」《舉正》南宋監本「數皮而歸資」，云：「舊本皆同上。」朱熹增「吾」字，《考異》：「方

『至』上有『五』字，而無『吾』字，皆非是。」今從文本。

㉔〔故下詔〕苑本無「故」字，注：「集有『故』字。」《舉正》出南宋監本「故下詔」，據閣本删「故」字，云：「杭同，李、謝删。」朱熹從監本，《考異》：「方無『故』字。」

㉕〔諸戎畏我〕南宋蜀本脱「畏」字。

㉖〔於是其衆〕《考異》：「或無『其』字。」

㉗〔兩舉手〕潮本「兩舉」作「舉兩」，祝本、文本、南宋蜀本、魏本同。《舉正》出南宋監本「皆舉兩手」，乙「舉兩」作「兩舉」，云：「杭、蜀本同，此用《莊子·盗跖》『大怒兩展其足』是也。」朱熹從方本，《考異》：「兩舉，或作『舉兩』。」今從苑本。

㉘〔復有意於大國〕潮本無「復」、「於」二字，祝本、文本、南宋蜀本、魏本同。朱熹「敢」下增一「復」字，無「於」字，《考異》：「方無『復』字。」今從苑本。

㉙〔帝山陵〕南宋蜀本「山」作「之」。

㉚〔選擢才俊〕魏本無「選」字。「才」，潮本作「少」，祝本作「材」。今從苑本。

㉛〔未盡一月〕文本「未」下注：「一有『始』字。」苑本「未」作「始」，注：「始，集作『未』。」《舉正》據閣、杭本訂「始」字，作「始盡一月」。朱熹從監本，《考異》：「未，方作『始』。」

㉜〔九日〕句上苑本多「由太府」三字，注：「集無此三字。」

㉝〔朝夕入〕魏本「夕」作「久」。

㉞〔拜華州刺史潼關〕苑本無「拜華州刺史」五字。

㉟〔加御史〕魏本「加」下多一「兼」字，注：「一本無『兼』字。」

㊱〔國子祭酒〕苑本「國子」下多一「監」字。

㊲〔人心大恐〕苑本無「心」字，注：「人，集作『心』字。」《舉正》出南宋監本「人心大恐」，據閣、杭本刪「心」字，云：「蜀本作『人心恐』，無『大』字。」朱熹從方本，《考異》：「『人』下或有『心』字，或有『心』字無『大』字。」

㊳〔既至恒州〕苑本「既」下多一「出」字。

㊴〔恒州即日奉詔〕苑本無複出「恒州」二字。

㊵〔天下無與敵〕潮本「無」下多一「以」字，祝本、文本、魏本同。《舉正》出南宋監本「天下無以與敵」，刪「以」字，云：「杭、蜀同，李、謝刪。」朱熹從方本，《考異》：「『無』下或有『以』字。」今從苑本。

㊶〔朱泚臣〕苑本「泚」下多一「之」字。

㊷〔苟得志〕苑本「得」作「能」，注：「能，集作『得』。」

㊸〔故求其同罪〕祝本注：「一無『故』字。」文本、魏本注同。潮本無「故」字，南宋蜀本同。潮本注：「一有『故』字。」《考異》：「或無『故』字。」今從苑本。

㊹〔請罪有司〕祝本「罪」下注：「一有『於』字。」魏本注同。南宋蜀本「罪」上多一「於」字。文本「罪」下多一「於」字，注：「一無『於』字。」《舉正》出南宋監本「庶人服而請罪有司」，云：「蜀本作『於有司』，非也。」《考異》：「『罪』下或有『於』字。」

㊺〔猶將揜焉〕苑本「揜」作「掩」。

㊻〔則誰敢議〕苑本「誰」作「雖」。

㊼〔語其將卒〕苑本、魏本「語」下多一「於」字。

㊽〔無不信〕苑本注：「信，集作『之』字。」潮本「信」下多一「之」字，祝本、文本、魏本同。《舉正》出南宋監本「無不信之」，删「之」字，云：「三本皆删。陳齊之云：此敍回紇、李懷光二事，似《左氏》文字。」朱熹從方本，《考異》：「『信』下或有『之』字。」今從苑本。

㊾〔秦漢已降〕《舉正》據蜀本訂「已」作「以」。朱熹從方本，《考異》：「以，或作『已』。」

㊿〔未嘗言所言〕文本「未嘗」作「未常」。

51〔職繫天下〕《考異》：「『天下』句。」

52〔天下安危〕《考異》：「或無此複出〔天下〕二字。」

53〔辭於上前者不已〕潮本注：「已，一作『記』。」魏本注同。苑本、祝本、文本、南宋蜀本「已」作「記」。祝本注：「記，一作『已』。」文本注同。苑本注：「記，集作『已』。」朱熹訂作「記」，《考異》：「記，或作『已』。」

54〔以表辭〕魏本「表」作「美」。

55〔百執事在廷〕苑本、祝本、南宋蜀本、魏本「廷」作「庭」。童第德注：「古『庭』、『廷』通用。《詩·閔予小子》『陟降庭止』，《漢書·匡衡傳》作『陟降廷止』，是其例。」

㊻〔百僚賀〕祝本、南宋蜀本、魏本「僚」作「寮」。

㊼〔當傳詔〕潮本「詔」下多一「辭」字，祝本、文本、南宋蜀本、魏本同；苑本「辭」作「詞」。《舉正》出南宋監本「辭疾作不能事」，據蜀本删「辭」字。朱熹從方本，《考異》：「上或有『辭』字，非是。」今從方本。

㊽〔將大朝會〕苑本「大」下多一「臣」字。

㊾〔事已復位〕苑本無「事」字。

㊿〔入謝〕苑本「謝」下多一「遷」字。《舉正》據閣本「謝」下增一「遷」字，云：「蜀本無『遷』字。」朱熹從監本，《考異》：「『謝』下方有『遷』字。」

(61)〔上語問日晏〕苑本注：「『問』字，集本作『移時』。」潮本「問日」作「移時」，祝本、文本、魏本同。文本注：「移時，一作『問曰』。」南宋蜀本作「問曰」，注：「問曰，一作『移時』。」《舉正》據閣本訂「問日」二字，作「上語問日晏」，云：「杭同；蜀本同。」朱熹從方本，《考異》：「『問日晏』三字或作『移時』。」今從苑本。

(62)〔董某入〕潮本無「入」字，祝本、文本、南宋蜀本、魏本、王本、廖本同。今從苑本。

(63)〔充東都畿汝州防禦使〕南宋蜀本「充」訛作「先」。潮本無「州」字，苑本、祝本、文本、魏本同。苑本「汝」下注：「蜀本有『州』字。」《舉正》據蜀本「汝」下增一「州」字，云：「考《舊傳》當有『州』字。」朱熹從方本，《考異》：「或無『州』字。」今從方本。

(64)〔由留守〕《考異》：「或無『由』字。」

(65)〔亳潁等州〕苑本「支度」作「度支」。苑本、祝本、文本、魏本、王本、廖本「潁」作「穎」，下同。

⑯〔汴自大曆來〕魏本「汴」下無「州」字。祝本、魏本、南宋蜀本「曆」作「歷」。

⑰〔至十萬〕苑本「萬」下多一「人」字，注：「袁本無『人』。」

⑱〔士寧代之〕苑本「士」訛作「仕」。祝本注：「代之，一作『畋遊』。」潮本無「之」字，注：「代，一作『畋遊』。」今從苑本。

⑲〔畋遊無度〕魏本注：「一本無『畋遊』二字，『度』作『幾』。」潮本無「畋遊」二字，祝本、文本、南宋蜀本同。祝本注：「一有『畋遊』二字。」文本、南宋蜀本「度」作「幾」。文本注：「無幾，一作『畋遊無度』四字。」《舉正》增「畋遊」二字，作「子士寧代之畋遊無度」，云：「校本『度』一作『幾』，然閣本、舊本皆作『度』。考之《傳》：『士寧每畋獵，數日方還。』館本作『畋遊無度』，考其義當是。」朱熹從方本，《考異》：「或無『畋遊』字。無度，或作『無幾』。或本非是。」今從苑本。

⑳〔爲節度一年〕潮本「度」下多一「使」字，祝本、文本、南宋蜀本、魏本同。《舉正》出南宋監本「萬榮爲節度使一年」，據閣本删「使」字，云：「杭同，李、謝删。」朱熹從方本，《考異》：「『度』下或有『使』字。」今從苑本。

㉑〔殺萬榮不剋〕「剋」，苑本作「克」，祝本、文本、南宋蜀本、魏本、王本、廖本作「尅」。

㉒〔其子廼〕潮本「廼」作「乃」，祝本、文本、南宋蜀本、王本、廖本同。陳景雲注：「按：『乃』當從《唐史》作『廼』，李萬榮子名也。『乃』、『廼』雖同，而字有今古之異。諸注家不注萬榮子名，蓋皆誤以爲虚字而略之耳。」今從苑本。

㉓〔食中牟〕苑本「牟」作「矣」。

⑭〔明日食中牟逆者至宿八角〕《舉正》：「閣本、杭本皆無『至』字，蜀本亦缺此字，謝本只如閣本。李本曰：閣本疑脱。」《考異》：「或無『至』字，非是。」

⑮〔惟恭及諸將〕苑本、魏本「及」作「與」。苑本注：「與，袁本作『及』。」《考異》：「及，或作『與』。」

⑯〔及郛〕魏本無「及」字。

⑰〔遂入以居〕魏本「居」作「告」。

⑱〔初玄佐死〕苑本、祝本無「初」字。

⑲〔士寧〕苑本「士」作「仕」。

⑳〔自爲而後命〕苑本「爲」下多以「之」字。

㉑〔故大和〕祝本「大」作「太」。

㉒〔初玄佐遇軍士〕魏本注：「一無『初』字。」潮本無「初」字，苑本、祝本同。苑本注：「蜀本有『初』字。」《舉正》據蜀本增「初」字，云：「謝校。」朱熹從方本，《考異》：「或無『初』字。」今從文本。

㉓〔復加厚焉〕文本「復」上注：「一有『不』字。」魏本注同。潮本「復」上多一「不」字，苑本、祝本同。祝本注：「一無『不』字。」《舉正》出南宋監本「士寧懼不復加厚焉」，云：「杭本同上；蜀本去『不』字。『士寧懼』，爲懼其無以繼也，杭本爲是。若去『不』字，則下文皆衍也。」朱熹删「不」字，《考異》：「『懼』下方有『不』字。今按：士寧、萬榮專命竊據，故懼士卒之圖己而復加厚焉。尋上下文，未見其惜費而薄之之意也。況以下文『又加厚』、『每加厚』推之，『不』字之衍甚明，方説誤矣。」今從文本。

⑭〔故士卒驕〕苑本「士」下注：「集有『寧』字。」潮本「士」下多一「寧」字，祝本、文本、南宋蜀本、魏本同。《舉正》出南宋監本「故士寧卒驕」，據杭、蜀本删「寧」字。朱熹從方本，《考異》：「『士』下或有『寧』字，非是。」今從苑本。

⑮〔置腹心之士〕祝本「腹心」作「心腹」。

⑯〔至之明日〕苑本「明日」作「時」，注：「『時』字，集作『明日』。」《舉正》據閣本訂「明日」作「時」字，云：「杭同，蜀作『明日』。」朱熹從監本，《考異》：「『明日』二字，方作『時』，非是。」

⑰〔檢校吏部郎中〕南宋蜀本「檢校」作「撿挍」。

⑱〔檢校工部員外郎〕南宋蜀本「檢校」作「撿挍」。

⑲〔職事修〕魏本注：「修，一作『既修』。」《考異》：「『事』下或有『既』字。」

⑳〔人俗化〕「俗」，潮本作「民」，祝本、文本、魏本同；苑本作「變」。潮本注：「民，一作『變』。」祝本注同。文本注：「民，一作『俗』。」魏本注：「一作『俗人變化』。」苑本注：「變，蜀本作『俗』，袁本作『民』。」《舉正》據蜀本訂作「俗」。朱熹從方本，《考異》：「俗，或作『民』。」今從方本。

㉑〔嘉禾生〕苑本「禾」作「木」。

㉒〔蒼烏來巢〕祝本、文本、魏本注：「烏，一作『鳥』。」潮本「烏」作「鳥」，苑本同。潮本注：「烏，一作『鳥』。」苑本注：「烏，集作『鳥』。」《舉正》出南宋監本「蒼烏來巢」，云：「舊本多作『蒼鳥』。《家語》：『蒼鳥，鴈也。』《瑞應圖》有『蒼烏』。」朱熹從方本。今從祝本。

㉓〔同蔕聯實〕苑本「蔕」作「蒂」。

⑭〔小大咸懷〕潮本「咸」作「威」，苑本、祝本、魏本、王本、廖本同。今從文本。

⑮〔累請朝〕文本注：「請朝，一作『朝請』。」

⑯〔至于他日〕苑本「于」作「於」，注：「於，集作『于』。」

⑰〔薨于位〕苑本「于」作「於」。

⑱〔既斂而行〕《考異》：「或無此〔既斂〕二字。」

⑲〔故君子以公爲知人〕苑本無「故」字，注：「袁本有『故』字。」《考異》：「知，或作『智』。」

⑳〔汴人〕潮本「汴」下多一「州」字，苑本、祝本、魏本、王本、廖本同。今從文本。

(101)〔公既來止〕文本注：「既來，一作『來既』。」

(102)〔東人以完〕苑本「完」作「定」。

(103)〔人誰與安〕苑本注：「人，集作『其』。」潮本「人」作「其」，祝本、文本、魏本同。魏本注：「其，一作『人』。」《舉正》據蜀本訂作「人」，云：「謝校同。」《考異》：「人，或作『其』。今按：外集作『其』，非是。」今從苑本。

(104)〔公爲華州〕魏本無「公」字。

(105)〔未嘗言兵〕苑本無「兵」字。

(106)〔娶南陽張氏〕苑本「娶」上多一「公」字。

(107)〔全道溪〕潮本「溪」作「全溪」，祝本、文本、南宋蜀本、魏本同。苑本作「溪」，上無「全」字，注：「溪，《唐書》作

『溪』，下同。」《舉正》删「全」字，訂「湲」作「溪」。朱熹從方本。謹按：董溪名諱，《元和姓纂》卷六作「谿」；《唐郎官石柱題名》作「溪」，權德輿《故宣武軍節度副大使知節度事管内支度營田汴宋亳潁等州觀察處置等使金紫光禄大夫檢校尚書左僕射同中書門下平章事使持節汴州諸軍事兼汴州刺史上柱國隴西郡開國公贈太傅董公神道碑銘并序》、韓愈《唐故朝散大夫商州刺史除名徙封州董府君墓誌銘》、《新唐書・宰相世系表五下》同。今從方本，下同。

⑽〔全素澥〕潮本「澥」上多一「全」字，祝本、文本、南宋蜀本、魏本同。苑本「澥」上無「全」字，注：「按袁本、蜀本作『全道』、『全溪』，《系表》及韓愈作《董溪墓誌》『溪』、『全素』、『全澥』，下同。按唐世辭並無『全』字，蓋『全道』、『全素』出於賜名也。」《舉正》删「澥」上「全」字，朱熹從方本。謹按：韓愈《唐故朝散大夫商州刺史除名徙封州董府君墓誌銘》、權德輿《故宣武軍節度副大使知節度事管内支度營田汴宋亳潁等州觀察處置等使金紫光禄大夫檢校尚書左僕射同中書門下平章事使持節汴州諸軍事兼汴州刺史上柱國隴西郡開國公贈太傅董公神道碑銘并序》、《元和姓纂》、《新唐書・宰相世系表五下》均作「澥」，無「全」字。今從苑本，下同。

⑽〔全道全素皆上所賜名〕文本注：「一本無下『全道全素』。」

⑾〔著作郎〕苑本無「郎」字。

⑾〔全素爲大理評事〕文本注：「一無『爲大理評事』五字。」魏本注同。潮本無「爲大理評事」五字，祝本同。潮本注：「一有『爲大理評事』字。」祝本注同。《考異》：「或無此（爲大理評事）五字。」今從苑本。

⑿〔溪爲秘書省秘書郎全素爲大理評事澥爲太常寺太祝〕洪興祖注：「按《董府君墓誌》云：『公諱溪，字惟深，隴西公第二子。』則『湲』當作『溪』。又云：『其季弟澥問名於太史氏韓愈。』並無『全』字。此云『全道全素皆上所賜

名」，則『全湲』、『全澥』誤矣。」樊汝霖注：「按《宰相世系表》：全道，殿中少監。湲，商州刺史。全素，太子中舍人。澥，太常寺太祝。其名當從溪《墓誌》及《世系表》。」文讜注：「全湲，後更名溪，字惟深。集有墓銘。」魏引補注：「按《溪誌》：『全湲』、『全澥』之名止作『溪』、『澥』。豈『全湲』後名『溪』，而『全澥』後去『全』名『澥』耶？」《舉正》刪「溪」上「全」字，訂「湲」字，刪「澥」上「全」字，作「溪爲秘書省秘書郎全素爲大理評事澥爲太常寺太祝」，云：「杭、蜀本同。考《唐世系表》、《董溪墓誌》，溪、澥皆無『全』字，蓋全道、全素出於賜名也。」朱熹從方本，《考異》：「諸本『溪』作『全湲』，『澥』作『全澥』。」高步瀛注：「『全湲』、『全澥』兩『全』字，蓋因『全道』、『全素』而衍。『湲』亦『溪』字之誤。《董公神道碑》云：『有子四人：秘書省著作郎全道，秘書郎溪，大理評事全素，太常寺太祝澥。』與《行狀》正合。載之與退之同時，所載皆同，則非後來改名可知。」今從方本。苑本「太」作「大」，下同。

⑬〔伏請牒考功〕魏本注：「一無『伏』字。」潮本無「伏」字，祝本同。《舉正》據蜀本增「伏」字。朱熹從方本，《考異》：「或無『伏』事。」今從苑本。

⑭〔請垂編録〕文本注：「請，一作『謹』。」

⑮〔謹狀〕魏本注：「謹狀，一作『狀上』。」苑本注：「謹狀，集作『伏上』。」潮本「謹狀」作「狀上」，祝本、文本同。《舉正》據閣、蜀本訂作「謹狀」。朱熹從方本，《考異》：「或作『狀上』。」今從苑本。

【箋注】

〔一〕董晉，兩《唐書》有傳，其生平如次：董晉，字混成，河中虞鄉人。明經及第，至德初謁肅宗於彭原，授校書郎、翰林待制。再轉衛尉丞，出爲汾州司馬。未幾，刺史崔圓改淮南節度，奏晉以本官攝殿中侍御史充判官。尋歸臺授本官。遷侍御史、主客員外郎、祠部郎中。大曆中兵部侍郎李涵送崇徽公主使迴紇，奏晉爲判官。使還，拜司勳郎中。歷秘書、太府、太常少卿監左金吾將軍旬日德宗嗣位，改太常卿，遷右散騎常侍兼御史中丞知臺事。尋爲華州刺史兼御史中丞潼關防禦使。久之，加兼御史大夫。朱泚僭逆，晉奔赴行在，授國子祭酒。貞元元年六月辛卯，自國子祭酒遷左金吾衛大將軍。二年八月己巳，改尚書右丞（《舊唐書·德宗紀上》）。復拜太常卿。五年二月庚子，自大理卿爲門下侍郎同中書門下平章事。九年五月丙戌，改禮部尚書，罷知政事。十二年三月戊申，自兵部尚書爲東都留守判東都尚書省東畿汝州都防禦使。會汴州節度李萬榮疾甚，其子迺爲亂。七月乙未，檢校左僕射同中書門下平章事汴州刺史宣武軍節度使宋亳潁觀察使。十五年二月丁丑卒（《舊唐書·德宗紀下》），年七十六。贈太傅，謚曰恭惠。

此篇作年，洪興祖、方崧卿《年表》、方成珪繫於貞元十五年（七九九）。方譜：「《狀》尾書是年五月十八日，係公居符離睢上時作。」

〔二〕《舊唐書·地理志》山南西道梁州興元府（都督府），治所南鄭縣，今陝西漢中。《唐六典》卷三十大都督府中都督下都督官吏：「中都督府：經學博士一人，從八品上。經學博士，以五經教授諸生。」

〔三〕《新唐書·百官志二》中書省右散騎常侍二人，正三品下。

〔四〕樊汝霖注：「司馬温公《考異》以爲公作晉行狀必揚美蓋惡，敍其爲相時事止於此，則其循默充位可知。然其重謹亦可稱也。」韓醇注：「公嘗從晉於汴州爲觀察推官，故知晉行治甚詳。《唐史·晉傳》皆取公行狀爲之，其增修者不一二爾。」魏引補注：「《談藪》云：『《董晉行狀》書李懷光事大似左氏。』」《新唐書·地理志》山南道開州盛山郡新浦縣（中下），治所在今重慶開縣西南南門鎮西北。《唐六典》卷三十京縣畿縣天下諸縣官吏：「諸州中縣主簿一人，從九品上。主簿掌付事，句稽，省署抄目，糾正非違，監印，給紙筆雜用之事。」《新唐書·百官志四上》：尚書省左右僕射各一人，從二品。

〔五〕《元和郡縣志》卷十二河東道河中府虞鄉縣（次畿），今山西永濟縣東虞鄉鎮。

〔六〕《唐六典》卷二尚書吏部考功郎中：「凡諸州每歲貢人，其類有六：一曰秀才，二曰明經，三曰進士，四曰明法，五曰書，六曰算。其明經各試所習業，文注精熟，辨明義理，然後爲通。正經有九：《禮記》、《左傳》爲大經，《毛詩》、《周禮》、《儀禮》爲中經，《周易》、《尚書》、《公羊》、《穀梁》爲小經。通二經者，一大一小，若兩中經；通三經者，大小中各一；通五經者，大經並通。其《孝經》、《論語》並須兼習。」

〔七〕文讜注：「舊史（《舊唐書·董晉傳》）云：『至德初，肅宗自靈武幸彭原。晉上書謁見，授校書郎、翰林待制。』宣皇帝即肅宗。原州即彭原也。《楊文公談苑》云：今爲鎮戎軍。」孫汝聽注：「至德元載十月，肅宗幸原州。」《元和郡縣志》卷三關內道原州（中都督府），今寧夏固原。

〔八〕孫汝聽注：「晉上書行在，拜校書郎。」《新唐書·百官志二》秘書省：「校書郎十人，正九品上。正字四人，正九品下。掌讎校典籍，刊正文章。」

〔九〕樊汝霖注：「翰林侍制。」

〔一〇〕謹愿，誠實。《論語·泰伯》：「子曰：狂而不直，侗而不愿。」何晏《集解》：「孔安國曰：『侗，未成器之人也，宜謹愿也。』」

〔一一〕《新唐書·百官志三》衛尉寺：「丞二人，從六品上。掌器械文物，總武庫、武器、守宫三署。」

〔一二〕《元和郡縣志》卷十三河東道汾州（望），今山西汾陽。《唐六典》卷三十上州中州下州官吏：「上州司馬一人，從五品下。尹、少尹、别駕、長史、司馬，掌貳府州之事，以紀綱衆務，通判列曹，歲終則更入奏計。」

〔一三〕《舊唐書·地理志三》淮南道揚州（大都督府），今屬江蘇省。崔圓，兩《唐書》有傳，其生平如次：崔圓，字有裕，清河東武城人。開元二十三年以智謀將帥科及第（《唐會要》卷七十六），授執戟，歷京兆倉曹參軍（李華《淮南節度使尚書左僕射崔公頌德碑銘》）。天寶初蕭炅爲京兆尹，薦爲會昌丞，累遷司勳員外郎。天寶十載十一月楊國忠遥領劍南節度（《唐會要》卷七十八），拜刑部員外兼侍御史蜀郡大都督府左司馬，知劍南節度留後。玄宗幸蜀，天寶十五載六月庚子，自司勳郎中劍南節度留後爲蜀郡長史劍南節度副大使。丙午，拜中書侍郎同中書門下平章事（《舊唐書·玄宗紀下》）。肅宗即位，同房琯、韋見素並赴肅宗行在所。從肅宗還京，至德二載十二月戊午，拜中書令，封趙國公。三載五月己未遷太子少師、刑部尚書同平章事（《舊唐書·肅宗紀》）。乾元元年五月乙未罷知政事（《新唐書·肅宗紀》）。二年正月庚子，以太子少師充東京留守判尚書省事。官軍剽掠洛陽，圓棄城南奔襄陽，詔削除階封。尋起爲濟王傅，李光弼用爲懷州刺史，除太子詹事，改汾州刺史。上元二年二月癸亥，拜揚州大都督府長史、淮南節度觀察使。加檢校右僕射兼御史大夫。轉檢校左僕射知省事。大曆三年六月庚子薨（《舊唐書·肅宗紀》），年六十四。贈太子太師，謚曰昭襄。

〔一四〕孫汝聽注：「貞元二年二月，以前汾州刺史崔圓爲淮南節度使，奏晉以本官攝御史充判官。」《新唐書·百官志三》御史臺：殿中侍御史九人，從七品下。

〔一五〕如，往。《左傳》隱公六年：「鄭伯如周，始朝桓王也。」

〔一六〕孫汝聽注：「尋歸臺，授本官。」

〔一七〕《新唐書·百官志三》御史臺：「侍御史六人，從六品下。掌糾舉百寮及入閤承詔，知推、彈、雜事。」

〔一八〕《新唐書·百官志一》尚書省禮部：「主客郎中（從五品上）、員外郎（從六品上）各一人，掌二王後、諸蕃朝見之事。」

〔一九〕《新唐書·百官志一》尚書省禮部：「祠部郎中（從五品上）、員外郎（從六品上）各一人，掌祠祀、享祭、天文、漏刻、國忌、廟諱、卜筮、醫藥、僧尼之事。」

〔二〇〕祝充注：「紇，下没切。迴紇，古匈奴。」《新唐書·百官志一》尚書省兵部：「尚書一人，正三品。侍郎二人，正四品下。掌武選、地圖、車馬、甲械之政。」《北史·蠕蠕傳》：「號地萬爲聖女，納爲可賀敦。」《舊唐書·突厥傳上》：「可汗者，猶古之單于。妻號可賀敦，猶古之閼氏也。」《唐書·突厥傳》：「突厥阿史那氏，蓋古匈奴北部也。居金山之陽，臣於蠕蠕。種裔繁衍，至吐門遂彊大。更號可汗，猶單于也。妻曰可敦。」李涵，兩《唐書》有傳，其生平如次：李涵，宗室高平王道立曾孫。累授贊善大夫兼侍御史，朔方節度郭子儀奏爲關内鹽池判官。肅宗北幸平涼，除右司員外郎，累至司封郎中、宗正少卿。寶應元年遷左庶子兼御史中丞河北宣慰使。會丁母憂，起復本官而行。使還，罷官終喪制。服闋，除給事中。大曆二年九月乙丑，遷尚書左丞，充河朔宣慰使。三年春正月甲戌，遷兵部侍郎。六月丁卯，兼御史大夫宣慰河北。四年五月辛卯，崇徽公主嫁迴紇可汗，往册命。六年二月甲寅，遷蘇州刺史兼御史大夫充浙江西道都團練觀察等使。十一年來朝，四月丙子，拜御史大夫充京畿觀察使。十三年四月己丑，爲御史大夫（《舊唐書·代宗紀》）。德宗即位，除太子少傅充山陵副使。改檢校工部尚書兼光禄卿，仍充山陵副使。建中三年六月甲子，以左散騎常侍爲入迴紇弔祭使。無幾，以右僕射致仕。累封襄武縣公。興元元年九月卒。壬午，追贈太子太保（《舊唐書·德宗紀上》）。謚曰昭（《唐會要》卷七十九）。

〔二一〕文讜注：「（《新唐書》）《迴紇傳》云：迴紇牟羽可汗，其妻僕固懷恩女也。始，可汗爲少子，請昏，帝以妻之。至是立可敦。大曆三年，可敦卒。明年，帝以懷恩幼女爲崇徽公主繼室。使涵持節送往，再拜可敦。迴紇自稱可汗，其妻號可敦。猶中國稱皇帝皇后也。」孫汝聽注：「大曆四年五月，以僕固懷恩女爲崇徽公主，下嫁迴紇可汗。令兵部侍郎李涵往册，命奏晉爲判官。」

〔二二〕文讜注：「（《新唐書·迴紇傳》）安史之亂，葛勒可汗遣太子葉護将四千騎來佐廣平王收復兩京。肅宗義之，歲給絹二萬疋，使至朔方軍受賜。」

〔二三〕魏仲舉注：「數，上聲。」

〔二四〕致詰，查問，推究。《老子》：「此三者不可致詰，故混而爲一。」

〔二五〕《新唐書·百官志一》尚書省吏部：「司勲郎中（從五品上）一人，員外郎（從六品上）二人，掌官吏勲級。」

〔二六〕《新唐書·百官志二》：「秘書省：監一人，從三品。少監二人，從四品上。丞一人，從五品上。監掌經籍圖書之事，領著作局，少監爲之貳。」

〔二七〕魏引補注：「謂爲太常少卿也。」《新唐書·百官志三》太府寺：「卿一人，從三品。少卿二人，從四品上。掌財貨、廩藏、貿易，總京都四市、左右藏、常平七署。」《新唐書·百官志三》太常寺：「卿一人，正三品；少卿二人，正四品上。掌禮樂、郊廟、社稷之事，總郊社、太樂、鼓吹、太醫、太卜、廩犧、諸祠廟等署，少卿爲之貳。」

〔二八〕《新唐書·百官志四上》左右金吾衛：「上將軍各一人（從二品），大將軍各一人（正三品），將軍各二人（從三品）。掌宮中、京城巡警，烽候、道路、水草之宜。凡翊府之翊衛及外府佽飛番上，皆屬焉。」

〔二九〕孫汝聽注：「大曆十四年五月，德宗即位。」

〔三〇〕蔣抱玄注：「天子初崩曰大行。」高步瀛注：「《水經注》卷十九渭水注曰：『秦名天子冢曰山，漢曰陵，故通曰山陵矣。』《資治通鑑》卷二百二十五唐紀四十一曰：『大曆十四年六月制：應山陵制度，務從優厚，當竭帑藏以供其費。』」

〔三一〕文讜注：「三司，謂御史大夫、中書、門下也。」《新唐書·百官志三》御史臺：「大夫一人，正三品。中丞二人，正四品下。大夫掌以刑法典章糾正百官之罪惡，中丞爲之貳。」《唐會要》卷七十八：「大曆十四年六月五日敕：『御史中丞董晉、中書舍人薛蕃、給事中劉迺宜充三司使。仍取右金吾廳一所充使院，并於西朝室置幕屋收詞訟。』至建中二年十月停，後不常置。有大獄即命中丞、刑部侍郎、大理卿充，謂之大三司使。其次以刑部員外郎、御史、大理寺官爲之，以決疑獄，謂之三司使。待事畢日罷。」

〔三二〕《元和郡縣志》卷二關内道京兆府華州（四輔），今陝西華縣。

〔三三〕孫汝聽注：「建中四年，以晉代孫宿爲華州刺史，又兼御史中丞潼關防禦鎮國軍。久之，加兼御史大夫。」

〔三四〕文讜注：「朱泚爲盧龍節度，倡諸鎮朝京師。以弟滔奪其位，國號燕，遂不還。俄以涇卒變亂，帝幸奉天，賊乘京師空虛，推泚爲主，僭帝位，號大秦。」

〔三五〕孫汝聽注：「是歲十月，朱泚反，使凶黨仇敬、何望之浸逼華州。晉棄州走行在，改國子祭酒。」《新唐書·百官志三》國子監：「祭酒一人，從三品。司業二人，從四品下。掌儒學訓導之政，總國子、太學、廣文、四門、律、書、算凡七學。」

〔三六〕孫汝聽注：「十二月，以晉爲國子祭酒、河北宣慰使。」《舊唐書·地理志》河東道鎮州（都督府），治所真定縣，今河北正定。

〔三七〕《元和郡縣志》卷十二河東道河中府（赤），治所河東縣，今山西永濟縣蒲州鎮。

〔三八〕文讜注：「李懷光爲朔方節度。帝狩奉天，率所部奔命。解泚圍後，爲盧杞所僭，不得朝，頗恚恨，去屯咸陽，遂反。渾瑊白發其謀，帝決幸梁州。」孫汝聽注：「興元元年三月，李懷光反，車駕幸梁州。」

〔三九〕蔣抱玄注：「《戰國策》《秦策一》：『清宫除道。』」

〔四〇〕孫汝聽注：「貞元戊戌，收京師。」

〔四一〕孫汝聽注：「貞元二年七月，以晉爲尚書左丞。」《唐書·百官志一》尚書省：「左丞一人，正四品上。右丞一人，正四品下。掌辨六官之儀，糾正省内，劾御史舉不當者。吏部、户部、禮部，左丞總焉。兵部、刑部、工部，右丞總焉。」

〔四二〕孫汝聽注：「時尚書右丞元琇判度支使，爲韓滉所擠貶黜。晉罪滉之黨，見宰相，極言非罪。舉朝稱之，復拜太常卿。」

〔四三〕孫汝聽注：「五年正月，以晉爲門下侍郎平章事。」《唐書・百官志二》門下省：「侍中二人，正二品，掌出納帝命，相禮儀。凡國家之務，與中書令參總，而顓判省事。門下侍郎二人，正三品，掌貳侍中之職。」

〔四四〕樊汝霖注：「時政事決在竇參，晉但奉詔書，唯喏而已。八年，參以其弟給事中申爲吏部侍郎，諷晉以聞。帝正色曰：『無乃參迫卿爲之耶？』晉不敢隱，因問參以過失，晉具奏之。旬日，參貶官。晉皇恐，上疏固辭位。」文讜注：「本傳云：『晉之爲相，取充位而已。然爲人慎重。』温公曰：晉公《行狀》云：『在宰相位凡五年，其事卒不聞。』愈作狀必揚善蓋惡，敘其所爲相止於如此，則其循墨充位可知。然其慎重亦可稱也。」

〔四五〕樊汝霖注：「九年五月罷相，改禮部尚書。」《新唐書・百官志一》尚書省禮部：「尚書一人，正三品。侍郎一人，正四品下。掌禮儀、祭享、貢舉之政。」

〔四六〕《新唐書・百官志二》中書省：「中書令二人，正二品，掌佐天子執大政，而總判省事。侍郎二人，正三品，掌貳令之職。」竇參，兩《唐書》有傳，其生平如次：竇參字時中，河南洛陽人（《元和姓纂》）。少以門蔭累官萬年尉，貶江夏尉。累遷奉先尉，進大理司直。轉殿中侍御史，改金部員外郎，刑部郎中，侍御史知雜事。遷御史中丞，尋兼户部侍郎。貞元五年二月庚子，拜中書侍郎、同中書門下平章事、兼轉運使。八年四月乙未，貶郴州别駕（《舊唐書·德宗紀》）。明年三月，以受節將遣，再貶驩州司户。未達貶所，賜死於邕州，時年六十。參無學術，惟樹親党，任情好惡，恃權貪利，不知紀極，終以此敗。

〔四七〕詳，審慎。《尚書·蔡仲之命》：「詳乃視聽，罔以側言改厥度。」孔傳：「詳審汝視聽，非禮義勿視聽。」蔡沈《集傳》：「詳，審也。」宋玉《神女賦》：「澹清静其愔嫕兮，性沈詳而不煩。」《文選》五臣注吕延濟曰：「言澹然閑雅，沈默詳審不煩亂也。」

〔四八〕樊汝霖注：「十二年，以晉守兵部尚書充東都留守判東都尚書省東都畿汝州防禦使。」《新唐書·百官志一》尚書省兵部：「尚書一人，正三品。侍郎二人，正四品下。掌武選、地圖、車馬、甲械之政。」

〔四九〕《元和郡縣志》卷五河南道河南府（東都），今河南洛陽。

〔五〇〕樊汝霖注：「七月，以晉鎮汴州。」《元和郡縣志》卷六河南道汴州（雄）：「今爲汴宋節度使理所，管汴州、宋州、亳州、潁州，管縣二十八。」今河南開封。

〔五一〕劉玄佐，兩《唐書》有傳，其生平如次：劉玄佐本名洽，滑州匡城人。大曆中爲永平軍衙將，李靈曜據汴州反，洽將兵徑入宋州，十二年十月乙巳，李勉奏署宋州刺史（《舊唐書·代宗紀》）。建中二年正月丙子，加兼御史中丞亳潁節度等使。李納叛，洽與賊接戰，大破之。十月戊申，加御史大夫，遷尚書，兼曹濮觀察使。尋加淄青兗鄆招討使，又加汴滑都統副使。李希烈攻汴州，連戰卻賊。興元元年三月丁丑，進加檢校左僕射加平章事。十一月癸卯，以宋亳節度使破希烈之衆於陳州。戊午，大破希烈之衆，擒其僞相鄭賁等五人以獻，希烈遁歸蔡州。貞元元年率軍收汴，三月戊午，以宣武帥檢校司空。四月己卯，賜名玄佐。六月辛巳，詔加汴州刺史、汴宋節度使（《舊唐書·德宗紀上》）。無幾，授本管及陳州諸軍行營都統。貞元四年正月壬申入朝，兼涇原四鎮北庭兵馬副元帥、檢校司空（《新唐書·德宗紀》）。貞元八年三月庚午薨（《資治通鑑》卷二三四），年五十八，贈太傅。

〔五二〕孫汝聽注：「貞元八年三月，宣武帥劉玄佐卒。其壻及親兵擁玄佐子士寧爲留後，刼監軍使孟介以請於朝。庚午，以士寧爲宣武軍節度使。」士寧，兩《唐書》附其事於《劉玄佐傳》，其生平如次：劉士寧，滑州匡城人，劉玄佐子。貞元八年三月庚午，玄佐薨。己卯，以陝虢觀察使吴湊爲汴州刺史宣武軍節度汴宋等州觀察使。湊次汜水，玄佐子婿及親兵乃以三月晦夜激怒三軍。明晨，衙兵皆甲冑擁士寧登重榻，衣以墨縗，呼爲留後。軍士執城將曹金岸、浚儀令李邁。曰：「爾等皆請吴湊者。」遂臠之。唯行軍司馬盧瑗獲免。士寧乃財物分賜將士，請之爲帥。監軍孟介以聞。帝召宰臣問計。竇參曰：「今汴人挾李納以邀命。若不許，懼合於納。」遂從之。四月庚寅，授士寧起復金吾衛將軍同正汴州刺史宣武軍節度等使（《舊唐書·德宗紀下》）。士寧性忍暴淫亂，或彎弓挺刃，手殺人於杯案間；悉烝父之妓妾，又强取人之婦女；好裸觀婦人。每出畋獵，數日方還，軍府苦之。九年十二月丙辰（《舊唐書·德宗紀下》），士寧以衆二萬畋於城南。兵既出，李萬榮晨入士寧廨舍，召其所留心腹兵千餘人，矯謂之曰：「有詔徵大夫入朝，俾吾掌留務。汝輩人賜錢三千貫，無他憂也。」兵士皆拜。萬榮既約親兵於内，又召各營兵於外，以是言令之，軍士皆聽命。士寧知衆不爲用，計無所出，乃將五百騎走歸京師。比至中牟，亡走大半。至東都，所餘僮隸婢妾數十人而已。既至京師，詔令歸第服喪，禁絶出入。萬榮乃斬士寧所親之將以令於軍，凡賞軍士錢二十萬貫。詔令籍没士寧家財以分賞，士寧廢處郴州。

〔五三〕孫汝聽注：「九年十二月，士寧率衆二萬畋於近郊。都知兵馬使李萬榮晨入使府，分兵閉城，不納士寧。以五百騎逃歸京師。壬戌，以萬榮爲留後。」李萬榮，兩《唐書》附其事於劉玄佐傳，其生平如次：李萬榮，滑州匡城人。與劉玄佐同里閈，少相善，寬厚得衆心。玄佐領汴，萬榮爲宣武都知兵馬使（《舊唐書·通王諶傳》）。劉士寧疑之，去其兵權，令攝汴州事，萬榮深怨之。貞元九年十二月乙卯（《資治通鑑》卷二百三十四），士寧畋於城南，萬榮召其所留心腹兵千餘人，矯謂之曰：「有詔徵大夫入朝。俾吾掌留務。汝輩人賜錢三千貫，無他憂也。」軍士皆聽命。士寧知衆不爲用，計無所出，乃走歸京師。萬榮乃斬士寧所親之將以令於軍，凡賞軍士錢二十萬貫，詔令籍没士寧家財以分賞焉（《舊唐書·劉玄佐傳》）。壬戌，自宣武軍節度使副使爲汴州刺史宣武軍節度汴宋等州觀察留後。十一年五月丁丑，自宣武留後爲汴州刺史宣武節度副使知節度事（《舊唐書·德宗紀下》）。十二年六月，李萬榮病風昏不知事，七月丙申卒（《資治通鑑》卷二百三十五）。

〔五四〕孫汝聽注：「十年四月，宣武軍亂，萬榮討平之。先是，宣武親兵三百人素驕慢，萬榮遣詣京西防秋，親兵怨之。大將韓惟清、張彦林誘親兵作亂攻萬榮，萬榮擊破之。親兵掠而潰，萬榮悉誅亂者妻子數千人。十一年五月，詔以萬榮爲節度使。」剋，能也。《後漢書·鄭興傳》：「今陛下高明而羣臣惶促，宜留思柔剋之政。」章懷注：「剋，能也。柔剋，謂和柔而能立事也。」

〔五五〕李迺，兩《唐書》附其事於劉玄佐傳，其生平如次：李迺，李萬榮之子，滑州匡城人。貞元十二年六月，萬榮疾甚，署迺爲都知兵馬使，專軍政（《册府元龜》卷一百五十三）。甲申，迺集諸將，責李湛、伊婁説、張丕以不憂軍事，斥之外縣。上遣中使第五守進至汴州，宣慰始畢，軍士十餘人呼曰：「兵馬使勤勞無賞。劉沐何人，爲行軍司馬？」沐懼，陽中風舁出。軍士又呼曰：「倉官劉叔何給納有姦。」殺而食之。又欲斫守進，迺止之。迺又殺伊婁説、張丕。都虞侯鄧惟恭與萬榮鄉里相善，萬榮常委以腹心，迺亦倚之。至是，惟恭與監軍俱文珍謀執迺送京師。秋七月乙未，以東都留守董晉同平章事兼宣武節度使，以萬榮爲太子少保，貶迺虔州司馬（《資治通鑑》卷二百三十五）。迺至京師，杖死京兆府（《新唐書·劉玄佐傳》）。

〔五六〕孫汝聽注：「十二年六月，萬榮病風昏不知事，其子迺自爲兵馬使，殺諸將伊婁説、張丕等。都虞侯鄧惟恭與監軍俱文珍執迺送京師。」俱文珍，兩《唐書》有傳，其生平如次：俱文珍，本俱氏，後從所養宦父，改名劉貞亮。貞元三年，從渾瑊與平涼之盟，爲吐蕃所執，旋得釋歸（《舊唐書·渾瑊傳》）。貞元十年爲宣慰使，從袁滋册異牟尋爲南詔王（《新唐書·南蠻傳》）。貞元十二年，監軍汴州。節度使李萬榮卒，其子廼自署爲兵馬使，文珍執之械送京師（《新唐書·劉玄佐傳》）。董晉代爲節度使，十五年晉卒，汴軍亂，文珍以宋州刺史劉逸准爲汴將，軍得戢（《新唐書·董晉傳》）。時文珍自置親兵千人。至貞元末，宦人領兵附益者益衆。順宗立，文珍惡叔文等，乃與中官劉光琦、薛盈珍等謀立廣陵王爲太子監國，遂盡逐叔文之党。元和元年，高崇文討劉闢，復爲監軍。累遷右衛大將軍，知内侍省事。元和八年卒，贈開府儀同三司。鄧惟恭，《新唐書》附其事於劉玄佐傳，其生平如次：鄧惟恭，與萬榮同里閈。萬榮死，是夜惟恭與監軍俱文珍執廼送京師，杖死京兆府。以董晉代之。

〔五七〕孫汝聽注：「七月，以晉鎮汴州。以萬榮爲太子少保，貶廼虔州司馬。丙申，萬榮卒。」

〔五八〕文讜注：「《爾雅》《釋地》曰：『鄭有圃田。』郭璞云：『今滎陽中牟縣西圃田澤是也。』《九域志》曰：『圃田鎮，屬中牟縣。』」

〔五九〕文讜注：「唐志（《舊唐書·地理志》）中牟縣屬鄭州。《通典》（《州郡七·鄭州·中牟縣》）曰：『趙襄子時佛肸以中牟叛，即此。北十二里有中牟臺，是爲官渡城。』《九域志》（《東京開封府》）曰：『今屬東京開封府，去京西七十里。』」

〔六〇〕文讜注：「《九域志》（《東京開封府》）曰：八角鎮，屬中牟縣。」

〔六一〕樊汝霖注：「惟恭既執廼，遂權軍事。自謂當代萬榮，不遣人迎晉。晉既受詔，即與傔從十餘人赴鎮，不用兵衛。至圃田，惟恭以晉來之速，不及謀。晉去城十餘里，惟恭乃率諸將出迎。」

〔六二〕吴湊，兩《唐書》有傳，其生平如次：吴湊，濮州濮陽人，章敬皇后之弟。寶曆中與兄溆同日開府，授太子詹事，俱封濮陽郡公。湊以兄弟三品，固辭太過，乞授卑官。乃以湊檢校太子賓客兼太子家令，充十宅王使。累轉左金吾衛大將軍。大曆末丁繼母喪。建中初，起爲右衛將軍兼通州刺史。貞元初入爲太子賓客。貞元四年五月辛未，出爲福州刺史御史中丞福建觀察使。七年十一月丁酉，爲陜州大都督府長史陜虢觀察使。八年三月己卯，檢校兵部尚書，充汴州刺史御史大夫宣武軍節度使。行次汜水，汴州軍亂，召授右金吾衛大將軍。貞元十四年七月乙卯，授京兆尹。十六年四月壬申卒（《舊唐書·德宗紀下》），年七十一。贈尚書右僕射，謚曰成。

〔六三〕樊汝霖注：「初，玄佐死，以陜？觀察使吴湊代之。行至汜水而還。」

〔六四〕蔣抱玄注：「委心，安心之義。陶潛文（《歸去來兮辭》）：『曷不委心任去留。』」謹按：委心，傾心。《史記·淮陰侯列傳》：「僕委心歸計，願足下勿辭。」

〔六五〕文讜注：「李翺集《賀陸長源書》云：聞宰相與閣下使汴州，人執惟恭歸於京師，奏天子處其輕重生死，罪伏，覩詔書，捨惟恭死罪，俾永爲黔首於汀州。」孫汝聽注：「惟恭之逆晉，晉命惟恭勿下馬，氣色甚和，惟恭差自安。既入，仍委惟恭以兵政。」

〔六六〕高步瀛注：「禦，『御』之通借字。《荀子·榮辱篇》楊倞注：『御，制也。或作『禦』。』」

〔六七〕高步瀛注：「須，『𥪖』之通借字。《説文》：『𥪖，待也。』」《説文》段注：「𥪖，立而待也。今字多作『需』作『須』，而『𥪖』廢矣。雨部曰：『需，𥪖也。遇雨不進，止𥪖也。』引《易》：『雲上於天，需。」需與須音義皆同。樊遲名須。須者，須之假借。『須』字僅見《漢書·翟方進傳》。从立須聲。相俞切。」

〔六八〕孫汝聽注：「初，玄佐增汴州兵至十萬，遇之厚。萬榮、惟恭每加厚焉。嘗介勇士伏幕下，早暮番休，晉一罷之。」

〔六九〕陸長源，兩《唐書》有傳，其生平如次：陸長源字泳之，吴郡吴縣人（《元和姓纂》卷十）。乾元中佐昭義軍節度薛嵩，累授檢校郎中（《册府元龜》卷七百二十八）。建中元年，爲建州刺史（劉長卿《送建州陸使君》）。興元元年權領湖州，旋改授信州（皎然《奉和陸使君長源夏月游太湖》）。貞元初浙西節度韓滉兼領江、淮轉運，奏長源檢校郎中、兼中丞，充轉運副使。累加至朝議大夫檢校國子司業兼御史中丞，封吴縣開國男（陸長源《華陽三洞景昭大法師碑》）。罷爲都官郎中，改萬年縣令。五年，爲汝州刺史（《集古録目》卷五《則天幸流杯亭宴詩》）。十二年八月丙子，授檢校禮部尚書，宣武軍行軍司馬。十五年二月丁丑，宣武軍節度使董晉卒。乙酉，以長源檢校禮部尚書汴州刺史御史大夫宣武軍節度度支營田汴宋亳潁節度等使。是日汴州軍亂，被殺（《舊唐書·德宗紀下》）。贈尚書右僕射。

〔七〇〕楊凝，《新唐書》有傳，其生平如次：楊凝，字懋功，虢州弘農人，楊憑之弟。大曆十三年進士擢第（柳宗元《爲李京兆祭楊凝郎中文》童宗説注）。興元元年正月，以秘書省校書郎爲山南東道節度使府掌書記（《楊君墓碣》孫汝聽注）。由協律郎三遷侍御史，入爲起居郎（《楊君墓碣》）。

遷司封員外郎。坐鼇正嫡媵封邑，爲權幸所忌，徙吏部。稍遷左司郎中（權德輿《唐故尚書兵部郎中楊君文集序》）。貞元十二年八月，自左司郎中檢校吏部郎中，充宣武觀察判官（韓愈《贈太傅董公行狀》），行亳州刺史事。十四年冬朝正京師。十五年使還次於汴郊，帥喪卒亂不可以入，走還京師。十八年，拜兵部郎中（《楊君文集序》）。十九年正月以痼疾卒（《楊君墓碣》）。

〔七一〕杜倫，兩《唐書》無傳，今鈎稽其生平如次：杜倫，京兆杜陵人（《元和姓纂》卷六）。貞元四年四月賢良方正能直言極諫科及第（《唐會要》卷七十六）。五年正月，自殿中侍御史以過犯免官（《册府元龜》卷六百三十六）。十二年八月，自前殿中侍御史爲檢校工部員外郎，充宣武節度判官（韓愈《贈太傅董公行狀》）。歷官水部郎中，官至澧州刺史（《元和姓纂》卷六）。

〔七二〕孫汝聽注：「朝廷以晉仁柔多可，恐不能集事。八月，以汝州刺史陸長源爲晉行軍司馬。晉謙恭簡儉，每事因循，故亂兵粗安。長源性剛刻，多更張舊事。晉初皆許之。案成，則命且罷，以財賦委叔度。叔度爲人佻倪，軍中惡之。」孟叔度，兩《唐書》無傳，其生平可知者如次：孟叔度，貞元十二年八月自殿中侍御史爲檢校金部員外郎充宣武支度營田判官（韓愈《贈太傅董公行狀》）。十五年二月爲侍御史（韓愈《祭董相公文》）。其月乙酉，軍亂被殺（《舊唐書·德宗紀下》）。

〔七三〕楊於陵，兩《唐書》有傳，其生平如次：楊於陵，字達夫，弘農人。天寶末家寄河朔，及長，客於江南。大曆六年登進士第。明年，再登博學宏詞科（《舊唐書·楊嗣復傳》），選補潤州句容主簿。鄂岳觀察使奏爲判官，轉左驍衛兵曹，累改評事、監察御史，歷殿中，得緋衣銀魚。使迁江西，公随之，加侍御史、著作郎（李翺《唐故金紫光禄大夫尚書右僕射致仕上國柱國農郡開國公食邑二千户贈司空楊公墓誌并序》）。府罷，卜築於建昌，以讀書山水爲樂。貞元八年，入爲膳部員外郎，歷考功、吏部三員外判南曹。遷右司郎中，復轉吏部郎中，十六年春二月，改京兆少尹（權德輿《京兆少尹西廳壁記》）。出爲絳州刺史，未行，留拜中書舍人，改秘書少監。德宗崩，爲太原幽鎮等十道告哀使。復命，遷華州刺史，充潼關防禦鎮國軍等使（《楊於陵墓誌銘》）。永貞元年十月丙午，遷越州刺史浙江東道都團練觀察等使。元和二年四月，拜户部侍郎（《會稽掇英總集》卷十八《唐太守題名記》），復改京兆尹，再遷户部侍郎。元和三年四月乙亥，以考策昇直言極諫牛僧孺等，爲執政所怒，出爲廣州刺史嶺南節度使（《舊唐書・憲宗紀上》）。五年，入爲吏部侍郎。九年，改兵部侍郎判度支。十一年四月庚戌，貶郴州刺史（《舊唐書・憲宗紀下》）。明年，召拜原王傅。数日，又爲户部侍郎，復知吏部選事。元和十四年淄青平，以本官兼御史大夫充東平宣慰處置使（《楊於陵墓誌銘》）。十五年二月辛丑，遷户部尚書。長慶二年十月壬辰，拜太常卿充東都留守（《舊唐書・穆宗紀》）。寶曆二年十一月癸巳，授檢校右僕射兼太子太傅（《舊唐書・敬宗紀》），太和元年四月壬辰朔癸巳，守左僕射致仕。大和四年十二月癸亥，以疾薨於新昌第，享年七十有八（《楊於陵墓誌銘》）。册贈司空，謚貞孝。

〔七四〕孫汝聽注：「乙酉，以長源爲宣武軍節度使。是日兵亂，殺長源、叔度、丘穎等。」

〔七五〕文讜注：「本傳（《舊唐書·陸長源傳》）云：晉卒，長源總留後事。欲以法治將士。衆始懼。軍中請出絝帛爲晉制服，不許，衆怒益甚。長源性剛不適變，又不爲備，纔八日，軍亂，殺長源及叔度等，食其肉，放兵大掠。《談賓録》云：『朝廷恐晉柔懦，尋以汝州刺史陸長源爲晉行軍司馬。晉寬厚謙恭簡儉，每事因循多可，兵粗安。長源性滋彰，云爲請改易舊事，務從峭刻。晉初皆許之，及案牘已成，晉乃且罷。又委錢穀支計於判官孟叔度，輕佻好慢易軍人，人皆惡之。晉卒後十日，汴州大亂，殺長源、叔度，軍人臠食之。長源輕言無威儀，自到汴州，不爲軍州所禮重。及董晉疾，仍令之節度留後事。長源便揚言文武將吏多弛慢，不可執守憲章，當盡以法繩之，由是人人怨懼。叔度性亦苛刻，又縱恣聲色，數至樂營與諸婦人戲，自稱孟郎。由是人輕而惡之。』」

〔七六〕童第德注：「《論語·子路篇》：『居處恭。』」

〔七七〕童第德注：「《漢書·揚雄傳》『泊如也』，師古曰：『泊，安靜也，音步各反。』」

〔七八〕《新唐書·百官志二》秘書省著作局：「郎二人，從五品上。著作佐郎，二人從六品上。著作郎掌撰碑誌、祝文、祭文，與佐郎分判局事。」董全道，兩《唐書》無傳，其生平可知者如次：董全道，河中虞鄉人，董晉之子。貞元十五年爲秘書省著作郎（韓愈《贈太傅董公行狀》）。元和七年爲殿中少監（《元和姓纂》卷六）。

〔七九〕《新唐書·百官志二》秘書省：「秘書郎三人，從六品上，掌四部圖籍。」董溪，《新唐書》附其事於《董晉傳》後，其生平如次：董溪，河中虞鄉人，董晉之子。建中二年年十九歲，以明兩經登第。貞元十五年，以秘書郎選京兆府法曹參軍。歲中，奏爲司録參軍。遷尚書度支員外郎、遷倉部郎中、萬年令。元和四年兵誅恒州，改度支郎中攝御史中丞，爲糧料使。五年七月兵罷。六年二月，糧料吏有忿爭相告言。五月，坐贓貸死，遷商州刺史，除名流封州。五月十二日行至潭州，遣中使賜死。年四十九（韓愈《唐故朝散大夫商州刺史除名徙封州董府君墓誌銘》）。

〔八〇〕《新唐書・百官志三》大理寺：「評事八人，從八品下，掌出使推按。」董全素，兩《唐書》無傳，其生平可知者如次：董全素，河中虞鄉人，董晉之子。貞元十五年爲大理評事（韓愈《贈太傅董公行狀》）。元和六年弟溪坐事，棄同官令歸（韓愈《唐故朝散大夫商州刺史除名徙封州董府君墓誌銘》）。七年爲太子中書舍人（《元和姓纂》卷六）。

〔八一〕《新唐書・百官志三》太常寺：「大祝六人，正九品上，掌出納神主。祭祀則跪讀祝文，卿省牲則循牲告充，牽以授太官。」

與汝州盧郎中論薦侯喜狀①〔一〕

進士侯喜②。

右其人爲文甚古③〔二〕，立志甚堅。行止取捨，有士君子之操。家貧親老，無援於朝，在舉場十餘年，竟無知遇④。愈常慕其才而恨其屈⑤，與之還往，歲月已多。嘗欲薦之於有司⑥，言之於上位，名卑官賤，其路無由。觀其所爲文，未嘗不撝卷而歎⑦〔三〕。去年愈從調選〔四〕，本欲攜持同行。適遇其人自有家事⑧，迍邅坎軻〔五〕，又廢一年。

及春末自京還，怪其久絶消息⑨。五月初至此〔六〕，自言爲閤下所知，辭氣激揚〔七〕，面有矜色〔八〕。曰：「侯喜死不恨矣！喜辭親入關，羇旅道路，見王公大人數百⑩，未嘗有如盧公之知我也。比者分將委棄泥塗⑪〔九〕，老死草野；今胷中之氣勃勃然，復有仕進之路矣。」〔一〇〕愈感其言，賀之以酒。謂之曰：「盧公，天下之賢刺史也。未聞有所推引⑫，蓋難其人而重其事。今子鬱爲選首⑬〔一一〕，其言死不恨，固宜也。古所謂知己者正如此耳！身在貧賤，爲天下所不知，獨見遇於大賢，乃可貴耳。若自有名聲，又託形勢，此乃市道之事⑭，又何足貴乎？子之遇知於盧公，真所謂知己者也！士之修身立節⑮，而竟不遇知己，前古已來不可勝數⑯。或日接膝而不相知，或異世而相慕。以其遭逢之難，故曰士爲知己者死〔一二〕。不其然乎！不其然乎！」⑰閤下既已知侯生⑱，而愈復以侯生言於閤下者⑲，非爲侯生謀也。感知己之難遇，大閤下之德而憐侯生之心，故因其行而獻於左右焉。謹狀〔一三〕。

【彙校】

①〔與汝州盧郎中論薦侯喜狀〕此篇又載《文苑英華》卷六八九，據校。苑本、南宋蜀本無「薦」字。苑本「狀」作「書」，注：「書，集作『狀』。」《舉正》出南宋監本「與汝州盧郎中論薦侯喜狀」，删「薦」字，云：「杭、蜀、《文苑》皆無『薦』字。」朱熹從監本，《考異》：「方無『薦』字。」

②〔進士侯喜〕魏本「喜」下注：「一本有『者』字。」文本、南宋蜀本「喜」下多一「者」字。

③〔右其人〕魏本注：「一本無『右』字。」文本、南宋蜀本無「右」字。

④〔竟無知遇〕潮本、祝本、魏本無「知」字。《舉正》據蜀、苑本增「知」字。朱熹從方本，《考異》：「或無『知』字。」今從苑本。

⑤〔常慕其才〕苑本、文本「常」作「嘗」。

⑥〔有司〕潮本注：「有，一作『主』。」祝本、南宋蜀本、魏本注同。苑本、文本「有」作「主」。文本注：「主，一作『有』。」《舉正》出南宋監本「主司」，云：「蜀本、《文苑》同。潮本作『有司』，謝從『有』。」朱熹從方本，《考異》：「主司，或作『有司』。」

⑦〔揜卷而歎〕苑本、魏本「揜」作「掩」。《舉正》據《文苑》訂「長」字，作「掩卷長歎」。謹按：今苑本同監本。朱熹從方本，《考異》：「長，或作『而』。」

⑧〔自有家事〕苑本注：「事，集作『難』。」潮本「事」作「難」，祝本、文本、魏本同。《舉正》訂作「事」，云：「並《文苑》。」朱熹從方本，《考異》：「事，或作『難』。」今從苑本。

⑨〔久絶消息〕苑本「絶」作「無」，注：「無，集作『絶』。」文本、魏本「絶」下多一「無」字。

⑩〔王公大人〕潮本注：「大，一作『貴』。」祝本、文本、南宋蜀本、魏本注同。《舉正》出南宋監本「見王公大人數百」，據閣本删「大人」二字，云：「杭同，李、謝删；蜀本與《文苑》作『王公貴人』。」謹按：今苑本同監本。《考異》：「『公』下或有『大人』字，或有『貴人』字。」

⑪〔比者〕文本注：「比，一作『此』。」

⑫〔未聞〕苑本「聞」作「嘗」。

⑬〔鬱爲選首〕祝本「鬱」作「蔚」。

⑭〔此乃市道〕苑本「乃」下注：「集有『爲』字。」文本、魏本「乃」下多一「爲」字。

⑮〔士之修身立節〕文本注：「修身立節，一作『修己立身』。」

⑯〔前古已來〕文本「已」作「以」。

⑰〔不其然乎不其然乎〕文本注：「一只一句。」潮本無複出「不其然乎」四字，注：「一曰『其不然乎其不然乎』。」祝本作「其不然乎」，無複出四字，注：「一本更有『其不然乎』四字，一本只有『不其然乎』一句。」魏本注：「一本止有一句。」《舉正》增複出「不其然乎」四字，云：「蜀本與《文苑》皆複出四字，李本兩作『其不然乎』。」朱熹從方本，《考異》：「或無複出四字。不其，或作『其不』。」今從苑本。

⑱〔既已知〕潮本無「已」字。今從苑本。

⑲〔閤下者〕文本無「者」字。

【箋注】

〔一〕韓醇注：「盧郎中名虔，時爲汝州刺史，名氏見於侯喜所作《汝州復黄陂記》。公既已薦喜於盧汝州，十八年陸修佐主司權德輿，又薦於陸修。後一年，喜登第。誠可謂知己矣。」陳景雲注：「按盧虔終秘書監，從史之父也。」盧虔，兩《唐書》附於其子《盧從史傳》，其生平如次：盧虔，字子野，絳州龍門人（《元和姓纂》卷三）。永泰元年進士登第（《山西通志》卷二十八）。建中年間，河南尹鄭叔則表爲王屋縣尉，仍辟留守從事（《丙寅稿·秘書監盧虔神道碑跋》）。貞元初爲監察御史、殿中侍御史，遷侍御史知雜事（《御史臺精舍題名》）。出爲復州、江州刺史。入爲刑部郎中。十八年，爲汝州刺史（《寶刻叢編》卷五引《集古録目》）。元和元年拜左散騎常侍，官至秘書監。四年三月卒，年七十六（《盧虔神道碑跋》）。贈兵部尚書，謚靈愍（《唐會要》卷八十）。侯喜，兩《唐書》無傳，今鈎稽其生平如次：侯喜，字叔起（韓愈《贈侯喜》），上谷人（韓愈《題李生壁》），行十一（韓愈《詠燈花同侯十一》）。貞元十七年，韓愈薦之於盧虔（韓愈《與汝州盧郎中論薦侯喜狀》），貞元十八年，又薦之於陸修（韓愈《與祠部陸員外書》）。貞元十九年登進士第（《容齋四筆》卷五「韓文公薦士」條引《登科記》），元和七年爲校書郎（韓愈《石鼎聯句詩序》），十一年爲協律郎（韓愈《和侯協律詠筍》），十五年爲國子主簿（韓愈《雨中寄張博士籍侯主簿喜》），長慶三年卒。

此篇作年，洪興祖繫於貞元十七年或十八年，方崧卿《舉正》、《年表》、《增考》、方成珪繫於貞元十七年（八〇一）。洪譜：「十七年辛巳：公今年在京師，有《與汝州盧郎中薦侯喜狀》云：『去年愈從調選，本欲攜持同行，及春末自京還，怪其久絶消息。五月初至此，自言爲閤下所知。』《摭言》云：『貞元十八年權德輿主文，陸傪員外通牓帖。韓文公薦十人，上四人曰侯喜、侯雲長、劉述古、韋紓，其次六人沈杞、張絚、尉遲汾、李紳、張俊餘、李翊。而權公三牓共放六人。絚、紳、俊餘，不出五年之外皆捷矣。』公薦侯喜於盧、陸，當在今年或明年也。」《贈考》：「按公薦侯喜於盧汝州，實在今歲之秋。盧汝州，盧虔也。喜嘗爲盧作《復黄陂記》，見歐公《集古録》。公今年三月自京還，夏秋居於洛。喜五月至洛，七月二十二日與公釣魚温水，洛北惠林寺有題名尚存。其薦喜於盧，蓋是秋也。」《舉正》：「盧郎中，盧虔也。喜嘗爲虔作《復黄陂記》，此狀作於貞元十七年也。」

〔二〕孫汝聽注：「喜之文章，學西漢而爲也。」

〔三〕文讜注：「（歐陽修）《集古録》（「唐侯喜復黄陂記」條）云：喜之文辭常爲韓所稱，而世罕傳。予之所得者《汝州黄陂記》而已。」

〔四〕樊汝霖注：「此謂貞元十六年去徐來洛，求官京師。」

〔五〕祝充注：「邅，張連切。」蔣抱玄注：「迍邅，音屯旃。難行也。《易經》（《屯·六二》）：『屯如邅如』坎軻，亦作坎坷。謂行不進也。」謹按：迍邅，道路難行貌。蔡邕《述行賦》：「途迍邅其蹇連，潦汙滯而爲災。」坎軻，同「坎坷」，高低不平貌。《漢書·楊雄傳》：「濊南巢之坎坷兮，易豳岐之夷平。」顏師古注：「坎坷，不平貌。」《三國志·魏志·劉劭傳》裴松之注據《文章敍录》引杜摯詩：「壯士志未伸，坎軻多辛酸。」

〔六〕樊汝霖注：「此謂十七年自京還洛，五月初，與喜相會於洛也。」

〔七〕蔣抱玄注：「《後漢書·臧洪傳》：『洪辭氣慷慨，聞其言者無不激揚。』」謹按：激揚，激動、振奮。《漢書·儒林傳》：「大司空朱邑、右扶風翁歸德茂夭年，孝宣皇帝愍册厚賜，贊命之臣靡不激揚。」

〔八〕蔣抱玄注：「矜色，得意之色也。與得色同。」《三國志·吴志·陸抗傳》：「東還樂鄉，貌無矜色，謙冲如常。」

〔九〕比者，當日、往日。唐太宗《報竇建德書》：「比者漳滏喪没，既往不追；河濟傾淪，成事誰咎。今乃過相陵侮，方深起難。所以故到成皐，佇承來旨。」

〔一〇〕文讜注：「《法言》(《淵騫篇》)『巽以揚之，勃勃乎其不可及。』宋咸曰：『勃勃，輕迅貌。』」

〔一一〕陳景雲注：「鬱爲選首者，蓋州家牒送舉進士之首。如張籍舉進士，由汴州牒送，是其証也。汝州刺史領防禦使，不隸大府，故亦得舉士。」

〔一二〕文讜注：「《史記》晉豫讓之言。」孫汝聽注：「司馬遷《答任安書》：『士爲知己者死，女爲悦己者容。』」

〔一三〕文讜注：「十八年，陸修員外佐主司權德輿，公有書薦之。十九年遂登進士第。」

論今年權停舉選狀①〔一〕

右臣伏見今月十日敕②〔二〕：今年諸色舉選宜權停者③〔三〕。

道路相傳皆云：以歲之旱，陛下憐閔京師之人④，慮其乏食，故權停舉選以絶其來者⑤，所以省費而足食也。臣伏思之，竊以爲十口之家⑥，益之以一二人⑦，於食未有所費。今京師之人不啻百萬，都計舉者不過五七千人，并其僮僕畜馬，不當京師百分之一⑧。以十口之家計之，誠未爲有所損益⑨。又今年雖旱，去歲大豐，商賈之家必有儲蓄⑩。舉選者皆齎持資用〔四〕，以有易無，未見其弊。今若暫停舉選，或恐所害實深。一則遠近驚惶，二則人士失業。臣聞古之求雨之詞曰：「人失職歟？」〔五〕然則人之失職，足以致旱。今緣旱而停舉選，是使人失職而召災也。

臣又聞：君者，陽也；臣者，陰也。獨陽爲旱，獨陰爲水。今者陛下聖明在上⑪，雖堯舜無以加之。而羣臣之賢不及於古，又不能盡心於國，與陛下同心，助陛下爲理。有君無臣，是以久旱。以臣之愚，以爲宜求純信之士、骨鯁之臣，憂國如家、忘身奉上者，超其爵位，置在左右。如殷高宗之用傅説，周文王之舉太公，齊桓公之拔寧戚，漢武帝之取公孫弘⑫。清閑之餘，時賜召問。必能輔宣王化⑬，銷殄旱災。

臣雖非朝官〔六〕，月受俸錢，歲受禄粟。苟有所知，不敢不言。謹詣光順門奉狀以聞〔七〕。伏聽聖旨。

【彙校】

①〔論今年權停舉選狀〕《舉正》出南宋監本「論今年權停舉選狀」，朱熹從方本。

②〔十日敕〕潮本「敕」作「勑」，祝本、文本、南宋蜀本同；王本、廖本作「勅」。童第德注：「『敕』，廖、王二本作『勅』。『勅』爲『敕』之後出字，祝本作『勑』。《説文》：『勑，勞也。』段玉裁曰：『《孟子》放勳曰：勞之來之。《詩序》曰：萬民離散，不安其居。宣王能勞來還，定安集之。來皆勑之省，俗作徠。』又曰：『勑，俗誤用爲『敕』字。』按：段説是。」謹按：敕，訓誡。《玉篇》：「敕，丑力切，誡也。今作『勅』。」六朝以後特指皇帝詔命。《宋書·竟陵王誕傳》：「蒙陛下聖恩，賜敕解饒吏名。」今從魏本。

③〔諸色舉選〕文本「舉選」作「選舉」。

④〔憐閔〕文本、魏本「閔」作「憫」。童第德注：「『憫』爲『閔』之後出字。」

⑤〔權停舉選〕祝本「權停」作「停權」。

⑥〔竊以爲〕文本「爲」作「謂」，魏本同。文本注：「謂，一作『爲』。」魏本注同。

⑦〔以一二人〕魏本無「一」字。

⑧〔百分之一〕文本注：「百，一作『萬』。」祝本、南宋蜀本「百」下多一「萬」字。《舉正》據蜀本「百」下增一「萬」字，云：「李、謝校增。」朱熹從方本，《考異》：「或無『萬』字。」方成珪注：「當從魏本無『萬』字。百分之一，謂不過萬人也。《舉正》校增『萬』字，非是。」

⑨〔有所損益〕文本無「所」字。

⑩〔儲蓄〕祝本、文本「蓄」作「畜」。

⑪〔今者〕文本注：「者，一作『則』。」

⑫〔取公孫弘〕《舉正》出南宋監本「公孫弘」，云：「蜀本有『公』字，李、謝本皆删。」《考異》：「或無『公』字。」

⑬〔輔宣王化〕潮本「王」作「主」，文本、南宋蜀本、魏本同。南宋蜀本注：「主，一作『王』。」《舉正》出南宋監本「主化」，云：「蜀作『王化』。」朱熹訂作「王」，《考異》：「王，方作『主』。」今從祝本。

【箋注】

〔一〕樊汝霖注：「按《登科記》：『貞元二十年卒停舉。』是公雖有此疏，而上不從也。」

此篇作年，洪興祖、方崧卿《舉正》、《年表》、方成珪、蔣抱玄繫於貞元十九年（八〇三）。洪譜：「十九年癸未：《論今年權停選舉狀》云：『伏見今月十日敕，今年諸色選舉宜權停者。』按史云：『十九年秋七月，以關輔饑，罷吏部選、禮部貢舉。』則議舉選在今秋也。」《舉正》：「貞元十九年在博士日作。」方譜：「是年七月作。《狀》云：『雖非朝官。』蓋爲四門博士，未拜御史時也。」

〔二〕《新唐書·百官志一》：「凡上之逮下，其制有六：一曰制，二曰敕，三曰册，天子用之。」

〔三〕樊汝霖注：「《舊史·德宗紀》：貞元十九年，自正月至五月不雨。七月敕：以關輔饑，罷二十年吏部選、禮部貢舉。」孫汝聽注：「宰臣杜佑所請也。」

〔四〕祝充注：「齎，牋西切。」

〔五〕樊汝霖注：「《春秋》威五年《公羊傳》曰：『大雩者何？旱祭也。』何休注云：『君親之南郊，以六事謝過。自責曰：政不一與，民失職與』云云。公語蓋出此。其以民爲人，則避太宗諱也。」文讜注：「《公羊》桓五年：『大旱，公親之南郊，以六事謝過。自責曰：政不一歟？民失職歟？宫室崇歟？婦謁盛歟？苞苴行歟？讒夫昌歟？使童男女八人舞而呼雩，故謂之雩。』《荀卿書》、《説苑》以謂湯旱而禱亦然。乃云『民失職歟』，時避太宗諱，故變『民』稱『人』。」《舉正》：「見何休《公羊》威五年注。」

〔六〕樊汝霖注：「公時爲四門博士，未爲御史，故云。」王儔注：「按《登科記》：明年二十年卒停舉，公時爲四門博士，未爲御史，故云『位非朝官』。」

〔七〕沈欽韓注：「《六典》：『紫宸殿之南面紫宸門，左曰崇明門，右曰光順門。』《通鑑》注：『詣光順門進狀者，閤門使收而進之。』」

御史臺上論天旱人饑狀①〔一〕

右臣伏以今年已來，京畿諸縣夏逢亢旱〔二〕，秋又早霜。田種所收，十不存一。陛下恩踰慈母，仁過春陽〔三〕。租賦之間，例皆蠲免〔四〕，所徵至少，所放至多。上恩雖弘，下困猶甚，至聞有棄子逐妻以求口食②，拆屋伐樹以納稅錢③。寒餒道塗④，斃踣溝壑〔五〕。有者皆已輸納，無者徒被追徵。臣愚，以爲此皆羣臣之所未言⑤，陛下之所未知者也。臣竊見陛下憐念黎元〔六〕，同於赤子〔七〕。或犯法當戮，猶且寬而宥之，況此無辜之人，豈有知而不救？又京師者四方之腹心，國家之根本，其百姓實宜倍加憂恤⑥〔八〕。今瑞雪頻降，來年必豐。急之則得少而人傷，緩之則事存而利遠。伏乞特敕京兆府應今年稅錢及草粟等在百姓腹内徵未得者⑦〔九〕，並且停徵。容至來年蠶麥，庶得少有存立。臣至陋至愚，無所知識⑧。受恩思效，有見輒言，無任懇欵懇懼之至。謹録奏聞，謹奏〔一〇〕。

【彙校】

①〔御史臺上論天旱人饑狀〕《舉正》出南宋監本「御史臺上論天旱人饑狀」，云：「十九年冬作。」朱熹從方本。

②〔至聞〕潮本注：「至聞，一作『其間』。」祝本、魏本注同。文本「至聞」作「其間」，注：「其間，一作『至聞』。」

③〔坼屋〕祝本「坼」作「拆」，文本、南宋蜀本、魏本同。童第德注：「『拆』當從『土』作『坼』。《説文》：『坼，裂也。』《詩》《大雅·生民》曰：『不坼不副。』」廖本、王本正作「坼」，祝本作「拆」，與本書同。「拆」爲「坼」之後出字。」祝本注：「屋，一作『室』。」魏本注同。潮本、文本、南宋蜀本「屋」作「室」。南宋蜀本注：「室，一作『屋』。」今從祝本。

④〔寒餒〕魏本注：「餒，一作『餧』。」文本「餒」作「餧」，注：「餧，一作『餒』。」

⑤〔愚以爲〕文本「爲」作「謂」。

⑥〔百姓實宜倍加憂恤〕魏本注：「百，一作『有』。」文本「憂恤」作「優卹」。

⑦〔百姓腹内〕文本注：「《舊史》作『腹内』。」魏本注：「一本『腹』作『復』，非是。」潮本「腹」作「復」，祝本同。潮本注：「復，一作『腹』。」祝本注同。《舉正》訂作「腹」，云：「樊、洪本並從古本校作『腹内』。《德宗·舊紀》：詔諸道貞元八年至十一年兩税等錢在百姓腹内者除放。」朱熹從方本，《考異》：「腹，或作『復』。」今從文本。

⑧〔無所知識〕《舉正》：「蜀本無『知』字。」《考異》：「或無『知』字。」

【箋注】

〔一〕孫汝聽注：「貞元十七年正月不雨，至於秋七月。是年冬，公爲御史，上此疏。」王儔云：「公時爲御史，貞元十九年冬也。公後赴江陵途中《寄三學士》詩，正與此狀意合。皇甫持正《神道碑》亦著之。蓋公以此狀，故出陽山令，而《舊傳》以爲論宫市，《新史》承之，誤矣。當以此狀及《江陵》詩、《神道碑》爲正。」

此篇作年，程俱、洪興祖、孫汝聽、王儔、方崧卿《舉正》、《增考》、《年表》、方成珪、蔣抱玄繫於貞元十九年（八〇三）。程譜：「十九年遷監察御史。是年京師旱民饑，詔蠲租半，有司徵求反急。愈與同列張署、李方叔上疏言狀，天子惻然，卒爲幸臣所讒，貶連州陽山令。」洪譜：「十九年癸未，公年三十六，自博士拜監察御史。是時有詔以旱饑蠲租之半，有司徵愈急。公與張署、李方叔上疏言：『關中天下根本，民急如是，請寬民徭而免田租。』天子惻然。卒爲幸臣所讒，貶連州陽山令。幸臣，李實也。見《進學解》及《祭張署文》。《舊史》云：『愈嘗上章數千言，極論宫市之弊，貶陽山令。』《疏》今不傳。則公之被絀，坐論此兩事也。」《增考》：「公陽山之貶，《寄三學士詩》敍述甚詳，而《行狀》但云：『爲幸臣所惡，出宰陽山。』《神道碑》亦只云：『因疏關中旱饑，專政者惡之。』今公集有《御史臺論天旱人饑狀》，與《詩》正合」方譜：「是年十二月作。《縣齋有懷》詩云：『捐軀辰在丁，鎩翮時方褙。』褙祭，十二月也。」

〔二〕蔣抱玄注：「亢旱，大旱也。」《後漢書·楊賜傳》：「故殷湯以之自戒，終濟亢旱之災。」

〔三〕蔣抱玄注：「《晉書·樂志》：『經春陽而自喜，遇秋彫而不悦。』」謹按：春陽，春日陽光。荀悦《申鑒·雜言上》：「喜如春陽，怒如秋霜。」引申爲恩澤。陸雲《晉故豫章内史夏府君誄》：「閑非秋厲，惠淑春陽。」

〔四〕蠲免，免除。《周書·武帝紀下》：「逋租懸調，兵役殘功，並宜蠲免。」

〔五〕蔣抱玄注：「踣亦斃也。讀如匐。《孟子》（《梁惠王下》）：『老羸轉乎溝壑。』」

〔六〕蔣抱玄注：「（王符）《潛夫論》：『天之立君，蓋以誅暴除害利黎元也。』按：黎，黑也。元，首也。人黑髮，故云。」謹按：黎元，平民百姓。董仲舒《春秋繁露·五行變救》：「省宫室，去雕文，舉孝弟，恤黎元。」

〔七〕赤子，嬰兒。《尚書·康誥》：「若保赤子，惟民其康乂。」孔穎達疏：「子生赤色，故言赤子。」

〔八〕憂恤，顧恤。李斯《琅邪台刻石》：「憂恤黔首，朝夕不懈。」

〔九〕洪興祖注：「《唐史》：德宗十四年詔：諸州府應貞元八年至十一年兩税及榷酒錢在百姓腹内者並除放。」《考異》：「腹内，謂應納而未納者。嘗見國初時官文書猶有此語，如今言名下也。」

〔一〇〕韓醇注：「公既上此疏，專政者惡之。十二月，奏貶連州陽山縣令。《神道碑》具載此事。」

請復國子監生徒狀①〔一〕

國子監應三館學生等②〔二〕。

准六典〔三〕：國子館學生三百人，皆取文武三品已上及國公子孫從三品已上曾孫補充③；太學館學生五百人，皆取五品已上及郡縣公子孫從三品已上曾孫補充④；四門館學生五百人，皆取七品以上及侯伯子男子補充。

右國家典章〔四〕，崇重庠序〔五〕。近日趨競〔六〕，未復本源。至使公卿子孫恥遊太學，工商凡冗或處上庠⑤〔七〕。今聖道大明，儒風復振。恐須革正，以贊鴻猷。今請國子館並依六典；其太學館量許取常參官八品已上子弟充〔八〕，其四門館亦量許取無資廕有才業人充⑥〔九〕。如有資廕不補學生應舉者，請禮部不在收試，限其新補。人有冒廕者⑦，請牒送法司科罪。

緣今年舉期已近⑧，伏請去上都五百里內，特許非時收補；其五百里外，且任鄉貢。至來年春一時收補。其厨粮度支先給二百七十四人〔一〇〕，今請準新補人數，量加支給。謹具如前，伏聽處分〔一一〕。

【彙校】

①〔請復國子監生徒狀〕《舉正》出南宋監本「請復國子監生徒狀」，云：「《洪譜》：元和元年。」朱熹從方本。

②〔三館學生〕魏本注：「一本『生』作『士』字。」

③〔三品已上〕文本、魏本「已」作「以」，下同。《考異》：「已，或作『以』，下同。」

④〔從三品已上〕《舉正》增「從」字，作「郡縣公子孫從三品已上」，云：「舊本皆有『從』字。」朱熹從方本，《考異》：「或無『從』字。」

⑤〔或處上庠〕祝本「處」作「取」。

⑥〔量許取〕文本無「取」字。

⑦〔冒應〕文本「應」作「應」。

⑧〔舉期已近〕祝本「已」作「日」字。

【箋注】

〔一〕文讜注：「貞元十九年，公時爲四門館博士所請云。」此篇作年，程俱、方崧卿《年表》、《增考》、方成珪繫於長慶元年（八二一），洪興祖、方崧卿《舉正》繫於元和元年，樊汝霖、文讜繫於貞元十九年。程譜：「穆宗即位，以國子祭酒召還朝。既入國子監，請國子監依《六典》置學生三百人，取文武三品已上及國公子孫從三品已上曾孫補充；太學館量取常參官八品以上子弟充；四門館量取無資蔭有才業人充；如有資蔭不補學士應舉者，禮部勿收試。」洪譜：「元和元年丙戌：《請復國子監生徒狀》云：『今聖道大明，儒風復振。』當在此年。」《增考》：「《狀》當從《歷官記》以附長慶元年。洪譜以《復國子監生徒狀》當在元和元年，謂《歷官記》恐誤。樊本以前後編次考之，作貞元十九年任四門博士日所請。洪之意蓋以狀云『今聖道大明，儒風復振，恐須革正，以贊鴻猷』，謂本於憲宗即位也。然以穆宗即位言之，亦無不可。請復《六典》之舊。奏非登科人勿擬學官，蓋皆一時事。公前後四官學省，然此二事非祭酒不可，要當以此爲正。」方成珪注：「按方氏《舉正》取洪譜元和元年之説，及增考年譜，則從《歷官記》，蓋《增考》乃晚年定論也。」謹按：當從《增考》。

〔二〕祝充注：「三館者，國子館、太學館、四門館。」文讜注：「唐置六館生，皆隸於國子監。」

〔三〕孫汝聽注：「《唐六典》三十卷，開元十年起居舍人陸堅被詔撰。玄宗手寫六條曰：理典、教典、禮典、政典、刑典、事典。至二十六年書成。」

〔四〕蔣抱玄注：「《隋書·牛弘傳》：『採百王之損益，成一代之典章。』」謹按：典章，法令制度。《後漢書·順帝紀》：「即位倉卒，典章多缺，請條案禮儀，分別具奏。」

〔五〕蔣抱玄注：「《孟子》《滕文公上》：『夏曰校，殷曰序，周曰庠，學則三代共之。』」謹按：庠序，學校。《孟子·梁惠王上》：「謹庠序之教，申之以孝弟之義。」

〔六〕蔣抱玄注：「《晉書·庾峻傳》：『時風俗趨競，禮讓陵遲。』」謹按：趨競，奔走鑽營。顏之推《顏氏家訓·省事》：「須求趨競，不顧羞慙。」

〔七〕蔣抱玄注：「太學，即國學。蔡邕表（《被收時表》）：『臣愚以凡宂，招致禍患。』古之太學曰上庠。《禮記》：『養國老於上庠。』」《禮記·王制》：「有虞氏養國老於上庠，養庶老於下庠。」鄭玄注：「上庠，右學，太學也。」

〔八〕文讜注：「《唐志》（《新唐書·百官志三》）：『文武五品已上及兩省供奉官、監察御使、員外郎、太常博士。日參，號常參官。』」

〔九〕蔣抱玄注：「《周書·蘇綽傳》：『今之選舉者當不限資廕，唯在得人。』」資廕，憑藉家族門第而得授官爵。《顏氏家訓·終制》：「但以門衰，骨肉單弱，五服之内，傍無一人，播越他鄉，無復資廕。」

〔一〇〕王元啓注：「應禮部舉者分二等：一由三館牒送，一由諸道鄉貢。鄉貢亦可補學生，因舉期已近，一時未能徧補，故請五百里内許非時收補。其餘五百里外且任鄉貢，俟來春收補。」蔣抱玄注：「上都，唐時稱京都曰上都。非時，不時也。鄉貢，不由學宫由州縣選舉者曰鄉貢。見《唐·選舉志》。度支，日用也。」

〔一一〕樊汝霖注：「按《選舉志》所言：『三館學生皆無狀合，惟四門館八百人以庶人之俊異者爲之。』豈公所謂量許取無資廕而有才業人充者歟？疑朝廷從公之請，而《志》逸之也。」

唐故贈絳州刺史馬府君行狀①〔一〕

君諱某②，字某。其先爲嬴姓〔二〕。當周之衰，處晉爲趙氏〔三〕。晉亡而趙氏爲諸侯〔四〕，其後益大，與齊楚韓魏燕爲六國，俱稱王。其别子趙奢當趙時破秦軍閼與有功③，號馬服君。子孫由是以馬爲氏〔五〕。梁有安州刺史侍中贈太尉岫〔六〕。岫生喬卿，任襄州主簿。國亂，去官不仕。喬卿生君才，隋末爲薊令④〔七〕，燕王藝師之，以有幽都之衆〔八〕。武德初朝京師，拜武候大將軍⑤〔九〕，封南陽郡公。卒葬大梁新里〔一〇〕，趙郡李華刻碑頌之。君才生珉，爲玉鈐衛倉曹參軍事⑥〔一一〕，贈尚書左僕射。生季龍，爲嵐州刺史〔一二〕，贈司空。清河崔元翰銘其德於碑，在新里。司空生燧，爲司徒侍中北平王，贈太傅，謚莊武〔一三〕。

莊武之勳勞在策書⑦〔一四〕，君其長子也〔一五〕。少舉明經〔一六〕，司徒公作藩太原〔一七〕，授河南府參軍〔一八〕。建中四年，司徒公使將武人子弟才力之士三百人朝行在扞衛〔一九〕，獻御服用物弓夾煮器幄幕，奔走危難。上嘉其勤⑧，超拜太常丞〔二〇〕，賜章服。遷少府少監〔二一〕、太僕少卿⑨〔二二〕。司徒公之薨也，刺臂出血，書佛經千餘言，期以報德。廬墓側，值松栢。終喪，又拜太僕少卿。疾病一年，貞元十八年七月二十五日終于家⑩，凡年四十有五〔二三〕。其弟少府監暢上印綬求追贈⑪〔二四〕，贈絳州刺史⑫〔二五〕，布帛百匹⑬。

君在家行孝友，待賓客朋友有信義，其守官恭慎舉職⑭，其朝獻奉父命不避難，其居喪有過人行。初，司徒公娶河南元氏，封潁川郡夫人，贈許國夫人〔二六〕。許國薨，少府始孩，顧託以其姪爲繼室〔二七〕，是爲陳國夫人。陳國無子⑮，愛君與少府如己生。其薨也，君與少府喪之猶實生己⑯，親負土封其墓。

夫人滎陽鄭氏，王屋縣令況之女。有賢行，侍君疾，愈年不下堂。食菜飲水，藥物必自擇，將進輒先嘗。方書本草桓置左右。子男二人：敖前左衛倉曹參軍。敭⑰〔二八〕，右清道率府胄曹參軍〔二九〕。女子二人在室，雖皆幼，侍疾居喪如成人⑱。

愈既世通家〔三〇〕，詳聞其世系事業⑲。今葬有期日，從少府請，掇其大者爲行狀，託立言之君子而圖其不朽焉⑳〔三一〕。

【彙校】

①〔唐故贈絳州刺史馬府君行狀〕此篇又載《文苑英華》卷九百七十四，據校。

苑本、文本無「唐故」二字。《舉正》出南宋監本「唐故贈絳州刺史馬府君行狀」，朱熹從方本。

②〔君諱某〕潮本注：「某，一作『彙』。」苑本、文本、南宋蜀本、魏本「某」作「彙」。魏本注：「彙，一作『某』。」《舉正》

訂作「某」，云：「此馬燧長子彙行狀也。然舊本皆只作『諱某』。」朱熹從方本，《考異》：「某，或作『彙』。」

③〔當趙時〕《舉正》出南宋監本「當趙時」，據閣、杭本删「時」字。朱熹從監本，《考異》：「方無『時』字。」

④〔葥令〕苑本注：「葥，集作『蒯』。」潮本「葥」作「蒯」，祝本、文本、南宋蜀本、魏本同。《舉正》訂作「葥」，云：「三本同。」朱熹從方本，《考異》：「葥，或作『蒯』。」王元啓注：「『葥』與『薊』同。《隋書・地理志》云：『涿郡首縣。』或作『蒯』，非是。」謹按：「葥」，「薊」之俗體，見《玉篇》。今從苑本。

⑤〔武候大將軍〕潮本「候」作「侯」，苑本、祝本、廖本同。謹按：《隋書・禮儀志七》有「左右武候大將軍」。今從文本。

⑥〔玉鈐衛〕潮本「鈐」作「鈐」，苑本、祝本、文本、南宋蜀本、魏本、王本同。方成珪注：「《唐志》《新唐書・百官志四上》：『光宅元年九月改左右領軍衛曰左右玉鈐衛，神龍元年二月復舊。』」今從廖本。

⑦〔莊武〕苑本脱「莊」字。

⑧〔上嘉其勤〕苑本注：「嘉，集作『喜』，非。」潮本「嘉」作「喜」，祝本、文本、南宋蜀本、魏本同。朱熹訂「喜」作「嘉」，《考異》：「嘉，方作『喜』。」今從苑本。

⑨〔太僕少卿〕潮本「太」作「大」，祝本同。

⑩〔七月二十五日〕苑本注：「七，蜀本作『十』。」《舉正》出南宋監本「七月二十五日」，云：「蜀本作『十月』。」《考異》：「七，或作『十』。」

⑪〔追贈〕魏本注：「贈，一作『賜』。」文本「贈」作「賜」，注：「賜，一作『贈』。」

⑫〔贈絳州〕南宋蜀本無複出「贈」字。

⑬〔百匹〕苑本「匹」作「疋」。

⑭〔守官恭慎〕苑本「守官」作「官守」，注：「官守，集作『官舍』。」

⑮〔陳國無子〕苑本注：「陳國，集作『夫人』。」潮本「陳國」作「夫人」，祝本、魏本同。魏本注：「一無『夫人』二字。」《舉正》據蜀本訂作「陳國」，云：「晁、謝校。」朱熹從方本，《考異》：「陳國，或作『夫人』。」今從苑本。

⑯〔猶實生己〕文本「猶」作「由」。

⑰〔敭〕祝本、文本、南宋蜀本、魏本、王本、廖本「敭」作「敡」。謹按：《玉篇》：「敭，弋章切，亦作『揚』。」《集韻》：「揚，《説文》：『飛舉也。』古作『敭』。」《説文》：「敡，侮也。从攴从易，易亦聲，以豉切。」《廣韻》：「敡，輕簡爲敡。」作爲人名，不當取「敡」。今檢祝充注：「敡，音陽。」王本注：「敡，音羊。」知原文當作「敭」，「敡」爲刻工之訛。

⑱〔如成人〕苑本「如」作「加」。

⑲〔詳聞〕潮本「詳」作「許」。

⑳〔託立言〕苑本「託」作「訖」。

【箋注】

〔一〕此篇作年，洪興祖、方崧卿《年表》、方成珪、蔣抱玄繫於貞元十八年（八〇二），韓醇繫於貞元十九年。洪譜：「十八年壬午：是年有《馬彙行狀》。」方譜：「馬彙以是年七月二十五日卒，《狀》中敘述甚明。韓仲韶謂此《狀》十九年作，未詳其説。」

〔二〕文讜注：「《世系》曰，嬴姓，伯益之後。」

〔三〕孫汝聽注：「其先本嬴姓，伯益之後。伯益生大廉，大廉四世孫中衍，中衍四世孫仲潏。仲潏生飛廉，飛廉子季勝爲趙氏。季勝十世孫叔帶去周事晉，叔帶五世孫夙。」

〔四〕孫汝聽注：「夙九世孫浣自立爲諸侯，是爲趙獻侯。」

〔五〕文讜注：「《史記》（《廉頗藺相如列傳》）：『趙奢者，趙之田部吏也。秦伐韓軍，於閼與王乃令奢將兵救之，大破秦軍。遂解閼與之圍而歸。趙惠文賜奢號爲馬服君。』張華曰：『趙奢家在邯鄲界西山上，謂之馬服山。』」孫汝聽注：「浣四世孫武靈王，與六國俱稱王。武靈王子惠文王，二十九年使别子趙奢擊秦，大破秦軍閼與下，賜奢號馬服君。子孫以馬爲氏。」

〔六〕文讜注：「岫，字子岳，即奢之二十四世孫也。」

〔七〕薊，薊丘，在幽州。《史記・樂毅列傳》：「樂毅報遺燕惠王書曰：『薊丘之植，植於汶篁。』」張守節《正義》：「幽州薊地西北隅有薊丘。」《隋書・地理志中》涿郡薊縣，治所在今北京市西南部。

〔八〕文讜注：「隋末，羅藝據幽州，自稱燕王。唐書有傳。」孫汝聽注：「羅藝字子世，京兆雲陽人。隋大業十二年十二月舉兵，自稱幽州總管。」

〔九〕孫汝聽注：「唐武德二年十月，藝奉表歸國，詔封爲燕郡王，賜姓李氏。六年二月，藝請入朝。」權德輿《故司徒兼侍中上柱國北平郡王贈太傅馬公行狀》：「曾祖君才，皇右武候大將軍南陽郡公。降洛州治中。」

〔一〇〕沈欽韓注：「《寰宇記》：新里縣故城在開封縣東三十里。」

〔一一〕權德輿《故司徒兼侍中上柱國北平郡王贈太傅馬公行狀》：「祖珉，皇右鈐衛倉曹參軍，累贈尚書右僕射。」

〔一二〕孫汝聽注：「季龍舉孫吴倜儻善兵法科，仕至嵐州刺史幽州經略軍使。」權德輿《故司徒兼侍中上柱國北平郡王贈太傅馬公行狀》：「父季龍，皇大同軍使嵐州刺史幽州經略副使，累贈司空。」

〔一三〕孫汝聽注：「燧字洵美，貞元十一年八月卒。」馬燧，兩《唐書》有傳，其生平如次：馬燧字珣美（權德輿《司徒兼侍中上柱國北平郡王馬公（燧）行狀》），汝州郟城人。安禄山反，俾光禄卿賈循守范陽。燧説循誅其逆將，拔其根柢。事洩，脱身走西山。寶應中，澤潞節度使李抱玉署奏晉州趙城尉。懷恩遣薛嵩自相衛餽糧以絶河津，燧説薛嵩從順，署奏左武衛兵曹。歷太子通事舍人、著作郎，以至秘書少監兼殿中侍御史，轉營田、節度二判官。永泰元年遷鄭州刺史（《馬燧行狀》）。大曆四年改懷州刺史，六年，改隴州刺史，兼御史中丞。十年二月甲申，拜商州刺史兼御史中丞防禦水陸運使。冬十月癸亥，檢校左散騎常侍御史大夫河陽三城使（《舊唐書·代宗紀》）。十四年閏五月辛卯，檢校工部尚書太原尹北都留守河東節度留後，尋爲節度使（《舊唐書・德宗紀上》）。建中二年六月朝於京師，加檢校兵部尚書，封豳國公（《馬燧行狀》）。十二月庚寅檢校左僕射，令還太原。三年五月丁酉，同中書門下平章事，封北平郡王（《馬燧行狀》）。七月，加魏州大都督府長史兼魏博貝四州節度觀察招討等使討田悦（《馬燧行狀》）。興元元年正月，加檢校司徒。八月癸卯，加奉誠軍晉絳慈隰節度行營兵馬副元帥，以靈鹽節度使侍中兼靈州大都督。貞元元年八月甲戌平河中李懷光，遷光禄大夫兼侍中。二年冬，吐蕃陷鹽夏二州，以燧爲綏銀麟勝招討使進討。三年閏五月十五日，渾瑊與吐蕃會盟於平涼，爲蕃軍所劫。六月丙戌，燧以請許其盟，罷兵柄爲司徒兼侍中。十一年八月辛亥薨，時年七十。明日，詔贈太傅（《馬燧行狀》），謚曰莊武。

〔一四〕策書，史書。杜預《春秋經傳集解序》：「仲尼因魯史策書成文，考其真僞而志其典禮。」

〔一五〕樊汝霖注：「燧二子：長即彙，次曰暢。」

〔一六〕《唐六典》卷二尚書吏部考功郎中：「凡諸州每歲貢人，其類有六：一曰秀才，二曰明經，三曰進士，四曰明法，五曰書，六曰算。其明經各試所習業，文注精熟，辨明義理，然後爲通。正經有九：《禮記》、《左傳》爲大經，《毛詩》、《周禮》、《儀禮》爲中經，《周易》、《尚書》、《公羊》、《穀梁》爲小經。通二經者，一大一小，若兩中經；通三經者，大小中各一；通五經者，大經並通。其《孝經》、《論語》並須兼習。」

〔一七〕樊汝霖注：「大曆十四年閏五月，以燧爲河東節度使。」

〔一八〕《元和郡縣志》卷五河南道河南府(東都),今河南洛陽。《唐六典》卷三十京兆河南太原三府官吏:「司録參軍事二人,正七品上。司録録事參軍,掌付事、勾稽、省署抄目,糾正非違,監守符印。若列曹事有異同,得以聞奏。」

〔一九〕孫汝聽注:「建中四年十一月,燧至太原,遣彙及大將之子與俱來,壁於中渭橋。」蔣抱玄注:「行在,天子遊行所居之地也。《漢書》(《武帝紀》):『徵詣行在。』」

〔二〇〕《新唐書·百官志三》太常寺:「丞二人,從五品下,掌判寺事。」

〔二一〕《新唐書·百官志三》少府:「監一人,從三品;少監二人,從四品下。掌百工技巧之政。」

〔二二〕《新唐書·百官志三》太僕寺:「卿一人,從三品;少卿二人,從四品上。卿掌廄牧、輦輿之政,總乘黄、典廄、典牧、車府四署及諸監牧。行幸,供五路屬車。凡監牧籍帳,歲受而會之,上駕部以議考課。」

〔二三〕馬彙,兩《唐書》無傳,今據《行狀》鉤稽其生平如次:馬彙,祖籍右扶風,世居汝州郟城,馬燧長子。少舉明經,大曆十四年授河南府參軍。建中四年朱泚之亂,率兵入衛(《資治通鑑》卷二百三十),拜太常丞。遷少府少監、太僕少卿。貞元十八年七月二十五日卒,年四十五。

〔二四〕《新唐書·百官三》少府監:「監一人,從三品。少監二人,從四品下。掌百工技巧之政。總中尚、左尚、右尚、織染、掌冶五署及諸冶、鑄錢、互市等監。供天子器御、後妃服飾及郊廟圭玉、百官儀物。」馬暢，兩《唐書》有傳，其生平如次：馬暢，祖籍右扶風，世居汝州郟城，馬燧次子。以父蔭歷官監察御史（《御史臺精舍題名考》），累遷至鴻臚少卿，終少府監，贈工部尚書。建中三年燧討田悦於山東，時歲旱，京師括率商户，人心甚揺，鳳翔留鎮幽州兵多離散入南山爲盜。暢乃遣家人與父書，具陳利害，可班師還鎮。燧怒，令兄炫執暢請罪。德宗以燧方討賊，不竟其事，敕炫就第杖暢三十，然亦罷括率商人令。燧貲貨甲天下，燧既卒，暢承舊業，屢爲豪幸邀取。貞元末，中尉楊志廉諷暢令獻田園第宅，順宗復賜。暢初爲彙妻所訴析其産，中貴又逼取，仍指使施於佛寺，暢不敢吝，晚年財産並盡。身殁之後，諸子無室可居，以至凍餒。

〔二五〕《元和郡县志》卷十二河東道絳州（雄），今山西新絳。《新唐書·百官志四下》上州刺史一人，從三品。

〔二六〕《新唐書·百官志一》：「凡外命婦有六：王、嗣王、郡王之母、妻爲妃，文武官一品、國公之母、妻爲國夫人，三品以上母、妻爲郡夫人，四品母、妻爲郡君，五品母、妻爲縣君，勳官四品有封者母、妻爲鄉君。」

〔二七〕文讜注：「（《左傳》隱公元年）杜預曰『諸侯始娶，則同姓之國以姪娣媵。元妃死，則次妃攝治内事。猶不稱夫人，故謂之繼室。』《爾雅》（釋訓）『女子謂晜弟之子爲姪。』」

〔二八〕《新唐書·百官志四上》十六衛：「倉曹參軍事各二人，正八品下。掌五府文官勳考、假使、禄俸、公廨、田園、食料、醫藥、過所。」

〔二九〕《新唐書·百官志四上》十六衛：「胄曹參軍事各一人，（正八品下）。掌兵械、公廨興繕、罰讁。」

〔三〇〕韓醇注：「公嘗誌殿中少監馬君繼祖墓言：『始余初冠應進士貢在京師，以故人稚弟拜北平王於馬前。王問而憐之，召二子使爲之主焉。』二子，彙、暢也。今故云『世通家』。繼祖，暢之子也。」蔣抱玄注：「累世相友善曰通家。《後漢書·孔融傳》：『我是李君通家子弟。』」

〔三一〕樊汝霖注：「《左傳》襄公二十四年：『穆叔曰：豹聞之，太上有立德，其次有立功，其次有立言。雖久不廢，此之謂不朽。』」

復讎狀（并序）①〔一〕

元和六年九月七日②，富平縣人梁悦爲父報仇殺人③〔二〕，自投於縣請罪。敕云④：復仇殺人⑤，自有彝典⑥〔三〕。以其伸冤請罪，視死如歸。自詣公門，發於天性。志在徇節，本無求生⑦。寧失不經，特從減死⑧。宜決杖一百，配流循州〔四〕。由是有此議⑨。

右伏奉今月五日敕⑩：復讎據禮經則義不同天⑪〔五〕，徵法令則殺人者死〔六〕。禮、法二事，皆王教之大端⑫。有此異同，必資論辯。宜令都省集議聞奏者〔七〕。

朝議郎行尚書職方員外郎上騎都尉韓愈議曰〔八〕：伏以子復父讎⑬，見於《春秋》〔九〕，見於《禮記》〔一〇〕，又見《周官》⑭〔一一〕，又見諸子史⑮。不可勝數，未有非而罪之者也。最宜詳於律，而律無其條⑯，非闕文也。蓋以爲不許復讎則傷孝子之心，而乖先王之訓；許復讎則人將倚法專殺，無以禁止其端矣。夫律雖本於聖人，然執而行之者有司也。經之所明者，制有司者也。丁寧其義於經而深没其文於律者，其意將使法吏一斷於法⑰，而經術之士得引經而議也⑱。

《周官》曰：「凡殺人而義者令勿讎，讎之則死。」〔一二〕義，宜也⑲。明殺人而不得其宜者，子得復讎也⑳，此百姓之相讎者也。《公羊傳》曰：「父不受誅，子復讎可也。」〔一三〕不受誅者，罪不當誅也㉑。誅者，上施於下之辭，非百姓之相殺也㉒。又《周官》曰：「凡報仇讎者㉓，書於士，殺之無罪。」㉔〔一四〕言將復讎，必先言於官，則無罪也。今陛下垂意典章㉕，思立定制。惜有司之守，憐孝子之心，示不自專㉖，訪議羣下。臣愚以爲復讎之名雖同㉗，而其事各異：或百姓相讎，如《周官》所稱可議於今者；或爲官吏所誅㉘，如《公羊》所稱不可行於今者㉘。又《周官》所稱「將復讎先告於士則無罪者」，若孤稚羸弱〔一五〕，抱微志而伺敵人之便，恐不能自言於官，未可以爲斷於今也。

然則殺之與赦，不可一例，宜定其制曰：凡有復父讎者㉙，事發，具其事由下尚書省㉚。尚書省集議奏聞㉛，酌其宜而處之〔一六〕，則經律無失其指矣㉜。謹議〔一七〕。

【彙校】

①〔復讎狀并序〕此篇又載《文苑英華》卷七百六十八、《唐文粹》卷四十，據校。苑本「讎」作「讐」。苑本、粹本、祝本、魏本無題下小字側注「并序」二字。魏本注：「一本題有『并序』二字。」《舉正》出南宋監本「復讎狀」，無「并序」二字。朱熹從方本。

②〔九月七日〕南宋蜀本「七」作「一」。粹本無狀首「元和六年九月七日」至「由是有此議」八十四字。《舉正》亦無此八十四字，云：「蜀本此狀首云：『元和六年九月，富平縣人梁悅爲父報仇殺人，自投縣請罪。勑：復仇殺人，固有彝典。以其申冤請罪，視死如歸，自詣公門，發於天性，志在徇節，本無求生，寧失不經，特從減死。宜決杖一百，配流循州。於是史官職方員外郎韓愈獻議曰。』公於時未爲史官也，此後人以史文增入，閣本、舊本皆無之。」朱熹從方本。

③〔報仇殺人〕苑本注：「『報仇殺人』四字，《舊唐志》作『殺仇人秦果』。」

④〔敕云〕「敕」，潮本作「勑」，祝本、文本、南宋蜀本同；苑本作「勅」；下文同。今從魏本。南宋蜀本注：「一無『云』。」

⑤〔復仇殺人〕苑本注：「復仇，《舊唐志》作『報仇』。」

⑥〔自有彝典〕潮本注：「自，一作『固』。」祝本注同。苑本注：「自，《舊唐志》作『固』。」魏本「自」作「固」，注：「固，

一作『自』。」

⑦〔本無求生〕苑本「生」下注：「《舊唐志》有『之心』二字。」

⑧〔特從減死〕苑本「死」下注：「《舊唐志》有『之法』二字。」

⑨〔由是有此議〕南宋蜀本句上多「於是職方員外郎韓愈獻義曰」十二字，注：「一無上（由是有此議）五字。」

⑩〔伏奉〕魏本注：「奉，一作『覩』。」文本「奉」作「覩」，注：「覩，一作『奉』。」

⑪〔據禮經〕苑本「據」作「擄」。

⑫〔王教之大端〕《舉正》出南宋監本「皆王教之大端」，删「大」字，云：「三本皆删，《新史》有。」朱熹從方本，《考異》：「『之』下或有『大』字。」

⑬〔復父讎〕苑本注：「《文粹》無『父』字。」粹本無「父」字。

⑭〔又見周官〕南宋蜀本無「又見」二字。苑本「見」下注：「《舊唐書》有『於』字。」粹本「見」下多一「於」字。

⑮〔又見諸子史〕南宋蜀本無「又見」二字。苑本「見」下注：「《舊唐志》有『於』字。子，《文粹》作『信』。」粹本「子」作「信」。

⑯〔無其條〕《舉正》據閣本「無」下增一「有」字。朱熹從監本，《考異》：「『無』下方有『有』字。」

⑰〔將使法吏〕苑本注：「將，《文粹》作『特』。」粹本「將」作「特」。《舉正》據閣、杭本訂作「特」。朱熹從監本，《考異》：「將，方作『特』。」

⑱〔引經而議〕苑本注：「而，《新唐書》作『以』。」

⑲〔義宜也〕苑本「義」下注：「《新唐書》有『者』字。」

⑳〔子得復讎〕粹本「得」上多一「不」字。苑本無「復」字。

㉑〔罪不當誅也〕粹本無「誅也」二字。

㉒〔相殺也〕南宋蜀本「殺」下多一「者」字。舉正》出南宋監本「非百姓之相殺也」，云：「蜀本作『者也』。」朱熹增「者」字，《考異》：「方無『者』字。」

㉓〔報仇讎〕苑本注：「報，集本、《新唐書》作『執』。」

㉔〔殺之無罪〕粹本「罪」作「罰」。

㉕〔垂意典章〕粹本無「典章」二字。

㉖〔示不自專〕「示」，苑本作「戒」，粹本作「亦」。

㉗〔以爲復讎〕文本、南宋蜀本「爲」作「謂」。

㉘〔官吏所誅〕《舉正》出南宋監本「或爲官吏所誅」，據閣本刪「吏」字。朱熹從方本，《考異》：「『官』下或有『吏』字。」

㉘〔不可行於今〕粹本「行」作「議」。苑本注：「行，《文粹》作『議』。」南宋蜀本「今」作「令」。

㉚〔具其事由下尚書省〕苑本「由」作「因」，注：「『因下』二字，《文粹》作『申』。」粹本「由下」作「申」。魏本「由下」作

「申下」。《舉正》據杭、蜀本訂「由下」爲「申」，作「具其事申尚書省」。朱熹從方本，《考異》：「申，或作『由下』二字。今按：此合有『由』字，但『下』字當作『申』，又或是『上』字耳，更詳之。」謹按：殺人而得免死，事非常典。須有特敕，乃可論議。此處「下」，即敕下，謂特敕發下尚書省集議。如作「申」、「上」，謂事發申報，尚書省不待詔敕即可集議。其説誤，不可取。

㉛〔尚書省集議〕文本注：「一不疊『尚書省』三字。」

㉜〔經律無失其指〕文本、魏本注：「一無『律』字。」苑本注：「《文粹》、《新唐書》無『律』字。」《舉正》出南宋監本「則經律無失其指」，據杭本删「律」字，云：「《新史》同。」朱熹從方本，《考異》：「方無『律』字。」

【箋注】

〔一〕韓醇注：「事之首末已具載本篇。《舊史》書於《憲宗紀》、《刑法志》，《新史》書於《孝友·張琇傳》。按《新史》所書自太宗時至是，復讎者凡七人。原之者三，不原者四。梁悦其一也。大抵殺人者死，國有常典，而貸死者出於一時之特敕。公此議欲令凡事發具其事下尚書省集議，酌宜而行，禮刑兩不失矣。」

此篇作年，洪興祖、樊汝霖、方崧卿《舉正》、《年表》、方成珪、蔣抱玄繫於年元和六年（八一一）。洪譜：「六年辛卯：九月有《復讎狀》，時爲朝議郎行尚書職方員外郎上騎都尉。《舊史》云：『梁悦爲父復仇，殺秦杲，特敕免死。愈獻議執奏之。』議云：『殺之與赦，不可一例，宜定其制曰：凡有復父讎者，尚書省集議奏聞，酌其宜而處之。』非執奏也。」《舉正》：「考《舊紀》，此狀元和六年九月作也。」方譜：「以銜書『行職方員外郎』，定爲是年冬作。」

〔二〕樊汝霖注：「悦殺秦果。」文讜注：「富平縣屬京兆府。悦父爲秦果所殺，事見《唐·孝友傳》。」孫汝聽注：「富平，屬京兆。」

〔三〕彝典，常典。江淹《蕭相國拜齊王表》：「業不題於宗器，聲靡記於彝典。」

〔四〕孫汝聽注：「是月戊戌敕：悦杖一百，流循州。」《元和郡縣志》卷三十四嶺南道循州（海豐上），今廣東惠州。

〔五〕祝充注：「《禮記》（《曲禮上》）：『父母之讎，不與共戴天。』」文讜注：「（《禮記》）《曲禮》曰：『父之讎弗與共戴天』，鄭注曰：父者，子之天。與共戴天，非孝子行也。行求殺之，乃止。」

〔六〕蔣抱玄注：「《史記》（《高祖本紀》）：『沛公爲約法，殺人者死，傷人及盜抵罪。』」

〔七〕文讜注：「《通典》（《職官四·尚書省》）：『北齊尚書省總理六尚書事，謂之都省，唐謂之都臺。』」

〔八〕《新唐書·百官志一》尚書省吏部：「吏部郎中掌文官階品。凡文官九品，有正有從：正六品上曰朝議郎。」《新唐書·百官志一》尚書省兵部：「職方郎中（從五品上）、員外郎（從六品上）各一人，掌地圖、城隍、鎮戍、烽候、防人道路之遠近及四夷歸化之事。」《新唐書·百官志一》尚書省吏部：「司勳郎中掌官吏勳級：六轉爲上騎都尉，視正五品。」

〔九〕孫汝聽注：「定四年《公羊傳》：『父不受誅，子復讎可也。』」

〔一〇〕樊汝霖注：「《禮・檀弓》：子夏問於孔子曰：居父母之讎，如之何？夫子曰：寢苫枕幹，不仕，弗與共天下也。遇諸市朝，不反，兵而鬥。」

〔一一〕韓醇注：「《周官・調人》：『凡殺人而義者令勿讎，讎之則死。』」

〔一二〕文讜注：「地官司救之所掌。」

〔一三〕文讜注：「《春秋》定公四年「戰于柏舉」傳。」

〔一四〕文讜注：「秋官朝士之所掌。（《周禮・秋官・司寇》）鄭玄注云：『謂同國不相辟者，將報之，必先言之於士也。』」

〔一五〕祝充注：「羸弱，上倫爲切。《後漢》（《光武帝紀》）：『家羸弱不能收拾者。』」

〔一六〕樊汝霖注：「《舊史》云：『梁悅爲父復讎，殺秦果，特敕免死。愈獻議執奏之。』按此議云：『殺之與赦，不可一例，宜定其制。曰：凡有復父讎者，尚書省集議奏聞，酌其宜而處之。』則不可謂之執奏矣。」

〔一七〕文讜注：「有詔以悦申冤請罪詣公門流循州，事具（《新唐書》）《孝友・張琇傳》。後自太宗至穆宗凡復讎者七人。」

錢重物輕狀①〔一〕

右臣伏準御史臺牒②〔二〕、準中書門下帖奉進止③〔三〕：錢重物輕，爲弊頗甚。詳求適變，可以便人。所貴緡貨通行④〔四〕，里閭寬息⑤，宜令百寮隨所見作利害狀者⑥。

臣愚以爲錢重物輕⑦，救之之法有四：一曰在物土貢〔五〕。夫五穀布帛，農人之所能出也，工人之所能爲也。人不能鑄錢，而使之賣布帛穀米以輸錢於官，是以物愈賤而錢愈貴也⑧。今使出布之鄉⑨，租賦悉以布；出緜絲百貨之鄉⑩，租賦悉以緜絲百貨。去京百里悉出草，三百里以粟；五百里之内及河渭可漕入，願以草粟租賦⑪，悉以聽之。則人益豐⑫，錢益輕，穀米布帛益重。

二曰在塞其隙⑬，無使之洩。禁人無得以銅爲器皿⑭，禁鑄銅爲浮屠⑮、佛像、鐘⑯、磬者〔六〕。蓄銅過若干斤者，鑄錢以爲他物者⑰，皆罪死不赦。禁錢不得出五嶺，五嶺買賣一以銀⑱〔七〕。盜以錢出嶺及違令以買賣者皆死，五嶺舊錢聽人載出。如此則錢必輕矣。

三曰更其文貴之〔八〕，使一當五，而新舊兼用之。凡鑄錢千，其費亦千。今鑄一而得五，是費錢千而得錢五千，可立多也。

四曰扶其病⑲，使法必立。凡法始立必有病，今使人各輸其土物以爲租賦，則州縣無見錢；州縣無見錢而穀米布帛未重，則用不足。而官吏之禄俸月減其舊三之一，各置鑄錢，使新錢一當五者以給之。輕重平乃止。四法用，錢必輕，穀米布帛必重，百姓必均矣。

謹録奏聞，伏聽敕旨⑳，謹奏㉑。

【彙校】

①〔錢重物輕狀〕《舉正》出南宋監本「錢重物輕狀」，云：「長慶元年作，以《舊紀》考。」朱熹從方本。

②〔伏準〕潮本「準」作「准」，祝本、文本、南宋蜀本同；下文同。謹按：「准」爲「準」之俗體，見《玉篇》。今從魏本。

③〔門下帖〕《舉正》出南宋監本「中書門下帖」，云：「蜀本『帖』作『牒』。」《考異》：「帖，或作『牒』。」

④〔所貴〕魏本「貴」作「貨」。

⑤〔所貴〕文本注：「息一作『惠』。」南宋蜀本「息」作「惠」。

⑥〔百寮〕文本「寮」作「僚」。

⑦〔愚以爲〕文本「爲」作「謂」。

⑧〔而錢愈貴〕潮本無「而」字，祝本、文本、魏本同。祝本「錢」上注：「一有『而』字。」文本、魏本注同。《舉正》出南宋監本「是以物愈賤錢愈貴」，云：「蜀本『錢』上有『而』字。」朱熹增「而」字，《考異》：「方無『而』字。」今從南宋蜀本。

⑨〔今使〕南宋蜀本「今」作「令」。

⑩〔緜絲〕文本、魏本「緜」作「綿」，下同。

⑪〔草粟租〕南宋蜀本「粟」下多一「米」字。《考異》：「『粟』下或有『米』字。」

⑫〔人益豐〕《舉正》據杭本訂「豐」作「農」字，云：「謝校。」朱熹從方本，《考異》：「農，或作『豐』。」

⑬〔塞其隙〕文本注：「隙，一作『源』。」

⑭〔器皿〕《舉正》出南宋監本「無得以銅爲器皿」，云：「蜀無『皿』字。」《考異》：「或無『皿』字。」

⑮〔浮屠〕南宋蜀本「屠」作「圖」。

⑯〔鐘磬〕潮本「鐘」作「鍾」，祝本、南宋蜀本、魏本同。今從文本。

⑰〔以爲他物〕祝本無「以」字。

⑱〔五嶺買賣〕《舉正》出南宋監本「五嶺買賣一以銀」，删「五嶺」二字，云：「蜀本無複出『五嶺』字，謝本删。」朱熹從方本，《考異》：「『出五嶺』下或有複出『五嶺』二字。」

⑲〔扶其病〕文本注：「扶，一作『狀』。」祝本「狀」作「狀」，注：「狀，一作『扶』。」《舉正》據蜀本訂「狀」字，作「狀其

病」，云：「李校。」朱熹從監本，《考異》：「扶，方作『狀』，非是。」

⑳〔伏聽敕旨〕南宋蜀本「聽」作「候」。

㉑〔謹奏〕文本注：「一無『謹奏』字。」南宋蜀本「奏」作「狀」。

【箋注】

〔一〕樊汝霖注：「時户部侍郎楊於陵議曰：今宜使天下兩税、榷酒鹽利上供及留州送使錢，悉輸以布帛穀粟云云。此狀大率與於陵議合。」文讜注：「《唐·食貨志》：憲宗時，商賈至京師委錢諸道進奏院及諸軍諸使，富家以輕裝趨四方合券乃取之，號飛錢。京兆尹裴武請禁之，搜索諸坊，十人爲保。自京師廢飛錢，家有滯藏，物價寖輕。判度支盧坦、户部王紹、鹽鐵使王播請許商人於户部度支鹽鐵三司飛錢每千錢增給百錢，然商人無至者。復許與商人敵貫而易之。然錢重帛輕如故。公遂有此議也。」孫汝聽注：「《唐史·食貨志》云：自建中定兩税，而物輕錢重，民以爲患。至是四十年，當時爲絹二疋半者爲八疋，大率加倍。豪家大商積錢以逐輕重，故農日困，末業日增。穆宗亦以貨輕錢重，民困而不充，詔百官議革其弊，公於是作此議。」

此篇作年，洪興祖繫於元和七年，樊汝霖、孫汝聽、王儔、方崧卿《舉正》、《年表》、《增考》、朱熹《考異》、方成珪繫於長慶元年秋（八二一），文讜、蔣抱玄繫於元和十五年。洪譜：「七年壬辰：是年二月有《論錢重物輕狀》。蓋自建中定兩税，而物輕錢重，民以爲患也。」《增考》：「《唐書・食貨志》:『穆宗即位,兩稅外加率一錢者以枉法贓論。蓋自建中定兩稅,而物輕錢重,民以爲患,至是四十年。當時絹二疋者爲八疋,大率加三倍。豪家大商積錢以逐輕重,故農夫日困,末業日增。帝亦以貨輕錢重,民困而用不充,詔百官議改其弊。』是歲,長慶元年也。《資治通鑑》載楊於陵議亦在元年之冬。洪載《錢重物輕狀》於今年,且以爲二月,不知何所本也。」《考異》:「《方考》以爲此議在穆宗即位之初,《通鑑》附之長慶元年秋爲得其實,是年初無此議也。惟《會要》載元和六年二月制,謂建中後貨輕物重,許諸道所納見錢五分量徵二分,餘三分兼納實估匹段。或當時有此議,然亦非七年也。況公六年二月尚在東都,洪誤矣。」謹按:當從《增考》。

〔二〕牒,公文。《舊唐書・職官志二》:「凡京師諸司,有符、移、關、牒下諸州者,必由於都省以遣之。」

〔三〕帖,堂帖,宰相批示。《唐國史補》卷下:「宰相判四方之事有堂案,處分百司有堂帖。」進止,聖旨。《資治通鑑》卷二百三十一:「辭日奉進止,以便宜從事。」胡三省注:「自唐以來,率以奉聖旨爲奉進止,蓋言聖旨使之進則進,使之止則止也。」

〔四〕緡,錢貫,穿錢繩。此處泛指貨幣。《史記・酷吏列傳》:「請造白金及五銖錢,籠天下鹽鐵,排富商大賈,出告緡令。」張守節《正義》:「緡音岷,錢貫也。」

〔五〕孫汝聽注:「物土貢者,謂其隨所有之物以爲貢賦,不專責之以錢也。」

〔六〕祝充注:「浮屠、佛像、鐘、磬,四者飲食之器。」浮屠,佛塔。酈道元《水經注・河水一》:「阿育王起浮屠於佛泥洹處。」

〔七〕《義門讀書記》卷三十三：「張文昌詩：『海國戰騎象，蠻州市用銀。』是唐時嶺外用銀買賣也。」

〔八〕孫汝聽注：「更其文，謂改其錢文。」